我主沉浮

纪念版

I GOVERNS THE UPS AND DOWNS

周梅森
·著·

作家出版社

作者近照

周梅森 作家、编剧，中国作家协会第七、八、九、十届主席团委员，江苏省作协副主席。著有小说《人民的名义》《中国制造》《国家公诉》《绝对权力》等，出版有《周梅森文集》《周梅森政治小说读本》《周梅森反腐小说精品》等，改编制作电视连续剧《人民的名义》《人间正道》《忠诚》等。曾获全国优秀中篇小说奖、国家图书奖、全国“五个一工程”奖、飞天奖、金鹰奖、金鼎奖、澳门国际影视最佳编剧奖、互联网最具影响力影视作品奖、工匠中国影视最佳编剧奖、金数据影视大奖、华语原创小说最受欢迎作品大奖、中国数字阅读大奖等数十种。《人民的名义》《绝对权力》《中国制造》等被翻译成英、法、德、俄、日、韩、阿拉伯等多种语言在海外出版发行。

第一章

1

不论过去还是现在，共和道都披着一层神秘的面纱。三十几座风格各异的欧式小洋楼历经岁月风雨的浸淫，至今仍静静地耸立在不足七百米的路道两旁，像一幅凝固了的异国风景画。不知什么年代种下的法国梧桐早已根深叶茂，硕大的树冠几乎遮严了整个路面。绿荫下的狭长街区永远那么幽静，一座座森严的院门在人们的印象中似乎永远关闭着，更增加了几分令人敬畏的神秘。漫长的岁月，尤其是这二十五年的改革开放，早已改变了省城的一切，共和道却风貌依旧，一副永恒不变的昔日模样。在玻璃幕墙和钢筋水泥构筑的一片片高楼大厦面前，就像个锁进了岁月保险箱的雍容华贵的少妇，一直保持着自己独有的矜持和自信，骄傲和尊严。

共和道矜持的尊严源自权力。这里历来是高官云集之中枢所在，每座小楼曾经的和现在的主人均非等闲之辈，都在一定的历史阶段，一定的程度上主宰或决定过这个泱泱大省的历史。今天，这里仍在决定历史，决定着那些玻璃幕墙和钢筋水泥的高度和速度，也决定着汉江省八万平方公里土地上五千万人的政治经济命运。

赵安邦住的共和道八号，是一座修缮保养很好的法式小洋楼，前院大门正对着省政府南偏门，后院濒临青泉公园的碧波湖。邻近的十号是座西班牙式小楼，住着现任省委书记裴一弘。据资料记载，八号和十号这两座小洋楼都建于上世纪初，大概是一九一五年前后，是同一位著名法国设计师设计建造的。曾住过北洋政府的两位督军、一位巡阅使；国民政府的立法委员和新旧时代的七八任省部级高官。去年赵安邦出任省长以后，便被安排住到了八号院里，尽管赵安邦心里不是太乐意。

三年前，赵安邦出任常务副省长后，就有了入住共和道的资格。机关事务管理局张局长曾亲自出马，安排了十二号和十八号两处住所让赵安邦去看，赵安邦根本没看，就一口回绝了，说自己住在原来城北的省委宿舍挺好，出门就是太平山，每天早上还能爬爬山，锻炼一下身体。张局长见赵安邦说得挺真诚，也就没勉强。出任省长后，省委书记裴一弘亲自出面了，做工作说："安邦啊，你不要想着再爬太平山了，你现在是一省之长，政府一把手，安全保卫升格了，一天到晚身后都跟着警卫秘书，真不如在共和道网球场和我一起打打网球，你说呢？"他有啥好说的？只好搬家，坚持了十几年的爬山也就此改成了打网球，家里还新添了一台跑步机。

世事真是难以预料，二十年前在文山做乡党委书记时，他怎么也没想到，二十年后会以省长的身份入住进共和道，更没想到裴一弘会成为省委书记，和他搭班子，还和他做邻居。他一直不想入住共和道其实还有个原因，就是不想和裴一弘这么鼻子碰鼻子脸碰脸的，这于双方都不方便，下面干部汇报工作都不敢登门嘛！

却也没办法，规定就是规定，有些事是不以人的意志为转移的。地位高了，个人的自由空间也就相对变小了，组织的安排并没错。赵安邦想想也是，在警卫人员前拥后呼的保卫下，山确实没法再爬了，安全不安全先不说，起码扰民嘛，还给警卫秘书增加了额外的工作负担。搬入新居安心住下来后才发现，在自家后院草坪上练练剑，在跑步机上跑跑步倒也挺不错的。碧波湖就在面前，垂柳依依，绿波荡漾，令人心旷神怡。对岸的青泉公园山清水秀，空气质量并不比太平山一带差。共和道网球场也常去，不过却从没和裴一弘打过网球，双方心知肚明，这不合适。

当然，登门汇报工作的人少多了。和省委书记门挨门，没什么特别紧急的大事，谁敢轻易往省长家跑啊？车往门前一停就是广告，各市县的小号车牌标明了车主的身份，想瞒都瞒不了。有些同志挺精明，该跑照跑，只不过把小号车换成了下属单位的大号车。赵安邦便开玩笑说："你们挺会与时俱进嘛，不坐小号车了？"来的同志不好回答，唯有干笑。赵安邦却不笑，挺不客气地教训说："都搞点光明正大好不好啊？真是汇报工作就大大方方来，有别的想法，自己都心虚的事最好别来！"

二○○三年三月二日早上，一辆车牌号为汉 D00002 号的黑色奥迪停到了共和道八号赵家门前，时间是差十分八点。这时，赵安邦已吃罢早饭，准备出门上班。隔着打开的边门，赵安邦首先注意到了奥迪的车牌号，马上判断出了车主的身份：来者应该是他的老部下，宁川市市长兼市委副书记钱惠人。果不其然，这个判断刚做出，矮矮胖胖的钱惠人就喊着"赵省长"，笑呵呵地从车里钻了出来。

赵安邦多少有些意外，"钱胖子，你怎么一大早找到我门上来了？！”

钱惠人笑道：“嘿，我这次来得急，没和办公厅打招呼，怕排不上号呀！”

赵安邦想想也是，这阵子省委、省政府正酝酿整合全省经济布局，调整部分地市领导班子，日程安排比较紧，没约好，想见他的确会排不上号。在酝酿的整合中，宁川作为自费改革而崛起的经济大市将历史性升格，成为仅次于省城的第二大辐射型中心城市，和省城一起构成支撑全省经济的双轮主轴。这么一来，宁川的干部配备也要享受副省级待遇，钱惠人和市委书记王汝成都将成为大赢家。

钱惠人心里显然也很清楚，“赵省长，我知道现在是特殊时期，你们领导都很忙，我只占用你十分钟时间，澄清点小事，哦，就是省委裴书记的一个讲话……”

赵安邦没让钱惠人说下去，指了指身旁的边门，“哦，进去说吧！”

钱惠人进了门，在小楼客厅里坐下后，急忙说了起来：“赵省长，是王汝成让我来找你的，汝成也不知道裴书记是什么意思，我们宁川的定位是不是又变了？”

赵安邦有些摸不着头脑，“变什么？这次布局调整是省委研究决定的，也是中央的精神！哎，胖子，到底是怎么回事啊？裴书记都讲了些啥？”

钱惠人叹了口气，“赵省长，你可能也知道，裴书记这阵子在宁川搞调研，前天才走的，走之前在我们四套班子会上讲了次话，没提宁川作为辐射型经济中心城市的未来定位，反批评宁川只长高楼不长树，是经济暴发户，要我们效仿平州和省城，在城市美化上好好下点功夫！哦，对了，又提起了宁川机场，让我们别再跑了！裴书记这么一批评，大家心都有点凉了，很担心省委对宁川的态度！”

赵安邦心里不悦，脸面上却不动声色，“裴书记的批评讲话见报了？”

钱惠人说：“没有，见报的文章还好，对宁川超常规发展还是肯定的。”

赵安邦笑了笑，“就是嘛，从前年开始宁川的GDP就突破千亿元大关了，比省城还多了十几个亿，中央和省委一直充分肯定嘛！至于裴书记的批评，我看也很中肯，宁川的城市建设是有许多先天不足，这也是事实嘛，你钱胖子敢不承认？”

钱惠人带上了情绪，“所以呀，我们要向平州学习，迈着方步奔小康嘛！”

赵安邦很警觉，拉下脸批评说：“老钱，你可给我注意点啊，别抱着尾巴当旗摇，也少在我这里胡说八道！你们当然要向平州学习，平州是公认的花园城市，拿了联合国人居奖的，省里哪个市也比不了，裴书记和历届班子的贡献并不小！”

钱惠人嘴一咧，“好，好，老领导，我不说了，反正你心里有数就行！”

赵安邦当然有数，这些年来，宁川和平州的关系一直比较敏感，搞得他和裴一弘也不得不跟着敏感起来。他在宁川工作时间比较长，是凭着在宁川的显赫政绩上来的，而裴一弘却是从平州上来的。过去平州在省里的地位仅次于省城，曾被定位为中心大城市，中央和省里给了不少优惠政策，可二十多年搞下来，现在经济总量不及宁川一半，因此，今天由宁川取代平州的历史地位也在情理之中了。

裴一弘是承认这个现实的，不论在北京向中央汇报，还是在公开场合讲话，都说过：宁川的经济搞上去了，就该理直气壮前排就座！现在是怎么了？怎么突然看不上宁川了呢？还说什么经济暴发户？能暴发肯定要有一定的本钱嘛！这位在职大班长公开讲话怎么这么随便呢？能怪宁川的同志敏感吗？现在宁川升格，本来就是敏感时刻嘛！

钱惠人却又说："裴书记走后，我和汝成想，也……也许是机场引起的吧？"

赵安邦一怔，这才多少明白了一些，脸色益发难看了，"你们是不是还在暗地里跑机场啊？风声是不是传到裴书记耳朵里去了？哎，我说你们是怎么回事啊？明知省里不主张上机场，还这么乱来一气！你宁川西距平州不到一百公里，平州东郊的阳城已经有机场了，设计超前，吞吐量四百万人次，没必要再建宁川机场嘛！"

钱惠人苦着脸道："是的，是的，赵省长，原来也放弃了！可这回调整，宁川不是要升格吗？基础设施也得跟上嘛，所以，我们心里又活动了。这阵子派人到北京做了点工作，看来立项的希望比较大。国家计委和民航总局的同志都说……"

这还有什么可说的？以城市升格的理由建机场，让裴一弘怎么想？何况这个机场又是过去被否定的项目！因此，赵安邦没容钱惠人说完便道："钱胖子，你不要再说了，也别怪裴书记批评你们！我看你们就是头脑发昏，找不自在！你们这是建机场吗？要我说就是竖尾巴！机场不要再去想了，过去不能上，现在还是不能上，就算你和王汝成做通了国家计委和民航总局的工作，我这里你们还是通不过！"

钱惠人仍心存幻想，“赵省长，这事是不是先不定？我们有机场建设资金！”

赵安邦不无讥讽地打量着钱惠人，“那是，那是，你们现在是千亿俱乐部成员了嘛，财大气粗嘛！好啊，你们既然这么有钱，多得都花不完了，我和省政府就帮你们花吧！省里要花钱的事多得很呢，等着吧，胖子，我会让有关部门找你的！”

钱惠人一下子傻了眼，“赵省长，那……那你也不能搞杀富济贫啊！”

赵安邦起身就向门外走，半真不假地道：“为富不仁该杀还得杀！”

钱惠人跟在赵安邦身后直叫苦，“赵省长，我……我们怎么为富不仁了？”

赵安邦却不说了，“好了，别搅了，平州石市长已经在办公室等我了！”

2

裴一弘出门上车时注意到了停在赵家门前的那辆 D00002 号黑色奥迪车。

这就是说，宁川市长钱惠人已经找到赵安邦门上来了，而且很公开，没想对他或其他省委领导隐瞒。如果想隐瞒的话，钱惠人完全可以换辆不惹眼的大牌号车来，也可以把自己的车停到省政府院里去。很好，这位钱市长还算光明正大。

平心静气地想想，裴一弘觉得，钱惠人这种时候来找赵安邦也在情理之中。赵安邦毕竟是一身泥水一身血汗从宁川上来的，在宁川干部中威望很高，宁川干部有啥事当然要找赵安邦，就像平州的干部有事总要找他一样，这不好怪赵安邦的。

离开平州六年多了，平州干部还忘不了他，不管以前做省委副书记，还是后来做省委书记，那些市长、书记总来找他，连新开条海滨大道，新建个风景点都请他起名题字。他也是的，尽管一次次提醒平州的同志，要他们该找谁找谁，可心里总也挣不脱对平州那深深眷恋的情愫，该出的主意还是出了，该题的字还是题了。十二年的光阴和激情耗在了平州嘛，平州和他的生命已有了某种割舍不断的联系。因此，裴一弘曾根据自己的体会，在常委会上敲过警钟："现在风气不是太好，下面有些同志谋人不谋事，总在琢磨谁是谁的人，这个帮啊那个派的，说得有鼻子有眼。我们对此要警惕，否则就会影响省委班子的团结和战斗力，甚至会影响到我们的某些重大决策，许多正常工作就会变得复杂起来！"赵安邦和省委副书记于华北心领神会，都在会上表示说，这是个重大原则问题，必须引起我们的警觉和重视。

今天，对一大早找上门的这位钱惠人市长，赵安邦会不会有所警觉呢？

坐在车里，缓缓从汉 D00002 号车前驶过时，裴一弘不能不想：钱惠人怎么在这种敏感时候找到赵安邦家来了？是不是听到了什么不好的风声，到他老领导面前诉苦求情了？钱惠人和赵安邦的关系很特殊啊，两人惺惺相惜，在政治上共过患难。这次宁川整体升格，赵安邦又力主市委书记王汝成进省委常委班子，让钱惠人带上括号副省级，常委会已研究过了，如果没意外的话，准备向中央建议了。

然而，却出了点意外：对宁川两个一把手上这关键的一步，各方面反应比较大，尤其是钱惠人，民意测验的情况不是太好。此前，裴一弘曾提醒过他们，要他们注意方方面面的关系，他们倒好，没往心里去，仗着宁川进了千亿俱乐部，尾巴翘到了天上，尤其是最近，越来越不像话了。明明知道宁川机场是重复建设，仍背着省委、省政府四处折腾，非要搞什么立体大交通。总部设在宁川的伟业国际集团公司决定投资二十八亿扩建平州港，本来是件大好事，又是早就立项批过的，他们也不乐意，明里暗里一直阻挠。据平州市长石亚南反映，他们还撺弄省政府利用伟业国际资产划拨的机会，把平州港扩建工程的资金冻结了，赵安邦亲自做了批示。

当然，对宁川也得辩证地看，不能让干事的同志中箭落马。钱惠人、王汝成不论有什么毛病，成就和政绩是主流。对他们该批评要批评，却要多一些保护，过去发生过的政治悲剧不能再重演了。因此，当文山市的同志在他面前抱怨宁川干部翘尾巴时，裴一弘便挺不客气地批评说："那你们也把尾巴翘给我看看啊？全市财政收入加在一起不如宁川一个县区，下岗失业工人三十几万，还说什么说？有资格说吗？！"心里还想，就这样糟糕的政绩，还不服气宁川，你们也真是自讨没趣了！

文山一直是个难题。汉江经济发展不平衡，宁川、省城、平州等南部发达地区已迈过小康门槛，宁川城区甚至接近欧洲中等发达国家水平了，以文山为中心的北部地区却还在温饱线上徘徊。赵安邦这届政府上台后，提出了一个整合全省经济的设想：一南一北抓两个重点。南部是宁川，强化建设以宁川为经济辐射中心的现代化城市群，确保全省经济持续增长的势头；北部则做好文山的文章，加大对文山的投入和扶持力度，使其成为带动北部经济腾飞的发动机。裴一弘极表赞同，进一步提出，眼光应放长远一些，可以考虑把文山作为北部经济辐射中心进行定位，用两个五年规划的十年时间逐渐扭转南北经济发展不平衡的状况。嗣后，经省委扩大会议讨论后，形成了一个很重要的决议，这就是拟实施的《汉江省十年发展纲要》。

实施这个纲要，关键是用好干部，必须把一批能闯敢拼的干部派上去。在中国目前特定的国情条件下，一把手就是环境，班子就是资源，有什么班子就有什么局面。现在机遇还是不错的，这边省委下决心加大文山工作力度，那边市委书记刘壮夫也到龄要退休了，正可以借此机会对文山班子来一次不显山不露水的正常调整。

今天刘壮夫要来汇报工作，是昨天下午打电话约的。裴一弘最初并不想听这个汇报：这位老同志要汇报什么？该汇报的他不早就向省委副书记于华北和组织部章部长汇报过了吗？不是还推荐了现任市长田封义继任市委书记吗？后来想想，听听也好，决定一个穷市、大市的班子，多听些意见没啥坏处，反正班子人选还没定。

估计刘壮夫的汇报和田封义继任市委书记有关，甚至和于华北有关。于华北是以文山为基地一步步上来的，刘壮夫、田封义都是他的老部下，对文山班子，于华北倾向于顺序接班，说了很多理由，他很策略，既没明确反对，也没表示同意。

赶到办公室时，刘壮夫已在小会客厅等着了。这位来自北部欠发达地区的市委书记看起来显得那么苍老憔悴，从精神状态上和宁川、平州的干部就没法比。见了他，开口就中气不足地说："裴书记，我……我要向您和省委好好检讨啊！"

裴一弘以为是套话，没当回事，"壮夫同志，开口就检讨？又要检讨什么？”

刘壮夫叹息道：“裴书记，我马上要下了，这阵子想了很多，越想越觉得对不起省委，对不起文山干部群众！客观原因我不强调了，文山这些年没搞好是个事实，我当班长的有不可推卸的责任！可为了文山的明天，为了五年、十年后文山真的能成为我省新的经济辐射中心，有些话我该说也得说了，不说心里不安啊！”

裴一弘估计刘壮夫要说的肯定是田封义顺序接班，强压着心中的不悦，“好啊，那就说吧，有些情况我知道了，你和文山市委好像一直推荐田封义接班吧？”

刘壮夫苦苦一笑，“裴书记，我想说的就是这事：一把手一定要选准啊，起码不能像我这样，身体不好，又缺乏开拓能力！田封义继任市委书记不是太合适！”

这可是裴一弘没想到的，“哎，壮夫同志，你态度怎么变了？咋回事啊？”

刘壮夫婉转地说：“对田封义我比较了解，这位同志没多少开拓精神嘛！”

裴一弘笑道：“壮夫同志啊，田封义没开拓精神你是今天才发现的吗？”

刘壮夫沉默了片刻，被迫把话挑明了，“裴书记，这并不是我才发现的，可田封义的人品不好，私心太重，倒真是我最近才发现的！我和文山市委推荐田封义顺序接班，本是出于干部任用的惯例和新班子平稳过渡考虑，没啥见不得人的私心。可推荐上来后，您和省委一直没个肯定的话头，田封义就急了，啥都没心思干了，整天带着他的二号车省里、市里四处跑官泡官，前天竟……竟泡到我家来了，一坐就是两小时，没原则、没立场的话说了一大堆，让……让我很忧心啊……”

裴一弘心里有数了，表面上却不动声色，“这个田封义都说了些什么？”

刘壮夫情绪有些激动，“他说呀，如果他做了市委书记，就等于我还没退，还是文山的幕后大老板，文山仍然是我们俩的地盘！裴书记，你听听，这……这叫什么话？文山这么困难，失业下岗人员几十万，他不放在心里，只想自己往上爬，在我家泡啊泡，非要我出面向您和省委亲自汇报一次，把……把他推上去！”

裴一弘全明白了，“所以，你今天就到我这儿来撤梯子了？是不是？”

刘壮夫点点头，“是的，裴书记，不瞒您说，给您打电话约时间时，田封义就在我家坐着！我放下电话就和田封义说了，省委我一定去，一弘同志我肯定见，只怕你这位同志还是上不去！裴书记，田封义这种心态，是不能让他进这一步啊！”

裴一弘没明确表态，“壮夫同志，这个情况我知道了，省委会掌握的！”想了想，又说：“这件事，你最好也向华北同志汇报一下，让华北同志也有点数！”

刘壮夫迟疑道：“裴书记，田封义和于华北书记的关系不一般，这……”

裴一弘知道刘壮夫怕什么，“壮夫同志，你不要担心，华北同志你应该了解嘛，是有原则、有立场的，而且，又有组织工作纪律，他不会透风给田封义的！”

刘壮夫大约觉得推不掉，叹了口气，“那好，那我今天就向于书记汇报去！”

裴一弘注意到墙上电子钟的时针已快指到了九字上，想着九点还要去医院看望省委老书记刘焕章，便站了起来，“如果没有别的事，我们今天就先到这里吧！咱们老书记焕章同志得了癌症，马上要手术哩，我得到军区总医院看一看！”

刘壮夫有些意外，“刘老这把年纪还经得起这种大手术的折腾啊？”

裴一弘叹口气道：“所以啊，焕老的手术，我得亲自安排一下嘛！”说罢，和刘壮夫握手道别，“壮夫同志，不管怎么说，我和省委都要谢谢你的原则性啊！”

刘壮夫却又往后缩了，“裴书记，田封义这情况您和省委掌握一下就行了，我是不是别向于书记汇报了？我……我估计于书记也不愿听我这种汇报……”

裴一弘不由得拉下了脸，“壮夫同志，于书记愿不愿听，你都必须汇报！”

刘壮夫不敢言声了，“那……那好，我去就是！”说罢，告辞走了。

送走刘壮夫，正准备去军区总医院，秘书小余又试探着汇报道：“裴书记，还有个事哩：伟业国际老总白原崴刚才来电话说，他已经到省城了，希望……希望您能抽空听听他的汇报，据白原崴说，平州市长石亚南今天也要向赵省长汇报的！”

裴一弘心里有数，白原崴和石亚南十有八九是为平州港项目来的。伟业国际的资金既然是赵安邦批示冻结的，自己就不好多说什么，即便有想法，也只能背地里提醒赵安邦，于是，摆摆手说：“这个白原崴我不能见啊，赵省长管经济嘛，我不好插手具体项目的，你告诉白原崴，让他也找赵省长去汇报好了，我就不听了！”

3

平州市长石亚南在省政府接待室里焦虑不安地等着向省长赵安邦汇报工作。

这是一次事先约定的重要汇报，其意义怎么强调都不过分。既定的经济格局调整使平州失去了昔日定位，邻近宁川的一个县级市和一个区也划归宁川了，省委搞大宁川的决心已不容置疑。平州和宁川近二十年的全方位竞争尘埃落定，丧权失地的局面在她和市委书记丁小明这届班子手上成了无可更改的现实。平州干部群众因此情绪浮动，有些同志私下里甚至指责她和丁小明卖市求荣，是一对草包饭桶。

这真是荒谬绝伦！他们这届班子组建不过一年多，丁小明从省委副秘书长调任平州市委书记一年零三个月，她从省经委副主任调任平州市长兼市委副书记不过一年零一个月，平州丧权失地的历史责任岂能让他们承担呢？他们又怎么卖市求荣了？在省委、省政府的几次会议上，她和丁小明不是没争过，结果倒好，不但挨了赵安邦的训，还被裴一弘公开批评了一通。汉江省两位党政一把手在这个问题上高度一致，明确告诉他们：不能搞地方主义，调整全省经济格局，建立大宁川都市群，是今天改革开放的新形势决定的，是中央支持的，没什么讨价还价的余地。

还是不甘心啊，揣摩着裴一弘是平州的老市委书记，对平州有感情，石亚南和丁小明又跑到共和道十号裴一弘家里去汇报，希望省委给平州一点机会，也给他们这届班子一点机会。裴一弘虽没松口，却也动了感情，安慰他们说："平州未来发展的机会还是有的，这么一座美丽的滨海花园城市摆在那里，怎么会没机会呢？三十年河东三十年河西，谁知道以后会是什么样子？就像宁川，当年省里和中央没给什么优惠政策，也没做过中心大城市的定位，现在怎么样？自费改革，硬拼上来了！所以你们要好好学习宁川的经验，在招商引资上下大功夫，要想办法把 GDP 搞上去！"

从裴书记家汇报回来，丁小明和石亚南主持召开了一个研究经济工作的专题常委会。会议在一种少见的悲壮气氛中开了三天，讨论新形势下平州的可持续发展战略。加快物流中心的建设步伐，引资二十八亿元扩建平州港成了大家的共识，于是便有了平州市政府和白原崴的伟业国际集团公司的历史性合作。因为此前双方就有强烈的合作意向，项目谈判进行得非常顺利，一个月内伟业国际首期一亿元资金就到了账，上周一，石亚南和白原崴还一起出席了平州港扩建工程的开工剪彩仪式。

然而，万万没想到，就在这时候，省国资委突然冻结了伟业国际的资产和所有投资，平州港扩建工程刚上马就要停工，情况相当严峻。石亚南急了眼，当即跑到省国资委了解情况，磋商解决办法。省国资委常务副主任孙鲁生却说，恐怕没有什么好的解决办法，伟业国际所属国有资产已从北京划给省里，他们省国资委正组织有关人员全面接收，伟业国际集团名下的所有资金和项目都要清理。石亚南问："这个接收清理过程会有多久呢？"孙鲁生的回答是：说不准，最快也要三五个月，甚至一两年，希望石亚南和平州市政府及早想办法，另外安排港口扩建工程的建设资金。

这真是岂有此理，平州已经后排就座了，人家还公然撤了你的茶杯！

已经是八点半了，赵安邦还没到办公室，办公厅王主任解释说，宁川钱市长突然找到门上，赵省长要晚些时候过来。这益发使石亚南郁愤难忍：人家宁川真是特殊啊，想什么时候见省长就能见上，平州同志事先约好时间汇报工作，却坐了半个多小时的冷板凳！平州就这么不在这位省长眼里吗？她这个市长真是窝囊啊！

八时四十分，赵安邦终于到了，见面就道歉，“对不起，对不起，石市长，让你久等了！”还解释了一句，“哦，这刚要出门就被钱惠人缠住了！”

石亚南忍着怨气强扮笑脸，“那是，钱惠人是宁川市长嘛，你当然得重视！”

赵安邦往办公桌前一坐，“什么话啊？我对你们平州就不重视？说正事吧！”

石亚南便发着牢骚，汇报起了平州港扩建项目的事，最后责问道：“……赵省长，你说这叫什么事啊？怎么早不清理晚不清理，偏在我们平州港扩建工程开工时，突然冻结资金，全面清理起伟业国际的资产来了？这让我们怎么理解啊？”

赵安邦整理着桌上的文件，口气轻松地说：“这很好理解嘛，北京的资产划拨文件是最近刚下来的，在此之前，我们管不着白原崴和伟业国际集团。现在资产划归省里了，就得接收清理嘛，不能一笔糊涂账嘛，这有什么好奇怪的呢？”

石亚南明知故问：“赵省长，这么说，冻结伟业国际的项目资金您知道啊？”

赵安邦匆匆批起了一份文件，头都没抬，“是的，省国资委向我请示过的！”

石亚南坐不住了，从对面的沙发上站起来，走到赵安邦面前，“赵省长，那我们平州港扩建工程还搞不搞？我怎么向平州干部群众交代？这市长还怎么当？！”

赵安邦似乎意识到了问题的严重性，放下批罢的文件，交给了等在一旁的秘书，和石亚南一起坐到了沙发上，“你这个石亚南，情绪还不小嘛！你这市长怎么不好当啊？平州搞得这么好，联合国的人居奖都得了，你们要把头昂起来嘛！”

石亚南控制不住情绪了，没好气地发泄道：“还把头昂起来？我们现在只能溜墙角！明里暗里竞争二十年，GDP还不及宁川一半，有啥好说的！现在我们啥也不说了，只能面对现实，大干快上，平州港扩建非上不可！赵省长，你知道，这是早就立过项的，请您和省政府高抬贵手，让省国资委别这么刁难我们好不好？”

赵安邦沉思片刻，苦笑起来，“石市长，你当真以为我和国资委刁难你们？那我就向你介绍一些情况吧！——这些情况本来我不想说，现在被你逼到这份上了，不能不说了，不过，请你注意一下：一定要保密，千万不能给我泄露出去啊！”

石亚南多少冷静了些，不无疑惑地看着赵安邦，“怎么？伟业国际犯事了？”

赵安邦缓缓道：“犯事不犯事我不知道，但伟业国际的情况相当复杂，可以这么说：是一个我们很难想象的资产迷宫，接收清理的难度很大！伟业国际最初是个境外注册的离岸公司，嗣后登陆国内，包装了国内三家企业在海外上市，这期间又在香港地区、美国、欧洲和国内注册了二十几家公司，相互之间交叉持股，股权关系非常复杂，只有白原崴几个核心人物才搞得清楚。白原崴却拒不合作，接收事实上没法进行，为了防止国有资产的流失，只能予以冻结，这是我批示同意的！”

这可是石亚南没想到的，“怪不得孙鲁生说，接收搞不好要折腾一两年！”

赵安邦“哼”了一声，“所以嘛，石市长，我劝你就不要指望这个伟业国际了，资产清理接收是一方面，另外，我估计白原崴也拿不出这么多真金白银啊！”

石亚南仍对伟业国际的投资心存幻想，极力争取道：“赵省长，话不能这么说吧？不管怎么说，伟业国际集团总是个财力雄厚的国际投资公司。白原崴不久前还对《财富》月刊发表过谈话呢，说他们旗下控股资产规模高达三百多亿人民币，在美国、香港地区、法兰克福有七家上市公司，在国内也有三家上市公司！”

赵安邦手一挥，“这是事实，但另一个事实是：白原崴忽视了去年一年来全球股市的一片熊气，他伟业旗下各上市公司的股票市值起码蒸发了四五十亿！”

石亚南争辩说：“瘦死的骆驼比马大，就算这样，投资平州也没问题！”

赵安邦明确回答道：“我看有问题，退一步说，就算伟业国际资产解冻，白原崴一下子也拿不出二十八个亿给你们！白原崴擅长资本运作，我怀疑此次投资平州港又是一次大规模的资本运作！比如，抵押平州港向海外融资，或以国内旗下上市公司的名义增发配股，这么做可能成功，也可能失败，现在他的摊子铺得太大了！”

尽管心里不满，石亚南却也不得不服：赵安邦这个省长可不是吃素的！

赵安邦沉默片刻，又说：“还有件更严重的事：这些年白原崴一直以国有资产经营者身份出现，北京的资产划拨文件一到，他突然改口了，说国家从没投过资，伟业国际实际上是个戴红帽子的私营企业，这么一来，又产生了产权界定问题啊！”

石亚南着实吓了一跳，一个资产规模高达三百亿的跨国公司竟然会是戴红帽子的私营企业？如此说来，一场严峻的产权大战即将爆发，省里绝不会轻易让步的。

赵安邦似乎不想再说下去，可迟疑着还是说了，“另外，还有一件事我和省国资委也觉得很蹊跷：我们国内正在接收，伟业旗下的伟业中国就出事了，他们的总裁陈正义突然死在巴黎的一家酒店里，死因不明！伟业中国可是美国纳斯达克的上市公司啊，这位陈正义呢，没死在美国，却死在了巴黎，据说死前还卖光了手上的持股。面对这么多让人忧虑的问题，我和省国资委不能不采取一些必要的措施嘛！”

这还有什么好说的？石亚南只得苦笑道：“赵省长，我没想到会这么复杂！”

赵安邦和气地摆了摆手，“所以啊，你石市长就不要这么敏感嘛！宁川还想上那个飞机场哩，我再一次明确否决了，今天很不客气地教训了钱胖子一通！”

石亚南讥讽道：“这也正常，他们宁川现在财大气粗啊，这又要升格了！”

赵安邦说：“那也不能搞重复建设，这是有教训的！你们也再想想：平州港扩建工程是不是马上搞？宁川有个深水大港嘛，目前的吞吐量应该能满足你们嘛！”

石亚南觉得气味不对，忙道：“赵省长，我们平州港扩建工程和宁川飞机场不是一回事，前年就立了项，从发展的眼光看，迟早要上，再说，现在已经上了！”

赵安邦想了想，不无忧虑地问：“伟业国际这么个情况，资金怎么解决啊？”

石亚南有些坐不住了，硬着头皮应付道：“我……我们再想办法吧！”

赵安邦也没再多说，只道：“石市长，你说得对，平州港扩建和宁川上飞机场不是一回事，有条件当然可以上，但要量力而行，财力不能透支过度！”说到这里，看了看手表，“是不是先谈到这里？十点钟我还有个会，和农业部的同志研究文山大豆示范区的事，农业部专家小组和文山市的同志已经在那里等着我了！”

石亚南知道，文山市大豆示范区是农业部在我国加入 WTO 背景下扶植农业的举措，农业专家提供技术支持，省里有补贴，平州下属的两个县曾经争取过，只是没争到手。于是，见缝插针道：“赵省长，农业示范区您和省里也得考虑我们平州嘛！”

赵安邦笑道：“你这个石亚南啊，又来了！该说的道理我早就和你们说过了嘛！你们平州的重心不是农业，你们要充分利用这座海滨历史名城的人文环境，搞深度开发，做大旅游的文章嘛！当然，你们的物流中心也是很有基础的！”

石亚南仍是纠缠，“可赵省长，我们也有农业县嘛，生态农业一直在抓！”

赵安邦显然是在应付，“好，好，石市长，不说了，下一批再考虑吧！”

一次重要汇报就这么结束了。省长同志把该解释的全解释清楚了，让石亚南无话可说。可目的却没达到，后排座席上的茶杯还是被撤掉了。出了省政府的大门，车过共和道时，石亚南突然想到：是不是再向省委书记裴一弘做个汇报呢？在电话里和市委书记丁小明一商量，丁小明马上否定了，要她千万别给裴书记出难题！

石亚南想想也是：伟业国际既然是这么个情况，只怕裴书记也不好表什么态。

丁小明在电话里又说：“算了，我的市长妹妹，白原崴的伟业国际看来指望不上了！一年一度的财富峰会又要开了，还在宁川开，咱想法到会上做做工作吧！”

石亚南迟疑着问：“那我和白原崴咋说啊？他还在省城太平花园等我的消息呢！小明书记，你看，我们是不是让白原崴再去试试？他说要找裴书记汇报的！”

丁小明道：“行了，你就别做梦了，这个汇报裴书记恐怕也不会听！情况很清楚，伟业国际肯定要换旗易主了，就算和它继续合作，那也不是白原崴的事了！”

4

“……原崴，你看看，是不是都让我老头子说中了？省委书记裴一弘高低不愿见你，石亚南抬出平州港项目也没能让伟业国际的资金解冻，说明了什么啊？说明赵安邦、裴一弘和汉江省高层这回动了真格的！”前财经大学教授，现海天基金投资顾问汤必成时不时地看着落地窗外太平湖阳光波动的水面，语调平静地说，“因此，原崴，你和你的团队必须做最坏的打算了，现在弃船逃生还来得及！”

白原崴心里一阵发冷，脸面上却挂着不无高傲的笑意，“老爷子，你当真以为伟业国际就这么完了？一个拥有三百亿资产的经济帝国就算崩溃也将石破天惊！”

汤老爷子道：“是的，这我并不怀疑，可我们得下船啊，我不能让石头落到自己身上嘛！你知道的，我老头子虽然崇尚美国股神巴菲特的价值投资理论，可骨子里不是巴菲特嘛，不会像巴菲特那样几十年如一日地持有股票，中国目前也没有值得我们几十年如一日持有的股票嘛，包括你们伟业国际旗下的那些上市公司！”

白原崴心里愕然一惊，“这就是说，您和您手下的控盘基金不支持我了？当真要做空伟业控股了？”他苦涩地一笑，开了句玩笑，“我过去说您是索罗斯式的人物，您老人家还不承认哩！”

汤老爷子叹息道：“我倒想对你们伟业控股长期投资，可敢吗？这麻烦说来不就来了吗？！君子不立危墙之下嘛，这和巴菲特、索罗斯都没关系！你也别怪我太无情，这是资本趋利避险的天性决定的嘛，我想，换个位置，你也会这么干的！”

白原崴仍想说服昔日的老师，“老爷子，那您就不能再等一等，看一看？我是您的学生，伟业国际的发展过程您是很清楚的，它确实是戴红帽子的私企嘛，产权问题我和省里还在交涉嘛！裴一弘不是让我找赵安邦和省政府直接谈吗？这未必没有争取的余地，您老为什么不能等尘埃落定之后再做决策呢？”

汤老爷子目光炯炯地看着白原崴，感慨地说：“白原崴啊白原崴，亏你还记得是我的学生，你怎么连我当年在大学里教你的一些基本概念都忘了呢，啊？”

白原崴明知故问：“教授，我不知道您指的是哪些基本概念？”

汤老爷子语调铿锵道：“递延资产概念嘛！如果我没记错的话，这是你们上大二时就学过的！你和伟业国际起家的第一桶金是国家部委下属京港开发公司投资的一千万吧？虽说这一千万你三年后还给京港开发公司了。但这并不等于说现在这三百多个亿的资产就是你的了。根据递延资产理论你现在的资产都是当年一千万产生出来的递延资产，省里定为国有资产没大错！”

白原崴摇起了头，“教授，我敬爱的汤教授，当您老大谈递延资产时，是不是忘记了中国特有的国情啊？这一千万实际上是贷款嘛！那时的情况您知道，银行不可能给民营企业放贷，我就不能不签下这么个投资合同，不能不戴一顶红帽子！”

汤老爷子笑道：“原崴啊，这话你别和我说，和赵安邦汇报时说好了！”

白原崴激动了，“我当然要说：当年放款给我的京港开发公司如今在哪里啊？不是早破产了吗？！在这十几年里，国家又给多少国营企业投下了多少个一千万？他们谁又像我和我的团队一样搞出个大型的国际公司了？我绝不会接受这种打劫的！”

汤老爷子显然毫无信心，沉默片刻，平淡地道：“原崴，你的心情我理解，但我劝你不要抱任何幻想了，裴一弘也好，赵安邦也好，都不会接受你的说法。伟业国际这艘大船要编入国有舰队了，你这个船长也该离开舵位了，这是命运！”

白原崴眼中浮出了朦胧的泪光，“老爷子，您是说我创业的梦想即将破灭？”

汤老爷子很坦率，“是的，嵌着金边的乌云已滚滚而来，你和伟业旗下各上市公司的高管唯一能做的就是像我一样，利用资产接收的真空期，赶在股票价格跌下去之前抛光所有个人持股，另立山头！小伙子，你就听我老头子一句劝吧：世界大得很，机会多得是，你和你的团队完全没必要在伟业国际这棵树上吊死，也没必要逞一时意气打这种股权官司，你打不赢的！死在巴黎的陈正义就比你有数！”

白原崴有些不解，“陈正义比我有数？老爷子，您……您什么意思？”

汤老爷子道：“你应该清楚嘛！陈正义自杀前不是把持股全卖光了吗？”

白原崴挥挥手，“这和省国资委的接收没关系！早在北京的资产划拨文件下达之前，我和集团董事局就准备改组伟业中国的高管班子了！陈正义身为美国上市公司伟业中国的总裁，涉嫌侵吞公司海外资产，数额高达上千万美金！”

汤老爷坚持道：“这和接收还是有关系的，伟业国际集团在你手上，陈正义的侵吞就是经济纠纷，最多是个侵占公司和他人资产，而接收之后，就变成了侵吞国有资产，就可能面临国家的追究嘛！所以，我说陈正义的自杀没那么简单！”

白原崴看着汤老爷子，反问道：“你就敢断定姓陈的是自杀？事情一出我就说了，此人不可能自杀，如果不是暴病身亡，很可能是他杀！就算担心接收后的国家追究，陈正义也没必要自杀，他不是在国内，是在国外嘛，能逃的地方多的是！”

汤老爷子有些疑惑了，“那又是谁要杀他呢？”

白原崴心里也没底，“目前还说不清，我和省国资委已派人去调查处理了！”

汤老爷子是个敏感的政治动物，提醒道：“你可不要掉以轻心啊，经验告诉我，更大的变数还在后面，这种时候不但有外部压力，内部也很容易生变啊！”

白原崴点点头，“这我知道，十二年来，我已经对付过不下十起叛变了！”

汤老爷子没再说下去，踱步走到电脑桌前，突然调转了话头，“哎，原崴，今年股市上的汽车和钢铁板块有点意思啊，我让小子们天南地北跑了跑，下一步准备动动了！怎么，你是不是也跟进一点钢铁和汽车啊？我们的分析成果和你共享！”

白原崴没这心思，郁郁道：“老爷子，我现在不想分享谁的成果，只想保住自己十年来的奋斗成果！”又说：“哎，该不是您旗下的海天系已经先吃饱了吧？”

汤老爷子笑了起来，“实话告诉你：吃了一些，还没吃饱，抛出你们的伟业控股后准备继续吃！”他拉着白原崴的手，又亲切地说：“原崴啊，不管怎么说，我毕竟是你老师，就算下船，总要先和你打个招呼的！今天这个招呼就算打到了啊！”

白原崴绝不相信面前这位证券市场超人会讲什么师生之情，用怀疑的目光打量着汤老爷子说：“老爷子，伟业控股你们当真还没抛？不对吧？这几天股票成交量这么大，有两天都打到了跌停板上，你们海天系不动，哪会如此翻江倒海？”

汤老爷子拍打着白原崴的手背，一脸令人感动的真诚，“原崴，你看你，想到哪去了？就算抛了一些，那也是各基金操盘小子们的自作主张，我这里直到今天都没发话做空伟业控股哩！哦，不说这个了，说点让人高兴的事！还有个成果我也准备和你分享哩：你当年进驻过的绿色田园也开始有意思了，K线图形态很好啊！”

白原崴敷衍道：“打住吧，老爷子，您知道的，我不是波浪理论的信徒！”

汤老爷子极是热情洋溢，“我知道，当然知道，你看基本面嘛，绿色田园的基本面不错啊！生态农业概念，业绩良好，有成长性。更有意思的是，这么一只小盘股绩优股，竟也随大市不断下调，还调得那么猛，一年内下跌了百分之四十多……”

白原崴满腹心思，不愿和汤老爷子周旋下去了，遂起身向汤老爷子告辞。

汤老爷子也没再留，只问：“怎么？真要去找赵安邦？还不愿放弃啊？”

白原崴强忍着心中抑郁，郑重道：“是的，我不会放弃，也不能放弃！老爷子，也许您会为今天的选择后悔的，您不是不知道，伟业控股本身就控股文山钢铁公司，这可是省内最大的钢铁企业，这两年业绩一直很好！你们分析得对，今年钢铁板块一定会启动的，所以，我这支伟业控股也会飞起来，起码不是现在的价！”

汤老爷子没再争辩，很绅士味地笑了笑，“有可能，但前提是产权明晰后！”

然而，离开省城汤老爷子家，上了自己的车，白原崴打开手机，向宁川总部下达的命令却是：立即行动，下午沪市开盘后，抛空管理层手上持有的近三千万伟业控股流通股，同时指令海外持股基金同时做空美国纳斯达克市场上的伟业中国。

集团公司执行总裁陈光明大为吃惊，以为自己听错了，在电话里恳求说："白总，您……您能不能把刚才的指示再重复一遍？让我……我做个电话记录！"

白原崴很冷静地把指令又重复了一遍，"陈总，现在该听明白了吧？"

陈光明仍没听明白，"白总，这么做的后果您想过没有？我们的巨量卖盘挂出来后，伟业控股肯定会有几个跌停！伟业中国更要命，人家美国的纳斯达克市场可没有跌停限制啊，很可能一天跌掉百分之四五十！您……您是不是再想想？"

白原崴道："这就是我想过的结果！该跌就让它跌，跌透！安定民心的那个公告也不要发了，马上给我追回来，就让海内外市场去猜测吧，谁爱说啥说啥！"

陈光明声音颤抖地问："白总，这……这就是说，我……我们决定放弃了？"

白原崴吼了起来，"哪来这么多废话？谁能阻挡雪山的崩溃？既然要崩溃，就让这种崩溃来得快一些，猛一些！我们只能顺势而为，置之死地而后生！"缓和了一下口气，又透露说："这是汤老爷子今天给我的启示！他们海天系已经把第一脚踹下去了，我们既然拦不住，为什么不就势再踹它几脚？干脆把股价踹到地板上去？！我想，咱们赵安邦省长和省国资委的官僚们大概都不愿看到这个局面吧？"

陈光明多少明白了些，"白总，那您看是不是和赵安邦谈过后再行动？"

白原崴道：“不必了，谈判以实力为后盾，你不连下几城，造成既定事实，说话就不会有分量！不过，前门拒狼，也不要忘了后门防虎，要警惕汤老爷子的海天系。股价打下去后，一定要在合适的低位接回来，不能让姓汤的老狐狸趁乱捡便宜，老狐狸和海天系现在正盯着钢铁和汽车呢，很有可能在地板价上收集筹码！”

陈光明这下子全明白了，“好，白总，那我下午动手，现在就安排一下！”

白原崴最后交代说：“还有，再想法融点资，将来在地板价接盘时需要充足的资金，另外，平州港项目我也不愿放弃，这个项目的资本操作空间很大。我想，即便我们离开了伟业国际，这个项目仍要做下去，可以考虑换我们的独资公司来做！”

陈光明问：“那您估计我们集体弃船，离开伟业国际的可能性到底有多大？”

白原崴道：“不好估计，赵安邦不是吃素的，如果逼宫不成，我们也许就要另起炉灶了！过几天，财富峰会不就要在宁川召开了吗？那时再看吧！”

第二章

5

如果说共和道是汉江省权力中心的话，宁川的海沧金融区就是汉江省的财富中心了。这个著名的金融街区位于牛山半岛东北部，背依牛山，面向大海，如今已颇有些香港维多利亚湾的气象了。站在汉江入海口的观光电视塔上眺望，整个牛山半岛像条伸展到大海里的巨龙，牛山山坡上的海沧金融区恰似高高鼓起的龙背。龙背上耸立着的玻璃幕墙和摩天大楼蔚为壮观，构成了新宁川的标志性景致。

这些玻璃幕墙和摩天大楼崛起于最近十几年，是宁川改革开放成就和成功的象征，也是财富的象征。伟业国际集团总部也在这里，是一座二十二层的奶白色大厦，曾是宁川最高最气派的一座建筑物。现在不行了，三十八层的海天大厦和四十二层的世贸大楼已取代了伟业大厦的高度。论气派更数不上伟业了，国际会展中心和近年建成的许多现代建筑远远超过了它，这些建筑就是摆在港岛和纽约也毫不逊色。

这是一部写在大地上的交响乐，一首激情年代的物质史诗。思想的坚冰被击碎之后，林立的塔吊和打桩机唤醒了这片沉睡的土地，来自全国和世界各地的商界精英和巨额财富奇迹般地聚集到了这里。他们构筑了这部交响乐凝固的音符，创造了不断增值的财富，让这个不起眼的半岛发生了惊人的巨变。现在这里不但支撑起了宁川的经济天空，也构成了全省乃至全国经济的重要中枢神经。不知从什么时候起，人们开始把海沧称做汉江省的曼哈顿。赵安邦想想，觉得很有意思：汉江的曼哈顿不在省城，而在宁川，这有点像美国首都华盛顿和纽约的区别了。

和省城幽静的共和道比起来，赵安邦更喜欢海风沐浴中的宁川牛山半岛。共和道好像从来不属于他，就是住进了共和道八号，他仍有一种客居的感觉。个中的原因其实很简单，共和道属于既往的历史，而他和他的同志们却在宁川创造了历史。

今天，身为省长的他又回来了，来宁川国际会展中心参加一年一度的政府吹风会。吹风会是内部的说法，对外的正式名称叫“著名企业座谈会”。因为到会的中外企业和企业家个个大名鼎鼎，人们又把它称做“财富峰会”。这种财富峰会是他在宁川主持工作时搞起来的，最初只限于宁川，他当了常务副省长后才扩大到了全省，目的就是和企业界进行沟通交流，在一种和谐宽松的气氛中说说政府的想法和打算，听听企业界的意见，吹吹风，引导一下投资方向，一般开得都很轻松。

这次估计不会太轻松。经济布局调整带来了不少矛盾，有些矛盾还很激烈，他和省政府回避不了，必须面对。二十五年的改革开放打破了以往大一统的体制格局，地方诸侯们越来越不好对付了，几乎没有谁不搞地方保护主义，涉及到谁的利益，谁就和你纠缠不休。平州港扩建，平州市政府决心很大，看来是非上不可，资金却不知在哪里。石亚南想得倒好，希望省政府能开个口子。这口子怎么开？在哪里开啊？汉江说起来是中国屈指可数的经济大省之一，可发展并不平衡，南部三千万人口进入了中国最发达地区，北部近两千万人口还远没进入小康范围呢，省政府要用钱的地方实在是太多了，仅文山地区的下岗失业和低保解困就够让人头痛的。

伟业国际集团的矛盾也绕不过去。白原崴是财富峰会的常客了，年年开会年年来，总是一副胜利者的姿势，总是那么引人注目。资本市场的非线性迷乱和经济舞台上的大浪淘沙，让一个个企业和企业家迅速崛起，又迅速垮落，财富峰会上的面孔因此常换常新。许多激动人心的资本和商业神话也许在这次会上还被人们当成经典津津乐道，来年回首时已云烟般随风消逝。唯有伟业国际像个不倒翁，长久地保持着峰会上的席位，而且每年都有新景象。这个白原崴也太鬼了，既熟悉市场游戏规则，又会钻法律和体制的空子，既是政府权力经济的合作者，又是反抗者。这次看来还得和白原崴较量一番，在资本面前只有永恒的利益，没有永恒的朋友和敌人。对伟业国际的产权归属，他和省政府不会轻易让步，白原崴肯定也不会轻易让步，那么该打就打，该谈就谈，或打打谈谈，或谈谈打打吧！

果不其然，到宁川国宾馆刚安顿下来，市委书记王汝成便过来汇报说：“赵省长，向您反映个情况：白原崴这几天一直在等您哩，听说还到省委找过裴书记！”

赵安邦说：“他找裴书记干什么？伟业的资产又不是裴书记让冻结的！”想了想，又说：“汝成，你帮我安排一下吧，找个合适的地方，我抽空和他谈谈！”

王汝成笑道：“我也这样想，让这位白总在会上叫起来就不好了！”略一停顿，又说：“哦，对了，平州石亚南也来了，刚才还找我商量，说是要请到会的企业家们去他们平州看看，休息一下，我说了，这事我做不了主，得您赵省长定！”

赵安邦一听，马上明白了：这个女市长真精明，想出了这么个主意，宁川花钱开会，她搭顺风船！好在石亚南直接找了王汝成，自己正可躲一躲，便道：“汝成，人家石市长既然找了你，就由你来定嘛，你们别拿我当挡箭牌！”

王汝成说：“什么挡箭牌？这事就得您发话嘛，宁川是您的根据地啊！”

赵安邦心里很受用，嘴上却说：“汝成，你别捧我，这事让我定，我就同意石亚南的建议，让到会的中外企业家们到平州好好看看，看看那里的好风光！”

王汝成立即现了原形，“赵省长，那……那您还不如把会弄到平州开呢！”

赵安邦也不客气，“本来是想到平州开，是你和钱惠人非要往这里拉嘛！”

王汝成不作声了，试探道：“要不，就让大家到平州的黄金海岸去游游泳？”

赵安邦手一摆，“游什么泳？现在才三月，能下水吗？你就给石亚南一天的时间吧，怎么活动听平州安排，我也去散散心！”顿了一下，又告诫道：“汝成，你和钱胖子一定要注意，别老给我帮倒忙好不好？这宁川怎么成了我的根据地了？再申明一次：我现在是汉江省的省长，不是宁川市委书记，也不是你们的班长了！”

王汝成赔起了笑脸，“我知道，我知道，可班子里的同志就是忘不了您啊！”

赵安邦讥讽道：“那是，因为我当着省长嘛，你们好钻我的空子嘛！”话头一转，脸上的表情突然严肃起来，“不过，有一个人倒是不能忘记的，就是去世的白天明书记！不是白书记当年一锤定音，眼光超前，就没有今天这个大宁川嘛！”

王汝成便也肃然起来，“是的，是的，赵省长，天明书记我们不敢忘！”

赵安邦点点头，“那就好，会议期间陪我去看看天明书记的夫人池大姐！”

王汝成连声应着：“好，好！”应罢，又支支吾吾说：“赵省长，有个事，我正要向您汇报，可……可又不知该怎么说？池大姐前天还……还来找过我……”

赵安邦当时没想到一颗政治地雷即将引爆，不在意地道：“怎么这么吞吞吐吐的？有什么不好说的？是不是天明书记家有什么困难了？你们该解决就解决嘛！”

王汝成这才赔着小心道：“赵省长，这困难只怕我解决不了哩，天明的儿子小亮在经济上出了问题，挪用上千万公款到股市上炒股票，造成了重大损失，好像……好像还有点贪污情节啥的，省里已……已经正式立案审查了！”

安邦心里一惊，怔怔地看着王汝成，一时间有些失态，“什么？什么？白……白小亮出事了？啊？竟然……竟然在你们宁川出事了？”

王汝成急忙解释：“不，不，不是在我们宁川出的事！赵省长，你可能不了解情况：白小亮早就不在我们宁川市政府当秘书了，前年就调到了省投资公司下属的宁川投资公司做了老总，当时，钱市长还劝过小亮，让他慎重考虑，所以……”

赵安邦很恼火，“所以，省纪委找上门你们还不知道？王汝成，你说说看，这叫什么事？你们对得起去世的白天明书记吗？让我和池大姐怎么说？说什么？！”

王汝成讷讷道：“就是，就是，要是小亮不调走，本来可以保一保……”

赵安邦这才发现自己有些感情用事了，缓和了一下口气，尽量平静地说：“汝成，你不要误解了我的意思啊！我并不是怪你没保白小亮，白小亮真犯了事，谁保得了啊？我是说你们的责任，你，还有钱惠人！你们怎么眼睁睁地看着白天明书记的独儿子走到这一步？你们干什么吃的？把天明同志的嘱托放在心上了吗？！”

王汝成检讨道：“怪我，怪我们，看来，政治上还是关心不够啊！”

赵安邦想了起来，“哦，你刚才说池大姐找你，怎么？大姐找你求情了？”

王汝成摇摇头，“这倒也不是，大姐就是了解情况，可情况我也不太清楚。”

赵安邦注意地看着王汝成，“你是真不清楚，还是不好和池大姐说？”

王汝成苦笑道：“赵省长，我是真不清楚！白小亮被弄走后我才知道。我当时就把市纪委的同志叫来问了，这才弄明白，原来不是我们市里的事。”说罢，看了看手表，赔着小心道：“赵省长，这事是不是先别说了？钱市长马上过来了，晚上我们市委、市政府要给您接接风，哦，对了，还请了平州石亚南市长作陪……”

赵安邦手一挥，没好气地道：“还接什么风？走，先去看看池大姐吧！”

从宁川国宾馆出发，一路赶往白家时，已是晚上六点钟了，大街上的白兰花路灯和一座座高楼大厦上的霓虹灯全亮了，生机勃勃的大宁川呈现出入夜的辉煌。

然而，这日晚上，宁川辉煌的万家灯火，在赵安邦眼里却一点点暗淡下来。

老领导的儿子竟然出事了，不但挪用公款，也许还贪污，让老领导在天之灵都不得安宁！王汝成和钱惠人是怎么搞的？怎么就看着白小亮去干什么投资公司总经理了？白小亮懂什么投资！资本和投资的生态圈竞争残酷，连白原崴这种资本运作高手都有失手的时候，何况他白小亮？！白小亮就算能廉洁自守，不违法犯罪，只怕也会在市场运作上栽跟斗。白天明在世时就曾和他说过，——绝不是客气话：小亮这孩子能安分守己做个普通机关干部，干点力所能及的事就行了……

正这么胡思乱想着，摆在警卫秘书小项那里的手机突然响了起来。

小项从前排座位上回过头，“赵省长，是伟业国际白原崴的电话，接不接？”

赵安邦一怔，这个白原崴，追得可真紧啊！忙冲着小项摆手道：“告诉他，就说我正在会见外宾，现在没时间和他烦，该找他时我会找他的，让他等着好了！”

白原崴不知在电话里说了些什么，说了好一会儿，小项一直打哈哈应付。

合上手机后，小项汇报说：“赵省长，白原崴希望您能尽快接见他一下，说……说是今夜就在国宾馆候着您了，要……要和您来个不见不散哩！”

赵安邦挂着脸，“哼”了一声，“愿等就让他等吧，他来开会，本来就住在国宾馆嘛！”说罢，往靠背上一倒，看着车窗外不断流逝的灯火，又想开了心事。

6

自从做了省委书记，住进共和道十号这座西式小楼以后，一种说不清道不明的感觉时常会袭上裴一弘的心头。这其中有显而易见的孤独，有时断时续的忧郁，间或也还有些莫名的兴奋。这让裴一弘觉得很奇怪，他还有什么好兴奋的呢？难道他这个经济大省的省委书记现在还需要用共和道上一座旧时代遗留下来的小洋楼来证明自身的价值吗？后来才发现，这莫名的兴奋竟来源于溶在血液中的某种深刻记忆。

在一个人的生命历程中，有些记忆是难以忘却的，包括那些毛茸茸的细节，比如二十一年前的那个傍晚。那是属于裴一弘个人的具有隐私意味的记忆，印象深刻无比，却又无法与人言说，哪怕对自己的家人，至今回忆起来，一切还历历在目。

是的，就是二十一年前那个仲夏的傍晚，当他以省委机要秘书的身份第一次走在共和道的树荫下，第一次鼓足勇气按响共和道十号院门门铃时，心情曾是何等的紧张啊！那时十号院里住着德高望重的老省长，还用着历史久远的英国老式门铃，铃声单调而沉闷。他按过门铃后在门前等待，等了好长时间，似乎有一个世纪，可看了手表才知道，其实不过三十几秒钟。后来，当他准备再次按动门铃时，红漆大门上的小窗打开了，门卫的脸孔出现在小窗内，像一幅贴在证件上的标准照。那时谁认识他这个新分来的七七级大学生啊？省委办公厅明明事先打过电话，门卫仍隔着大门上的小窗好生盘问了一通，还认真查验了他的工作证。进得门来却又没见到老省长，老省长有外事活动刚出去，送交的文件是一位秘书签收的。那天，走出共和道十号院，裴一弘发现自己刚换上的白衬衣全被胸前背后的汗水浸透了。

嗣后三年，他作为省委办公厅秘书、机要处副处长，成了共和道上的常客，经常来往于一号至三十几号的深宅大院，给省长、省委书记、常委们送文件，送通知，处理职责范围内的相关事务。那时的裴一弘在省委领导面前太不起眼了，有些事说来好笑：一位省委副书记直到他离开省委办公厅都没记住他姓啥，一直热情地喊他“小洪”。不过，最初的拘束和紧张却渐渐消失了，共和道神秘的面纱也于不经意间在他面前一点点撕开了，他身不由己地成了一幕幕历史的见证人。

印象最深的是一九八五年全省地市级干部大调整。那幕历史发生在共和道五号老书记刘焕章家里。刘焕章是那年一月从北京调到汉江省做省委书记的，他也正是从那时开始做了刘焕章的秘书，一做三年，一九八八年才由刘焕章提名建议到省团委做了副书记。裴一弘清楚地记得，在那个阴雨绵绵的下午，在楼外沙沙作响的细雨声中，刘焕章大笔一挥，在省委一份干部任免文件上签了字，一举决定了五十多名地市级和二百多名县处级干部的命运。一批老同志下去了，许多年轻干部上来了，赵安邦就是其中的一位。当时，赵安邦还只是文山地区一个名不见经传的乡党委书记，却在大胆起用四化干部的气氛中，进了省委三梯队干部名单。嗣后，赵安邦于风风雨雨磕磕绊绊中一步步上来了，上得真不容易，不论在哪儿任职都有争议。诚如刘焕章所言，是个异数，像这样的异数，在汉江省的干部队伍中并不多见。

刘焕章做了一届中央候补委员，两届中央委员，任职省委书记长达十二年，在宁川班子上做过一些错误决策。最终，宁川搞上去了，老人也退下来了，就是在退下来后的一次茶话会上，刘焕章曾当众对赵安邦鞠躬致敬，给他和同志们留下了深刻的印象。这次临上手术台，老人还拉着他的手说个不停，谈宁川，谈文山。文山是老人的一块心病，老人家退下来后不止一次和他，和赵安邦说过：以文山为中心的北部欠发达地区不搞上去，汉江这个经济大省就是跛脚巨人，他就死不瞑目。

老领导总算命大，到底没倒在手术台上。但手术却并不成功，癌细胞已全面转移。医疗小组的专家们悄悄告诉裴一弘，靠药物维持，患者最多还能支撑三个月左右。看着浑身插满管子的老书记，裴一弘强作笑脸，背转身却不禁潸然泪下。

知道老书记来日无多，裴一弘便想把老书记《汉江二十年改革论文集》早日整理出版，并决定再为老书记做一回秘书，给论文集写个自序。不料，连着几晚都有外事活动，硬是坐不下来。这日下班没事，刚把电脑打开，省委副书记于华北偏又来了电话，说是要过来汇报一个案子，还说案子很敏感，涉及宁川一位主要领导。

裴一弘马上想到：这个主要领导很可能是宁川市长钱惠人，前几天于华北和他提起过。这真有点麻烦，人家汇报上来了，你不认真对待肯定不行，太认真了只怕也不行，负面影响不会小了。老书记政治经验丰富，上手术台前就和他说了：在宁川升格的敏感时刻，什么事情都可能发生，真真假假，让你很难判断。另外，处理不慎还会影响到他和赵安邦的关系，钱惠人毕竟是赵安邦一手提起来的干部嘛！

因此，于华北来了以后，裴一弘客客气气地让他在客厅的沙发上坐下来，没等于华北开口汇报，自己先笑呵呵地说了起来，口气轻松，透着欣赏和赞许，“老于啊，这些年宁川搞得挺不错啊，是全国为数不多的千亿俱乐部成员了，焕章同志临上手术台还一再和我夸宁川呢，咱老书记高度评价宁川干部的开拓创新精神啊！”

于华北脸上挂着惯有的笑容，“是啊，是啊，省委和中央早就有评价嘛！”

裴一弘便又不动声色地说：“所以啊，对宁川干部我们一定要慎重！宁川要在我省未来的经济大发展中发挥更大的作用，要小心有人搞小动作，闹地震啊！”

于华北说：“一弘同志，这我都知道，可宁川市长钱惠人确实有问题哩！”

果然是钱惠人！裴一弘只得正视，“钱惠人现在出事，是不是太敏感了？”

于华北点了点头，“是的，这位同志还是安邦同志的老部下嘛！”

裴一弘手一摆，“哎，老于，怎么开口就是安邦啊？这和安邦有什么关系？！”略一沉吟，问：“这种时候，你说会不会有人做钱惠人什么手脚呢？”

于华北思索着，“这我也在想，可看来不是这个情况！钱惠人的经济问题不是谁举报的，是宁川投资公司腐败案带出来的，对犯罪嫌疑人的审讯笔录我亲自看过！老秦到中央党校学习，我临时兼管纪检工作，这才发现了问题，就得汇报嘛！”

裴一弘想了想，问：“哎，这阵子，他们宁川班子团结上没出啥问题吧？”

于华北说：“应该没有吧？钱惠人对王汝成做市委书记有些不服气，但位置一直摆得很正，他们都是安邦建议使用的干部嘛，这时候能不顾大局吗？安邦过去也和我说过，王汝成和钱惠人是最佳搭档，宁川这个班子是团结干事的务实班子！”

裴一弘想想也是，苦苦一笑，“那好，那好，那你把掌握的情况说说吧！”

于华北摊开笔记本，正经地汇报起来：“裴书记，省纪委的同志搞清楚了：钱惠人的受贿不是空穴来风，线索比较确凿，是宁川投资公司一位总经理交代的。这位总经理涉嫌贪污挪用公款，已被正式立案审查。据此人交代，二〇〇一年十月到十二月，他曾按钱惠人的要求，分三次共计打款四十二万元给深圳一家装饰公司，打款名目是项目工程合资，结果，钱一到账，全被一个叫孙萍萍的女人提走了！”

裴一弘不安地看了于华北一眼，“哦？这个孙萍萍把四十二万元都提走了？”

于华北脸上看不出什么表情，“是，都提走了，所谓合资只是借口罢了！”

裴一弘多少有些疑惑，甚至觉得于华北有些过分，这位资格很老的省委副书记对宁川和宁川干部咋盯得那么紧？这让他不能不存一份戒心，“这么说来，案情也很简单嘛！让有关部门去查那个孙萍萍，讨回四十二万元不就得了？就算款是钱惠人让打的，也不过是桩诈骗案，犯不着这么兴师动众的，也用不着你老兄来抓嘛！”

于华北毫不松口，“一弘同志，事情没这么简单！其一，那位总经理曾向钱惠人行过贿，表面上看被钱惠人拒绝了，可不到半个月，钱惠人却指示他向深圳打款，钱惠人有受贿嫌疑。其二，那个孙萍萍现在下落不明，据她待过的深圳那家装饰公司老板和员工证实说，孙萍萍是我们汉江人，颇有风韵，是钱惠人的情妇！”

裴一弘一下子警醒了：如果情况真像于华北说的那样，问题可能就严重了！现在的腐败案中总有漂亮女人的影子，被金钱美女打倒的干部何止一个钱惠人！而且，钱惠人这次干得好像还挺高明，腐败形式又与时俱进，发生了变化：明明是受贿，却制造假象搞成了个诈骗，于是，只得表示说：“那就实事求是地查一查吧！”

于华北问：“一弘同志，你看是不是先走个程序，上常委会研究一下呢？”

裴一弘迟疑了一下，摇起了头，“现在就上常委会不合适吧？凭这个线索就能对钱惠人立案审查了？证据在哪里？内部掌握一下吧，在党纪和法律许可的范围内调查，让有关部门先找到那个孙萍萍再说吧，我个人意见现在只能当诈骗案办！”

于华北迟疑片刻，“一弘同志，你知道这位投资公司总经理是谁吗？”

裴一弘看着于华北，心里颇为不安，脸面上却尽量保持着平静，“谁啊？”

于华北道：“是白小亮，去世的省总工会副主席白天明同志的儿子！”

裴一弘一怔，“哦？白天明的儿子？白天明可是宁川老市委书记啊！”

于华北道：“是的！所以，一弘同志，这个案子比较复杂！安邦对白天明的感情在我省干部群众中不是什么秘密，你清楚，我清楚，大家都清楚！本案涉及到安邦的老部下，和安邦老领导的儿子，为慎重起见，恐怕还是要上常委会啊！”

裴一弘的心一点点沉了下去，问题比他想象得还要严重：赵安邦对白天明的感情不是秘密，于华北和白天明的不和也不是秘密啊！上世纪八十年代在文山时，于华北就和白天明发生过严重冲突，曾让白天明第一次中箭落马。嗣后，白天明到宁川做市委书记，大上私营经济，于华北又率着省委调查组敲定了宁川市委四大罪状，把白天明搞到总工会坐了冷板凳。现在，纪委秦书记到中央党校学习，于华北临时兼管纪检，办的偏又是白天明的儿子和白天明当年的爱将钱惠人，这事有些棘手！

于是，裴一弘明确指示说：“老于，钱惠人的问题现在还不能上常委会，我再强调一下：我们处理宁川问题时一定要讲政治，讲大局，讲策略！现在的大局是什么？是宁川党政一把手要升格，如果没有这个突然冒出来的受贿案，王汝成和钱惠人都要进副省级，这个情况你很清楚，省委已准备向中央推荐这两个同志了嘛！”

于华北苦笑道：“一弘同志，正因为如此，我们才得负责任嘛，否则……”

裴一弘知道于华北要说什么，勉强笑着，打断了于华北的话头，“别说了，老于，你让纪委先把情况搞清再说吧，现在任何态都不要随便表，好不好？”

于华北怔了一下，点点头，“好吧，一弘同志，反正该汇报的我都汇报过了！”用征询的目光看着裴一弘，又问：“你看，我是不是先和安邦通通气呢？”

裴一弘立即否决了，“别，别，这气还是我来通吧，别把问题搞复杂了！”

于华北心里似乎有数，没再说什么，放下省纪委的汇报材料，起身告辞。

裴一弘本来还想和于华北谈谈文山班子的事，可被钱惠人的事搞得没了情绪，只在门口点了一句：“老于，文山市委书记刘壮夫最近有没有去找你汇报啊？”

于华北有些意外，“哦，一弘同志，原来是你让壮夫向我汇报的啊？！”

裴一弘没心思多说，“老于，对这个田封义，你和组织部门可要留点神啊！”

于华北似乎想说什么，却又没说，沉着脸点了点头，出门走了。

这一夜，裴一弘难以成眠了，吃了两次安眠药也没睡着，便又爬起来看于华北留下的那份材料，越看心里越恼火。几次摸起红色保密电话，想给在宁川开财富峰会的赵安邦打个电话，通报钱惠人的问题，可想来想去，最终还是放弃了。

7

滨海路的市委宿舍区还是过去的老样子，一切都那么眼熟。那一幢幢风格划一的联体小楼，那一条条柳絮飘飞的曲径小道，哦，还有宿舍门口和小区内的那两个姹紫嫣红的花园，这一切的一切构成了赵安邦宁川岁月中不可或缺的重要生活场景。因此，车开进宿舍区以后，赵安邦便产生了错觉，恍惚中觉得自己从没离开过宁川，好像刚刚从牛山半岛哪个重点项目工地上归来，正急急地往白天明家赶，向白天明做工作汇报。在二区五号楼前下了车，走到白家门前时，这种感觉更强烈了，赵安邦甚至觉得，门一开，白天明就会微笑着从客厅里走出来迎接他和王汝成。

在当年那些风风火火的日子里，他和白天明，还有王汝成、钱惠人，在白家客厅里决定过多少大事啊，用白天明富有诗意的话说，那是酝酿了一座城市的激情。

现在，一切都成为了过去，激情已不复存在。那个叫白天明的市委书记永远离开了宁川，离开了自己的朋友和同志们，变成了一幅遗照，只能在自家客厅墙上向他微笑了。老领导的微笑仍是那么自信，那么坦荡——这是一个倒在战场上的老战士的微笑，老战士倒下了，但永不死去！因为这个老战士决定了一座五百万人口的经济大市的历史性崛起，在这座城市里获得了永生。老战士个人的悲剧演化成了一座城市改革进取的壮剧，构成了一个国家、一个民族进步史的重要组成部分。

可悲的是，这位老战士的儿子却这么不争气，这么不争气啊……

然而，面对客厅墙上白天明的遗像，和白天明夫人池雪春苦涩的笑脸，赵安邦却没主动提起白小亮的事，觉得不便提，怕提起来让做母亲的池雪春伤心，更怕亵渎了白天明的在天之灵。白天明任市委书记时，反腐倡廉抓得很紧，哪年不处理一些干部？赵安邦至今还记得，市政府一位副秘书长只因出国招商时收受了外商一套名牌西服，就被撤职罢官，谁说情也没用，现在倒好，他自己儿子陷进去了！

倒是池雪春寒暄过后，拉着赵安邦的手，眼泪汪汪地说了起来，“……安邦，你今天来得正好，你不来找我，我……我也打算到省城找你了！这几天，我……我真是寝食难安啊，你说，这……这是不是报应啊？天明要活着该……该说啥好呀！”

赵安邦这才说：“池大姐，我听说了，小亮好像出了点事，是不是？”

池雪春抹起了泪，“安邦，不是出了点事，是出了大事啊！小亮挪用公款一千二百万元炒股，案发时账面亏损五百四十多万元，还有不少钱被划到了深圳！省委副书记于华北现在不是兼管纪委了吗？听说他还做了个重要批示，要一查到底……”

尽管有思想准备，赵安邦仍多少有些吃惊：挪用公款一千二百多万元，造成了五百多万元的经济损失，案子不算小了，别说是老领导的儿子，就是他的儿子，只怕也保不了，只能让有关部门去依法办事。身为省长，他身后有多少双眼睛在盯着啊！

更让赵安邦吃惊的还是于华北，这位省委副书记想干什么呀？怎么对这桩普通经济案件做起“重要批示”来了？当年搞了四大罪状，整得白天明到省总工会坐冷板凳，以至于让白天明郁闷而亡，难道还不够吗？就算坚持原则，也没必要这么做！

池雪春仍在说，泪眼朦胧地看着赵安邦，语调中不无凄楚，“安邦，小亮是自作自受，所以，我除了在你面前说说，绝不会四处为他托人求情，我和天明都丢不起这个脸！可我毕竟是小亮的母亲，天明又不在了，该做的事我还得做！安邦，我……我想好了，小亮造成的损失我……我替他赔，希望将来法院能少判他几年！”

赵安邦一阵心酸，“池大姐，五百多万啊，你怎么赔呀？你们又不是大款！”

池雪春一声长叹，“这你别管了，我……我尽量赔吧，能赔多少算多少！”

赵安邦摇了摇头，“池大姐，我劝你不要这么做！你的心情我可以理解，但这么做太不实际！你是个退休机关干部，每月退休金一千多元，赔到什么时候是个头？自己就不过日子了？再说，小亮如果只是挪用公款的话，也判不了死刑！”

王汝成插上来说：“是的，一人做事一人当嘛，池大姐，你真不必这么做！”

池雪春满眼是泪，“安邦，汝成，你们别劝我了！我这么做既是为小亮，也是为天明，小亮是白天明的儿子，天明已经在责备我了，昨夜我还梦见了天明！”她抹去了脸上的泪，又说：“如果单是一个小亮倒也罢了，只怕事情没这么简单啊，我估计还牵涉到宁川市其他领导，所以，安邦，我才想到省城找你说说！”

“宁川其他领导？”赵安邦警觉了，颇为不安地问，“池大姐，是谁啊？”

池雪春迟疑了一下，还是说了，“你们都不是外人，我就实事求是地说吧！小亮的案子可能会牵涉到钱惠人市长，钱市长从小亮那里拿过四十二万元，是借的……”

这可是赵安邦和王汝成都没料到的，两人看着池雪春，一时间全怔住了。

怪不得于华北要做“重要批示”，怪不得人家要一查到底，看来是项庄舞剑啊，那么，沛公是谁呢？仅仅是一个钱惠人吗？只怕还有他和宁川一批干部！

过了好半天，赵安邦才回过神来，呐呐道：“竟然有这种事？啊？”

王汝成也挺疑惑，“池大姐，这……这不太可能吧？会不会搞错了？”

池雪春苦苦一笑，“没搞错！你们知道的，小亮跟钱市长当过秘书，小亮出事后，钱市长很着急。昨天晚上突然到我这儿来了，给我送了八万五千元现金。钱市长亲口对我说，二〇〇一年他在文山乡下老家盖房子，陆续从小亮手上借了四十二万元，这八万五千元是他的第一笔还款，余下的钱他想法在一个月内还清。”

王汝成看了看赵安邦，“赵省长，这下子可就麻烦了！”

赵安邦若有所思地应着：“是啊，是啊，麻烦看来还不小啊，这个钱胖子，怎么想起向小亮借钱呢？啊？！”心里却想，这四十二万元到底是借的，还是收受了小亮的贿赂呢？这个问题必须尽快搞清楚，否则，钱惠人就完了，别说上不了副省级，只怕现在的位置也保不住，甚至有可能被送进大牢判上十至十五年徒刑！

池雪春却说：“我觉得钱市长不可能收我家小亮什么贿赂，就算小亮真找钱市长办什么事，钱市长也不会收钱的，钱市长对天明的感情你们知道的！天明去世后，钱市长对我和小亮可没少关照哩！

你们看看这房子，就是钱市长亲自出面让市机关事务管理局替我装修的，装修期间还安排我在市政府宾馆住了三个多月！”

王汝成道：“池大姐，你别说了，让人家听到，钱市长更说不清了……”

赵安邦听了这话很不舒服，恼火地打断了王汝成的话头，“有什么说不清的啊？白天明书记对我们宁川是有大贡献的，是倒在宁川的，天明同志的家人难道就不该分享一下宁川的改革成果吗？装修房子的事我知道，是我让钱惠人办的！”

池雪春连连点头，“是的，是的，安邦，我得谢谢你的关心啊！”

赵安邦一声长叹，“池大姐，别谢了，只要不骂我就行了！对小亮，我和汝成没尽到责任啊，让咱老领导在天之灵都不得安宁！小亮根本就不该去干什么投资公司总经理嘛，给老钱当秘书就挺好嘛，看现在折腾的！连老钱也不利索了！”

池雪春道：“是的，安邦，这也是我最担心的，就怕有人做钱市长的文章，甚至做我们宁川的文章！宁川有今天不容易啊，天明对钱市长的评价你也知道！”

赵安邦安慰说：“池大姐，你不要太担心了，事情总会搞清楚的，宁川的文章也没那么好做！”想了想，再次申明道：“池大姐，我今天可把话说清楚啊，你家装修房子的事可不是老钱的个人行为，是我的指示，不管谁来问，你都这么说！”

池雪春点头道：“我明白，而且，我……我也相信钱市长不会是贪官！”

赵安邦心神不定地道：“池大姐，这话先不要说，现在说不清！钱惠人毕竟从小亮手上借过四十二万元嘛！是怎么借的啊？借款时打没打过借条啊？借条现在能不能找到啊？如果找不到借条，不管我们怎么说，钱惠人都难逃受贿的嫌疑啊！”

池雪春一把拉住赵安邦，“安邦，老钱的为人你知道，你得保保老钱啊！不能让我家那个混账儿子把一个经济大市的市长搞倒了，天明在天之灵都饶不了我！”

赵安邦心里一热，看着池雪春，恳切地道：“池大姐，不要这么说，一个人倒台总是自己倒的，不是谁把他搞倒的！如果钱胖子真腐败掉了，谁保得了啊？”

池雪春很吃惊，“安邦，老钱可是一步步跟着你上来的啊，从在文山就跟你了，你对他就没有个基本判断吗？就相信老钱会腐败掉？就不能替他说说话？你现在是省长，还是省委副书记，你只要有个明确态度，事情就坏不到哪里去！于华北当真就当得了省委的家？我不信！你和裴书记保保钱市长，还不就保下来了？！”

赵安邦没表态，也没法表态，又和池雪春说了些生活上的事，起身告辞了。

回去的路上，王汝成提醒说：“赵省长，你看这里面会不会有啥阴谋啊？”

赵安邦火了，“瞎想啥？能有啥阴谋？钱惠人涉及的这四十二万元是事实！”

这期间，伟业国际老总白原崴又来了次电话，赵安邦没让秘书接。白原崴便又发了个短信息过来，说是他不参加会议了，明天将由宁川飞香港，希望赵安邦今晚务必抽空见他一下。赵安邦满脑子都是钱惠人惹下的麻烦事，对白原崴仍是不理睬。

车过海滨路，肚子饿了，赵安邦才想起还没吃晚饭，便和王汝成、秘书小项一起，在望海楼酒家吃了顿便饭。吃饭时，打开了包房内的电视机，赵安邦无意中注意到，当日深沪股市再度收绿，伟业国际旗下的伟业控股巨量跌停，当日成交竟达两千多万股，心里不由一惊，本能地觉得哪里不太对头：白原崴和伟业的管理层该不是在配合某些庄家狂抛股票吧？伟业国际的产权争执是不是已传到股市上去了？伟业控股这几天的连续下跌，已造成了五亿多的市值损失！赵安邦这才想起要和白原崴见面好好谈一谈，便让秘书小项给白原崴回了个电话，要白原崴在宾馆等他。

小项回过电话后，赵安邦又吩咐说："再给我了解一下境外信息，看看美国道琼斯指数和香港恒生指数这两天的收盘情况，伟业的境外股票是不是也跌了？"

王汝成挺不理解，"哎，赵省长，你咋还有心思关心伟业国际的股票？！"又说起了钱惠人的事，"老领导，我看钱胖子是被人家盯上了！天明书记当年都被弄了个四大罪状，何况钱胖子？人家能看着咱宁川好啊？枪口又瞄上来了……"

赵安邦心里本来就烦，见王汝成还这么唠叨，无名火冒了上来，筷子往桌上一放，"王汝成，你让我吃顿安生饭好不好？什么枪口？哪来的枪口啊？当年处理天明书记的是汉江省委，于华北不过是个奉命行事的调查组组长！现在人家兼管纪检，对涉嫌腐败的干部不查行吗？我在人家的位置上也得查，同样要一查到底！"

王汝成不敢作声了，赔着笑脸道："好，好，不说了，赵省长，吃饭吃饭！"

赵安邦重又吃了起来，边吃边说，口气渐渐和缓下来，"伟业国际的股票我不关心不行啊，那是一大笔国有资产啊，全划到省里来了，我这个省长就有让它保值增值的责任！”说着，叹了口气，“白总已经从股市上下手了，让我有点措手不及啊！”

果不其然，伟业国际的境外股票也在跌。美国道琼斯、纳斯达克和香港恒生指数这二日都有不同程度的反弹，伟业旗下的三只中国概念股仍在逆市下跌，量放得还都挺大。尤其是在纳斯达克市场上的伟业中国竟暴跌了百分之四十二，仅这一支股票的市值损失即达一亿多美元。互联网上关于伟业国际产权争执的信息多达几千条，说是汉江省政府已强行接管伟业国际，冻结了公司全部国内资产，公司总部及海内外各上市公司的高管人员将大换血，甚至有消息说，白原崴已被立案侦查……

8

伟业控股于数日阴跌之后，开始破位下行，连续来了三个跌停。前两个跌停量能没放出来，属于无量空跌，今天这第三个跌停，量能突然放出来了，一日成交量竟达两千三百多万股，似乎有机构资金接盘了。谁在接盘啊？是白原崴的证券投资公司自己在接，还是伟业的战略伙伴在接？要不就是省国资委国字号资金进场护盘了？联系到纳斯达克市场伟业中国的表现看，一场你死我活的大厮杀好像开始了。

作为白原崴的老师，汤必成老爷子太了解自己的学生了：不到最后时刻，这位刚愎自用的学生不会轻言放弃，即使最终放弃，也会闹个石破天惊，给市场留下深刻记忆！这一点白原崴已经在他面前公然流露出来了。那么，赵安邦和省政府就会让步了吗？绝不可能。

赵安邦不是那种只会照本宣科的老官僚，是新派人物，懂经济，懂市场，又拥有国家赋予的权力资本，明显占着上风。不过，在资本市场开战，倒也未必就一定拼得过白原崴，目前的体制对这位省长有很大的束缚，不是他想咋干就能咋干的。白原崴却不同，是自由资本大鳄，海内外关系多得惊人，融资能力极强，只要有充足的资金做后盾，就算丢掉伟业国际的控制权，也会在证券市场的这番血火大战中拿下伟业集团的国内旗舰伟业控股，和海外旗舰伟业中国。退一万步说，就算最后拿不下这两只旗舰，白原崴也必将赚个盘满钵满，席卷而去。

种种迹象表明，自己命令海天系一味做空伟业控股可能是个错误，他这个老超人怎么忘记了中国股市的一个基本原则？消息不确定，就是投机机会嘛，在今天这个跌停板的价位上，似乎应该把抛出去的筹码捡回来了！可面对K线图，过细分析后，汤老爷子却又十分犹豫：这么大的成交量，有人接不错，又是谁在抛呢？伟业控股做空动能到底还有多大？会不会再来几个无量跌停？伟业控股流通盘一亿五千万，股权争执发生后的换手率尚不足百分之四十，套牢的风险还是有的，甚至很大。

漫漫熊途无尽期啊，海天系旗下三只基金全惨遭套牢了，尽套在绿色田园之类的袖珍小盘股上，十二亿的基金净值，现在已不足八亿了。明明知道钢铁和汽车板块可能有好戏，他硬是拿不出资金来做！好不容易高位抛空伟业控股，逃出来五千多万，如果再不小心套进去可怎么得了？他怎么向基金持有人交代啊！

想来想去，汤老爷子给白原崴打了个电话，口气亲昵，透着师长的关切，“原崴啊，今天的情况好像不妙哩，伟业控股已经第三个跌停了，跟风抛盘不少啊！”

白原崴情绪明显不佳，“老爷子，我哪还有心思看盘啊，正等赵安邦省长接见呢！我和赵省长说了，今天要和他来个不见不散！怎么，您老那里都清仓了吧？”

汤老爷子信口开河道：“前两天出了些，今天一看这阵势，又帮你接了点！”

白原崴开起了玩笑，“老爷子，您真让我感动，关键时候给我托盘了！”

汤老爷子很严肃，“哎，原崴，我不和你开玩笑啊，你那天走后，我认真想了想，觉得你说得挺有道理！伟业控股本身就控股文山钢铁嘛，三个跌停下来，价值有些低估了，我当然得进点！哦，产权界定怎么说啊？是不是有争取的余地？”

白原崴没细说，“不知道，谈着看吧，我相信赵省长和省政府总有解决难题的魄力和智慧的！哦，不能说了，老爷子，赵省长好像回来了，我得过去了！”

通话匆匆开始，又匆匆结束了，一切都没展开。汤老爷子从电话里只得到一个清楚的信息，那就是要明晰伟业国际的产权可能将有一个过程。是的，肯定会有一个过程。这个过程越长，越复杂，伟业控股的投机空间就越大，白原崴和省政府方面一定会有所动作，市场也会跟风炒作。那么，在目前这种低位上，就算套住也是暂时的。于是，主意打定了：明天开盘后，让小的们根据盘面情况，试探性吃进。

次日的操盘指令布置下去之后，绿色田园股票上的“同套”李成文过来了。

李成文不属于汤老爷子的海天系，是条独往独来的野狗，手上也有只时大时小的私募基金，被人称做“野狗基金”。三年前股市走牛时，李成文的野狗基金有过一亿三千多万的规模。现在不行了，和他们海天系联手坐庄绿色田园时吃了大亏，六千多万巨资套在了绿色田园上。嗣后，海天系借助熊市中的一次次反弹，陆续割掉一百多万股，李成文却不愿割肉，硬攥着两百多万股绿色田园死挺，搞得连吃饭都成了问题。目前，海天系仍持仓三百多万股，成本二十四元一股，李成文的持仓成本更高，接近三十元一股。汤老爷子注意到，今天绿色田园收盘价已不到十三元了。

虽说从心里看不起李成文，可汤老爷子对昔日做庄绿色田园的盟友仍是很亲切的，请李成文在对面沙发上坐下后，不无幽默地说：“小老弟啊，我们不是同志同学，是同套啊，你看看，啊，都套在这个绿色田园上了，得想法生产自救啊！”

李成文小眼睛里透出快乐的光芒，像个急待出狱的囚犯，“是的，是的，汤教授，我就是为这事来的！盼星星，盼月亮，这解套的机会终于被咱们盼到了！”

汤老爷子心里一动，脸面上却保持着平静，“什么机会啊？你知道不知道？就在前几天，《汉江商报》上还发表了鲁之杰一篇文章，质疑绿色田园的业绩！”

李成文道：“这我知道，绿色田园老总许克明亲口和我说了，他们正准备打官司起诉《汉江商报》和那个鲁之杰呢，这是诬蔑、诽谤，他妈的要负法律责任的！”

汤老爷子多少有些惊疑，“怎么？听你这口气，好像和许克明合谋过了？”

李成文益发快乐了，急急道：“那还用说！汤教授，咱们是战略伙伴关系，我瞒别人不能瞒您老！是这么个事：绿色田园想搞增发，在股市上再圈点钱，决定改变原来的不分配方案，来个十送十！你说说看，十送十啊，是不是空前利好？！”

汤老爷子听明白了，“什么空前利好？狗屁！增发消息一出就是利空！”

李成文小眼睛一挤，狡黠地一笑，“利空不属于我们！送股之前，绝不会有增发消息的。许克明和我说得很清楚，就是希望我们借这个利好把股价做上去，以利于将来的增发！而且，绿色田园增发也未必就完全是利空，知道他们增发圈钱干什么吗？在文山买十万亩地，搞大豆基地！说到大豆基地，汤教授，我又得介绍一下了：这可是农业部和省政府支持的试点啊，有优惠政策，有政府补贴！加上绿色田园本来就是生态农业概念，可炒作的余地太大了！机不可失、时不再来啊！”

汤老爷子想了想，眼睛也渐渐亮了起来，“哦，这确乎有点意思了，确乎！”

李成文叫道：“还有更有意思的呢：许克明透露说，大豆基地项目是钱市长亲自牵线安排的，钱市长可是有话的，只准成功，不准失败！这又算个利好吧？！”

汤老爷子频频点头，“当然，当然！”又趁势故弄玄虚说：“你知道吗？宁川投资公司老总白小亮挪用公款炒股出事了，据我所知炒的就是这个绿色田园啊！”

李成文有些不解，怔怔地看着汤老爷子，“哎，这和我们有什么关系？”

汤老爷子意味深长道：“可能有关系！白小亮是什么人？前任

宁川市委书记白天明的儿子嘛！别看白天明去世了，他的部下可全上来了，赵安邦、钱惠人、王汝成，谁对白家没感情？尤其是钱惠人！白小亮可是跟钱惠人市长当过秘书的！”

李成文手一拍，“明白了！教授，你的意思是说，钱市长想帮白小亮解套？”

汤老爷子说：“起码有这个迹象嘛！你知道的，为了解套，我们过去不是没做过许克明和绿色田园的工作，希望他们出点利好，给我们一些操作空间，让我们有个逃命机会，他们一直无动于衷嘛！白小亮一出事，却突然来了这么多利好！”

李成文连连点头，“厉害，厉害，汤教授，您这不是做股票，是做政治啊！您老这么一点穴啊，我信心更足了：此役的目标不能只是逃命，得有所斩获呀！”

汤老爷子没再多说，微笑着点点头，“好吧，那我们坐庄该股的盟约继续有效，就在十三元的底部对敲，先拉它几个涨停再说！另外告诉他们，大豆基地之类的利好尽快出，十送十的消息先私下传，暂不发布，何时发布，听我们的招呼！”

李成文一点就透，“这我知道，发布这个空前利好时，我们就该出货了！”

这真是天赐良机啊，近三百万股绿色田园竟然奇迹般得救了！也仅是得救而已，再高的目标，汤老爷子不敢多想，这种冷清的市道能在成本价附近出空就很不错了。当然，这种丧气话不能和李成文说，他反倒故意借白小亮的事弄了些玄虚。

李成文走后，汤老爷子给绿色田园老总许克明打了个电话，证实了李成文的说法，这才最后下定了操作决心。操作思路很清楚：今年的战略决战还在钢铁和汽车板块上，绿色田园利好再多，也只属于短平快的资金突围。不过，既然决定打这场资金突围战，就得先把机动部队拉上去。于是便又操起电话，给手下的基金经理分别发布了最新命令：伟业控股暂时不接了，准备吃进散户抛出来的绿色田园！

海虹基金经理方波不理解，“在这种市道炒绿色田园，有多大的把握啊？”

汤老爷子含蓄地道：“有多大的把握我也说不太准，但这是个解套机会嘛！”

方波争辩说：“可伟业控股是政治股啊，白原崴和省政府正较着劲呢！”

汤老爷子道：“这我能不知道？我们从绿色田园突围出来，再冲进去不迟！”

方波却不这样看，“老爷子，我劝你再冷静地想想，伟业控股不但是只政治股，还是钢铁板块，今天已经是第三个跌停了，我担心日后很难捡到便宜货了！”

汤老爷子迟疑了一下，最终还是把心横了下来，“你不要再说了，我不信就捡不到便宜筹码了！据我所知，白原崴现在正和省政府谈产权界定，还不知谈成什么样呢！如果谈崩了，没准会再来一两个跌停板的！好了，你们就这么执行吧！”

9

请白原崴在套房会客室沙发上坐下，没说几句客套话，赵安邦脸便挂了下来，“白总，你很厉害啊，怎么？和我们省政府不宣而战了？真想来个鱼死网破啊？”

白原崴赔着笑脸，“赵省长，我……我不太明白你的意思！”

赵安邦“哼”了一声，讥讽问：“你们伟业旗下的上市公司都是怎么回事啊？伟业控股还要来几个跌停？纳斯达克市场上的伟业中国是不是再跌个百分之四十二？白总，咱们可是老朋友了，我的脾气你是知道的，任何时候都不会接受谁的讹诈！”

白原崴并不害怕，竟笑了起来，“赵省长，看你，怎么扯到讹诈上去了？还说是老朋友了，你怎么对我这么不了解呢？我这边正和你们谈着产权问题，一心想等产权界定完成后再创辉煌哩，也不愿看着自家股票这么跌嘛！据我所知，这轮下跌是政府接收消息引起的。赵省长，我这话你肯定又不愿听：海内外投资者相信我和我手下的团队，不太相信你们的接收，伟业国际如果你们接收过来官办，前景莫测啊！怎么办呢？大家也只好抛售手上的股票，用脚投票了，这在意料之中嘛！”

赵安邦冷冷道：“这最大的一只脚该是你伸出来的吧？是不是还有国内外其他一些基金、机构的脚啊？白总，你的那些招数我还不知道？该出脚时就出脚嘛，只要伟业国际的产权不落到你手上，你就会把股价往地板上踹嘛！不过我劝你不要太自以为是，不要以为我和省国资委会害怕，会因此向你让步！我提醒你一下：股价是靠企业业绩支撑的，只要这些上市公司正常运转，继续盈利，股价就算一时跌下来，以后也会上去！退一步说，就算伟业旗下的中外企业全垮了，也吓不着我！”

白原崴连连点头，“是，是，赵省长，是吓不着你，汉江省这么大，垮掉一个伟业国际根本伤不了汉江的元气，你照当你的省长，对此，我……我毫无疑义！”

赵安邦身子往沙发靠背上一倒，悠闲地呷起了茶，“白原崴，你还算明白！”

白原崴却一下子从沙发上站起来，情绪激昂地道：“但是，赵省长，基于我对你的一贯了解，我觉得你不会看着伟业国际就这么完了！你不是那种只会按章办事的领导，你有主见，有办法，敢担风险，敢负责任，所以，我对你抱有很大的希望。我相信，如果我们都能尊重历史，就一定能找出个解决办法来！赵省长，你可能也知道，最近网上的消息和传闻不少，甚至说我已经被你们立案侦查了！这真是天大的笑话！昨天我还在集团高管会议上说哩，只要我们赵省长在任一天，汉江省政府就不会对我和伟业国际这么做！我还说了，我们的改革搞到今天，如果仅仅因为我提出了产权界定问题，就要立案侦查，那就不是我一个人的悲剧了！”

看得出来，白原崴为这场交锋做了充分的准备，话头一挑开，立即攻了上来。

赵安邦的准备也很充分，心里有数得很，便也没退让，“是啊，白总，你说得不错，这的确不是你一个人的悲剧，而是一批人的悲剧！云南那个烟王就是个例子嘛！所以，当你提出伟业国际属于你和你们高管人员的私有资产时，已经涉嫌侵吞国有资产了，起码有这个意图嘛，就算立案查一查也很正常，没什么不可以的！”

白原崴一下子怔住了，呆呆地看着赵安邦，“如果这样，我们就没必要谈了！”

赵安邦却笑了起来，“别紧张，目前还没到这一步，该谈我们还得谈嘛！我们是老朋友了，你白总的情况我比较清楚：你起家之初就和国家部委下属京港开发公司签过一千万元的投资合同，对不对？虽然这一千万元你后来还了，但这并不等于说现在伟业国际这三百多亿元资产就全是你们的了。我们在宁川打交道时，你不也一直说吗？你们伟业国际是大型国有企业，否则，我和政府不会给你那么多优惠政策！按你坚持的说法，你们的出色经营算投入，那我们政府的优惠政策算不算投入啊？”

白原崴思维敏捷，发现了讨价还价的机会，“赵省长，听你的意思，产权问题还是可以商量的？是不是？那我回答你：政府的优惠政策可以算投入，至于该占多少比例，我们可以心平气和地协商解决，不必搞得这么剑拔弩张！我们和省国资委合理分配产权行不行？我不坚持全部股权了，只要求占到控股的百分之五十一就可以！”

赵安邦心里一动，对手让步了，现在把第一张底牌亮出来了，然而，这只是开始，他不能以此为基准谈判，于是便道：“你不坚持全部股权就好，事情就向好的方面转化了嘛！但是，你们占百分之五十一合理吗？政策依据在哪里啊？”他想了想，提出了个反建议，“你们胃口不要太大好不好？考虑到你和高管人员的历史贡献，我个人的意见，可以奖励你们一些股权，不切实际的东西就别想了！我知道，你们挂在国家部委名下时就搞了管理层持股，加上这次奖励一些股权，也该满足了嘛！”

白原崴没接赵安邦的话，却回顾起了历史，“赵省长，你说怪不怪？今天等你时，我一直在回忆你的指示，真的。我记得，你在前年的财富峰会上做过一个总结，赢得了大家热烈的掌声，你说，我们改革面对的无非是这几种情况：上面有说法没办法，那就试一下，试出个办法来！上面既没有办法，也没有说法，碰到了新问题，怎么办？

只能大胆闯，哪怕牺牲了自己，也要杀出一条血路来。对不对？”

赵安邦笑道：“不错，这话我是说过，不但在前年的财富峰会上说过，也在许多公开场合说过，这二十五年，我们不就是在风风雨雨中这么走过来的吗？！”

白原崴激动了，“所以，赵省长，我服你，这些年就是和你斗也服你！一九八六年，当你和钱惠人在文山古龙县刘集乡冒险搞新土改，私下里把土地分给农民时，我就服你了！你和钱惠人当年这么分地，有政策依据吗？你不也干了吗？”

赵安邦一怔，忙阻止，“哎，打住，白总，一九八六年的事你别提了！那时分地，我严重违反了中央政策，犯了大错误，还搭上了钱惠人和一些基层干部！”

白原崴道：“什么错误不错误，不就是探索吗？我就敬佩你探索的勇气！”

赵安邦心里清楚，白原崴这是在用他的矛攻他的盾，挥了挥手说：“行了，行了，白总，时间不早了，你别替我回顾历史了，咱们还是回到正题上来吧！”

白原崴回到了正题，“伟业国际的产权界定算哪种情况？起码算‘有说法没办法’吧？搞市场经济就是说法吧？就算是个新问题，也可以大胆闯一下吧？赵省长，我不相信你做了省长就没这股闯劲了！刚才你也说了，这不是我一个人的悲剧，是一批人的悲剧，这批人应该说全是精英啊！如果我们仍然固守着以往递延资产概念，不承认资产经营者的出色贡献，那么，不但是一个伟业国际，许多戴红帽子的企业都可能一蹶不振，国有资产保值增值只怕也是一句空话！赵省长，你想想看，就拿这个伟业国际来说，即使国有股权占百分之四十九，也能实现保值增值，而落在一些无能的国有资产管理人手上，你给他再多的股权和资产也能让他赔干净！”

赵安邦不得不承认，白原崴说得有道理，然而，他还是不能接受白原崴的方案。白原崴他们的历史性贡献应该承认，递延资产的概念也必须坚持，有利于自己的谈判筹码为什么要放弃呢？谈判的目的就是争取利益的最大化，况且，白原崴现在又在进攻，他这个省长岂能轻易退让？便没松口，只道：“白总，你别套我，我过去不论说过什么，都和伟业国际的产权界定无关！我还是那个话，可以奖励你们一些股权，份额不超过总资产的百分之二十！我现在不要你回答，你回去后和你们高管人员商量一下，如果同意，我就让省国资委孙鲁生他们搞个奖励方案，咱们再坐下来具体谈！白总啊，我希望你能冷静下来，好好想一想，给我一个肯定的回答！”

白原崴长长叹了口气，郁郁地问：“赵省长，这是你和省政府的最后决定吗？”

赵安邦起身送客，“谈不上什么决定，只是我的一个建议，请你考虑吧！”

白原崴也从沙发上站了起来，叹息道：“赵省长，你……你真让我失望！”

赵安邦拍了拍白原崴的肩头，颇为亲切，“白总，那是因为你野心太大！”

白原崴点点头，“也许吧！”又阴阴地说：“如此一来，一个经济奇迹恐怕要消失了，也许我们都该记住这个日子！哦，赵省长，建议你有空时再看看《冰海沉船》，我觉得拍得比《泰坦尼克号》好，那么一艘豪华巨轮，说沉就沉了！”

赵安邦仍是那么亲切，“白总，不要这么危言耸听嘛，伟业国际不是泰坦尼克号，汉江省也不是什么冰海，伟业国际这艘船我看沉不了，不过是临时靠岸！”

白原崴像似刚想起来，“哦，对了，赵省长，你不说靠岸我还想不起来呢！还得向您汇报个事啊：就在今天，伟业国际总部十八位高管人员，包括五位副总、财务总监、行政总监已向我这个大权旁落的董事长提出集体辞职，要求立即下船！”

这是明目张胆的挑衅！赵安邦火了，怒道：“白原崴，你以为你是谁？！”

白原崴不管不顾地叫了起来，“我是谁你不知道吗？一个市场经济的创业者，一个为汉江和宁川创造了巨额财富的精英，一只被剥光了的猪，难道不是吗？”

赵安邦心里一震，怔怔地看着白原崴，一时不知该说啥才好，过了好一会儿才道：“谈判就是谈嘛，这么激动干什么？在汉江敢这么和我叫的企业家还没有！”

白原崴多少冷静了些，“是的，赵省长，过去我也不敢和你这么叫板，可现在我真是被逼急了，关系到伟业国际的生死存亡啊，所以，我豁出去了！”

赵安邦脸色缓和下来，“别说得这么悲壮，情况并没你想象得那么严重！”

白原崴道：“那好，赵省长，那我就不说气话了！既然你们还没对我这个董事局主席立案侦查，我明天就正常飞香港，继续我的商业谈判！”

赵安邦想了想，以商量的口气说：“先不要走好不好？现在谣言四起，你白总还是应该在这次财富峰会上露个面嘛，你一露面，一些谣言也就不攻自破了！”

白原崴摇了摇头，“赵省长，恐怕不行！国内资产全冻结了，海外好多已订了合同的合资项目怎么办？接受违约罚款吗？能做的补救工作不去做吗？！还有平州港，听说石亚南市长亲自找了你，国内省内的正常资金流动，它省国资委怕什么？”

赵安邦心平气和地说：“接收工作不是才开始吗？你那个资产迷宫总得先搞清楚吧？你们注册了那么多公司，管理层又持股，股权关系如此复杂，省国资委不怕资产流失啊？话既说到这里，我也提个要求：为了顺利完成清产接收，你和你的团队一定要配合，将来的产权分配或者股权奖励，也得在搞清存量的基础上进行嘛！”

白原崴眼睛一亮，试探问：“赵省长，这么说，还存在产权分配的可能？”

赵安邦未置可否，只道：“白总，有一点你说对了：我不会让伟业垮掉的！”

白原崴想了想，“既然如此，那我和我的团队就和这艘大船共存亡了！”

赵安邦意味深长道：“我希望这是你真心话！另外，我也提醒你，别光盯着我和省政府较劲，也小心证券市场上的那些大小鲨鱼，别让有些渔翁趁乱得利啊！”

白原崴怔了一下，笑了，“赵省长，你……你可真厉害，啥也瞒不了你！”

赵安邦进一步点拨道：“不过，我想，这些渔翁们也许不会得逞，伟业控股今天跌到五元多了，这么便宜的筹码你能不捡回来？将来你们还得靠股权说话嘛！”

白原崴这才说了实话，“赵省长，不瞒你说，我已安排自有资金进场了！”

赵安邦笑道：“这就对了嘛，你再不进场，我可要安排资金进场了！我们都在伟业国际这条船上，我便宜你白总这个盟友可以，不能便宜了其他机构啊！”

送走白原崴，钱惠人来了个电话，说是想过来汇报一下明天的会议安排。赵安邦很警觉，揣摩钱惠人也许要说些别的，就没让他过来，要他在电话里汇报。钱惠人便在电话里汇报起来，赵安邦握着话筒只是听，不咸不淡地应着，没表什么态。

放下电话，赵安邦马上打了个长途给省城家里，和夫人刘艳说了钱惠人的问题，要刘艳抽时间悄悄回趟文山，看看这位钱胖子是不是在老家盖了座宫殿？到底花了多少钱？除了收白小亮的这四十二万元，是不是还向谁借过钱或者要过钱？

刘艳试探着问：“安邦，看你的意思，好像不是要对钱胖子公事公办吧？”

赵安邦气哼哼地说：“公事公办还让你查吗？那是人家于副书记的事！”

刘艳也在电话里叫了起来，“那我查个啥劲？你还嫌我不够忙啊？钱胖子是你老部下，我中学同学，他的为人谁不知道？清廉正派，会有啥问题？真是的！”

赵安邦火了，“叫什么叫？让你了解你就去了解，乱打什么保票！我把话撂在这里：搞不好钱胖子就有问题！于华北批了的事一般不会错，这位同志你还不了解吗？既讲原则又稳重，没十分把握，不会随便做批示的！”说罢，挂上了电话。

挂上电话后，赵安邦看着窗外宁川牛山半岛的万家灯火，陷入了深思：不管钱惠人有没有问题，有多大的问题，这都像一场政治偷袭。白原崴呢，则是经济进攻，不给他百分之五十一的股权，不满足他控股伟业国际的要求，他就要给你来个冰海沉船！可这百分之五十一的控股权能给吗？法律和政策依据在哪里？这不仅是经济问题，也是个政治问题，搞不好于华北就会攻上来，指责他造成了巨额国有资产的流失。

不过，必须承认，白原崴这场进攻组织得很有水平，煞费苦心啊，有些话也的确击中他的要害了，尤其是重提他总结出的改革实践中必须面对的几种情况，还有一九八六年发生在文山的分地风波。白原崴是在激他啊，看他身居省长高位以后还敢不敢像过去那样大胆试、大胆闯了。真是的，过去人们总说改革者没好下场，他却不然，虽说不容易，终究还是上来了，算是有了好下场，那么，他是不是也该学学明哲保身了？宦海沉浮，磕磕碰碰，几度风雨，几度春秋啊，他的心其实已经很疲惫了！再说，老部下钱惠人这回又撞到了于华北手上，他当真在省长的位置上不顾死活，和于华北再来一次不见硝烟的较量？他们难道还没较量够吗？可不较量又怎么办呢？伟业国际的难题总要合理解决，钱惠人如果问题不大，没触犯法律，也必须保，他不能让共过患难的同志伤心，让人家骂他只顾自己，不管别人的死活！

曾经的历史风雨飘然而至，赵安邦的思绪不禁回到了一九八六年的文山……

第三章

10

历史往往是在不经意中创造的。一九七八年，当安徽凤阳县小岗村的二十一户农民，为了吃饱肚子，冒着莫大风险，将土地承包下去的时候，谁也没想到这是在创造历史，更没想到这些底层农民实际上已为一场前无古人的伟大改革破了题。

经过两年的争论和试点，家庭联产承包责任制在全国推行了，文山是一九八一年具体落实的。当时的政策是，土地承包合同一签五年。赵安邦作为文山古龙县刘集公社党委书记，参与了大包干的实施过程，深切体会到了一代农民心灵的颤动。钱惠人的父亲三老爹签过合同后，蹲在自家承包的八亩六分地里，一夜没回家，回家后就对钱惠人说："党的政策好哇，到底把地包给咱了，庄稼人看见亮了！"

钱惠人时任公社党委副书记，分管民兵训练和治安，工作一直干得很不错，可家里包了八亩六分地后，立马变了个样，公社院里看不到他的影子了，白日黑夜和他父亲三老爹泡在自家的承包地里，气得赵安邦几次在党委会上批小农思想。在赵安邦看来，钱惠人骨子里就是个只注意眼前利益的农民，和那些农民们一样，都把这五年承包期当成了一个不可多得的致富机遇，似乎这种机遇是天上掉馅饼，一旦抓不住，馅饼就没了。这种心态也不奇怪，当时毕竟还是八十年代初，一切都在摸着石头过河，中国未来的路到底怎么走，谁心里也没有数。但钱惠人毕竟不是一般农民，到底在自家的八亩六分地上发现了真理，第一个提出：把土地分给农民！

这是一九八五年发生的事。这年五月，赵安邦由时任县委书记，其后升任地委副书记的白天明提名推荐，出任了古龙县主管农业的副县长，钱惠人继任刘集乡党委书记。也正是那一年，土地的第一轮承包到期，第二轮承包即将开始。

就在这节骨眼上，钱惠人坐着乡政府的破吉普，跑到县城招待所，向主管副县长赵安邦做了个汇报，先大谈了一通家庭联产承包责任制怎么发生了巨大威力，乡里的农业形势如何一片大好，不是小好，继而，试探着提出，“赵县长，这……这地还继续包下去吗？咱……咱们能不能思想解放些，干脆把地分给农民算了！”

赵安邦大吃一惊，“把土地分给农民？钱胖子，你该不是喝多了吧？把土地承包给农民和分给农民，是性质完全不同的两回事，这连想都不能想，知道不？”

钱惠人不服气，“怎么就不能想呢？中央说了，现在就是要解放思想！”

赵安邦根本听不进去，手直摆，“这和解放思想无关，地委县委都不会考虑的！你在我这儿说说也就算了，别四处胡说，小心县委撸了你的乌纱帽！”

如果钱惠人就此被吓回去，如果没有一个多月后县委关于承包年限的争执，没有白天明大胆解放思想的指示，也许就没有那场分地风波了，新来的省委书记刘焕章也不会注意到他。可那天钱惠人没被吓回去，仍坚持要试着搞“二次土改”。

钱惠人说了许多理由，“赵县长，实践是检验真理的标准吧？既然实践证明地在农民手上年年大丰收，为啥就不能分呢？咱们党领导人民闹革命时，就是以打土豪分田地为号召的！现在只把地包给农民，农民都不放心，担心政策会变！随着承包到期，都不往地里下力了。刘集乡去年和今年虽然都丰收，产量可不如头三年了！不是自己的地，谁都不爱惜，连我爹都不用农家肥，只用化肥。有些人家做得更绝，从去年开始就用盐水浇地了。这么下去不得了啊，地力一年不如一年，全板结了，变成盐碱地了，咱们又是个农业大国，总得有个长远的打算是不是？”

这些情况，赵安邦实际上都清楚，过去他是公社党委书记，如今是管农业的副县长，怎么可能不知道这种情况呢？也正因为如此，他才在不久前省里召开的一次农业会议上提出，希望第二轮承包的期限能适当延长。可话没说完，就挨了主管副省长的好一顿批评。因此，便把这情况如实和钱惠人说了：“……惠人，你想想，省里连延长承包期都不同意，怎么能允许分地呢？你不想让我干这副县长了？”

钱惠人当即讥讽说：“赵县长，过去你还说我小农意识，你呢？什么意识？是当官意识吧？就怕省委、地委撸了你的乌纱帽，你都不如安徽小岗村的农民！”

赵安邦火了，“钱胖子，你别说我，说你：你狗东西是不是想当地主了？”

钱惠人的回答不无精彩，“想当地主的不是我，是我老爹他们，是刘集乡的那些农民，他们个个都想当地主，做自己土地的主人，不信，你一个个去问吧！”

这次谈话虽说不欢而散，却给赵安邦很大的触动：钱惠人说得不错，几千年来，哪个中国农民不想成为土地的主人？中国历史上的农民起义、农民革命，哪一次又和土地无关？如果真能把地分下去，也未尝不是一件好事，可谁敢这么做啊？

赵安邦怎么也没想到，地委副书记白天明就敢这么做，这个土改工作队队长的后代，竟和钱惠人想到一起去了，于是，便有了震惊全省的那场古龙县分地风波。

分地风波肇始于春节前夕的一次县长、县委书记联合办公会。这个记忆应该不会错。那时他只是农业副县长，还不是县委常委，如果开的是县委常委会，他就没有出席的资格了。还有两个细节他也记得很清楚：其一，调任地委副书记没多久的白天明专程赶到县里参加了这次会议，会前，大家还一人出了五块钱，集体请白天明吃了顿饭。其二，主持会议的不是时任县委书记的刘壮夫，刘壮夫正在省委党校学习。主持会议的是县长于华北。于华北从地委组织部副部长的位置上下来没多久，同志们私下里都在传，说于华北只是下来镀镀金，以后还要回地委当组织部部长的。

那天的议题是讨论落实第二轮土地承包，省里的文件规定很明确，再续订五年承包合同。然而，身为地委领导的白天明却在会议一开始就定调子说：“文件归文件，各县有各县的情况，我看也不必拘泥于上面的规定，思想可以解放一点，只要有利于将来农业的发展，有利于老百姓过上好日子，能突破的东西可以突破嘛！”

白天明这么一说，赵安邦心里又活动了，只字不提省农业会议上那位副省长的批评，明确提出了延长承包期，“白书记的意见我赞成，上面规定的承包期看来是短了点！为什么就不能签个十年、二十年呢？这阵子我一直在下面跑，钱惠人和许多乡村干部向我反映，我们农民同志普遍担心政策会变，都在搞短期行为！”

于华北证实说：“是的，是的，安邦说的这种担心是客观存在的，农民还是心有余悸啊，被过去的政治运动搞怕了，有人就当着我的面说，党的政策像月亮，初一、十五不一样，看来，我们还是要利用这次二轮承包多做解释工作哩！”

赵安邦冲着于华北摇头苦笑，“于县长，怎么解释？谁相信咱们的解释啊？农民是注重实际的，最好的解释就是把一包十年、二十年的合同放在他面前！如果思想再解放一点，胆子大一点，就搞个第二次土改，干脆把土地分给他们算了！”

分地的话头几乎没经过大脑的思索，就这么鬼使神差地脱口而出了。

于华北怔了一下，敲了敲桌子，郑重提醒说：“哎，哎，安邦，这种场合，你这同志别胡说八道啊！搞大包干人家就说是走资本主义道路了，什么辛辛苦苦几十年，一夜回到解放前，一直吵到今天，你还想分地？这不是授人以柄吗？再说，把地分下去和包下去，性质完全不同，分下去那可真是一夜回到解放前了！”

应该说，于华北这番提醒是好心。一九八六年，赵安邦和于华北在文山头一次共事，两人一个任县长，一个任副县长，住在同一个县委招待所，公私两方面的关系都很好，分地风波发生前，赵安邦和于华北的关系远远超过和白天明的关系。多年后，有件事赵安邦还记忆犹新：于华北那时烟瘾很大，一天要抽两盒烟，可出于谨慎，从不收受下面送的烟。赵安邦不抽烟，却老有人给他敬烟，赵安邦便收集起来，一次次集中送给于华北，什么牌子的都有。搞到后来，干脆是赵安邦搞不正之风，每月收熟人两三条烟，送给于华北，让于华北既有烟抽，又保持清廉形象。

于华北谨慎持重，却并不是思想僵化的人，提醒过赵安邦后，又说："一包五年的政策规定，按说不好随便突破，但是，白书记和安邦说得都有道理，我们的思想还是要解放一点，我个人的意见，可以考虑一包十年，我们也少一点折腾！"

白天明和与会的县长、书记、常委们没再说啥。赵安邦也没再提分地的事，分地只是发言时的一时冲动，谁都知道不可能实行，于是，就定下了十年的承包期。

不料，散会之后，白天明却把赵安邦悄悄叫到了县委招待所，绷着脸问："我说安邦同志啊，这分地是你的主意呢，还是刘集乡党委书记钱惠人的主意啊？"

赵安邦那当儿还摸不着白天明的底，担心害了钱惠人，打哈哈说："这事和钱惠人没啥关系，我也就是在会上随便说说——白书记，你不是说要解放思想吗！"

白天明这才交了底："行了，安邦，你别替钱惠人打掩护了，实话告诉你：钱惠人找过我了，还给我拿来了个材料，我仔细看了，有些说服力啊！耕者有其田嘛，从安定民心和保护耕地，以及将来农业的持续发展考虑，应该把土地分给农民！"他思索着，又说："但是，有些问题钱惠人没想到，一个乡党委书记，总有自己的局限性嘛，比如说：把地分下去，农田水利以后怎么办？谁还给你上河工搞水利啊？另外，会不会出现土地兼并的情况，重新出现两极分化啊？还有，农业迟早有一天要进入现代化，使用大机械，搞产业化，这又怎么办呢？要全面考虑啊！”

这是赵安邦从没想到的，一九八六年的白天明竟然就有这么超前的思考！

白天明要赵安邦好好搞个调查，拿出个切实可行的方案来，“搞方案时要实事求是，一定不要有什么顾忌，小岗村的农民同志当年如果有顾忌，就不会有今天的大包干！第一关闯过了，这第二关，我看也可以试着闯一下！当然，也得学学小岗村的农民同志，只做不说，钱惠人积极性那么高，可以先在刘集乡搞个试点嘛！”

那次谈话无疑是历史性的，白天明作为一个押上身家性命闯关的改革者，就此山一般耸立在赵安邦面前，而且从那以后，就再没减低过高度。事过多年之后，赵安邦还认为，在他从政生涯的初始阶段，是白天明让他的思想第一次冲破了牢笼。

自由的思想开始飞翔，作为主管农业的副县长，赵安邦开始了大胆的闯关。

事过多年之后，刘焕章提起这件事，还当面和赵安邦说过：“我和省委注意到你，就是因为那年在文山分地！当时的文山地委瞻前顾后，家庭联产承包责任制拖到最后才搞，怎么冒出你这么个主儿？你胆子不小啊，连土地和生产资料归集体的前提都不坚持了？省委不处理行吗？怎么向中央交代？当然，改革是探索，探索就允许失误，所以，处理归处理，该怎么用还要怎么用，否则以后谁还敢探索！”

11

钱惠人又怎能忘记生命历程中的一九八六呢？一九八六年在中国改革的历史上也许是个平常年头，而对文山地区的古龙县来说，却很不平常，刘集乡的分地事件石破天惊，把他推到了一场政治风暴的中心。在风暴中心，赵安邦和白天明真正认识了一个叫钱惠人的乡党委书记，他呢，也义无反顾地选择了这两位思想开明的好领导。后来的事实证明，正是一九八六年他在文山的选择，决定了他嗣后的仕途。

事过多年之后，钱惠人还记得很清楚：一九八六年三月初的一个夜晚，赵安邦顶着早春的寒风，骑着自行车，独自一人赶到刘集乡他家来了，说是找他喝酒。酒是好酒，泸州老窖，两瓶，是赵安邦装在挎包里带来的，挎包里还装着一份卖地试行方案。是卖地，不是他设想的无偿分地，按方案设计，每亩地根据好坏，以三百至五百元的价，向签过承包合同的农民出卖。钱惠人不太理解，就着花生米、炒鸡蛋，和赵安邦对酌时，不满地向赵安邦抱怨说："不是分地吗？咋搞成卖地了？"

赵安邦那天心情很好，有些兴奋，呷着酒，拍着他的手背，亲昵地说："你这个笨胖子，也不想想，不收点钱行吗？以后你这个乡党委书记还怎么当？农田水利用什么钱搞？每亩三五百元并不算多，从农民这方面说，应该能够负担得起。而从你们乡政府这边说呢，就是笔大资金啊，十几万亩地卖了，就是五六千万啊，可以考虑建立一个农业基金，存在银行里有利息，搞投资滚动发展有利润，搞农田水利建设就有钱了，将来还可以作为农业产业化的发展基金嘛！”

钱惠人一下子被说服了，“好，好，赵县长，你想得可真周到，真全面啊！”

赵安邦说：“这也不是我想到的，是天明书记想到的，天明书记出题目，我做作业嘛！听着，还有呢！为防止出现土地兼并，造成新的两极分化，卖出的承包地五十年内不许转让，至于五十年后是不是能自由转让，我们五十年以后再说！”

钱惠人直笑，“行，五十年后还不知道怎么着呢，咱就这么先试起来吧！”

赵安邦笑道：“要我看，五十年后这些卖出去的地也许还得集中起来！小农经济肯定不行嘛，大农业才是发展方向，但土地怎么集中就不好说了。所以，你钱胖子心里要有数，目光要放远点，别以为把地这么一分，就把农业问题解决了！这个方案你先好好看看，和乡党委其他同志小范围地研究一下，有问题就提出来！”

钱惠人酒杯一放，当场把问题提了出来，“赵县长，每亩地卖三百至五百元不算多，可很多农民还是买不起啊！就拿我家来说吧，八亩六分地，得三千多块！我一月的工资三十六块，想结个婚都没钱，一下子哪拿得出三千多？何况农民了！”

赵安邦说：“这个问题我和天明书记已经想到了，胖子，你看这样行不行？地款分三年或者五年交清，另外，信用社也可以搞抵押贷款，把土地证押给信用社贷款！一次性交款给些优惠，再加上分期付款和贷款，我看完全能启动！”

钱惠人乐了，“赵县长，这么说，试点方案天明书记、地委县委批准了？”

赵安邦怔了一下，数落道：“胖子，你猪脑子啊？问这话！也不想想这是什么事？这是违反政策的，只能悄悄试！你怕丢乌纱帽可以不试，要不怕就闯一下，你狗东西主持搞，我负领导责任，天明书记和地委县委都不知道，听明白了吗？！”

钱惠人这才知道，地委副书记白天明虽然暗中支持分地试点，却不能公开出面，也就是说，真搞出问题，责任在他，最多赔上个管农业的副县长赵安邦。

要命的选择就这样摆在了他的面前，那晚，在昏暗的灯光下，面对赵安邦严峻的面容，他不是没有退路，他完全可以不冒这个风险。然而，作为一个对土地有着深厚感情的中国农民的儿子，一个深知农村现状的基层党委书记，这个险他还是决定冒了。天理良心，做出这个决定时，他真没想到日后会成为白天明、赵安邦的什么亲信骨干，会在仕途上得到这两位领导的什么重用，后来那些风言风语均属无稽之谈。

然而，事实证明，在中国有些高压线是不能碰的，有些关是不能胡乱闯的。

刘集乡的卖地方案试行了不到两个月，全乡十几万亩地卖了只一小半，风声便传到了县长兼县委副书记于华北的耳朵里。于华北极为震惊，一边亲自出面，跑到刘集乡紧急叫停，一边向文山地委书记陈同和汇报，把赵安邦和白天明都给卖了。

陈同和书记开始还不相信，以为于华北谎报军情，要管农业的赵安邦来汇报。

赵安邦去了，汇报说：“陈书记，刘集乡这只是个试点，不行就停下来……”

陈同和火透了，当场拍了桌子，“这种事能试吗？这不但违反目前的土地政策，还是犯法，违犯了宪法！宪法上说得很清楚：中华人民共和国的土地归国家所有，刘集乡的那个姓钱的乡党委书记不知道吗？你这个副县长还跟着掺和？是谁在后面支持你们？据说我们地委也有个别领导也卷进去了，是不是这个情况？！”

赵安邦当时就保了白天明，“陈书记，这我可得汇报清楚：卖地试点，和县委、地委任何一个领导都没关系，是刘集乡的同志最先提出来，我同意搞的！”

陈同和根本不相信，当天发文停了赵安邦的职，亲自带着调查组下来了。

赵安邦在劫难逃，他钱惠人也大难临头了，地委调查组下来第三天，陈同和书记出面和他谈话了，还带着两个年轻人做记录。陈同和冲着赵安邦拍桌子，却没冲他拍桌子，态度挺和气，在整个谈话过程中，不断地给他递烟，是云烟。那时的云烟叫得挺响。还有个细节，钱惠人也记得很清楚，就是陈同和书记老上厕所，谈话进行了三个小时，他老人家最少上了七八趟厕所。后来才知道，陈同和书记的身体一直不太好，前列腺有毛病，毛病还不小，退休后终于因为前列腺癌去世。钱惠人那时已在宁川做了副市长，听说这一消息后，还托人给陈同和送了个花圈。

地委书记对他态度很好，并不说明就会对这事网开一面，一九八六年不是一九九六年，一九八六年的干部作风，尤其是老干部们的作风是令人敬佩的。地方保护主义没那么盛行，像陈同和这种观念正统的领导还没学会对上应付、对下死保的那一套。分地事件一出，陈同和就以地委的名义及时向省委做了汇报，自己还主动做了检讨，承担了领导责任。接下来，陈同和与文山地委按省委的指示精神查明事实真相，抓住白天明和赵安邦这两个领导不放也在情理之中，绝不存在别的意思。

因此，陈同和在谈话一开始就说：“钱惠人同志啊，我和文山地委绝不相信刘集乡分地只是你们乡党委研究决定的！我们都是共产党员，共产党员要讲纪律，要对组织忠诚老实，今天我是代表地委和你谈话，希望你实事求是！请你说清楚，地委副书记白天明同志和副县长赵安邦同志在这件事上到底参与到了什么程度？”

钱惠人心里一片灰暗，觉得反正自己完了，没必要把白天明和赵安邦再搭进去，再说，赵安邦也打过招呼，不能牵涉县委、地委，于是便说：“陈书记，这事和白书记、赵县长可真没关系，就是我自作主张嘛！第一轮土地承包中出现了一些新情况，我是向白书记、赵县长汇报过，但分地的事我提都没敢提，真的！”

陈同和拉下了脸，“你在赵安邦面前也没提过吗？不但提了，还得到了赵安邦的支持，连那个分地试行方案都是赵安邦搞出来的，赵安邦同志自己都承认了！”

钱惠人知道，赵安邦已被停了职，所以听了这话并不意外，明知保不下赵安邦，却还硬挺着，“陈书记，你这么一说，我倒记起来了：分地的事我好像和赵县长提过一次，当时就挨了赵县长的批评，赵县长说我喝多了，让我想都不要想！哦，对了，对了，我全想起来了：赵县长还骂我小农意识，说我想当地主……”

这场谈话把陈同和气得够呛，据调查组的同志后来告诉钱惠人，陈同和对他有个评价，说他睁着眼睛说瞎话，政治品质恶劣，要开除他的党籍。钱惠人当时也觉得党籍可能保不住了，甚至连公职都保不住，就更不怕了，在嗣后和调查组成员的一次次谈话中，竟然坚持错误立场，继续大谈把承包地分给农民的种种好处。赵安邦得知这一情况后，既感动又着急，让新婚的老婆刘艳带了句话过来，“留着青山在，不怕没柴烧！”他一听就明白了，这才开始转弯子，写起了“深刻检查”。

没想到，搞到后来，党籍还是保住了，省委书记刘焕章亲自做了批示，对他“留党察看，以观后效”。公职也保住了，虽说刘集乡的党委书记不让当了，粥还是给喝的，当年九月，便到县计划生育办公室做了喝茶看报的副主任。两位领导也调离了，白天明带着个严重警告处分，离开文山，到宁川做了地委副书记。那时的宁川和文山不好比，文山是北部重镇，宁川是南部不起眼的小市，干部使用上一直比文山低半格。赵安邦则给了个行政记大过处分，安排到文山最穷的白山子县做了分管工业的副县长。当时白山子的工业只有一个编织厂，三家小饭店，和十几个乡村合作社。白山子乡镇企业的崛起还是后来的事，也是在赵安邦手上发展起来的。

对钱惠人来说，分地风波的最大打击，还不是组织处理，组织上已经够宽大的了，真是惩前毖后，治病救人啊，虽说不用你了，总还给你碗粥喝。最大的打击来自生活方面：谈了好几年，已要谈婚论嫁的未婚妻孙萍萍离他而去了。这倒不怪孙萍萍，得怪孙萍萍在县里当组织部部长的爹。人家部长同志高瞻远瞩，有政治眼光啊，和自己女儿说了，小钱这辈子算是死定了，仕途上根本没希望了，对犯这种政治错误的人，组织上永远不会重用了，当然，这位部长同志后来悔青了肠子……

到计划生育办公室喝茶看报，和于华北见面的机会就多了。这场风波让于华北成了最大的赢家，人家于县长政治上坚定啊，成了地委陈同和书记欣赏的干部，后来就一步步上去了，从于县长变成了于副市长，又变成了于市长。未来的于市长对他挺关心，在县委大院见了面，有时会拍拍他的肩头说："小钱哪，不要发牢骚，不要埋怨组织，还得好好干啊，你还是有希望的！"他脸上笑着，嘴上应着，心里却骂："他妈的，有你这样的组织，老子还有啥希望？不是你向上打小报告，白书记、赵县长能被处理吗？我一个没结婚的大龄青年能来这里发避孕药具吗！"

那当儿，钱惠人就看清楚了：所谓组织都是由一个个具体人组成的，他的组织就是白天明、赵安邦，只有跟这两位领导干，他才会有出路。于是，次年三月，通过赵安邦协调，调到了白山子工业办公室，又追随赵安邦振兴乡镇企业去了……

第四章

12

于华北很喜欢共和道上的恬淡和幽静。当玻璃幕墙和钢筋水泥构筑的林立高楼成为省城主要景致时，共和道上这一幅幅凝固的异国风景画就显得异常珍贵，远离嘈杂市声的这份恬淡幽静也变得比较难得了。因此，不论春夏秋冬，只要不是雨雪天气，不到外地出差，于华北就不让司机接，总爱自己散着步去省委大院上班。背着手，安步当车走在根深叶茂的梧桐树下，看着道路两旁一座座风格各异的欧式小楼，于华北会觉得自己也成了历史的一部分，正融入一座古老城市的传说之中。

毫无疑问，他必将走进历史，就像那些已走进历史的旧时代的达官显贵和新中国的历任省长、省委书记一样。后人写起汉江省这段改革历史时肯定会提到他，尽管他只是省委副书记。说起来还真是有些遗憾，凭他的资历和能力，仕途不应该到此为止，他是有可能在政治人生的最后一站成为省长的，中央已经考察了嘛，民意测验的得票和赵安邦比也没差几票。可刘焕章和几个老同志拼命推荐赵安邦，说是赵安邦年轻，让他顾全大局！这真是岂有此理，刘焕章他们怎么会这么考虑问题呢？怎么就不想想：既然赵安邦年轻，为什么不能让赵安邦再等几年呢！却也没办法，这种事不能硬争，硬争也争不来，再不情愿也得顾全大局。那阵子他总想，若是文山分地事件发生后，赵安邦被开除党籍就好了，也就没这么一个竞争对手了。

省委书记裴一弘还不错，打招呼给赵安邦安排省长“官邸”时，也把他的住房调了一下，从二十一号调到四号。那是六十年代一位省委书记住过的英式小楼，建筑面积和院内占地面积比赵安邦和裴一弘的“官邸”都大了许多，是共和道上最好的一座洋楼，曾做过美国利益代办处。这座楼门牌编号虽说是四号，但却长期被人们称作一号楼。夫人觉得不合适，劝他不要去住。他没理睬，等机关事务管理局把房子一拾掇好，马上搬了进去，这才在心态上得到了些许平衡。

现在，平衡又被钱惠人受贿的事打破了。说良心话，他真不是想故意和谁作对，更不会去和钱惠人、赵安邦算过去那些扯不清的旧账，而是白小亮和钱惠人撞到了他的枪口上。昨晚去向裴一弘汇报时，他就知道不会有什么结果，裴一弘的谨慎也在意料之中。这次毕竟涉及到宁川和宁川市长，这位市长又是赵安邦和白天明的铁杆部下，裴一弘不可能没顾虑。再说，裴一弘也清楚他和赵安邦、钱惠人历史上的是是非非，心理上对他会有所设防，这可以理解。那就让将来的事实说话吧，只要纪检部门拿出钱惠人受贿的铁证，看谁敢站出来保？经济问题可是高压线啊！

就这么在共和道上走着，想着，一辆轿车悄无声息地在于华北身边停下了。

是省委书记裴一弘的专车。裴一弘打开后车门，从车内伸出头，打趣说："老于啊，怎么还开着你的廉政十一号啊？来，来，上车吧，你这十一号太慢了！"

于华北笑着摆摆手，"一弘，你走，你走，我习惯了，就是想散散步！"

裴一弘没走，仍在车上招手，"上来吧，老于，我想和你说点事哩！"

于华北只好上了车，上车后就和气地打哈哈说："昨晚不才见过面嘛，你大当家的又有啥最新指示了？我到办公室处理点事，今天还得赶去文山搞调研呢！"

裴一弘笑道："我哪来这么多指示啊，就想和你说说文山哩！老于，文山那个市长田封义挺有能耐啊，不但在刘壮夫面前软磨硬缠，还跑到安邦那里去泡了，又是汇报工作，又是送简历，安邦省长和我说啊，这位同志好像有点急不可待了！"

于华北多少有些吃惊：这个田封义也真是太过分了，先在文山市委书记刘壮夫家泡，泡得刘壮夫恼火透顶，跑到裴一弘和他面前撤梯子，现在又跑到赵安邦面前泡了！田封义可是他做文山市委书记时重用过的副市长啊，这个同志不是不知道他和赵安邦的历史关系，竟还到赵安邦面前这么乱来，真不知哪根神经搭错了！

裴一弘又说："安邦知道田封义曾经和你一起工作过一段时间，对他还是比较客气的，既没当面批评，也没表什么态，但却和我说，像田封义这种只会跑不会干的干部最好不要重用。也是的，田封义在文山当了五年市长，都干了些啥？文件发了不少，经验总结了不少，文山经济增长率还是全省倒数第一，问题多多！”

于华北沉着脸问：“一弘同志，田封义是啥时候找的安邦同志啊？”

裴一弘说：“就是前几天的事吧？反正在安邦去宁川开财富峰会之前！”

如此说来，这不是一次刻意的反击，钱惠人的问题省纪委昨天才向他正式汇报，他当晚就找裴一弘，估计赵安邦不会这么快知道，因此，也就不会打出这张围魏救赵的政治牌。但裴一弘会不会打这种政治牌呢？这可说不准。尽管做平州市委书记时，裴一弘对赵安邦时有微词，现在不同了，人家是省委书记了，立足点变了，对赵安邦的看法也就变了。根据官场经验推测：裴一弘如今的政治视野里不会再是哪一个市，哪一个县，而是整个汉江省。哪里搞好了都是他的政绩，哪里搞砸了他都要负责任，任何地方出乱子都是他不愿看到的，包括宁川和钱惠人的乱子。

裴一弘抓住手上的好牌不放，到了办公室，又对他说：“老于，田封义这么跑也不奇怪，刘壮夫到龄了，我们又把文山班子的调整列入了议程，田封义就看到机会了！所以，我前几天和安邦通了通气，今天也和你正式通通气：文山这个班子要尽快定，不要搞顺序接班了，田封义接不了这个班。现有成员也要调整，该调离的坚决调离。从宁川、平州这些经济发达地区和条条上调配一些懂经济、能干事的得力干部过去，彻底扭转文山的被动局面！”

于华北苦笑道：“可一弘同志啊，有些情况你也知道，文山班子人选组织部早就在酝酿了，我今天去文山调研，本来还准备听听刘壮夫和文山同志的意见……”

裴一弘挥挥手说："老于，这我正想说，那个酝酿名单我反复想过了，调整力度太小，传统的用人思路没打破，还是排排坐吃果果那一套，这不行！我的意见是：党政一把手都不要在现有的班子中选，田封义顺序接班的理由根本不成立！"

于华北想了想，问："一弘同志，这是你的意见，还是安邦同志的意见？"

裴一弘怔了一下，笑了，"老于，你想啥了？告诉你：是我的意见，不过，安邦省长基本赞成！安邦告诉我，田封义到他那里跑官时还带了幅古字画去，据说是他们老田家祖传的，说起字画来，田封义很有一套哩！我也了解了一下，这位田市长上大学就是学中文的，去年还兼职带过两个研究生，所以，得人尽其用，我意思干脆调他到省作家协会做党组书记吧，让他发挥特长，好好建设咱们的文化大省！"

这简直是政治谋杀！地级市的市长和省作家协会党组书记虽说平级，在权力平台上却绝不是一回事！田封义这官跑得真是空前悲惨，偷鸡不成反蚀了一把米！不过，田封义是活该，现在别说他要避嫌，就是不避嫌也不能救他。于是，故做轻松地说："一弘同志，你可真是有心人啊，想得这么周到，这个安排我看挺合适！"

裴一弘会意地笑了起来，笑罢，拉着于华北的手，亲昵地说："那好，这么一来，文山的事不就好办了吗？壮夫同志退了，田封义有去处了，咱们就把能人派过去嘛！当然，现有班子成员也不是一个不用，谁走谁留，你和组织部门先拿出个研究方案。这次去文山调研，我看你可以考虑多待几天，摸摸底，看看文山上不去的症结究竟在哪里。你是文山的老土地了，熟悉那里的情况，要给我出点高招啊！”

这话不无讽刺，却又不能回避，看来这位省委书记有些围魏救赵的意思，人家毕竟要和赵安邦精诚合作，在现在的高位上大展宏图，哪会看着他反钱惠人的腐败，闹出一场大地震？便叹息说：“我的裴大书记啊，你说我能有什么高招呢？文山历史上就欠发达，建国后又成了重工业集中地区，发展包袱的确很沉重啊！”

裴一弘脸上笑着，手却直摆，“哎，哎，老于，这话我不太赞成！改革开放初期，宁川不如文山，不如平州，更不如省城，现在怎么样？全省第一！所以，不能用自然经济的眼光看问题，这么看问题，不利条件永远改变不了！一定要解放思想，这要从我们省委开始。文山也要放下架子，向宁川学习，学会用市场经济的眼光看问题！我已想好了，文山的新班子一旦定下来，省委就号召一下，让他们先不要急于到文山上任，先去宁川做几个月的实习生，让宁川干部给他们洗洗脑子！”

于华北故意开了句意味深长的玩笑，“洗脑时只怕钱市长到不了场了吧？”

裴一弘笑不下去了，略一沉思，问起了钱惠人，也是开玩笑的口气，“怎么？只一夜的工夫，钱惠人的问题又有进展了？你们不至于这么挑灯夜战吧？”

于华北心里透着些许快意，脸上却正经起来，“怎么可能呢？昨晚从你府上回去，我在电话里向省纪委办案同志传达完你的指示，倒头就睡了！”笑了笑，又说：“一弘，我正想说呢：你看钱惠人的事，我是不是就不要插手了？让纪委直接向你汇报好不好？反正纪检工作我也是临时兼管，别在安邦那里闹出啥误会嘛！”

裴一弘想都没想便摆起了手，“哎，老于，这你不要有顾虑！让你兼管纪检工作是常委会研究决定的，那时谁知道钱惠人会出问题呢？安邦能误会啥？你让省纪委的同志悄悄查查看吧，真碰到了什么解决不了的难题，你只管来找我好了！”

于华北起身告辞，“那好，这事就让纪委同志具体办吧，我得去文山了，和文山那边说好的！”向门口走着，又和裴一弘开起了玩笑，“安邦舒服啊，在宁川国宾馆开财富会议，傍着一群大款，我可苦死喽，又得去文山访贫问苦了！”

裴一弘把于华北送到门口，“老于，别看人挑担不吃力啊，宁川国宾馆的那群大款没那么好傍的，南部经济格局大调整，安邦手头的麻烦事也不少哇！”

谈话就这么结束了，不知这是对手之间的谈话，还是盟友之间的谈话？在这场涉及到宁川的反腐败斗争中，裴一弘究竟是对手还是盟友，目前还无法判断。文山牌经裴一弘的手明白打出来了，可对钱惠人，这位一把手好像还挺有立场。裴一弘这到底是按原则办事，还是搞了一场制约他和赵安邦的政治平衡术呢？不得而知。

13

早上起来，在宾馆餐厅吃饭时，钱惠人过来陪同了。赵安邦想到钱惠人的问题，和钱惠人带来的麻烦，脸色自然不太好看，态度不冷不热，有点带理不理的。

赵安邦当时就想了，如果钱惠人不识趣，谈自己的问题，他一定让钱惠人闭嘴。在情况搞清楚之前，他不打算在任何人面前表任何态，包括在钱惠人面前。

钱惠人还不错，不知是因为麻木，还是真的不愿给他添堵，只字未提自己的麻烦事，只谈工作，还带来了一个叫许克明的年轻人。据钱惠人介绍，许克明是绿色田园老总，具有全球眼光和超前意识。早在五年前，小伙子就想到了我国加入WTO之后的农业问题，就在生态农业上大做文章，做大文章。一九九八年年初，将一个已被ST的壳公司兼并收购后予以实质性重组，将绿色田园推向股市，成了有名的绩优股。

钱惠人坐在餐桌前，却顾不上吃饭，说得极是兴奋：“……赵省长，绿色田园搞得真不赖啊，充分利用资本市场上的资金，把不少地方的农业都给盘活了！现在，他们公司在宁川、平州搞了几个生态农业和水产养殖业基地，红红火火哩！”

赵安邦听说过这个上市公司，只是不知道这个公司搞的竟是生态农业，而且搞得这么好，便也有些兴奋了，用筷头指点着许克明问：“许总，你这个绿色田园究竟怎么个绩优法啊？每股净资产多少？每股利润多少？给不给人家股民分红啊？”

许克明微笑着回答说：“赵省长，那我就汇报一下：我们绿色田园每股净资产五元三角二分，去年每股利润八角八分，今年估计可以突破每股一元大关！分红的情况是这样的：前些年没怎么分配，今年中期准备好好分配一次，十股送十股！”

赵安邦频频点头，“不错，不错，一支农业股能有这样的业绩很了不起啊！不过，许总啊，我也提醒你一下：送股归送股，也要拿出点真金白银，实实在在地给投资者一些回报，不能光想着在股市上圈钱！在这一点上，你们要学学广东的佛山照明，这家公司就年年分红，十年募资十几个亿，分红派现也是十几个亿啊！”

许克明忙道：“是的，是的！我们这几年暂时不分红，也是为了今后公司的长期发展考虑。赵省长，我再向您汇报一下：今年年初，我们公司和文山古龙县刘集镇签了个合同，准备分批收购农民手上的承包地，总计十万亩，建大豆基地！”

赵安邦一怔，看了钱惠人一眼，问：“钱市长，这是不是你牵的线啊？”

钱惠人笑着承认了，“赵省长，你知道的，我是刘集镇人嘛，官当得再大也不能忘了家乡啊！文山现在是大豆示范区，专家提供技术支持，省里有补贴，这种好事为啥不争取一下？再说，这对他们绿色田园公司也很有利，双赢的买卖嘛！”

赵安邦多少有些激动，“好，好啊，这才是发展方向嘛！惠人，昨夜我睡不着时还在想：当年我们在刘集乡分地到底好不好？现在看来还是不好，在我国加入 WTO 情况下，小农经济只能是一条死路！前阵子我看到一个资料，现在的小岗村就没搞好嘛！和资本市场结合，利用先进的农业技术搞农工商一体化大生产才是出路嘛！”

钱惠人说：“赵省长，这话你当年就说了，在我家喝酒时说的，我记得很清楚！你说，五十年后这些分下去的地也许还得集中起来，但咋集中就不知道了！”

赵安邦很是感慨，“可这还没五十年嘛，想不到土地竟以这种形式集中了！”

许克明很会趁热打铁，“赵省长，那您看：能不能考虑把刘集镇列入农业部的大豆示范区范围？能否考虑和其他同类示范区一样，享受相关优惠和扶植政策？”

赵安邦当即表态说："完全可以，另外，我和省政府也欢迎你继续利用资本市场的力量加大农业的投入，把别的示范基地也买下来！碰到麻烦你可以直接找我！"

许克明马上反映说："赵省长，见您一次不容易，有些事我还真想和您说一说：您说咱们《汉江商报》干的叫什么事啊？外战外行，内战内行，专和我们省内的上市公司过不去，最近公开诽谤我们，我公司正准备和商报打官司哩！"

赵安邦"哦"了一声，"有这种事？许总，商报怎么诽谤你们了？"

许克明说："前几天《汉江商报》上发表了一篇署名文章，文章的作者叫鲁之杰，毫无根据地对我们绿色田园的年报表进行所谓的科学论证，怀疑我们的业绩！"

赵安邦有些恼火，"你让那个作者拿出证据来，拿不出证据就连他一起告！"

钱惠人却插上来道："赵省长，也不一定打官司嘛！这事小许和我一说，我就劝了，还是不要这么做，能协商解决最好协商解决，让那位作者和商报公开道个歉，挽回影响就算了！把宝贵的精力和时间用在打官司上，不如用在经营上了！"

赵安邦想想也是，"好吧，商报的王总不也到会了吗？"对秘书交代说："小项，你处理吧，让那位王总主动点，和许克明同志协商一下，把这件事解决好！"

因为许克明和绿色田园的原因，这顿早餐吃得比较漫长，吃罢饭已快到开会的时间了。赵安邦便在钱惠人的陪同下，直接从一楼餐厅去了四楼的多功能会议厅。

在陪同过程中，钱惠人是有机会和他悄悄说点什么的，可钱惠人啥也没说，谈的仍是工作。赵安邦心里有了些歉意，觉得自己似乎太爱惜羽毛，不免有些渺小，便含蓄地问钱惠人："胖子，你那天一大早到家找我，是不是还有别的事啊？"

钱惠人憨憨地一笑，"没别的事！那天我也不是专程去的，到省城还有其他事，顺便说点情况。赵省长，我不说了吗？这种时候，汝成对省委态度很敏感！"

赵安邦略一沉思，"胖子，你说实话，是王汝成敏感，还是你敏感啊？"

钱惠人郁郁地说："我敏感啥？木秀于林风必摧之，这道理我又不是不知道！"

赵安邦听出了话中的抱怨：论能力，论贡献，钱惠人都不该在目前这个位置上。当初定宁川班子时，他曾建议由钱惠人出任市委书记，裴一弘和多数常委却看中了老成持重的王汝成，钱惠人心里是不太服气的。这次副省级的考察，王汝成的问题不大，钱惠人竟又生出许多意外，连他心里都不舒服，何况钱惠人了！可正因为是钱惠人，有些话才不好说，再说，钱惠人也真不省心，关键时刻又出了麻烦。

钱惠人心里也有数，又说："我知道，我上这一步也难啊，听天由命吧！"

赵安邦这才轻点了一句，"胖子，你知道不知道，白小亮出问题了？"

钱惠人点了点头，"不瞒你老领导说，我还从小亮那里借过一笔钱！"

赵安邦意味深长地看了钱惠人一眼，"既然是借的，那可赶快还啊！”

钱惠人郁郁地说：“已经还了一部分了，其余的还在筹，也筹得差不多了！”

这时，宁川亚洲集团老总吴亚洲等与会企业家从另一侧楼梯口走上来。

两人没再说下去，和吴亚洲等人一起，说笑着，走进了多功能会议厅。

多功能会议厅金碧辉煌，高朋满座，市委书记王汝成他们已经等在那里了。

赵安邦按往年的惯例，先代表省政府讲话，没用稿子，是朋友式的聊天，“又和大家见面了，真是很高兴啊！不瞒同志们说，一年到头这会那会开得没个完，提起开会就头痛，可开这个会我挺兴奋！为什么？这是财富会议嘛，大款云集嘛，集中见到了你们这些老朋友、新朋友，又听到银子的响声，岂有不兴奋的道理？！”

会场上顿时发出一片会心的笑声，笑声中夹杂着七零八落的掌声。

赵安邦也笑了起来，“政府创造环境，你们创造财富，这一年来的情况总的说不错，在座各位继续发财，有的还发了大财，真是财源滚滚啊！我省经济呢，继续保持高速增长的势头，超过全国平均增长率一大截，超过了百分之十一。今年计划增长率是百分之十三，这个目标能不能实现啊？大家都有一份责任！要帮政府献计献策，多出点好主意：比如，我省的投资环境怎样进一步改善？还有什么政策没用足？又有哪些政策束缚了经济的发展？老规矩，请大家在这个会上畅所欲言！”

会场上的气氛严肃起来，吴亚洲和不少与会老总都打开了笔记本电脑。

赵安邦迅速切入正题，开始谈省委、省政府今年的重点工作，“大家知道，我省经济发展很不平衡，宁川、平州、省城等南部六个发达市对全省 GDP 的贡献达到了百分之七十三，财政税收贡献达到近百分之八十五。而北部文山等四个市却难尽如人意，发展仍然缓慢，尤其是文山，报上来的增长率是百分之二，我不太相信，有可能是负增长！所以，省委慎重研究后，就全省的经济布局和今年的工作做了个决定：一是以宁川为我省二次起飞的经济火车头，继续加压加速；二是加大对北部地区，主要是文山的工作力度和扶持力度，苦干三五年，争取在本届政府任期内初步解决文山问题！因此，我在这里提个希望，希望在座诸位多注意一下文山，不要总把眼睛盯在宁川、省城、平州这些发达地区，做投资决策时也考虑考虑文山！文山目前欠发达是事实，可也是机会啊，就像一只在底部的股票，一旦涨起来就不得了！我这个省长和省委、省政府有决心、有信心，你们呢，也得有点气魄，有点战略眼光嘛！”

这时，一位戴金丝边眼镜的中年人站了起来，“赵省长，我……我想说几句！”

赵安邦认识这位中年人，知道他是海外某著名百货连锁店在汉江的总代理，便笑道：“好啊，秦总首先响应我的号召了！”指着秦总介绍说：“大家知道不知道啊？秦总就很有眼光哩，最早在文山投资建了十个连锁超市！秦总，你说吧！”

秦总却又坐下了，“算了，赵省长，我……我不说了，您继续指示吧！”

赵安邦笑道：“指示什么？我就是代表省政府吹吹风嘛，你说，你说！”

秦总迟疑了一下，说了起来，不无激愤，“赵省长，文山的投资环境实在是太糟糕了，和宁川、平州、省城没法比！我们的连锁超市在宁川、平州、省城开了二十八家，从没出过什么意料之外的麻烦。在文山倒好，换一个门面，七八个单位来收费罚款！十个连锁店开了两年，亏损一千五百多万元！昨天接到美国总部一个电传，要求我们逐步撤出文山！据我所知，早在去年文山就上了黑名单，被海外一家有影响的著名投资机构宣布为中国大陆六个不宜投资的城市之一，名列第三！”

赵安邦心里很不是滋味，觉得这位秦总太煞风景了，可却又不能不正视，“秦总，你说的这个情况我心里有数，文山这些年上不去，投资环境不尽如人意是个很重要的原因！也正因为如此，省委、省政府才要加大对文山的工作力度，包括对文山的领导班子准备做较大的调整！所以，秦总，我建议你先做做总部的工作，再看一看，如果明年的这个时候文山还是这个情况，你们再撤走好不好啊？”

秦总苦苦一笑，坐下了，“好，好，赵省长，反正我已经被文山套住了！”

赵安邦又说了起来，努力挽回秦总造成的不良影响，“文山有文山的问题，文山也有文山的优势！比如说农业，农业部就选在文山定了点。农业部的领导和我说，他们打算用五年时间，扶植专用小麦、高油大豆、专用玉米、双低菜油等在国际市场上有竞争力的农产品，我说好啊，我们省里也配合扶植嘛！也是巧了，今天早上吃饭时，碰到了一位上市公司老总，大名许克明，公司名号绿色田园，人家那叫有眼光啊，一下子在文山买了十万亩地！还有国企包袱问题，我的意见，也不要提起文山的国企就想到是包袱！你们在座诸位是什么人啊？是事业有成的企业家，你就没看到包袱里面的好东西啊？你们去收购兼并嘛！”突然想起了吴亚洲，“亚洲同志，你不是和国家电力装备公司上了个大电缆厂吗？可以考虑摆在文山嘛，土地厂房现成的，劳动力价格是宁川、平州、省城一半还不止，为什么不去？！”

吴亚洲看着赵安邦，笑了笑，支吾道：“赵省长，可以考虑，可以考虑……”

14

赵安邦谈笑风生为文山大做招商广告时，石亚南包里的手机突然震颤起来。取出手机一看，号码是白原崴的，石亚南便悄悄退出会场，和白原崴通了个电话。尽管伟业国际资金冻结，平州港的项目一时做不了，该维持的关系还是要维持的。

通话时，石亚南保持着以往的热情，“白总，你在哪里啊？咋不来开会？我刚才还在会上找你呢！老弟，听姐姐一句劝，别生气了，风物长宜放眼量嘛！”

白原崴道：“不过，主席还说了啊，一万年太久只争朝夕，石市长，咱们平州港项目，我的意见还得上啊，伟业国际动不了，我可以给你换个合资方嘛！”

石亚南大为吃惊，以为自己听错了，“白总，你说什么？换合资方？继续上平州港工程？老弟，你可别和我开玩笑，这么大个项目哪个合资方能招手即来？”

白原崴在电话里笑了起来，“我敢拿姐姐你的政绩开玩笑啊？石市长，你一定要弄明白，你们平州市政府到底在和谁打交道？你们并不是和什么伟业国际打交道，是和我白原崴打交道嘛！我打着伟业国际的旗帜来，合资方就是伟业国际，我抱着另一家公司的执照来，合资方就是另一家公司了，我是不是说清楚了？”

石亚南大喜过望，“清楚了，清楚了！白总，你看我们是不是尽快见个面？”

白原崴道：“好，我马上派车去会场接你，中午请你吃饭！不过，你也要有个思想准备啊，你们政府恐怕还要多少做点让步！新合资方新伟投资并不是我能完全掌控的，人家希望在原合同投资总额不变的前提下，股权份额能增加百分之五左右。”

石亚南本能地警觉了，“这不太好办吧？股权份额变更不是小事，不是我一个人说了算的！再说，我们本来就做了很大的让步，已经让你们绝对控股了嘛！你可别得寸进尺，给我出难题啊！”沉吟了一下，又说：“新的合资方我们也在联系，安邦省长很关心哩，和我说了，要在会议期间组织一些企业家到平州考察！”

白原崴呵呵笑道：“好，那好啊，既然这样，我就放心了！石市长，和你交个底吧：对平州港这个项目，我个人并不怎么看好，我做工作，拉着新伟投资来接盘，完全是为了你，为了你们平州市政府嘛！当然了，我也想和赵省长赌口气！”

石亚南没了底气，“是的，是的，我知道！白总，咱们是不是见面细谈呢？”

白原崴说：“也好，反正这事今天必须定，我晚上八点要飞香港！”

石亚南合上手机，再进会场时，会议已近尾声，赵安邦仍在为文山大做免费广告，号召有实力的企业收购重组文山几家被 ST 的垃圾上市公司。赵安邦讲话结束后，王汝成和钱惠人把话题拉到了宁川，又声情并茂地自我宣传了一通，这才散了会。

一散会，石亚南便把赵安邦拉到休息室，把和白原崴通话的情况说了说。

赵安邦有些意外，“哦？白原崴还没去香港？昨夜他和我说要去香港的嘛！”

石亚南道：“他还是要去的，说是晚上的飞机！哎，赵省长，你看这事怎么办？我们平州方面是不是应该做点让步，接受白原崴的这种城下之盟啊？”

赵安邦一时没回答，抱臂想了想，笑着反问道：“亚南，你的意思呢？”

石亚南的情绪又上来了，“我的意思你知道，想请你和省政府支持嘛！可你省长大人倒好，一毛不拔不说，还把伟业国际的资金冻结了，弄得我欲哭无泪！”

赵安邦道：“哎，亚南啊，伟业国际的情况我说清楚了嘛，你怎么又来了呢！回答你的问题：我的意见是，和白原崴可以继续合作，但不必让步，寸步不让！”略一沉思，又说：“如果我判断不错的话，你不让步白原崴也会干的！”

石亚南不知道赵安邦何以做出如此判断，“赵省长，你判断的依据在哪里？”

赵安邦微笑着，缓缓道：“上次谈话时我不就和你说了吗？伟业国际账上并没有多少钱，拿不出二十八亿元真金白银来做你这个项目，白原崴是要搞资本运作！根据你刚才说的情况看，资金我估计他已经落实了，资金投向也很难轻易改变了！”

石亚南疑惑地看着赵安邦，“你敢这么肯定？万一人家资金投向改变了呢？”

赵安邦摇摇头，“没这么简单，平州港扩建工程不是个小项目，决定投资不容易，改变它也没那么容易！请你冷静回忆一下：在此之前，你们和白原崴对平州港扩建工程的考察论证进行了多久？前后好像有两年吧？合作协议是轻易签的吗？”

石亚南多少明白了一些，“这倒是！不过，如果白原崴赌气不干了呢？！”

赵安邦呵呵大笑起来，“赌气？白原崴会在这种事上赌气啊？真是笑话！石亚南，我告诉你，如果白原崴真不干了，那就是资金有问题，你们就别指望了！”

石亚南又产生了另一种怀疑，“赵省长，你说白原崴的资金会不会有问题？二十八个亿啊，万一工程搞到半截，资金链断了，来个烂尾，我找谁喊冤去？！”

赵安邦道：“这你倒不必怕，就算烂尾，损失最大的也是白原崴，他的钱投在了你平州的地盘上，会比你更着急的！”又半开玩笑半认真地说：“这一来，我倒觉得有些可惜呀，白原崴的这番操作和平州港将来的利润，都和伟业国际无关喽！”

石亚南趁机攻了上来，“哎，赵省长，你现在后悔还来得及！这话我正想说：省国资委做得也太过分了，不但伤害了白原崴，也阻碍了平州的经济建设嘛！”

赵安邦摆了摆手，“石亚南，这你别怪国资委，冻结令是我批示下的！”

石亚南讥讽道：“赵省长，那你就别可惜了！我是白原崴也不会再打着伟业国际的旗号为你们卖命的！”又不由得发起了牢骚：“赵省长，你说说看，来开财富会议的大款们一个个当真都这么清白吗？起家时谁没有这样那样的问题？多多少少总有一些吧？你们怎么只抓住一个白原崴不放呢？杀鸡儆猴啊？真让我难以理解！”

赵安邦一脸的无奈，“石市长，照你的意思说，那我和省政府就该承认伟业国际是白原崴他们的私有资产啊？也不想想，这可能吗？北京的资产划拨文件是随便下的吗？我和省政府敢乱来一气吗？敢一手造成三百多亿元国有资产流失啊？！”

石亚南赌气说：“那好，那好，既然是国有资产，你省长大人就让咱们省政府的国有大员接过来好好搞吧，再把它变成无主资产，看能给你们搞出啥名堂！”

赵安邦看着石亚南，笑了，“哎，我说过省政府接过来搞吗？现有的国企要改制，我会对伟业国际这么干吗？当真这么愚蠢吗？”略一沉思，透了点口风，“我个人的意见，这个伟业国际还得让白原崴搞下去，但用什么形式实现得慎重！”

石亚南一下子乐了，“赵省长，这就对了嘛！哎，你看，我今天见面时，能不能把你这个意思和白原崴说说，让他继续以伟业国际的名义执行这个合同？”

赵安邦想都没想，便摇起了头，“不行！中国的事没那么好办的，我这设想能不能实现还不知道呢，现在不能和任何人说，你别给我添乱嘛！”最后又说：“平州港就让新伟投资先接盘吧，亚南，你只掌握一点：不要让步！另外，也替我带个话给白原崴，有关伟业国际的产权问题，请他在海外期间少胡说！”

这时，钱惠人和王汝成双双找来了，促请赵安邦去餐厅主持午餐酒会。

石亚南匆匆和大家告了别，准备赶往海沧街十二号伟业国际总部大厦。

王汝成有些惊奇，“哎，我说石市长，你这时候去伟业大厦干什么？”

钱惠人也说：“就是，就是，石市长，先参加酒会嘛，我还要敬你两杯呢！”

石亚南抬腿就走，边走边说：“行了，省着你们的酒吧，我没喝就醉了！”

钱惠人叫道：“哎，妹妹，你这叫什么话？在赵省长面前将我们的军啊？！”

赵安邦笑着阻止了，“你们别留了，人家有大买卖，白总请她喝人头马！”

赶到伟业大厦顶层宴会厅一看，白原崴和伟业国际的几个副总已等在那里，赵安邦说的人头马没有，名贵的波尔多红酒倒打开了两瓶，谈判遂在杯盏交错中开始了。白原崴显然做了充分准备，连合资合同的新文本都事先打印好了。石亚南接过新文本一看，乙方已换成了新伟国际企业投资公司，乙方的股权赫然改为百分之五十六，似乎一切已成定局，就等她代表平州市政府签字了，这让石亚南心里很不舒服。

白原崴很热情，举杯祝酒时说：“石市长，你总有一种精神让我们感动，什么精神呢？就是锲而不舍执着追求的精神，就是合作伙伴之间绝不轻易放弃的承诺！”

石亚南笑道：“是啊，白总，这的确让我感动，所以，今天我带着真诚的感动来了！但是，对股权的变更，我和平州市政府不能接受，除非你有充分的理由！”

没想到，白原崴还真有理由，尽管并不充分，“股权变更一事，我在电话里和你说过，新伟公司为什么要增持这百分之五呢？是出于投资安全的考虑。石市长，你很清楚，平州港项目伟业国际先期投入了一个亿，这一个亿将来算谁的？不得而知。如果省政府坚持认定其为国有资产的话，我方绝对控股就无从谈起了！”

石亚南想了想，提出了一个妥协方案，“这倒也是！那么，我们能不能在原合同的基础上做个补充协议呢？可以这样表述：伟业国际这一个亿如果将来被确定为省国资委的国有投资，则我方让出相应股权，绝对保证你们的控股地位。”

白原崴大概没想到这一点，怔了一下，抬眼看了看身边的副总，一时没作声。

石亚南呷着酒，又含蓄地说：“另外，白总啊，你也别把安邦省长和省政府想象得那么僵化保守，安邦省长是什么人，你多少应该有点数嘛，也许将来伟业国际老总还是你白原崴哩！果真如此的话，今天投资方变更其实没有多少实际意义！”

白原崴敏感地察觉到了什么，“石市长，你来见我之前，向赵省长汇报了？”

石亚南道：“这么大的事，又涉及伟业国际的先期投入，我能不汇报吗？！”

白原崴连连点头，“是的，是的！那姐姐你能不能具体传达一下：赵省长都向你指示了些啥？在伟业国际的产权界定上，省政府是不是有什么新思路了？”

石亚南却不敢多说了，“还是说咱们的事吧！白总，你看做这么个补充协议行不行？你们没意见，就这么定了，如果有疑义，非增加百分之五，那就没法谈了！”

白原崴思索片刻，同意了，“好吧，石市长，就按你的意见办！不过，这个补充协议和更换投资方的正式合同书，要在今天完成，我在飞离宁川前要拿到手！”

石亚南再没想到，事情会这么顺利，看来赵安邦的判断是正确的。于是，也爽快地答应说：“没问题，我特事特办，马上通知项目经理到机场去和你签字！”

白原崴举杯站了起来，“好，那就让我们为这历史性的第二次握手干杯吧！”

15

文山市委大门又被几百号困难企业的群访人员堵死了，于华北挂着省城牌号的专车是从后门进的市委大院。市委书记刘壮夫，市长田封义和常务副市长马达恭恭敬敬地在市委主楼门前等着。大门被堵的事实，并没影响刘壮夫这些主要党政领导的情绪，这帮人脸上好像没有多少惭愧的意思，似乎对这种景象已见怪不怪了。

和刘壮夫握手时，于华北指了指大门口的群访人员，讥笑道：“刘书记，你们怎么这么客气啊？我不过下来走走，搞点调研嘛，你还组织了这么多欢迎群众！”

刘壮夫这才窘迫起来，“于书记，这也不是一两天的事了，国企太困难了！”

田封义也赔着笑脸说：“积重难返啊，我们正在想办法，深化改革……”

于华北根本听不进去，轻车熟路地往门厅里走，边走边说：“这些年，你们办法想了多少啊？改革不一直在深化吗？还不是王小二过年，一年不如一年吗？！”

这时，常务副市长马达从后面快步追上于华北，语气急迫地汇报说：“于书记，你放心，这种局面很快就要改变了！我们市委、市政府刚开过会，做了个改革力度很大的决定：在两年内把市属二百五十三家国有企业全卖掉，一个不留！”

于华北心想，二百五十三家国企的工业资产是多少？起码二百多个亿吧，怎么卖？又让谁来买？你们这儿有起码的投资环境吗？被海外投资机构评为国内六个不能投资的城市之一，我都替你们脸红！因此，冷冷看了马达一眼，未表任何态。

马达觉察出了于华北的不悦，不敢跟得这么紧了，悄然缩到了后面。

刘壮夫和田封义也小心翼翼地和于华北保持着一定的距离。

于华北沿着明亮的走廊，继续向前走着，不禁有了一种回家的感觉。这里的一切都是他熟悉的，脚下陈旧但却擦得发亮的老式拼花地板，走廊高窗低垂下来的黑丝绒窗帘。窗帘好像还是他当市委书记时购置的，这么多年过去了，竟还没换，向阳的一面已没了颜色，一片惨白。到了二楼市委小会议室，景状益发眼熟了，蒙着绿色桌布的会议桌，每个座位前摆放着削好了的红蓝铅笔和会议记录稿纸，这都是他在这里主持工作时严格要求的：市委机关的一切都必须有板有眼，规规矩矩！

好规矩、好传统，这些同志坚持下来了，经济却没搞上去，八百多万人口的一个重工业城市，财政收入竟不如宁川一个区县！不能怪裴一弘、赵安邦恼火！文山搞成这样，田封义竟还没数，为了顺序接班当市委书记，还四处跑官泡官！刘壮夫也不是啥好东西，田封义的事和他说说就算了，竟然跑到裴一弘那里去说！还有那个马达，也想着在田封义做了市委书记后，接班当什么市长，如意算盘打得都不错！

在小会议室坐下后，于华北马上声明："先说一下，我这次到文山来，就是搞调研，和文山班子的调整无关，你们不要瞎揣摩！省委、省政府的精神你们都知道，南部宁川、平州、省城是加快发展，可持续发展的问题，文山是加大工作力度和扶持力度的问题！省委、省政府要加大力度，你们更要加大力度，在其位就要谋其政！"

刘壮夫强作笑脸道："于书记，省委、省政府《十年发展纲要》的文件我们认真学习了，下一步准备组织全市党员干部来个大讨论，同时，解放思想，准备在国企上搞个大动作，让将来的班子轻装上阵，这阵子正组织人做国企改革方案哩！"

田封义自以为下届市委书记就是他了，接上去说："于书记，我汇报一下：对未来的五年，我有个设想，前两年工作重点就是一劳永逸地解决国企问题，这个工作我牵头，马达同志具体抓！后三年是发展问题，怎么发展，我还在认真考虑！"

于华北心想，你就别考虑了，这是省委、省政府考虑的事，裴一弘早就替你考虑好了，你就等着到省作家协会去做党组书记吧！

嘴上却道："发展问题是要好好考虑，要结合文山的客观实际来考虑，不能再像过去，光出经验不出经济！"

马达说："于书记，文山的工作比较被动，我们都有责任。但是，文山国有经济比重较大，各方面条件较差，也是事实！我倒不是要讨壮夫书记什么好，壮夫书记这些年也不容易啊，累死累活啊，您看，壮夫书记现在还有一根黑头发吗……"

于华北实在是忍无可忍，"累死累活还搞了个全省倒数第一？人家宁川、平州、省城的干部没累死累活，经济反搞上去了！马达同志啊，说正题好不好？！"

马达倔劲上来了，"好，说正题！于书记，咱们最好都能开诚布公！"

刘壮夫看了马达一眼，提醒道："哎，马市长，注意一下说话的口气！"

马达意识到了什么，"好，好，刘书记，我不说了，听于书记指示吧！"

于华北反倒笑了起来，"哎，马达，说嘛，我就是要了解情况嘛！"

气氛多少有了些宽松，但马达仍是不愿说，把球踢给了田封义，"田市长，你别光在咱自家叫，你和于书记说说吧，以前的班子给咱留了多少垃圾政绩！"

于华北本能地警觉起来：这帮无能之辈是不是把一些陈年烂账记到他头上了？

果然，田封义支支吾吾说了起来："于书记，有些事真说不清，我们过去也不敢说！从陈同和那届班子开始，不少麻烦就留下来了，水电路说是解决了，三十亿元的债欠下来了，工程质量上问题也不少。就说那路，我们差不多都重修了一遍。”

马达急急接了上来：“还有呢，当时搞的那些城市雕塑也全砸了重来过！赵省长去年到文山看了一次，当着我和田市长的面发了通火，说我们这不叫雕塑，叫水泥垃圾！我们说没钱，赵省长就批了五百万元给我们，让我们专门搞城雕！”

于华北心里很气，脸上却在笑，“这也很正常嘛，道路总要维护嘛，我那时搞的城雕肯定也落后了，该重建就重建嘛，安邦省长又给了钱，你们不赚了吗？！”

马达讥讽道：“也有赔的，您和陈同和书记当年亲自剪彩的电子工业园可让我们赔惨了，可以说是全军覆没啊，现在一万八千多人下了岗，正和我们闹哩……”

于华北仍在笑，口气和蔼，“马达，你说的这个情况我知道，可我问你：电子工业园是谁的垃圾政绩啊？不能因为我剪了彩，就算到我头上吧？如果没记错的话，这好像还是你和安邦省长的政绩吧？当初那个军工厂不是你们搞过来的吗？”

马达争辩道：“可于书记，你知道的，当年我们也辉煌过！我们生产的山河牌电视机供不应求，我们山河电视机厂带动了整个文山的电子工业……”

于华北笑着摆摆手，“不要说了，马达，我没有责怪你的意思，你从大西南带过来的那个军工厂不但带动了文山电子工业的发展，后来还促使市里搞了这个电子工业园。我不过是提醒你，要历史地、辩证地看问题！对电子工业园要这样看，对当年水电路基础设施的大建设也要这样看。你们想想，老书记陈同和容易吗？搞这么大规模的基础建设不欠点债可能吗？当然，在我任上也欠了些债，这都很正常，负债经营也是个思路嘛！我这里有几句话，送你们参考：讲点唯物论，心里有杆秤；学点辩证法，避免瞎喳喳！好，马达，你继续说，不要掖着藏着！”

马达再傻也听明白了，看了看刘壮夫，又看了看田封义，不再言声了。

刘壮夫也不让说了，“好了，都别说了，也别强调客观了，文山这几年经济滑坡，主要责任在我这个班长！是我的观念和思路有问题，把陈书记、于书记给我们打下的良好基础搞坏了！”他看了看手表，“于书记，时候不早了，先吃饭吧！吃过饭后，您稍事休息，我们接着在座谈会上谈，四套班子的副市级以上干部全参加！”

于华北点点头，站了起来，“我也不能光听你们谈，还要到下面走走，听听老百姓怎么说！壮夫啊，你安排一下，跑几个困难企业，也开几个座谈会！”

刘壮夫道：“已经安排了，电子工业园和古龙县农业示范园有两次座谈。”

下午四套班子的会开得不错，虽说提出了不少问题，矛头大都指向刘壮夫、田封义和这届市委班子。人大林主任和政协陈主席早就对刘壮夫、田封义和文山的落后现状心存不满，见刘壮夫要下了，也就无所顾忌了，借着这难得的机会一吐为快，弄得刘壮夫和田封义坐立不安，脸色极是难看。会议休息期间，林主任还跑到于华北身边说了几句悄悄话，建议省委从文山的发展大局考虑，一定不要让田封义和马达顺序接班。于华北不好随便表态，笑眯眯地应付着，王顾左右而言他。

田封义似乎从他的态度中嗅到了什么，有些忐忑，当晚便跑到他的住处来泡了，这也在他的意料之中。然而，让于华北意料之外的是，这个田封义竟把曾送给赵安邦的古字画又献宝似的献到他面前来了，是一幅难得的珍品，郑板桥的草书。

田封义展示着灰黄陈旧的古字画，乐呵呵地介绍说：“……于书记，大家都知道郑板桥擅画兰竹，其实，郑板桥的草书才真是一绝哩。你看看这幅字，啊？体貌疏朗，风格劲峭，以草书中竖长撇法运笔，是不是独具神韵啊？”

于华北不无鄙夷，心想，你跑到赵安邦那里泡官时，只怕也是这样介绍的吧？脸上却没动声色，欣赏着古字画，似乎很随意地问：“封义啊，你家怎么会传下来这么一幅板桥真迹呢？过去没听你说过嘛！是不是从哪里买来的？啊？”

田封义笑道：“哪能啊，买我可买不起！于书记，是这么回事：我父亲年前去世时才拿出来的。我家老爷子说了，这可是我们老田家的传家宝哩！”

于华北不看了，冲着田封义一笑，“那好啊，欣赏过了，拿回去好好收着！”

田封义这才发现说错了话，马上转弯子，“什么传家宝啊，我家老爷子言过其实了！于书记，留给你吧，你是我的老领导了，算……算我的一点小心意吧！”

于华北呵呵笑了起来，“别这么客气，你这传家宝我可不敢收啊！封义，你说说看，我收下来怎么办？能不能挂啊？敢不敢挂啊？让安邦省长见了怎么解释？”

田封义意识到了什么，一下子怔住了，“老领导，您……您可别误会……”

于华北笑得益发亲切，“误会什么？封义，如果你真还把我当老领导，就听我一句劝，别拿着这幅字画四处送了，这不太好啊！”说罢，换了话题，“还是谈工作吧，国企改制一定要慎重，全卖光恐怕也不是好办法。倒不是怕没人买，你们仨钱不值俩钱地卖，我相信会有人买，但是，国有资产会不会流失啊？几十万国企职工又怎么办？所以，在文山新班子定下来之前不要盲动，你们也来不及了嘛！”

田封义仍做着升官的好梦，“于书记，我想让省委看看我……我的新思路！”

于华北微笑着，拍了拍田封义的肩头，语重心长地说：“封义啊，你这同志可一定要沉得住气啊，就算有再好的新思路，也得等到该说的时候再说嘛！”

送走田封义后，于华北越想越觉得恶心，鬼使神差地给赵安邦打了个电话。

赵安邦有些意外，在电话里打哈哈问：“华北，咋这时候想起我了？”

于华北打趣道：“还说呢，你省长大人在宁川傍大款，开财富会议；我在文山访贫问苦，连市委大门都不敢走，触景生情嘛，怎么能不想到你呢？！”

赵安邦忙道：“哎，哎，华北，那我就向你通报个情况：我在今天的会上号召了一下，要会上的这些大款们到文山投资，狠狠为文山做了次广告！不过，广告效果不是太好啊，有些大款当场出了我的洋相，抱怨文山的投资环境太差！”

于华北说："这我正要说，改变文山的投资环境，首先要改变班子的面貌！就在刚才，田封义跑到我住处来了，和我大谈了一通郑板桥的字画，很有水平哩！咱们通个气，你看这位同志是不是可以考虑调到哪个文化单位去搞文化建设啊？"

赵安邦心领神会，"好啊，我看可以安排到文化厅当个厅长啥的嘛！"

于华北说："一弘的意思啊，安排到省作家协会，估计要征求你意见的！"

赵安邦那边愣都没打，立即回道："我赞成，这也是人尽其才嘛！"

双方啥都没明说，可该说透的却全都说透了，田封义的仕途完结了。这是没办法的事，就算他不这么绝情，也阻止不了田封义的政治死亡，裴一弘、赵安邦都不可能让田封义这种人去主持一个大市的工作。那么，该抛出来就得抛出来，这么做，他政治上就主动了，羽毛会显得一片洁白。绝情是有那么一点，可也不算过分，田封义心里清楚他都做了些什么，对将来可能的背叛者来说，也算是杀鸡儆猴。再说，文山的面貌确实需要改变了，再这么落后下去，他的脸面也没处摆！

因此，这不是退守，而是进攻，用不了多久，当钱惠人的难题摆在赵安邦面前时，赵安邦也许就笑不出来了，也许那时候他才会明白他今日这么做的深意。

第五章

16

著名企业座谈会在宁川开了两天，第三天集体移师平州。平州市派了五台豪华旅行车过来，用警车开道，将与会企业家们接了过去。这一天的活动安排得很紧张，一大早抵达平州，一整天就没闲下来。说是参观休息，实际上主要是参观，休息几乎谈不上。市委书记丁小明和市长石亚南都十分热情，两人亲自上阵，充任总导游，利用一切可能的机会不厌其烦地向企业家们介绍平州的投资环境和优惠政策。

赵安邦事太多，本来不想去平州，可考虑到平州同志的情绪，还是去了。然而，看着平州美丽的海景山色，听着丁小明和石亚南热情洋溢的介绍，心里却没多想平州的事，老想着文山。虽说平州未来经济格局中的定位变了，基础却很好，是可持续发展的问题，当前不存在什么迫在眉睫要解决的大问题。汉江省的大问题是文山，是北部四个欠发达地区，这涉及到两千多万人口的发展进步。

解决文山问题的条件看来成熟了。对文山新班子，裴一弘、于华北和他的认识已趋向一致，对现有的班子必须大换血！于华北的态度有些出乎意料，不但不坚持顺序接班了，还主动提出将田封义拿下。这是怎么回事？恐怕不仅因为裴一弘做了工作。这位于副书记岁数大，资格老啊，五年前就是分管组织的省委副书记了，那时，裴一弘刚进常委班子，他还不是省委常委。据裴一弘说，那次定文山班子，他就提出过，不要在文山搞近亲繁殖。于华北不听，从组织部门用人原则和惯例，到对刘壮夫的考察情况，说了一大堆，似乎刘壮夫做省委书记都够格。当时刘焕章已经下了，省委书记是邵华强同志，中央下派来的干部。邵华强对于华北很尊重，就按于华北的意见拍了板，错选了刘壮夫，使文山丧失了五年的发展机遇。据说邵华强为这事很后悔，到中央工作后，还和一些同志说过，用错一个人，拖死一个市。

现在汉江省的经济条件比较成熟了。以宁川为代表的南部六市五年上了三大步，省财政可支配资金大大增加，有力量扶文山一把。还有政策上的倾斜，应该尽快针对文山和北部欠发达地区的具体情况出台一些有力度的激励措施，不能空对空。会议期间，听石亚南嘀咕说，日本地方政府要到他们平州招商引资，人家那边连厂房都免费提供，文山为什么不能这么做呢？那么多国企死在那里，厂房里草都长出来了！

想到这些问题时，大队人马正在海天度假区的国际会议中心参观，赵安邦前不久刚在这个会议中心开过一个经济工作会议，就没进去，独自一人在海滩散步。

在海滩上没待多少时间，石亚南先一步出来了。赵安邦注意到，和石亚南一起出来的还有吴亚洲。吴亚洲和石亚南比肩亲昵地说着什么，正向海滩这边走。

赵安邦远远地招了招手，示意吴亚洲过来，吴亚洲便和石亚南一起过来了。

石亚南以为是叫她，一过来就笑嘻嘻地问：“哎，赵省长，又有什么指示？”

赵安邦笑道：“石亚南，没你什么事，我和亚洲说几句悄悄话，你忙去吧！”

石亚南鬼得很，偏赖着不走，“我不忙，今天就是陪好你赵省长和贵宾！”

赵安邦只得当着石亚南的面说了，“亚洲啊，我会上说的事你考虑了吗？”

吴亚洲笑着装糊涂，“赵省长，你在会上说得多了，我不知你指啥事？”

赵安邦指点着吴亚洲，“你看，你看，不够意思了吧？我说的是到文山建厂啊，你和国家电力设备集团联合搞的那个投资十个亿的大电缆厂！”

吴亚洲手直摆，“哎，赵省长，你饶了我吧！我宁愿到外省去建这个电缆厂，也不到文山去！别人不知道，你赵省长还不知道？你说我敢和文山打交道吗？！”

赵安邦说：“我在会上不是反复说了吗？文山的投资环境一定会改变的！”

吴亚洲仍是摇头，“算了吧，只要文山有马达这样的市长，我就不会考虑！”

赵安邦道：“你这不是和马达打交道，是和文山政府打交道，有我支持嘛！”

吴亚洲苦笑不止，“一九八七年我为文山山河电视机厂做纸箱时，也有你的支持，马达这赖皮不还是坑了我十八万元吗？你出面帮我要都没要到！赵省长，我当时说的话你还记得吧？马达这样做企业非把企业做垮不可，现在可好，连文山也快垮了！”

石亚南一脸惊讶，“还有这种事啊？文山投资环境恶劣看来有历史根源嘛！”

赵安邦狠狠看了石亚南一眼，“哎，石市长，这事和你无关，你少插嘴！”

石亚南一点也不怕，反笑了起来，“赵省长，你看你，官僚了吧？这事怎么会和我无关呢？正式汇报一下：吴总在开这个会之前已经和我们接触多次了，准备在平州国际工业园建厂，您就别做我们的策反工作了，好不好？！让我们和文山自由竞争嘛，你当省长的不能老这么偏心眼啊，一偏宁川，二偏文山，就是不偏平州！”

赵安邦这才明白过来：怪不得石亚南和吴亚洲这么热乎，原来两人已就在平州建厂达成了意向！气得转身就走，“好，好，石亚南，你就专和我作对吧！”

石亚南却把赵安邦拦住了，“哎，哎，赵省长，您别走啊，我还得给您汇报一下平州港扩建的事哩，我和白原崴可是把新合同签了，在机场贵宾室签的……”

赵安邦哭笑不得，“石大市长，你不是请我们来参观休息的吗？咱们是不是能真正休息一下，让我在沙滩上好好享受一下你们这座花园城市的大好风景？”

石亚南笑道：“好，好，赵省长，那就让小明书记陪大队人马吧，我和你单练，陪你好好散步，你说，往哪边走？向北是情侣大道，向南是万国风情园……”

赵安邦虎着脸道：“情侣大道肯定不合适，起码在目前这种气氛下不合适！”

石亚南承认说：“也是，赵省长，那咱们就万国风情园吧！”临走，也没忘了最后和吴亚洲叮嘱一下：“吴总，建厂的事就这么说了，反正一切都好商量！”

吴亚洲满脑袋生意经，“那就好，石市长，主要是地价，你恐怕还得让点！”

和风韵犹存的女市长石亚南一起在三月的阳光下散着步，于海风吹拂中听着涛声，看着绿色一片的爽目景致，赵安邦的心情又一点点好了起来。

平州这十几年搞得不错，发展速度不算太快，却也不简单，在裴一弘手上变成了一座花园式城市，应该说是另一种成功模式。尽管平州现在不做经济辐射型城市定位了，但未来会怎么发展却也很难说。平州人居条件好，投资环境也不错，劳动力价格相对于宁川和省城又低了许多，肯定会吸引到不少新的投资项目。眼前两个例子就挺有说服力：吴亚洲是在宁川发展起来的，根基在宁川，却跑到平州投资建厂。白原崴和省政府为伟业国际的产权问题僵持不下，可仍不愿放弃平州港项目。石亚南和平州目前这个班子很努力啊，上任一年多做了不少事，尤其是最近区划调整失去了邻近宁川的一区一县之后，奋起直追的精神近乎悲壮。

然而，石亚南也有让人头疼的地方，太缠人，散步时当真汇报起来，“赵省长，我倒突然冒出个想法：你看能不能考虑把伟业国际划拨给平州呢？国家部委能划到省里，你省里也可以往市里下划嘛！这一来，你和省里也少了不少麻烦！”

赵安邦有些哭笑不得，“哎，我说石亚南，你这梦做得也太离奇了吧？伟业国际凭什么划给你们平州啊？人家总部一直设在宁川，就算下划也得划给宁川！”

石亚南怔了一下，“好，好，那算我没说，我其实是想为你和省里分忧！”

赵安邦手一摆，“我不忧！一个三百亿资产的大公司在我手上，我忧什么！”

石亚南直乐，“赵省长，没说心里话吧？你怎么会不忧呢？你是明白人，伟业国际你想让白原崴继续搞下去，却又怕没政策依据，左右为难啊！所以，我想来想去，就挺身而出了：要蹚雷就让我蹚吧，为领导排忧解难是我义不容辞的责任！”

赵安邦摇着头，苦笑起来，“我这点心思算被你这位精明市长看透了！不过，就算要冒险蹚雷，我也不能让你石亚南蹚，保护好下属干部，也是我义不容辞的责任嘛！”他向前走着，半真不假地数落说：“石亚南啊，我真服了你了，为了平州你是不顾一切啊，还四处抱怨我偏心眼！可是，你想过没有？铁打的城市流水的官啊，万一省委把你调到文山去，你怎么办啊？那时就不会怪我偏着文山了吧？”

石亚南明显有些吃惊，“赵省长，你可别开这种玩笑，我来平州才多久啊？”

赵安邦原倒是随便说说，见石亚南认真起来，心里反倒也认真了：把石亚南调到文山任市委书记还真不失为一个合适的选择！这位女同志在省城当过区长、区委书记、市政府秘书长，又在省经委做了三年副主任，既能干事，又愿干事。如果石亚南用搞平州的这种悲壮主持文山工作，省委、省政府该省多少心啊！嘴上却没说，只笑道：“你等着瞧好了！我劝你别把我逼得这么狠，也给自己留条后路！”

石亚南笑着讨饶说：“行，行，赵省长，我不逼你了，你首长也别报复我！”

赵安邦却道：“报复不会，但建议省委给你换个好去处倒是有可能的！”

下午赶回省城的路上，赵安邦越想越觉得让石亚南去文山主持工作挺好，便一车开到省委，找到了裴一弘，把石亚南作为文山市委书记人选隆重推出了。

裴一弘虽说对石亚南很了解，也还有些意外，“哎，我说安邦，你怎么想起石亚南了？文山现在是什么情况？安排一个女同志去主持工作，压得住阵脚吗？”

赵安邦说：“这我也想过了，肯定够石亚南喝一壶的，没准还得哭两场，但我想来想去，也只有她最合适！这个女同志是南部发达地区成长起来的干部，做过省经委副主任，又在平州当过市长，工作思路开阔，有很强的责任心，应该压得住！”

裴一弘想了想，“倒也是！我也是这个想法：文山新班子一定要多用些南部发达地区干部，懂市场经济的干部！如果让石亚南去文山做市委书记，就从宁川或省城调个干练务实的副市长做市长，和石亚南搭班子！”他沉吟片刻，终于明确地表了态：“安邦，你推荐的这个文山市委书记人选我个人接受了，等华北同志从文山回来，我再和他通通气，如果华北同志和其他常委没啥大的意见，就是石亚南了！”

赵安邦挺欣慰，“那好，我们就在研究文山班子的常委会上决定吧！”

说到即将召开的常委会，裴一弘很随意地提起了钱惠人，“安邦啊，这次省委常委会，不但要研究决定文山的班子，宁川两个副省级的事也得再议议。推荐王汝成进省委常委班子问题不大，钱惠人这个括号比较麻烦，这阵子方方面面对钱惠人都有些不太好的反映，为慎重起见，钱惠人这副省级恐怕一时还不能向中央报啊！”

赵安邦心里有数，于华北肯定已将钱惠人的问题汇报到裴一弘面前了，可裴一弘没明确说出来，他也不好主动问，便笑眯眯地说：“老裴，这我没意见，既然各方面对钱惠人都有反映，我们当然应该重视，这副省级缓一缓报也可以！”

裴一弘意味深长地说了句：“安邦啊，你有这个态度我就放心了！”

17

赵安邦成功推出石亚南的好心情，因为钱惠人的问题一下子被破坏殆尽。

吃晚饭时，赵安邦挂着脸问夫人刘艳：“钱惠人的事，你去老家问了吗？”

刘艳没当回事，往赵安邦面前夹着菜说：“没去，你在宁川开会这三天，我也忙得要命！再说，现在是什么年代了？犯得着为一点小事专往老家跑一趟吗？我就打了个电话过去，都问清楚了，钱胖子挺清廉的，根本没在老家盖啥宫殿！”

赵安邦不禁有些恼火，“就打了个电话？这电话打给谁的？有可信度吗？”

刘艳说：“电话是打给我妈的，我妈能和我说假话啊？据我妈说，钱家那些房子还是十几年前的老房子，钱胖子的父亲三老爹早就不在那里住了，是钱胖子弟弟一家在住！我看这事就是无中生有，有人在做钱胖子的文章，甚至做你的文章！”

赵安邦脱口道：“真是做文章的话，这做文章的人胆子也太大了！”

刘艳一口把话挑明了，“安邦，我看文章没准就出在四号！”

四号是指的共和道四号，那里住着于华北一家。

赵安邦若有所思地摇着头，“刘艳，你先不要这么胡说，我实话告诉你：钱惠人的确以在老家盖房的名义向白小亮借了四十二万元！这是池大姐当面和我说的，这次在宁川见到钱胖子，钱胖子也承认了！”

刘艳有些意外，“哎，那就怪了，那钱胖子把这四十二万元搞到哪去了？”

赵安邦苦笑起来，“是啊，还有，这四十二万元到底是借的，还是钱胖子向白小亮索要的？是不是受贿呢？没一定的根据，于华北能向省委和裴一弘汇报吗？”

刘艳也很疑惑，“照你这么说，钱胖子还真有腐败的嫌疑啊？这可能吗？”

让赵安邦没想到的是，就在当天晚上，钱惠人亲自登门，把谜底揭开了。

钱惠人是快九点钟才过来的，没敢把自己的二号车停在赵安邦家门前，过来时还带了个叫盼盼的十六七岁的女孩子。钱惠人让盼盼喊赵安邦伯伯，喊刘艳伯母。

刘艳看着盼盼先叫了起来："哎，安邦，你看看，这个小盼盼像谁啊？"

赵安邦只觉得面前这位女孩子有些面熟，至于像谁，一时没想起来，便把询问的目光投向钱惠人。钱惠人没说，憨憨地坐在沙上笑，神情多少有些窘迫。

刘艳俯在赵安邦耳旁小声说："盼盼是不是像胖子以前的女朋友孙萍萍？"

赵安邦心里一惊，这才发现盼盼简直就是当年的那个孙萍萍，而且，眉眼神情之中不乏钱惠人的影子，尤其是那高高的鼻梁，活脱脱就是从钱惠人脸上移过去的！

往事一下子全记了起来，一九八六年前后，县委组织部老部长的女儿孙萍萍正和钱惠人谈恋爱，分地风波之后，钱惠人受到了处理，孙萍萍被老部长逼着离钱惠人而去了。赵安邦清楚地记得，和孙萍萍分手后，钱惠人在他面前痛哭过一场，可他再也没想到，钱惠人和当年的恋人孙萍萍竟生下了这个叫盼盼的私生女！

当着孩子的面，有些话很难说，赵安邦让刘艳把盼盼带到楼上去看电视。

刘艳和那孩子心里都有数，答应着上楼了，走到楼梯口，盼盼回过头，红着眼圈说了一句："赵伯伯，你得帮帮我爸爸，我爸爸是为了我才向人家借了点钱！"

赵安邦强作笑脸，"好，好，盼盼，你和伯母看电视去吧，我和你爸谈！”

盼盼和刘艳走后，客厅里的空气变得沉闷起来，赵安邦和钱惠人相视无言。

过了好长时间，赵安邦才揪着心，郁郁地问：“惠人，这么说，你从白小亮那儿借的钱并没弄到古龙老家盖房子，全拿给你女儿盼盼用了？是不是这个情况？”

钱惠人点点头，“是的，我一直想和你说，又不敢！不是你在宁川主动提起来，我……我今天还不会来找你！老领导，今天带着盼盼上你的门，我……我是鼓足勇气的！我知道你……你肯定要批评我，一个大市的市长竟然有个私生女……”

赵安邦看着钱惠人，心里真难受：如果钱惠人是见风使舵的政治小人，当年把分地的责任全推到他和白天明头上，就不会落得那么重的组织处理，也就不会有孙萍萍的父亲棒打鸳鸯这一出，更不会有今天的麻烦！

那位讲政治的孙部长真是造孽啊，竟让已怀了孕的女儿和钱惠人吹了！

钱惠人却吭吭哧哧说：“当时，谁都没想到萍萍怀了孕，我是一九九八年才知道的。那年四月，我带着白小亮到深圳出差，当时白小亮还是我的秘书，偶然见到了在深圳打工的孙萍萍，就和孙萍萍一起吃了顿饭。第二天，孙萍萍说要让我见一个人，我根本没想到是盼盼，就去见了，这一见，我……我的心都碎了……”

赵安邦听不下去了，连连摆手，“惠人，别说了，别……别说了……”

钱惠人坚持说了下去，眼里已是一片泪光，“孙萍萍有了盼盼，在文山待不下去了，和家里闹翻后，就辞职到了广东。先是在广州一家公司，后来又是海南、深圳，据她说，曾经也赚过不少钱，还在深圳买了套两居室的房子。我见她时却不行了，炒股票亏到了底，连吃饭都成问题，何况女儿还有病，要花钱的事很多！赵省长，你……你说我怎么办啊？十八年了，我都不知道自己有这么一个一直见……见不到父亲的女儿啊！我……我钱惠人算什么玩意？算……算什么玩意啊……”

说到伤心处，钱惠人泪水大作，还不敢哭出声，怕被楼上的女儿听到。

赵安邦待钱惠人默默哭了好一阵子，才唏嘘不已地问：“为偿还良心上的欠债，你就向白小亮借了钱？那时白小亮好像还没到投资公司啊！”

钱惠人停止了哭泣，“是的，赵……赵省长！我……我没有那么多钱给盼盼，再……再说，又不能让我老婆崔小柔知道，也只能找小亮了。小亮挺同情我，到投资公司做老总后，帮我办了。小亮按我的要求，向……向深圳一家装饰公司打了四十二万元，我……我当时也怕出事，还……还给小亮打了张借条。赵省长，如果方便的话，请你务必……务必给办案人说一声，让他们问问白小亮，找找那张借条！”

赵安邦点了点头，又问：“惠人，这事池大姐是不是也知道？”

钱惠人擦了擦眼泪，“知道，池大姐早就知道了，所以……”

赵安邦接口说：“所以，池大姐才护着你，一口咬定你不会有经济问题，一再要我保保你！你说说看，我什么情况都不了解，怎么敢答应保你啊？不要原则了？”

钱惠人叹了口气，“老领导，就是这么个情况，你批吧，骂吧，我不怪你！”

赵安邦摇头苦笑道：“批什么？骂什么？这事也得历史地看，客观地看嘛！你也是的，应该早点告诉我嘛，早告诉我，我也能帮你想想办法嘛！哦，对了，我听池大姐说，你这四十二万元只还了一部分，好像才还八万多元吧？其他的怎么办呢？”

钱惠人道：“我……我正在筹，也差不多筹齐了，你……你就别问了！”

赵安邦岂能不问？想了想，说：“惠人，我家多少有些存款，你先拿去用吧！你是宁川市长啊，四处向人借钱影响不好，没准又会让别有用心的人做文章！”

钱惠人忙道：“赵省长，我知道，我知道，所以，还款才拖了一阵子！”

赵安邦说：“别拖了，再拖只怕把我也拖下去了，我先借十万给你吧！”

钱惠人连连摆手，“用不着，用不着，赵省长，你们存点钱不容易，再说，我也没到那一步，还能解决！”又郑重声明说：“老领导，请你放心，我知道于华北他们一直在盯着我，所以，借的都是亲戚的钱，没一个下属干部和商人的，真的！”

赵安邦挺满意，“那就好，不过，也不能怪华北同志，人家盯你没盯错啊！我看这样吧：你也主动一些，把今天和我说的情况也和于华北说说，让他看着办！”

钱惠人有些犹豫，“赵省长，于华北可不是你老领导，这……这合适吗？”

赵安邦不无情绪地说：“有什么不合适？当年分地风波这位于副书记又不是不知道，古龙县委的那位孙部长他也熟悉得很！我听说他后来发表在省委党刊上的那篇建议延长土地承包期一包三十年不变的著名文章，还和那位孙部长切磋过！”

钱惠人讥讽道：“对，对，咱们在前面蹚雷，人家在后面总结，不还有四句真言吗：党的政策像太阳，年年月月都一样，土地一包三十年，稳住农业心不慌！”

赵安邦不免有些困惑，“惠人，这倒也奇怪了，孙部长既然也知道土地一包三十年是好事，有些高瞻远瞩嘛，眼光并不算俗，怎么非逼着孙萍萍和你散伙呢？”

钱惠人叹息道：“赵省长，其实，有些情况你不清楚，我那时不好意思和你说。人家从一开始就没看上我这个农民出身的穷光蛋！”又带着讥讽说起了于华北，“相比之下，倒是咱于副书记有些眼力，我在古龙县计划生育办公室喝茶看报时就说我还有希望！我就在心里骂，有你于华北这样的组织，我还有啥希望……”

赵安邦没让钱惠人再说下去，分地风波毕竟过去十八年了，况且他还在和于华北合作共事，没必要挑起钱惠人的不满情绪，于是，挥挥手道：“好了，好了，胖子，别说过去那些陈谷子烂芝麻的事了，这事就这样吧，你尽快找一找华北同志！”

钱惠人带着盼盼走后，赵安邦一颗悬着的心终于放了下来：情况并没有想象的那样严重，说到底不过是特定历史条件下出现的个人私生活问题。就算于华北不顾历史，非抓住钱惠人的私生女盼盼做文章，文章也做不到哪里去。钱惠人括号副省级虽说一时带不上，日后总还要解决的，目前保住宁川市长的位置应该没问题。

这夜，赵安邦终于睡了个大梦沉沉的好觉，早上起来打网球时精神极好。

18

省国资委常务副主任孙鲁生起个大早，却赶了个大晚集。八点刚过就进了省政府院门，赶到主楼赵安邦办公室时，也不过八点十分。赵安邦正在接国务院领导的一个重要电话，让她等一等，这一等就是四十多分钟，快九点才和赵安邦见上面。

见面时，赵安邦情绪不是太好，孙鲁生推测和刚接过的电话有关。可电话是哪个国务院领导打来的，谈的什么，她不得而知，自然不会想到会是伟业国际的事。

倒是赵安邦主动说了，一脸的自嘲，“这个白原崴，真让我防不胜防啊！一到香港就把我卖了，公开发表讲话，说伟业国际是红帽子企业，产权问题有望在合理的框架内解决！还点名道姓提到我，说我支持他继续控股伟业国际，搞得国务院领导也知道了，一大早把电话打过来，追问我是怎么回事，要我们慎重处理好！”

孙鲁生心想，港澳有那么多中资机构和驻港单位，哪个机构、单位没有北京背景？把这事反映上去还不很正常？再说，如今是信息时代，就算没人反映，中央领导也可以从网上获取资讯。白原崴出境后，她和省国资委的同志就一直在网上关注着白原崴的动向。于是，从文件夹里拿出几份下载的相关报道，轻轻放到赵安邦面前，“赵省长，这我正要汇报：这两天白原崴是对香港各报发表了不少奇谈怪论，我们也觉得很惊讶：谁肯定伟业国际是红帽子企业了？白原崴想搞什么名堂？”

赵安邦接过报道，随手翻看着，“这还用问啊？套我和省政府呗！”他指着一篇访谈文章苦笑起来，“哎，孙主任，你看看这里，白原崴说得多漂亮啊？啊？对我们改革开放的前途充满信心，对我和汉江省委、省政府解决产权问题的诚意和智慧充满信心，对继续做大做强伟业国际集团充满信心！嗬，一连三个充满信心！”他放下手上的报道，信口评论道：“这么一来，伟业旗下各公司的股票又该上涨了！”

孙鲁生点点头，“是的，赵省长，你判断得不错！伟业海内外的股票都上涨了：纳斯达克的伟业中国昨天逆市上涨了百分之二十二，国内龙头伟业控股尾市突然涨停，带动钢铁指数上涨了三十二点。我注意了一下盘面情况，伟业控股好像有抢盘迹象，昨日一下午的成交量即达两千八百万股，成交均价五元八角。”迟疑了一下，又说：“如果我们不就白原崴的言论发表澄清声明的话，这种涨势估计还会继续！”

赵安邦当即决断说：“孙主任，我看这个澄清声明先不要发，股票涨起来是好事，总比下跌强嘛，白原崴有信心也比没信心好！再说，目前也没涨多少，经过上一轮市场刻意打压之后，现在不过是恢复性反弹！”又加重语气提醒说：“如果发声明，白原崴和他手下的巨额游资可能会反手做空，把股价往下打，必须警惕！”

孙鲁生怔了一下，点头认可了：这位省长实在是厉害，懂经济，懂市场，思路开阔，还这么务实，在这种领导手下工作，委实是一种享受。然而，却也为赵安邦担心，“不过，赵省长，我们也不能由着白原崴在境外不受控制地这么胡说八道啊！据我省驻港办事处反馈过来的信息，白原崴已于昨夜搭乘法航班机飞往巴黎了，如果白原崴在巴黎和欧洲继续胡说下去，只怕北京领导同志还是要找你的！”

赵安邦不无苦恼地说：“是的，但采取任何措施都必须慎重！鲁生啊，有一点你一定要清楚：我们这回是碰上硬对手了！这个白原崴不简单啊，进退有据，在我国加入WTO的背景下，从国内到国外，从制造业到金融投资，和我们打了场立体战！”

孙鲁生深有感触，“是啊，是啊，赵省长，从接收开始，我和同志们对这位白总就没敢轻视！”她看着赵安邦，试探道：“如果白原崴这次不回来就好了！”

赵安邦“哦”了一声，警觉地问：“鲁生同志，你什么意思啊？说清楚！”

孙鲁生略一沉思，大胆地说了起来：“赵省长，有个情况你知道：伟业国际集团美国上市公司伟业中国的总裁陈正义，涉嫌侵吞集团海外资产，数额高达上千万美金！这事和白原崴有没有关系？有多大的关系？我们应该好好查一查嘛！”

赵安邦没当回事，“哦，这事啊？这和白原崴有啥关系？你们上次汇报时不也说了吗？早在北京的资产划拨文件下达之前，白原崴就和陈正义闹翻了，已经准备改组伟业中国的高管班子了嘛！再说，现在陈正义又死在巴黎了，别瞎琢磨了！”

孙鲁生却不愿放弃，“赵省长，我这可不是瞎琢磨！白原崴套咱们，咱们也可以反手套他嘛！就以涉嫌侵吞国有资产罪对他来个立案审查，把他吓阻在境外！”

赵安邦怔住了，“什么？什么？你是不是还想对白原崴发个通缉令啊？！”

孙鲁生说：“能发个通缉令更好！当然，不是真抓，就是演一场戏嘛！和白原崴这种资本大鳄斗，得出点险招，险中取胜，反正兵不厌诈嘛，兵书上有的！”

赵安邦沉下脸，“什么兵不厌诈？这是馊主意！”

孙鲁生有点着急，“赵省长，你别急着下结论嘛！这笔资产可是三百亿啊！”

赵安邦手一挥，很不高兴地说：“那也不能这么乱来！三百亿怎么了？就眼红了？鲁生同志，你是省国资委常务副主任，对国有资产保值增值负有一份责任，这没错，利用手上的权力和你说的兵不厌诈的手段拿回这三百亿也不是没有可能！但是，以这种方法拿回了三百亿，我们汉江省也许会失去三千亿！文山的教训已经摆在那里，对赚钱的企业巧取豪夺，自以为很聪明，结果怎么样？谁也不去文山投资了，人家发不了财，你文山也别发展了！”说到这里，他口气缓和下来，“鲁生同志，请你一定不要忘了，你这个省国资委常务副主任和我这个省长代表的是国家，是汉江省人民政府，有个自身形象和影响问题，另外，还要用发展的眼光看问题！国务院领导刚才在电话里说了，原则要坚持，但也要实事求是，一定要稳妥解决好！”

孙鲁生想想也是，没再争辩下去，“赵省长，那你说怎么办吧？！就让白原崴在巴黎继续这么胡说一气？总得采取一些必要措施吧？”

赵安邦想了想，指示说：“你尽快和白原崴联系一下，亲自联系！搞清楚他住在巴黎什么地方？去巴黎什么目的？以我和省政府的名义告诉他两点：一、伟业国际的产权问题请他免谈，我和汉江省政府从没认定它是戴红帽子的私营企业，这是重大原则问题。二、在产权奖励方案没得到双方认可之前，请他不要再公开发表不适宜的言论，否则，后果自负！另外，再找一下我驻法大使馆，请商务处参赞同志出一下面，代表我们做做白原崴的工作，请白原崴国外事情结束后早日回国！”

孙鲁生犹豫了一下，“驻法使馆能理睬我吗？这个电话你是不是亲自打？”

赵安邦不耐烦了，“让你打你就打嘛，就说我让打的，这几年我省经贸代表团每年几次去法国，大使馆几乎成我们的办事处了，这点小事，会替咱们办的！”说罢，离开办公桌，坐到了沙发上，“鲁生，我不是和你说了吗，可以考虑奖励白原崴和他们的高管人员一些股权，总额不超过百分之二十，搞个方案，你们搞了没有？”

孙鲁生汇报说：“已经在搞了，我让产权处搞的！不过，现在看来行不通，白原崴不会只满足于伟业国际的经营管理权，他的胃口大得很，一出境就现出原形了。你看他在境外说的这些话，似乎还想一口吞掉伟业国际，方案做了也白做！”

赵安邦道：“怎么是白做呢？谈判总要有个基础文件嘛！白原崴想一口吞掉伟业国际是一厢情愿，没这个可能。不过，该让点步也要让点步，可以考虑在百分之十左右让。白原崴和原管理层的经营权必须保证，我早就说了，我不愿看到一个奇迹在我们手上消失，伟业国际不是泰坦尼克号，这艘巨轮绝不能上演冰海沉船！”

孙鲁生叹了口气，郁郁地问：“如果白原崴达不到目的，最终非要沉船呢？”

赵安邦颇为自信地笑了起来，“这可能性不大，平州港他都不愿放弃嘛！”

孙鲁生问：“白原崴这么猖狂，我们还让步，合适吗？是不是也影响形象？”

赵安邦说：“影响什么形象啊？现在就是平等谈判，他猖狂进攻，你疯狂反击嘛，我看你孙主任也够疯狂的了，竟然想到要下通缉令吓唬人家了！”

孙鲁生不好意思地笑了笑，“那么，赵省长，就算我们让百分之十，白原崴的股权也只占百分之三十，加上他们管理层原有持股，最多占到百分之四十三，如果坚持不让，他们就是百分之三十三，控股权是我们的，又怎么保证他们的经营权呢？我们不派董事长、总经理了？我们一股独大，将来在董事会搞表决，肯定是我们说了算嘛！”

赵安邦说：“这正是问题的症结所在，白原崴心病就在这里！所以，我考虑了很久，有了个想法：我们不能一股独大，股权要进行社会化处理，分散卖给对伟业国际有兴趣的企业法人和社会法人，甚至是自然人！也鼓励白原崴的合作伙伴来买，我们最多只保留百分之三十,一个原则，就是让白原崴继续控股！”他站了起来，在沙发前踱着步，继续说：“孙主任，你想啊，百分之三十至百分之四十左右的股权卖出去，我们收回来的资金是多少？上百亿吧？能办多少事？文山问题不就好解决了？余下的股权让白原崴继续经营，每年还能分红，国有资产的保值增值的目的全实现了！”他禁不住感慨起来，“当年京港开发投给白原崴一千万，谁能想到今天会让我们赚得这么盆满钵盈？说良心话，这可是我此生看到过的最赚钱的一笔国有资产买卖啊！”

孙鲁生不禁兴奋起来，“嘿，赵省长，你说的这些，我和同志们还真没想到过！我看是个好主意，只要白原崴愿意回来谈，能接受就行！”

赵安邦挺有信心，“我估计白原崴能接受的，在宁川和他交锋时，我已有预感了！他也舍不得自己一手打造的伟业国际啊，只要我们真诚待他，我想，他会给我们一定程度的真诚回报的！不管怎么说，我们都不能把他变成一只剥光了的肥猪，更不能让他成为海外流亡的持不同政见者，否则，我们就是糊涂虫！这既是经济问题，也是政治问题，政治经济学嘛，经济从来就离不开政治，这一点要记住！”

孙鲁生心里一震，适时地打开笔记本，认真记录起了赵安邦的指示。

赵安邦继续指示说：“还有，平州港扩建工程的事也给我提了个醒，资金和资产冻结并不明智，一个好项目与我们无关了。所以，伟业的国内资金可以考虑在有效监控的前提下解冻，不要再拘泥过去的接收程序，也尽量减少对现有项目的影响。这些项目真砸在手上，将来我们的股份还怎么卖？又怎么分红啊？是不是！”

孙鲁生停止了记录，“赵省长，这我可要说明一下：伟业国际和平州市政府签的平州港扩建合同还是有效的，如果看好这个项目，我们还可以拿回来嘛！”

赵安邦摆了摆手，“算了，算了，就算能拿回来也不拿了！我们没道理嘛，接收期间搞了个资产冻结，逼着人家改变了投资方，石亚南背后可没少埋怨我！”

孙鲁生点了点头，“好，你省政府领导有话，我们执行就是！”说罢，合上笔记本，站起来告辞，“赵省长，回去后，我就按你今天的指示精神，先搞个伟业国际产权分拆及社会化一揽子方案，搞出来后再向你做一次具体汇报吧！”

赵安邦道：“不要找我，先让你们省国资委主任陈副省长看一下，听听他的意见再说！刚才这些设想，我也要和陈副省长通气的，得在省政府办公会上定啊！另外，你也给我学聪明点，别把底牌都告诉白原崴，产权分拆及社会化处理的事暂时别和他说，奖励的股权就定在百分之二十，那百分之十也不要轻易让，我们还得逼逼他！”

孙鲁生心里有数，连连应着，向门口走，“好，好，那我就回去了！”

赵安邦却又想起了什么，“哎，孙主任，别忙走，我好像还有什么事……”

孙鲁生站住了，“除了伟业国际，还能有什么事？是不是文山国企的事？”

赵安邦回忆着，“不是，不是！”突然想了起来，“哦，对了，是一个上市公司的事！孙鲁生，你给我坐下，这事你得给我说清楚：你怎么化名鲁之杰在《汉江商报》上发表了一篇文章？怀疑人家宁川的绿色田园业绩有问题？想吃官司啊？”

孙鲁生怎么也没想到会是这种事！自己一篇小文章竟捅到了省长面前，省长竟知道她笔名叫“鲁之杰”！便问：“赵省长，你怎么知道我在商报上发表了这篇文章？”

赵安邦批评道：“还说呢，人家绿色田园老总许克明告状告到我面前来了！我让秘书找到商报总编，才知道咱们省国资委有个女秀才叫‘鲁之杰’！我说鲁之杰同志，你少替人家绿色田园操心好不好？你真吃上官司不停地上法庭，工作不受影响啊？别说绿色田园搞得不错，就算有问题也用不着你来管嘛，有证券监管部门嘛！”

孙鲁生赔着小心问：“赵省长，我……我这篇文章你看了没有？”

赵安邦道：“我还没来得及看，这种东西你不要再写了好不好？”

孙鲁生解释说：“赵省长，其实，你应该看一看，我哪天找来送给你。绿色田园真有问题，根据我的分析，业绩水分不小，估计是颗地雷！荒唐的是，这颗地雷偏有人抢，这阵子股价疯涨，也不知是股民疯了，还是市场疯了……”

这时，桌上的保密电话响了起来。赵安邦走过去接电话，边走边说：“孙鲁生，你不要说了，不管是地雷还是卫星，都不在你省国资委的职责范围，是地雷，涨上去也不会长久，也会跌下来，让股民和市场去说话嘛，好了，就这样吧！”

也只能这样了，身为省长的高级领导要接保密电话，自己在面前不合适。可孙鲁生心里真是不服：这位省长精明过人，怎么就没想到一个简单的问题呢？既然现在发现了地雷，就得想法把它排除，怎么能让它日后踩上去再爆炸呢？况且绿色田园不是外省的上市公司，是汉江的上市公司，真闹出个什么大丑闻来，他省长脸上不也挂不住吗？！就算出于私心，非要保护本省的上市公司也不能这么保护嘛！

然而，见赵安邦一副不耐烦的样子，她便也没再多说什么，只好心地提醒了句：“赵省长，钱惠人市长的老婆崔小柔就在这家公司，你最好让钱市长注意点影响！”

赵安邦一怔，拿起的话筒又放下了，“哎，孙主任，你什么意思啊？”

孙鲁生说：“没啥意思，就是提个醒嘛，白小亮出事后，外面议论不少哩！”

赵安邦脸一拉，“白小亮出事和钱惠人有啥关系？瞎议论什么？就事论事，说他老婆——他老婆又怎么了？也参与炒股了？她是不是这家公司的大股东啊？”

孙鲁生这才后悔起来：赵安邦和钱惠人是什么关系？据说赵安邦正琢磨着要把钱惠人往副省级上推呢，她这不是自找麻烦吗！于是，就事论事道：“我在绿色田园董事名单上看到了崔小柔的名字，持股数八千股，是不是参与炒股我不清楚！”

赵安邦说：“不清楚的事就不要四处乱说，更不要瞎联系！现在哪个上市公司高管人员不持股啊？老钱现在已经够难受的了，鲁生，你就别再给我添乱了！”

省长大人这种态度，她还有啥可说的？于是只得连连应着，退出了门……

19

钱惠人一直把女儿盼盼送到省城机场安检处，眼看着盼盼从艳红的小坤包里掏出飞机票、登机牌和身份证，递到一位女安检人员面前。女安检人员对照身份证看了看，职业性的目光在盼盼俊俏的小脸上停留了一两秒钟，便在登机牌上盖了安检章。盼盼把女安检人员递回来的身份证、飞机票、登机牌胡乱抓在手上，冲着安全隔离线外的钱惠人挥了挥手，强作欢颜地说了句：“老爸，你回吧，我走了！”

钱惠人却不放心，大声嘱咐说：“把身份证和飞机票收好，收到包里去，只留着登机牌就行了！还有，下飞机见到你妈后，马上给我打个电话，别忘了啊！”

盼盼真是个乖乖女，当即打开小坤包，把身份证、飞机票放到包里，只拿着一张登机牌走进了安检门。通过安检门后，再次向钱惠人挥手，“爸，你回吧！”

钱惠人不愿走，眼里含着欲滴的泪，冲着盼盼无声地挥了挥手，让盼盼先走。

盼盼先走了，脚下的高跟鞋在花岗岩地面上击出一串脆响，身影一闪，消失在候机大厅流动的人群中。钱惠人眼瞳里留下的最后影像是盼盼的白色上衣和那只背在身后的艳红的小坤包。小坤包是他这次在省城给女儿买的，真正的意大利名牌。

一切都过去了，该澄清的都澄清了，噩梦总算做到头了。开车赶回宁川的路上，钱惠人靠在后座上佯装打盹，心里默默咀嚼着在省城这两天一夜的痛苦经历。

赵安邦的反应在意料之中，这位老领导不可能对他和盼盼的悲伤遭遇无动于衷。于华北那里本来没想去，赵安邦非让去，也只好去了，没敢带盼盼——他真怕一场不可避免的难堪，再次刺激女儿那颗已饱受刺激的心。

没想到的是，于华北的态度竟也很好，吃惊过后，便叹息起来，一再说孙部长当年不该做《西厢记》里的崔母，硬把张生和莺莺给拆散了，闹了这么一出当代爱情悲剧！于华北再三交代，要他在各方面多关心盼盼，还很动感情地说：“盼盼没啥错，你这个做父亲的要把欠她的爱都还给她，让她在阳光下堂堂正正做人！”

然而，于华北毕竟是于华北，他该说的全说了，谜底摊开了，于华北仍没就白小亮一案透露任何信息。他再三说向白小亮借款时打了欠条，人家就是不接茬，既没说有这张欠条，也不说没有。因此，他就不能不警惕：于华北说让盼盼在阳光下堂堂正正地做人是什么意思？当真是出于同情和善意吗？是不是想把他拖到阳光下晒晒？一个经济大市的市长有个私生女，能公开吗？真公开出去，家里闹得一塌糊涂不说，社会上也会议论纷纷！别说上什么副省级了，只怕这个厅局级的市长也没法当！这事适当的时候还得和赵安邦提一提，让老领导找于华北再做做工作。

借款的事倒不怕，就算真找不到那张借条了，白小亮也不会不负责任地瞎说一气，在没有任何根据的情况下，谁也不能认定他就是受贿！事实上也是这样，到目前为止，不论是于华北还是省纪委，都没找到他头上，况且，这四十二万元他正在想法还。赵安邦提醒得对，这事是不能再拖了，就是再困难，也得想法先了结，看来，必须和老婆动一次真格的了，这还没着落的十五万元她出也得出，不出也得出！

老婆崔小柔应该说人还是不错的，从结婚那天起，就把他的生活全管起来了，吃喝穿戴，都用不着他操心，舒服倒是舒服了，却也把他管死了。尤其是有了盼盼这档事，他就受大罪了，每年总要贴补盼盼一些钱的，连贪污公款的心都有……

正这么在车上胡思乱想着，手机突然响了——竟是赵安邦打来的电话！

赵安邦很不客气，开口就问：“钱胖子，那个绿色田园又是怎么回事啊？”

钱惠人没任何思想准备，以为赵安邦要了解许克明什么情况，便说：“赵省长，绿色田园老总许克明您不是见过吗？挺不错的一个小伙子，很有想法……”

赵安邦打断了钱惠人的话头，“我问的不是许克明，是你老婆！你家崔小柔是不是这家公司的董事？是不是还持有这家公司的股份啊？你给我说说清楚！”

钱惠人这才明白过来，“赵省长，你说这个啊，那我汇报一下：绿色田园是老上市公司电机股份重组过来的，崔小柔和我结婚后，从深圳调到宁川电机厂，后来电机厂改制上市就按规定持股了，最初是三千股，配了几次股，现在大约有七八千股吧？如果您老领导认为这影响不好，我……我马上让小柔把持股全退掉就是！”

赵安邦沉默了片刻，“如果是这样，倒也不一定退股，但董事最好不要当！你钱胖子做着宁川市长，你老婆是上市公司董事，总会让人产生不好的联想嘛！”

钱惠人郁郁地说：“好，赵省长，我听你的，让小柔退出董事会就是了！”又说：“现在的情况你清楚，有些人就是要整我，是不是有人又做小柔的文章了？”

赵安邦口气缓和下来，“这你别瞎想，是我对你严格要求，你理解就是！”

钱惠人想：肯定又有什么人跑到赵安邦那里瞎嘀咕了，官场险恶，人心难测啊！

因此，当晚从省城回到家，钱惠人的脸色很不好看，对崔小柔郑重交代说：“小柔，你明天就到绿色田园去，告诉许克明：你这个执行董事不能再当了，手上的那点股票也转给其他董事，或者干脆卖掉，和绿色田园公司彻底脱离关系！”

崔小柔很意外，“老钱，你发什么神经？我是公司老人了，为啥要退出？”

钱惠人一声长叹，“还不是为了顾全大局嘛，安邦省长好心提醒的啊！”

崔小柔益发意外，“安邦省长咋这么敏感？该不是谁又在背后打黑枪了吧？”

钱惠人压抑不住了，发泄道：“那还用说？人家该出手时就出手嘛！”

崔小柔发起了牢骚，“那他赵安邦就不说话？又想牺牲你了？老钱，不是我挑拨离间，我看你这位老领导就是滑头！论能力，论贡献，论关系亲疏，你都不该在王汝成之下！他倒好，对裴一弘言听计从，让王汝成做了书记，让你做市长……”

钱惠人不悦地打断了崔小柔的话头，“行了，行了，过去的事还说啥啊？再说，这种事要省委常委会决定，也不是安邦省长一个人说了算的，我们得理解！”

崔小柔说：“理解？怎么理解？我算看透了，这种滑头领导，你不跟也罢！”

钱惠人心烦意乱，“你能不能少说两句？怕我还不够烦啊？！”略一停顿，又说：“哦，对了，还有个事：你给我到银行去一趟，取十五万元回来，我有急用！”

崔小柔不悦地问：“你要这么多钱干什么？又不少你吃，不少你喝！”

个中隐情没法说，钱惠人只能要野蛮，“啰嗦什么？让你取你就去取嘛！”

崔小柔才不吃这一套哩，“叫什么叫？实话告诉你：银行没钱，那些存款我都转到股市上去了，证券部同志正帮我炒绿色田园，都涨百分之四十了，还有得涨哩！”

钱惠人手一摆，“这我不管，反正我明晚必须拿到这十五万元！”又警告道：“小柔，我重申一下：股票不能再炒了，你一定要记住自己的身份，注意影响！”

崔小柔这才火了，俊俏的大眼睛里溢出了泪，“钱胖子，那你还让不让我活了？你当市长，我既不能在市委、市政府任职，又不能当上市公司董事，还不能炒股，那让我以后干什么？当家庭妇女？靠你养活？你挣几个钱啊？养得起吗？！”

钱惠人也觉得有些过分了，想了想，妥协说：“要不，你就在许克明手下搞点行政事务性工作吧，反正别再在董事会待着，这对我确实有消极影响啊！”

崔小柔抹去眼中的泪，“这我听你的，那你也得说清楚，要十五万元干什么？”

钱惠人却不说，“你别问，反正这个钱我必须尽快拿到，你别逼我犯法！”

崔小柔大概知道事情比较严重，口气缓和下来，有些可怜巴巴，“老钱，你总得说说是啥事嘛！十五万元咱们不是拿不出来，可你别让我这么提心吊胆好不好呢？”

钱惠人心里一动，马上顺水推舟，一声夸张的长叹过后，表情极是沉重，信口开河道：“知道我为什么去省城吗？省纪委领导找我谈话了，麻烦怕是不小啊！”

崔小柔马上想到了于华北，“是不是那个姓于的家伙又做你的文章了？”

钱惠人“哼”了一声，“这还用说？天明书记的儿子白小亮不是进去了吗！”

崔小柔这才有些怕了，见他不说具体情况，也没敢再追问，次日上午便提了十五万元现金出来，装在一个服装袋里交给了他，他当晚便带着钱去了池雪春家。

池雪春拿到钱很高兴，透露说：“钱市长，你放心，听说那张欠条找到了！”

钱惠人眼睛一亮，“真的？池大姐，快说说，在哪里找到的？谁告诉你的？”

池雪春说：“听纪委一位熟悉的朋友说，是在小亮办公室文件柜里找到的，夹在一本日记本里，确实是四十二万元，欠条上的日期是二〇〇一年十二月三日。”

钱惠人道：“这就对了嘛！我记得也是十二月，具体日子记不清了！”又苦笑着抱怨说：“这个小亮啊，差点害死我了，这张欠条找不到，我可就说不清了！”

池雪春真诚地说：“那也说得清，我就从没怀疑过你会受小亮的贿！这话我也和安邦省长说了，不过，盼盼的事我话到嘴边还是没敢说，——这你交代过的！”

钱惠人叹息道：“池大姐，你为我保密，没和安邦省长说，我可全坦白了，不但找了安邦，还被安邦逼着去见了于华北！欠条找不着，不说清怎么行啊！”他苦涩地一笑，“再说，我也很不应该啊，这款一借就是一年多，总是个错误嘛！”

池雪春感叹说：“一个经济大市的市长，一年多还不了钱，正说明你清廉！”

钱惠人眼睛一红，泪水差点流下来了，“有你这句良心话，我就知足了！”

池雪春又想了起来，“哦，对了，钱市长，还有个好消息哩：小亮挪用公款炒的股票叫什么绿色田园，这支股票挺好的，这阵子突然涨起来了！证券公司说，他们趁机把股票全给卖光了，小亮账上的亏空其实也没多少，最多不超过五十万元！”

钱惠人大喜过望，“池大姐，这……这可太好了！只要没造成巨额亏损，将来小亮也不会判多重的刑，这么一来，我……我这心里也会多少好受些！”

池雪春说：“不过，也有些遗憾。股票卖得早了些，听证券公司的同志说，如果绿色田园这两天再卖的话，小亮账上不但不会亏钱，还能赚上个几十万元哩！”

钱惠人道：“池大姐，这你就别遗憾了，股市上的事说不清楚，风云变幻啊，涨起来很快，跌下去也很快，能落得目前这个结果就算万幸了！”

池雪春倒也挺想得开，“就是，就是，钱市长，我这也不过是随便说说！”

从池雪春所住的二区五号楼一路往一区十号楼自己家走时，钱惠人心彻底放下了：欠条到底找到了，四十二万元还清了，自己今夜可以及早睡个安生的好觉了。

没想到，这晚，文山市常务副市长马达偏跑来了，他进门时，马达正坐在客厅的沙发上和崔小柔说着什么。见他进了门，马达触电似的从沙发上跳起来，上前拉着他的手开玩笑说：“哎哟哟，我的钱大市长，您可披星戴月回来了！怪不得你们宁川搞得这么好，那是因为有您这么一位不知劳苦的人民公仆啊，佩服，佩服！”

钱惠人一把打掉马达的手，“别肉麻了，真佩服我，就把你们文山搞搞好！”

马达仍是一副半真不假的样子，反客为主地拉着钱惠人在沙发上坐下，“是的，是的！钱市长，我今晚来，还就是想和你说说文山！文山是我的管区，也是你的老家，搞不上去对谁都不好！对我来说是没政绩，对你来说是脸上无光嘛！”

钱惠人脸一沉，“笑话！文山的常务副市长是你，市长没准马上也是你了，和我有什么关系？宁川搞好了我脸上就有光了！说吧，说吧，是不是又要宰我啊？”

马达直笑，“钱市长，看你想到哪去了！我这次找你，既不涉及两市之间的合作项目，也不涉及融资借款，就是路过宁川，想你了，来看看你，放心了吧？”

钱惠人不敢放心，“马市长，这么多年了，谁不知道谁呀？说你的事吧！”

马达想说却又没说，看了看坐在对过的崔小柔，“哎，崔女士，您能不能先回避一下？让我和钱市长说点私房话？放心，和爱情无关，完全是忧国忧民的事！”

崔小柔起身走了，边走边说：“别整天忧国忧民了，谈点爱情也没关系！”

马达待崔小柔进了卧房，才说起了正事，“钱市长，你可能听说了吧？于华北副书记最近去了趟文山，我估计是代表省委考察我们文山班子的，可人家偏说是来搞调研，关于文山班子怎么调，一句口风没透，连他老部下田封义心里都没底！”

钱惠人知道赵安邦和裴一弘对文山班子很不满意，一直想动，可也听说于华北对现班子想保，反正都与他无关，他自己的事还烦不完呢！便敷衍说：“田封义怎么会没底？他和于华北书记是什么关系？马市长，老田只怕没和你说实话吧？！”

马达直摆手，“不是，不是！这情况我知道，于华北在几个不同场合批了我们，谁都没轻饶，包括对田封义！当然，也该批，文山这些年是没搞好嘛！刘壮夫书记三天两头住院，田封义能力太差，让我这个常务副市长怎么办？我真是孤掌难鸣啊！钱市长，咱们是老伙计了，我这一肚子委屈还真想好好和你说说哩……”

钱惠人不想听，阻止说：“哎，哎，马市长，你打住吧！你的委屈和我说什么？我又不是省委、省政府领导，你找裴书记、安邦省长、于书记他们说嘛！”

马达道：“我今天来找你，就是想请你在安邦省长面前垫个话！你别误会，我这可不是跑官啊，我是想干事！我酝酿了一个甩卖国企、振兴文山经济的计划，可于华北听都不愿听，我估计于华北和省委不想让田封义和我进这关键的一步啊！”

钱惠人嘴上不说，心里却想：你最好别进这关键一步，你进了这一步，只怕文山还是没希望！还委屈呢，从管工业的副市长，到管全面工作的常务副市长，你干成了啥？

马达还在喋喋不休，“钱市长，看在当年咱们在白山子的份上，你老弟说啥也得帮我做做安邦省长的工作！别人不知道，我可知道，咱安邦省长最听你的！”

钱惠人笑着自嘲道：“安邦省长听我的？我是中央领导啊！马市长，要我看，这事最好还是你亲自和安邦省长去说，可以说说你振兴文山的计划设想嘛！”

马达不高兴了，“看看，不够朋友了吧？不瞒你说，我已经听到风声了，省委很可能从你们宁川和平州派干部到文山去搞占领，我干事的舞台只怕没有了！”

钱惠人打了个哈欠，伸了伸懒腰，“哦，这倒不是没可能，对文山班子，省委一直就想动嘛！现在又把文山定成了北部地区经济辐射中心，班子肯定要加强！”

马达说：“所以，钱市长，这忙你得帮啊！你和安邦省长说嘛，真不让我当市长，就让我换个环境，去伟业国际干番事业吧！最好是董事长兼总经理，让我组阁挑个党委书记！我听省国资委的同志说了，伟业国际已经划给省里了，省国资委孙鲁生他们正在接收，原来的老总白原崴又逃到海外去了，正是个机会哩！”

钱惠人心里苦笑：就冲着你想去做一把手，人家白原崴岂有不逃往海外的道理？不过，对白原崴逃亡一事，他倒真没听说，便问：“哎，谁说白原崴逃了？”

马达眼皮一翻，“没逃吗？我们文山的同志都在传嘛，说是逃到南非去了！”

钱惠人哭笑不得，“那我告诉你吧，白原崴没逃到南非，逃到月亮上去了！”

马达手一挥，“管它南非还是月亮吧，反正伟业国际不是白原崴的了！”

钱惠人说:“那也不是你马市长的!”说罢,又是一个不无夸张的漫长哈欠。

马达脸上挂不住了,“钱市长,你咋哈欠连天的?对老哥这么不负责任啊?”

钱惠人只得继续应付,“好,马市长,你说,你说,我这不是在听嘛!”

马达又说了下去,口气中带着不满和抱怨,“钱市长,你别一阔脸就变嘛!我今天来找你,也不是没原因的!不是你,十七年前我能拉着一个浩浩荡荡的军工厂落户文山吗?今天来你家的路上我还在后悔:你说我当年咋这么倒霉呢?怎么会在省城大众浴室撞上你和安邦省长?怎么就被你们俩骗到文山来了呢?”

钱惠人一怔,笑道:“哎,哎,马市长,打住,过去的事就让它过去吧!”

马达实在是个活宝,摇着头发花白的大脑袋,和他坐近了一些,“我的钱市长啊,你这话就不对了嘛!怎么能让它过去呢?回忆一下过去有好处,‘忘记过去就意味着背叛’,弗拉基米尔·伊里奇说的!”他脸上现出了回忆的神情,“如果我没记错的话,你老哥当时可没这么发达,只是白山子县工业办公室主任吧?安邦省长当时是管工业的副县长,是不是?你和安邦省长搞了个空荡荡的工业园,四处拉项目,拉得好辛苦啊,到省城出差连招待所都舍不得住,住洗澡堂!”称呼在不经意中变了,钱市长变成了钱主任,“钱主任,真是天意啊,历史把我们抛进了省城大众浴池,让我们遭遇了一场伟大的洗澡!我们彼此坦诚相见了,绝对坦诚哩,你、我、安邦县长,身上全都赤裸裸一丝不挂,那是真理与真理的历史性会晤啊……”

钱惠人眼前不禁浮出一片水雾蒸腾的迷蒙，十七年前的那场伟大的洗澡伴着马达不无夸张的回忆性述说重现在眼前。马达说得不错，那时，他只是文山白山子县工业办公室主任，还是副主任，分地落下的处分没撤销，赵安邦想提他也提不起来，只能让他以副主任的身份主持工作。那时真难啊，他和赵安邦若不是在真理的浴池中碰到了马达，哪会有后来几年白山子乡镇工业的起步和城关工业园的一片红火啊！

第六章

20

一九八七年省城大众池室的浴池里一片面汤似的混浊。泡在同一池混水中的钱惠人、赵安邦和马达，隔着一层白蒙蒙的水雾，还天各一方，尚未相会相知。如果那天赵安邦硬是不让钱惠人帮着搓背，两人提前离去了，真理和真理的历史性会晤就将失之交臂。事后回忆起来，钱惠人还想，创造历史有时是必然的，比如由刘集镇分地引发的三十年不变；有时却具有偶然性，比如发生在省城的伟大的洗澡。

那时真苦啊，赵安邦带了个行政记大过处分，到文山地区最穷的农业县白山子做分管工业的副县长，这明显是不受重用。几个副县长中，农业县长排名第一，排第二的是政法县长，赵安邦竟排在分管文化教育的副县长之后。这个排法也不是没道理，南部各市县乡镇企业迅速崛起时，白山子还在以粮为纲哩！县办工业只有一个百十号人的编织厂，两家地方国营性质的小饭店，和十几个集体所有的乡村合作社。赵安邦到任后转了两天，就把这点家底全摸清了：

全县所有工业资产不足三百万，还不如南部市县一个自然村的家当多。赵安邦在县长办公会上提出：向南方学习，自费开发，上马搞工业园。当钱惠人跑到白山子投奔赵安邦时，赵安邦很高兴，当即表态说，“好，好，胖子，那你就过来吧，我和县委组织部说说，马上商调！”

钱惠人正式调过来做县工业办公室副主任时，工业园的地已圈下了，就在县城东面城关镇上。在赵安邦的坚持下，县委、县政府联合下发了个工商强县的一九八七年第三号文件，规定：在自理口粮、自筹资金、自建住宅、自谋出路的前提下，欢迎农民到城关镇搞开发，可以在镇上建房，在工业园设店建厂。文件一公布，各乡农民纷纷涌进城，县工业办一下子热闹起来，简陋的办公室门口被围得水泄不通。几天内就有上千户农民登记建房，三百多户准备在工业园设店建厂，押金收上来两千多万元。

然而，白山子毕竟不是南部发达地区，底子太薄，老百姓太穷，最初的喧嚣热闹过后，钱惠人和赵安邦不无悲哀地发现：农民们向往的是城镇户口，他们既没有资金，也没有能力支撑起城关工业园这片新天地。除了工业园内的小商品市场，真正入园的正经工业企业几乎没有，规划中的工业区还种着庄稼。赵安邦坐不住了，自己带头跑项目，也赶着钱惠人和县工业办的同志下去跑。跑的结果并不理想，那时的宁川、平州、省城都在大上工业园，有的还是国家级的，投资环境，优惠政策，都是文山比不了的。在省城大众浴池碰见马达那晚，钱惠人和赵安邦又经历了两场艰苦而无效的谈判，厂房用地降到每亩三千，倒贴七通一平的费用，人家都不愿来投资。

那晚，钱惠人见赵安邦身心交瘁，无精打采，要给赵安邦搓背，说是搓搓舒坦。一搓果然舒坦了，赵安邦耷拉着湿脑袋，坐在浴池边摇摇晃晃，差点儿睡着。

就在这时，钱惠人无意中听到了浴池另一角马达和一位姓李的副厂长的对话。

马达说:“平州没戏，我估计省城也没戏，谁也不敢违反国家户口政策啊！”

李厂长说:“省城不是还没回绝吗？能给二百个户口也成，你我解决了嘛！”

马达说:“老李，这梦你别做，要解决就得一起解决，当年咱3756厂是从省城迁到大西南的，要回得一起回，这四千多人都是我们汉江子弟啊！不能让他们献了青春献子孙！要想自己回来，我不是没门路，可我能这么走吗？不要脸啊！”

李厂长叹着气说:“马书记，这么说省城也没戏，谁敢收下咱四千多人啊！”

马达从浴池里站了起来，走到莲蓬头下淋浴，边淋边发狠说:“老李，我还就不信了，这么好的一个转产军工厂，还有四千万元的安置费，会在汉江省花不掉！”

天哪，还有这种事！一个转产的军工厂，带着四千万元的安置费，竟在汉江省找不到落脚的地方？这难道是上帝的声音吗？是的，是上帝的声音，上帝已经降福人间了！钱惠人顿时热血冲顶，一把推开昏昏欲睡的赵安邦，也不管赵安邦舒服不舒服了，嘴上喊着“马书记”，跌跌撞撞冲到莲蓬头下，准备实现和真理的会晤。

不料，因为太激动，钱惠人在距马达一步之遥的地方滑倒了，摔个仰面朝天。

马达吓了一跳，抹去了脸上的水，低头看着钱惠人问：“哎，你认识我？”

钱惠人不顾屁股上的疼痛，爬起来，赔着笑脸道：“现在不就认识了吗？”

马达疑惑地审视着钱惠人，“哎，我说同志，你什么意思啊？”

钱惠人一把拉住马达的手，用力握着，“马书记，汉江人民欢迎你！”

马达甩开钱惠人热情的手，一脸嘲讽说：“老弟，你代表汉江人民？你？”

钱惠人这才发现自己口气太大了，忙喊赵安邦，“赵县长，来项目了！”

赵安邦那当儿还朦胧着呢，坐在浴池边说：“胡说啥呀，快冲冲走吧！”

钱惠人硬把赵安邦拖到马达面前，这才让赵安邦明白了是怎么回事。

这次光着屁股的历史性会晤，嗣后被马达说了多少年，一直说到今天。在马达嘴里，现在的赵安邦省长和钱惠人市长当年落魄着呢，哪有今天这份威风？为把他和3756厂拉到文山，好话说尽，笑脸赔尽，连裤衩都没来得及穿，就坐在浴池旁和他谈判了。这种谈判在古今中外的商业谈判历史上前所未有！赵安邦却不承认，笑骂马达狗嘴里吐不出象牙来。钱惠人后来见了马达，就敲打说：“闭住你的臭嘴吧，都当上副市长了，还不知道为尊者讳？你狗东西少四处败坏安邦省长的光辉形象！”

光辉是后来的事，一九八七年见到马达的时候，赵安邦的形象并不光辉，钱惠人的形象就更不光辉了，说落魄是客气的，落魄中还有份穷凶极恶。因为穷自然就凶了，拉项目，找投资弄得急红了眼，饿狼一般，岂有不恶的道理？他不止一次和赵安邦开玩笑说：“实在不行就绑两个大款过来，不在咱工业园投个千儿八百万就不放人！”因此，马达和他们3756厂四千人的户口问题在省城、平州是难以解决的大麻烦，在他和赵安邦看来，根本不算什么事！他们连地都敢分敢卖，还怕违反户口政策？赵安邦在大会小会上不止一次说过，只要能把工业园搞上去，啥都能试！

然而，让钱惠人和赵安邦都没想到的是，马达也是个敢闯祸的祖宗。3756厂面临的不仅仅是四千人的户口问题，还有抗命的问题。在此之前，国家已将3756厂就地安置到大西南原厂附近的一个小县城，准备转产电视机，已经在盖厂房了。如果真把马达和3756厂拉到文山城关工业园，不但马达要倒霉，他和赵安邦也得受连累。

马达也不隐瞒，当晚和他们一起吃夜宵时，就实话实说了，“赵县长，钱主任，咱们是光着屁股见面的，没啥掖着藏着的！我抗命把这么大一个厂，四千人拉到文山落户，有相当风险。也许会惊动国家有关部委和两省领导层，我很可能被撤职开除党籍！可我认了，3756厂本来就是从汉江省迁到大西南去的，同志们想回迁汉江是一个原因，另外，目前所谓的就近选址也不科学，那鬼地方连火车都不通，将来怎么发展？我和李厂长还有党委反复研究了几次，最终决定冒险闯关！所以，也请你们想好了：你们是不是真敢冒这个险？其实你们没义务陪我们冒险！”

这可真是开玩笑：世上竟还有这种人，这种事！钱惠人当时就想，这项目只怕又黄了！一个四千人的大厂抗命不遵，自说自话地跑到文山来了，大西南那边能不追查？能不找汉江省委、省政府？看来这不是上帝的声音，也许是魔鬼的声音。

赵安邦真够大胆的，明知此事不可为，仍于穷凶极恶中不愿放弃，继续与魔共舞，“马书记，我很敬佩你的道德与勇气，就冲着你没扔下一厂职工自己调回来，我说啥也得成全你！咱现在什么也别说，你先到我们文山城关工业园实地看看，如果还满意的话，我们也派人去你们厂子考察一下，看看你这个厂是不是真的生产电视机，你要生产机枪、大炮啥的，我们就不敢要你了，我们工业园可不造军火！”

马达乐了，“赵县长，你放心，我们厂一直生产军工仪表，前年转民品了，上了生产线，试产电视机，现在电视机可是大热门啊，内部凭票供应！你们来吧，我用内部职工价一人卖给你们一台彩色电视机，别看还没牌号，质量好着呢！”

相互考察都很满意。城关镇虽说不在文山市内，可距文山城区并没多远，只半小时车程，文山又在铁路线上，有个大火车站，四通八达，交通便利。赵安邦带着县工业办的两个同志去了趟大西南，当真抱回来一台无牌号的十四吋彩色电视机。

指着那台彩电，赵安邦乐呵呵地说：“同志们，这可是天上掉馅饼啊，从今开始，咱们文山要生产彩电了，而且就在咱们城关工业园生产！这才叫真正的大项目哩，这个大项目一上，就得上配套厂，比如，相关元件厂啊，纸箱厂啊，还有服务方面，一方水土就带活了！”说这话时，赵安邦分明已打定主意要冒险了。

钱惠人及时提醒说：“赵县长，你别光想着天上掉馅饼啊，咋就没想到犯错误？搞不好这可又是一次分地事件，也许比分地还严重，陈同和书记和省里饶不了咱们！”又建议说：“真要干，最好汇报一下，看看市里和省里是什么态度？”

赵安邦当场否决了，“汇报什么？这种事能汇报吗？一汇报准不成！”

这期间又出了点小插曲：马达一看赵安邦态度积极，骑在驴上又想找马了，厚颜无耻地提出，自己带过来的是个团级厂，窝在白山子县的城关镇太委屈了，如果可能的话，最好还是进文山城发展，而且，文山市委还应该给他们相应的待遇。

赵安邦哭笑不得，还不敢发火，怕弄黄这笔风险生意，只能报之苦笑，“马书记，我真不知你是怎么想的！你团级单位，我县级单位，你这待遇我怎么给？让市委给？你觉得这事能向文山市委汇报吗？哪个傻爹敢收你这叛逃过来的野种？”

马达直乐，“你赵县长不就是个傻爹吗？你思想解放，你就收了啊！”

赵安邦道：“那我也告诉你，像我这样的傻瓜没几个，碰上我算你运气！”

马达叫道：“不也是你的运气吗？我拎着乌纱帽给你们带来个大项目！”

赵安邦笑了，“那你还惦记相应待遇？弄不好，咱们全下台滚蛋！”

马达很义气，“别，别，赵县长，这话我一直想和你说：这就是我一个人的事，反正我在劫难逃，犯不上再拖个垫背的！我要对得起四千汉江子弟，也得对得起你赵县长，不能让你办了好事还倒霉！你啥都不知道，是受蒙蔽的革命干部！”

这其实也是赵安邦想说而不好意思说的。多少年过后回忆起来，赵安邦还夸马达，说是那时的马达真不简单，有责任心，有道德感，还有押上身家性命的勇气！

于是，一场惊动国家部委和省委、省政府的轩然大波平地而起……

21

马达此生经历的最悲壮的事件，就是一九八七年五月，从三千里外的大西南率着3756厂四千人进行大转移。动迁之前，一切都是严格保密的，除了厂党委成员和几个厂长，没人知道这次抗命迁厂的决策内幕和运作情况。为蒙住当地政府，五月一日夜间就要走了，马达和厂领导还陪着当地县长、书记喝了场酒。席间和主管县长大谈了一通新厂房建设的事，说是一定要在年底前把厂子从山窝里迁到县城。

喝罢酒，回到六里沟厂部，马达和厂党委连夜召开全体职工大会，在会上宣布了迁厂决定，要求全厂干部职工搭乘各种交通工具，于五月五日之前离厂，五月十日前带着户口本到汉江省文山城关工业园报到，办理户口手续，逾期责任自负。

一切都经过精心策划：国家部委拨下来的四千万元安置款已悄然转走，生产设备拆除打包，连山窝里的厂房、住房都找好了新主家，签了个连卖带送的协议。赵安邦和钱惠人那边十分积极，配合默契，在文山地区代为征集了八十多辆卡车，经三千里跋涉悄然开进了山，承担运载生产设备的任务。对职工的安排也是细致到位的，文山火车站和城关工业园都设了接待处，有专门的班子接待。这边头一批五十多辆卡车载着生产设备准备出山时，赵安邦的电话就过来了，说是已在恭候。

尽管没能如愿迁往省城、平州，而是迁往文山，可总算回到了汉江省，全厂干部群众还是很满意的。迁厂进行得十分顺利，五天之内四千人几乎全出了山，近千吨机器设备也一批批运了出去。因为设备太多，有些就先运到附近关系单位藏了起来。待当地政府有所察觉时，大山窝里的那个3756厂已是一片狼藉的废墟了。

大西南当地领导几乎气疯了，跑到上级地委汇报。地委领导不敢轻信，调查属实之后，才向省委正式汇报。省委根本不相信会有这么胆大包天的事情，又下去了解情况，了解清楚后，向国家部委紧急通报。尽管各级都抓得很紧，但还是晚了一步，国家部委有关部门打电话找到汉江省时，已是十二天零十一小时过去了。

这十二天全在马达和赵安邦事先的计算之中，他们要打的就是这个时间差。

在这短短十二天里，3756厂四千人在文山市白山子县以迅雷不及掩耳的速度落了户，国营山河电视机厂也在城关工业园正式挂了牌。挂牌时，县委、县政府主要领导全出席了，赵安邦还把文山市委书记陈同和请了过来。陈同和挺高兴，在挂牌仪式上发表了热情洋溢的讲话，对山河电视机厂落户文山表示了热烈的欢迎。

然而，让陈同和没想到的是，出席挂牌仪式回来的当天下午，省委办公厅的电话就打来了，追问陈同和与文山市委，知道不知道有家代号为3756的军工厂迁到文山来了？陈同和可不知道3756厂和山河电视机厂本是一回事，回答省政府办公厅说，没这回事。次日一早，省委办公厅又来了个电话，还发来了几份电传材料，其中有大西南那个兄弟省区的相关通报，3756厂的情况介绍，和国家部委调查3756厂去向的明码电报。陈同和看过这些材料才算弄明白，山河电视机厂落户城关工业园是怎么回事！一怒之下，当即把马达和赵安邦同时叫到了市委。

谈话是分开进行的。陈同和与赵安邦谈时，马达就在隔壁房间忐忑不安地坐着，思索对策。其实也没啥好对策，这场暴风雨本来就在预料之中，该死该活鸟朝上，反正四千人的户口落在文山了！只是觉得有点对不起赵安邦，他根据干部职工的意愿和企业发展的考虑抗命迁厂蓄谋已久，赵安邦不是同谋，不该为他陪绑。

然而，陈同和不但把赵安邦看成了同谋，甚至把赵安邦当成了主谋，口气严厉地对赵安邦训个不停，声音一阵阵传到门外："……你这个赵安邦，就是不接受教训！在古龙县管农业，你敢分地！到白山子管工业，你敢私自接收这么大一个军工企业！你说怎么办吧？国家部委和省委都追过来了，让我们文山市委怎么解释！"

赵安邦被训惨了，徒劳地辩解着什么，声音很小，马达支着耳朵也听不清。

后来，又听到陈同和高声说："什么馅饼啊？这种馅饼不好吃，要噎死人的！这事和分地的性质虽然不同，可仍然是十分错误的！你赵安邦是党员干部啊，怎么能这么胡来呢？国家部委对3756厂的安置是否合理与你有什么关系？找死啊！"

赵安邦又解释起来，内容仍听不清，不过，马达能想象到赵安邦的狼狈。

陈同和最后说："行了，这我知道，我也希望马达和他这个厂能留在文山，省里和北京的工作我和市委做做看吧！不过，你别再狡辩了，别说事先不知道！这么大一个厂子过来，能没手续吗？你就不问问那个马书记？是真糊涂还是装糊涂？”

赵安邦灰头土脸出来后，马达才被叫进办公室，进去时，马达多少有些底了。

果然，陈同和对他很客气，“马达同志啊，说说吧，是怎么个事啊？现在国家部委四处发电报，找你们这个3756厂，你们敢和国家捉迷藏，我可不敢啊！”

马达便说了起来，只谈自己和厂党委的决定，绝口不谈省城的伟大洗澡以及和赵安邦、钱惠人私下进行的秘密谈判，信誓旦旦地保证说，赵安邦是受了他的骗。

陈同和不信，讥讽说：“马达同志，你别替赵县长打掩护了，你胆子不小，我们这位赵县长胆子更大，要由着赵县长胡来，他能把联合国大厦都扛到文山来！”

马达壮着胆开玩笑道：“陈书记，那赵县长得算人才！赵安邦要真把联合国大厦给你扛到文山来，文山市委的办公条件就改善了，你干脆当联合国秘书长吧！”

陈同和被逗笑了，“马达同志，我没心思和你开玩笑，咱们说正事！不管怎么说，厂子已经迁过来了，我们文山当然不能让你们走，该做的工作我们会积极做！但你也要有个思想准备，国家部委有关部门不会和你就这么算了，会处分你的！”

马达点头道：“陈书记，这我心里有数，大不了开除党籍，撤职罢官！”

陈同和想了想，含蓄地说：“也不要太担心，就算开除了党籍，也可以重新入党嘛！你们那边如果不把你和其他厂级干部的档案转来，我们可以重建档案！”

马达听到这话就想：看来他死不了了，文山市委和陈同和有这个态度，事情就好办了，何况这次冒险迁厂是为了全厂干部职工利益，得到了干部职工的真诚拥护。往好处想，风波过后自己这个厂党委书记也许还能干下去；往坏处想，文山市委也得给他碗粥喝，毕竟是他冒险抗命给文山带来了一个偌大的电视机制造企业。

却没想到后来事情的发展会这么严重。3756厂既已搬迁到文山，再回大西南原址是不可能了，汉江省委出面协调，陈同和代表市委三次赴京做了大量工作，终于说动国家部委改变初衷，同意将3756厂安置到文山。可这一安置文件下达的同时，国家部委主管局的调查组也下来了，查处重点除了违令迁厂之外，竟还有国有资产流失问题，据说山里那些连卖带送的厂房、住房，给国家造成了一千三百余万元的巨大损失。调查组郑组长吓唬马达说：“马达同志，监狱的大门已对你打开了！”

陈同和书记真是个敢担责任的大好人，并不像钱惠人形容的那样，是什么保守人物。陈同和得知这一严重情况后，义不容辞地站出来了，几次找到调查组，软硬兼施，向那位强硬的郑组长施加压力。陈同和说：“马达同志造成了什么国有资产流失啊？山沟里的那些破房子当真值那么多钱？卖给你，你要吗？再说，这些房子是协议卖给当地乡政府的，就算作价低了些，也是便宜了当地政府嘛！”郑组长不买陈同和的账，要把马达带回北京隔离审查。不料，就在要走的那天，两千多号干部职工陆续赶来，将调查组所住的宾馆围住了，吓得郑组长面无人色，向公安局告急。

公安局一个人没来，僵持半天之后，陈同和带着市委办公厅一位秘书赶来了。

陈同和指着聚在楼下的黑压压的人群，语重心长地对郑组长说："老郑啊，你看看，听说你们要带马达同志走，这么多干部群众来给马达送行，说明什么啊？"

郑组长可不糊涂，"陈书记，他们这不是送行，分明是聚众闹事！闹事！"

陈同和笑道："作为文山市委书记，我没看到谁在闹事，倒是发现了一个好干部，这个好干部就是马达！你们培养了这么一位好干部，我要深深感谢你们啊！"

郑组长最终没能把马达带走，而是被陈同和灌醉之后，由赵安邦陪同去了北京。到北京后，赵安邦通过陈同和的关系，请出了国家部委的一位老领导，老领导再次出面协调，最终将这事摆平了。国有资产流失问题没再追究下去，马达的档案也转来了，只不过档案里多了个处分决定：撤销厂党委书记职务，留党察看两年。

陈同和与文山市委没把处分当回事，一九八七年底即下文任命马达为文山市电子工业局副局长兼山河电视机厂厂长。电视机厂隶属关系也变了，变成了市辖企业，厂子虽然还在城关工业园，但却不归县里管了，赵安邦、钱惠人算是白忙活一场。这个结果是赵安邦没想到的，据说赵安邦跑到市委找陈同和交涉过一次，问陈同和为什么？陈同和的回答很简单，只硬邦邦的一句话，"我的原则是，不能让违规者赚便宜！"

然而，陈同和心里还是很有数的，实际上让赵安邦占了便宜，次年二月县委班子调整，赵安邦由排末位的副县长一跃而成为县长兼县委副书记，钱惠人也做了县政府办公室主任。也就在那时，于华北从古龙县委书记调任文山副市长，主管工业。

八十年代末的文山是令人难忘的。那时不是现在，啥都过剩，那年头除了人啥都紧缺，尤其是彩电，供不应求，次品处理都得凭关系。山河电视机厂真是一片红火啊，不但厂子效益好，也带活了文山一方经济。一直到今天，赵安邦都不能不承认：正是从3756厂落户城关工业园那天开始，文山才有了真正的电子工业企业。

白山子乡镇企业崛起的第一部发动机就是赵安邦带来的这个3756厂，当年的赵县长围绕山河牌电视机做了多少文章啊！电子元件厂，塑品厂，纸箱厂，几乎把生产山河电视机的所有可以外包的配套生产项目全包揽了。这些马达一般来说还是支持的，能给赵安邦和县政府帮的忙都帮了，没啥对不起赵安邦的。当然，也得承认，马达目光有些短浅，缺乏预见性，得到市委和陈同和书记的重用后，对赵安邦的态度有点小傲慢，觉得自己不但是厂长，还兼着市电子工业局副局长，有时有点拿腔捏调。可这能怪他吗？当时谁能料到这位赵安邦县长后来会青云直上，官居省长高位呢？！

22

事实上马达可不是有点小傲慢啊，该同志是一阔脸就变，得意忘形。得到陈同和的赏识，兼了市电子工业局副局长以后，马达就不知自己姓啥了，俨然一副大干部的派头，说话的语调渐渐带上了拖腔，对赵安邦这个当初的盟友、在职县长不再主动热情握手了，而是伸出手让他握。赵安邦不止一次当面嘲弄马达说：“马局啊，你说我和钱主任拉你过来干啥？风险是我的，厂子归市里，我这不整个一大傻蛋吗？！”

马达打着标准的官腔说：“小赵县长啊，怎么能这么说呢？要顾全大局啊，同和书记不是一再说吗？要看到全市一盘棋，我们一切工作都要听从党安排啊！”

赵安邦哭笑不得，“马达啊马达，你还好意思说！党安排你们在大西南就地转产，你怎么跑到我们文山来了？我看你是有利就听党安排，无利谁的话都不听！”

马达绷不住了，哈哈大笑，“安邦，彼此彼此，没你里应外合我也过不来！”

每到这种时候，赵安邦总是把手一伸，“知道就好，再给我一些彩电票！”

马达一开始还算不错，十张、二十张，多少总是给一些，赵安邦用这些彩电票做礼物，省内外拉了不少关系。后来不行了，省里、市里不少人盯上了山河电视机厂，纷纷找马达要彩电。马达吃不消，汇报到市里，市里做了个决定，一个口子管理，由分管工业的副市长于华北批。赵安邦再找马达要彩电票，马达便公事公办了，让他找于华北批条子。赵安邦火透了，授意变电站拉了电视机厂几次电。道理说得也很堂皇：彩电紧张，电力也紧张啊，农忙时节必须首先保证农业用电！马达明白是怎么回事，这才老实了，被迫和县政府签了个协议，每年给县里一百台彩电指标。

商品紧缺的年代，也是官倒盛行的年代。在赵安邦的记忆中，省市有些干部子弟就靠倒山河牌彩电发了不少财。白原崴当时也是其中一个官倒公司部门经理，曾跟省委一位副书记的公子到文山来过几次，有一次，他拿着于华北的批条一下子提走了三百台彩电。赵安邦记得，自己还被马达拉着，陪过他们一两回，对他们的印象并不是太好，总觉得他们迟早要出事。果不其然，后来没多久就出事了，省委副书记的公子进去了。树倒猢狲散，白原崴跑到香港投靠了京港开发公司，凭京港开发的一千万元港币起了家。待到赵安邦到宁川任职再次见到白原崴时，白原崴已经抖起来了，正张罗着在宁川海沧街十二号盖那座二十二层奶白色的伟业国际大厦。

在山河电视机厂最红火的时候，赵安邦保持着一份难得的清醒，曾不止一次提醒过马达：商品紧缺是暂时现象，皇帝女儿不愁嫁的局面总有一天要结束，劝马达把眼光放远一些，和国外著名电器企业合资，引进最新技术，把企业做大做强。马达听不进去，始终生产单一的十四吋彩电，连条十八吋生产线都不愿上。结果九十年代初彩电业第一次洗牌时就败下阵来，想和国外合资也找不到主儿了。大屏幕彩电生产线最终引进了一条，生产的彩电却卖不出去了，欠下的大笔贷款至今没还清。

就这样一个没市场概念的同志，却在陈同和、于华北手上一步步提起来了。先是转正做了电子工业局局长，接下来，又在于华北手下干了三年市经委主任，待到于华北调任省委副秘书长，刘壮夫主持工作时，马达已是主管工业的副市长了。

文山有马达这样的主管副市长，经济能上去就见鬼了。说到底马达只是商品紧缺时代的过渡人物，他抗命迁厂时迸发出来的道德感，和搞经济没直接关系。再说，这位同志的道德感也有很大的局限性，只是对自己下属干部职工，对其他单位部门、对整个社会就不成立了。亚洲集团老总吴亚洲的遭遇就是例子，一直到今天，只要一提起马达，吴亚洲仍气不打一处来，吴亚洲当年差点死在马达手上。

吴亚洲最初是文山郊区一家村办印刷厂的业务员，偶然跑到城关工业园联系印刷业务，发现了为山河电视机厂生产包装纸箱的好买卖，就找到工业园管委会，申请投资办厂。当时，管委会正为山河厂搞外包配套，双方一拍即合，吴亚洲便四处借款，一周内筹资二十多万元，上了纸箱厂。纸箱厂挂牌时，赵安邦被请去喝了场酒，不是他想去，是被吴亚洲硬拖去的。小伙子憨憨地站在他面前，赔着笑脸，他不去不太好。再说，吴亚洲这个纸箱厂虽说很小，却是园区内第一家为国营大厂搞外包的私营企业，具有某种象征意义，去一下也为了表明县政府支持私企的态度。

不知吴亚洲使了什么招儿，把马达也弄来了，马达一见桌上的茅台，眼睛立即亮了。马达那时就特抠门，请别人喝酒全是几块钱一瓶的文山大曲，自己不喝，尽灌客人。这回却酒兴大发，一人喝了大半瓶茅台。喝到似醉非醉的时候，牛皮又大了起来，指着赵安邦这个县长对吴亚洲说："小老板啊，你要想发财得跟准人！跟着赵县长你发不了，他县政府只管收税，收管理费，你得跟我，跟我们山河厂啊！"

赵安邦一听就不高兴了，讥讽说："那是，我们全县都靠马厂长养着哩！"

马达不知谦虚，"小赵县长，你还真说对了，我们山河厂上交给市里的利润养你白山子一个县绰绰有余！"又对吴亚洲说："跟着我好好干，你一步登天了！"

赵安邦出于一时气恼，回了一句："小吴啊，没准你这一步就迈进了地狱！”

不料，这话还真让他说准了。吴亚洲的纸箱厂和山河电视机厂签下的外包合同从来就没有认真履行过，电视机厂收了货也从没按时付过款。吴亚洲还不敢催，生怕马达耍威风一脚将他和他的小纸箱厂踢开。于是，便忍气吞声，一次次借款，补充流动资金，据说后来连住房都抵了出去。这种情况赵安邦开始并不知道，直到后来双方矛盾总爆发，吴亚洲哭到他面前，他才看清了马达这个国营奸商的嘴脸。

矛盾爆发于当年夏天的一次洪水泛滥，电视机厂局部被淹，二百多台电视机和刚收上来的五万只纸箱全泡到了水里。马达真心疼啊，先是跳脚在厂里厂外四处骂娘，继而，便想到了堤内损失堤外补，坚决不认这五万只纸箱的账。该厮也做得出来，眼一闭，愣说这五万只纸箱接收前就是泡过水的，不但不给加工费，还要对吴亚洲罚款五万元。吴亚洲最初并不想把事闹大，低声下气求马大爷开恩。马大爷就是不改口，后来干脆不和吴亚洲见面了，让管外包的同志传话说，不干就滚蛋！

吴亚洲真是不想干了，流着泪找到县长办公室，对赵安邦说：“赵县长，我就是滚蛋，马厂长也得和我结结账吧？我不坑他国营大厂一分钱，他也不能这么坑我啊！十几万元在马厂长眼里是九牛一毛，在我这里就是巨款啊，我是小本生意啊！”

赵安邦气得不行，带着吴亚洲找马达交涉，以为马达总要给点面子。

马达却一点面子不给，口口声声不能造成国有资产的流失，大喊大叫说：“小赵县长，我劝你不要搞地方保护主义！别的地方啃国企行，我这里不行，我得对国家负责，就算这笔钱是九牛身上一根毛，这根毛我也得守好，不能让人拔了！”

赵安邦强压着恼怒问：“谁搞地方保护主义了？又有谁要拔你的毛了？你欠人家纸箱厂十几万元是不是事实？小吴手上有你们的收货单，你凭什么不认账？！”

马达振振有词，“收货单能说明什么？我们收货人员失职，没准吃了回扣！”

赵安邦压抑不住了，桌子一拍，“那是你们内部的事，谁吃的回扣你找谁，吴亚洲纸箱厂的账你们必须结！马达同志，我把话和你说清楚：我们园区管委会不但只是收税收费，也必须保护投资者的合法利益，请你今天就和纸箱厂结账！”

马达也火了，“小赵县长，你拍什么桌子？这账没什么好结的！泡水的五万只纸箱是次品，请小老板拉走，欠的四万多元顶罚款了，差几千块我也不问他要了！”

碰到这样不讲理的赖皮，你真是没办法。赵安邦被迫找到了分管副市长于华北。于华北问明情况后，和马达谈了三次，总算帮吴亚洲要回了四万多元，那五万只纸箱的货款却一分钱没要回。于华北对此并不恼火，反倒当着赵安邦的面表扬马达说：“安邦啊，你也得理解马达嘛！马达这样做是对国家负责，有这样的好厂长，这个山河电视机厂大有希望啊！”赵安邦嘴上没说什么，心里却暗自冷笑：还大有希望？有什么希望啊？这么不讲商业道德，马达和他这个厂只怕不会有啥好结果！

赵安邦后来也想过，马达能在陈同和、于华北手上提上去，恐怕就与此有关。在陈同和、于华北看来，马达个人品质和道德无可挑剔，爱厂如家，生活简朴，很有责任感。然而，他们忽视了问题的另一面，就是马达这类同志对社会信用、对经济秩序的责任意识。马达这类人没有这种责任意识，他们的个人道德和职业道德是分裂的，这种分裂，使得他们对市场游戏规则极度漠视和轻蔑。在商品短缺时代能得逞一时，在商品过剩时就要吃大苦头了，绝无成功的道理。后来的事实也证明了这一点，吴亚洲和亚洲集团到底还是在宁川崛起了，而马达和山河电视机厂则成了过眼烟云。

第七章

23

赵安邦怎么也没想到马达会找到共和道八号他家来。自从离开文山，不论在宁川还是在省城，马达都从没上过他家的门，也没单独向他汇报过工作。平心而论，这倒是马达的一个长处，陈同和当年那么器重他，他也很少到陈同和家串门。因此，赵安邦看到马达不免有些意外，“哎，你这同志怎么突然来了？也不事先打个招呼！”

马达也很意外，“咋没打招呼？赵省长，钱……钱市长没和您说起过吗？”

赵安邦有些茫然，“钱市长和我说什么？说你找我？没这事啊！”

马达咕噜了一句，“这……这个钱胖子，又坑我了！”说罢，结结巴巴地解释起来，“赵……赵省长，真……真是钱市长让我来的啊！我知道您工作忙，本来不敢打搅您，可……可钱市长非让我来，说您一直对我很关心，我……我想也是，文山这一摊子事也真得向您认真汇报一次了，这……这才过来了……”

赵安邦笑了，“老马，说这么多干啥？来就来了嘛！坐，坐吧！”

马达如获大赦，小心坐下了，半个屁股搭在沙发上，上身没敢往沙发背上靠。

赵安邦给马达泡了杯茶，“我搬到这里，你马副市长还是第一次来吧？”

马达很拘束，双手接过茶杯，“是，是，赵省长，几次想来看您，又没敢！”

赵安邦说：“怎么会呢？你还有不敢的事啊？当年抗命迁厂你胆子多大啊？”

马达笑道：“赵省长，那不是因为有您的大力支持嘛！您当时担了多大的风险啊？没有您，我今天还在大西南待着哩！”他一往情深地忆起了往事，“赵省长，您还记得吧？在大众浴室，咱们头一次见面，钱市长激动得都摔了个大跟斗……”

赵安邦意味深长地接了上来，“是啊，是啊，这怎么会忘呢？那时我和钱市长落魄着呢，为把你和3756厂拉来，拼命巴结你，好话说尽，笑脸赔尽，裤衩都没穿，就坐在浴池旁和你谈判了，是不是啊？老马？”

马达有些窘，“谁……谁这么胡说八道，败坏领导的形象啊？真是狗嘴里吐不出象牙来！这我和钱市长都可以证明嘛，谈判是在洗完澡后吃夜宵时进行的！”

赵安邦说：“哎，马达，我怎么听说就是你在败坏我啊？败坏了好几年啊！”

马达不安地搓起了手，“赵省长，我……我真是跳到黄河也洗不清了！”

赵安邦笑了，“马达啊马达，我真后悔当初把你弄过来！你不是要汇报吗？好，我今天就认真听听！你看从哪说起啊？要不要从你们山河牌电视机说起呢？”

马达一脸窘迫，“赵省长，您别讽刺我了，电视机厂不……不是早垮了吗？！”

赵安邦呷着茶，神定气闲地说：“哦，我也想起来了，好像是垮了，一九九五年就垮了吧？彩电质次价高卖不出去嘛，市场份额越来越少嘛！厂子垮了，主营业务没有了，这山河电视机厂反倒出息成山河集团了。听说集团搞得很不错，是不是啊？”

马达叹了口气，“赵省长，这……这我得解释一下：资产重组，搞山河集团时，我……我已经调到市政府任职了，只……只是有时帮他们参谋参谋……”

赵安邦点点头，“对，对，那时你已经当了副市长！别这么谦虚嘛，副市长就是副市长，还什么在市政府任职！你马副市长工业抓得好啊，给山河集团出了不少好主意啊！这个，啊？多元化经营，多几条腿走路，我记得你们好像生产过山河牌鳖精、山河牌海参精营养口服液，还投资三千万元在宁川海里买了块地搞养殖？”

马达气愤起来，涨得脸通红，“赵省长，您不提这些事我还不生气！这……这可不是我的责任！自从我离开以后，山河这个国有企业就再没搞好过，一个班子不如一个班子，光腐败分子陆续抓了十几个！连我小舅子都抓了，是我让抓的！”

这事赵安邦听说过，马达的小舅子在山河集团做副总，伙同营销公司几个家伙做假账，贪污货款，被抓起来判了八年刑，马达很正派，大义灭亲，没包着护着。

马达益发气愤，“上梁不正下梁歪啊，职工素质这些年也严重下降！我当厂长时，谁敢动厂里一点东西？后来好了，啥都往家拿！生产鳖精时，鳖精里没鳖，鳖都跑到职工的汤锅里去了！生产海参精营养液时，海参又跑到大家的炒菜锅里去了！我火了，和他们厂长说：不行就改产吧，生产毒药，看他们还吃不吃！”

赵安邦一针见血道：“你们生产的鳖精、海参精里到底有多少鳖和海参啊？就算职工不吃，只怕也没多少吧？否则，怎么一个个又垮了？是被罚垮的吧？！”

马达怔了一下，有些奇怪地看着赵安邦，“赵省长，您……您咋啥都知道？”

赵安邦说：“那是，对你马达和你马达麾下的这个国企，我特别关心嘛！”

马达又说起了泡在海里的那块地，“赵省长，您都想不到，这帮家伙不负责任到了什么程度！在宁川搞房地产，买块地能买到大海里去，简直是匪夷所思！”

赵安邦打趣说：“你们买地原来是要盖房子啊？我还以为想搞海产养殖哩！”

马达一脸痛苦，不像装出来的，“赵省长，您说说看，如今这世界成啥了？还有没有起码的商业道德？还讲不讲一点游戏规则？卖地的家伙欺负我们是山里来的旱鸭子，退潮时带着我们的人去看地，谁能想到涨潮后地会被海水淹掉呢？！我听说这事后，气得差点没晕过去，真恨不能一个个把这帮混账王八蛋全毙了！”

赵安邦哑然失笑，“老马，也别太气，这块地迟早一天总还能盖上商品房的，你要有信心！宁川的情况我比较了解，海岸线正以每年五厘米的速度往下退！”

马达不好意思接茬，叹息说：“赵省长，您说，这些烂事我负得了责吗？”

赵安邦严肃起来，“马达，你当真以为自己没责任吗？你怎么就不动脑子想想：为啥你一走，企业就变成了这种样子？问题到底出在哪里？当初我和你说了那么多，你听进去一句了吗？你们这些年有没有在现代管理制度上下点真功夫？！”

马达讷讷道：“也不是没下功夫，一九九九年我就抓了山河集团的改制试点……”

赵安邦脸沉了下来，“这事我正想说呢！你们改的什么制啊？全是弄虚作假！竟然还把这个山河公司包装上市了！上市前财务报表做得好看着呢，上市第二年就亏损，第三年就戴上了 ST 帽子！现在快要摘牌退市了吧？”他叹了口气，“马达啊马达，不说责任心了，你这同志起码得有点良心吧？不能吃完贷款吃股民嘛！”

马达窘迫地搓着手，怯怯地看着赵安邦，干笑着，不敢作声了。

赵安邦又数落说：“就你这样的同志，还好意思说商业道德？你那个 ST 山河对股民讲过商业道德吗？当初对吴亚洲讲过商业道德吗？明明是人家吴亚洲身上的毛，你硬往自己身上安！现在好了，吴亚洲和国家电力装备总公司联合上了个十几亿元的大电缆厂，我好说歹说，不管怎么做工作，人家就是不愿到你文山办厂啊！”

马达怔了一下，“赵省长，那……那您……您能不能再帮我们做做工作呢？”

赵安邦摆摆手，“这个工作做不通，只要你马达在文山，人家不会来的！”

马达不愿放弃，觍着脸道：“我……我把当年那根毛给吴亚洲安上行不？”

赵安邦白了马达一眼，“人家现在不缺那根毛了，你就留在自己身上好好护着吧！”又开玩笑说：“老马呀，现在怎么看你都像只掉光了毛的凤凰啊！”

马达自我感觉良好，“所以啊，赵省长，我还能给您下几只凤凰蛋哩！”

赵安邦被逗笑了，“我说老马啊，你今年多大了？好像快到站了吧？”

马达连连摆手，“没，没，起码还差一站，我大您一岁，今年刚五十三！”

赵安邦疑惑地问：“你怎么才五十三？我记得你前年就五十三了嘛！”

马达急了，“赵省长，您可别开这种玩笑，我真五十三，不信您看户口本！”

赵安邦明白了，点题道：“马达，你的意思是不是还想多负点责任啊？”

马达似乎发现了情况不妙，“没，没这个意思，赵省长，您是了解我的，我对搞企业很有感情，对国有资产认真负责，您……您看，能不能给……给我换个岗位，把我调到哪个大型国企去？比如……比如……”终于没敢提伟业国际集团。

赵安邦却盯了上去，“说啊，比如什么？老朋友了，别吞吞吐吐的嘛！”

马达仍没直说，“赵省长，我……我怎么听说白原崴叛逃到国外去了？”

赵安邦道：“谁说白原崴叛逃国外了？胡说八道，人家是正常商务旅行！”他一下子悟了过来，“哦，老马，你……你的意思是不是想到伟业国际去当老总？”

马达点点头，承认了，“赵省长，人贵有自知之明，在文山进一步的梦我不做了，我就想利用自己的聪明才智做点力所能及的工作！于华北副书记前几天在文山搞调研时，点过我和田封义了，田封义咋想的我不知道，反正我是想明白了！”

赵安邦心里不悦，脸上没表露出来，“你是不是也到华北同志那里汇报了？”

马达忙摆手，“没，没，我……我就是在文山时和于华北同志交了交心！”

赵安邦似乎很随意地问：“华北同志是什么意见啊？支持你去伟业集团？”

马达说：“赵省长，华北同志您还不了解吗？谨慎着呢，只和我说了两句话：第一句是，能有自知之明很好；第二句是，经济工作归您和省政府管，让我向您直接汇报。不过，华北书记的意思我倒是看出来了，还是赞成我到伟业国际去的！”

赵安邦没作声，心想，你到了伟业国际，只怕伟业国际就是另一个山河集团！

马达却不这样想，小心地进一步试探说：“赵省长，白原崴这人您是了解的，当年还倒过咱的山河牌彩电呢！现在牛了，凭什么？不就凭手头掌握着几百亿元国有资产吗？所以，我觉得省委、省政府必须对白原崴和伟业集团加强领导，不能让他乱来一气！有些情况不知您听说没有，白原崴五毒俱全，吃喝嫖赌啥都干……”

赵安邦听不下去了，“就算白原崴吃喝嫖赌，可人家一千万元起家，十几年搞出了个几百亿元资产的国际集团公司！你老马清廉正派，在文山搞出啥名堂了？啊！”

马达不服气，争辩道：“赵省长，那……那就不要清廉正派了？文山经济上不去，能……能怪我一人吗？我……我既不是市委书记，又……又不是市长……”

赵安邦觉得自己有点过分了，叹息说：“马达，我不是这个意思！我一直认为，你本质上是个很不错的同志，可是不太适宜搞企业，做经济工作！实话告诉你：白原崴我本来就不想动，你今天一说，我信心更坚定了：伟业国际就得让白原崴搞下去！白原崴是不是吃喝嫖赌我不知道，就算吃喝嫖赌，也让法律去管他！”

马达颇为沮丧，“那……那我去做集团党委书记行不？这种人总得看紧点！”

赵安邦笑了，“老马，像你当年看电视机厂一样看啊？看得住吗？要靠现代企业制度和合理合法的激励机制进行管理，否则，你十个马达也管不好嘛！”略一沉思，又说：“老马，你想干事的主观愿望还是好的，省委会给你个合适的安排！”

马达一无所获，郁郁不乐地告辞走了，赵安邦客客气气，一直送到大门口。

在大门口，马达又回过身，不无痛苦地问：“赵省长，您能不能和我说句实话：您是不是嫌我过去与同和书记、华北书记走得太近？不……不待见我了？”

赵安邦一怔，拉着马达的手，呵呵笑道：“看你这个老马，想到哪去了？”

马达却很认真，“赵省长，我以人格保证：除了工作关系，我与同和书记、于华北同志没有任何私人来往，于华北的家我从没去过一次，真……真的……”

赵安邦心里有点不是滋味：马达怎么这么敏感？于是便说：“老马，不要再说了好不好？你的为人我了解嘛，你放心好了，我会建议省委给你一个适当安排的！”

马达迟迟疑疑，上车走了。赵安邦在和马达挥手告别的最后一瞬间才注意到，马达是那样苍老，曾经的一头黑发已变得一片花白。赵安邦想着当年马达抗命迁厂的大义凛然，和在城关工业园搞电视机厂的风风火火，心中不禁一阵怅然。

马达的时代过去了，可对马达还得有个比较好的安排。中国的国情、政情就是这样，职务升上去了就下不来。这并不是马达一个人的问题，是现行干部体制的弊端。田封义无德无能，人品素质远不如马达，只因为是正厅级，捏着鼻子也得安排同等职务。马达的情况和田封义还不同，比较特殊，不管怎么说，总是他当年引进的干部，和他有割舍不断的历史关系，安排不好，马达肯定要怪他，你没让人家到伟业国际去嘛！没准马达还会四处乱说，说他赵省长不容人，就因为当年在文山共事时闹过一些小小不愉快，就不给人家留活路了。这种情绪马达已经流露出来了。

然而，安排到哪里也真是个难题，这种事哪是他个人说了算的？一把手管干部，省委书记裴一弘不表态，他想安排也安排不了。再说，这位同志毕竟五十三岁了，在目前这副牌局里，并不是一张用得上的好牌，可牌在手上，你总得打出去！

算了，不烦了，还是建议省委继续留用，让他再做一任常务副市长吧！

24

让马达继续在文山做常务副市长？真不知赵安邦是怎么想的！对文山班子大换血的建议是赵安邦提出来的，裴一弘觉得有道理，才在深思熟虑之后，巧妙策略地做通了于华北的工作，改变了于华北平稳过渡、顺序接班的设想。现在要开常委会正式研究了，赵安邦却变卦了，怎么回事？这其中是不是有啥难言之隐啊？这个马达和赵安邦又有什么特殊关系？是不是也像那个田封义一样，到赵安邦面前跑了泡了？

裴一弘没明问，和赵安邦交换意见时，只就事论事说："安邦啊，你考虑过没有？马达这位同志不换下来，新的常务副市长怎么派过去啊？我们在文山市政府设两个常务副市长吗？不太合适吧？再说，排名谁前谁后啊？究竟谁管常务呢？"

赵安邦倒也坦诚，"老裴，马达和我有些特殊关系，当年是我把他搞到文山去的，为此，马达还受了处分，差点连党票都搞丢了。这之后我们合作共事又不是太愉快，这位同志从没登过我的门，昨天突然找到我家来了，有些让我为难啊！"

裴一弘笑了，"我猜也是这么回事！安邦，马达没带什么古字画去吧？"

赵安邦摇头道："这倒没有！马达不是田封义，从来不搞这一套，这位同志还是想干事的！所以，我想了想，觉得马达留下来也有好处！他毕竟是两届班子的老同志了，比较熟悉文山的情况，石亚南掌握得好，也能起到特殊作用，你说呢？”

裴一弘略一沉思，摆了摆手，“安邦，大换血就是大换血，你别遇到矛盾绕着走嘛！焕章同志一再说，文山搞不上去，他死不瞑目啊，我们的决心不能动摇！我还是那个意见，文山现班子就留两个，市委秘书长和宣传部部长，其他同志一个不留，包括马达，一定要给新班子创造一个良好的工作环境！马达还是另行安排！”

赵安邦挺能摆正位置，没争辩，把球踢到了他脚下，“那马达往哪安排呢？”

裴一弘任球在脚下转着，并不急于踢出去，似乎很随意地说：“哦，华北同志倒有个建议，让他发挥专长，到省属大型国企去。华北同志和我说，马达为人正派，不贪不占，原则性很强，虽说开拓精神差些，守成还行，安邦，你看呢？”

赵安邦脸色骤然一变，“老裴，你说的这个省属大型国企是不是伟业国际啊？”

裴一弘笑了，“怎么，华北也和你交换意见了？对，对，是说的伟业国际！”

赵安邦完全挂下了脸，“老裴，你是什么态度？就同意这么安排了？”

裴一弘摆手道：“哪能啊，没和你通气，我能定吗？”这才抬脚踢球，“安邦，经济工作要尊重你的意见，如果你同意，可以考虑这么安排，不同意再议！”

赵安邦说了起来：“华北同志对马达个人品质的评价我赞成，但这个安排建议我不同意！老裴，你想啊，真把马达派过去当老总，人家白原崴还怎么干？就算真要派人到伟业，也不能派马达，我看最不适宜的人选就是这位原则性强的同志！”

裴一弘故意说：“安邦，为什么原则性强反倒不适宜了？华北同志的意见和你正相反哩，原则性强，才能守好国有资产的阵地嘛，过去马达就是这么做的！”

赵安邦道：“老裴，过去是什么情况？现在是什么情况？过去马达做得也不好，守财奴似的守着一堆国有资产，并没实现保值增值，更甭谈资本运作的效率了！”顺着这话题，说起了马达许多令人哭笑不得的事，最后反问道：“老裴，像马达这样的原则性你吃得消啊？让他和白原崴在一起共事，不得天天打破头？”

裴一弘咂了咂嘴，“倒也是，马达真到了伟业国际，只怕伟业国际就没安生的日子了！”他抱臂思索片刻，像突然想起来似的，“安邦，监察厅缺个副厅长，马达是不是可以考虑安排到监察厅去呢？监察部门需要这种原则性强的同志啊！”

赵安邦眼睛一亮，赞同说：“哎，这倒挺合适，我估计马达也会满意的！”

裴一弘含蓄地提醒道：“安邦啊，我们考虑干部安排，不能把立足点放在被安排干部满意不满意上，还是要从工作需要和被安排干部的自身条件出发嘛！”

赵安邦了了个心事，态度很好，“是的，是的，可让被安排干部心情舒畅总是好事嘛！”他呵呵笑着，感叹说：“我原倒把马达当做一张难出手的臭牌，让你老兄这么一用，倒变成一张好牌了！不过，你小心了，马达可是六亲不认的主儿啊！”

裴一弘笑道：“我不怕他给我挖出几个腐败分子来！”又说起了

伟业国际的事，“安邦，你让省国资委搞的方案我看了，怎么说呢？还是有点担心啊！让白原崴继续经营我不反对，可奖励百分之二十的股份有政策依据吗？会不会让人说啥啊？”

赵安邦没当回事，“我们省里制定一个政策，不就有政策依据了吗？！”

裴一弘缓缓摇着头，“没这么简单啊！安邦，不瞒你说，对省国资委的这个方案，有些同志已经在议论了，说啥的都有。有个说法挺有意思，说过去是摸着石头过河，可改革搞到今天，已进入了深水区，没什么石头可摸了，担心你淹着哩！”

赵安邦不高兴了，“怕淹死就别过河了，都在岸上研究架桥吧！”

裴一弘看了赵安邦一眼，没接茬，只问：“哎，这个白原崴是不是回来了？”

赵安邦说：“没回来呢，还在欧洲，一会儿巴黎，一会儿法兰克福，旋风似的，不知又在搞什么名堂！不过，省国资委孙鲁生通过我驻欧洲大使馆一直和他保持着联系，孙鲁生汇报说，有可能和他们在这个方案的基础上达成协议！”

裴一弘心里有数了，“安邦，你看能不能把奖励白原崴的股权再压一压？”

赵安邦手一摆，“老裴，白原崴的意见恰恰相反，希望再加百分之十的股权！”

裴一弘知道白原崴不好对付，心想，自己可能有点为难赵安邦了，可仍坚持说：“安邦，你告诉孙鲁生，增加股权不能考虑，想法往下压，压多少算多少！”

赵安邦也不客气，飞脚打门，“要不你挺身而出，直接和白原崴谈谈？”

裴一弘答应了，“好啊，我可以和他谈，也做做工作吧，本来他就要找我！”

赵安邦有些意外，“哎，老裴，我这可是随便说说，你别当真往河里跳啊！”

裴一弘笑道：“该跳也得跳啊，我这是自愿跳的，淹死了不怪你！”

赵安邦这才乐了，“老裴，你真下水，我看就好办了，估计谁也淹不死！”

裴一弘哈哈大笑起来，“这事我想过了，说啥也得站出来拉你一把嘛！安邦，我实话告诉你，华北同志对你指示省国资委搞的这个方案就有看法，建议把马达派到伟业国际，就是个具体制约措施！也不能说华北同志就没有一点道理，所以，这事得有策略一点，不要操之过急。就算一时谈不拢也没关系，我国加入WTO谈判谈了多少年？最终不还是谈成了嘛，现在的关键是我们要表现出解决问题的诚意！”

赵安邦似乎明白了，“老裴，你真够有策略的，用这种办法堵某些同志的嘴！”

裴一弘把底全抖开了，兴致勃勃地说：“安邦，说实话，我觉得这个方案不错，看得出，你是动了一番脑子的，想到了社会化持股！你这一社会化，我们政府收回了近百亿资金，白原崴还能继续控股，维持现有的经营效率，是多赢的买卖嘛！”

赵安邦也兴奋起来，笑道：“老裴，你不是于华北，我就知道你能看明白！不过，我意思这事也不能拖得太久。白原崴不是凡人，鬼着呢，已经利用股权界定的不确定性，把纳斯达克市场上的伟业中国和沪市的伟业控股炒上几个来回了！”

裴一弘乐呵呵地说：“这我也听说了，伟业控股好像涨到快十块钱了吧？”

赵安邦道：“这是过时的情况了，现在又跌了，昨天收在八块六！我请孙鲁生警告白原崴，让他在欧洲少就股权界定胡说八道，他倒绝，又趁机做文章，主动发了个澄清公告，再次打压旗下几支股票！我防着他这一手，他还是来了这一手！”

裴一弘感叹说：“这么看来，就算真把马达派过去，也看不住白原崴啊！”

赵安邦道：“就是，所以，对白原崴不是咋管，而是更好发挥作用的问题！”

谈话的气氛变得相当好，赵安邦在马达的安排和伟业国际的问题上得到了裴一弘的支持，心情挺好，乐呵呵地谈笑风生，后来又说起了文山新班子的其他人选安排。

直到这时，裴一弘才把真正的难题抛了出来，“安邦，市委书记就是石亚南了，市长人选一直没定，这几天我倒想起了一个，就是你手下大将钱惠人同志！”

赵安邦显然没想到，脱口道：“让钱惠人去文山当市长，不是降级了吗？”

裴一弘笑眯眯地反驳道：“不能这么说吧，安邦？钱惠人本来就没升嘛！”

赵安邦没搭话，叹了口气说：“老裴，有件事我正要告诉你，钱惠人的情况已经搞清楚了，好像没什么经济问题，那四十二万元确实是借的，借条也找到了！”

裴一弘点点头，“这我知道，华北同志已经和我通过气了，不但是这四十二万元借款，还有他私生女盼盼的事，都向我汇报了。安邦，请你一定不要误会，我和同志们并不是要抓住钱惠人的私生女问题做什么文章，是要把有些疑点进一步搞搞清楚，这也是对钱惠人同志负责嘛！钱惠人的事好像没这么简单，疑点还不少。比如说，钱惠人怎么就突然和当年的女友在深圳见面了？见面的契机在哪里啊？”

赵安邦神色黯然，“就算找到契机又能怎么样？说来说去不就是为私生女借了四十二万元吗？老裴，对你我不会误会，可对华北同志，我倒是有些想法！华北同志在历史上和钱惠人有些恩恩怨怨，工作矛盾不去说了，你可能也知道一些，我说一件你不知道的事：一九九二年初，于华北带着省委调查组查处宁川私营经济问题时，为一块手表揪着钱惠人大做文章。说钱惠人收了白原崴一块劳力士表，实际上这块表钱惠人一收到就主动交了！白天明为此和于华北大吵了一场。这次是怎么回事？我不知道，也不想多打听，不过，老裴，我得给你提个醒，你得多做一些分析啊！”

裴一弘恳切地说：“安邦同志，你这个提醒很好，我会记住的！”但仍没松口，“钱惠人的情况你不知道，我知道的也不多，省纪委还在查，有没有问题，有多大的问题，让事实说话吧！对你这个搭档，我得交底交心，建议将钱惠人安排到文山，我是出于两个考虑：其一，便于对钱惠人在宁川违纪线索的调查；其二，也的确是从文山工作需要出发。钱惠人搞经济是把好手，就算调查结果没问题，我们把钱惠人摆在文山也是适当的！”说到这里，还强作轻松开了句玩笑，“安邦，你可是省长啊，文山搞不上去，第一板子打我的屁股，第二板子就得打你的屁股！”

赵安邦勉强笑了笑，笑得很不自然，“老裴，你是不是最后想定了？”

裴一弘明确道：“安邦，我想定了，希望能得到你的理解和支持！钱惠人和你的历史关系我知道，同志们也知道，这不是什么秘密。所以，做这样的决定，对我来说也不容易，你肯定不高兴嘛，可问题出现了，我又不能不处理，是不是？”

赵安邦这才表态说：“老裴，我理解，在钱惠人的问题没做出结论前，我什么都不会说，在常委会上和你保持一致就是了，可我不相信老钱会有什么大问题！”

裴一弘颇为欣慰，“好，好，那就好！我也希望钱惠人别出什么大问题，出了大问题，谁的脸上都不好看！不管怎么说，钱惠人是有贡献的，不论是在文山，还是在宁川，干得都不错！安邦，你还要做做钱惠人的工作，让他到文山好好干！”

赵安邦点点头，突然问：“老裴，你和我说句实话：你是不是发现了什么？”

裴一弘手一摊，“哎，安邦，你说我能发现什么？该说的我不都说了吗？”

赵安邦思索着，“我是觉得有点奇怪，我怎么听钱惠人说，你前阵子在宁川调研时就盯上他了？在四套班子座谈会上把他批评了一通？好像还比较严厉吧？”

裴一弘想了起来，“哦，那次说的是飞机场，他和王汝成背着省里还在跑，我批评他们，他们不服气，说是有资金，我说，有资金就把你们脸面搞亮堂点！”说着看着赵安邦笑了，“安邦，为这点事，钱惠人就跑到你面前说了？有些敏感了吧？”

赵安邦心里不知在想什么，郁郁地回了句：“是的，我也觉得有些敏感！”

裴一弘意味深长地提醒道：“安邦，你也要保持头脑清醒啊，人是会变的！”

赵安邦似乎有所醒悟，握手告别时郑重地说：“老裴，我也谢谢你的提醒！”

这次通气的结果应该说还不错，有可能产生的矛盾已解决在会议之前了。这样一来，会上就不会出现激烈的意见争执了。这是裴一弘一贯的工作方法，民主集中制不仅体现在做决策的常委会上，更多是体现在会下和班子成员的沟通磋商中。在平州主持工作时，他就坚持这么做了，统一思想之后再开常委会，通气磋商时解决不了的矛盾和问题，一般不拿到会上去，宁可先摆一摆。有时，时间就是解决问题的途径，时间是冷却剂和清醒剂。随着时间的推移，大家的头脑冷静了，清醒了，有些看起来难以解决的矛盾，经过一个淡化过程，就变得好解决了。而一些看不准的人和事，经过一个阶段的观察，渐渐看准了，这时再做决断，就没有盲目性了。

裴一弘相信，当钱惠人违纪违法的确凿证据摆到桌面时，赵安邦就会理解他今日的一片苦心了。按于华北和省纪委有关同志的说法，钱惠人不是离开宁川的问题，是正式立案审查的问题。私生女和四十二万元借款的问题摆在那里，就算是借款也是错误的，涉嫌和白小亮共同挪用公款嘛！况且，宁川还寄过来那么多反映问题的举报信！现在，他已经承担了相当的压力，一旦钱惠人出问题，他多多少少总会陷入被动。当然，另一种可能也存在，也许钱惠人是清白的，也许于华北又搞错了，若真是如此，反倒好办了，是金子总要发光，钱惠人从文山也能上到副省级的台阶。

于华北的情绪看来也不无偏颇，有句话肯定是说漏了嘴。这位仁兄公然在他面前宣称，已经盯了钱惠人十年，从那次手表事件一直盯到今天！于华北认为，当年他就没搞错，如果不是有白天明和赵安邦护着，钱惠人该在牢房蹲上几年的。裴一弘嘴上没说，心里却想，如果十年前真把钱惠人送进去，只怕也没有宁川的今天！

一把手位高权重，却也不好当啊，并不像有些同志说的那么轻松，高高在上坐船头，把好方向同志们冲！船头上风大浪急，航道上险滩多多，正确的航向不是那么好把握的。你要出好主意，用好干部，还要搞好整个领导班子的团结协调，众人齐心才能划好大船嘛，否则，让同志们怎么冲？谁给你冲？何况汉江又是个人口众多举足轻重的经济大省！现在看来，协调的效果比较好，省委常委会可以开了！

25

省委常委会是在共和道尽头的共和宾馆三号楼召开的，关上门开了一整天。

会议要研究的是文山这个未来辐射型中心城市市级班子的构成，涉及方方面面的矛盾很多，其重要性怎么强调都不过分，与会常委都知道。身为班长的裴一弘当然更清楚，这位一把手会前做了大量工作，几乎和每一位常委都通过气。昨天晚上快十二点了，还来过一个电话，就两位副市长进常委班子的事和赵安邦商量了半天。

然而，今天一开会，裴一弘却变了副模样，进门坐下后，就没表现出多少严肃紧张来，倒是有些轻松愉快，不时地和与会常委开玩笑，似乎马上要开的不是个有关重大人事安排的省委决策会议，而是个恭贺新年的春节茶话会。省军区林司令员不知怎么说起了书法的事，裴一弘又兴致勃勃地和林司令员讨论起了书法。

于华北时间观念很强，有些看不下去，指了指手表，提醒裴一弘尽快开会。

裴一弘微笑着，冲着于华北点点头，表示知道了，可却仍和林司令员继续着自己的讨论："……林司令，你别吹牛，王羲之的字你一时半会儿学不像，那份神韵你就没有嘛！你那几笔字我还不知道？一个个就像你带的兵，只会立正稍息！"

林司令反唇相讥，"裴书记，你的字也不咋的啊，除了裴一弘仨字还像样！"

裴一弘哈哈大笑，"那好，那好，林司令我不和你争论，咱们一人拿幅字出来，让同志们看，请他们做裁判员，给我们一个评价，群众的眼睛是雪亮的嘛！"

看着裴一弘和林司令员在那里谈笑风生，赵安邦一点也不急。文山班子酝酿的时间够长的了，这副牌该怎么打，实际上裴一弘已成竹在胸。这位省委书记是个善于学习的政治家，把老领导焕章同志，和前任省委书记邵华强同志领导艺术的精髓之处全学到手了，在这种时候总是那么成熟老到，举重若轻，让赵安邦心里不能不服。

于华北总也悟不透其中的奥秘，以为裴一弘这是工作作风上的自由散漫，每到这种时候总是由他出面提醒。此刻，于华北终于再次明确提醒了，用脸上的笑容掩饰着内心的不满，"哎，哎，一弘同志啊，常委们到齐了，咱是不是开会啊？”

裴一弘这才放弃了和林司令的纠缠，“好，好，那我们就开会吧！”他打开面前的笔记本，笑呵呵地再次和常委们打招呼道：“同志们，这次常委会的内容会前就通知了，是个专题会，专题研究文山班子问题。只要与文山的班子有关，与文山将来的工作有关，请同志们畅所欲言！与文山无关的问题就不在这次会上讨论了！”

根据惯例，省委组织部章部长开始介绍拟定的文山班子副市级以上七个领导干部的自然情况，其实这些情况常委们全了解，可该走的程序还得走，这不能省略。

这个介绍过程比较漫长。章部长是个本本分分的老组织，走起程序来一丝不苟。介绍时不带任何感情色彩，语速不快不慢，永远保持着一个节奏，这就起到了一种特殊的催眠作用。林司令员率先打起了哈欠，似乎为了保持必要的清醒，拿出一盒烟，冲着裴一弘晃了晃。裴一弘微笑着，向林司令员摇了摇头，又指了指会议桌上的禁烟标志牌，林司令员只好把烟重又装到军装口袋里。赵安邦开始还尽量集中精力认真听，听到后来也有些倦意了，便起身上了趟洗手间，还打了个电话。

从洗手间回来时，章部长的情况总算介绍完了，于华北第一个发表了意见。

于华北不是章部长，平时话很少，不苟言笑，在这种时候，这种场合，却总保持着比较昂扬的激情和指点江山、激扬文字的豪迈。这应该是权力磁场在起作用。在这届省委班子中，于华北年龄最大，资格最老，身居权力磁场中心，做着磁力强大的磁铁，决定过许多铁屑的命运，有这份激越豪迈也很自然。当然，也得承认，于华北本身口才就不错，又喜欢写点诗，诗人的气质或许也在起作用。

于华北表情丰富，侃侃而谈：“……文山这副牌有几种打法，顺序接班是一种打法，半换血是一种打法，大换血是另一种打法。现在，我们选择了一种最好的打法！不瞒同志们说，开始我有些想不通，过去搞组织工作的惯性思维在起作用，总强调稳妥接班，平稳过渡，这种思维摆在平州、宁川这些发达地区的班子安排上没什么错。但是，文山的情况不同啊，欠发达啊，积重难返啊，动作幅度就得大一些，就要舍得把好牌打出去！过去文山搞不好，恐怕与当时省委的决心有关！”

于华北的发言抑扬顿挫，声情并茂，时不时地做着手势，既有亲和力，又有某种权威性。你可以不赞成他的意见，却没法不被他感染，听他发言，是打不了瞌睡的，尤其是今天，赵安邦本能地觉得，于华北的发言中肯定会有比较丰富的含意。

果然，于华北环视着与会者，又乐呵呵地说：“一弘、安邦同志有魄力，有远见啊，文山这个新班子选得好，很好啊！石亚南的市委书记，钱惠人的市长可以说是无可替代的！这两个一把手都来自我省经济发达地区，而且还都是市长，有丰富的经济工作经验和行政领导经验！尤其是钱惠人同志，对宁川经济成就贡献不小，我相信，钱惠人同志一定会把宁川的好经验带到文山去！安邦，你说是不是啊？”

赵安邦笑了笑，软中有硬道：“是啊，是啊，对钱惠人我也比较有信心！”

其实，根本用不着于华北刻意提醒，与会常委心里已经有数了：钱惠人作为已升格的经济大市宁川的市长没安排到文山任市委书记，倒是把平州女市长石亚南安排上去了，这个决定本身就耐人寻味，更何况钱惠人又是他赵安邦一手提起来的干部！

钱惠人好像已听到什么风声，昨天下班前来了个电话，打探消息。他不好多说，只含蓄地透了句：“你的工作恐怕要动动了，文山搞不上去，裴书记和我都很着急啊！”钱惠人先还以为是让他去文山做市委书记，问了句：“准备给我派个什么市长呢？”他在这种情况下才被迫点明了：“市长是你，市委书记另派！”钱惠人听到这话，沉默良久才说了句：“赵省长，你看，我是不是干脆辞职呢？”他一下子火了，“辞什么职？这么经不起考验吗？到文山好好干，别人去当市长我还不放心呢！实话告诉你：让你去文山是我的建议，包括市委书记石亚南，也是我向省委和一弘同志推荐的！”钱惠人根本不信，还想说什么，他却断然挂上了电话。

晚上回家吃饭时，钱惠人又来了个电话，不谈辞职了，也没发牢骚，直截了当问：“赵省长，你是不是真想把文山搞上去？”他没含糊，“那当然，否则怎么会把你和石亚南一起调过去呢！”钱惠人说：“那好，我有个建议，希望你在常委会上提提：除常务副市长外，两个分管经济工作的副市长最好也进常委班子，组织经济内阁！”他觉得有道理，答应了，马上打电话给裴一弘，也没隐瞒，明确说，这是钱惠人的建议。裴一弘说让他想想，半个小时后又把电话打过来，终于同意了。

于华北不愧为牌场高手，政治牌打得得心应手，背地里给钱惠人下了套，会上却说得冠冕堂皇，似乎把钱惠人调到文山不是为了调查钱惠人在宁川期间的经济问题，当真是工作需要。其他常委心中好像也有数，发言时全回避这一敏感点，没任何人提出，对钱惠人这样安排是不是公道合理，这其中是不是另有隐情。

赵安邦也只能回避，尽管心里不悦，也必须和大家保持一致，这是组织原则。

中午吃饭时，碰到了裴一弘，裴一弘把他叫到一旁说：“安邦，我上午开会时又想了一下，两个副市长进常委的事，还是由你提比较好，可能更有利一些！”

赵安邦本来就不高兴，见裴一弘突然这么说，益发不悦了，“哎，老裴，你怎么又变了啊？昨晚我们在电话里不是商量好了吗？这事就由你乾纲独断嘛！”

裴一弘摆了摆手，“别，别，你是省长，经济工作你主抓，你提合适！”

赵安邦只得说破了，“是不是因为这个建议是钱惠人提的，你才变卦了？”

裴一弘说：“不是，不是，我不至于小心到这程度！就算钱惠人将来真查出什么问题，也和这个建议无关嘛！不过，你最好别提钱惠人，免得有些同志敏感！”

赵安邦苦笑道：“行，行，你就把我放在火上烤吧，烤熟了给你当下酒菜！”

裴一弘也笑了，“看你这话说的？我现在不也火上烤着吗？我会有态度的！”

下午会议一开始，赵安邦首先发了言，对文山新班子主要领导成员的构成表示赞成：“……华北同志说得不错，要舍得把手上的好牌打出去！这一点一弘同志也反复强调过，我看石亚南、钱惠人不但是好牌，甚至可以说是王牌！一个经济内阁已现出了雏形！以经济为中心嘛，文山又是欠发达地区，就是要搞经济内阁嘛！”

裴一弘笑呵呵地插话：“过去文山出经验，以后啊，我们要让文山出成果！”

赵安邦接着裴一弘的话头发挥了几句，语调中已隐含了讥讽，“我们有些同志聪明啊，很会总结经验，你需要什么，他就能给你总结出什么，上有好焉下必趋之嘛！这些同志比那些跑官泡官的家伙高明啊，宁可饿死佳丽三千，也要迎合上面好细腰的楚王！”他无意中注意到裴一弘投过来的目光，没再继续说下去，又言归正传，谈起了经济内阁，“既然我们这次决心搞经济内阁，常委会的决策班子我的意见还要加强一些。看看是不是可以考虑把王必华、邱平这两位分管经济的副市长也增加到市委常委班子里去呢？同志们，有个话我一直想说：省委班子不谈，这不是我们可以决定的，我是说下面各市县班子：常委的构成不太合理嘛，除了书记、副书记，就是组织部部长、宣传部部长，真正懂经济工作的只有一个市长、一个常务副市长，这怎么行啊？重大经济决策中出现分歧怎么办？按民主制原则进行表决？少数服从多数？多数人的意见就一定正确吗？我看不一定，有时决策失误是必然的！”

于华北马上表示反对，不过，口气很和缓，面带笑容，“安邦同志，你这话不能说没一定的道理，但是，常委班子的构成是有成规的，什么人进班子，什么人不进班子，不能随心所欲啊！另外，也不能光从职务上看问题，书记、副书记就一定不懂经济啊？有些绝对了吧？也不是事实吧？我们干部总在变动工作岗位嘛！不说别人，就说你我吧，我们过去在下面不都做过书记，不也都做过县市长吗？！”

赵安邦笑道："华北同志，你说的这些我也承认，可经济发展变化太快啊，过去做过经济工作，未必就能主持领导今天的经济工作嘛！再说，每个地区的情况也大不相同，比如文山，就不能按部就班，班子的配备上就得体现省委强化经济发展的思路，一来便于做出正确决策，二来也是个信号，让文山干部群众都知道，我们决心要把文山经济搞上去，不是说空话，是动了真格的！否则还怎么崛起啊？"

于华北还想说什么，裴一弘笑着插了上来，"华北，我看安邦同志这个意见很好，有些成规该打破还是要打破，起码这次对文山可以试着破一下！现在以经济为中心，班子的重大决策差不多都与经济有关，多两个懂经济做经济工作的同志进班子没什么坏处嘛，决策就少了些盲目性，多了些科学性！是不是啊，同志们？"

与会常委们纷纷点头，于华北迟疑片刻，也面带微笑，缓缓点起了头。

裴一弘定了调子后，又把民主的绣球抛给了于华北，"华北同志，继续说！"

于华北就是于华北，很懂常委会的游戏规则，一把手既已定了调子，常委们又点了头，这种问题就没必要再讨论下去了，讨论下去肯定被动。可话还是要说的，不说就没法显示自己的老资格和权威性了，于是便又说，已是做总结的口气了，"最后再说几句吧！总而言之，对文山新班子的安排是科学的、合理的、恰当的，其慎重程度我看也是前所未有的。我归纳了这么四句话：体现了省委的决心，组成了有力的班子，发出了强烈的信号，看到了发展的远景！好了，我就说这么多了！"

裴一弘环顾众人，又问："安邦，同志们，你们谁还有话要说啊？"

赵安邦看了于华北一眼，笑道："我要说的，华北同志已经归纳过了！"

与会常委们都知道于华北一贯爱归纳，相互看了看，心照不宣地笑了起来。

裴一弘开始做会议总结了，和和气气，一脸满意的笑容，"好啊，好啊，同志们！我们开了个团结的会，胜利的会，民主集中的会！文山班子就这么定了，包括王必华、邱平两位副市长进常委！这个班子要马上宣布，田封义、马达等四位原班子成员的新任命也同时宣布！我建议安邦、华北同志和我一起，代表省委和石亚南、钱惠人进行一次郑重谈话，并尽快送这个新班子去文山上任，不要给那些业余组织部长们制造散布流言的机会！对文山今后的工作，我谈三点具体意见……"

裴一弘谈具体意见时，赵安邦走了神，禁不住想起了远在欧洲的白原崴……

26

站在伟业国际集团驻欧洲办事处窗前，巴黎西岱岛上著名的新桥触目可及。

新桥并不新，是塞纳河上很古老的一座桥。据办事处常驻商务代办乔治·贝娄贝介绍，该桥是一五七八年在国王亨利三世手上奠基的，不知为什么，直到一六三年才在亨利四世手上落成。到了路易十三时期，这座桥在巴黎已变得声名狼藉。贝娄贝曾给白原崴朗诵过一首路易十三时期某诗人的著名的诗句，"新桥，你是江湖郎中、骗子、假冒者的集散地；你是香脂、膏药、拉皮条者、扒手、黑帮的生意场。”白原崴评论说，这有些像北京的天桥。贝娄贝在中国生活过十年，对北京和天桥可不陌生，当即指出：北京的天桥作为实物已经消失了，包括那些颇具东方特色的四合院；而巴黎新桥和塞纳河两岸的古老建筑却完好地保留了下来，和凯旋门星形广场、香榭丽舍大道、埃菲尔铁塔一起，构成了一座城市完整的历史。

这是令人汗颜羞愧的，和巴黎、罗马、布鲁塞尔这些欧洲城市比起来，中国城市太不注重自己的历史了！尤其是近十几年，随着经济的高速增长，每座城市的历史特色都在逐渐消亡。因此，白原崴对赵安邦和宁川历任城市领导在城建方面的评价都是有所保留的，而对裴一弘则评价颇高：裴一弘在任市委书记执掌平州的十二年中，虽然没能在GDP上拼过宁川，却把这座海滨名城的特色保留下来了。

裴一弘有些莫测高深，迄今为止没对伟业国际的产权问题表过任何态，这位封疆大吏是刻意回避这一棘手问题，还是另有想法？据说，于华北就有想法，认为股权奖励方案不妥。更蹊跷的是，偏在这时，石亚南和钱惠人双双调离现职，同时去了文山。原定要上副省级的钱惠人不但没进上这一步，连文山市委书记也没当上，一把手竟是石亚南！这都是怎么回事？这阵子汉江到底发生了什么事？钱惠人的后台赵安邦是不是有些失势了？如果赵安邦失势，产权只怕更难解决了。

身在海外，却心系国内啊，国内每天都有几个，甚至十几个电话打过来，汉江任何敏感的信息都没有逃过他机敏的眼睛。在欧洲的这一个多月里，他没有片刻的安闲，白天和贝娄贝这帮洋鬼子们为筹措资金东奔西走；夜里和宁川总部的同仁们互通情况商量对策，每天睡不到五小时。赵安邦和孙鲁生恐怕都不会想到，他这个妾身未明的伟业国际董事局主席会以巴黎西岱岛旁的驻欧洲办事处为基地，遥控国内和纳斯达克市场上伟业旗下的股票沉浮，策划一场以巨额国际游资作后盾的强大攻势。从常理上分析，他正遭遇滑铁卢，应该退守和自保，而不是进攻与扩张。赵安邦更不会想到，他还会在这种时候出于自身进攻的目的，帮他们推销汉江省！

是的，推销汉江省，推销大中国，推销来自中国的投资和投机的双重机会！

总部设在法兰克福的德国SDR东方投资公司权威分析师冯·特劳斯博士，为他的推销提供了令人信服的国际货币汇率分析理论。根据特劳斯博士的精确分析，目前人民币的价值已严重低估，对欧元应升值百分之三十六至百分之四十五，对美元也应升值百分之二十左右。而事实情况却不是这样，随着欧元的不断升值，价值本已低估的人民币竟在随着美元不断贬值！于是，特劳斯博士将金手指指向了中国，建议欧洲大陆各风险投资基金以投资的形式，用手上已增值的欧元买进人民币标价的资产，适时分享中国经济高速增长的硕果。在特劳斯的邀请下，他带着贝娄贝一行，在欧洲大陆做了一次推销中国项目投资基金的路演，路演进行得相当成功，多少有点出乎他的意料。

特劳斯的汇率理论揭示了人民币未来巨大的升值潜力，他的推销则给寻找投资方向的欧元游资进入中国提供了安全途径和获取预期利润的保证。特劳斯说得很清楚，“白本身就是一个奇迹，意味着来自中国的利润！”因此，他和新伟国际企业投资公司轻而易举地募集到了两亿五千万欧元。根据协议，这些欧元将由新伟投资分期投入中国境内的电力、地产、汽车等领域。其投资收益百分之七十归基金持有人所有，百分之三十为他和新伟投资的佣金及管理费用，条件还算优厚。这么一来，新伟投资的总盘子就扩大到了相当于四十五亿元人民币左右的规模。在此之前，平州港专项投资已经落实了，想改变都不可能。也正因为如此，他才没放弃平州港的项目。

新伟投资和目前这个伟业国际集团没有任何关系，是他和下属副总陈光明去年在英属维京群岛新注册的合伙公司，他占百分之七十的股权。当时，还曾考虑给陈正义一些股权，以利于将来在美国融资，陈光明反对，说陈正义靠不住，已生反心。没想到，真让陈光明说准了，陈正义还真反了，背着他和公司搞走了上千万美金，最终暴亡在巴黎。据贝娄贝说，陈的死因法国警方日前已查清楚了，是自杀，此人来巴黎之前在美国拉斯韦加斯输光了所有黑钱，老婆也跟别人跑了，产生了绝望情绪。

贝娄贝这小伙子很不错，在任何时候任何情况下都清楚地知道，谁是他的老板。汉江省国资委因此对贝娄贝很不满意，尤其是孙鲁生，很不喜欢这个有四分之一犹太血统的法国“同志”。前几天还来了个电话，提出撤销伟业国际驻欧办事处，解聘贝娄贝。孙鲁生说：“咱们发扬国际主义精神也不能这样发扬啊，每月五千欧元用这么一位洋买办太过分了吧？”在这种小事上，白原崴没争辩，马上说：“好啊，那就按你们的意见办！”然而，电话一挂，他转身就给贝娄贝加薪一千欧元，伟业国际驻欧洲办事处也变成了新伟投资驻欧洲办事处。这个办事处也与伟业国际无关了。

新船已经造好，伟业国际产权之战就更好打了，打得赢就打，打不赢就利用旗下上市公司股价不断波动的机会，在证券市场上赚足利润一走了之。如果干得漂亮一些，能把美国纳斯达克的伟业中国和沪市的伟业控股两旗舰趁机开走就更好了。

当然，放弃伟业国际并不是放弃中国市场，在当今世界上再也没有比中国经济更具活力的了。此前世界经济的发动机是美国，未来将是中国，中国起码将充当亚洲经济的发动机，他募集的欧元必须投入中国项目。因此，就算赵安邦失势，股权奖励方案最终无法兑现，他也不会和国内一个经济大省的政府闹翻，他会潇洒地从伟业国际的旧船跳到新伟投资的新船上，站在新船的船头向他们道一声“拜拜”！

夜渐渐深了，西岱岛和塞纳河两岸亮起了美丽的灯火，巴黎进入了又一个梦乡。然而，中国大地的太阳却又一次升起来了——他又该和国内一起办公了。

头一个电话便打给了汤老爷子，汤老爷子白天来过电话的，他没接。

汤老爷子一听是他，乐呵呵地问：“原崴啊，你怎么回事啊？乐不思蜀了？”

白原崴笑道：“就算不思蜀，我也得想着您教授老爷子嘛！别来无恙乎？”

汤老爷子话说得谦虚，声音里却透着兴奋，“还好，还好，前阵子活动了一下手脚，就是我和你说过的那只绿色田园啊！小的们眼疾手快，快进快出，在这种市道竟斩获颇丰，我今天表扬他们了！”

白原崴开玩笑说：“你们海天系斩获颇丰，小股民们又该血肉模糊了吧？！”

汤老爷子抱怨道：“还说呢，我也血肉模糊了，在绿色田园上赚到的钱，又分期分批套在你们伟业控股上了！原崴，你又在欧洲胡说什么啊？我现在吃了你们一肚子钢铁，想吐都吐不出来啊！知道吗？伟业控股今天收盘又跌到六元左右了！我打电话给你，你也不接，你们那位洋老贝说，你当时在会见两位欧洲议员？”

白原崴轻描淡写地说：“谈不上会见，就是随便聊聊，他们年内要访华！”

汤老爷子很敏感，“你该不是要打国际牌吧？通过两位议员做国内的工作？”

白原崴自嘲道：“你也不想想，我敢吗？我现在是妾身未明，如临深渊，如履薄冰，哪敢和这些西方政客公然搅在一起！”这才说起了正题，“老爷子，钱惠人是怎么回事啊？咋突然调到文山做市长了？赵安邦省长也不替钱惠人说说话？”

汤老爷子说：“具体情况不太清楚，不过，据说姓钱的经济上可能有问题！”

白原崴不太相信，“这不可能！伟业国际总部在宁川，我和钱惠人打了十几年交道，对他的为人很了解。据我所知，他的清廉正派是少见的！当年在香港，我出于感激送给他一块手表，他回国后马上上交了！我看，这可能是政治斗争吧？”

汤老爷子判断说：“这也不是没可能，这阵子社会上传言不少，说赵安邦和省政府搞经济格局调整，省委则搞政治格局调整，裴一弘和于华北要瓦解宁川帮！”

白原崴知道，于华北早年曾在职就读过老爷子的研究生，便问：“于书记那里有什么新消息？我咋听说，他对省政府的股权奖励方案不太满意？认为不妥？”

汤老爷子很惊奇，“哎，原崴，你这是听谁说的？于华北不会管这么宽吧？”

白原崴说：“咱们这位于书记管得就是这么宽，不信你去问他吧！”又意味深长道：“伟业控股这阵子的下跌，我估计与此有关啊，老爷子，你们海天系吃下的钢铁只怕一时难消化了！我透个底给你：不行我和我的团队就出局，从伟业国际撤退，下一步准备在欧洲搞保税区！今天这两个欧洲议员就是找我谈这事的！”

汤老爷子有些吃惊，言语里还是不动声色，“原崴，就算搞保税区，也能以伟业国际的名义搞嘛！我觉得这倒是个大好题材，你看咱们就借这个题材炒一把好不好？起码帮我们解一下套嘛！”

白原崴故意说：“我不敢和汉江省玩下去了，你们想解套就去找于书记吧！”

放下电话，看着落地窗外的灯火，想了想，白原崴又给孙鲁生通了个电话。

孙鲁生开口就连珠炮似的嚷：“我说白总，你到底什么时候回来啊？赵省长又催了，等你回来签股权协议呢！赵省长说，既然百分之二十的股权奖励方案你原则上同意了，那就早点签字，免得谣传四起，市场波动！另外，还有一点也明确了，对伟业国际，省政府和省国资委暂时不派人接管，具体实施方案得和你认真谈哩！”

白原崴说：“你最好请赵省长再想想，不派人搞接管可能吗？省里其他领导会不会有意见？据悉，裴一弘书记至今没个态度，于副书记好像也还有看法吧？”

孙鲁生话里有话，“白总，你知道就好，所以，我不多说了，你看着办吧！”

白原崴沉吟片刻，“那好，我争取尽快回国吧，把这边的事处理完就回！”

孙鲁生又说：“哎，我怎么听大使馆的同志说，你在欧洲尽宣传人民币价值低估啊？赵省长让我提醒你：要和政府口径保持一致，不要参加经济反华大合唱！”

白原崴马上叫了起来，“真是活见鬼了，人民币价值低估是欧洲洋鬼子们在嚷，又不是我说的！我不过是帮着国内招商引资，再说，我也不是啥政府官员！”

孙鲁生显然对情况有所了解，“我知道，据说你又从欧洲卷走了几亿欧元？”

白原崴淡然道：“哪来的几亿欧元？不就是为平州港融资嘛，去年就定下的！”这才说到了石亚南，“真没想到，我替平州港融着资，石市长倒调走了！”

孙鲁生打趣说：“怎么？对石亚南恋恋不舍啊？白总，你是不是看上人家石市长了？是不是想追随她到文山投资啊？你真有这个想法，我们省国资委支持！你知道的，根据省委、省政府的十年规划，我省下一步经济发展的重心要放在文山了！”

白原崴笑了起来，“孙主任，这还用你说？石亚南已经给我打过电话了，约我相会文山哩！就是冲着和这位新上任的女市委书记约会，我也得尽快回去一下！”

孙鲁生笑道：“那好啊，咱女书记好像还没去上任哩，你能在省城堵住她！”

白原崴说：“不对吧，据我掌握的情况，此刻她应该在赶往文山上任的途中！”

孙鲁生大为惊讶，半真不假地叫道：“哎，白总，你有千里眼啊？！”

白原崴快乐地大笑，“我没有千里眼，有一颗爱国心啊，心系祖国嘛！”

和孙鲁生通话结束后，白原崴陷入了抉择前的深思。看来，他必须先回去一下了，哪怕回去后再走也成。孙鲁生今天话里有话，赵安邦也面临不少压力，钱惠人遭贬就是个证明！他再这么拖下去，没准连奖励的股权也没有，百分之二十的股权不是个小数目，能拿到手为什么不拿呢，更何况还有让他继续经营的承诺！就算这个承诺最终兑现不了，他也不会损失什么，他新伟投资的新船不是造好了吗？适时换船就是了！又想，钱惠人到底是怎么回事呢？赵安邦为什么就默认了这一让他难堪的事实？裴一弘和于华北究竟是要做钱惠人的文章，还是想做赵安邦的文章？如果由钱惠人引发的战火真烧起来，最后会不会烧到他身上？

在中国内地搞经济，就不能不关注政治，不关心政治，你就无法做大做强！

然而，关心政治，却又要远离政治家。你应该关注来自官场的政治动向，但不能在官场上寻找政治靠山，更不能和官员结盟，搞人身依附。事情很清楚：任何官员都有任期，也都有对立面，永恒的权力是不存在的，而权力失落后的损害则是客观存在的，那些在位官员倒台或下台后，你就要跟着垮台倒霉，这样的教训已经太多了。因此，他和宁川及省内任何官员都不存在结盟关系，包括赵安邦和钱惠人。

那他还怕什么呢？就算赵安邦、钱惠人这帮从宁川上去的高官全倒了，他也能和裴一弘、于华北直接谈判！那就尽快回去吧，就算火中取栗，也冒它一次险！

第八章

27

由省城开赴文山的车队可谓浩浩荡荡。省公安厅负责全程警戒，主管副厅长亲自指挥警车在前面开道。省委、省政府的五辆奥迪和两台面包车不即不离，居中依次排开。两台警车断后，其中最后一辆警车上还有一位政保处的处长。车队在省城大街上行驶时是拉着警笛的，出城上了高速公路，警笛才关了，可警灯仍在闪烁。

警灯在五月的春雨中闪着红光。布满天地间的绵绵雨丝，使爆闪的红光变得不再那么具有刺激性，甚至带上了几分温柔。石亚南坐在紧随开道指挥车的一号首长车内，凝望着前方警车车顶上的警灯，心潮实在难以平静：这一切来得都太突然了！她怎么也没想到，自己就这样离开了平州市长的岗位，到文山做市委书记去了。从谈话到上任仅仅四天的时间，在此之前没有任何迹象证明她的工作会发生这么大的变动。赵安邦在平州时倒是吓唬过她一次，说过什么“铁打的城市流水的官”的话，可她认定赵安邦是开玩笑。直到此刻，她仍然认为是开玩笑。如果当时省委真有把她调到文山主持工作的设想，估计赵安邦反倒不会这么说了，这是原则。

对钱惠人的安排更是出乎所有人的意料之外，全省第一经济大市宁川的市长竟成了文山的新市长，做了她的副手，这无论如何也说不通！裴一弘、赵安邦、于华北这些省委领导究竟是怎么想的？当真像集体谈话时说的那样，是为了加强文山的工作力度，组织经济内阁？就算如此，也可以安排钱惠人做市委书记嘛！更奇怪的是，赵安邦对这种安排处之泰然。这位省长同志怎么不偏心眼了？就眼睁睁地看着身为宁川市长的老部下吃这种哑巴亏吗？这不寻常啊，看来戏中似乎还有戏。

现在，这位省长就在身边坐着，神态平静，不时地看着车窗外飞逝而过的田原景色，沉思着什么。赵安邦会想什么？是不是在想身后二号车里的钱惠人？钱惠人上了于华北的专车，是出发时于华北把他叫上去的。石亚南当时就注意到，钱惠人不太情愿，说是从宁川带了车来。于华北还是把钱惠人叫上了自己的车，估计想和钱惠人谈点啥。根据常规判断，不外乎是做钱惠人的工作，要钱惠人摆正位置。

正这么揣摩时，赵安邦的目光离开了窗外，看着她，开口说话了，“石市长，哦，现在应该是石书记了！石书记，你这会儿不怪我对文山偏心眼了吧？啊？”

石亚南开玩笑道：“赵省长，我可没想到，还真被你省委领导报复上了！”

赵安邦微笑着，半真不假说：“我当时就警告过你嘛，别把我逼得太狠，也给自己留条后路！你倒好，就是不听！看看，现在平州没你的事了吧？平州港扩建也好，亚洲电缆厂的投资也好，你做好的嫁衣得让别人穿了，你就后悔去吧！”

石亚南说：“赵省长，你别这么幸灾乐祸嘛！这我得汇报一下：前天你们几个省委领导和我谈过话后，我连夜打了个电话给吴亚洲，建议他把电缆厂建到文山来！哎，赵省长，最早还是你建议吴亚洲到文山投资的，该做的工作还得做呀！”

赵安邦说：“我做什么工作？我才不做呢！有本事你和吴亚洲谈，谈成了我不反对，谈不成也是你活该，对你这种搞地方保护主义的同志，我不能怂恿！”

石亚南笑道：“好，好，赵省长，这事不说了，只要你领导不反对就成，你就等着哪天来给亚洲电缆厂剪彩吧！吴亚洲在电话里和我说了，马达、田封义调走了，班子全换了，如果政策跟上，对文山的投资可以考虑了，起码建个分厂！”

赵安邦摇头苦笑起来，“石亚南啊，我算服你了！这刚离开平州，还没到文山上任啊，就挖起平州的墙脚了？你平州那个搭档丁小明会怎么想？不骂你啊？”

石亚南乐了，“赵省长，你真是料事如神啊！已经骂过了，骂我携枪投敌！我马上予以反驳了：枪是我的枪，我当然要带走嘛！投敌更谈不上，文山是敌人吗？是我省一个经济欠发达地区，丁小明这话犯了原则性错误！你说是不是？”

赵安邦哈哈大笑，“厉害，厉害，石书记，看来，对你我是报复对了！”

石亚南努力保持着良好的气氛，继续开玩笑说：“丁小明还说要带着平州班子的同志给我送行哩，这种鸿门宴我哪敢参加啊？我和丁小明说，免了免了，有那钱不如给我开张支票带到文山去，也算是平州人民送给文山人民的一份深情厚谊嘛！”

赵安邦却没心思开玩笑了，收敛笑容，说起了正事，“亚南同志，也许你想到了，也许你没想到，让你到文山任市委书记，是我向一弘同志和省委建议的！一弘同志开始有些担心，怕你压不住阵脚，担心你会哭两场，但想来想去，也只有你最合适！你是南部发达地区成长起来的干部，工作思路开阔，有很强的责任心嘛！”

这倒是石亚南没想到的，她这个市委书记竟然是赵安邦推荐的！赵安邦没推荐手下大将钱惠人，却推荐了她！那么，钱惠人这市长又是谁推荐的？是赵安邦，还是裴一弘？抑或是于华北？这其中到底有什么玄机呢？话到嘴边，却没敢问。

赵安邦继续说：“省委对文山下了很大的决心，把你和钱惠人两个经济发达市的市长一起派过去，还破例把两个分管经济的副市长扩大进了常委班子，这是过去安排任何一个地方班子都没有过的！我和一弘同志原来还有个想法：新班子不急于上任，先去宁川、平州做做学生，让发达地区的干部给新班子同志洗洗脑子！现在看来不必了，你们五位同志全来自南部发达地区，该怎么做心里应该有数！”

石亚南说：“赵省长，这我也想了，我认为该去学习还是要去！市级领导班子换了，下面各部委局办还是老队伍，仍然需要一个学习过程。党政干部大会开过以后，我打算召开的第一个常委会，就是落实您和省委的指示，好好学习南方！我准备带个头，先领着一批同志去平州，过些日子，再请钱惠人带一批同志去宁川！”

赵安邦赞许地说：“好，不过，亚南同志，我提醒你注意：不能搞形式主义，文山同志搞形式主义是有传统的，什么形式都搞得轰轰烈烈，经验总结出一大堆，实效看不见。另外，这个学习过程应该是长期的，不是一阵风，吹过就算了！还要对口，部对部，局对局，结对子，要卧薪尝胆，放下架子，长期学习！”

石亚南心头一热，多少有些激动，“赵省长，这也正是我想说的！我还有一个请求：省委、省政府能不能对文山的支持力度再加大一些？让宁川、平州、省城各部委局办的干部和我们文山各部委局办干部互相之间进行一些换岗交流？我们派出去，他们走进来，分批轮换，坚持三五年，整个文山干部队伍就会大变样了！”

赵安邦应道：“这完全可以，省委发个文吧！”略一沉思，又说：“亚南同志，还有一种学习不知你考虑过没有？能不能搞个措施，把一些年轻干部从办公室赶出去啊？赶到宁川、平州、省城，甚至北京、上海，让他们呼吸些新鲜空气！”

石亚南不太明白，“赵省长，你的意思是——”

赵安邦说：“让他们去自谋出路，自己打工求职嘛！据我所知，文山干部超编近八千人，其他地市超编也很严重，四处人浮于事，我一直想解决这个问题！你有没有这个勇气，帮我在文山搞个试点啊？试着赶走几千人，让他们开阔眼界换换脑筋，同时也进行一下自我锻炼，干得好，以后回来上岗任职，带一方致富，干不好，在外面连饭都吃不上的，请他卷铺盖走人，我们不能养废物！”

石亚南吓了一跳，“赵省长，你……你能不能考虑在……在别的地区试呢？”

赵安邦脸上的笑容凝结了，“怎么，亚南同志，你这个新书记连这点改革的勇气都没有啊？还是我看错人了？我现在不要你回答，也不要求你马上试，给你一段时间考虑，就三个月吧！三个月后，你想清楚了，熟悉了情况，再给我回个话吧！”

石亚南心想，这位省长同志真敢下猛药，而且竟还选在文山这种欠发达地区下，也不怕人家把她和钱惠人这届班子掀翻掉，于是，苦笑着应付道：“好吧，赵省长，那就三个月后再说吧，也得看老钱的态度！”这才说起了自己的担忧：“说真的，让我主持文山的工作，我根本没想到，如果事先征求我的意见，我更愿意协助老钱！宁川是经济大市，GDP上千亿，钱惠人市长干得不错，贡献不小……”

赵安邦却没让她说下去，语气平和地说：“亚南同志，干得好，贡献大就一定要升官吗？凭政绩提干部不错，可也不一定这么绝对嘛！省委怎么用干部有省委的考虑，这个考虑是很慎重的，综合了方方面面的因素！钱惠人这个同志我比较了解，强项就是搞经济工作，主持一个欠发达地区的全面工作总还有些欠缺！”

石亚南不得要领，只得硬着头皮把话说明了，“赵省长，和钱惠人比起来，我不论资历、贡献，都自愧不如，再说，钱惠人好像也有情绪，我有些担心啊！”

赵安邦不悦地挥挥手，流露出了些许不满，“亚南同志，你不必担心，这是中共汉江省委的安排，不是哪个人说了算的，你我说了都不算！你谦虚让位，钱惠人也当不上这个市委书记！老钱的情绪我也看出来了，回头我要和他好好谈的，请他摆正位置！如果他真敢在新班子里耍什么老资格，我和省委对他绝不会客气！”

石亚南想了想，又说：“不过，赵省长，就是有情绪，钱惠人也不是冲着我来的，再说，我的担心仅仅是担心，也许只是杞人忧天，您注意点方式方法！”

赵安邦点了点头，“放心吧，我会的！”略一沉思，又说：“另一方面，你也要注意，在重大经济决策问题上，不要武断，一定要多听听钱惠人的意见！”

石亚南连声应道：“我知道，我知道，您就是不交代，我也会这么做的！”

赵安邦似乎还要说什么，迟疑了一下，终于没说，“好了，不说了，路还长着哩，我们打个盹吧！”说罢，身子往下滑了滑，在靠背上倚实了，闭上了眼睛。

石亚南也不好再说下去了，只得闭上眼，独自想起了心事：她这个市委书记看来并不好当啊，长路尽头是什么不得而知，也许是地雷阵，也许是万丈深渊。

文山不是平州，平州只有五百万人口，历史上就是富裕地区，改革开放又搞了二十五年，虽说比不得省城和后来居上的宁川，却也早就进入了小康水平。文山呢？则是省内有名的第三世界，传统的重工业城市，是一个人口多达八百万之巨的经济欠发达地区，今年公布出来的失业下岗数字高达二十八万，真实数字肯定不止二十八万！这副担子实在太沉重了！她柔弱的肩头当真能挑起这副沉重的担子吗？

还有干部问题。市长钱惠人不去说了，身为省长的赵安邦能有这个态度就很不错了。更大的阻力和麻烦恐怕将来自文山各部委局办的本地干部。想顺序接班做市委书记的田封义被平调到省作家协会做了党组书记，正气得四处骂娘，肯定不会乐意看到她和她带来的这批南方干部顺利按管文山。明着对抗估计不敢，暗地里使使绊子，摔你几个跟斗却在情理之中。还有马达和其他三个调离的副市级，这些同志谁手下没一帮铁杆部下？这些同志能按她的指挥棒转吗？能服他们这个新班子吗？据说文山干部已经在乱传了：说省委是搞了一次政治北伐，派了一批南方占领军。

越想越不踏实，最初的兴奋和冲动渐渐被忧郁取代了，石亚南睁开眼，看着车窗外雨雾迷蒙的景色，禁不住一阵阵发呆。从省城出发，一路都在下雨，绵绵雨丝不知不觉地加重了心情的忧郁。石亚南因此便想，都说秋风秋雨愁煞人，谁知春风春雨也会愁煞人呢？也许她真不该来文山，丁小明已经说了，她去文山是找死！

进文山地界以后，雨渐渐停了下来，到文山西一出口处时，已是一片晴朗了。

赵安邦这时也醒了，看着车窗外一片明媚灿烂的阳光，乐呵呵地说："亚南同志啊，你看看，这兆头不错嘛，啊？一路下雨，到了文山，天放晴了！好，好！"

然而，赵安邦这好还没叫完，他们这支由三辆警车前后警戒的车队，竟在文山高速公路西一收费站前，被上千号来自文山地区的群访农民堵住了。石亚南和赵安邦同时看到，省公安厅副厅长老陈从前面指挥警车里出来，拿着报话机跑了过来。

赵安邦摇开车窗，恼火地问："老陈，路面上咋聚着这么多人，怎么回事？"

陈副厅长简洁地汇报说："赵省长，是一些农民为合乡并镇闹事！据文山公安局的同志说，已经闹过多次了，还围堵过市政府，这次听说省里领导要来，就……"

赵安邦脸一拉，"他们怎么知道我们今天要来？消息是谁透露的？"

陈副厅长讷讷地说："这个问题我也提出来了，哦，文山公安局警力马上过来！”

这时，后面车内的于华北走了过来，怒冲冲地说：“老陈，不但是公安局，让刘壮夫和田封义也一起过来！我倒要问问他们：这最后一班岗是怎么站的？！”

赵安邦见于华北站在车前，也从车内出来了，“老于，现在不是追究责任的时候，全市三千多党政干部还在那里等着呢，我们不能在这里纠缠，得尽快进城！”

石亚南只得挺身而出，“赵省长，于书记，你们都别等了，我留在这里和农民同志谈谈吧！在平州时，合乡并镇发生的矛盾我就亲自处理过，比较有经验！”

赵安邦手一摆，“不行，党政干部大会没开，你还不是市委书记！”想了想，对于华北道：“老于，你看这样好不好？逆行，把车倒回去，从后面出口下路！”

于华北迟疑着，“安邦，这是不是有点软弱啊？省委车队竟然进不了文山！”

陈副厅长也说：“赵省长，这种先例不能开，不行就让文山公安局抓人！”

赵安邦指着收费站前黑压压的人群，“这么多人，抓谁啊？我们的党政干部大会还开不开了？”再次对于华北道：“老于，我们就退回去吧，不要激化矛盾！”

于华北脸色很难看，“好吧，也只能这样了，等见了刘壮夫他们再说吧！”

围堵省委车队的恶性事件就这么发生了，这是中共汉江省党的历史上从未发生过的事！省委几位主要领导同志送新班子到文山上任，竟然进不了文山城！竟然被迫在高速公路上逆行了二十五公里，从不属于文山市管辖的严县出口处下路绕行！

石亚南认为，这不是一起偶然事件，如果说省委对文山搞政治北伐，那么，面前就是一场阻击战，有人已对她和以她为班长的这个新班子来了个下马威……

28

省委车队在高速公路上被堵时，田封义正在市立医院高干病房打吊针。本来没打算打吊针，只想躲开这场丢人现眼的党政干部大会，可听刘壮夫在电话里说，古龙和白山子两县不少农民跑去堵高速公路了，心里一惊，这才吩咐医护人员把水赶紧吊上了。吊上水后，心里还是有些忐忑，仍担心谁会把这笔烂账算到他头上。

三天前，省委组织部章部长把他叫到省里谈了话，谈得他差点没当场吐血！市委书记没当上不说，连市长也不让干了，竟被安排到省作家协会做什么狗屁党组书记！不错，这也算是正厅级，可这正厅级能和市长、书记相比吗？实际权力都不如个县处长，总共几十号人，七八台车。就这你还管不了，作家们各忙各的，一个个不是大爷就是姑奶奶，谁把你这个正厅级看在眼里啊？只怕连烟酒都没人给你送！

到这地步了，他还有啥可顾忌的呢？这官该要就得要，当面向组织要！组织部不是干部之家吗？有什么话不能和家里人说啊？于是，谈话时他便向章部长提出，能不能兼个省委宣传部副部长？田封义记得，前任省作协党组书记就兼过宣传部副部长的。章部长明确回绝了，说省委没这个考虑。他不死心，想着省作家协会马上要换届改选了，便退一步提出，能不能让他在省作家协会党政一肩挑，再挂个省作家协会主席？章部长又是一副为难的样子，说作家协会是群众团体啊，不是行政部门，不存在党政一肩挑的问题，省作家协会主席人选必须是能代表本省文学界发言的著名作家。那意思实际上是告诉他，他田封义是没资格代表本省文学界发言的。

从组织部谈话出来，他流泪了，这才明白了那句人们常说的话：男儿有泪不轻弹，只因没到伤心处！是谁让他这样伤心呢？他必须搞搞清楚！坐在返回文山的车里，田封义就开始一一打电话，第一个电话打给了老领导于华北。于华北似乎很同情，叹息说："封义啊，省委决定了的事，就不要再多问了，我毕竟只有一票嘛！"这等于告诉他，老领导并不赞成对他的政治谋杀。第二个电话打给了赵安邦，赵安邦更绝，没听完就说："哎，老田，你咋跑来问我？我是省长，党群口不是我的分工范围啊！"常委里分管党群的是宣传部白部长，他又打电话给白部长。白部长十分意外："怎么？封义同志，去省作家协会不是你主动要求的吗？我听说你要求去，就支持了一下！"最后找的是裴一弘，裴一弘态度很好，没等他开口，就乐呵呵地说："田封义同志，你这个电话来得正好！你不找我，我也得找你打招呼的！你现在是省作家协会党组书记了，身上的担子很重啊，要出人才出作品啊！我们搞文化大省，硬件要上去，软件也要上去啊，文学方面就看你的了，别辜负了我和同志们的希望啊！"他连连应着，想趁机问一问内情，裴一弘却说来客人了，"啪"的挂上了电话。

这就是官场。从于华北、赵安邦、白部长，到省委书记裴一弘，在电话里一个个对他都挺友好，裴一弘的意思似乎还是重用他，真让他有苦说不出！既然找不到冤头债主，那么，汉江省委这帮头头脑脑就得承担集体责任，这没什么好说的！

于是，最后一班岗坚决不站了！从省城谈话回来后，整整三天，田封义就再没进过自己的市长办公室，一场接一场喝送行酒，连市委书记刘壮夫也找不到他。表现上也有些失态，在各种场合发了不少牢骚。尤其是前天，在古龙和几个县长、县委书记喝酒，谈到合乡并镇中出现的矛盾时，牢骚发得有点过分，说省委领导马上要带石亚南、钱惠人这些南方北伐军来占领了，让农民同志找他们解决问题去！

酒桌上说的这些话会不会传出去？会不会有哪个狗胆包天的家伙当真就组织手下的农民同志去拦阻省委车队了？细想一下，这种可能性好像不大。据田封义所知，对合乡并镇不满的不是县级干部，主要是乡镇干部。因为乡镇合并，部分乡镇下来一批乡镇长，这些乡镇长就在暗中挑拨农民闹事。农民愿意跟着下台乡镇干部闹也有原因，撤乡并镇的地方不再是行政中心了，盖的门面房卖不出去，租不出去，集镇贸易受了影响，你的政策触犯了这些人的实际利益，他们当然不答应你。

想来想去，田封义认为，今天这事最大的可能还是农民自发闹的，就算哪个县长、书记把他酒桌上说的话透露出去，影响了某些心怀不满的乡镇长，也不是他的责任！他现在是病人啊，是个遭遇了谋杀的政治病人，打着吊针，心在滴血哩！

刘壮夫倒真是有病，血压经常高到很危险的程度，每年总要住几个月医院，现在面临到龄下台，偏不敢住院了，硬挺着在那里忙活，两天前就在按省委的要求准备这次党政干部大会了。据说，刘壮夫在几次会上再三强调对会场和市委门前的警戒保卫，可这位仁兄却没想到农民们会跑到公路上去打狙击，堵车队！刘壮夫让秘书把告急电话打过来时，田封义本想劝刘壮夫几句，让他悠着点，不要着急，却终于没敢。刘壮夫正统而无能，你和他交底交心，没准他会把你卖了。田封义接电话时预感就不太好，心想，搞不好党政干部大会开完，刘壮夫也得上担架了。

没想到，党政干部大会还没开，刘壮夫就先一步被担架抬进了市立医院，是即将出任省监察厅副厅长的原常务副市长马达亲自带人送过来的。躺在担架上的刘壮夫估计是突然中风，田封义注意到，从救护车上下来时，刘壮夫已陷入昏迷状态。

马达急得几乎要哭了，“田市长，这回可把脸丢大了！高速公路被堵，咱们还可以解释说是意外的突发事件，市委大门被堵，就说不过去了吧？省委两天前就通知了，咱们竟还是连大门都没守住！让省委领导怎么想？这是不是故意捣乱啊？”

田封义也有些吃惊，“公安局这帮人是干什么吃的？怎么会出这种事啊？！”

马达道：“这不能怪公安局！王局长倒是提出封路，壮夫书记想来想去没敢让封！市委门口的路是城区主道，封掉全城交通就乱套了！结果倒好，就在省委车队逆行绕道的时候，六家国企一千多号下岗人员突然涌来了！壮夫书记在楼上一看这情况，又气又急，当场栽倒在窗前，幸亏我和赵副秘书长在场，及时送了过来！”

田封义询问道：“会场那边情况怎么样？会不会也被群访人员围住啊？”

马达说："会场那边我问过了，没什么问题，一大早就设置了警戒线！"

直到这时，田封义仍不想过去收拾局面。今天这个局面既不是他造成的，也不该由他负责，该负责任的是刘壮夫。可刘壮夫已经倒下了，赵安邦和于华北有什么好说的？！还丢脸？该丢的脸就丢吧，反正文山没搞好，他马上要到省作家协会当党组书记去了！于是，挥挥手，对马达道："好吧，马市长，情况我都知道了！咱们分分工吧，我一边打吊针，一边看护壮夫书记，你们赶快回去，接待好领导！"

马达不干，"田市长，壮夫书记有办公厅的同志守着，你还是一起过去吧！"

田封义心想，他过去干什么？看赵安邦、于华北的白眼吗？嘴上却道："马市长，你看看，你看看，我这个样子，能去见省委领导吗？你就不怕我也倒下吗？"

马达真做得出来，大大咧咧地抓起吊瓶看了看，"嘿，田市长，你这挂的不都是些营养药吗？你真不过去，那我可如实向省委领导汇报了！"

田封义突然来了火，"马副市长，你威胁我是不是？要汇报就去汇报吧！不错，我就是在挂营养药，就是没病装病，闹情绪，看省委能把我怎么样？！省委不是已经把我安排到省作家协会去做党组书记了吗？还能再把我往哪里贬啊？"

马达心里也有数，"田市长，你有情绪可以理解，可现在是什么情况啊？就算闹情绪也得有节制嘛！壮夫书记如果今天不倒下，有他顶在第一线，你在这里吊吊水倒也罢了，现在壮夫书记在抢救，你市长兼市委副书记不出面行吗？咱不说党性原则了，就是做人也不能这么做吧？省委认真追究下来，你当真就一点不怕吗？”

田封义想想也是，不敢再坚持了，苦着脸道：“好，好，那走，那就走！”

向门外走时仍吊着水，水瓶在秘书手上举着，只不过瓶上的用药单撕去了。

马达看着不顺眼，直截了当道：“田市长，这种时候，你能不能把针拔了？”

田封义恨得直咬牙：马达算他妈什么东西？竟敢用这种口气和他说话！脸上却没表现出来，意味深长地说了句：“马市长，你要觉得心理不平衡也挂瓶水嘛！”

马达叹了口气，没再说什么，后来见到赵安邦、于华北，也没当面揭穿。

省委车队是从后门进的市委大院，刘壮夫装潢门面的所有努力全落了空。赵安邦、于华北和石亚南、钱惠人这帮新班子成员从各自的车上走下来时，个个吊着脸，连和他们原班子成员握手都冷冰冰的。尤其是赵安邦，明明看到秘书站在身后举着吊瓶的田封义，仍没说句安慰的话，反讥讽道：“我看你们一个个病得都不轻啊！”

田封义扮着笑脸，壮着胆气说：“是啊，壮夫同志这会儿正在抢救呢！”

赵安邦像没听见，走到马达面前，厉声交代说：“马达，你不是要到省监察厅去了吗？上任后给我查查今天围堵高速公路的事！看看是谁把消息泄露出去的啊！有没有策划者啊？有没有特殊背景啊？好好查，查出结果直接向我和省政府汇报！”

马达不敢辩解，抹着头上的冷汗，连连应着：“好，好，赵省长！”

也在这时，于华北过来了，没和田封义握手，却从秘书手上要过药水瓶看了看，看罢，只冷冰冰摔下一句话，声音不大，口气却不容置疑，“给我把针拔下来！”

田封义略一迟疑，只好把吊针拔了下来，这时再坚持不拔，肯定要出洋相。

于华北身后是组织部章部长，章部长象征性地碰了碰田封义的手，算是尽了礼仪。

接下来就是南方占领军的一把手石亚南了，石亚南倒是比较正规地和他握了握手，还面无表情地随口说了句：“田市长，辛苦了，一定要多注意身体啊！”

这普通的一句问候，竟让田封义有了一丝暖意，“石书记，谢谢你的关心！现在好了，你们终于来了，我们也能下来喘口气了！”这意思似乎他早就想下来了。

钱惠人没弄上副省级，到文山也没干上一把手，估计情绪也不会好到哪里，和他握手时就说：“田市长，你们很悲壮嘛，倒下一个，病倒一个，还坚守着阵地！”

田封义笑道：“钱市长，你们精锐部队上来了，我们地方军也该撤了！”

钱惠人却没发牢骚，不动声色地说：“田市长，你们撤得是不是也太快了点？”

田封义警觉了，拉着钱惠人的手，笑问道：“钱市长，你什么意思啊？”

钱惠人说：“还什么意思？我们这次的开进文山可真是妙趣横生啊，迂回了二十五公里，还是从严县进的文山城！在城外是农民同志堵截，进城后工人同志又来闹了，可想而知，你们这五年过的都是什么日子！不容易，不容易，太不容易了！”

田封义笑不下去了，“钱市长，我们工作不力啊！现在好了，你和石书记来了，文山大有希望了！等哪天文山腾飞了，我就带作家们来为你们写报告文学！”

钱惠人一脸的正经，“怎么，老田，你还真要到省作家协会当书记了？”

田封义回之以一脸真诚，“是的，老钱，这市长我早就不想干了！这安排挺好，到底让我专业对口了，我上大学就学中文，当市长时还兼职带过研究生嘛！”

钱惠人拍了拍他的手背，“好，好！”又感慨了一句，“省委会用人啊！”

田封义适时地回敬了一句，“是嘛，不也把你这么个大将派到文山来了吗！”

29

党政干部大会召开之前，赵安邦和于华北一起去市立医院看望了刘壮夫。

据主治医生介绍，刘壮夫属焦灼诱发的中风，病理特征为猝然昏倒，口眼祸斜，半身偏瘫，语言困难。经及时抢救，生命没什么危险，只是恢复要有个过程。情况也的确如此，两人站到刘壮夫面前时，刘壮夫已嘴歪眼斜说不出话了，只能看着他们默默流眼泪，流口水。赵安邦心里再恼火也不好批评了，和于华北一起，好言好语安慰了刘壮夫一番，便赶往人民会堂开文山市党政干部大会了。

党政干部大会开得还不错，没再发生什么意外，在一片热烈的掌声中，中共汉江省委把文山这个新班子隆重推出了。新任市委书记石亚南代表新班子表了态，话说得既平实，又很有底气。赵安邦和于华北也分别在会上讲了话，讲话中都没提到会前遭遇的这些麻烦，更没提到刘壮夫进医院的事，似乎这些情况都没发生过。

然而，大家心里都有数，会一散，于华北和章部长的脸又挂了下来，两人连晚饭也没吃，便驱车赶回了省城。赵安邦因为想和钱惠人谈谈话，就没跟着他们一起回去，不但在文山陪新老班子的主要成员吃了晚饭，还在文山东湖宾馆住下了。

石亚南和钱惠人的住处也在东湖宾馆，听说是刘壮夫亲自安排的。一个在六楼东面，一个在六楼西面，都是三室套，有卧室、办公室和会客室，规格完全相同。

钱惠人来谈话前，石亚南先过来了，进门就冲动地说："赵省长，今天这情况您和于书记都亲眼看到了，透过现象看本质，这本质是什么？说严重点，文山面临的不仅仅是经济欠发达的问题，我看社会政治局面的稳定也存在着很大的隐患！"

赵安邦叹着气说："是啊，是啊，否则，省委不会把你们这个新班子派过来嘛！不过，要我说，本质还是经济欠发达引起的并发症，政治经济学嘛，政治从来都是和经济连在一起的，尤其是在目前市场经济的条件下！农民为什么到高速公路上闹啊？你合乡并镇影响到他们的经济利益了嘛！工人同志们为什么来群访啊？人家失业下岗没饭吃了嘛！所以，亚南同志，你们一定要抓住经济这个工作重心！”

石亚南点了点头，“可赵省长，今天围堵高速公路事件也真得让马达和纪检监察部门的同志好好查一查，我怀疑有人心怀不满，在这种时候故意和我们捣乱！”

赵安邦说：“查当然要查的，不过，我估计查不出什么结果，你们就不要多纠缠了！”想了想，提醒道：“抽空去看一下刘壮夫，请钱惠人一起去，让医院照顾好他！这位同志是老文山了，本质不错，有些事情，你们可以听听他的意见！”

石亚南应道：“好的，赵省长，我们明天一上班就去，都去，集体探望！”

这时，钱惠人敲门进来了，见石亚南在，有些意外，“要不我等会儿再来？”

石亚南笑着从沙发上站了起来，“钱市长，赵省长，你们谈吧，我走了！”

赵安邦也没拦，送走石亚南，请钱惠人在沙发上坐下，给钱惠人泡了杯茶，“胖子，你现在到位了，是文山市市长了，我们就得好好谈谈了！老规矩，畅所欲言，在我面前骂娘也没关系！但是，骂完以后，还得给我好好干，不能把情绪带到工作中来，更不能在以石亚南为班长的这个新班子里闹不团结，这是个原则！”

钱惠人捧着茶杯，郁郁地说：“老领导，我就知道你要这样说！我骂啥啊？我谁也不骂，只想了解一点情况，你老领导觉得能回答就回答，不能回答也别勉强！”

赵安邦笑了笑，“好啊，那就你问吧，只要能回答的，我一定会回答你！”

钱惠人头一个问题就很敏感，“安邦，让我到文山做市长真是你建议的？”

赵安邦怔了一下，摇头道：“不是，是裴一弘同志建议的，我也就同意了！”

钱惠人又问：“在这之前，于华北是不是已经向一弘同志建议过了？”

赵安邦道：“实事求是地说，这我不知道，一弘同志和我商量时没提起老于。”话题一转，“惠人，那我也要反问一句了：老于为什么要提这样的建议？”

钱惠人很坦率，“这还用说吗？把我从宁川调开，以便调查我的问题嘛！”

赵安邦沉吟片刻，“惠人，你有没有问题？除了盼盼的事，经济上干净吗？”

钱惠人激动了，把茶杯重重地一放，“老领导，今天我就郑重地向你表个态：如果于华北他们在宁川查出我有任何行贿、受贿、贪污腐败问题，你毙了我！手表的事情你最清楚，宁川早年部分商业用地的零转让，也是你和天明书记决定的！”

赵安邦多少放了点心，往靠背上一倒，“那就好，就让将来的事实说话吧！”

钱惠人却站了起来，有些失态，“可老领导，你怎么这么软弱？就让于华北这么摆布？这不但是摆布我，也是搞你，我们之间是什么关系！来文山这一路上，于华北一直和我说：安邦同志有眼力啊，到哪里都靠你这员大将鸣锣开道！”

赵安邦冷冷道："人家没说错，这也是事实嘛，所以，你钱惠人还是要争口气，给自己争口气，也给我争口气，说啥也要在文山创造一个经济奇迹！文山现在这个状况谁没看到啊？谁不头疼啊？老于也很头疼嘛，你看他用的这帮干部！"

钱惠人叫了起来，"就是，就是，刘壮夫、田封义哪个不是于华北提的？"

赵安邦怕自己的情绪影响钱惠人，没再说下去，缓和了一下口气，又说："刘壮夫、田封义这个班子已经是历史了，不谈也罢，我们还是说你吧！让你到文山当市长，我是寄予很大希望的，希望你能助我一臂之力！我现在是省长啊，稳住南部、振兴北部的战略决策是我这届政府提出来的，以文山为重点的北部地区靠谁来振兴？就靠你们这些同志嘛！你，石亚南，你们这个班子！可以告诉你，石亚南这个市委书记是我看中的！你提的两个副市长进常委的意见，我和省委也采纳了嘛！"

钱惠人情绪仍很大，"那是，废物利用嘛，让我戴着镣铐跳舞嘛！"

赵安邦摆了摆手，"什么废物利用啊？你钱惠人是废物啊？太情绪化了吧？不过，戴着镣铐跳舞倒是个事实！这种戴着镣铐跳舞的事是今天才发生的吗？过去不就有过嘛，这种舞我跳过，你跳过，天明同志也跳过，而且跳得还都不错嘛！"

钱惠人忆起了往事，叹息说："老领导，不瞒你说，今天来文山上任的路上，我就想起咱们当年到宁川上任的情景，天明书记的脸孔老在我眼前晃！车到市委门口，看到群访的下岗工人，我又想起了当年咱们到宁川被成千上万的集资群众包围的事！"

赵安邦应道："是啊，宁川当年不也很难吗？我们被天明书记调上去后，也没吃败仗嘛！老书记刘焕章同志爱说一句话：闻鼙鼓而思良将，惠人，我和省委，和一弘同志，今天也是闻鼙鼓而思良将啊，鼙鼓一响，就想到你们这些良将了！"

钱惠人这才问："裴书记对我没成见吧？不会让我把镣铐一直戴下去吧？"

赵安邦道："惠人，裴书记有裴书记的难处，你要理解，对裴书记一定不要瞎猜疑，更不准在背后随便议论！在这里，我可以表个态：只要将来的事实证明你经济上是清白的，该说的话我都会和一弘同志说，也会在常委会上说！你跟了我这么多年，应该知道我的脾气，我既不软弱，也不会对同志的政治生命不负责任！"

钱惠人点了点头，"这我相信，所以，我不怪你，先让于华北他们查吧！"

赵安邦却又说："也不要消极等待，对文山工作要多动动脑子！国企是个重点，田封义、马达他们搞了个甩卖国企方案，报到省政府来了，我看不可行！你和亚南同志尽快研究一下，把宁川、平州成熟经验引进来！国企要解困，但不能立足于解困，要立足于发展，发展才是硬道理！所以，必须综合考虑，全面整合，根据中央和省委的精神，该合并的合并，该卖掉的卖掉，该改制的改制，该破产的破产！不要一刀切，搞什么一揽子甩卖，要根据每个企业的具体情况具体对待！"

钱惠人道："这我已经在考虑了，慎重对待国企产权问题，多种途径解决：根据企业情况，可以管理层持股，也可以全员持股；可以吸引外资兼并收购，也可以对社会公开拍卖；一句话，调动所有市场手段，让市场说话，在市场上解决！”

赵安邦兴奋了，“好，好，那就放手去干吧，现在不是过去了，在政治上不会有人借题发挥，抓小辫子了！但也要记住，必须以稳定为前提，要利用政策把握好市场导向，要在扩大就业上做足文章，争取尽快把失业下岗人数降下来！”

钱惠人却道：“稳定是前提，发展才是根本，没有发展，也就没有稳定……”

赵安邦挥挥手，打断了钱惠人的话头，“哎，钱胖子，我可再强调一下啊：稳定和发展的位置，你们一定要摆正啊！稳定是第一位的，没有稳定就什么也干不成了！我可不愿看到省委、省政府门口三天两头出现你们文山的群访人员！”

钱惠人摇头苦笑起来，“赵省长，你是不是官越当越大，胆子越来越小了？”

赵安邦正经作色道：“那是，权力大了，决策的影响面也就大了，我就必须谨慎小心！”又说起了农业问题，“文山不但是国企集中的工业城市，还是我省最大的粮棉产区，农业部去年在文山搞了个大豆示范区，效果不错，下一步省里准备进一步加大支持力度，扩大示范范围。另外，还要做大做强棉花。文山起码有三个县财政收入主要来自棉花，农民的经济收入也来自棉花。我了解了一下，棉花统购统销政策结束以后，棉价一直不太稳定，直接影响了棉农的收入和种棉积极性。前一阵子，省棉麻集团向我提出来，要整合全国棉麻市场，走产销联合的道路，我听了他们的汇报后，建议了一下，就从你们文山开始搞！每年和你们棉农签协议，定好产量、质量、收购价格，降低农民的种植风险，在这小棉桃里做篇大文章！”

钱惠人对农业问题并不陌生，“赵省长，棉花的事，你只说了事情的一面，其实还有另一面嘛！在我国加入 WTO 的背景下，农民种棉有风险，棉花销售企业也有风险嘛！我们的棉麻公司在传统的统购统销体制下过惯了舒服日子，对棉价暴涨暴跌很不适应，市场好，收不到棉花；市场不好，又不敢收购，很多公司都快破产了！”

赵安邦笑道：“所以，我赞成棉麻集团的整合嘛，产销一体，不就双赢了？”

钱惠人说：“那好，赵省长，你让省棉麻集团的老总们来找我们谈吧！我不指望他们来扶贫，可也不会订城下之盟，只要真正互惠互利，我们何乐而不为呢？当然会好好合作！不过，如果想压价收购，我们不如让市里的公司收购了！”

赵安邦没再细说下去，“钱胖子，反正你们看着办吧，我不勉强，我说的只是做强农业的一种思路！你们文山市棉麻公司如果有这个整合能力，能把文山棉产区整合好，甚至以后有一天能把省棉麻集团兼并掉，我都不反对，市场经济嘛！”

接下来，赵安邦又就改善文山的投资环境问题，中层干部队伍问题，领导班子的团结问题，和钱惠人说了许多。钱惠人渐渐进入了角色，又像昔日进入一个新环境时那样，和他无话不谈了。只是这次相互之间的角色换了位，过去钱惠人是他的部下副手，总是钱惠人帮他出主意，这次却是他帮钱惠人出主意了。尽管石亚南是市委书记，可在赵安邦的心目中，精明能干的钱惠人才是文山经济工作的主帅。

一直谈到夜里十二时，钱惠人才告辞走了。赵安邦看着满脸笑容的钱惠人，却不免又有了一种担心，便在送钱惠人出门时再次提醒说："惠人，现在情况比较特殊，你可一定要摆正位置啊，工作不能少做，对亚南同志还要尊重！"

钱惠人脸上的笑容消失了，"放心好了，冲着裴书记，我也得尊重人家！"

赵安邦把脸拉了下来，"胖子，你什么意思？我不是和你说得很清楚了吗？石亚南是我点的将，和一弘同志有什么关系？"干脆把话说明了，"钱惠人，你不要耍小聪明，以人划线，老揣摩谁是谁的人！不论是我，还是裴一弘、于华北，我们在文山班子决策问题上是完全一致的！在你看来，石亚南是裴书记的人，那田封义是谁的人啊？是于华北的人吧？可把田封义调离文山，华北同志是坚决支持的！"

钱惠人仍是不服，"老领导，你现在官当大了，怎么说我都能理解，真的！"

赵安邦这下子真火了，"钱胖子，我看你根本没理解！你以为我和你说的全是官话、假话、场面上的话吗？错了，我说的都是真心话！你想想看，我是省长，一弘同志是省委书记，于华北同志是省委副书记，我们谁对文山没有一份沉重的责任？谁敢拿文山八百万人民的前途命运当儿戏？当然，我也承认，因为历史上的工作关系，我们对下面干部在感情上也许各有亲疏，比如我对你，就有一份很特殊的历史感情，但这绝不意味着为了照顾这种感情就可以不顾原则，不负责任啊！"

钱惠人不敢作声了，长长叹了口气，苦笑着摇摇头，转身出了门。

钱惠人走后，赵安邦又有些后悔，觉得这场谈话收场收得不是太好。本来工作做得差不多了，自己可以放心了，想不到最后弄了个不欢而散。可这能怪他吗？这些话不说不行啊，否则，钱惠人还会继续糊涂下去，很可能将来和石亚南发生矛盾后，把他当做后台，引发他和裴一弘的矛盾，真打起这种内战，文山就没指望了！

然而，钱惠人毕竟受了不公正待遇，能有这个态度也不错了，以后看行动吧。

这夜，在文山宾馆，赵安邦久久无法入睡，把带来的《狙击华尔街》读了三十几页，仍毫无倦意，一九八九年发生在宁川的往事又纷至沓来，涌现在眼前……

第九章

30

一九八九年，是中央实行银行商业化改革，拨款改贷款的第六年。这一年，银行资金支持企业扩张的道路差不多走到了尽头，资金紧缺成了全国性问题。沈太福非法集资案因此爆发，一时间震惊全国。几乎与此同时，宁川也发生了一场由集资引起的巨大风波，涉及金额高达八个亿。沈太福案发生后，提兑风潮骤起，宁川市委、市政府门前被围个水泄不通，社会稳定受到了严重威胁。省委和中央有关部门迅速介入，负有领导责任的市委书记裘少雄和市长邵泽兴被双双免职下台。

中国的事情真难说清楚，正确和错误之间有时根本没有明确的界限，尤其在早年摸着石头过河时期。据赵安邦所知，发生在宁川的非法集资原来叫“自费改革”。既然是自费改革，上面就没有资金支持，没有政策倾斜，一切只能自己想办法，裘少雄和宁川市委便想到了三个一点：财政上挤一点，银行里贷一点，民间再凑一点。这三个一点曾作为改革探索的经验，得到过省委书记刘焕章和省委的充分肯定。谁也没想到，沈太福案一爆发，提兑风潮一起，会惹这么大的麻烦。

现在想想，刘焕章和省委当时这么处理也可以理解，毕竟有个大环境，中央有关部门要查集资，省里顶不住。再说，集资本身也存在不少问题，以百分之二十年息集上来的八个亿，六个亿用到了牛山半岛新区的建设上，另两个亿却为赚取息差，投向了省外的一些企业，新区投资公司的班子还涉嫌集体贪污。有关办案部门的公开说法是，将集资款投向外地是投资公司老总林为民背着裘少雄和邵泽兴干的，可林为民不承认，嗣后，林为民以贪污受贿和巨额财产来源不明罪被判了十五年刑。

在裘少雄、邵泽兴倒下的地方，新一届宁川市委班子站了起来。

事情虽说已经过去了十几年，许多细节赵安邦至今还记得很清楚：他是一九八九年二月四日接到组织部的电话通知，二月五日赶到省委谈的话，当天下午即由刘焕章和省委组织部仲部长陪同，从省委直接去了宁川。那时，省城到宁川的高速公路还没修通，不到二百公里的路竟驱车走了四个多小时，赶到宁川市委时已是星月当空的夜晚了。白天明、王汝成和新班子的其他同志都在灯火通明的会议室里等着，等着刘焕章和仲部长代表中共汉江省委宣布这项有关宁川新班子的重要任命。

应该说，省委的这个任命是决定性的，如今已经看得很清楚了：以白天明为班长的这个班子是前赴后继的班子，是站在政治殉难者肩头上起步的班子，尽管他们也在其后又一场风雨中倒下了，白天明甚至献出了生命，但是，他们拼命杀开的血路，终于让宁川走进了历史性的黎明，给宁川带来了十几年的超常规发展。宁川辉煌的今天是从那个历史之夜起步的。那个历史之夜值得他用一生的光阴去咀嚼。

任命宣布之后，刘焕章代表省委做了重要讲话，意味深长地指出："宁川的自费改革没有错，自费改革的路还要走下去，不能因噎废食。省委对裘少雄、邵泽兴两位同志的组织处理是必要的，可这并不意味着省委变得谨小慎微了，只想在宁川维持局面了，这一点，请同志们不要理解错了！我可以代表中共汉江省委明确告诉大家：只关心自己头上的乌纱帽，不愿探索不敢探索的同志，省委要请你让路；在探索中出了问题的同志，省委日后还要处理！所以，有人说，我和省委是又要马儿跑，又要马儿不吃草。这话说得不对，马可以吃草，但绝不能吃地里的青苗！"

具体谈到集资案时，刘焕章又说："集资造成的影响和后果都是很严重的，你主观愿望再好，理由再多，都不能不顾社会稳定。因此，你们这个新班子的首要工作就是处理好这件事情，一定要保持和维护宁川和全省政治经济秩序的稳定！"

白天明当场表态："焕章书记，请您和省委放心，我和宁川市委一定高度重视，妥善处理，保证省委、省政府门前不出现任何来自宁川集资案的群访人员！"

刘焕章让秘书把白天明这话记了下来，语重心长地嘱咐说："天明、安邦同志，你们一定要记住：在任何时候、任何情况下，稳定都是压倒一切的，没有一个稳定的社会政治环境，一切都无从谈起，你们宁川的自费改革想都不要想！"

白天明又是一番顺从地应承，赵安邦记得，这老兄还就稳定问题发了通感慨。

然而，送走了刘焕章、仲部长这些省委领导，白天明的态度变了，和他交底说：“安邦，对集资的善后处理，别看得太严重了，这不过是发展中的小插曲罢了！沈太福案发生之前，谁知道这叫非法集资？都还以为是条筹资的好路子呢！”

赵安邦怔住了，“哎，天明书记，你就不知道吗？不是说你曾反对过吗？”

白天明苦笑道：“和你说实话，我没这么高明，我反对的不是集资，是反对把集资款投到深圳、广东赚息差！在集资搞开发这件事上，我和裘少雄、邵泽兴是一丘之貉，算是漏网之鱼吧！”又说：“希望我们继续开拓宁川局面的，不但是省委和焕章同志，还有裘少雄、邵泽兴这些前任班子的同志们啊，这两位同志实际上是替我堵了枪眼，在集资案上主动承担了全部责任，牺牲自己的政治生命保护了我！”

赵安邦不免有些奇怪，据私下传闻，白天明和裘少雄、邵泽兴在工作上发生过不少矛盾，有一阵子似乎还吵得很凶，因此便问：“这……这都是怎么回事？”

白天明怔了好半天，才说：“是裘少雄在常委会上定的调子，少雄同志说，事情既出了，我和泽兴这个市长在劫难逃，那就不逃了！其他同志该撤就撤！但是白天明同志，必须设法保下来，留着青山在，就不怕没柴烧！”

赵安邦明白了，“这就是说，你们这一届市委班子竟集体欺骗了省委领导？”

白天明叹了口气，“这也是没办法的办法，裘少雄当时有个判断，领导需要这种欺骗，尤其是刘焕章这种省委领导！事实证明，判断是正确的，说心里话，我根本没想到省委会让我迈上这一大步，主持宁川的工作，更没想到会让你赵安邦做代市长！我向焕章同志要你时，心想你能来做个副市长就不错了，省委常委会的结果一出来，连我都大吃一惊，我当时就想，咱们焕章书记厉害啊，真敢用人啊！”

赵安邦真诚地说：“是的，焕章书记是有气魄啊！不过，天明书记，我还是得感谢你，不是你点名道姓要我，也许我还进不了焕章书记和省委的视野哩！”

白天明摇摇头，“不是这个情况，其实，你一直在焕章同志和省委视野内！据我所知，这次省委原拟将于华北从文山调过来任代市长，首先是我不同意，我不同意的理由你应该清楚，并不是因为在文山的私怨，我认为这位同志不是打冲锋的材料。裘少雄他们也通过省里一些老同志的途径做了许多工作。后来，常委们开会讨论宁川班子时，就风云突变了，焕章同志起了决定性的作用，他在会上说了这么一番话：如果仅仅收拾残局，处理集资善后，派谁去宁川当市长都可以，于华北就很合适，但是，宁川不但是个收拾残局的问题，更有个大发展的问题，那就不能用维持会长了，要用能冲会闯的敢死队，像白天明和赵安邦这样的同志！不要这么不放心，也不要怕他们再犯错误，他们如果犯了错误，我们就处理嘛，就撤下来嘛！”

赵安邦心里不禁一热，“这……这是刘焕章同志的原话吗？”

白天明说：“差不多是原话吧，组织部仲部长悄悄告诉我的！”

赵安邦大为感慨，这才弄明白自己和白天明是怎么上来的！自然，省委的这一决策得罪了于华北，据说于华北在他们这届班子倒台后曾发过一番议论，指责省委用错了人，“撤下了两个坏干部，用了两个更坏的干部。”小平同志南方谈话发表后，于华北的态度才变了，又跑到刘焕章面前解释，声明从没说过这种话。

两个“坏干部”交接完工作后，是由他和白天明两个“更坏的干部”送走的。裘少雄去省林业局做党委书记，邵泽兴到省理工学院做院长。他和白天明一直把他们送到了宁川界。分别时，裘少雄指着界内的山水景色说：“宁川今后怎么办就看你们的了，搞好了，我和泽兴来为你们庆功祝贺；牺牲了，就来给你们收尸！”

白天明的眼泪当时就下来了，“老班长，我有这个思想准备，只要死得值！”

这话说得真不吉利，后来，在白天明的追悼会上裘少雄又提起了这件事，痛哭失声说：“天明，你怎么当真让我来给你收尸了？我这嘴咋就这么损啊？！”

然而，送行那天谁也无法预料后来的事，谁也没想到生龙活虎的壮汉白天明会英年早逝，他们这届班子会在三年后垮台！他们当时只是为裘少雄、邵泽兴抱屈。

在回去的路上，白天明一直长叹短吁，还篡改了毛泽东的一段著名言论，郁郁不乐地感慨说：“要奋斗就会有牺牲，下台的事是经常发生的，少雄和泽兴同志不容易啊，心里啥都清楚，关键时刻，还这么顾全大局，想想就让人心酸难受啊！”

赵安邦也叹息说：“是啊，是啊，这两个好同志壮志未酬啊！”

白天明道：“可我们上来了，他们的壮志我们来酬吧！安邦，和你交个底，我敢接裘少雄手上的这根接力棒，就做好了探索失误下台滚蛋的思想准备！你老弟敢来当这个市长，也要有思想准备！不能把升官当做目标，要有政治勇气！”

赵安邦怔了一下，“天明，你放心好了，你冲上去时，我绝不会怯阵的！”

白天明激动了，一把拉住赵安邦的手，“好，安邦，那我们就轰轰烈烈干一场吧，不能让宁川干部群众失望！”随即说起了工作，“当然，也得讲策略，集资这种事不能再想了，将来的发展思路要定位在招商引资，经营城市上！我准备集中精力搞点调研，召集有关专家好好筹划一下，你市长大人也给我多动动脑子！”

赵安邦点头应着，突然想起了老部下钱惠人，“大班长，你向省委要我，我能不能也向你要个人呢？我想调一个人过来，就是钱惠人，这个同志我用着顺手！”

白天明也记起了钱惠人，“哦，这可是个好同志啊，你不提我还忘了！让他快过来吧，我看可以考虑安排个市政府副秘书长，先帮忙处理集资善后吧！”

钱惠人就这么调到了宁川，来报到时，市政府还被讨债的人群天天围着。

31

钱惠人心里清楚，集资的善后处理相当困难，他和赵安邦面对的麻烦可不小。

集资是市政府所属牛山开发区投资公司牵头搞的，政府负有偿还责任，这推不掉，也不能推，可一时间政府又筹不出这么多钱。可行的办法只有两条，或者由市政府出面，向银行贷款还债；或者按省委和中央有关部门的要求坚决果断地追款。

贷款几乎是不可能的，在这种满城风雨的时候谁还敢把款贷给他们？追款也叫扯淡，八个亿中六个亿投到了新区建设中，变成了路，变成了自来水厂，变成了标准厂房，总不能把这些固定资产拆零分给集资债权人吧？！就是放给广东、深圳企业的那两个亿也没那么好追，当初人家向你融资都是有合同的，提前追款就是违反合同。所以，必须根据具体情况区别对待。用于新区建设的六个亿不能追，对广东、深圳一些运转良好、到期有能力履约还款的企业，也不能急着追，要追的只是很少一部分不安全的融资，可如此一来，八亿元集资款就没法马上偿还了。

赵安邦心里也很有数，布置工作时，就开诚布公地说："钱胖子，我实话告诉你：这八个亿我和天明书记也不知道在哪里，但是，咱还必须把集资款一分不少地尽快还到老百姓手上，该怎么办，多想想办法吧，市委只要结果不问过程！"

钱惠人试探着问："这过程市委是不是当真不问？这你得说实话！"

赵安邦道："说不问就不问，不过，胖子，你也聪明点，不该让市委和天明书记知道的事，最好别让他们知道，只要不是党纪国法明文禁止的，就大胆地搞！"

钱惠人想了想，迟疑地说："集资在此之前也不是党纪国法明文禁止的吧？"

赵安邦摇头道："这种搞法现在明文禁止了，别指望用新集资还旧集资了！"

钱惠人苦苦一笑，不说了，"好，好，我听明白了，反正是我们的事了，我和追债组的同志们研究一下，想办法吧，去偷去抢都和市委、和天明书记无关！”

这就是他们这个班子的工作作风，一层层下放权力，同时也下放责任。事实证明，不论赵安邦还是他钱惠人，干得都不错，换个四平八稳的人根本不会这么干。

首先是银行贷款，以偿还集资款的理由申请贷款是完全不可能的，赵安邦便以政府宾馆和办公楼改造的虚假名义申请，还亲自出面摆了场鸿门宴，请六家银行行长吃了顿不好消化的饭，软硬兼施，连唬加诈，硬是从六家银行贷出了八千万元。

八千万元不过是八亿集资款的十分之一，远远不够。赵安邦又壮着胆子挪用了省交通厅拨下来的省宁高速公路三亿五千万元的建设资金，同时，打起了刚开工的高速公路的主意，让市交通局王局长带着一帮人满天飞，四处寻找买主。等到交通厅吴厅长发现建设资金被挪用，要找上门时，省宁高速公路宁川段的路权竟让赵安邦顺利卖出去了，首期六个亿的付款一下子进了账，这西墙东墙上的窟窿才算补上。

钱惠人干得更玄，追款从深圳追到香港，在香港意外地和当年那个官办小倒爷白原崴重逢了，见识了一个从未见识过的纸醉金迷的世界，骤然发现了资金运作的秘密，并在这一过程中经历了一场灵与肉的严峻考验。如果不是警惕性高，意志比较坚定，他那时就有可能被白原崴的糖衣炮弹击中，改写自己和一座城市的历史。

其时，白原崴刚在香港自立门户，正以驻港三合公司的名义大做证券投机生意。为了做证券投机生意，白原崴以三合公司在深圳筹资建厂的名义，占用了宁川八千万集资款，是所有放出去的集资款中最危险的一笔。他到了香港，见了白原崴之后才知道，三合公司的这番投机生意竟然做得很好。一九八九年四月，国内政治局势动荡不安，香港股市大幅震荡，恒生指数忽上忽下，给白原崴带来了一次好机会。三合公司大做恒生期指，两亿港币的资金组合短短两个月就赚了五千万。因此，白原崴对宁川方面提出的中止融资合同的要求不予理会，要继续执行已签订的融资合同。钱惠人岂敢答应？通过汉江省政府驻港办事处请来了一位律师，和白原崴据理力争。律师指出：作为乙方的深圳三合公司已经违反融资合同了，按融资合同明确规定：甲方这八千万融资款是拆借给乙方用来在深圳建电子设备厂用的，不能非法打出境，弄到香港来，更不能用来炒股票，炒恒生期指，深圳三合公司实际上已涉嫌诈骗，并违反了外汇管理规定，按内地有关法律，是要立案抓人的。

人还真抓了，抓了两个。一个是当初代表深圳三合公司签合同的法人代表陈正义。一个是总经理，白原崴年轻漂亮的第一任太太刘露。是钱惠人从香港打电话过来，让宁川公安局抓的，宁川公安局一位副局长当时就兼着追款小组副组长。

白原崴这才软了下来，在半岛酒店请客赔罪，和钱惠人协商解决办法，声称这是误会，“钱秘书长，融资款被另做他用我承认，可这真不是诈骗，你搞错了！”

钱惠人手里有人质，说话就硬气了，“不是误会吧？在内地建厂的钱打到香港，不是诈骗是什么？再说，你这款子是怎么打出境的啊？也是违法行为嘛！”

白原崴不断叹气，苦着脸解释说：“秘书长啊，您也许不知道，这其实是你们投资公司林为民总经理事先同意的，在深圳建厂只是个说法而已！什么厂有这么大的利啊？您现在也看到了，我们做得不错，到期还你们的集资款不成问题！如果你们不放心，我们可以再签个补充协议，我可以用国内的几处房产做抵押！”

钱惠人手直摆，“我没这个权力，你也知道，宁川不少干部都为这次集资下了台，林为民也被逮捕了，谁同意过都没用，况且，这也没写到融资合同上，不具备法律效力嘛！白原崴，我看你就别费心思了，还是马上还款吧！”

白原崴连连点头，“当然，当然，钱秘书长，咱们是老朋友了，在文山就打过交道的！我呢，肯定不会为难你，我现在是和你协商嘛！不瞒你说，马上还款还真有些困难哩，这些款子全在股市上，要安全撤出来总要有个过程！老朋友，你看这样好不好？你给我三个月左右的时间，我一定给你一个满意的交代，一定！”

钱惠人频频点头，呵呵笑道：“可以，可以，老朋友了嘛，完全可以！”

白原崴乐了，“钱秘书长，您真是深明大义啊，来，我敬你一杯！”

钱惠人把敬的酒喝了，又说：“不过，三个月内刘露可是回不了香港了！”

白原崴脸一下子拉长了，“钱胖子，你……你这么做是不是像绑票啊？！”

钱惠人也不客气，“绑票？真有意思！看来你想逼我以诈骗立案了？”

白原崴怔住了，拿酒杯的手僵在半空中，目光直直地看着钱惠人好久没说话。

钱惠人却又信口开河说了起来：“白原崴，话说到这份上，我可以告诉你了：这个诈骗案还真不是我要立，是上面要立，上面说得很清楚：这不但是诈骗，诈骗的性质还很恶劣！是我不断做工作啊，希望不要走到这一步！你想想看，这些钱并不是我个人的，追到追不到和我有什么关系？我无非是要完成工作任务嘛！”

白原崴无计可施了，这才被迫承诺，在其后的十天至十五天内了结此事。同时恳请钱惠人帮忙，继续做工作，既不要立案，也不要把他太太刘露带到宁川去。钱惠人很爽快地当场答应了，还让白原崴和被扣押在深圳某宾馆的太太通了电话。

接下来的十五天是令人心旷神怡的，白原崴天天派人陪着钱惠人，让钱惠人在香港转了个够，有时，白原崴也过来陪。钱惠人记得，好像就在预定的十五天快到期时，白原崴突然提出了一个挺诱人的条件，“钱秘书长，你看这样好不好：如果您能帮我一下，让我缓期两个月偿还这笔款子，我个人愿意酬谢你三十万茶资！”

钱惠人有些意外，狐疑地问：“白原崴，这两个月对你就这么重要吗？”

白原崴说了实话，“很重要，香港股市跟着内地的政局动荡，机会很大啊！”钱惠人想了想，又问：“这就是说，如果抓住这个机会，你的赚头也很大？”

白原崴点点头，“是的，我们估计更大的动荡还在后面，期指大有空间！”

钱惠人打定了主意，“那好，你就来帮我做吧，我反过来谢你三十万！”

白原崴怔了一下，呵呵笑了，“厉害，厉害，秘书长，您真厉害啊，一点就透！”然而，话头一转，却说：“我们可以帮你做，交个朋友嘛！但佣金三十万可是很不够啊，这要有个分成比例的，哥哥你赚大头，我赚小头，我们总要赚嘛！”

经过讨价还价，最终定下了三七分成，佣金为三成，还款期也顺延了两个月。

这两个月真可谓惊心动魄。国内发生了一场改革开放以来从未有过的政治大动荡，香港股市成了内地政局的晴雨表，大盘在大大小小的反弹中一路下滑。有一天，钱惠人在港岛的一间证券公司亲眼看到，恒生指数上蹿下跳，一个交易日内的起落即达四百多点。白原崴这帮人口口声声拥护改革开放，可在这特定时期的实际操作中却不断做空恒生期指，做得极其果断。两个月操作下来，三合公司赚了大钱，也帮钱惠人赚了一千三百多万，去掉三成佣金，净赚了九百八十三万港币。

看着分成单上一连串阿拉伯数字，钱惠人惊讶极了：钱原来可以这样生钱？如果他把这九百八十三万存到香港渣打或汇丰银行里，这一生就不用为钱发愁了！

然而，当白原崴问他这赚来的九百八十三万港币怎么存时，钱惠人却面无表情地说：“哪里也别存，和那笔集资款一起，全给我打回宁川吧，这都是公款！”

这下子轮到白原崴惊讶了，白原崴怎么也想不到钱惠人会这么廉洁！当初和宁川新区投资公司老总林为民洽谈融资时，林为民张口就要了五十万，钱惠人却面对这么一笔很安全的巨款分文不取，白原崴不禁肃然起敬。因此，两人分手告别时，白原崴有些依依不舍了，真心诚意送给钱惠人一块价值三万多港币的劳力士手表。钱惠人当时并不知道世界上还有这么贵的手表，实在推脱不过，也就收下了。

发现这块手表的价值，已是钱惠人回到宁川后的事了。是在一个私密场合被结识没多久的女朋友崔小柔发现的。得知这块不起眼的手表价值竟有三万多港币，钱惠人吓了一大跳，当天便主动找到赵安邦，说明了情况，将表交到了市政府办公厅。

不过，让钱惠人没想到的是，尽管这么谨慎处置，这块表后来还是给他带来了许多麻烦，最可气的是，于华北竟以这块表为线索，死死盯上了他，一直盯到今天！

还有一个没想到的是，他对赵安邦、白天明这两位领导这么负责，辛辛苦苦追回了集资款，还赚了近一千万港币，反落了个记过处分！后来才知道，这是白天明的意思。白天明得知此事后，对赵安邦说："安邦，你别糊涂！如果钱惠人不是赚了一千万，而是赔了一千万，会落个啥下场？我们不能让这么一位有能力的干部做这种无谓牺牲！该放权要放，但放到什么程度心里一定要有数，另外，权力也不能失去监督！我们处理钱惠人，正是为了保护钱惠人，为了今后不再发生这种事！"

尽管知道两位领导是为他好，他心里还是不服，觉得窝囊。好在这种怨气没流露出来，两位领导心里也很有数，一年以后，顶着一些同志的非议和不满，让他做了市政府秘书长，他心里的怨气才渐渐消失了。待到姓社姓资风波发生后，于华北和省委工作组拿他的所谓"问题"大做文章时，才又骤然发现，白天明、赵安邦这两位领导是多么英明，早就把一切防范在前了，没给于华北这些人留下可趁之机。

一九九一年十月，于华北和省委工作组从市政府办公厅上交礼品单上发现了这块劳力士表的记录，向赵安邦和白天明提出了一个疑问："钱惠人去香港找白原崴追集资款，是很得罪人的事啊，白原崴怎么反而送了他一块价值不菲的名表呢？"

赵安邦把情况简单地说了一下，并没回避他当时违规炒恒生期指的情节。

于华北自以为又抓住了把柄，当面讥讽白天明和赵安邦说："这真是不听不知道，世界真奇妙啊！我看你们两位和宁川市委的思想也实在是太解放了！不但在宁川社资不分，乱来一气，还派堂堂市政府秘书长到香港明火执仗干资本主义了？"

赵安邦郑重声明道："哎，于华北同志，这可要说清楚：钱惠人这么做可完全是个人行为啊，并不是我和天明书记批准同意的，更谈不上搞资本主义嘛！"

白天明这时已知道他和赵安邦这届班子要下台了，对于华北不再客气，桌子一拍，吼道："于华北同志，那我请教一下：你有钱惠人这种本事吗？有这种胆量和责任心吗？你以为香港资本主义的钱就这么好赚吗？你也赚点来给我看看！"吼罢，转身就走，走到门口，又说了句："你把钱惠人抓起来吧，立即枪毙好了！"

于华北气坏了，据钱惠人所知，于华北为这事查了很久，还多次找白原崴了解情况。查到最后，自然是一无所获，事实证明，他是清白的，白天明、赵安邦也是清白的，宁川市委对他的违规错误及时做了处理，处分决定摆在那里！倒是白原崴出了点麻烦：连他也没想到，三合公司竟是国有企业，一个国有企业竟然在香港股市大搞投机，竟然在国内政治动荡的特殊时期大肆做空恒生指数，太不像话了！

一九八九年的香港之行虽说给钱惠人带来了许多麻烦，却也让他长了见识，开阔了思路。就是从香港回来以后，他开始关心香港股市了，还养成了看港报的习惯。市政府办公厅内部订阅的香港《大公报》《文汇报》总是最先出现在他办公室。国内有了股市以后，他也非常关注，最早想到了通过发行股票，合理合法地筹集社会闲散资金搞开发。当大家都还没意识到上市指标意味着什么时，他已在省体改委为宁川争取到了头一个上市指标，将新区管委会下属的一家开发公司改造上市了。这是宁川市也是汉江省的第一家上市公司。嗣后，正是在他的关心支持下，宁川上市公司数目才不断增加，迄今为止，大大小小十一家股份公司在上海证券交易所挂牌，八家公司在深圳证券交易所挂牌，上市公司总数占了全省上市公司的半壁江山。

赵安邦对此十分欣赏，说他思路清楚，对资本市场有天生的敏感，让宁川很早就占据了资本市场的一个制高点，实在是功不可没的。有一阵子，赵安邦老开玩笑喊他“钱上市”，经常向他请教一些问题。赵安邦关于股票和资本市场的早期知识大都是从他那儿来的。当然，这话现在不能提了，人家如今也是这方面的专家了。

另外，还有个重大收获就是，他在那次追债过程中结识了在深圳一家投资公司任业务经理的漂亮女朋友崔小柔。崔小柔正是冲着他的廉洁正派和一片光明的前途，才毅然放弃了深圳的淘金梦，从深圳追到宁川，并于当年年底和他结了婚。

第十章

32

由秘书引领着，走进国际会议中心贵宾室刚坐下，赵安邦便及时赶到了。白原崴注意到，赵安邦气色不是太好，脸色有些发青，眼泡明显浮肿。不过，这位省长同志的情绪看上去倒还不错，不像受到重大挫折的样子，一见面就拉着他的手，乐呵呵地打趣说："白总啊白总，你到底回来了，我这阵子可是好想好想你啊！"

白原崴笑道："赵省长，我也想你呢，在海外一直帮你和省里招商引资哩！"

赵安邦在沙发上坐下了，"帮我招商引资？不对吧，白总？根据我的情报，你好像正在组织一场诺曼底战役吧？我怎么听说你那个新伟国际企业投资公司从欧洲一把弄走了二亿五千万欧元？你在巴黎西岱岛还遥控国内和纳斯达克市场啊？"

白原崴吃了一惊，脱口道："赵省长，你……你怎么啥……啥都知道啊？"

赵安邦往沙发靠背上一倒，半开玩笑半认真地说："那是，和你白原崴这种精英人物打交道，我不敢掉以轻心嘛！白总，你在海外好辛苦啊，胆子也不小，在法兰克福、在巴黎你都胡说了些啥呀？怎么突然成了德国 SDR 的那位特劳斯博士的信徒了？我国政府稳定人民币币值的政策你知道不知道啊？故意捣乱是不是？！”

白原崴忙道：“赵省长，这事我已经和孙鲁生解释过了，我又不是政府官员，任何时候都不代表中国政府嘛，我代表的只是资本，资本的流向是不讲政治的！”

赵安邦意味深长地看了白原崴一眼，“在香港做空恒指的教训又忘了吧？”

这教训哪敢忘？于华北和省委工作组当年给他扣的帽子大得很，说他对社会主义丧失信心，是经济动乱分子，如果不是白天明和赵安邦明里暗里护着他，他没准要倒大霉的。当时，他已在宁川把伟业国际总部的大厦竖起来了，想逃都逃不掉。

便也记起了赵安邦说过的有关资本的属性的话，“赵省长，我记得，你当年和于华北争论时也说过的：资本都是趋利的，白原崴和三合公司做空恒生期指未必就是政治上的反动，那么同理，我今天做多大中国，做多汉江省，也未必反动嘛！”

赵安邦心照不宣地说：“我也就是提醒你一下，你注意就是了，在这种敏感时候，不要授人以柄！有些同志已经在我面前说了，你白原崴虽然不是政府官员，可毕竟还是我们大型国企伟业国际的在职老总嘛，在公开场合说话还是要注意嘛！”

白原崴连连点头，“赵省长，我知道，你的提醒是好意，我以后会注意的！”

赵安邦又说：“另外，你还要明白一个道理：国家资本不能等同于一般意义上的自由资本，国家资本既有趋利的属性，也还有政治性。亚洲金融风暴发生后，香港政府的国家资本就入市干预了嘛，国际汇市更是如此，哪国政府不干预汇率？”

白原崴辩解道：“我们新伟投资完全是自由资本啊，和伟业国际没啥关系！”

赵安邦点头认可了，但仍坚持说：“可你现在毕竟没离开伟业国际嘛，从某种意义上说，你身上还带有国家资本色彩嘛！”停顿了一下，又心平气和地说了下去，“就算是自由资本的代表，有些道理你也要向人家说清楚，不能跟着特劳斯和美国、日本那帮家伙后面瞎叫！作为一个经济大省的省长，情况我比你清楚，实际上我国出口的真正动力并不是本土公司的快速成长，而是外国在华公司的外购战略拉动的，我国整体贸易顺差其实很小，人民币的贸易加权指数并没有被低估，人民币币值也没有被低估。西方发达国家为了降低生产成本，把大量制造业企业迁到了中国，去年流入中国的外资达到创纪录的五百多亿美元，这是人所共知的事实嘛！”

白原崴附和道：“是的，是的，这事实证明了资本的趋利属性嘛！赵省长，其实，我在欧洲也是这样宣传的，我们新伟国际企业投资公司这次募集到的两亿五千万欧元，也将根据协议于年内分期投入到我国境内的电力、地产、汽车等领域！”

赵安邦这才切入了正题，“这些情况我已经知道了，所以，咱们得好好谈谈了，我对陈副省长，还有省国资委孙鲁生他们都说了，伟业国际集团还是希望你和你的团队继续控股搞下去，进一步做大做强！既然是你来控股，你们也就不要怕了，你那个新伟投资最好也并入集团，别三心二意，留什么退路了！”

让他继续控股？白原崴简直不相信自己的耳朵，怔了一下，悬着心问："赵省长，你……你不是开玩笑吧？省政府奖励过来的股权只有百分之二十，那百分之十你们死活不让，加上我们原有的持股，也不过百分之三十三，如何控股？我们的控股如何实现？"

赵安邦胸有成竹道："这已经定了，省政府拟对国有股权进行社会化处理，分散卖给对伟业国际有兴趣的企业法人和社会法人，甚至自然人！当然，我们更鼓励你和你的合作伙伴来买，可以给你们优先购买权，国有股权最多保留百分之三十！"

白原崴十分意外，不禁兴奋起来，"嘿，赵省长，你……你可真有胆识！"

赵安邦笑道："这既是胆识，更是诚意啊，是我和省政府对你的信任！不管怎么说，你白原崴都是市场经济的创业者，一个为汉江和宁川创造了巨额财富的精英嘛，我们当然要人尽其才，继续发挥你的作用嘛！"又说："省国资委根据这个精神，已经搞了个伟业国际产权分拆及社会化处理的一揽子方案，现在还是草案，你尽快找一下孙鲁生吧，看看这个草案，如果有什么意见和建议就坦率提出来！"

这还有什么可说的？白原崴当即应道："好，赵省长，我回头就去省国资委！"

赵安邦厉害得很，又适时地敲打了一下，"我和省政府现在可把底牌交给你了：国有股权放手让你和你的团队优先收购，让你们继续控股，你在证券市场是不是该收手了？赚一把就走的念头是不是该打消了？你是聪明人，好好想一想吧！"

白原崴笑了起来，坦诚地说："赵省长，看您说的，这还用想？

其实，您早和我这么交底，我连新伟投资这条退路都不会留，平州港和这次募集的二亿五千万欧元都是伟业国际的！所以，您也别怪我滑头，我真是被你们逼着走了这一步的！”

赵安邦长叹一声，似乎有苦难言，“不过，你也要理解，中国的事情不是那么好办的，任何问题的解决都需要有个统一认识的过程，——算了，不说这些了！”

白原崴心里有数：为找到这个解决办法，赵安邦肯定承担了不少压力，也许这种压力现在还没消失，于是便问：“赵省长，这是省政府不可变更的决定吗？”

赵安邦想了想，含蓄地说：“这是省政府的决定，是前天省长办公会上研究决定的，但是，是不是就不可变更了我不敢说！中国的事情谁敢保证不会变啊！所以，这件事要抓紧，你和省国资委的股权分配协议和控股合作协议都要尽快签掉！”

白原崴明白了，立即表态说：“好吧，赵省长，我听您和省政府的安排！”

赵安邦是个实用主义政治家，听到这话，马上说：“白总，你要真听我安排的话，我就给你安排一下：你从欧洲弄来的那两亿五千万欧元是不是能考虑投到文山去呢？起码投一部分嘛！石亚南、钱惠人都去了文山，省委、省政府整合决心很大，要在未来十年内把文山建成我省经济新的发动机，这个历史机会很难得啊！”

白原崴笑了，“赵省长，不瞒你说，石亚南已经打电话找过我了，希望我以伟业控股为资本操作平台，以文山钢铁公司为支点进一步扩大对文山的投资力度！”

赵安邦却说：“不仅仅是个文山钢铁，文山四家上市公司都ST

了，一直是我的一块心病，你们也可以考虑收购重组嘛，不要浪费了宝贵的上市公司资源嘛！”

白原崴想了想，直率地说：“这我倒没想过！赵省长，您知道的，我们伟业在海内外已经有八家上市公司了，没有买壳上市的需求，再说，就算我要买壳，也未必在深市、沪市买啊，境外市场上，廉价的壳公司多的是！”

赵安邦有些不悦，摆了摆手说：“好，好，这我不勉强你，你看着办好了！”

控股协议毕竟没签字，白原崴心里有些怕，便又不无讨好地说：“赵省长，对文山我准备加大投资，钢铁形势很好，如果伟业控股董事会不反对的话，我打算近期收购文山二轧厂。我和石亚南说了，准备抽时间先去厂里看看，实地考察一下！”

赵安邦点头道：“也好，现在文山大中型企业中，也只有这个钢铁公司还像那么回事，改制比较早，也改得比较成功，你白总有眼力啊！”说到这里，突然掉转了话头，“哎，白总啊，钱惠人就没找过你吗？现在文山的市长可是他呀！”

白原崴摇了摇头，“没有，其实在宁川时，我和钱市长来往就不是太多！”

赵安邦似乎不太相信，“不对吧？我记得你当年把伟业国际总部设在宁川，就是钱惠人牵的线吧？还有，你们一起在香港炒恒生期指时，你还送过他一块手表！”

白原崴叫了起来，“嘿，赵省长，这事你又不是不知道，那块表钱市长不是早就上交了吗？白浪费了我三万多港币！后来我敢在宁川建伟业大厦，敢把总部设在宁川，也是冲着钱市长和宁川干部的廉洁！这些话我早就和于华北书记说过的！”

赵安邦略一沉思，意味深长地说：“白总，在这十几年里，你和你们伟业国际就没再腐蚀拉拢过钱惠人？你说实话！不瞒你说，现在社会上对老钱有些议论！”

白原崴很严肃地说：“赵省长，这个情况我也知道，不过，我个人认为这全是无稽之谈，甚至有可能是恶意的造谣诬陷！为那块劳力士表，钱市长对我抱怨了好长时间，后来不但对我，对我们伟业公司都警惕得很！这十几年，我们和钱市长除了工作上的来往，没有任何钱物来往的关系！说一个基本事实吧：每年春节我们公司都要给有关领导和关系单位送年礼，唯一从没收过年礼的就是钱市长！”

赵安邦想了起来，“对，对，我那时好像也收过你们送来的火鸡挂历啥的！”

白原崴继续说：“钱市长谨慎得有点过了头！正因为如此，有时碰到麻烦，我们宁愿去找您，找王汝成书记，也从不找他，不信您可以到我们公司去了解！”

赵安邦没再继续问下去，又说了些别的，便结束了这次交底谈话。

临分别时，赵安邦再次叮嘱说：“白总，事不宜迟，你回去后马上和孙鲁生他们碰头磋商，如无大的分歧，我和陈副省长马上给你们开会，争取在最短的时间内把大盘子定下来！”又说：“要知道，伟业国际的问题能这样解决，省政府已经做了最大限度的让步，你们千万不能再节外生枝了！这个方案虽然对双方都不是那么尽如人意，也算比较难能可贵了，这你一定要有数，别将我和省政府的军啊！”

白原崴当然有数，赵安邦目前面临着不少压力，恐怕不仅仅是伟业国际这一件事，钱惠人无端遭贬，不论怎么说都意味深长。赵安邦既然默认了这一难堪的事实，估计问题不会那么简单，背后肯定有人做文章，甚至做赵安邦本人的文章！他真的服气这位省长了，在这种情况下，这位包容天下的省长竟然找到了对国有股权进行社会化处理，从而让他和他的团队有继续控股经营的合法途径，真有智慧啊！

33

于华北没想到一个例行公事的程序——送石亚南、钱惠人等新班子的同志到文山上任，会闹出这么多意外的波折！农民拦路，工人堵门，刘壮夫中风倒下，让赵安邦和这么多同志看了场笑话。最可恶的还是那个不知廉耻的田封义，在这种时候竟然还敢吊着盐水瓶公然作秀，他当时真恨不得挥手给田封义两个大耳光。

真是窝心啊，当晚回到省城，于华北就病倒了，时断时续发了十几天烧，天天到省级机关医院病房挂水。保健医生说他身体太虚弱，建议他住一阵子医院，好生调养一下。于华北没答应，说是自己病不起哟，很多事都还等着他处理哩！

文山的事算是告一段落了，从顺序接班的方案被否决，到新旧班子交接时闹出的笑话，他该丢的脸反正丢了，也没必要多想了。裴一弘和赵安邦一手敲定的新班子能不能把文山搞上去，日后会不会也像他一样丢脸，让以后的实践去检验吧！现在他要做的就是抓好反腐倡廉工作，争取在钱惠人身上有所突破。裴一弘头脑比较清醒，尽管没同意把钱惠人拿下审查，总算是从宁川调开了，这就为他和有关部门的调查扫清了障碍，虽然赵安邦对此极为不满，却有苦难言。于华北因此断定，赵安邦的心情也不会太轻松了，搞不好也会病上一场。

应该是一场政治恶疾，病根在一九八九年就落下了，一九九一年秋，他和省委工作组的同志们帮他们诊治了一次，惩前毖后，治病救人嘛！他们倒好，一个个讳疾忌医，从白天明、赵安邦，到钱惠人、白原崴，没一个配合他工作。宁川市政府办公厅一位叫周凤生的副科长配合了一下，结果反倒了大霉，被办成了腐败分子！

现在想想，于华北却也不能不服，白天明和赵安邦的确有能耐，在那种泰山压顶的情况下，还能把一场政治撤退组织得如此有条不紊，甚至回手打了几个漂亮的小反击。其中一个小反击就是针对周凤生的。周凤生收受外资企业一台彩电，价值不过三千多元，就被白天明和赵安邦一撤到底。白天明和赵安邦下台后，周凤生来找他，很委屈地说，自己是受了报复，希望省委工作组能给个说法。他很同情周凤生，真想给他个说法，可却终于没这么做，尽管是三千多元，总是小腐败嘛。

在医院吊水时，他把这位叫周凤生的同志一时想起了，发生在钱惠人身上的许多疑点也一时想起来了。他绝不相信钱惠人当年是清白的。据周凤生揭发，钱惠人上交劳力士的时间并不是礼品单上记录的一九八九年七月，而是一九八九年十月的某一天，是周凤生经手接收的。而钱惠人收受这块表的时间则是一九八九年五六月间，周凤生也参加了追款工作，在深港追款期间就见钱惠人戴过这只表。这个事实说明，价值三万多港币的劳力士在钱惠人金贵的手腕上至少戴了三个月！这三个月是怎么回事？都发生了什么？钱惠人是不是觉得事情有可能败露，才被迫上交的？

还有，用集资款炒香港恒生期指，当真会是钱惠人的个人行为吗？没有白天明和赵安邦的同意或默许，钱惠人就敢这么干了？宁川海沧街部分用地的零转让也颇值得怀疑，对这种寸土寸金的黄金宝地搞零转让，到底是特殊历史条件下吸引投资的特殊措施，还是以权谋私啊？钱惠人起了什么作用，捞了多少好处？白天明、赵安邦信誓旦旦，一再强调钱惠人只是执行者，就算违规，也与钱惠人无关。他却不太相信：他们三人是什么关系？是一荣俱荣一损俱损的政治同盟关系，这种关系是经过文山分地风波考验的！钱惠人义气啊，在分地风波中为保白天明和赵安邦，和地委书记陈同和软磨硬抗，不顾死活，不计后果。白天明也义气嘛，拉帮结派毫不掩饰，自己做了宁川市委书记，就拼命排斥他这个原已拟定的市长，点名要赵安邦做市长，还要钱惠人来做市政府副秘书长。刘焕章和当时的省委也糊涂得可以，竟然就这么安排了，让堂堂中共宁川市委变成了梁山泊上的忠义堂！这个忠义堂爱憎分明，顺者昌逆者亡，周凤生配合他们的调查工作，配合成了腐败分子，钱惠人则一路飞速提升，记过处分刚撤销，就转正提成了市政府秘书长；赵安邦东山再起，重到宁川主持工作，又把钱惠人提为主管经济的副市长。白天明现在过世了，不会开口说话了，但赵安邦、钱惠人、周凤生都还活着嘛，这些问题总会搞清楚的。

于华北认为，他这绝不是疑神疑鬼，钱惠人不但有问题，问题也许还很严重，目前的调查表明，这位市长同志不仅养了个私生女，“借”了白天明的儿子白小亮几十万元，还以私生女所谓“赞助费”

的名义敲诈了省城一家企业五十万元。看来，他当年可能犯了个错误，在那种特有的大气候、大环境下，一切都从政治着眼，只想着白天明和宁川班子姓社还是姓资，没硬着头皮对钱惠人的经济问题一查到底。

政治上的事真是说不清，尤其是如今这年头，就更说不清了。姓社姓资是多大的问题啊，关系到党和国家的前途命运，上面大人物一个不争论，就不争论了，宁川反倒成了自费改革的典型，还把赵安邦一路送上了省长的宝座。因此，当他在省纪委的一次协调会上谈到钱惠人这些历史疑点时，省纪委的同志就很担心，吞吞吐吐地提出：当年的事是不是不要查了？他的态度很明确：要查，查个水落石出，宁川经济搞上去了，并不等于说就一好百好了，查处宁川个别领导干部的经济犯罪和肯定宁川改革开放的辉煌成就无关，也不意味着省委改变了对宁川工作的积极评价。

然而，调查结果是令人沮丧的。周凤生被撤职后，下海办公司了，如今已发了大财，身家几千万。省纪委有关同志好不容易找到此人，此人却不配合了，连当年曾参加过钱惠人追款小组的工作都不承认，更不承认提供过劳力士表的线索。纪委的同志拿出当年的谈话记录，这位同志才想了起来，挺滑头地说，当年该说过的都说了，现在再问，他还是那些话。省纪委的同志便向他汇报，说是周凤生这么做，其实也在情理之中，人家如今是生意人，不是国家干部了，根本不会再往这种要命的是非窝里搅了。事情明摆着，钱惠人还在位上，赵安邦又是省长，他找死不成？！

是啊，谁都不敢轻易找死，像他这样坚持原则的同志现在还有多少？连省委书记裴一弘都在要政治手腕嘛，他这么坚持，裴一弘就是不同意对钱惠人立案，没准还在私底下和赵安邦做了什么交易，给他和同志们的工作带来了很大的难度和压力。可他却不能放弃，他既然分管了这方面工作，就得有这种原则性和政治勇气！

每每想到这里，于华北总会情不自禁地被自己无畏而高尚的精神所感动。

当然，汉江省的历史很复杂，这么多年来的是是非非也很多，他这么做，肯定会有许多同志不理解，甚至会有一些别有用心的同志说他心理不平衡，骂他唯恐天下不乱。这也没关系，骂也好，不理解也好，都没关系，身正不怕影子歪嘛！这些同志可以先站在局外看一看，等一等，甚至叫骂几句，但却不能阻碍对钱惠人查处工作的正常进行！省监察厅参与协调工作的齐厅长和赵安邦走得很近，工作很不得力，他听了汇报后，便将齐厅长调开了，点名要刚上任的副厅长马达过来。

马达接到电话就到医院来了，还在医院门口买了束鲜花。

于华北正在病房挂水，见了马达就乐呵呵地打趣说："马达啊马达，你这个同志很不够朋友啊！我把你要到省监察厅来，你来了都不来向我报个到，还要我请你？好家伙，架子还不小嘛！是不是还有情绪啊，还想留在文山进一步啊？"

马达恭恭敬敬地说："老领导，看您说的，我哪敢啊，这不是还没来得及嘛！"

于华北不依不饶，"我看就是有情绪，田封义的情绪很大，你这同志情绪也不小！我是你的老领导嘛，你肚里那点小九九我还不知道啊？最好能顺序接班，跟在田封义后面进一步；退而求其次，到白原葳的伟业国际去做老总，没说错吧？"

马达挺真诚，“这是过去的事了，现在这么安排我挺满意，真的，于书记！”

于华北意味深长地说：“应该满意了，总比到省作家协会当党组副书记更能发挥作用吧？老田还想和你搭班子哩，请你去做党组副书记，你想去我可以安排！”

马达忙道：“于书记，您知道的，我可没老田那份才华，担不起这份重任！”

于华北笑了，“所以嘛，就不能有情绪，一丝一毫的情绪都不能有，更不能对安邦有任何不满！安邦是省长，管经济，不同意你去伟业国际当老总自有他的道理，你那一套不行了，肯定搞不好嘛！说实话，为你这同志的安排，我真是很伤脑筋啊，想来想去，觉得你还是到纪检监察部门比较好，我了解你，你很正派嘛！”

马达有些动容了，“于书记，您真是知人善任啊，给我这么好的安排！”

于华北严肃起来，连连摆手道：“哎，马达同志，这可不要胡说啊，不能说是我的安排嘛，这是中共汉江省委的安排，是我们一弘同志最终拍板决定的嘛！”

马达感慨说：“总是您老领导了解我，向省委这么提议，我才去了监察厅！赵省长倒好，就因为当年在文山工作时和我闹过一些矛盾，关键的时候就不帮我说话了！我硬着头皮找到他家汇报了一次，还被他冷嘲热讽说了一通！其实，文山的情况您老领导最清楚，您当时是管工业的副市长，赵省长那时还是县委书记哩……”

于华北没容马达说下去，“哎，马达，你怎么回事？我做你的思想工作，反倒做出麻烦了？赵省长并没做错什么，对你也没什么偏见嘛！你不想想，如果赵省长反对，你这个省监察厅副厅长当得成吗？这事到此为止，不许再四处乱说了！”

马达顺从地说：“好，好，于书记，我不说了！”

想传达的信息巧妙地传达了，效果看来还不错，于华北便切入了正题，“马达同志，我今天请你过来，是要交代工作的，是什么工作，你心里有没有数啊？”

马达迟疑了一下，“哦，于书记，齐厅长和我透露了点，说是让我代表省监察厅参加省委工作组，配合你们调查……调查钱惠人同志的经济问题，是不是？”

于华北点了点头，威严却又不无恳切地说：“老马啊，这是正常的工作，按说，我没必要征求你的意见。但是，我们要查的毕竟是一个经济大市的前任市长，涉及的矛盾比较多，背景复杂，有一定的风险啊！所以，作为老领导，我还是想先征求一下你的意见：你考虑一下，来不来干啊？有没有这个政治勇气啊？”

马达沉吟片刻，反问道：“于书记，查钱惠人，赵省长知道吗？同意了？”

于华北不动声色地笑了笑，“赵省长为什么不同意啊？你个老马呀，怎么把钱惠人的经济问题和赵省长联系起来了？想象力也太丰富了吧，啊？！”

马达像患了牙疼病似的，“嘶嘶”作响地吸起了冷气，“于书记，别人不知道，您老领导还不知道吗？钱惠人和赵省长是什么关系？没赵省长，钱惠人上得来吗？我不是想象力丰富，是人家钱惠人聪明啊，这么多年抱定了两个人的粗腿，一个是去世的白天明，一个就是赵安邦省长，这谁不知道？齐厅长都提醒我小心！”

于华北叹息道：“是啊，是啊，都知道钱惠人可能有严重的经济问题，可现在就是不能撤职立案，换个地方还在当市长嘛！我真是搞不懂了，改革开放难道可以什么都不顾了吗？当真像有些老百姓私下说的那样，男盗女娼，能发就成？！”

马达激动起来，“就是，就是，我向赵省长汇报时也说过，伟业国际的白原崴吃喝嫖赌，五毒俱全啊，起码要派个作风正派的党委书记进行监督。赵省长睬都不睬，反责问我这些年在文山搞出啥名堂了？赵省长只认 GDP，只认经济效益！”

于华北道：“话既然说到这个份上，马达同志，我可以明确地告诉你了：改革开放是中国共产党领导下的改革开放，我们现在搞的市场经济是社会主义市场经济，绝不是男盗女娼，能发就成！对钱惠人的问题，我决心一查到底，不管涉及到谁！你老马如果有顾虑，不愿得罪人，可以退出，我绝不勉强你！”

马达一跃而起，“于书记，我……我没什么顾虑！我听您的，听省委的！”

于华北十分欣慰，“好，好啊，陈同和书记当年没看错人啊，我也没看错人嘛，把你摆在监察厅的岗位上是摆对了！你这个同志毛病不少，可有一点好，就是有原则、有立场！我记得当年你连自己的小舅子都抓起来了，是不是？”

马达一脸苦笑，“老领导，这事您千万别再提了，又不是啥光彩的事！我那小舅子前年已经刑满释放了，见面也不理我了，还满世界骂我，咒我不得好死！”

于华北亲切和气地说：“不要怕被人骂，我们党就是在敌对势力的骂声中成长壮大的嘛，我们的改革事业也是在不少人的骂声中一步步走到今天的嘛！”略一停顿，又说：“宁川的改革成就很辉煌啊，钱惠人的经济问题要查清楚，改革的辉煌成就还不能否定，这就要讲策略，讲艺术了，不要开口闭口就是赵省长！你在我面前分析情况时说说不要紧，在其他同志面前也这么说就不好了，会造成许多不必要的矛盾，也会给你自己带来被动的！我希望你既能坚持原则，又能保护好自己！”

马达显然受了感动，“于书记，该想到的您都替我想到了，现在，请您和省委布置工作吧！别说一个钱惠人，就算真涉及到赵安邦省长，我也绝不会后退的！”

于华北很满意，一切全在他的预料之中，对马达，他是掐准脉了。这位同志一直感觉良好，自认为是匹千里马，赵安邦却不愿做伯乐，连伟业国际的党委书记都不让马达干。他也不好多说什么，便向裴一弘提了个建议，让马达去监察厅。今天把这事巧妙点破，马达心里就有数了，当然会生出一种士为知己者死的感情来。

这似乎有点要手腕、搞权术了，可也真是迫不得已。目前的情况很复杂，调查办案要讲策略，用什么人来办也要讲策略。选择马达应该是比较策略的，这位同志不但是他的老部下，也是赵安邦的老部下，当年还和赵安邦、钱惠人进行过一次关于真理的伟大洗澡。马达进了工作组，冲在第一线，他的压力就轻多了，退一步说，就算将来搞错了，也多了道挡箭牌，马达是什么人，赵安邦应该清楚嘛，这位同志为人正派，刚正不阿，反腐倡廉的主观愿望总是好的啊，没什么私心嘛！

于是，于华北一边继续挂水，一边和马达谈起了钱惠人一案的案情，从历史上的那块可疑的劳力士手表和宁川海沧商业街部分用地的零转让，谈到今天钱惠人以私生女盼盼的名义拉赞助的五十万元……

34

马达还是有私心的，那天在医院见过于华北后，感情的天平便失衡了，调查办案的积极性很高，甚至提出就劳力士表的问题来一次公事公办，和赵安邦直接接触，请赵安邦再帮着回忆一下。省纪委的同志吓了一跳，当场表示反对，还向于华北专门做了个汇报。于华北听了汇报后，明确地表示制止。马达又盯上了周凤生，拍着胸脯向于华北保证说："于书记，我还就不信这个邪，一定在三天内拿下周凤生！"

周凤生却也不好拿，狗东西本身就是个腐败分子，现在又不明不白地发了大财，对腐败倡廉的意义哪会有正确的理解？说来说去还是材料上的那些话。马达很有智慧，见正面无法突破，就玩起了侧面迂回，把周凤生公司辖区内的工商、税务部门负责人一个电话叫到省监察厅，要他们立即组织人手，好好查查周凤生和他的公司，看看他这家公司长期以来有没有制假售假问题？有没有偷税漏税问题？

却不料，周凤生竟然找赵安邦告状，不但泄露了调查工作的秘密，还对他们的调查工作进行诬蔑攻击。更让马达想不到的是，赵安邦竟公开跳出来拿他问罪了，他没去找赵安邦，赵安邦却来找他了，省政府办公厅正式下了电话通知。

齐厅长真不是个东西，听说他要去省政府和赵安邦谈话，挺着大肚子，踱着方步到他办公室来了，话里有话说：“老马同志啊，还是要摆正位置啊，我们省监察厅是省政府下属厅局，不是什么独立王国，不能凭哪个人的个人意志乱来啊！”

马达强压着一肚子恼火，尽量平和地说：“齐厅长，请你放心好了，赵省长找的是我马达，不是省监察厅，连累不了你一把手的！你的态度我知道，能躲就躲嘛！我不能躲，在反腐倡廉这一重大原则问题上，我是守土有责，寸步不让！”

齐厅长也挺和气，“你这精神当然是好的，做法还是不妥嘛！你咋想起查人家私营公司的税务问题呢？就算人家有问题也轮不上你查嘛！”又自问自答说：“是不是于华北副书记指示你这么干的？我想不会吧？于副书记一直很讲政策嘛！”

马达知道，齐厅长这是在诱他的话，以便给于华北下套，便也把话说明了，“齐厅长，你说得很对，这不是于书记的指示，是我的主意，错了我负责！”

齐厅长呵呵笑了起来，“老马啊，这就是你的不是了，省委、省政府年前发过一个二号文件，就是谈保护私营企业问题的。你这个做法，完全违背了二号文件精神！”叹了口气，又自嘲说：“当然，我也有一定的责任，虽然提醒过你，要你先熟悉一下文件，可督促检查没到位啊，我还是要向赵省长和省政府做检讨的！”

马达心里一惊，这才知道有个省委、省政府二号文件，想找来看一下，已来不及了，省政府办公厅又来电话催了，说是赵省长很忙，要他把手头的事先放下，立即过来！

既然催得这么急，马达以为到了省政府就会马上谈，驱车往省政府赶时，已在紧张地打腹稿，设计着对应赵安邦的方案。钱惠人的经济问题和赵安邦是不是有关，现在还不清楚，况且，赵安邦也是老领导了，该给的面子还得给，姿态得高一些，让人家省长大人批，让人家骂，批罢骂罢，他再说话。马达相信，只要赵安邦和钱惠人的腐败问题无关，只要赵安邦还是过去那个赵安邦，多少总会理解他的。

没想到，赵安邦也真是太忙了，他气喘吁吁地赶到，赵安邦正在自己专用的小会议室里接待伟业国际老总白原崴等人。马达这才知道，白原崴并没像民间传言中说的那样，叛逃国外，而竟然回来了！参加这次会议的人不少，有主管金融经济的陈副省长和省财政厅厅长，有白原崴手下的两个副总，还有省国资委副主任孙鲁生和产权处一位处长。谈话期间，孙鲁生出来过两次，到他候驾的秘书一处复印材料。

马达便向孙鲁生询问："孙主任，赵省长啥……啥时才能和你们谈完？"

孙鲁生一边忙着复印，一边说："这可说不清，搞不好今天得加班哩！"

马达一听，有点着急了，"那……那赵省长还让我来谈什么？！"

孙鲁生不明就里，挺友好地说："要不，我给你叫一下赵省长？"

马达否决了，"别，别，我还是等吧，赵省长既然传了我，总要见的！"

这一等就是一下午，小会议室里谈笑风生，一片热闹，他所在的秘书一处却冷冷清清。赵安邦的秘书也在会议室做记录，他就没人搭理了。实在是闲着无聊，只好独自看报，一张《汉江日报》反复看了几遍，连广告都认真学习了，小会议室那边还没有结束的迹象。马达这才明白，赵安邦是故意整他，让他难堪。

快六点时，孙鲁生和手下的处长又出来了，先往省国资委打了个电话，核对了几个接收资产的数据，又复印材料。马达阴着脸凑过去说："孙主任，麻烦你向赵省长汇报一下吧，今天太晚了，我就不等了，让赵省长再定谈话时间吧！"

孙鲁生这才想了起来，"哦，马副厅长，你不提我都忘了：我提醒过赵省长了，说你正在等他，他说知道了，要你继续等，说是再晚也得和你谈！"悄悄将马达拉到一旁，声音低了下来，"哎，你怎么回事？赵省长好像不太高兴嘛！"

马达压抑不住了，"哼"了一声，说："那是，我自找没趣嘛！"

孙鲁生不再问了，"马厅，你坐，我还得回去，今天得定盘子！"

马达"哦"了一声，"伟业国际当真让那位五毒俱全的白总再搞下去啊？"

孙鲁生脸上的表情不对头了，"哎，马厅，怎么这么说话啊？你怎么知道白原崴五毒俱全？有什么证据啊？小心人家白原崴和你打官司！"

马达自知失言，想解释几句，孙鲁生却转身走了，根本没给他机会。

真是难堪啊，六点过后，省政府大楼内各办公室的人都下班了，内勤人员开始打扫办公室的卫生。一位穿工作服的内勤过来了，拉着脸，要马达离开秘书一处，说是省政府办公厅有个规定：下班之后非本处室人员不得在办公室留滞。

马达火透了，故意高声叫了起来，"是赵省长让我来的，让我等的！"

这一叫，把赵安邦的文字秘书——秘书一处林处长叫出来了，林处长向那位内勤人员做了解释，又极和气地对马达说：“马厅，你别急，赵省长快和白总他们研究完了！”说罢，用一次性茶杯为马达倒了杯水，“喝点水，消消气！”

人家省长大人想整你，你有什么办法？况且，省长大人不是谈私事，是在和汉江省的超级大款白原崴谈工作，你有什么屁可放？！马达只好继续喝水，也不知这一下午加一晚上喝掉了人家秘书一处多少水，反正上了七八次厕所。

一直到快八点钟，整个省政府大楼漆黑一团，连走廊上的灯都关了，小会议室的门才开了，赵安邦把白原崴、孙鲁生等人送到门外，呵呵笑着说：“白总啊，股权比例大体这么定了，具体细节，你和孙主任他们继续谈！现在你们走到一条战壕来了，是一家人了，今天先小小庆祝一番吧，鲁生，便饭招待一下！”

白原崴说：“哪能便饭啊，我安排好了，都去欧洲大酒店，请大家赏光！”

赵安邦这才看到了他，笑着说：“好，好，那就去欧洲大酒店吧！你们和陈省长先走一步，我和监察厅马达同志还要谈点工作！”说罢，向小会议室里一指，脸上的笑容也随之消失了，“马副厅长，对不起，让你久等了，请吧！”

马达心里很气，很想发泄，可到小会议室坐下后，真正面对赵安邦了，却又不敢有任何非礼之举。赵安邦就是有那么一股撼人的虎威，在文山共事时就是这样，不论怎么理直气壮，当你往他面前一站，心就突然虚了，总是气短三分。

历史的一幕又重演了，马达非但没有发泄，反倒扮出一副生动的笑脸，和赵安邦套起了近乎，“赵省长，都八点了，肚子早饿了，是不是先搞点吃的？”

赵安邦看着手上的会议材料，根本不用正眼瞧他，“马副厅长，你看看这里有什么可吃的？是桌腿还是椅子腿？你没吃饭，我也没吃饭嘛，坚持一下吧！”

马达碰了软钉子，笑容仍努力维持着，“看看，赵省长，不够意思了吧？再怎么说，咱们也在真理的浴池里共同沐浴过，现在连顿便饭都不请我吃了？”

赵安邦仍没抬头，在材料上批着什么，淡然地说：“不敢请啊，你马副厅长现在是什么人？省监察厅副厅长，又办着钱惠人的大案要案，我不能腐蚀你嘛！”

马达笑不下去了，想就着这个话题和赵安邦开谈。不料，赵安邦却把林处长叫了进来，交代说：“小林，你安排一下，让一处的同志加个班，把会议纪要连夜打印出来，明天一早送一弘同志，看看一弘同志还有什么具体指示。”

林处长应着，接过材料走了，赵安邦这才站起来说：“老马，钱惠人的问题正在查，我没有多少话要说，只和你说一句话：要讲政策，不能乱来，更不能影响经济工作！”说罢，扔过一份文件，“二号文件给我带回去好好看看吧！”

马达接过文件，口气急迫地说了起来：“赵省长，二号文件我会好好学习，可有些情况，我得解释一下：我的为人你知道，绝不会和钱惠人过不去！但钱惠人当年那块劳力士表确实有不少疑点，我为了对钱惠人同志负责，才必须……”

赵安邦先还听着，后来就抬腿向门外走，“好了，我看就到这里吧！”

就到这里？让他等了四个多小时，几句话就打发了？这也太欺负人了！

马达不知哪来的胆量，突然吼了一声：“赵省长，请……请你站住！”

赵安邦根本没站，仍在向门外走，口气冷淡，“怎么，你不饿了？”

马达追出门，“赵省长，再饿也得谈！本来我就想找你了解情况，不是于书记拦着，也许就找你了！这块表的处理，你也是当事人之一，总得和我说说嘛！”

赵安邦边走边说：“好啊，你想知道什么啊？说吧，说吧，我配合调查！”

马达道：“这块表明明是当年十月才上交的，怎么登记上是七月呢？”

赵安邦“哼”了一声，“这我怎么知道啊？你问白天明同志去吧！”

马达说：“赵省长，你这就是难为我了，白天明同志已经去世了……”

赵安邦驻足站下了，脸一拉，“那你就来审我了？你也就敢！”

马达爆发了，“赵省长，你……你咋说审？我就是向你了解一下情况！”

赵安邦似乎觉得过分了，这才缓和口气说了几句符合身份的话，“马达同志，我告诉你：这件事当时就搞清楚了，不论我还是白天明，都没有包庇钱惠人，这是具体登记的同志的笔误！钱惠人现在是不是有问题我既不清楚，也支持你们好好查，但是，对一九八九年的钱惠人，我可以保证，他不会腐败掉的！”

马达又问：“那……那海沧金融街的地是咋回事？和钱惠人有啥

关系？”

赵安邦道：“这和钱惠人就更没关系了！当时海沧是个小渔村嘛，市委、市政府为了吸引投资，一九八九年下半年做了一个决定，对第一批进驻海沧的公司总部用地实行零转让，钱惠人当时只是市府副秘书长，连参加决策的资格也没有！”

马达仍追着不放，“钱惠人会不会在土地零转让时收人家什么好处？”

赵安邦脸又挂了下来，“马达，你这是有证据呢？还是乱怀疑啊？啊！”

马达说：“赵省长，我也是随便问问嘛！白原崴伟业国际大厦的用地好像也是那时零转让过来的吧？根据我掌握的情况，在合同上签字的就是钱惠人嘛！”

赵安邦不悦地说：“这种事能随便问吗？白原崴相信宁川海沧会成为汉江的曼哈顿，敢在那时候投资，当然可以享受我们的优惠政策！钱惠人作为市政府秘书长，当然可以代表市政府签字，这有什么好奇怪的！好了，一起吃饭去吧！”

一起吃饭去？在这种情况下，省长大人还请他吃饭？马达几乎有点不相信自己的耳朵，以为听错了，“赵省长，我这么讨嫌，你……你还真请我吃饭？”

赵安邦满脸讥讽，“不是我请你，是伟业国际的白总请你，你爱吃不吃！”

马达自知这顿饭不太好吃，却还是应了，“为什么不吃？就算工作餐吧！”

赵安邦禁不住地笑了起来，“马达，你可真会找借口！脸皮是不是也太厚了点？你的工作餐凭什么到人家伟业国际吃？你参加伟业国际的工作了吗？！”

马达也勉强笑了，“赵省长，我……我今天不是等了你四个多小时吗！”

赵安邦手一挥，“你这叫活该，为什么不早点来？老毛病又犯了吧？”

马达不敢开玩笑了，急忙解释：“赵省长，这也怪不得我，电话是齐厅长接的，齐厅长太损啊，没及时和我说，我都要走了，还故意和我扯了大半天……”

赵安邦不愿听，“行了，行了，别解释了，你马达我还不了解？历史上就是如此，一阔脸就变，我又不是没领教过！你现在不得了，省监察厅副厅长了，威风大啊！”摇头苦笑道：“哎，你说我怎么就同意你这活宝去监察厅了呢？！”

马达自嘲道：“赵省长，你现在让我去伟业国际做党委书记，我还干！”

赵安邦说：“算了，算了，我宁愿自己遭罪，也不能让伟业国际集团遭罪！”

到欧洲大酒店吃饭时，赵安邦又把话头提起了，对白原崴说：“白总啊，我们马副厅长对你们伟业国际情有独钟啊，一直想去你们那儿做党委书记哩！”

白原崴怔了一下，说：“赵省长，你可别折我的寿啊，我当年还从马厅长手上倒过山河牌彩电呢，哪敢请马厅长做我的党委书记，给我做副手？”说罢，又乐呵呵地对马达道：“马厅长，该批评你就批评，可别这么变着法子损我啊！”

马达乐了，“行，行，白总，你还记得当年从我手上倒过电视机就成！”

白原崴位置摆得很正，一口一个“老大哥”“老厂长”地叫着，自己给马达敬酒，还掇弄手下的副总和桌上人不断给马达敬酒。马达一开始很得意，后来才发现是阴谋，这阴谋赵安邦和陈副省长两位领导都不谋而合地参加了。结果便喝多了，总共开了两瓶五粮液，他一人喝了不下一瓶，热菜没上全，已坐不住了。

赵安邦又拿他开涮了，佯作正经地批评说：“马达，你这小气鬼的毛病看来改也难！请别人的客，你尽上劣质酒，也不会喝酒了。别人请你，你就会喝了，见了好酒不要命！同志啊，你可真要注意了，酒是人家的，胃可是自己的啊！”

马达摇摇晃晃，冲着赵安邦直笑，“赵县长，你坑我，又……又坑我……”

陈副省长逗了起来，“哎，哎，马达同志啊，你怎么把赵省长降职了？”

马达骤然清醒，“哦，口误，口误，赵省长，我……我这可不是故意的！”

赵安邦笑道：“没关系，没关系，省长、县长都在你马厅长监察范围嘛！”

马达倔劲又上来了，带着冲天酒气，结结巴巴道：“那好，赵……赵省长，找机会，我可……可能还……还得向你汇报，希……希望你理解支……支持！”

赵安邦说：“很好，很好，我办公室的大门随时对你开着，你尽管来吧！”

马达酒醒之后，却没敢再去，尽管人家省长大人办公室的门开着，还是没敢去，劳力士表和土地转让的线索就这么完结了，他也因此将赵安邦狠狠得罪了。

这让于华北十分感慨。于华北说："知道厉害了吧？这就是我们面对的严峻现实啊！"然而，尽管现实严峻，案子还得办下去，好在钱惠人的腐败线索不仅这一条，举报信多着呢！于是，马达又查起了钱惠人私生女孙盼盼五十万元的线索……

35

孙萍萍第一眼看到马达印象就不好。这位据说是汉江省监察厅副厅长的人看上去像宝安县的农民。还不是那种发了财的农民，是没发起来的农民。副厅长同志办着钱惠人的所谓大案要案，却只带了两个人过来，就住在她小区附近一家不上档次的招待所，说是为了工作方便。和她的一次次漫长谈话便在简陋的招待所开始了。

副厅长同志是领导，端着架子，领导谈话方向。手下一个姓刘的处长主谈，一个姓王的科长记录，一搞就是一天。晚上吃饭就在招待所餐厅，中午连餐厅都不去，十块钱一份的盒饭，每人两份，马副厅长和他的两个部下还都吃得津津有味。

精力和意志的消耗战打到第三天，双方都有点吃不消了，调查者和被调查者的情绪都有所失控，谈话的气氛也就随之紧张起来，一时间大有决裂的趋势。

是孙萍萍先发的火，"刘处长，你们还有完没完？该说清楚的事，我全说清楚了，钱惠人借白小亮的四十二万元既有借条，也还清了，你们怎么还抓着不放呢！”

刘处长也火了，“孙女士，你是真糊涂还是装糊涂？我反复和你说了，四十二万元借款查清了，新的问题又出现了！你和钱惠人的女儿孙盼盼凭什么从满天星酒店拿人家五十万元赞助？这五十万元到底是赞助钱惠人市长的，还是赞助孙盼盼的？”

孙萍萍压抑不住地叫了起来，“那我也再说一遍：这你别问我，去问满天星酒店的刘总，他会回答这个问题的！人家就是愿意赞助孙盼盼，你们管得着吗？！”

刘处长说：“我们怎么管不着？现在就在管着！孙萍萍，我们不和你绕圈子了，可以告诉你：满天星酒店我们已经调查过了，刘总根本不能自圆其说！一会儿说是你女儿当模特儿的演出费，一会又说是什么赞助，这里面名堂不小！”

孙萍萍起身就走，“那好，那你们把刘总抓起来，把钱惠人也抓起来吧！”

刘处长一下子失了态，匆忙上前，一把将孙萍萍推倒在对面的沙发上，“你上哪去啊？啊？我们同意你走了吗？我看你想跟我们去趟汉江了，是不是？！”

说这话时，刘处长很气愤，挥起的手无意中碰到了孙萍萍高耸的胸脯上。

孙萍萍反应及时，劈面给刘处长一个耳光，“你敢耍流氓？想要我报警吗？”

刘处长被打蒙了，怔了怔，道歉说：“对不起，我……我这是无意的！”

马达打着官腔批评了刘处长几句，又对她说：“孙女士，我们还得谈啊！”

孙萍萍却不谈了，拿起房间的电话接通了小区公安派出所，带着哭腔说，自己被三个身份不明的外地人骗到了这个招待所，还要带她走，希望他们赶快过来。

没几分钟，派出所的警察便来了，来了三个，为首的是王所长，孙萍萍平常很熟的。王所长要他们都去派出所。马厅长没理睬，把王所长叫到房间外面说了一通，也不知说了些啥。王所长再进屋时，态度一下子变了，劝孙萍萍配合调查。

在这种情况下，她再不配合真不行了，就算再丢人也得说出事情真相。

孙萍萍这才说了，还没开口，泪水先下来了，“马厅长，刘处长，这五十万元和钱惠人没任何关系，是我女儿孙盼盼的卖身钱，卖命钱，你们真是搞错了啊！”

马达不能理解，问：“什么意思？孙女士，请你实事求是说一下好不好？”

孙萍萍痛哭起来，“我……我怎么说啊？你……你们这是用刀戳我的心啊！”

马达这才意识到了什么，建议说：“如果不方便谈的话，你也可以写下来！”

孙萍萍想了好半天，摇起了头，“算了，我还是说吧，你们记录好了！”

马达和刘处长他们拿出笔记本，准备记录，还打开了一个小录音机。

孙萍萍却觉得有点不妥，又说：“你们让我和钱惠人打个招呼好不好？”

马达没答应，和气地说：“孙女士，我们要调查的是钱惠人同志，你想想看，我们能同意你和他通风报信吗？我们如果同意了，就是犯纪律啊，请你理解！”

孙萍萍想想也是，又揣摩着这五十万元确实和钱惠人没什么关系，也没再坚持，这才不无痛苦地把发生在女儿盼盼身上那一幕屈辱经历一点点说了出来——

“你们不是一直追问我和钱惠人怎么联系上的吗？实话告诉你们，我们不是一九九八年四月在深圳联系上的，我和钱惠人在此之前都没说老实话。为什么？倒真不是要掩饰钱惠人的什么腐败问题，而是有个人隐私的原因，真是没法说啊！”

“怎么就没法说呢？就是为了证明钱惠人市长的清白，也得说嘛！孙女士，请你放心，涉及隐私的问题，我们一定按规定替你们保密，这到底发生了什么？”

“发生了什么？一九九八年二月，我父亲病逝，我带着女儿盼盼从深圳赶往文山老家奔丧，在省城火车站附近把盼盼搞丢了！这事说来也怪我，本来可以坐飞机直飞文山，可我为了省钱，就坐了广州至省城的火车。火车到省城是夜里十一点多，发往文山的班车没有了，我和盼盼就近找了个小旅馆住下，打算次日一早再走。没想到，就在那夜出了事，我在房间洗澡时，盼盼出门买吃的，在省城火车站对面的一家小摊上被当做流浪三无人员抓走了。当然，这是后来才知道的，当时并不知道。我以为盼盼可能自己迷了路，走失了，也可能被坏人骗走了，就没想到被你们省城的那帮王八蛋送到了遣送站，第二天就给卖了！”

“卖了？卖给谁？谁敢买？省城的遣送站胆就这么大？没王法了？”

“王法？你们还好意思提王法？全都是乌龟王八蛋啊，一个个要钱不要脸！”

“孙女士，你别激动嘛，说事实，只要事实证明谁是乌龟王八蛋，我们处理就是！我马达是汉江省监察厅副厅长，要调查的不仅是钱惠人同志，违法违纪的事都要查的！省城民政遣送部门敢贩卖人口，我和监察部门会一查到底！你继续说！”

孙萍萍呆呆地怔了好半天，才又说了起来：“好吧！找到大天亮，我都没找到盼盼，火车站给我广播了，车站派出所也问了，哪里都没有盼盼的消息。在这种万般无奈的情况下，我才打了个电话给钱惠人。钱惠人当时在宁川什么度假村的一个会议上，死活不接电话，我就在他办公室的电话里留了言，说明了情况，边说边哭。马厅长，你设想一下，我当时是什么心情？不是到了这个地步，能去找钱惠人吗！这么多年过去了，盼盼我带到十三岁了，还找他干什么？我真是没办法呀！”

“钱惠人知道情况就过来了？就帮你找盼盼？孩子后来是在哪里找到的？”

“说来也是命，盼盼的命不好，钱惠人的会一开就是三天，三天后才知道情况，却又没法和我联系，我当时没手机，打的是公用电话。钱惠人就日夜待在办公室等我把电话再打过去。待我再把电话打过去，和他联系上时，已是第四天了！啥都晚了，小盼盼已经被满天星酒店的人糟蹋了，十三岁的孩子啊，就……就……”

“什么？你是说小盼盼被……被强奸了？这……这是事实吗？啊！”

“是事实，对此我可以承担法律责任！盼盼有可能被遣送站抓走，是钱惠人先想到的。我们就通过省城的关系顺着这个线索追，一直追到买人的那家满天星酒店，这才在第六天找到了盼盼。盼盼精神已经失常了，见面时连我都不认。钱惠人气得差不多也要疯了，找到省城民政局后，满脸是泪地打了那位接待局长一个耳光！可就是这样，钱惠人也没敢当人家的面承认盼盼是他女儿，只说是他外甥女，背地里却抱着我痛哭失声！马厅长，不……不能说了，我……我的心都碎了！”

“孙女士，你擦擦泪，先平静一下，该说的还得说，这不仅是你和钱惠人的个人隐私，更是一起严重的刑事犯罪，你不说清楚，这些犯罪分子就会逍遥法外的！”

孙萍萍却不愿说了，“算了，事情已经过去了，满天星酒店为这事自愿赔了盼盼五十万元，这并不是钱惠人和我要求的，你们只要知道和钱惠人无关就行了！”

马达却激动起来，在房间里走动着，脸涨得通红，“怎么能算了？孙女士，你刚才还在骂要钱不要脸嘛，难道你和钱惠人也为五十万元卖女儿不成？满天星酒店的赔偿是一回事，刑事犯罪是另一回事！强奸十三岁的少女，情节极为恶劣，该抓的要抓，该判的要判，遣送站那些失职渎职的乌龟王八蛋也得撤职开除党籍！”

孙萍萍大哭失声道：“马厅长，你……你把我心里话都……都说出来了！”

马达益发激动了，“孙女士，我现在向你表个态：这事我管定了，如果不能将这帮犯罪分子一个个绳之以法，我马达就不当这个副厅长了，就回家抱孩子！”想想，似乎又觉得有些奇怪，“老钱是怎么回事？为啥不报案，就这么忍气吞声？”

孙萍萍抹去了脸上的泪，“钱惠人不忍气吞声又怎么办？私生女的事不能公开，强奸盼盼的家伙又不是满天星酒店的人，全是叫不上名的嫖客，上哪找去？民政局那边也有理由，还拿出了文件：允许组织被遣送的三无人员从事生产劳动，挣出遣送费，把盼盼卖给满天星酒店竟是合法的，让我们倒霉的小老百姓说什么？！”

刘处长脱口骂道：“合法个屁！就算允许组织生产劳动，也不能逼人卖淫！”

孙萍萍泪水禁不住又落了下来，“谁说不是呢？可民政局的人说，他们也不知道满天星酒店会这么违法乱来，以为是去当服务员的，所以，酒店给了五百元，就把盼盼卖给他们了！再……再说……”她摇了摇头，饮泣着，终于没再说下去。

马达不依不饶，又盯了上来，“再说什么？孙女士，你爽快点好不好？”

孙萍萍这才被迫说了，“再说，满天星酒店的情况也……也很复杂，大股东是你们找过的那位刘总，二股东是谁，你们可能不知道，就……就是钱惠人的亲姐姐钱惠芬，是盼盼的亲姑妈啊！满天星酒店法人代表虽然是那位刘总，具体经营人却是钱惠芬，她是负责承包的经理，盼盼被逼着卖淫，全……全是她一手造成的啊！”

“竟……竟然有这种事？啊？亲姑妈逼自己的亲侄女卖淫？”

“也不好这么说，钱惠芬当时并不知道盼盼是她亲侄女，再说，盼盼长得人高马大的，也不像十三岁的样子，结果就发生了这种事！我和钱惠人不是没想过报案，可他爹他妈都跑来了，他爹快八十岁了，扑通一声跪在我面前，让我咋办？”

“怪不得他们愿意赔偿五十万元呢，孙女士，你……你该让他们赔一百万！”

听到这话，孙萍萍心里的一块石头才落了地：面前这位马厅长看来不是什么别有用心的坏人，既有正义感，又通情达理，估计不会抓着女儿盼盼五十万元赔偿费的问题做钱惠人的文章了。当然，她也不免有些后悔，觉得当时自己心太软，没让他们赔一百万元！其实就是一百万元，他们也该赔，马厅长都这么说了！如果当时真让满天星酒店赔了一百万元，钱惠人的愧疚也许不会那么深，就没有后来四十二万元的事了。四十二万元是钱惠人主动给的，也就是因为那四十二万元，钱惠人被人家死死盯上了。

马达却又说：“就算赔了一百万元，钱惠人的那个姐姐钱惠芬还是要抓的，她涉嫌组织卖淫和强奸罪！谁说那些嫖客不好查啊？把钱惠芬抓起来一审就清楚了！”

孙萍萍一怔，“马厅长，这……这你们最好先征求一下钱惠人的意见！”

马达手直摆，“征求钱惠人的意见干什么？这事与钱市长无关了！”

孙萍萍一颗心又提了起来，“钱惠人就这一个姐姐，姐弟俩关系一直很好，钱惠芬这些年也不容易，再说，她现在也挺后悔的，年年来看盼盼……”

马达严肃地说：“这不是理由，犯罪就是犯罪，只要调查属实，就得依法处理，这没什么好说的！”说罢，把谈话记录拿到孙萍萍面前，“孙女士，你看看吧，如果我们记错了什么，请你当面提出来；如果没错，就请你在上面签个字！”

孙萍萍把谈话记录翻来覆去看了好几遍，不愿签字，带着哭腔说："马厅长，你看看这事闹的，钱惠人的事说清楚了，又把他姐姐害了，这不是作孽吗？"

马达生气了，"作孽的是钱惠芬和那些犯罪分子！作为一个十三岁受害少女的母亲，你有保护女儿的法定义务，也有配合我们查清事实的义务！如果你今天真不愿在这里签字，我们只好让有关执法部门请你到汉江省去签字了！"

孙萍萍又想了好一会儿，最后，还是含着眼泪在谈话记录上签了字。

当天晚上，马达和他手下的两个同志又到她家来了一趟，把盼盼这些年来在精神病院看病的病历全复印走了，还和女儿盼盼东拉西扯聊了好半天。让孙萍萍没想到的是，这位小气的厅长同志竟大方起来，给盼盼买了花花绿绿一大堆礼品……

第十一章

36

马达是突然闯进来的，也许敲了门，也许连门都没敲，真是太胆大妄为了！

赵安邦当时正站在办公室的落地窗前和钱惠人通电话，谈文山上市公司重组的事。迄今为止，文山仅有的四家上市公司全戴上了ST帽子，个个资不抵债，其中山河股份很可能会在今年年底以前摘牌退市。赵安邦要求钱惠人和文山市政府务必重视一下，加大政策扶持力度，力促这四家上市公司尽快进行实质性资产重组。

钱惠人在电话里叫苦连天，说是政策扶持不等于包办代替，这四家上市公司早已金玉其外败絮其中了！一次次玩重组游戏，一次次坑害股民，玩到今天，可以说是糟糕透顶，公司的优良资产都在这种重组游戏过程中被控股股东掏空了。

赵安邦忍着一肚子恼火，做工作说："钱胖子，你是谁？你是'钱上市'嘛，现在又在文山做市长，可以重新制定游戏规则，从头搞起嘛！具体怎么搞，我不管，你办法肯定比我多，我只要一个结果，文山四家公司反正要保住上市资格！”

就说到这里，马达推开门探探头，自说自话进来了，还叫了声“赵省长”。

赵安邦冷冷地看了马达一眼，对着电话继续说：“文山经济欠发达，好的股份制企业本来就不多，这四家上市公司真在你钱惠人手上全军覆没了，你脸上也无光吧？”说到这里，草草结束了通话，“行了，钱市长，不说了，就这样吧！”

放下电话，赵安邦仍没理睬马达，径自走到办公桌前，一屁股坐下了。

马达似乎意识到了什么，赔着笑脸说：“赵省长，对不起，影响你工作了！”

赵安邦没好气地说：“谈不上影响，听你马达的汇报也是我工作的一部分！不过，要按规矩来，我办公室不是旅游胜地，就算是旅游胜地，也得导游领着来！”

马达不无窘迫地解释说：“赵省长，我先去了秘书一处，林处长不在，有事出去了，你这门又半开着，我……我就进来了！本来想约一下的，可……可是……”

赵安邦不客气地打断了马达的话头，“别解释了，以后注意就是！说吧，马副厅长，你突然闯来，又要汇报什么大事啊？”说着，收拾起了桌上的文件包。

马达连连应着，“好，好，赵省长，那我就汇报一下！”却没汇报，见赵安邦在收拾文件包，有些不安地问：“哎，赵省长，你是不是还有啥事？要出去啊？”

赵安邦讥讽道：“马副厅长，我的工作安排就不必向你通报了吧？”

马达叹了口气，“赵省长，你是领导，别对我这么连讽刺带挖苦的好不好？今天这个汇报也不全是我个人的意思，省委于书记也要我汇报嘛！”

赵安邦不由得警惕了，“是不是钱惠人有突破了？”

马达摇头摆手道：“不是，不是！是别的事，当然，和钱市长也有关系！”

赵安邦坠入了五里云雾中：是另外的事，却又和钱惠人有关系？怎么回事？据省监察厅齐厅长说，这几天马达带人去了趟深圳，是不是真查出了点啥？这才指了指沙发，让马达坐下，“那好，马副厅长，你就长话短说吧，我马上还有个会！”

马达摊开笔记本，急忙汇报起来，从调查钱惠人私生女盼盼五十万元赞助费的线索，说到盼盼被省城遣送站非法收容，被满天星酒店嫖客奸污。说到最后，马达神情激愤，拍案而起，“……赵省长，你说说看，这叫什么事？真是触目惊心啊！”

这岂但是触目惊心？简直是石破天惊！赵安邦真不敢相信这是事实，是发生在汉江省，发生在经济大市市长钱惠人身上的事实！便黑着脸问：“马达同志，这些情况你们是不是当真了解清楚了？你敢保证这都是绝对真实的吗？”

马达拿出了在深圳和孙萍萍的谈话记录，“赵省长，你再看看这个吧！”

赵安邦接过谈话记录看了起来，越看心里越难受：这个小盼盼他是见过的，那么单纯可爱，因为历史原因成了私生女，本来就够痛苦的了，竟又在十三岁花季碰上了这么一场灭顶之灾！他这个省长该当何罪？一九九八年八月，当这一罪恶发生时，他已经是常务副省长了，怎么就官僚到了这种程度？怎么就没发现他手上的国家机器出现了如此严重的问题？！一个女孩子，一个中华人民共和国的小公民，在自己的国家，在自己生长的土地上只因为没带本来就不应有的身份证，竟被堂堂国家机关的收容站以收容的名义抓走，五百元公然卖给了涉黑酒店，天理何在？良知何在？这仅仅是一个小盼盼的遭遇吗？这么多年来，类似的事件还有多少？！

还有钱惠人，也不是东西！党性、原则、良知、亲情看来全丢光了！面对发生在自己私生女身上的这起严重刑事犯罪，竟忍气吞声就算了！这是人干的事吗？就算公开了私生女的事实又怎么样？怕影响自己的进步是不是？乌纱帽当真这么重要吗？比自己亲生女儿都重要？更严重的是，由于钱惠人在罪恶面前的忍气吞声，使得这种罪恶有继续下去的可能，从某种意义上说，钱惠人背叛的不仅是她女儿盼盼，也背叛了党和人民，已经涉嫌包庇罪犯了！这实在让人无法容忍，说句心里话，他宁愿钱惠人贪污了这五十万元，也不愿看到现在这种可怕的现实！

马达也说起了钱惠人和那五十万元，“赵省长，我向于书记汇报时说了，在这五十万元的问题上，钱市长真是清白的，没让满天星酒店再多赔点钱就算便宜他们了！”

赵安邦放下手上的谈话记录，“那么，华北同志怎么说啊？”

马达道：“于书记开始有些不同意见，说就算赔偿也不能收人家五十万元嘛，我就把掌握的情况都汇报了，钱市长的女儿盼盼不光是被糟蹋了，还造成了严重的后果，精神已经失常了！医院这些年的病历都在，我也亲自到他们家察看过的！于书记看过小盼盼的病历后，也没再说别的，明确表示了，这五十万元的事到此为止！”

赵安邦压抑不住地吼了一声，“既然到此为止，还向我汇报什么？啊！”

马达赔着小心道：“哦，于书记说，从这起孙盼盼事件看，遣送系统问题不少，要我向你和省政府有关领导汇报一下，听听你的意见，看看该怎么整顿？”

赵安邦桌子一拍，怒道：“这不仅是整顿的问题，要抓人，该抓的全要抓，该严办的要坚决严办！像钱惠芬和那些嫖客，不抓不严办行吗？要除恶务尽！”

马达连连点头，迟疑片刻，又道：“赵省长，该抓的已经开始抓了，我从深圳回来后，向省政法委和沈书记做了个紧急汇报，沈书记很重视，指示省公安厅挂牌督办，就在昨天下午，钱惠芬先落网了，听说是在文山市政府门口落网的！”

赵安邦心里又是一惊，“怎么回事？这种时候，钱惠芬还敢去找钱惠人？”

马达道：“具体怎么个情况我不清楚，不过，据省公安厅的同志说，钱惠芬是在见过钱市长之后被抓的！本来想在钱市长办公室抓的，考虑到影响不好没动手。现在看来，情况还是很不错的，抓到这个钱惠芬，那些残害盼盼的嫖客也就好找了！”

赵安邦关心的不是那些嫖客，而是钱惠人：钱惠芬是昨天下午见过钱惠人之后被捕的，这就是说，他今天和钱惠人通电话谈文山上市公司重组工作时，钱惠人已经啥都知道了！这个分析应该不会错，他姐姐钱惠芬会把情况告诉他，已说出真相的昔日情人孙萍萍也会把情况告诉他，他倒好，任凭风浪起，稳坐钓鱼台！在长达半个多小时的通话过程中竟那么沉着镇定，像什么事都没发生过一样！这又是怎么回事？钱惠人是不愿给他这个老领导添堵添乱，还是冷酷得丧失了人性人味？这么多年过去了，他是不是就真正了解了这位叫钱惠人的老部下呢？令人深思啊！

马达却替钱惠人说起了好话，“赵省长，我可没想到，调查钱市长的经济疑点，会带出这起刑事案件！钱市长也真是有难处哩，我现在挺同情他的……”

赵安邦一下子发作了，“同情什么？钱惠人又是什么好东西？有立场、有人格吗？能在这种严重的刑事犯罪面前闭上眼睛吗？不论有多少难处，多少理由，都绝不能这么做！这是党纪国法所不允许的，也是我绝不能容忍的，我会和他算账的！”

马达不太服气，怔了一下，说：“可……可钱市长总还是受害者嘛！”

赵安邦缓和了一下口气，“是啊，是啊，钱惠人是受害者，但却不是一般的受害者，他是一个经济大市的市长，市委副书记，应该看到问题的严重性！马达，你说说看，如果这种事发生在你身上，你会怎么做？能不带着女儿找到我面前吗？”

马达想了想，承认了，“那当然，赵省长，你知道的，我眼里容不得沙子！”

这时，林处长敲门进来了，小声提醒说：“赵省长，开会的时间到了！”

赵安邦略一沉思，吩咐说：“找一下吴副省长，让他代表我参加吧！你再打个电话给省委值班室，问问老裴现在在哪里。如果老裴有空，我过去谈点工作！”

马达很有眼色，马上站了起来，“赵省长，你忙吧，我也得走了！”

赵安邦也没留，把马达送到门口，拉着马达的手，真诚地说：“马达，不是你，许多严重问题还发现不了，我这个省长没准还得官僚下去，我得谢谢你啊！”

马达壮着胆开玩笑道：“咋这么客气？你老领导以后少涮我几次就行了！”

赵安邦没心思开玩笑，心事重重地挥了挥手，让马达走了。

马达刚走，裴一弘的电话到了，开口就问：“安邦，说是你找我啊？”

赵安邦道：“是的，老裴，临时向你汇报点情况！省监察厅副厅长马达调查钱惠人的经济问题，意外查出了一起刑事案来，我听后有不少想法，要和你扯扯！”

不料，裴一弘却已知道了，在电话里说：“安邦，你说的是钱惠人私生女孙盼盼的案件吧？我知道，省政法委和华北同志分别向我汇报了！我看这不是一起简单的刑事案件啊，性质十分严重，情节极其恶劣，甚至危及我们执政的合法性！”

赵安邦心里一震，“是啊，是啊，你说得太对了，这也是我的认识！我看这比哪个干部的个人腐败行为要严重得多啊！如果我们不闻不问，麻木不仁，任其这么发展下去，中国就要出马丁·路德·金了！”

裴一弘提醒道：“安邦，这话咱们私下说说可以，公开场合可注意点啊！”略一停顿，又说：“哎，你不说要过来吗？那就来吧，我现在不在省委，在省人大办公室，正在查看有关遣送收容的一大堆文件呢，咱们先通通气，碰一碰思想吧！”

到了裴一弘的省人大主任办公室才发现，裴一弘桌上堆着足有半尺厚的文件。

裴一弘指着那堆文件说："这些文件，我个人的意见全要废除，国务院八十年代出台的一个救助性法规，怎么搞成了现在这种样子？制度上的问题一定要从制度上解决，别的地方我们无能为力，省内我们还办得到！三证今后不许再查了，遣送不许再向被遣送人员收费，省人大要搞些地方法规，不允许再出现孙盼盼事件！"

赵安邦道："这也是我想说的，这些年我们发的文件是要好好清理一下了！新出台的文件也要慎重！前阵子我还和省公安厅的同志说，你们过去一些做法也得改改了，要有法律意识，人权意识，别一天到晚尽查房！就算人家男女混居、同居，只要不是卖淫嫖娼，就轮不到你来管！你公权无限扩张，就侵犯了公民的私权！"

裴一弘思索着，"所以，我们要制约这种公权的扩张！省人大下一步出台的地方法规，对此要做出明确规定！把孙盼盼事件做个典型，让我们的人民代表好好讨论一下！对类似孙盼盼的事情也必须好好查，查出一起处理一起，绝不能姑息！"

赵安邦这才道："对钱惠人，我看也要严肃处理，这位同志太没原则了！"

裴一弘却摆了摆手，"安邦，钱惠人先不要急着处理，以后再说吧！"

赵安邦多少有些意外，"老裴，不处理钱惠人，华北同志会答应啊？！"

裴一弘和气地批评道："安邦，你怎么这么敏感啊？老于为什么不答应？实话告诉你：老于这次倒是有点同情钱惠人，向我汇报时说，钱惠人丧失原则不错，可作为一个私生女的父亲，也确有自己的难处。所以，老于的意见，对钱惠人现在先不处理，等经济上的疑点全搞清后再综合考虑，拿个处理意见，我也同意了。”

“老裴，这就是说，钱惠人的经济问题还要继续查下去？”

“要查下去，这五十万元清楚了，宁川的举报线索还不清楚嘛！”

赵安邦不好再说什么了，心想，于华北对钱惠人只怕不是什么同情，而是要铁心和钱惠人，甚至和他算总账。事情很清楚，现在处理钱惠人，不过是个党纪政纪处分，钱惠人就可以安全着陆了。人家于书记哪能让钱惠人就这么安全着陆呢？那还怎么抓后面的大人物啊？当然，就算查到最后没查出经济问题，钱惠人也难逃这一劫。到那时，于华北就会旧话重提了，甚至会建议对钱惠人撤职开除党籍。

37

伟业国际的产权争执在赵安邦和陈副省长的亲自过问下，在省国资委划定的范围内得到了初步解决，双方在一揽子的框架协议上签了字。协议规定：伟业国际百分之六十七的股权定为国有，但省政府承诺，将对其中百分之四十五的股权进行社会化处理，这一处理时间为两年。在同等条件下，白原崴和伟业国际高管层有优先购买权。同时承诺，在这两年的过渡期内，允许白原崴和高管层以此次百分之二十的奖励股权和原来百分之十三的管理层持股控股经营，也就是说，白原崴以百分之三十三的股权继续掌控了伟业。

这实际上存在一个漏洞：国有股权的社会化处理要在两年中陆

续进行，在两年的过渡期内，国有股仍将一股独大，远远超过白原崴手上的百分之三十三，让白原崴继续控股经营其实是很不合理的。因此，最初的文本上规定：白原崴控股经营是两年以后的事，在这两年过渡期内，应该由她孙鲁生这个省国资委副主任兼任董事局主席。白原崴坚决不干，一次次和她争，从省国资委争到省政府，搞得陈副省长头都大了。最后，还是赵安邦一锤定音：以大局为重，让一步，反正要让白原崴控股经营的，早两年晚两年不过是时间问题，这种细节就不争了，要她改任伟业国际监事会主席。

框架协议正式签字后，孙鲁生仍没放松对白原崴的警惕，尽管监事会还没开会改选，她这个主席还没到任，可监事会主席的职责却结合清产核资履行起来了。这便发现了一个大问题：在最近短短不过三个多月的时间里，白原崴和其高管人员手上的股份不知怎么突然发生了巨大变化！尤其是纳斯达克上市的伟业中国，竟达到了相对控股的程度，仅注册在维京群岛的新伟国际企业投资公司一家就拥有百分之四十八的股份。国内以钢铁为主业的伟业控股，白原崴也通过几家受其操控的私募基金和投资公司在二级市场悄悄增持了三千多万股，拥有了全部流通股的百分之二十一，成了第一大股东。这两家上市公司可是伟业国际集团的主力旗舰啊，资产份额占到集团总资产的百分之三十五左右，以市值计则占到百分之四十五以上，而且是效益最好的优良资产，并具有很好的市场流通性。由此联想到白原崴和新伟投资公司前阵子在欧洲的募资活动，孙鲁生这才骤然明白了：白原崴真是太狡诈了，早就做好了两手准备，谈不成就会以有限股权带着伟业旗下最重要的两只旗舰加入新伟投资的新舰队了。伟业余下的资产尽管占到资产总额的百分之六十五，却不够优良，有的在成长中，有的还亏损呢！这实在是妙不可言，最肥的肉他不动声色地割走了，留下了一堆骨头！

孙鲁生把这些情况和赵安邦细细一说，赵安邦非但不惊异，反倒呵呵笑了，“你看看，这个白原崴厉害吧？不比当年谈判桌上的国民党好对付！在这三个多月里，他和他的团队可没闲着啊，没准比你们省国资委还忙哩！人家是国内国外调兵遣将，股市汇市上下其手，把一场防守反击打得相当漂亮啊！孙主任，你们服不服啊？”

孙鲁生真服了，感叹说：“现在我才弄明白，伟业国际海内外股票连续跳水大跌时，白原崴为啥不急。他就是要借所谓利空打压股价，底部接货！你说谁敢走这种险招啊？当时网上传言那么多，甚至说白原崴被立案审查了，作为当事人，谁不急着站出来辟谣澄清？他白原崴偏一言不发，我甚至怀疑他故意扩大散布谣言！”

赵安邦道：“这个可能不是没有，不过，也不能说全是谣言，你孙鲁生不是就想过下通缉令吗？华北同志也在我面前说过，不行就立案调查！好在我们头脑一直是清醒的，框架协议还是和白原崴签了嘛，还是让他继续控股经营嘛，他这两条旗舰也就没必要开出去了！哦，说说吧，这么一来，他们的股权又增加了多少？”

孙鲁生道：“我算了一下，增加了九点八个百分点，已占到了近百分之四十三。”

赵安邦略一沉思，“好啊，这也算社会化处理的一部分吧，让他们继续买，你去告诉白原崴，别光买上市公司，我们手上的国有股还要减持，在净资产的范围内全优先转让给他，他如果真有魄力再吃进百分之八的股份，就可以绝对控股了嘛！”

孙鲁生赞同道：“那是，这么一来，白原崴做伟业董事局主席也就合理合法了！”又推测说：“我看白原崴再协议吃进百分之八的股权是有可能的，他新伟投资旗下有不少资金，就算不够，还可以向国外小银行贷款，反正白原崴有的是办法！”

赵安邦却没这么想，“我看也没这么简单哩，白原崴新伟投资旗下的资金怕是另有用场啊！鲁生，你别忘了，平州港目前可是新伟投资在建，还有文山钢铁公司，白原崴和我说了，准备进一步扩大伟业控股主营业务，吃进第二轧钢厂！”

孙鲁生有些困惑不解，“你的意思是说，白原崴对绝对控股不感兴趣？”

赵安邦摇头道：“他怎么会不感兴趣呢？不过，在这种大局已定的情况下，他不会这么着急了，估计也不会付出真金白银的代价。他也许会找机会在资本操作和资产转换这两个平台上做些文章，也有可能在证券市场上再搞点什么名堂！”

孙鲁生不免觉得有些窝囊，“赵省长，你说，我们这是不是吃了败仗啊？有些同志在背后议论说，白原崴步步紧逼，我们让步太大，都有点里通外国了……”

赵安邦火了，脸一拉，教训说：“这叫什么话？谁里通外国？是省国资委还是省政府？白原崴和伟业国际又算哪门子外国？别有用心嘛，这种话不要听！”长长舒了口气，又说：“更不能说吃了败仗，明明是双赢的买卖嘛！我们和白原崴终是达成了协议，伟业控股和伟业中国这两只旗舰没被开走嘛！如果我们不讲策略，不进行必要让步，真闹个分道扬镳，让伟业控股和伟业中国编入新伟投资的舰队，让马达之类的同志守着白原崴扔下的一堆食之无味的烂骨头，那才叫真正的失败呢！”

孙鲁生想想也是，“是的，果真如此的话，伟业国际就彻底葬送了！”

赵安邦意犹未尽，感叹说：“我们有些同志眼界和思路有问题啊，和他们对话真是太困难了！这个结果要我说已经够好的了，双赢中的大的赢家不是白原崴，而是我们！国有股减持可以腾出上百亿资金，余下的股份让白原崴替换我们继续实现增值，这是其一；其二，我们这么一逼，还逼出了维京群岛的新伟国际企业投资公司，几十亿元人民币的海外资金又让白原崴搞进来了，投平州港，投文山钢铁！”

孙鲁生不无好奇地问：“逼出个新伟投资，赵省长，你是不是也预想到了？”

赵安邦思索道：“没有！不过，有一点我倒是想到了：绝境和困境往往会使生命产生惊人的能量，尤其是对白原崴这种能人，他肯定会有惊人之举的！现在好了，下一步如能说服白原崴把新伟投资归入伟业国际，伟业国际规模就更大了！”

孙鲁生心悦诚服地说：“赵省长，您真是高瞻远瞩，有胆有识啊！”

赵安邦摆了摆手，“有些事也没预见到！在宁川财富会上和白原崴谈话时，我想到了他打压股价，搞逼宫，却没想到他会搞以小吃大！你也不要掉以轻心，伟业中国和伟业控股两艘旗舰，搞不好人家还会开走，这位盟友还提防着咱们呢！”

孙鲁生说：“倒也是，如果我们不履行框架协议，白原崴没准真会这么干！”

赵安邦点头道：“所以，你孙鲁生头脑要清醒，这个协议一定要认真履行，不要给白原崴任何毁约的借口！框架协议下的相关合同也要严格把关，绝不允许再发生宁川建设那种事！别忘了，在宁川建设上，我们可是吃过他大亏的！”

孙鲁生便也适时地想起了当年发生的宁川建设国有股股权转让风波。

一九九五年，白原崴的伟业国际以国有股权受让的形式收购重组上市公司宁川建设。其时，赵安邦在宁川主持工作，做市委书记，她在宁川市财政局当局长，第一次和白原崴及伟业国际打交道。因为伟业国际号称是北京某国家部委下属的大型国企，加之她又没认清白原崴的狡黠面目，便上了一个大当。白原崴很清楚宁川建设的资产负债情况，是在认可资产负债的前提下，和宁川市财政局签订的三千万国有股权转受让协议。也正因为负债严重，三千万国有股的全部转让价格不到两千万元。然而，受让控股宁川建设后，白原崴马上反咬一口，愣说不知道公司负债这么多，要求原控股股东市财政局负责偿还近两个亿的负债。她和市财政局不干，据理力争。结果倒好，人家白原崴依法办事，召开了临时股东大会，股东们闹得沸反盈天，惊动了赵安邦。赵安邦要来国有股转让协议一看，当场拍了桌子，把她痛骂了一通。她没经验，隐形的担保债务协议中竟没有明示。赵安邦说：“这有什么可说的？你们上了人家的当，这两个亿非还不可，上法庭也得败诉！”

两个亿就这么还了，白原崴和他的伟业国际可谓战果辉煌，以不到两千万元的代价拿到了一家上市公司的控股权，在二级市场上净赚了八千多万，还赖了宁川财政局两个亿，而她却因为这一失误，平生头一次背上了一个处分：行政记大过。

好在老天有眼，一年后，白原崴到底犯到了她手上，给了她一次绝佳的报复机会。这一次是收购上市公司电机股份。电机股份负债累累，面临退市，是个沉重的包袱。白原崴一个蚂蚱吃香了嘴，又找上门来收购重组了。这老兄只看到了账面上的负债，暗中的那些担保烂账和隐性负债都没发现。她也有经验了，在国有股转让协议上白纸黑字写得很清楚：所有债权债务概由受让者承担。白原崴也没起疑，以为她是被宁川建设搞怕了。结果可想而知，白原崴败惨了，净赔了四亿五千多万，两年之后才从电机股份上脱身。得知这一情况，赵安邦乐了，说是好啊，我们孙局长到底不是吃干饭的，整了白原崴个一比一，值得庆贺！

赵安邦也想起了这个一比一，“鲁生，在宁川建设上，你吃了白原崴的亏，电机股份上，你还是赚回来了，我记得我还专门给你庆贺过，是不是？”

孙鲁生笑道：“那我还是亏，宁川建设的失误，你给我一个记大过处分哩！”

赵安邦也笑了起来，“记一次大过算什么？我背的处分比你还多！”又随口问道：“哎，这个电机股份现在怎么样了？好像股市上没这支股票了嘛！”

孙鲁生讥讽道：“怎么没有？中国股票也有中国特色啊，哪会轻易退市？当年白原崴和伟业国际割肉退出后，一个叫许克明的人又跑去重组了，搞生态农业，股票也改名叫‘绿色田园’了，据说变成什么绩优股了，这阵子在股市上疯得很哩！”

赵安邦想了起来，“哦，鲁生，是不是那家要和你打官司的上市公司啊？”

孙鲁生苦笑着摇了摇头，“行，赵省长，你还不算太官僚，还记得这事！”

赵安邦说：“我怎么不记得？这事解决了没有？该道个歉就道个歉嘛！”

孙鲁生一下子火了，“什么？我还道歉？现在他们敢来找我吗？我巴不得和他们法庭上见哩！”迟疑了一下，还是说了，“看来我还真得向你汇报一下了，绿色田园的问题比我那篇文章中说得还严重，闹不好也许会把你赵省长都套进去！”

赵安邦一怔，“这又是怎么回事？就算绿色田园有问题，也和我无关嘛！”

孙鲁生挺不客气地责问道：“哎，赵省长，你有没有对绿色田园的老总许克明许诺过，要给他绿色田园政策扶持？支持他们利用资本市场的力量加大对现代农业的投入？还要把他们在文山刘集镇的大豆基地列入农业部的示范点？有没有？”

赵安邦一脸困惑，“鲁生同志，就算我说过这些话又有什么错？哦，我想起来了，这些话我是说过，在三个月前宁川财富峰会上见到许克明时说的！当时，钱惠人也在场嘛，许克明是钱惠人介绍给我的，钱惠人很了解许克明，赞不绝口嘛！”

孙鲁生说：“是的，你和钱市长赞不绝口，人家就利用你们的话做文章了，在股市上就构成重大利好了！绿色田园在这三个月里，拉了十几个涨停板，股价翻了一番还不止！现在这家公司不仅涉嫌业绩造假，很可能还涉嫌重大证券诈骗！”

赵安邦多少有些吃惊，自嘲道：“鲁生，照你这说法，我也是同案犯了？”

孙鲁生不敢开这种玩笑，很认真地说：“赵省长，你自己到网上看看吧！”

赵安邦也认真了，“可这些话我不是公开讲的啊，我知道我们的股市是政策市、消息市，在公开场合讲到上市公司，我一直比较谨慎，没把握的话绝不讲！怎么就会在网上传得一塌糊涂呢？那个姓许的当真给我下套？钱惠人也不提防他？”

孙鲁生脱口而出：“钱市长提防啥？没准钱市长就想把绿色田园炒上去呢！”

赵安邦怔住了，“孙鲁生，请你说清楚：钱惠人为什么要这样做？啊？”

孙鲁生心里很清楚，赵安邦和钱惠人是什么关系，自知有些失言了，忙赔着笑脸往回收，“哎，哎，赵省长，您别这么看着我啊！我……我也是瞎猜罢了！我……我觉得钱市长起码是看错了许克明，不该把这个许克明介绍给你嘛……”

没想到，赵安邦却紧追不放，“鲁生，你别给我耍滑头，有啥说啥，说！”

孙鲁生仍不愿说，掉转话头道：“赵省长，还是说白原崴和伟业国际吧！您提醒得对，也很及时，框架协议下的相关合同，我和同志们一定会严格把关……”

赵安邦却走了神，拿起茶几上的一支铅笔，在手上把玩着，不知在想啥。

孙鲁生说不下去了，“赵省长，要不，我先回去，有了新情况再汇报？”

赵安邦却阻止了，叹了口气，说：“鲁生啊，钱惠人是我的老部下，你也是我的老部下啊，怎么就不愿和我交交心呢？我今天不当你是正式汇报，就算我们两个朋友之间私下交心好不好？你孙鲁生当真愿意看着我这么糊里糊涂陷入被动吗？”

这话说得很真诚，孙鲁生想了想，只得说了，“赵省长，有件事你知道不知道？白天明的儿子白小亮挪用公款炒的股票全解套了，基本上没亏啥钱！”

赵安邦聪明过人，一点就透，“这么说，白小亮过去炒的是绿色田园？”

孙鲁生点点头，“是的，所以，我就不能不怀疑：钱市长是不是为了白小亮被套的股票，才故意把许克明介绍给你，才让许克明四处放风，说是省里要给绿色田园优惠政策。钱市长和天明书记是什么关系啊？总要在这时候帮白小亮一把嘛！”

赵安邦单刀直入地问：“鲁生，你是不是也怀疑我呢？我也故意这样放风？”

孙鲁生迟疑了好半天，还是承认了，“所以，赵省长，我才不敢说嘛！说心里话，天明书记在宁川主持工作时也有恩于我，我财政局副局长是在他手上提的，我也不愿意看到白小亮被判重刑，现在这种情况就好多了，听说只判十年以下！”

赵安邦想了想，又问：“鲁生，这些话，你没在钱惠人面前说过吧？”

孙鲁生道：“没有，在任何人面前我都没提起过，不过，绿色田园的问题还是要暴露的，业绩造假和证券欺诈，都是证券犯罪，中国证监会迟早会调查的。”

赵安邦全听明白了，果断地说：“鲁生，我们也要查一查，重点查钱惠人，看看这位同志到底卷进去没有？卷进去多深？这个绿色田园究竟是绿色的，还是黑色的？这里面有多少名堂！这事交给你了，去实事求是查，只对我本人负责！”

孙鲁生看着赵安邦，怔住了，“赵省长，如……如果查出重大问题怎么办？”

赵安邦冷冷道：“好办，按党纪国法严肃处理，这个钱惠人胆子也太大了！”

孙鲁生心里有底了，赵安邦今天的这个态度说明了两点：其一，赵安邦和绿色田园事件显然没关系；其二，赵安邦对钱惠人可能存在的欺骗行为十分恼火……

38

世事难料，变局诡异，在宁川再次见到老搭档钱惠人时，王汝成感慨颇多。

钱惠人实在是够倒霉的，被老对手于华北死死盯着，副省级没弄上，贬到文山做市长不说，又曝出了个私生女被卖事件，搞得满城风雨。估计钱惠人的老婆崔小柔也知道了，还不知家里会闹成什么样。崔小柔比钱惠人小八岁，柔中有刚，是修理男人的好手，在经济上一直把钱惠人管得很死，他和班子里的同志没少和钱惠人开过玩笑。现在突然冒出个私生女盼盼，崔小柔哪接受得了？非和钱惠人算账不可。钱惠人对私生女内心有愧，只怕也不会轻易让步，必然陷入内外交困的境地。

果不其然，一见面就发现，钱惠人满脸憔悴，无论如何掩饰，眼神中的失落和哀愁仍不时地流露出来。在王汝成办公室一坐下，钱惠人就声明说，他这次到宁川可不是来叙旧的，是办公事，落实省委文山学宁川的指示，联系两市干部交流事宜。

王汝成十分热情，“好，好，我支持，包括各部委局办干部之间的换岗交流！你们走进来，我们派出去，分批轮换，坚持几年，你们文山队伍就会大变样了！”

钱惠人不无悲哀，“汝成，你这家伙分得真清啊，才几天啊，就‘你们’‘我们’了！”

王汝成见钱惠人这么敏感，便笑着改了口，“对，对，就是‘我们’！我们一起把这事认真落实，办好就是！胖子，你是宁川老市长了，熟悉情况，你一肩挑两家好了，需要我和市委配合的，你只管发话！我一定让你老弟在宁川感到温暖！”

钱惠人自嘲道：“我别温暖了，还是在一边凉快吧！不过，我倒希望你王大书记对人家石亚南温暖点儿，她要带队过来！你现在进了省委常委班子，是省委领导了，可别端架子啊，人家石亚南怕你哩，所以才让我出面先打这个前站！”

王汝成问：“你咋不过来呢？你家还在宁川嘛，你过来不是公私兼顾吗？”

钱惠人苦苦一笑，“汝成，你心里会没数？我这滚蛋的宁川市长又回来了，让人家于华北副书记怎么想？我在宁川的问题还好查吗？！”

王汝成一怔：这倒真是个不可回避的事实情况。钱惠人离开宁川后没几天，于华北手下的联合调查组就过来了，住在市委第三招待所找人谈话，谈的什么不清楚。带队的是省纪委的一位副书记，他还以市委名义，请那位副书记吃过一顿饭。

钱惠人叹着气，又说："再说，文山那边也离不开。我和石亚南有分工的，这段时间，她主抓干部队伍转变观念，我主持文山日常工作，处理上届班子留下的一堆烂事！"他禁不住发起了牢骚，"田封义甩手就走了，连班都没好好交，就到省作家协会享清福去了，把一堆烧着的火炭留给了我，烤得我大汗淋漓，直冒油啊！"

这情况王汝成多少知道一些，便问："怎么着，听说这个田封义情绪还很大？"

钱惠人讥讽道："那是，没能顺序接班嘛，背地里尽骂娘，不但骂安邦省长和裴书记，连他的老领导于华北都骂！二号车也让他带走了，崭新的奥迪啊，我让办公厅要了几次也没要回来，都气死我了，我真没见过像田封义这种无赖的家伙！"

王汝成劝慰说："算了，胖子，犯不着为一台车生气，文山虽然欠发达，总比省作家协会的物质条件好一些嘛，你老弟就权当是赞助我省文化事业了吧！"

钱惠人无奈地说："是，是，这台车我是可以赞助，可文山的二号车牌你总得还我吧？你不是文山市市长了，还占着二号车牌干什么？田封义连车牌都不还！他的办公室主任说，正在找关系搞省城的小号车牌，搞到之前，还得再借用一阵子。汝成，你见过这么不要脸的人吗？省作家协会是啥单位？他田封义的车凭啥挂小号车牌！"叹着气，摆了摆手，"算了，算了，不说这些小事了，还是说大事吧！在其位就要谋其政，我对石亚南说了，我不会闹情绪，一定会像和你老兄合作一样，和她好好合作，先搞点调查研究，为文山将来的长远发展提供一个可行的思路！"

王汝成说："这就对了嘛，我和安邦省长说，你去了文山，文山就有希望了！文山就是十几年前的宁川嘛，从某种意义上说，比当年的宁川基础还好一些！"

钱惠人却摇起了头，"未必啊，老兄！宁川当年有天明书记和安邦省长，有你王汝成这样的将帅之才，文山现在有啥？蜀中无大将，我和石亚南这种廖化式的人物就充当先锋了！小环境也不是太好，你也知道的，文山可是人家于华北同志调理了多年的根据地啊，搞形式主义是有传统的，全带着于氏风格！什么形式都能给你搞得轰轰烈烈，实效就是看不见！所以，我已经提醒石亚南了，对南方的学习绝不能搞形式主义，要落实到各单位、各部门的实际工作中去，我要的就是实效！"

王汝成心里清楚，钱惠人的能力、贡献绝不在自己之下，此刻见钱惠人说得这么诚恳，多少有些激动，也掏心掏肺地说："胖子，你也别想得这么灰，我看你和石亚南就是将帅之才嘛，省委对你们这个新班子是寄予很大希望的！安邦省长心里对你的希望更大一些，私下和我说过，只要钱胖子好好干，不愁文山上不去！"

钱惠人眼圈红了，"汝成，你说我怎么好好干？我在前面打冲锋，身后黑枪不断，于华北同志和那个马达想干什么？能这么整人吗？白小亮那四十二万元借款查清楚了，又查盼盼那五十万元的赔偿费，查得社会上议论纷纷！我真是欲哭无泪啊！"

王汝成这才叹着气问："惠人，你家崔小柔是不是知道了？和你闹了？"

钱惠人仰着脸，强忍着欲滴的泪水，"这次还……还好，没怎么闹！"

王汝成想了想，关切地问：“你看，要不要我帮你做做小柔的工作呢？”

钱惠人揩去眼里混浊的泪水，摆了摆手说：“不必了，汝成！我心里的苦处小柔都知道了，我也和小柔说了：无论今天的处境如何艰难，我还是要感谢安邦省长，感谢天明书记，也感谢你老兄啊，你们这些好领导给了我近二十年人生的辉煌。余下的岁月，我要替小柔和盼盼干了，偿还欠家庭和女儿的良心债吧！”

王汝成有些吃惊，“怎么，惠人，你的意思是说，要辞职？是不是？”

钱惠人默然点点头，“看来也只能这样了，于华北盯着我不放，一心逼我下台，我下台好了，这一来也不让安邦省长和你为难，今非昔比了，你现在也是省委常委了，当真为我的事和于华北在常委会上吵吗？这也不好嘛，会授人以柄的！”

王汝成没接钱惠人这话茬。尽管他心里很同情钱惠人，尽管他对于华北的这种做法很反感，但却从没想过要和于华北公开对立。这并不是不讲感情，而是钱惠人的问题实在太复杂了，一件事接一件事，虽说都是查无实据，却也事出有因。

钱惠人又说了起来，语气平和恳切，“汝成，我是这样想的：辞职是一定要辞的，但也不是现在。安邦省长希望我在文山再创辉煌，辉煌虽然创不了，发展思路总要理顺，就像当年天明书记在宁川定盘子！这么一来，也对得起省委了！”

王汝成仍没接茬，沉思良久，突然问：“胖子，你能不能和我说点心里话？”

钱惠人怔了一下，反问上来，“汝成，咱们共事这么多年，你还问这话？”

王汝成斟词酌句道：“那你给我交个底好不好？除了那四十二万元借款和五十万元赔偿费，你这些年来是不是还拿过什么不该拿的钱？或者什么好处？”

钱惠人一声长叹，“我的王书记啊，共事十四年，一起搭班子五年，你也怀疑起我了？真是悲哀啊！”眼里的泪水骤然滚落下来，“汝成，回答你的问题：从一九八九年二月调到宁川开始到今天，如果我钱惠人收受过任何人的任何贿赂，贪污过任何项目上的任何一分钱，拿过任何经济实体的任何经济好处，你杀我的头！”

王汝成又迟疑着问：“那么，在别的方面呢？有没有不检点的地方？”

钱惠人道：“这你知道，就是孙萍萍和盼盼的事，那也是历史原因造成的！现在我也后悔，我的严重错误是没有处理好姐姐钱惠芬和盼盼的关系，当时，我太要面子，不敢声张，又以为是自己的私事，实际上是丧失了原则，丧失了党性。”

王汝成责备说：“是啊，惠人，这件事你处理得很不好嘛，我听说后心里都骂你！不瞒你说，有些同志话说得很难听，说你把乌纱帽看得比命都重，没人味儿！”

钱惠人显然受了震动，怔了一下，抱头痛哭起来，哭了好一会儿。

王汝成心里也不是滋味，安慰说：“行了，行了，胖子，别哭了，只要你在经济上是清白的，就不要怕，更不要辞职！辞什么职啊，等着省委来撤好了！我看没那么好撤的，安邦省长了解你，我也了解你，该说的话，我们到时候都会说的！”

钱惠人抹去脸上的泪，抬起头道：“汝成，那请你转告安邦省长，说三点：一、请安邦省长相信我经济上的清白；二，在盼盼问题上，不论给我什么处分，我都没意见；三、不要因为我造成和于华北的进一步矛盾，必要时我可以辞职！”

王汝成说：“惠人，这三点说得很好，你可以直接和安邦省长说嘛！”

钱惠人皱着眉头道：“我……我哪还有脸见安邦省长啊？”

王汝成想想也是，便答应钱惠人说，一定尽快找个时间和赵安邦谈一次。

不承想，没等他去省城找赵安邦，赵安邦倒主动找他了，是在钱惠人离开宁川的当天晚上打电话找来的。没谈别的事，开口就问钱惠人，“哎，王汝成，我怎么听说钱惠人突然跑到你那里去了？都和你这同志嘀咕了些啥啊？”

王汝成马上叫了起来，“赵省长，你还问我？我正说要到省城找你呢！”

赵安邦说：“那好，那好，就在电话里说吧，别过来了，我这阵子事不少！汝成，我先问你：钱惠人是不是来找你这个新任省委常委喊冤诉苦的啊？”

王汝成道：“这倒不是，他是来联系工作的，文山现在不是学南方吗？两市干部也要交流，就是商量这事的！不过，钱胖子也诉了些苦，还在我面前哭了一场！”他把和钱惠人谈话的情况说了说，最后道：“我觉得这事好像不太对劲啊！”

赵安邦说：“哪里不对劲了？汝成，你是不是发现了什么？”

王汝成试探道：“赵省长，你说于华北和马达是不是有点过分了？”

赵安邦“哼”了一声，“过分？谁过分啊？”

王汝成想了想，还是说了，“赵省长，你是我们的老领导，我既想到了，就得在你面前说出来，不一定对，你分析判断吧！我总觉得这不是钱惠人一人的事，当年发生在宁川的那些是是非非好像还没结束啊！白小亮的案子如果是扫清外围，现在分明进入核心作战了，过去我还只是怀疑，现在看得比较清楚了：于华北同志的意图很明显，恐怕是要以钱惠人为突破口，反攻倒算，最终想把我们全装进去！”

赵安邦没好气地道：“装进去没那么容易，别说我们，就是钱惠人，只要经济上清白，也装不进去嘛！但是，钱惠人是不是真清白呢？谁敢打包票啊？我都不敢！汝成，这些年你们在一起搭班子，你怎么评价钱惠人？听说了什么没有？”

王汝成觉得赵安邦的口气不对头，也谨慎起来，“我对老钱的评价你是知道的，确实是个能力很强的市长，应该不会有啥问题吧？起码我没发现啥问题。老钱当年追集资款时，赚来的九百八十多万港币都不拿，会受谁的贿吗？你说呢？”

赵安邦郁郁地说：“当年是当年，现在是现在，人是会变的！当年在文山当镇党委书记时，钱惠人敢手托乌纱帽和地委书记陈同和干，现在呢？在强奸自己亲生女儿的严重犯罪事实面前却忍气吞声！再说，钱惠人这能力强得也让我不敢放心啊！”

王汝成多少还是有些意外，悬着心问：“赵省长，你是不是发现啥了？”

赵安邦在电话里沉默片刻，才说：“汝成，白小亮的情况你知道不知道？”

王汝成狐疑道：“这我知道啊，池大姐和我说的，说是白小亮的运气不错，买了支叫‘绿色田园’的好股票，现在都卖了，公款大部分还上了，真是阿弥陀佛！”

赵安邦说：“你别阿弥陀佛，有迹象证明，钱惠人卷进去了，和绿色田园的老总许克明串通一气，在这支股票上做局操纵，省国资委孙鲁生向我汇报过了！”

王汝成推测道：“钱惠人这么做，是不是为了帮助白小亮？应该是好心吧？”

赵安邦迟疑说：“目前不好判断，就算是为了帮白小亮，也涉嫌证券犯罪！我怀疑这其中还有别的名堂，否则，他没这么大的胆，连我的文章都敢做！”

王汝成吃了一惊，“什么？他做你的文章？这……这也太不可思议了吧？！”

赵安邦又说：“所以，汝成啊，你这同志心里要有点数，要有警惕性，不能再替钱惠人乱打包票了，钱惠人的问题就让于华北和调查组认真查！我们和于华北同志的历史矛盾、工作争执是一回事，钱惠人的问题是另一回事！我也要查一下，准备让孙鲁生暗中查，鲁生也许会去宁川找你，你可一定要多支持啊！”

王汝成全听明白了，连连应道：“好，好，赵省长，我都有数了！”

赵安邦似乎还不放心，“汝成，在这种时候，千万不能感情用事啊！”

王汝成这才道：“赵省长，我看干脆让钱惠人辞职吧，他自己也提出来了！”

赵安邦叹息说：“没这么简单啊，一弘同志和于华北估计都不会同意！一弘同志怎么想的我不知道，于华北看来不愿意让钱惠人这么安全着陆！好了，不说了，等把问题查清后再定吧，该撤职就撤职，这是没办法的事！”

王汝成没再说什么，通话结束后，呆呆怔了好半天，才缓缓放下了话筒。

钱惠人的问题究竟有多严重？裴一弘和于华北怎么竟然连钱惠人主动辞职都不许？钱惠人是不是已经到这两位省委领导面前辞过职了？抑或是赵安邦在裴一弘跟前试探着提起过这件事？这个能干的老搭档当真会这么完了？真有些不可思议！

为今日这个辉煌的新宁川、大宁川，多少同志在前赴后继的拼搏中倒下了，白天明甚至付出了生命的代价，但宁川历届班子主要领导者没有谁倒在腐败泥潭中。从裘少雄、邵泽兴，到赵安邦和他，一个也没有。尽管包括于华北在内的许多眼睛死死盯着宁川，各种名目的调查组、工作组查个不停，查处的腐败干部最高级别不过是个括号副市级，难道这一回钱惠人要打破这零的纪录了？这里面会没有其他什么文章吗？就算钱惠人有问题，只怕也有人事斗争的因素。对此，他心里有数，赵安邦心里肯定也有数，只是不好明说罢了。对宁川的成就，谁都不能否认，也不敢否认，他和赵安邦才先后从宁川上来了。但有些同志不服气啊，比如于华北，总要在心理上找些平衡。这些同志尽管官做得很大，职位很高，胸怀境界比起裘少雄、白天明可就差得太远喽！一有机会总想活动活动手脚，整一整所谓的“宁川帮”！

思绪裹挟着昨日的风雨，惊涛裂岸般地一阵阵扑打着王汝成的心扉……

第十二章

39

王汝成从不认为汉江省内存在一个以白天明、赵安邦为首的所谓“宁川帮”或“宁川派”。了解历史的老同志都知道，宁川干部队伍是在风风雨雨和斑斑血泪中冲杀出来的，队伍班底起码可以追溯到二十世纪八十年代末裘少雄、邵泽兴那届班子。因为经历了太多的悲伤和磨难，宁川在任干部和走出去的干部才有这么一种同气相求的精神，和白天明、赵安邦并没有太大的关系。王汝成就是一个例子。他是在裘少雄任上提的，算不得白天明、赵安邦的人，而且和白天明、赵安邦初期的合作并不愉快。如果不是后来发生了那么多事，如果不是白天明、赵安邦的无私无畏和远见卓识真正折服了他，他也许早就和这两位领导分道扬镳了。因此，每每回忆逝去的往事，他总会没来由地记起陈毅元帅一句豪迈的诗句，“此去泉台招旧部，旌旗十万斩阎罗”。真是一次次收拾旧部啊，白天明收拾过，赵安邦收拾过，他做了市委书记也收拾过。

一九八九年初，赵安邦和钱惠人从文山调到宁川时，王汝成刚从市政府秘书长提为副市长，是前任市委书记裘少雄下台前向省委推荐提的。集资风波发生后，裘少雄预感到情况不妙，在市长邵泽兴和常委班子的配合下，于不动声色中组织了一场舍帅保车的大撤退。捐弃前嫌，力保白天明渡过难关，同时，把他和一批处级干部突击提起来了。还根据白天明的建议，为赵安邦来宁川任市长做了不少台前幕后的工作。结果是令人欣慰的，尽管裘少雄和邵泽兴双双下台，但以白天明、赵安邦为首的第二届班子如愿以偿上来了，还为后来赵安邦和邵泽兴的第三届班子，以及他和钱惠人的第四届班子打下了最初的基石，这一点，也许裘少雄当时并没有想到。

事过多年以后，王汝成还记得当年裘少雄向白天明交班的那一幕：不是党政干部大会上冠冕堂皇的过场戏，是两个战友私下的交接，一个即将撤下阵地的老班长，向接收阵地的新班长的交底交心。王汝成当时就觉得，裘少雄把他这个新提的副市长也叫上有些意味深长。那当儿，他还没进市委班子，不是市委常委。赵安邦也还没到位，虽说做代市长大局已定，终是没宣布，党政干部大会也还没召开。

那天，裘少雄设家宴请他和白天明喝酒。菜不多，酒却很好，是裘少雄收藏了多年的茅台，白天明也带了两瓶酒来，是啥酒记不清了。大家喝得很压抑，裘少雄的失落和悲愤很明显，想掩饰也掩饰不住，几杯下肚，眼含泪水对他们说：“天明，汝成啊，我和邵市长是栽在集资上了，将来宁川怎么搞，就看你们的了！当然，还有马上调来的赵安邦！赵安邦同志我不太熟，有些话不好说，只能和你们说，你们二位任重道远啊，是我们宁川自费改革的火种，也是我和泽兴同志的希望！我和泽兴同志的教训你们要汲取，但不能缩手缩脚，该怎么干还得怎么干！”

白天明点着头，动容地说：“裘书记，和您说心里话吧，我已经想好了：我这回算是死里逃生，是在你们的掩护下撤退的，也就更不怕死了！赵安邦也是个能开拓局面的好同志，您放心好了，我和我们这届班子绝不会让您和邵市长失望的！”

裘少雄脸上浮出了苦涩的笑容，“那就好，天明，那我今天就算提前交班了，——其实也不算接班，你本来就是老班子的成员嘛，比较了解宁川的情况。你上来后，肯定会有你的工作思路，这很正常，我不会干涉，当然，也干涉不了……”

白天明忙道：“裘书记，关于宁川的工作，我和安邦同志会常向您讨教的！”

裘少雄自嘲说：“讨教什么？我当真会这么不识趣啊？现在说说就行了，供你们新班子参考吧！”和白天明碰了碰杯，缓缓说了起来，“两个基本点要坚持：一个是自费改革；一个是十年规划。自费这个费从哪来呢，要开阔思路，多想些办法，集资这种事不能再干了，后遗症太多，为它犯错误也不值得！十年规划已制定了，不要轻易变，不能一个班子搞一套啊，城市建设必须有承继性、持续性。我希望十年以后，宁川也能像平州一样美丽，甚至比平州还好，变成个花园城市！”

把宁川建成花园式海滨城市，是裘少雄的一个梦想，裘少雄在大学学园林，到宁川主持工作后，眼睛一直盯着平州，铆足了劲，要在十年内赶超平州。因此便以平州为榜样，为宁川制定了一个十年规划，规划的要点，一是GDP的增长，再一个就是花园式的城建。这个规划几上几下，反复讨论过，王汝成和白天明都很清楚。

白天明明确表示说：“这两个基本点我会记住，也会让安邦同志记住！”

裘少雄又说起了平州，“所以，我个人意见，还要继续开展学平州活动！平州基础比宁川好，历史上就是海滨名城，现在又是改革开放窗口城市，他们的好经验，我们要虚心学习！两市之间的关系要进一步搞好，要有赶超平州的决心和信心，也要讲策略，不计一城一地的得失，平州的裴书记可是位有想法的同志啊！”

其时，平州的市委书记是现任省委书记裴一弘。裴一弘和裘少雄都是从省委机关下来的干部，二人在省委时关系就不错，各自到地方上主政后，仍声气相通，两市之间来往频繁，虽说在工作上较劲，但关系不像后来白天明、赵安邦主持工作时那么紧张。据王汝成所知，裴一弘对裘少雄和邵泽兴的遭遇是很同情的，明里暗里帮裘少雄和邵泽兴在老领导刘焕章面前说了不少好话。能让白天明和赵安邦顺利上来，裴一弘私下里也起了不小的作用，谁不知道裴一弘做过刘焕章的秘书啊！

王汝成记得，对继续学平州的问题，白天明也是表了态的，说是不但要学平州，追平州，更要放眼全国、全世界，把能为宁川所用的好经验都学来。最后，向裘少雄举杯致谢时，还诚恳动情地说：“……裘书记，您就把宁川当做自己的根据地好了，将来退休后到宁川海滨花园颐养天年，我和汝成同志陪您！”

裘少雄不断地含泪微笑，临别时，冲动地和白天明拥抱起来。

和白天明拥抱时，裘少雄可没想到，这位他寄予了极大期望的接班人，上台后会和新任市长赵安邦一起否掉他的梦想！当然，这一点他当时也没看出来。

白天明和赵安邦真是两个不可思议的人物，官场上那一套对他们几乎不起作用。集资风波闹得这么大，看起来一时很难稳妥解决，这哼哈二将不显山不露水就摆平了，基本上是违规操作。赵安邦在台前闯关，白天明在幕后支持，再加上钱惠人不顾死活地打冲锋，好结果就出来了。事后，除了省交通厅对挪用道路建设资金的事发过一个通报，也没见谁认真追究他们的违规责任。王汝成便觉得裘少雄和邵泽兴挺亏：他们如果也敢这么拆东墙补西墙，没准下不了台。又觉得白天明不是那么够意思，既然心里有数，知道集资问题能用这种办法解决，就应该早点提出来。

虽然这么想，却没敢和任何人说，对白天明的不满，和对裘少雄的感情只能深埋在心里。情况很清楚，如今的市委书记不是裘少雄了，是白天明，作为一个还没进市委常委班子的副市长，于私于公，他都不能和白天明叫板。对赵安邦，他心里也不是太服气，这位同志凭什么从县委书记一下子就任常务副市长、代市长了呢？

心里有了疙瘩，情绪总会有所流露，最终在新规划问题上公开暴露了。

白天明为什么要背叛对裘少雄的承诺？这种背叛到底是怎么发生的？新市长赵安邦起了多大的作用？王汝成一概不知道，他知道的只是一个事实：白天明把裘少雄、邵泽兴辛辛苦苦制定的规划否决了，以调整规划的名义，将宁川定位为与省城并列的经济中心型城市。平州经验不谈了，一直开展着的学平州活动无疾而终，海滨花园式城市更不提了。原规划中的牛山半岛海滨风景区取消，计划在牛山半岛小开发区的基础上，搞整个牛山半岛大开发，相当于重建一个新宁川，建设重点也从老城区转移到了半岛新区。还准备和英国、香港等国家和地区的著名设计部门合作，在牛山半岛东北部的荒凉渔村海沧村搞现代化中央国际商务中心，英文缩写就是CBD。白天明在党政办公会上多次吹风说：未来的宁川就是要搞大开发，大开放，大建设。

王汝成觉得有所不妥，犹豫了几天，找白天明交心谈了一次，提醒说："天明书记，您知道的，裘书记对原规划看得很重，现在变化这么大，您是不是也去征求一下裘书记的意见呢？多听听意见没坏处嘛，再说，您也说过要向他讨教的！"

白天明想都没想，张口就否决了，"不必了吧？他们现在不会理解的！我们去征求意见了，肯定会产生矛盾，以后的工作也难做，不如先干起来再说了！"似乎觉得口气有些强硬，才又补充道："规划不过是调整嘛，而且是往好处调，往大处调，对将来的发展是十分有利的！况且，自费改革的旗帜我们也没丢嘛！"

王汝成话里有话道："裘书记可是把对宁川的期望全寄托在咱们这个新班子身上啊，临走前还找咱们俩单独谈了一次话！再说，原十年规划您我过去也是参与过意见的，尤其是您，当时就是市委副书记，三把手，也是决策者之一嘛！"

白天明手一摆，没好气地道："我算什么决策者？裘书记的脾气你又不是不知道，他定下的事谁反对得了？不要班子的团结了？"话题一转，"好了，不说裘书记了，只要宁川能在我们手上搞上去，我们就对得起裘书记了！还是就事论事说规划吧，你觉得这个新规划本身是不是有问题呢？有问题就提出来，我们再研究！"

王汝成原本不想说，这时也只好说了，说得很诚恳，"天明书记，咱们今天是私下交心，我就实话实说：我认为有两个问题，一是摊子铺得太大，牛山半岛总面积六十四平方公里，三面环海，搞海滨风景区投入较少，比较切合实际。搞整体开发就有些悬了，这么大一个半岛，得多少票子才能铺平啊？几百亿甚至上千亿的开发资金从哪里来？咱们别忘了，宁川的改革可是自费改革啊！其二，在强调 GDP 的同时，也要注意整个城市的综合发展，老城改造不能忽视，生态建设也不能忽视，平州的经验还是要学的，起码城建规划和振兴乡镇企业方面的经验要学！”

白天明颇不耐烦地道：“汝成，你得记住一个前提：我们做的是十年规划，不是安排今年的工作，因此，就不存在你说的摊子过大的问题！我们就是要集十年的精力和财力，把荒凉的牛山半岛变成宁川经济的新发动机，塑造新宁川、大宁川的形象！我和安邦市长，还有其他常委合计时，大家都很振奋，你这同志是怎么回事啊？怎么这么瞻前顾后？是不是某些感情因素在起作用啊？你对裘书记有感情，我也有感情嘛，但这不等于说他的工作思路就不能改动！”略一停顿，又说：“至于学平州，我的看法是这样的：好经验当然要学，但不能跟在平州后面亦步亦趋地爬，宁川就是宁川，不是平州！宁川的同志要有志气，有自己独到的发展思路！这也是安邦市长的意见，安邦和我说了，我们可以争取在五年内 GDP 超过平州！”

这就是当今中国特有的政治现实，一把手决定一切，说一把手就是环境那可真没说错。一把手有能力，有气魄，就有个好的干事环境和投资环境，反之就啥也谈不上了。因此，一个地方搞好了，经济搞上去了，一把手功不可没。一个地方搞砸了，一把手也罪不容赦。所谓领导班子的团结，基本上是以一把手为中心进行的团结，中国特有的政治现实促使班子的任何一个同志都必须唯一把手马首是瞻。

一九八九年，王汝成就面对这样的现实：原一把手裘少雄有裘少雄的脾气，现任一把手白天明也有白天明的脾气。而且，白天明当上市委书记后，脾气一点不比裘少雄小，好像还更大一些。他交心式的私下谈话，非但没促使白天明有任何改变，反倒让白天明对他起了戒心。后来，白天明甚至想调整他的工作分工，让他这位建筑学硕士出身的副市长去管文教卫，倒是赵安邦做了些工作，出面阻止了。

嗣后的事实证明，白天明这个一把手还不错，其眼光、气魄，实际工作能力都远在裘少雄之上，未来新宁川的底子在他和赵安邦手上打下了。省委和中央今天对宁川的高度评价，也是他对宁川的真诚评价。作为一个为宁川崛起付出了无尽心血的副市长、市委副书记、书记，他几乎容不得任何人对宁川说三道四。不过，私下里，他多少仍有所保留：宁川这十几年的大路子没错，的确创造了汉江省改革开放的一个奇迹，但是，也存在不小的遗憾，就是对城市生态发展和人文环境的建设关注不够。这一点越到后来看得越清楚，尽管他出任市委书记后多方补救，仍难尽如人意。因而，便也不止一次想：如果当时白天明的工作作风不是那么霸道，决策能民主一些，慎重一些，没准今天的宁川在人居环境上也能和平州一较高低。

当然，这也是悖论，白天明当年如果真民主了，做通他和裘少雄的工作就有个过程，这么研究来讨论去也许就贻误了战机，就没有今天这个辉煌的宁川了！共产党人必须历史辩证地看问题，那时毕竟不是一九九九年，而是一九八九年啊！

40

一九八九年，政治动荡之后的中国面临着严峻的历史性抉择，是就此闭关锁国，走改革开放前的老路，还是坚持时代进步方向，继续实行这场关乎民族复兴的伟大改革？代表着两种不同抉择的政治社会力量前所未有地公然对峙起来。其后又相继发生了苏联解体、东欧社会主义阵营土崩瓦解，于是我们的民族陷入了彷徨不安之中。这是中国改革最困难的时候，这种困难状况一直持续到一九九二年邓小平南方谈话以后。

一九八九年的宁川也面临着历史性抉择，在如此复杂而风险莫测的背景下，是观望等待，跟在平州后面亦步亦趋地学走路，还是进一步解放思想，根据宁川本身的客观情况，走自己的发展道路？白天明上任后一直在思索，赵安邦也在思索。

有一件事，赵安邦记得很清楚：那年五月底，北京的政治风波已波及到了宁川，两人到宁川大学和请愿的大学生对话途中，白天明还绕道牛山半岛，到海沧村看地形。在那种情况下，白天明心里琢磨的头等大事仍是如何为宁川摸索出一条可持续发展的道路，牛山半岛的全岛大开发他那时已经成熟于胸了。对动荡局势可能带来的消极后果，白天明是有预感的，私下里曾不止一次和他说过：“我担心这些学生娃娃好心办坏事啊，搞不好就会授人以柄，甚至有可能葬送掉我们这场改革实践！”

白天明这个判断是正确的，颇有先见之明。最突出的一个例子是文山市委书记陈同和的上书事件。

陈同和不知是出于自己真诚的信念，还是出于对刘焕章和省委的不满，以思想汇报的名义，给刘焕章和七个省委常委每人寄了一份材料，重提一九八五年文山古龙县的分地，说是看到白天明、赵安邦这样的自由化分子仍然得到省委的重用，他是如何如何的忧心如焚，如何如何为党和国家的前途命运担心不已。因此，才在慎重考虑再三之后，以一个党员和省委委员的名义，写了这份汇报材料，希望能引起省委的重视，用实际行动纠正用人上的错误，将反和平演变的斗争进行到底。

新调来的徐省长对陈同和反映的问题很重视，可却不好公然否定刘焕章和省委刚定下的宁川新班子，便抓住动乱做起了文章，指责白天明和宁川市委对学生闹事的态度太软弱，处理不力，加重了宁川的动乱程度，建议将宁川定为动乱城市，并以此为契机整顿宁川班子。刘焕章很恼火，在常委会上向徐省长说明了分地发生时的背景和处理情况，以及任用宁川这届班子的种种考虑，本意还是想说服徐省长的。徐省长却没被说服，进一步建议将赵安邦和白天明撤下来。刘焕章岂能被这位新调来的省长牵着鼻子走？和徐省长干了一仗，发了大脾气，最后全体常委表决，否定了徐省长的建议，刘焕章也就此和徐省长结了怨。这是一九九三年徐省长调离江汉省以后，赵安邦才知道的，刘焕章当时要求对此事保密，不愿让他们背思想包袱。

外部环境不好倒也罢了，内部这时也出了问题，王汝成是前任市委书记裘少雄一手提起来的干部，对裘少雄忠心耿耿，对调整原定规划有抵触情绪，常委班子成员中，有些同志也有不少想法，只是不敢说。公开发难的是裘少雄。裘少雄从王汝成那里听说规划修改的情况后，气得火冒三丈，四处骂娘，将赵安邦和白天明看作一对负心狼，说他瞎了眼，竟做了一回东郭先生！对新的十年规划，裘少雄的评价只一句话，“好大喜功加洋跃进”，认为根本没有实现的可能。这老兄不止一次在公开场合叹息，说是宁川老百姓要吃苦头喽！还给省委上了份谈反对意见的万言书。

这封万言书由刘焕章批示后转给了宁川市委，只批了一句含意不明的话：“请天明、安邦同志阅处。”省委书记亲自批了，他们就不能不重视了，再说，裘少雄毕竟也是好心，万言书上谈的全是工作。他和白天明便找到裘少雄家谈了一次，谈得很不愉快。这位前任市委书记也真做得出来，在长达三个小时的谈话过程中，竟连茶都没给他们泡一杯，他们带去的一堆宁川土特产也没收，说是消受不起！

临告别时，裘少雄倔倔地坚持说：“……我希望你们两位头脑都冷静一些，这么重大的决策，起码要多酝酿一下，在大家思想统一、意见一致以后再拍板！”

白天明没退让，脸上虽然挂着笑容，话说得却没什么余地，“裘书记啊，您的心情我理解，但是，意见一致的决策未必就是好决策嘛，一致了就没有新意嘛！好决策总会有争议，您想想看，我们改革过程中的重大决策，哪次没有争议啊？现在不是又在争了嘛，到底是以经济建设为中心呢，还是以反和平演变为中心啊？”

裘少雄拉着脸说：“你别和我扯那么远，反和平演变不是你我的事，谁想反让谁反去！我们就事论事，原十年规划就没争议，酝酿成熟后，常委们一致通过！”

白天明笑道：“对，对，我当时也举了手的！可裘书记，您当真认为大家就没有分歧？起码我就有保留嘛，只是知道您听不进去，我不便说，也不敢说罢了！”

裘少雄讥讽道：“现在你敢说了？当真是一朝权在手，就把令来行了？你是不是也该接受一下我的教训啊？不要这么霸道嘛，也听听不同意见嘛，这没坏处！”

白天明敷衍说：“好，好，裘书记，我不和您争了，该听的意见我和安邦一定听，包括您今天的不少意见！五年以后您再到宁川看吧，检查我们的作业就是！”

实际上，白天明没听裘少雄任何意见，那天回去的路上，就半开玩笑半认真地说：“安邦，裘书记说得对呀，咱们现在既然大权在手了，为啥不把令来行呢？等哪天被撤了，后悔都来不及！裘书记想得通也好想不通也好，我看就这样了！”

赵安邦指着白天明，笑骂道：“天明书记，我看你可真是条负心狼啊！”

白天明却说：“负心就负心吧，对裘书记他们负点心没什么，只要我们别对宁川这番改革事业和宁川老百姓负心就行！反正我白天明不准备做什么完人！养天地正气，法古今完人，不是我们这代人的事，盖棺定论，能落个三七开就不错了！”

这话给赵安邦留下了深刻的印象，赵安邦当时就觉得，白天明有悟性，把啥都看明白了。他们处在一个剧烈变化的时代，又处在这样一个打冲锋的位置上，当然不可能成为什么完人，改革是摸着石头过河，想过河就不免要呛水，要犯错误。

白天明不想做完人，也的确不是什么完人，身上缺点错误不少，尤其是一言堂作风，让许多干部无法忍受，有时甚至连赵安邦都很难忍受。这也可以理解，白天明这位市委书记不是从石头缝里蹦出来的，是在中国特有政治体制条件下成长起来的，这个体制造就了白天明独断专行的作风。不过，白天明有一点好，就是光明磊落，没有私敌，几乎所有恩怨都是因工作而产生的，比如和副市长王汝成的。当王汝成反对修改老规划，三天两头往省城裘少雄家乱跑时，白天明的恼火是不加掩饰的，甚至准备让这员年富力强的大将去管文教。后来，王汝成在牛山半岛新区干出了名堂，力排众议将王汝成推荐进市委常委班子的也是白天明。对钱惠人也是这样，该处分就处分，毫不客气，该提拔就提拔，从市府副秘书长提到秘书长。再后来，白天明自身难保，即将下台了，还跑到省委做工作，将钱惠人提成了副市长。

更令赵安邦佩服的，是白天明的魄力和眼光。在他们这批年龄资历大致相同的干部中，白天明也许是睁开眼睛看世界的第一人。新班子上任头一个月，当赵安邦和钱惠人忙于处理集资善后时，白天明已带着一帮专家、学者泡在牛山半岛荒山野地里搞调查研究，对牛山半岛大开发进行科学论证了。在这种关乎未来的重大决策上，白天明是很慎重的。裘少雄总以为新规划是白天明拍脑袋拍出的结果，其实不然。据赵安邦所知，白天明开始并没否定裘少雄那届班子的老规划，确实想在老规划的基础上修改完善，而推翻老规划，好像还是他先提出来的，是的，是他先明确提出来的！

酝酿修改规划的日日夜夜是令人难忘的，那是一段激情澎湃的日子。在他和白天明的办公室里，在牛山半岛的荒山渔村，在环游半岛的登陆艇上，白天明一次次兴致勃勃地和他谈：谈现代化大城市的定位理念，谈西方发达国家新市区开发的成功范例。他由此而知道了当今世界新城市建设的九大模式：英国伦敦码头区如何重获生机，德国埃姆歇怎样成为地区复兴的支持力量，美国式近郊城市奥克兰何以快速奇迹般地崛起，南澳大利亚阿德莱德如何完成多功能城市的进程……

说到激动时，白天明搂着他的肩头道："安邦，我们的视野必须开阔起来，世界上这些成功的经验我们一定要学，新宁川应该在这种成功模式的基础上起步！"

赵安邦记得，当时他们是在海军某部的登陆艇上，他便指着葱郁一片的牛山半岛，豪情万丈地说："天明书记，那我们为什么不能把整个牛山半岛全都利用起来，搞个有远见的长远规划，穷十年二十年之力开发建设一座现代化新城呢？！"

白天明迎着海风，呵呵大笑，"好，安邦，只要你市长有信心，我就敢拍这个板！不过，你也想清楚了：这可不是小打小闹啊，对宁川来说，将是至关重要的一步！搞好了功不可没，搞砸了我们就是历史的罪人，都再好好考虑一下吧！"

考虑的结果，是新规划的出炉和大开放、大开发和大建设的正式提出。

市委、市政府为此制定了一系列优惠政策，鼓励海内外著名企业前往牛山半岛投资。招商会、推介会一个接一个开，从宁川开到省城，开到北京、香港，干事的气氛形成了。一九九〇年春节刚过，横穿牛山半岛的经一路，和连接老城区的纬四路，同时开工剪彩；三月，宁川民营工业园挂牌启动；四月，新区自来水总厂和电力中心上马；五月，保税区挂牌；六月，牛山新区第一座漂亮的新区管委会大厦主体落成剪彩；七月，海沧渔村整体迁移，CBD从纸面上落实到大地上，包括白原崴的伟业国际集团在内的四家港资台资公司大厦在八、九月间相继破土动工……

然而，招商引资的结果却很不理想，尽管做了种种努力，对把公司总部设在海沧金融街上的首批海外客商甚至实行土地使用权零转让，一九九〇年签下的利用外资尚不足十五亿元人民币。到一九九二年底，他们这届班子下台，实际引进的外资项目资金的总额也不过四十三亿元，而用于新区基建的投入则高达六十二亿元，宁川市财政净负债为四十七亿三千万元。这当然不能怪赵安邦和白天明，那是啥年头啊，受北京政治风波影响，国际上是经济封锁，国内是反和平演变，省里和中央也没办法！

白天明也不讲理，因为屡屡出现资金缺口，三年中换了两个财政局局长，最后让钱惠人这位市政府秘书长兼了财政局局长。钱惠人也没啥好办法，一天到晚让白天明训得够呛。赵安邦记得，孙鲁生好像就是那时候出任财政局副局长的，钱惠人不敢露面时，孙鲁生便来开会，白天明发起火来照训不误，根本不管她是个女同志。

曾经有一阵子，白天明的信心有些动摇，私下里悄悄和赵安邦说："我们是不是犯了错误？是不是真像裘书记说的，好大喜功加洋跃进？牛山半岛新区这么大的架势拉开了，想回头都不行了！"他这时反倒挺冷静，反问白天明说："我们为什么要回头？开弓哪还有回头的箭？"还客观地对白天明分析说："新区的架子拉开了也有好处，一来打下了高起点的基础，二来日后谁想再改也改不了。毕竟是十年规划，一步一个脚印向前走嘛，目前的困难和国际上的封锁都是暂时的，该来的资金项目都会来的！"

后来的发展果然如此，一九八九年到一九九一年三年非常时期过后，来自全国和全世界六十多个国家和地区的资金涌到了新区热土上。仅一九九三年签订落实的项目利用外资总额即达一百六十八亿元，一九九五年更创下了三百五十二亿元的空前纪录，一个崭新的宁川跃出了东方的地平线。可惜的是，作为新宁川设计师的白天明却没有看到这一辉煌，肝癌过早地夺去了他的生命。事实上，当白天明废寝忘食地为这个梦想中的新宁川、大宁川打桩奠基时，癌细胞已在悄悄吞噬他的躯体了。

除了为宁川新区奠基，他们这届短命班子还取得了另一个重大收获：宁川下属六市县的私营经济奇迹般上去了，三年迈了三大步，到一九九二年底已经支撑起了宁川经济的半壁江山。这得力于赵安邦和白天明的开明思想和大胆的“迷糊”，在反和平演变的调门越唱越高，四处风声鹤唳的气氛下，宁川市委、市政府以“不作为”的表象为私营经济的发展创造了宽松环境。他和白天明及下面六市县的书记们达成了一个默契：有的事只做不说，有些事只说不做。为改变私营企业低小散、形不成整体实力的状况，六市县根据自身的发展规划，按行业分类搞了十八个工业园区，每个园区进门就能看到反和平演变的标语，但追求的却只有市场和效益。牛山半岛新区的宁川民营工业园区内也是一片火爆，包括吴亚洲的亚洲集团在内的不少著名民营企业，都是九十年代初从这里起步的。宁川的私有经济形成了省内独有的一景。

这一切后来都成了赵安邦和白天明的罪过，用前来考察的北京那位权威人士郑老的话说，宁川的改革姓资不姓社。郑老指出：“宁川除了一面国旗，已经嗅不到多少社会主义的气味了！牛山半岛铺下了个大摊子，六十四平方公里的新区异想天开地指望外国财团来投资！下属六市县搞了这么多民营工业园，私营企业遍地开花，国营经济的主导地位已经丧失了！扯去漂亮的标语口号，就可以发现一个触目惊心的事实：宁川改革开放的实质就是大搞资本主义，国际资本主义加本土资本主义！”

郑老号召省委、市委的同志们重温《国际歌》，他们这届班子便在《国际歌》声中倒台了，班子寿命比裘少雄、邵泽兴那届班子只长了七个月。根据郑老的指示，焕章书记和徐省长主持召开了一个专题研究宁川问题的省委常委会，做出了两项重要决定：一、赵安邦和白天明予以免职，调离宁川，另行安排工作；二、任用于华北为省委工作组组长，到宁川搞整顿，同时，兼市委代书记临时主持宁川工作。

最终落得个和白天明一起下台的后果，赵安邦虽然没想到，却也没啥可抱怨的，这是他咎由自取。从调整十年规划在牛山半岛搞洋跃进，到所谓遍地开花大搞资本主义，哪件事与他无关？省委查处的时候，白天明还幻想把他保下来，说自己是一把手，又是霸道不民主的一把手，让他把能推的责任都推掉，争取继续留在宁川当市长。他觉得这是痴人说梦，他推得了吗？从省委领导到宁川干部群众，谁不知道他和白天明是一丘之貉？何况于华北这些很讲原则的同志又在那里盯着！

裘少雄真是令人感动，这位曾把赵安邦和白天明骂做负心狼的前任市委书记，在这种灰暗的时候出乎意料地原谅了他们，不再提什么洋跃进了。班子倒台前夕，在赵安邦和白天明的热情邀请下，裘少雄到宁川来了一趟。看到牛山半岛新区已现雏形的基础设施和开发中的火热景象，裘少雄泪水下来了，拉着赵安邦和白天明的手，连连说："不容易，不容易，你们真是太不容易了！"因此，当北京那位郑老大骂宁川，于华北趁机大做文章时，裘少雄又给省委上了次万言书，收回了此前的反对意见，高度评价他们这届班子的改革实践。说修订后的新规划是富有远见的，也是切实可行的。尤其是在国外经济封锁、国内争议不断的极其困难的条件下，能在短短三年里，为未来的新宁川打下这么一个坚实的基础，是创造了一个了不起的奇迹！

赵安邦和白天明被撤职回到省城后，裘少雄又拉着邵泽兴为他们接风洗尘。王汝成和钱惠人也跑来参加了，当时，他们俩正在省委参加社教学习。这场洗尘酒喝得真够水平，有点史无前例的意思。两届倒台班子六个主要成员，在同气相求、英雄相惜的气氛中，喝了四瓶白酒，最后都喝多了，一个个于壮怀激烈中潸然泪下……

第十三章

41

“瞧，生活还是那么美好，我们参与创造的这个曼哈顿仍是那么迷人！”白原崴站在自己大办公室的落地窗前，指点着海沧街上的一片华厦，对自己的心腹干将，执行总裁陈光明说，“事实又一次证明：任何狂暴的风雨都不会持久，也不会动摇我们的根基，这艘叫‘伟业国际’的大船仍在前行，并没有发生实质性变化！”

陈光明微笑着，不无讨好地应和说：“那是因为有你这么一位好船长嘛！”

白原崴头脑挺清醒，摇头道：“不能这么说，我的作用毕竟有限！如果没有赵安邦这种明白人，没有国家支持民营企业做大做强的政策，没有本团队全体同仁的一致努力，这个结果是不太可能出现的，没准这座伟业大厦今天已经易主了！”

陈光明承认说：“是的，白总，实话告诉你：省国资委接收开始时，我都准备搬家了，连新地点都看了！可想想也真舍不得，当初你领着我们盖这座大厦多难啊，好不容易弄了一亿八千万元，还不算地皮钱，现在这座大厦起码值八个亿了！”

白原崴想了起来，说：“地皮钱咱们并没付过嘛，光明，你不记得了？一九九〇年是什么情况？谁敢相信这海沧渔村会成为汉江省的曼哈顿？我们这块地是以象征性的一元钱拿下来的嘛，我代表伟业国际，钱惠人代表宁川市政府，双方在土地使用权转让协议上签的字嘛！所以，我们得承认，赵安邦和孙鲁生并没说错，对伟业国际，宁川市政府在政策上是有投入的，伟业大厦的增值不就是土地的增值嘛！”

陈光明说：“那他们也赚大了，我宁愿补交地价，也不愿承认这国有定性！”

白原崴苦笑道：“这是认不认的问题吗？谁让我们当初和京港公司签了那个一千万元的投资合同？再说，这十几年我们为了享受政策优惠，为了贷款，红帽子也是主动戴的，现在有什么好抱怨的？！”又说：“规模越搞越大，产权问题就成了我的一块心病，今天能以这种形式解决，而且由我们继续控股，也算比较理想了！”

陈光明仍在抱怨，“其实，我们壮士断臂，撤出伟业国际，以新伟投资为基点和跑道，以伟业控股和伟业中国为双翼，也能实现再次起飞，也许飞得更高！”

白原崴手一挥，“错！其一，你忽略了伟业国际的品牌价值，这个品牌是在十三年中由我们这个团队打造的金字招牌，巨大的无形资产能轻言放弃吗？其二，你忘记了政治和经济的微妙关系，忘记了中国特有的国情政情！你不要以为从今以后私营经济当真能和国有经济平起平坐了，我告诉你：没这回事，你们都不要给我犯糊涂！你看看现在的资本市场是什么情况？国有企业疯狂上市圈钱，不管大市如何低迷，大盘股一个接一个上；还利用利率极低的市场条件疯狂发债，长期债，短期债，还有什么可转债！哪个私营企业能这么如鱼得水？”

陈光明眼睛一亮，骤然明白了，“白总，你的意思是，红帽子还得戴下去？”

白原崴点点头，意味深长地说：“在我们控股的前提下，部分地戴下去嘛！这样我们就很主动，就进退有据，既能享受国家给予国有经济的政策，又能在市场上自主经营！我已在考虑下一步的计划了：一是要协议收购汉江省政府百分之八的国有股权，完成对伟业国际的绝对控股，要想法尽快把这笔收购资金找来；二是要学学那些市场上的国有控股公司，利用目前低利率条件，以伟业控股的名义尽快发行可转债，能发个二十至三十亿最好！用来收购文山钢铁公司第二轧钢厂，扩大产能！”

陈光明在市场运作方面是难得的天才，那脑袋简直是个功能良好的发动机，你一点火，他立即发动，“白总，我是不是可以这样理解：收购百分之八国有股权的转让金，不动用我们新伟投资的真金白银，而是通过资本操作，取之于国内市场？”

白原崴呵呵笑了，“聪明，用什么法子合理合法地去实现，你们好好想想！”

陈光明略一沉思，“倒是有个操作机会，本来我就想说，前一阵子我们在伟业控股上下了一番功夫，现已直接或间接持有五千多万流通股，占整个流通股的百分之三十，加上我管理层原有和此次分到的不可流通法人股份，已近总股本的百分之四十五，如果能说服文山钢铁公司将手上百分之二十五的国有股转让给我们，就将触发要约收购！”

心有灵犀一点通，白原崴马上把预想中的操作前景说了出来，“要约收购的消息一传出去，伟业控股的股价就会炒上去，那么，我们就可以高位卖光手上的五千万流通股，用这笔从股市上撤出来的资金以净资产的价格去买伟业国际的股权！”

陈光明很慎重，“但是，白总，有两点必须先搞清楚：一、文山钢铁的百分之二十五国有股权能否顺利实现协议转让？二、这种转让能否在只付定金的前提下完成？”

白原崴抱臂思索片刻，“应该没问题，现文山市委书记是石亚南，她希望我们加大在文山的投资力度，而且，在平州港的项目上，我们和她也有过成功合作！”

陈光明心里有底了，点了点头，又不动声色地说：“那么，我再来评价一下风险！伟业控股昨日收盘价是六元二角，此前三十个交易日的加权平均价是七元零五分，最新公布的每股净资产三元四角，每股利润五角一分。流通股的要约收购价大致要在六元三角多，国有法人股的要约收购价也会接近四元，如果操作失败，当真履行这个要约，收购成本将高达九个亿！更严重的是，只要人家把百分之五的股份卖出，我们持股超过百分之七十五，伟业控股就将摘牌退市，我们也将独自一家玩了！”

白原崴毫无怯意，“光明，你不要怕，从一九八九年在香港恶炒恒生期指，我经历的这种拼杀多了！我是这样分析的：今年钢铁全行业看好，股市上钢铁板块一直走牛，基本面有利；其次，我们和省国资委达成了协议，利空出尽了；具体到伟业控股，企业业绩优良，成长性好，那些投资者有什么理由接受这种要约呢？！”

陈光明仍不太放心，再次提醒说："白总，这仍然很危险哩，别忘了，汤老爷子海天系可是伟业控股的持仓大户，而且已套了一块多钱了，正伺机逃命呢！"

白原崴想都没想，"你让海天系逃嘛，低价筹码我们接，证券部自行掌握！"

陈光明又说起了转债，"一般来说，要约收购会激发股价冲高，而接下来发行二十至三十亿的可转债，则肯定会造成股价下跌，甚至是凶猛下跌。今年市场很疲弱，人们对这种变相扩容，不计后果的圈钱极为反感，会出现啥情况难以预料！"

白原崴摆摆手，"那就别预料了，我们的目的达到就成，其他与我们无关！"

陈光明怔了一下，开玩笑说："这么多年过去了，你还是那么冷漠无情！"

白原崴淡然道："不是我冷漠无情啊，是资本和市场冷漠无情嘛！"想起了同样冷漠无情的汤老爷子，觉得海天系手上的持股总归是个隐患，便又对陈光明交代说："海天系的持仓情况要进一步摸清楚，不要相信他们每月公布的股票组合消息，要注意他们所在席位的实时交易，最好能在要约收购启动前清除定时炸弹！这个老狐狸，最会浑水摸鱼，我在国外时，他还三天两头给我打电话想摸底钓我！"

陈光明笑道："汤老爷子这也是没办法，股市这么低迷，不但他海天系，所有基金全套住了，伟业国际产权界定风云一起，他嗅到了腥味，自然要趁机一搏嘛！"

白原崴厌恶地道："一定要想法摆脱他，要把巨大的腥味掩饰起来，不能让这老狐狸嗅到，要约收购的秘密千万不能泄露，我今天就和文山方面打招呼！你们也好好策划一下，利用不同的隐秘户头对敲做空，先逼出海天的一部分筹码再说！”

陈光明点头应着，突然改变了话题，“哦，白总，差点忘了，还有个好事哩：今天上午文山山河集团股份公司的艾总找上门了，想让我们出面帮他们搞一下资产重组，哪怕假的也成，只求保牌！如果你去文山的话，最好也关注一下这件事！”

白原崴有点哭笑不得，“这算什么好事？这个ST山河股份我知道，早年是生产电视机的，山河牌电视机。第一任厂长就是省监察厅的那个马达。这种垃圾公司能上市真叫荒唐，自包装上市后就没盈过利，今年搞不好就会退市，这个热闹我们最好别去凑，更别假重组！前几天赵安邦和我提过这事的，我已经婉言回绝了！”

陈光明直乐，“哎，白总，你先别把话说这么绝嘛，他们想搞假重组，我们可以弄假成真啊！那位艾总现在病急乱投医，甚至提出可以零兼并！山河公司和下属两个生产营养液的食品厂都在文山市中心黄金地段，光三块地皮就值不少钱啊！”

白原崴仍没多想，“别说了，光明，这不现实，现在文山市市长是钱惠人，那可是个懂市场的明白人，你看到的亮点，钱市长早看到了，轮不上我们去讨便宜！”

陈光明坚持道：“白总，这起码值得一试嘛！你也别这么主观，当年宁川市能对伟业大厦的用地搞零转让，文山为什么不能让我们对山河股份实行零兼并呢？我觉得今天的文山就像当年的宁川，也是困难重重，况且石亚南又是市委书记！”

白原崴认真一想，倒也是，便答应说：“那我试试吧，有希望就争取一下。”

陈光明走后，白原崴想了想，要通了石亚南的电话，先没谈山河股份的事，只说文山钢铁，说是伟业国际产权界定已尘埃落定，他又要大干快上了，集团董事局已原则决定扩大伟业控股的主营业务，吃进文山二轧厂，将战略重点转移到文山。

石亚南十分振奋，朗声笑着说：“好，好啊，白总，你真没让我失望，我对你的支持和呼吁也算得到了回报！你老兄知道不知道啊？为了让你继续掌控伟业国际这艘大船，我在赵省长面前可是做了不少工作哩，不信你可以问问赵省长！”

白原崴笑道：“我怎么会不信呢？咱们是知音，是盟友嘛，惺惺相惜嘛！最困难的时候，我也没放弃对姐姐你和平州市政府的承诺嘛，平州港的项目我照常上马！可遗憾的是，姐姐你偏调离平州了，我这么巨大的感情投资竟然全落空了！”

石亚南大笑，“算了，算了，别说好听的了，对你的感情我很怀疑！说吧，啥时过来看看？我和钱市长候着你呢，要给你们推荐一些好的投资项目哩！”

白原崴道：“再好的项目也得一步步来，我们还是先从文山钢铁开始吧！我和董事局有个想法，拟以净资产的价格收购你们文山钢铁公司的国有股权哩！”

石亚南说：“好啊，国有股减持是既定方针，这个工作我们正在做，我在昨天的一个会上还说了，要靓女先嫁，文山钢铁是我市最靓的女子了，可以先嫁嘛！”

白原崴进一步试探道：“这就需要你和市政府的大力支持啊，我的意思是这样的：国有股的股权转让协议尽快签，我们可以先付定金，余款年内付清……”

石亚南没听完就叫了起来，“哎，哎，白总，这我可支持不了！你知道文山现在是什么情况吗？市财政一塌糊涂，许多下属县市连发工资都困难，社会保障这一块更是问题多多，你只付定金肯定不行，我们市财政局和市国资局都通不过，真的！”

白原崴略一思索，改变了主意，“那我就抵押股权，向银行贷款吧！但这需要一个过程，而股份转让协议我想尽快签下来！不瞒你说，我现在立足未稳，是以少数股权暂时主持集团工作，一有风吹草动就很麻烦，你们能不能迁就我一下呢？”

石亚南沉吟片刻，“白总，你新伟投资旗下不是有许多欧元、美元吗？都投平州港啊？就不能先挪一部分出来？三两个月可以迁就，时间长了真不行！你问问钱市长就知道了，我们可等着钱派用场呢，早就定了一条原则，不见鬼子不挂弦！”

白原崴有数了，当即决断道：“那就三个月吧，三个月后付清全部转让款！我明天就派人去文山，和你们市财政局、市国资局具体谈，你也和有关方面打个招呼吧，给我们特事特办！在银行贷款没进账前，我用新伟投资账上的外汇做抵押！”

石亚南这才乐了，“好，好，那我们一定特事特办，给你一个意外的惊喜！说真的，我也不希望啥风吹草动把你老兄从船头上吹下来，这对我们文山不利嘛！”

白原崴道：“你明白就好，我真下了船，弄个马达之类的家伙做伟业船长，肯定不会把船开到你们文山来，你们特事特办不但是帮我，也是帮你们自己！”又以一副漫不经心的口气提起了山河股份，“哦，对了，还有个事我得问你：ST 山河是怎么回事？那位艾总找到我门上来了，希望我们帮着保牌，说可以零兼并！”

石亚南说：“这事钱市长直接抓，赵省长要求的，我不是太清楚，你去找钱市长吧！我个人的意见，能帮的忙希望你们就帮一把嘛，具体怎么做，你看着办！”

和钱惠人谈肯定没戏，白原崴便没再说下去，心里已把兼并的念头放弃了。

下午，白原崴和陈光明召集在家的几个董事在极其秘密的情况下开了个决策会议。会上，又有人提出风险问题，担心触发要约收购后被迫履行要约义务，弄假成真，让好端端的一个上市公司摘牌退市。白原崴不为所动，以其内部拥有的绝对控股权硬是通过了这一风险决策方案，并对各部门进行了操作方面的精心部署。

然而，让白原崴没料到的是，汤老爷子竟和他想到了一处，竟在这时候来访了。当天快下班时，汤老爷子突然打了个电话过来，说是要过来聊聊。白原崴也想摸摸这老狐狸的底，便爽快地答应了，还热情地请老狐狸吃了顿饭，喝了 XO。

汤老爷子情绪很好，没表现出多少套牢的痛苦，呷着小酒说：“原崴啊，我真没想到你争取到了这么一个好结果，更没想到这么一折腾，竟让你成了伟业控股的第一大股东！好，好啊，老师我真心为你祝贺啊，祝贺你又创造了一个奇迹！”

白原崴笑着敷衍道：“老爷子，有什么好祝贺？你知道，我这是被迫应战！和你们海天系一样，手上的资金全套在伟业控股上了，下一步都不知道该咋办了！”

汤老爷子直乐，“你还不知该咋办？又蒙我老头子了吧？你很好办嘛！我替你算了一下账，你手上的流通股加国有法人股接近百分之五十了吧？为什么不能再进一步，利用国资委社会化处理国有股的机会，继续吃进些股权，触发要约收购呢？”

白原崴心里一惊，差点没叫起来：这个老狐狸简直他妈的是个股市魔鬼！

汤老爷子发现了他的惊异，“哎，哎，你这么看着我干什么？你既然已经重兵进驻伟业控股了，为什么不利用兵力优势发起总攻呢？国资委也希望你吃进啊！”

好在汤老爷子没想到他会从文山收购国有股权，这也算不幸中的万幸了！于是便掩饰着内心的极度不安，开玩笑说：“老爷子，您老该不是想设计坑我吧？”

汤老爷子酒杯一蹾，“这叫什么话？我可是你的老师啊，怎么会在这种时候坑你呢？原崴，我告诉你，这真是一个绝好的机会，既属于你，也属于我！不瞒你说，我们海天已经吃了你伟业控股一肚子钢铁，几乎成了铁人了，你们只要发起主攻，我们一定竭力助攻，趁机消化掉一部分钢铁。”他头伸了过来，声音也压低了许多，“我让孩儿们测算了一下，如果此番操作得当，股价有可能推到十五元！”

白原崴佯做沉思，反问道：“如果操作失败呢？我是不是要履行要约义务，花九个亿甚至更多资金收进你们手上全部持股呢？教授，您曾经给我们讲过投资风险课啊，有些概念要领我还记得呢，当风险无限而回报有限时，绝不能轻举妄动！”

汤老爷子颇为失望，也不太相信，“原崴，这么说，你还真改邪归正了？”

白原崴表情严肃，“资本运作哪有多少正邪分别啊？无非是规避风险，谋求最大的利润值罢了！”想了想，又说：“老爷子，我知道，海天系大约有一千万股套在股市上了，你们急于解套，这我可以理解！可你也知道，这并不是我造成的，是市场波动造成的，我也是受害者嘛！你看这样好不好：如果你们想部分减持，我可以考虑通过倒仓，接一部分过来，减轻你们的资金压力，也避免市场再度波动！教授，说心里话，我是伟业控股第一大股东了，需要安定团结啊！”

汤老爷子沉默片刻，似乎有些感动了，“原崴，你当真这样想啊？”

白原崴满脸真诚，“是的，老爷子，现在大局既定，我还是伟业国际董事局主席，要干的事情很多啊，绝不止一个伟业控股！你看，平州港建设资金需要合理调度，来自欧洲的欧元基金要寻找高回报的投资项目，我哪能只把眼睛盯在股市上呢？不错，此前我是在股市上搞了点动作，可那是为了应对省政府！你当初向我推荐的绿色田园，我明知有机会，还是没跟在你们后面炒嘛，有所为有所不为嘛！”

汤老爷子好像被说服了，呷着酒，就势掉转了话题，“原崴啊，绿色田园你还真失去了一个机会哩！李成文那条野狗跟着我们大炒了一回，不但解了套，还赚了一百多万，我们更是大获全胜，这是两年熊市中我们海天系最成功的一次操作！”

白原崴对此毫无兴趣，又将话题引到了伟业控股的协议倒仓上，如果倒仓成功，一颗危险而不确定的定时炸弹就排除了，“老爷子，过去的事不说了，还是说伟业控股吧，我的建议您和海天系是不是可以考虑啊？这可真是我的一片好意！”

汤老爷子只得面对了，“原崴，你的好意我知道，你让我再想想吧！”

其后的结果并不美好，汤老爷子考虑后的回答是：他相信他的学生，更相信文山钢铁和整个钢铁板块的发展前景，准备做一回巴菲特，长期持有伟业控股！白原崴和文山市政府就百分之二十五的国有股转让达成协议的前一天，指令其证券部刻意做空，也没能震出海天系肚里的这砣沉重的钢铁，这一仗没开打，已险象环生了！

42

和于华北通话结束好半天，田封义都没回过神来，耳旁仍回响着于华北那带着浓重文山口音的警告声。真有意思，他昨天去军区总医院看望了老书记刘焕章，于华北今天就知道了，就把电话打过来了！想必刘焕章就他的安排提出了疑义，甚至对他们这帮政治杀手提出了严肃批评，他们就恼羞成怒了，肯定是这么回事！

刘老书记真是个大好人啊，虽说当面批评他，该为他说的话还是说了。混账的是老领导于华北，此公的混账程度是任何一位为他卖命的干部都难以容忍的，老书记都发话了，狗日的不说顺水推舟帮一把，好歹把他弄到一个职务含权量稍微高一点的岗位上去，还这么和他打官腔！这太令人痛心了，看来这么多年，他真是跟错了人，走错了路，找错了组织，如果说过去还只是怀疑，今天是彻底醒过梦来了。

大梦醒来是黄昏。醒了，也晚了。刘焕章不是一言九鼎的省委书记了，以裴一弘为首的这帮政治杀手不会再买这位老同志的账了。于华北今天的这个电话就是明证。不论于华北和裴一弘、赵安邦有多少矛盾，在对付老同志这方面肯定是一致的。人心不古，世风沦丧啊，新官僚比老官僚们厉害多了，他也许又一次弄巧成拙了。可这能怪他吗？一个倒霉透顶在宦海里即将淹死的人，就是稻草也得抓一把嘛！不想了，这事就让它过去吧，反正能努力的全努力过了，现在只能先认命了。

这时，是下午三点多钟，明媚的阳光照耀着田封义置身的党组书记办公室，也照耀着他治下的这座省作家协会的小洋楼。小洋楼位置很好，坐落于汉江省权力中枢共和道末端，是当年老书记刘焕章批的。老书记说，作家们要写作啊，要有个安静的写作环境啊，结果，就把这座八百多平方米的英式小洋楼批给了省作家协会。

然而，令人遗憾的是，省作家协会虽说在著名的共和道上，和权力中枢近在咫尺，却和权力没有任何关系，让田封义一想起来就黯然神伤。更不幸的是，办公室的南窗偏偏又正对着共和道，田封义经常看到那些象征着权力的小号车在共和道上驰进驰出，被迫呼吸着共和道上夹杂着汽车尾气的权力的气味，就益发觉得深受折磨了，这种折磨对他造成的伤害程度，是没尝过这种滋味的同志很难想象的。

与权力无关的小洋楼上静悄悄的，每天下午都静悄悄的，真是适宜写作哩！只是没啥人在这里写作。驻会的十几个专业作家常年在家写作，除了偶然来取信，取一叠又一叠的稿费单，鬼影都见不到一个，他上任三个多月了，有些作家竟然还不知道单位新来了他这么一位党组书记。这种情况在任何职务含权量高的地方都是不可想象的，一把手换了，一个个不来汇报，岂不是自绝于领导，自绝于组织吗？在这种职务含权量很低的鬼地方，作家们还就敢！白老主席反倒劝他上门去拜访作家们，他忍着气应了，却一直没去。协会下属的《汉江文学》月刊十几个编辑倒是上班的，上半班，上午上班，下午在家编稿，他想改革一下，让编辑们上全班，又让白老主席给反对掉了。整个机关就这么人丁稀落，不成个样子，能全天到这厅级庙里撞钟的和尚满打满算没二十人，都不如文山市的一个处室，落魄得让人伤心。

岂但不如文山市的一个处室？就职务含权量而言，甚至不如文山基层的一个科级乡镇。这绝不是不负责任的信口开河，而是有科学依据的，是他根据自己精心研究创造出的职务含权量公式算出来的。职务含权量公式是这样的：Q（职务含权量）=S（实际权力支配力）+C（财政支配力）/Z（职级）。套上这公式一算就清楚了：省作家协会六十八人，经费三百万元，加上必要系数，也只约等于中等二类乡镇。

身在官场，就得研究官场，研究权力，不研究不行啊，吃亏上当都不知道，被人卖了，还山呼万岁谢主隆恩哩！有时候人家说是提拔你，其实很可能是明升暗降，因此，在就任新职之前，你必须先了解清楚新职务的含权量是多少。一般来说，省市县这种块块上的职务，比部委局办这种条条上的职务含权量要高，起码高出百分之三十，甚至百分之五十，比作家协会竟高出了百分之九十二，实在是让人触目惊心！当然，也不是绝对的，条条上有些职务的含权量也很高，比如组织部门，经济主管部门。

另外，还有个事在人为的问题，任何一个单位，任何一个岗位职务，其含权量既是常数，也是变数，问题在于你是不是善于挖掘。这又涉及另一个公式了，含权量的挖掘公式。在这个公式里，职务的意义就很重大了，一个中等二类乡镇做不到的事，在一个实际权力相当于中等二类乡镇的省作家协会也许就能做得到。省作家协会毕竟是正厅级，职务系数很高，又是文人窝，有名人效益，辐射系数很大，含权量挖掘扩展就有了很大的余地。关键是谁来挖掘，怎么挖掘？现在不是别人，是他田封义来挖掘嘛，这方面他还是很有经验的。早年在文山当城管委主任时，他就进行过比较成功的挖掘。他做城管委主任之前，全市停车场归公安部门管，他借口整顿市容，和公安局较量了一把，就把停车场管理权争到了手。省作家协会尽管含权量低，总也是厅级单位嘛，理论上和文山市平级，应该能挖到点啥。田封义想。

好吧，在其位就谋其政吧，不能饱食终日无所用心啊！那就好好想想吧，下一步到底怎么办？他领导下的这个汉江省作家协会怎么才能不断提高自身的含权量？

为了便于含权量的挖掘，首先得搭起个像模像样的大架子。既是正经厅级单位，办公室理所当然要改为办公厅，办公厅下面设三个处，一个秘书处，一个行政处，一个组织人事处。哦，哦，不对头了，把组织人事摆在一起已经很精兵简政了，同级别的文山市可既有组织部，又有人事局，还有劳动局啊，组织人事处恐怕要从办公厅里划出来，向省委争取一下，最好享受副厅级待遇。田封义认真地想。

专业创作组、创作联络部、理论研究室、图书资料室、月刊编辑部，争取副厅级不太可能，全是一级处室吧，起码要设一正两副三个处级干部。二级处室自然也要设起来，否则，办公厅下面那三个二级处的同志们就要有意见了。白老主席介绍情况时不是说了吗？协会下面还有十二个专业创作委员会，什么长篇小说创作委员会，青年文学委员会，诗歌创作委员会，都统一设为二级处吧，主任就是处长！

有点意思了，省作家协会的单位含权量还没正式开挖，无意中倒先把他自己的职务含权量挖掘出来了！这么算算，他一下子能提多少副处以上干部啊？这鸟单位连门房老头算上不到七十号人，岂不是每人都可以弄个副处以上当当了？更别说还有科级！在文山那种块块上不说副处以上了，就是提个科级多少人争破头啊，这里倒好，乌纱帽多得没地方放。又觉得白老主席那届党组蠢得够呛，迂得够呛，你一个正厅级单位，有权提拔正处以下干部，为什么不提拔呢？放着这么多的乌纱帽留着发霉啊？乌纱帽又不是你家的，为啥不把它慷慨批发出去？都留着自己戴啊？你有这么多脑袋吗！再说，这也很不好嘛，苦了同志们，还降了厅级单位的格！

按自己的思路细想一下，又觉得白老主席也许有苦衷：这厅级庙虽小，却庙小妖风大，池浅王八多，王八们对他们这些相当级别的领导和组织一般不够尊重，白老主席那届党组自然就懒得提他们了。这其实还是不对的，工作思路有问题嘛，太狭隘了嘛，让巴掌山挡住了眼睛啊！做领导的一定要有度量，有胸怀，岂能和下面的同志一般见识呢？这么赌气对含权量的挖掘很不利嘛！所以，要识大体，顾大局，要团结大多数，起码要把办公室坐班的行政干部和小车班为领导服务的司机同志先团结起来，业务干部也要尽量团结，把专业作家们孤立起来也就可以了。

是的，是的，他也不能这么便宜了他们，尤其是大把拿稿费，国内国外四处跑的那三四个专业作家，这些人一个都不能提，让他们牛去吧！你牛好了，我们组织上就是不用你，办公室跑腿打杂的都是正处级，看你脸往哪摆！对了，还得给他们派个头儿过去，资料室的老陈看来还不错，干了二十多年了，还是个主任科员，第一批提正处，让他把作家们管起来。第一批提拔多少呢？这倒是个问题，必须慎重，这穷得冒烟的鬼地方虽然不指望谁来送礼跑官，总也得让他领你的情吧，总不能让那些戴着你批的乌纱帽还四处损你的家伙上来吧？要有个观察期，看准一批提一批，成熟一批提一批！过去的经验证明，这种干部人事制度的改革要循序渐进。

正这么想着，未来的办公厅王主任进来了——当然，现在还叫办公室主任。

王主任乐呵呵地汇报说："田书记，还真让您说准了：文山市政府办公厅刚才来了个电话，正式通知我们了，说您带来的那辆新奥迪车不要了，算是赞助了！"

这是意料之中的事，田封义点点头表示知道了，仍是一副深沉思索的样子。

王主任又请示说："田书记，您看文山的那个二号车牌，我们是不是还了？"

田封义看着窗外的共和道，淡淡地问了句："省城的小号车牌搞到了？"

王主任连连点头，"搞到了，搞到了，田书记，二百号以内，00198号！"

田封义仍不太满足，此前，他给王主任提出的工作要求是：起码五百号以内，争取二百号以内，拼命挤进一百号以内，只闹了个一百九十八号，只算差强人意而已。

王主任却在表功，“田书记，能弄到这 00198 号车牌真不容易啊，我们不但托关系找了省委办公厅，还找到了公安局主管局长。局长说，省城一千号以内都是省市领导机关的车，挤进二百号以内的厅级车就咱们一家，还提了个条件……”

田封义不悦地问：“都快出二百号了，还提条件？什么条件啊？”

王主任道：“也不是什么大条件，人家希望咱们写报告文学的高手齐作家，就是齐奋斗啊，给他们写点报告文学，反映一下公安干警的工作和生活。我和齐奋斗老师一说，齐老师还真够意思，马上就答应了，这阵子已经到公安局采访去了！”

田封义挺意外，心中多少有了些感动：这可是没想到的事，专业作家中竟还有这么好的同志！这位好同志为了让他的专车成功挤进二百号以内，默默进行着无私的奉献，而且还不到他面前来表功讨赏。看来，对这些专业作家也不能一概而论啊，要区别对待，比如对这位齐奋斗，就该上门去拜访一下，也显得自己礼贤下士。于是，便表示说：“我们齐奋斗同志带了个好头啊，深入生活，贴近时代，我们要多关心，多支持，你安排一下，我要抽空看望一下老齐，给他鼓鼓劲！”

王主任说：“好，好，田书记，那你看安排在什么时候比较方便呢？”

田封义沉吟了一下，“就这几天吧，再忙也得抽点空，你先和齐奋斗同志打个招呼，代表我向他问好致谢，具体定哪天去看望，我临时通知吧！”

王主任点头应着，又说起了车牌，“田书记，文山的二号车牌是不是还了？”

田封义摇了摇头，“哪能这么便宜他们啊？这样吧，让文山市政府再赞助我们五十万元吧！建设文化大省，首先文学要振兴，这种穷酸样怎么得了啊？文学还有什么希望啊？所以，我有个想法，要搞个汉江文学基金会，让文山先带个头吧！”

王主任一脸的惊讶，“田书记，这……这怕不妥吧？人……人家那台车就五十多万元了，我……我真不敢开这个口，也……也开不了这个口啊……”

田封义脸一拉，“王主任，你看你这个样子，还像个厅级单位的办公室主任吗？马上办公室就要升格为办公厅了，你这个主任能压得住阵吗？这有什么不妥？我在文山工作十五年，付出了这么多心血，做出了这么大的贡献，现在让文山为我们文学事业，为汉江的文化大省建设掏个区区五十万元算什么？五百万元都不算多！”

王主任很聪明，态度立即变了，“对，对，田书记，您看看我，怎么忘了您是从文山市市长位置上调过来的！您说得太对了，五百万元他们也该掏！”却又犹豫起来，“只是这话我说不合适啊，恐怕得您当领导的和他们的市长、书记说……”

田封义想想也是，便让王主任直接要通了钱惠人的电话，和钱惠人说了起来。

钱惠人真不是东西，简直没把他这个厅级单位和厅级干部当回事，他刚把建设文化大省、振兴汉江文学的意义说完，赞助文学基金的事只提了头，电话那边钱惠人就叫了起来，“……老田，绕了半天，原来还是要宰我啊？我们不是已经赞助过了吗？我们文山的一台崭新奥迪不是已经跟着你的屁股去振兴文学了吗？好了，不说了！车牌你不还，我们也不要了，我让办公厅在《汉江日报》上登个遗失启事，到文山车管所重做个牌子，反正你田封义看着办好了！”嚷罢，竟然先摔了电话。

这太他妈的让他这个厅级领导没面子了，尤其是办公室王主任还在面前。

因此，田封义尽管火透了，脸上却挂着笑容，依然握着话筒“嗯嗯叽叽”又说了几句，“……好，好，我知道，我知道，钱市长，那我就先谢谢你了！”把忙音不断的话筒往机座上一扣，装模作样对王主任说：“这个滑头市长，让我直接去找文山的企业，还说我是老市长，面子比他新市长大，他只能敲边鼓！好，那我就去试试吧，看看我还有没有这个面子，这五十万元能不能从文山市的企业拿到啊！”

王主任真没眼色，这种时候竟还赔着小心请示：“那……那这车牌……”

田封义手一挥，“给他，给他，让这位钱市长坐着这二号车奔火葬场吧！”

王主任得了令箭，告辞走了，田封义又陷入了挖掘含权量的工作思索中。

必须深挖细找含权量啊，冲着钱惠人的这种态度，你就得正视这个现实而严峻的问题。对专业作家也要尽量团结，不想团结也得团结，厅难当头，要一致对外啊！再说，这十几个专业作家都不用，可用的人就少了许多，也打不开点，总不能让门房老头也闹个副处吧？算了，算了，田封义同志，胸怀再开阔些吧！见到齐奋斗时和他好好聊聊，摸一摸底，看看像他这样听话的优秀作家还有没有？如果还有，用来装潢门面也不错，毕竟还是作家协会嘛，没几个处级作家也不成样子……

43

办公桌上的电话突然响了起来，把钱惠人从似睡非睡的恍惚状态中惊醒了。惊醒之后，钱惠人反应仍很迟钝，看着面前的三部电话机发了一阵呆，一时无法判断哪部在响。在这三部颜色不同的电话中，红机是保密电话，白机是市委、市政府的内线电话，灰机是普通办公电话。钱惠人先以为是赵安邦来了电话，试探着抓起红色保密机听了听，结果证明是个一厢情愿的错误。老领导赵安邦没给他来电话，在那里响个不停的是市委、市政府的内线白机，打电话过来的是市委书记石亚南。

石亚南在电话里说："钱市长，有个事得给你通个气啊！昨天到省城开会，赵省长找我谈了一下，要我们尽快弄清楚上市公司绿色田园在文山搞大豆基地的情况，看看绿色田园是怎么收购这十万亩农业用地的。是不是钻了法律和政策的空子。赵省长希望我亲自抓一下，我准备安排国土局、农业局、审计局下去查查！"

钱惠人很是惊异，却挺平静地道："哦，这件事赵省长也和我打过招呼了！"

石亚南没发现他在说谎，不无欣慰地说："那就好，那就好！我原还担心你误会哩！"又说起了别的事，"钱市长，咱们国资局已就文山钢铁公司国有股转让和新伟投资达成了协议，国资局局长说，白原崴一千万定金已打过来了，相关报批手续得尽快办，余下的转让款也得盯紧，社保基金的缺口还等着这笔钱来补呢！"

钱惠人却没心思深谈，“我知道，我知道，石书记，你放心好了，报批手续已经在办了，问题不大，余款估计也没问题，反正白原崴有外汇存款抵押！我这马上还有个会，要和四家上市公司老总座谈一下。这也是赵省长布置的任务，赵省长明确说了，要我们搞点政策，进行实质性重组，这几家公司要想法保住上市资格。”

石亚南仍在说，一把手的口气很明显，“钱市长，搞什么政策一定要慎重，不能轻易表态啊！这些上市公司老总我知道，都滑着呢，你给他一次优惠政策，他就能利用你的优惠政策把优良资产掏空一次，没两年又给你ST了！我看你最好还是和白原崴谈谈，那个ST山河能由伟业国际重组最好，条件可以商量！”

钱惠人郁郁地说：“是的，是的，石书记，你的意见我会慎重考虑！我今天就是听听他们的汇报和建议，不准备表态，以后搞什么优惠政策，我会和你通气的！”

放下电话，钱惠人看着窗外灰暗的天空，陷入了痛苦的思索之中。

所有迹象似乎都不对头。盼盼的事被她母亲孙萍萍捅出去之后，照理应该有一场风暴，裴一弘、于华北不说，起码知根知底的老领导赵安邦不会这么轻易地放过他，一通臭骂是免不了的。当然，他也活该挨骂。他在涉及自己亲生女儿的刑事犯罪面前装聋作哑，不论是作为父亲，还是作为一个身居要职的党员干部，都是彻头彻尾的混账。赵安邦却没骂，甚至在他找到老搭档王汝成，通过王汝成把准备辞职的信息透露给了赵安邦之后，赵安邦仍然没找他谈一次，连电话都没打过一个，事情平静得有点超乎常理了。难道这真是一件可以忽略不计的小事吗？难道姐姐钱惠芬的被捕就是最终的结局了？事情肯定没这么简单，平静背后必有惊涛骇浪。

这时，响起了敲门声，钱惠人中断思索，信手从桌上拿起一份文件看了起来。

办公厅金主任走了进来，关切地问："钱市长，您中午也不休息一下啊？"

钱惠人放下手上的文件，揉了揉眼皮，"说吧，又有什么事了？"

金主任笑道："也没什么大事，省作家协会刚才又来了个电话……"

钱惠人一听就火了，"别说了，我知道，田封义简直是无赖，昨天给我打过电话的，还想问文山要一笔赞助款，我已经说了，这个二号车牌不要了，去挂失！"

金主任赔着笑脸解释："不是车牌的事，车牌解决了，他们答应还，是另外的事，电话也不是田封义打的，是一个很有名的作家齐奋斗打的，他说认识你哩！"

钱惠人的口气这才缓和下来，"哦，齐作家呀！当年齐作家采访过我，还为宁川写过一本书，倒是有点小名堂的！这次他又要采访什么？我才调过来嘛！"

金主任道："齐作家在电话里说，他正在省城公安局采访民政部门遣送方面的情况，说有一个案例您比较清楚，准备向您了解一下，想和您约个采访时间。"

钱惠人一怔，马上明白是怎么回事了，略一沉思，立即回绝道："你去告诉他，我刚到文山，工作千头万绪，没时间接受他的采访，话要说得客气点啊！"

金主任连连点头，"好，好，那我就回了他，我估计您也没这时间！"

钱惠人却又把金主任叫住了，不动声色道："你再问问那位齐作家，看看是谁让他来找我的啊，是不是他们的头儿田封义安排的，问清楚后给我回个话！"

金主任应着，出门走了。片刻，又来汇报说："采访正是田封义安排的。"

这就对了，这个官瘾很大、水平很低的混账王八蛋，这么快就报复上了！

怎么办？是不是再打个电话给田封义，好言周旋一番？多少赞助几个小钱？面对电话迟疑着，却一时拿不定主意。给点钱不是啥大事，问题是太丢面子，也助长田封义这混账王八蛋的气焰，似乎他还真是个人物了。不理不睬只怕也不行，田封义真掇动着齐作家把盼盼的事公开捅出去，他便丢大脸了，文山市市长就没法当了！

恰在这时，电话铃骤然响了起来，这一次分辨得很清楚，是灰色普通电话机。

钱惠人待电话响了几声后，才勉强镇定着，抓起话筒，"哦，怎么是你？"

许克明的声音响了起来，"钱市长，我到文山了，得和您尽快见个面啊！"

钱惠人略一沉思，说："你来得好，我也正要找你，你现在在什么位置？"

许克明在电话里说："在文山台湾大酒店 119 房，崔姐也在这里等您呢！"

钱惠人一听，不高兴了，"你这个小许，把她带到文山来干什么啊？！"

这时，电话里响起了夫人崔小柔的声音，“老钱，别在电话里说了，你快过来吧，这回可是出大事了，我们的资金链眼看要断了，几支股票马上要大跳水了！”

钱惠人握着话筒，极力镇定着情绪，“好，好，不说了，小柔，你给我听好了，绿色田园的事你不要再掺和了，马上回去，回宁川，让许克明给我听电话！”

许克明的声音又响了起来，“钱市长，你放心，没人知道崔姐过来……”

钱惠人没容许克明说下去，“小许，不要说了！你听着，让崔小柔回去，你现在就从台湾大酒店出来，一人来，到中山宾馆找我，我下午在那里有个座谈会！”

座谈会三点开，因为要和许克明见面，钱惠人一点多钟就过去了。赶到中山宾馆，见许克明还没到，他便先给田封义打了个电话。这个软不服不行，黑云压城，八面来风啊，为点小事再树敌不明智，明知田封义是混蛋，也得先和这个混蛋结盟。

厅级混蛋田封义混得真够水平，明明是他派手下作家齐奋斗搞的采访，却死不承认，只说齐作家是采访省城公安局，连写遣送站报告文学的事都绝口不提，更不承认做他的文章，“……钱市长，我看齐作家想采访你还是好意吧？为你鼓与呼嘛！我一上任就和作家们说了，要深入生活，贴近时代，坚定地唱响主旋律嘛！”

钱惠人忍着气，好言好语地劝说道：“田书记啊，你想想，遣送站发生的那些黑幕啊，问题啊，到底算哪一门子主旋律啊？省委、省政法委已经在那里整顿处理了嘛，你们还跑去揭什么疤呢？当真不要安定团结了？你田书记领导下的这个省作家协会当真想和公安、民政部门为敌啊？省委、省政府知道了也不会高兴嘛！”

田封义仍装糊涂，“钱市长，这我真不知道，我了解一下情况再说吧！”

钱惠人觉得田封义口气有所松动，益发和气了，“那好，田书记，那你就多做做齐作家的工作，让他别四处惹事了。昨天你说的那事，我想了想，得支持，振兴文学大家都有责任，只是市财政掏钱不可能，别的途径解决吧，不就五十万元吗！”

田封义乐了，呵呵笑道：“钱市长，这就对了嘛，我们文学基金会一成立，就让你当副会长，你们文山就是第一批理事单位！昨天你那个态度真气死我了！”

这时，许克明已敲门进来了，钱惠人示意许克明在沙发上坐下，继续着自己的具有结盟性质的通话，“田书记，这你也别气嘛，昨天你打电话过来时，我正和石亚南研究全市破产试点工作，文山四大国有银行的行长们不知怎么知道了消息，堵在门口和我吵！那么多火炭落到了我脚下，烧得我直抽筋，我对谁都没好气嘛！”

田封义实在是厚颜无耻，没听出这话中的讥讽，竟还感慨：“知道难了吧？你才上任两个多月，我可是在文山拼死拼活干了十五年啊！老钱，你就这么好好干下去吧，我尽快派几个大作家过去，替你和文山的同志们重点吹乎吹乎！”

钱惠人再次叮嘱道：“老田，齐作家那里可要做做工作呀，我是为你好！”

田封义说：“我知道，我知道，我会亲自找他谈，让他注意创作方向！”

快刀斩乱麻，以忍辱负重的高姿态处理了来自厅级混蛋田封义那边的麻烦，又要面对来自绿色田园的麻烦了。这可是个大麻烦，比以往碰到的任何麻烦都大，甚至可以说是致命的麻烦。他不怕于华北和有关部门查他的贪污受贿，事实上他从没有在任何一个职务岗位上做过这种蠢事，他怕的就是在绿色田园上出问题。

情况比他想象得还要严重。许克明汇报说，省国资委化名“鲁之杰”的孙鲁生不知受了谁的指使，组织几个人调查起了绿色田园的业绩造假和股票操纵问题，还在暗中追寻网上谣言的源头。更要命的是，偏在这当口，二级市场的操作又失了手，前阵子炒绿色田园赚的钱全套在另外两支他们参与坐庄的股票上了，这两支股票都是外地小盘股，一支是合金股份，一支是大展实业。和他们合伙坐庄的野狗基金的李文成已经挺不住了，说是委托投资的债主逼上了门，提出换庄倒仓。因此，必须立即紧急调动四千万元左右的资金入市应急，否则后果不堪设想！

钱惠人心里已是惊涛拍岸，脸面上却很镇静，听罢汇报，冷冷道：“有这么严重吗？你还把崔小柔也带过来了！先不要这么紧张嘛，出了问题就冷静处理嘛！”

许克明仍是一脸慌乱，抹着头上的冷汗说：“钱市长，我有两个没想到，第一，没想到孙鲁生真敢做我们的文章，赵省长打了招呼，我没到法院告她，她倒来劲了，也不怕得罪赵省长！第二，我和崔姐都没想到李成文会挺不住，这小子口气一直很大，最多时也调动过几亿资金，这说完就完了，还这么浑，要我们接庄！”

钱惠人“哼”了一声，“他说接就接了？你们凭什么接？合作就是合作嘛！”

许克明迟疑了一下，“不接怕不行啊，李成文当着我和崔姐的面说了，我们如果不帮他一把，让他渡过这一关，他就破罐子破摔，公开揭露我们的坐庄黑幕！”

钱惠人这才按捺不住了，拍案而起，“怎么？此人想搞敲诈吗？啊！”

许克明接了上来，“就是敲诈啊！钱市长，我无所谓，主要是崔姐，很麻烦哩！这阵子不是一直合作坐庄吗？李成文对我们啥都很清楚，不但知道崔姐和您的关系，还知道崔姐是绿色田园的实际当家人，所以，崔姐才……才害怕了……”

钱惠人指点着许克明，怒道：“你们干的叫什么事啊？我早就和你们打过招呼吧？不让你们碰外地股票，你们就是不听！现在热闹了，套在合金股份、大展实业两支破股上去了！还被那个姓李的家伙敲诈，你们就算找死也不能这么死嘛！”

许克明苦着脸叹息说：“钱市长，崔姐您又不是不知道，哪……哪听我啊！”

钱惠人当然知道，自己的老婆自己能没数吗？便说：“她自以为高明嘛！”

许克明却又替崔小柔解释起来，“不过，这一次倒也不能全怪崔姐，李成文说，这两支股票有重大利好，崔姐不放心，还和李成文一起到邻省公司去过……”

钱惠人手一挥，“愚蠢！除了宁川股票，除了我这个市长决策后告诉你们的消息是真的，其他全不可信！你们不听嘛，捅了娄子就找我了，开口就是四千万！”

许克明满脸愧疚，呐呐道：“就是，我……我也和崔姐说了，您现在不是宁川市长了，是……是文山的市长，调动资金没……没这么容易了！可崔姐说……”

钱惠人看了许克明一眼，“你还算明白！那么，有办法堵住李成文的嘴吗？”

许克明没具体说，只道：“钱市长，我的一切都是您和崔姐给的，在这种时候，我绝不会背叛您和崔姐的，我会尽一切可能去做，实在不行就陪他进大牢！”

钱惠人意会了，“好，好，小许，你努力做吧，也不要把事情想得太坏，我这边也想想辙，看看是不是能想法多少弄点资金！”又悬着心，问起了刘集镇大豆基地的事，“刘集镇那边没什么问题吧？赵省长也很担心啊，让我派人了解情况哩！”

许克明道：“刘集镇肯定没事，十万亩地是转承包，手续齐全，真的！”

钱惠人多少松了口气，“孙鲁生那边又怎么对付啊？你们业绩里的水分是不小啊，我过去就提醒过你们，让你们不要把牛皮吹破了，这回估计要露馅了吧？”

许克明道：“哦，钱市长，这事我正想说呢！恐怕您还得和赵省长打个招呼，让赵省长和孙鲁生谈谈！现在哪家公司的业绩没水分？有本事让她全去查一遍！还有追查谣言，这哪是谣言啊？您知道的，赵省长是说过给我们政策支持的嘛！”

钱惠人心想，也许事情就坏在这位赵省长手上，嘴上却说：“小许，你放心好了，该和赵省长说的话我都会说。不过，你也要聪明点，这种时候就不要再拿赵省长的话炒来炒去了，以免有人做赵省长的文章！”又说起了李成文，“现在最大的麻烦还是李成文，你看能不能动员他出去避避风头啊？给他点钱，让他出国！”

许克明迟疑了一下，“可能性不大，这我和他说过，他坚决不干！所以……”

钱惠人没让许克明说下去，“所以，你就看着办好了，反正不能让这家伙咬到崔小柔头上！中国的事情你应该清楚，经济和政治是紧密相连的，崔小柔出了问题，我就说不清，赵省长也说不清，我和赵省长倒了，一切就无从谈起了！”

许克明点点头，“我知道，钱市长，请您放心，这个枪眼我一定堵住！”

钱惠人亲昵地拍了拍许克明的肩头，“好吧，小许，那你回去吧，时间不早了，我还要和他们开会。”最后又郑重嘱咐道：“以后不要再和崔小柔谈这些事了，女人嘛，头发长见识短，一切都要由你来负责，她再乱插手，我绝不客气！”

许克明走后没几分钟，四家上市公司董事长、老总们陆续来了，电视台、报社的记者也来了，其中包括外地一家证券报驻文山记者。钱惠人打量着这帮不请自到的记者，觉得有些奇怪，一问才知道，竟是某老总事先通知的，很明显，有些家伙又想借机在股市上炒作一把了。钱惠人没什么好客气的，让人把记者全赶了出去。

会议开始后，钱惠人阴着脸，发了一通大脾气，“你们当中有些人是不是又看到机会了？是不是又想在二级市场上兴风作浪啊？我提醒你们一下，我有个绰号叫‘钱上市’，股市上的名堂知道得不比你们少，你们少给我来这一手！谁敢借今天这个座谈会发消息，做文章，搞投机，我饶不了他！四家上市公司都戴上了ST帽子，全军覆没，还有脸在这里乱炒重组概念，你们不怕丢人，我还怕丢人呢！今天我先把市委、市政府的态度明确一下：哪家公司真退了市，哪家班子的领导成员就地免职！你该下岗下岗，该结账回家就结账回家，市委绝不再给你安排新工作！”

在一片压抑的气氛中，退市风险最大的ST山河艾总首先汇报了该公司的重组思路：拟以国有股权零转让的形式，请白原崴的伟业国际入驻山河集团予以重组。并汇报说，此前已和伟业国际进行了初步接触，伟业国际对此表示了浓厚兴趣。

钱惠人耐着性子听完后，马上表示说：“伟业国际有兴趣，我和市里没兴趣！山河公司和下属两个生产营养液的食品厂都在市中心黄金地段，三块地皮就值四五千万，别说还有那么多固定资产！请白原崴他们来重组可以，但零兼并免谈！”

ST光明王总的重组设想更奇妙，竟然希望市政府出面，对几家国有债权银行施压做工作，使其积欠银行的近四个亿的债务能一举实现债权转股权。

钱惠人根本不予考虑，“没这个可能，我市四十五家国企历年积欠银行近百亿，行长们天天追在我屁股后面要债，你们还敢做这种好梦？！和你们交个底，就算赖银行，现在也轮不上你们去赖，四十五家市属国企早已经赖在那里了……”

第十四章

44

头绪渐渐理清楚了，今天绿色田园的传奇故事起源于昔日的著名垃圾公司ST电机，和她孙鲁生还有一份割扯不断的历史关系哩！她任职宁川市财政局局长时，以其人之道治其人之身，让白原崴和伟业国际集团在公司的收购重组上栽了跟斗，为许克明日后入主ST电机，将其重组为今日的绿色田园拉开了序幕。

ST电机负债累累，到一九九六年已连续三年巨额亏损，每股净资产不足六角，面临退市。白原崴和伟业国际找上门来收购重组。这位极少在资本市场上失手的重组大师，掉进了一个资产黑洞里。白原崴只看到了ST电机账面上的负债，对暗中的担保负债没发现，承担了所有债权债务。结果败走滑铁卢，挣扎折腾了近两年，打了不下十场债权债务官司，最终以净赔四亿五千多万的惨重代价，从电机股份上脱身出局，将公司控股权转让给了名不见经传的许克明和绿色田园。

一九九八年二月，许克明和他的绿色田园公司以每股一元的价格从白原崴手上受让了电机股份全部八千万国有法人股，成为控股股东。嗣后没多久，许克明把自己公司资产置换进去，将公司正式更名为“绿色田园”。从表面上看，许克明好像吃了亏，其收购价格比当年白原崴的受让价格每股高出了近四角，似乎让白原崴赚了钱。但实际情况不是这样，此次转受让交易的公开资料表明，白原崴和伟业国际为求脱身，被迫背走了公司所有负债和属下的垃圾资产，转让给许克明的是一个比较干净的壳。

有意思，资本市场真是高手如林啊，白原崴这种大鳄竟对许克明拱手称臣！许克明何许人也？证券报上公布的简历很清楚：三十五岁，工商管理硕士，民营企业家。他的企业就是绿色田园，一个规模很小的休闲农庄。在宁川任职时，孙鲁生恍惚听说过这个农庄，据说是钻了政策的空子，和宁川郊区的农民签非法合同，悄悄经营农业用地。许克明哪来这么多钱收购上市公司啊？更别说还在二级市场炒作。孙鲁生估计，许克明受让这八千万国有法人股，加之二级市场炒作，动用的资金量不应该少于三个亿，甚至是五六个亿！更有意思的是，钱惠人的老婆崔小柔一直是这家公司的挂名董事，尽管崔小柔只是象征性持有几千股，孙鲁生仍觉得有些蹊跷。

前天和白原崴谈伟业国际监事会问题时，孙鲁生便似乎无意地把问题提了出来，“白总，我突然想起个事：你当年怎么想起来把电机股份转让给许克明了？”

白原崴觉得这个问题提得很奇怪，“哎，孙主任，你咋又想起问这个了？”

孙鲁生不动声色道：“也就是随便扯扯，回顾一下历史嘛！”

白原崴没好气，“别回顾了，我那不是被你坑了吗？你坑完我没多久，就高升到省财政厅当副厅长了。我怎么办啊？只好一次次找钱市长叫苦喊冤，钱市长也不睬我，非让我执行转让合同！我当时真是窝囊透了，提起这堆垃圾就头皮发麻！”

孙鲁生说：“钱市长当时是常务副市长，不管财政，你该找刘副市长啊！”

白原崴道：“你不知道，钱市长那时还管钱袋子，当了市长都没撒手！”

孙鲁生“哦”了一声，“你还没说呢，那你们是怎么想起找许克明的？”

白原崴说：“是钱市长向我介绍的，否则我哪知道有这么个许克明啊！”

孙鲁生追了上来，“你当时就没想过许克明的实力吗？他哪来的收购资金？”

白原崴道：“就是，所以，一开始我也没把这小伙子太当回事，当时谈着的还有几家嘛！后来和他谈成了，他的资金一下子到位了，我有什么话说啊？至于许克明的资金从哪来的，我不关心，英雄不问出处嘛！”略一停顿，又问：“哎，我说孙主任，你是不是又盯上许克明和绿色田园了？有人又要像我一样倒霉了吧？”

孙鲁生笑了，“白总，你胡说啥，我怎么让你倒霉了？我看你现在更抖了！”

白原崴也笑了，“孙主任，我想起来了，你就是做人家绿色田园的文章嘛！别以为我不知道：《汉江商报》上的文章是怎么回事？鲁之杰是谁呀？”想了想，又说：“这我倒可以向你透个底，前一时期是海天系汤老爷子他们在炒绿色田园，公司业绩造假和大比例送股，估计都是配合炒作！不过，这事已经过去了，我劝你就别追了，要知道，你打人家的黑枪，人家也会还你以黑手，谁都不是吃素的！”

孙鲁生便也绝口不提钱惠人，“我候着他们呢，看看他们会下什么黑手！”

绿色田园的问题相当严重，十有八九是个黑色田园，幕后的大人物钱惠人已经渐渐显影了。如果判断不错的话，真实故事应该是这样的：一九九八年初，许克明勾结崔小柔，通过主管钱袋子的常务副市长钱惠人搞来了大笔资金，以闪电战的速度完成了ST电机的收购炒作。嗣后，钱惠人或者他老婆崔小柔成了绿色田园的受惠者，和绿色田园有了某种密切的经济利益关系。因此，才出现了钱惠人向赵安邦引荐许克明，并借赵安邦私下场合的议论大做文章，恶炒绿色田园的事情。白原崴提到的那个汤老爷子和海天系，没准也和钱惠人、崔小柔有某种利益关系。

这么看来，她最初的怀疑竟是错误的！钱惠人这么干，估计并不是出于对老领导白天明的真挚感情，在关键时候帮白小亮一把，他没这么高尚。发生在他女儿孙盼盼身上的事实已经充分说明了这一点。一个连自己亲生女儿都不顾的人，你还能指望他去顾及自己去世领导的儿子吗？这种胆大妄为和卑劣无耻，实在是惊心动魄。

接下来发生的事实，进一步证明了孙鲁生的推测——

那天晚上十二点多钟，她和丈夫、儿子已上床休息了，一个电话突然打到了她家里，是个陌生的中年男人。中年男人开口就问：“请问，你是鲁之杰女士吗？”

孙鲁生最初判断是恐吓电话，马上反问：“你是谁？怎么知道我是鲁之杰？”

中年男人说："我不但知道你就是鲁之杰，还知道你在宁川做过财政局局长，现在是省国资委副主任，没搞错吧？你孙女士胆子很大啊，敢做绿色田园的文章！"

孙鲁生多了个心眼，及时按下电话录音键，"你什么意思？想恐吓我吗？"

中年男人却在电话里笑了起来，"误会了，孙主任，你误会了！我才不恐吓你呢！我恐吓你干什么？我是想为你提供打垮绿色田园的炮弹，重量级炮弹！"

孙鲁生有些意外，"重量级炮弹？请问，你是绿色田园的高管人员吗？"

中年男人说："我虽然不是高管人员，可比他们的高管人员知道得还多！我和绿色田园的幕后老板崔小柔是股市盟友，经常联手坐庄！你如果想搞清绿色田园的内幕，最好来和我见面聊聊，我自己也准备写篇文章，揭露坐庄黑幕！"

孙鲁生强压着激跳的心，"好啊，你看什么时候方便？我听你安排！"

中年男人却迟疑了，沉默片刻，问："孙主任，你知道崔小柔是什么人吗？"

孙鲁生紧张地想了一下，选择了故意装糊涂，"不清楚啊，怎么了？"

中年男人叹了口气，"那你先弄清楚崔小柔是谁的老婆再来说吧！"

孙鲁生道："不管崔小柔是谁的老婆，都不影响我们的见面嘛！你看，我们明天见一下好不好？我们省国资委对面街上有个茶楼，很安静的，我下午在那里等你！”

又是一阵沉默，中年男人答应了，“那就下午四点吧，股市收市后我过去！”

孙鲁生这才问：“你这位同志贵姓啊，怎么称呼？我怎么知道是你啊？”

中年男人说：“这你都别问了，见面时我手里拿着一份《汉江商报》！”

孙鲁生故作轻松地笑道：“嗬，还很神秘啊，像地下党接头似的！”

中年男人说：“孙主任，你以为这是开玩笑？闹不好我小命都得玩掉！”

接罢这个电话，孙鲁生睡不着了，越想越觉得事情严重。如果这个中年男人没说谎，如果崔小柔真像此人透露的那样，是绿色田园的幕后老板，那么揭出绿色田园的内幕，此人可能真会有生命危险。不过，另一个可能也不是不存在，那就是此人故意说谎，引诱她去见面，趁机对她下手报复。在此之前，她已两次接到过这种恐吓电话了，一次是在家里，一次是在开车回家的路上。再看看来电显示，又发现了一个新问题，中年男人的来电号码显示为匿名的私人号码，便益发疑惑起来。

她这才叫醒了正呼呼大睡的丈夫老程，把来电情况和自己的分析说了一下。

老程从好梦中惊醒，打着哈欠，很不耐烦，“孙领导，不是我说你，你这管得也太宽了吧？当初就不该写那篇惹是生非的文章，现在更不该答应和那人见面！”

孙鲁生不服气，振振有词地说：“事实证明我文章写对了，绿色田园的问题不仅仅是业绩造假、证券欺诈，很可能还涉及到钱惠人夫妇以权谋私的重大腐败！”

老程这才醒透了，“什么？什么？还真牵涉到钱惠人夫妇身上去了？啊？”

孙鲁生点点头，又说：“现在还不敢肯定，我毕竟还没和那个人见面细谈！”

老程手一挥，“那还有什么好说的？报案，先把打电话的人抓住再说嘛！”

孙鲁生道：“现在凭什么抓人家？让谁去抓？抓错了又怎么办？再说，赵省长向我交代过的，要我只对他本人负责，就算报案抓人，也得先向赵省长汇报嘛！”

老程看着孙鲁生，怔住了，“倒也是！赵省长和钱惠人是什么关系啊？真在钱惠人身上闹出了大乱子，赵省长怎么办？这事还真得好好想想呢，不能莽撞！”

孙鲁生却说：“赵省长在我面前表过态的，明确说了，如果钱惠人真腐败掉了，就按党纪国法严肃处理，看得出来，赵省长对钱惠人已经十分恼火了……”

老程皱着眉头思索着，手直摆，“别，别，鲁生，你别天真，经验告诉我，这十有八九是场面上的官话！你回忆一下，当年查钱惠人那块劳力士表，赵省长和白天明书记是什么态度？这阵子查钱惠人的一系列问题，赵省长和王汝成他们又是什么态度？咱们也是从宁川上来的干部啊，也被人家划在所谓的‘宁川帮’里啊……”

孙鲁生打断了老程的话头，“可另一个问题你想过没有：于华北盯得这么紧，钱惠人又这么不争气，谁还保得住他？如果钱惠人的问题被于华北他们揭出来，倒不如我们揭出来，更何况这又是赵省长主动让我查的，我原来都不想管这事了！”

老程狐疑地看着孙鲁生，“这就是说，赵省长已经准备把钱惠人抛出来了？”

孙鲁生嗔道：“别这么想问题嘛，什么抛出来？好像赵省长耍手腕似的！赵省长的为人我们应该清楚啊，既讲感情又讲原则，所以才让我对他本人负责嘛！”

最后商量的结果是，面还要见，见过后向赵安邦汇报，为防万一，老程陪同。

次日下午不到四点，孙鲁生和老程就分头赶到茶楼，等候那位中年男人了。当时，茶楼散客厅里稀稀落落坐着七八个茶客，其中有两个茶客在看报，但都不是《汉江商报》。茶楼十几个包间门关着，是不是有人在里面手持《汉江商报》等待接头不得而知。她和老程分析，应该不会，那人既要接头，就应该在散客厅。

一直等到四点半钟，手持《汉江商报》的那位中年男人始终没露面。

四时四十二分，孙鲁生的手机突然响了，来电号码仍是匿名的私人号码，声音却是那个中年男人，“孙主任吗？真对不起啊，我失约了，恐怕一时来不了了！”

孙鲁生尽量平静地问：“是不是临时碰到了什么急事啊？我可以再等等！”

中年男人说：“别等了，你回去吧！哦，对了，你别把我昨夜的胡说八道当回事啊！不瞒你说，昨晚和几个朋友喝多了，就给你打了个电话，还给其他不少人打过电话，也不知都胡说了些啥！今天起来，我就四处打电话道歉，也向你道歉了！”

孙鲁生大为意外，“同志，我看你昨夜不像喝多的样子嘛，思路很清楚嘛！”

中年男人道：“算了，算了，不说了，孙主任，我现在还有事，就这样吧！”

孙鲁生急了，“哎，同志，我们见面认识一下总可以吧？你今天有事，咱们就再约个时间好不好？你放心，我会替你保密……”话没说完，对方已挂了电话。

45

那个说好和孙鲁生见面的人绝不是喝多了，估计是因为尚不可知的原因突然改变了主意，赵安邦想，孙鲁生的分析判断基本上是正确的，钱惠人和崔小柔很可能已陷到绿色田园的黑洞里去了，陷得看来还很深，也许已经淤泥没顶不能自拔了。

敏感的警觉和深刻的怀疑，竟被孙鲁生初步证实了，赵安邦的心情一下子变得异常沉重。这个很可能被腐败淤泥淹没的不是别人，是他的老部下钱惠人啊！这位同志是那么聪明能干，从文山的古龙县，到白山子县，再到宁川，是跟着他披肝沥胆一路冲杀出来的。尤其是到了宁川之后，钱惠人更是功不可没，一直主管经济工作，苦心经营着一座日渐崛起的现代化大都市。正是因为有了钱惠人这位精心负责的好管家，这十四年里，宁川经济才不断创造奇迹，排名跳跃式前移。时至今日 GDP 闯过了千亿大关，比省城还多十个亿。

财政收入去年是全省第二，仅次于省城不到两个亿。据王汝成汇报说，今年宁川财政收入肯定会超过省城了。

现在，这个大管家出事了，此人把宁川经营得不错，也把自己经营得很好哩！

看得出，孙鲁生的心情也很复杂，汇报过程中一直在看他的眼色，结束汇报时还带着惋惜的口气说："……赵省长，这些情况我真没想到！老钱兼任宁川财政局局长时，我还是处长，他做主管副市长时，我任副局长，和他共过事，从没听说过他有啥腐败的！下面的同志都很怕他，连客都不敢请，更没人敢给他送礼送钱！所以，我虽然这样分析，还是吃不太准，老钱是不是真的就会腐败掉？您判断呢？"

赵安邦长长叹了口气，"我估计钱惠人不会干净了，他不是会不会腐败的问题，而是怎么腐败和腐败到了啥程度的问题！老钱聪明啊，不吃请，不收礼，不受贿，所以，按常规思路去查，尤其是带着某些偏见成见去查，当然查不出什么！"

孙鲁生似有所悟，"这么说，于书记他们在走弯路？不会发现老钱的问题？"

赵安邦怔了一下，"也许最终会发现，纸总是包不住火的，要想人不知，除非己莫为嘛，可这要有个过程！"苦苦一笑，又自嘲说："咱们华北同志敏感啊，你说他有成见也好，有偏见也好，人家盯钱惠人还就是盯对了，不服不行啊！"

孙鲁生感叹道："赵省长，我看您也很敏感哩，甚至比于书记更敏感，一下就点住了老钱的死穴！哎，我不明白您怎么会想到老钱会在绿色田园上出问题呢？"

赵安邦“哼”了一声，缓缓道：“基于我对他的了解嘛！钱惠人毕竟是我的老部下了，跟着我前前后后二十二年。这老兄怎么说都是个精英人物啊，对资本市场有着天生的敏感。因此，他想搞钱就不会像一般的腐败分子那样去贪污受贿，贪污受贿多傻呀，容易暴露不说，也赚不了多少钱嘛，利用职权，挪用些公款，搞点所谓的投资，甚至控制一个上市公司，那该有多大的利润啊？出了事也有回旋余地！”停了一下，又透露说：“鲁生同志，你也许不知道，在这方面，钱惠人还算我的老师呢，我关于股票和资本市场的早期知识有不少都是从他那儿得来的！”

孙鲁生笑着说：“这我多少知道一些，在宁川时，钱惠人私下和我说过！”

赵安邦问：“那么，钱惠人说没说过他和白原崴在香港炒恒生期指啊？”

孙鲁生摇摇头，“这倒没有，不过，我知道这事，好像还给了他一个处分？”

赵安邦说：“是啊，是天明书记坚持要处分，我当时还想不通！现在看来，不但应该处分，处分得还太轻了，警钟敲得不够响啊！鲁生，不瞒你说，最初听了你的汇报，我就想到了炒恒指，就担心钱惠人从这条缝里掉进去，看来真应验了！”

孙鲁生试探道：“赵省长，那您的意思是，得公事公办，严肃处理了？”

赵安邦脸拉了下来，“这还用说吗？如果钱惠人真像我们分析的那样，通过自己老婆崔小柔操纵上市公司绿色田园，搞业绩造假、证券欺诈，当然要严肃处理！”想了想，口气多少缓和了一些，“不过，现在还不是讨论处理的时候，必须进一步搞清楚情况，那个约你见面的庄家是个很好的线索啊，你要给我继续查！”

孙鲁生点了点头，“好吧，那我先想法找到那个打电话的人吧！我估计他有可能再来找我，另外，我也可以通过绿色田园在股市上坐庄操作的痕迹主动找他！”

赵安邦颇为不安地交代说：“鲁生，你还是要注意保密啊，既不能打草惊蛇，也要对钱惠人负责。我们今天的分析判断，毕竟只是分析判断嘛，你手上的电话录音也许是证据，也许不是证据，万一搞错了呢？岂不太伤人了？尤其是这么一位跟我多年、有重大贡献的同志！所以，你目前只能向我汇报，明白吗？”

孙鲁生显然很明白，口气有了微妙的变化，“就是，就是，赵省长，就算那位匿名庄家电话里说的都是实情，也和老钱没关系。而且，崔小柔在绿色田园任职是公开的。如果崔小柔打着老钱的旗号乱来，老钱不知情，就是另外一回事了！”

赵安邦思索着，像是自问，又像是问孙鲁生，“钱惠人真会不知情吗？最初收购电机股份的巨额资金是从哪来的？崔小柔又怎么成了绿色田园的幕后老板了？没有钱惠人手上权力的支持，许克明和崔小柔哪来的这种呼风唤雨的巨大能量啊？”

孙鲁生仍在试探，“也许老钱真不知情呢？宁川的干部都知道，老钱怕老婆嘛，我记得有一次您还和他开过玩笑，要推荐他兼任宁川怕老婆协会主席呢……”

赵安邦没让孙鲁生再说下去，“鲁生，你是真糊涂还是装糊涂啊？这么大的事，是怕老婆的理由可以推脱的吗？荒唐嘛！”担心孙鲁生误解了他的意思，又郑重说：“鲁生同志，你不要产生错觉啊，不要以为钱惠人是我老部下，我就会庇护他，明确告诉你：我不会这么做！不说华北同志和有关部门盯着，就算华北同志不盯，我也不会这么做！当然，这事关系重大，也不能不慎重，我的意思是，把这些问题线索进一步落实之后，再考虑让于华北同志和有关部门正式立案查处！”

孙鲁生明白了，“好，赵省长，那我听您招呼就是！”说罢，起身告辞。

赵安邦也没再留，送走孙鲁生后，站在明亮的落地窗前发了好一阵子呆。

一时间，赵安邦想了很多，有些现实问题不能不考虑：他对孙鲁生这么安排是不是理智呢？钱惠人的问题已经不再是简单的怀疑了，比较确凿的线索已摆在面前，他完全可以让孙鲁生拿着电话录音去向于华北汇报，请于华北和有关部门按规定处理。这么做，首先是坚持了原则，让于华北日后无话可说；其次，因为是于华北处理的钱惠人，自己也就摆脱了下属同志，尤其是宁川下属同志们的抱怨和咒骂。如今当官做人都是很难的，不对下属干部搞点保护主义，背后总要被人骂的。

然而，真这么做了，他于心能安吗？钱惠人毕竟是自己的老部下，发生在孙萍萍和孙盼盼身上的悲剧，不但和钱惠人有关系，也和他有着密不可分的关系。如果没有文山分地风波，也许就没有这场浸透着两代人血泪的悲剧了，从个人感情上来说，不是钱惠人对不起他，而是他多少有点对不起钱惠人。因此，尽管理智告诉他，钱惠人十有八九已经完了，可他心底深处总还抱着一丝侥幸，万一他和孙鲁生搞错了呢？主动权在他手上，搞错了也没太大的关系，不会给钱惠人造成实质性伤害，而落到于华北手上，就有可能出现将错就错的局面，钱惠人就死无葬身之地了。最后，退一万步说，他还可以做做工作，让钱惠人主动自首，争取从宽处理。

看来也只能这样做了，事到如今，十全十美的选择显然是没有的。

这时，桌上的电话铃突然响了，是文山市委书记石亚南的电话。石亚南在电话里汇报说，许克明和绿色田园在文山刘集镇搞大豆基地的事已经查了，根据调查的情况看，不存在明显的违规，和钱惠人也没直接关系，钱惠人只是牵线介绍了一下。

赵安邦不太放心，提醒说："亚南同志，刘集镇可是钱胖子的老家啊，你们工作一定要做细一些，不能光听他们说，要组织专家严格审查相关协议和合同书！"

石亚南道："是的，是的，赵省长，已经这么做了！农业局、国土局的人都是专家嘛，还有财政、审计方面的同志，协议、合同都审查过了，没什么大问题！"

赵安邦紧追不放，"没有大问题，有没有小问题啊？什么性质的问题啊？"

石亚南说："哦，有拖欠土地租金的情况！按合同规定，头五年的土地租金绿色田园公司必须于合同签字后三个月内交清，目前只交了一半。据镇上说，为这事，钱惠人同志倒是打过一个招呼，他们也就同意缓收了，目的是想搞好合作！"

赵安邦没好气地道："他钱胖子乱打什么招呼啊？你告诉镇上，这种招呼不要听，让许克明严格执行合同！另外，也带个话给老钱，让他给我注意点影响！"

石亚南连连应着，"好，好，我提醒钱市长就是！"又解释说：

“钱市长还是挺不错的，到文山这三个多月，和我和班子里的同志合作得都很好，工作扎实谨慎，又能摆正位置，你们当领导的也别听风就是雨，老伤害自己同志的感情嘛！”

赵安邦心想，还伤害自己同志的感情，只怕这位钱惠人已经不是自己的同志了！却没说，只淡然道：“我这是为他好，他心里会有数的！”又说起了白原崴和伟业国际，“亚南同志，怎么听说这阵子你们和白原崴打得一团火热啊？据省国资委的同志反映，伟业国际那位执行总裁陈光明连办公室都搬到文山去了？是不是？”

石亚南乐了，“嘿，人家这不是听您的招呼，落实省委的战略决策，为我省经济打造新的发动机嘛！赵省长，我建议您和裴书记进一步号召一下，让我省实力雄厚的大型企业集团学学伟业国际，都到文山来考察，来投资，搞一次经济北伐！”

赵安邦道：“我当然要号召，过去号召过，今后还会号召的！不过，你们也要注意，不能因此就不顾一切，大原则要把握住，对资本流向要有政策引导，别轻信白原崴嘴上的漂亮话，没有可以预见的丰厚回报，此人绝不会响应我的号召！”

石亚南说：“这我当然知道，我和钱市长议论过这事，意见一致：我们就是要让伟业国际和这位白总在文山获得丰厚回报，树立一个赚钱盈利的样板，一举改变文山投资环境差的恶劣印象，同时，也加强我们的整体实力嘛！”停了一下，又说：“哦，对了，赵省长，还有个事顺便向您汇报一下：根据您的建议，我们市委前天开会专门研究了一下，准备搞个大动作，对全市科股级年轻干部搞轮岗！第一期拟定轮下一千八百多人，每人每月保证三百元生活费，全出去到宁川、平州、省城打工自谋生路，就像您说的，一来开阔眼界换脑筋，二来也是自我锻炼，干得好，两年后回来上岗任职，带一方致富；干不好，连饭都吃不上的，请他走人！”

赵安邦连声叫好，“好，好，亚南同志，你有勇气啊，到底试起来了！我坚决支持！我还有个建议：网应该撒得再大一些，不但是宁川和平州，深圳、上海、北京都可以去，有本事的甚至可以走出国门！这样的学习就不会走过场了，那是要付出血汗的！这样吧，你们尽快把材料报给省政府，我做个批示，表明态度，也帮你们堵堵某些人的嘴！你们还要注意总结经验，以便日后在北部地市推广！”

石亚南乐了，“赵省长，那我就请你当后台了，将来有人告状你可别搭理！”

赵安邦道：“我当然不会搭理，不过，你们也把握一个度，四十岁以上的中老年同志就不一定这样搞了，另外，家里的工作务必安排好，要做到平稳有序！”

石亚南说：“这我已经想到了，年龄就定在四十岁，副处级以下，家里的工作没问题，现在干部超编太严重了，再拿下几千都成，吃饭财政能省下一大块哩！”

赵安邦提醒说：“亚南啊，在这个问题上，你头脑可要清楚，要注意口径：减少财政开支不是重点，重点是锻炼我们的年轻干部，让他们走向全国换脑筋！”

石亚南连连应着，又说了些措施和设想什么的，两人便结束了这次通话。

放下电话后，赵安邦情不自禁地想起了白原崴，心里总是不太踏实。

这个白原崴委实太能干了，简直就是资本的化身。资本的天性是对利润的敏感追逐，见空子就钻，而石亚南急于改变文山现状，就会于有意无意中为白原崴提供可钻的空子。更何况还有钱惠人摆在那里。孙鲁生提供的情况证明，此人也是个胆大包天的主儿，又懂经济、懂市场，万一和白原崴搅和在一起，问题就更复杂了……

46

“本报消息：新伟国际企业投资公司昨日召开董事会通过决议：同意受让文山钢铁集团所持有的伟业控股一亿两千五百万股国有股。鉴于此次受让之后，新伟国际企业投资公司拥有股份已占伟业控股总股本的百分之七十点零一，依法触发了要约收购义务，新伟国际企业投资公司特发表重要声明，并做出不可撤销之承诺：本公司将按照法律规定，履行要约收购义务，向所有伟业控股股东发出全面收购要约……”

看到证券报上关于伟业控股的要约收购声明，汤老爷子哈哈大笑，笑出了满眼泪水，“好，好啊，这个白原崴，真是我的好学生啊，看，静若处子，动若脱兔！”

海虹基金经理方波阴阴地接了上来，“老爷子，要我看，白原崴不是一只脱兔，而是一条狼啊！前些日子，你亲自登门找他，他也没和你说一句实话嘛！”

汤老爷子仍在笑，“这有什么可奇怪的？资本角逐就是群狼大战，白原崴是狼，我们就不是狼吗？小方，我们要理解白原崴，这不是他的错！就像狼吃羊并不是狼的错一样——狼为什么要吃羊啊？那不是残忍，而是存活下去的必要条件嘛！”

方波道："我明白你的意思，不过，白原崴这回做得也绝了一点，差点儿把你老爷子和我们海天系都当羊吃了！他不是建议我们倒仓，把持股转让给他吗？！"

汤老爷子笑着反问："可我们上当了吗？没有嘛！他这话反倒提醒了我，让我防到前面去了！他震仓时，我们不是又趁机吃进了几十万股吗？！"脸上的笑容突然收敛了，"这小把戏，和先生我斗智还欠点道行，究竟谁吃掉谁还难说呢！"

方波把意思领会错了，"老爷子，你的意思是不是说，我们将和白原崴决一死战了？以其人之道治其人之身，逼他履行要约义务，给他一个扎扎实实的教训？"

汤老爷子手一摆，"错了，我治他干什么？恰恰相反，我们要和他结盟，要和他一起把要约收购这个大好概念做出大成果！他干得很漂亮，我得先向他祝贺！"

不料，祝贺的电话没打出去，白原崴的道歉电话先来了。

白原崴在电话里开口就问："老爷子，今天的证券报，您老看了吗？"

汤老爷子讥讽道："你不想想，我能不看吗？正说要打电话找你呢！"

白原崴语气急促地说："所以，我今天一睁眼，脸都没洗，就先给您老打这个电话了，准备让您老好好骂一顿！老爷子，你只管骂好了，你骂完我再解释！"

汤老爷子笑道："原崴，我为什么要骂啊？你没做错什么，尽管我是你的老师，但游戏规则就是游戏规则，只要参加游戏就要遵守！你没有向我和海天系透露信息，给我们抬轿子的义务，我对你也没有这个要求，再说，这么做也违规嘛！”

白原崴这才在电话里笑了，“老爷子，您真是明白人，真是宽宏大量啊！不过，该解释的，我还是要向您解释，也顺便向您老汇报一下：在您上次到我这儿来之前，要约收购的事我们还真没想过哩，是您老启发了我们啊，这我得谢谢您！”

汤老爷子才不相信白原崴会没想过这种事，嘴上却说：“这你也不必谢，不管怎么说，你毕竟是我的学生，又是我最有出息的学生，我看到机会总要提醒你嘛！”

白原崴又说了下去，“因为没想到搞要约收购，又知道你们海天系吃了一肚子钢铁，我出于好心，才提出倒点仓，帮你们减轻一点压力和负担！现在看来，可能会发生误会，您老爷子没准会以为我在耍什么手腕。天理良心，这种念头我可真没有，连做梦都不敢做这种梦！商场无情人有情嘛，何况您还是我最敬重的老师！”

这件事汤老爷子事后分析过，并没认为白原崴是存心坑他，而是觉得白原崴是在为某种大动作扫除障碍，于是，笑道：“原崴啊，这事就不提了！我不是已经告诉你了吗？我看好伟业控股的前景，现在更看好了！你们的要约收购声明发了，总攻已经开始了，我们要集中子弹和火力打好这一仗才是，我们现在是盟友嘛！”

白原崴是个明白人，不谈过去了，咨询道：“那么，老爷子，你和你的孩儿们怎么预测要约收购的前景啊？该不会把手上这一千多万流通股全要约卖给我吧？”

汤老爷子想都没想，便说：“怎么可能呢？我估计今天一开盘，伟业控股就要涨停，接下来还会有三至五个涨停。如果真来五个涨停，股价就接近十元了，谁会在六元多的要约收购价上卖给你？！这还只是第一波，涨停打开，高位盘整后，还会有第二波，我和孩儿们预计，要约收购期满时，伟业控股会涨到十五元左右！”

白原崴似乎信心不足，“老爷子，你们是不是太乐观了？我们的证券分析师认为，要约收购作为一个新概念，市场会有炒作可能，但不会冲得这么高。毕竟两年熊市了，上面套牢的筹码层层叠叠，很难冲破十元，就算冲过十元，也不会冲过十二元筹码密集的强阻力区！而一旦回落，就可能连来几个跌停，风险并不小啊！”

汤老爷子揣度白原崴言中有诈，便也顺着话头道：“倒也是，市场风云变幻，在战斗结束前，谁也不敢保证就一定能打赢，大家谨慎点也好！”又意味深长地说了一句：“真要跌到要约收购价附近，我不排除壮士断臂，把货全卖给你！”

白原崴呵呵笑了起来，“这一点您老放心，要约收购价怕是永远见不到了！”

此番通话结束后没多久，股市开盘了，情况果然如汤老爷子所料，是无量涨停，集合竞价仅成交十万两千股，涨停价上的买盘却高达三千多万股，K 线指标全面向好。

方波看着伟业控股的历史走势和筹码分布图，不无疑惑，“老爷子，你当真认为伟业控股能冲破十二元强阻力位吗？你注意一下，十二元至十三元之间，累计成交量大得惊人，历史经验证明，没有一举冲破的可能，白原崴还是比较清醒的！”

汤老爷子看着盘面，思索道：“不过，这小把戏的清醒倒让我警觉哩！小方，你记住，必须防着两点：其一，不能在高位套住；其二，也不能在低位被人家骗去筹码！绝不能掉以轻心，既要密切注视每日的盘面变化，还要认真做作业！”

方波心里有数，“这我知道，我们现在要有个炒作目标位，老爷子，我的意见不能太乐观，应在十元上方陆续出货，在十二元下方全面清仓！也不能光盯白原崴，猎物出现了，狼群都将扑过来，未来的盘面不是我们和白原崴能控制的！”

汤老爷子点点头，“这你说得对，群狼扑食是肯定的，三五个涨停之后，必会有一些空仓的庄家杀进来，那么，这时候我们是不是一定就出货呢？要做具体分析，不能机械！要约收购毕竟是个新概念，不排除有些恶庄猛庄疯狂拉抬！如果真出现这种恶庄猛庄，股价冲过十五元也不是不可能，十五元上方空间无限啊！”

方波仍不赞同，略一迟疑，婉转提醒道：“老爷子，过去的教训要汲取哩！”

汤老爷子不高兴了，“什么教训啊？绿色田园不是解套了吗？伟业控股我们不是也占尽先机了吗？我早就和你们说过嘛，他白原崴敢重兵入主伟业控股，我们就没有什么可怕的！现在风险最大的不是我们，是白原崴和他的新伟投资，如果操作失败，伟业控股就要摘牌退市！”停顿片刻，透了点底，“真出现这种情况，我会把手上的股票全卖给他，促成此次要约收购，逼着白原崴和我们一起拼命！”

方波脱口惊叫道：“能……能这么赌气吗？这一来，我们岂不是亏大了？！”

汤老爷子哈哈大笑，笑罢，脸一拉，反问道：“小方啊，我说过把手上的流通股按要约价卖给他吗？我卖给他的将是受让过来的国有股，恰占总股本的百分之五！”

方波大为惊奇，“老爷子，我……我们什么时候有了这百分之五的国有股了？”

汤老爷子想了想，还是说了，“是刚从省国资委受让过来的：伟业国际不是正对国有股进行社会化处理吗？我让省城一家由我们暗中控股的文化公司接了单。这件事要严格保密，在和白原崴摊牌前绝不能走漏任何风声！你看白原崴保密工作做得多好啊？文山钢铁国有股转让完成，要约收购成了既定事实，我们才知道！”

方波全听明白了，不无兴奋地道：“好，好，老爷子，您真是神机妙算啊！你这么一交底，我就有数了，股价高看一线，争取在十二元至十五元之间出货……”

就说到这里，电话响了，公司保安经理报告说，野狗基金的李成文求见。

汤老爷子知道李成文最近在二级市场操作失了手，从绿色田园出来的钱又套在另两支参与坐庄的股票上了，本不想见，可又怕这条野狗在这种时候发野，坏了操作大事，便硬着头皮见了，是在装饰豪华的贵宾室见的，满面笑容，彬彬有礼。

李成文已是一副丧家犬的样子了，印堂发暗，目光混浊，不管怎么掩饰，脸上的晦气和失落都显而易见。小伙子急着求见，见面后却又没什么正经话可说，言之无物地谈了一通未来大势走向之类的话，便坐在沙发上，捧着水杯发起了呆。

汤老爷子心中不耐，主动问道：“小老弟啊，你今天找我究竟有啥事？”

李成文叹了口气，“教授，我……我真不好意思向您开口，真不好意思啊！”

汤老爷子满脸真诚，口气极是和蔼，“别不好意思，有话就直说嘛，能帮的忙我一定帮，就算帮不上，我也会向你解释清楚的！说吧，碰到什么难处了？”

李成文苦巴着脸说了起来，“教授，我这次惨了，把资金全套在两支外地小盘股上了，一支是合金股份，一支是大展实业，账面亏损已经超过百分之六十了！”

汤老爷子友好地责备说：“小老弟，你也太不慎重了嘛，这种低迷的市道哪能这么疯狂投机呢？我过去就和你说过，要做巴菲特，不能做索罗斯！做绿色田园时，我是不是也提醒过你，今年的战略热点在钢铁和汽车板块上，亏损小盘股利好再多，也属短平快的突围！绿色田园能解套就不错了，咋又往小盘股里冲呢？！”

李成文连连点头，眼泪差点下来了，“教授，我现在真是悔青了肠子！”

汤老爷子却又安慰说：“也不要怕，解套的机会总还有，股市上没有只涨不跌的股票，也没有只跌不涨的股票，绿色田园套了我们一年多，不还是解套了吗！”

李成文道：“这我知道，可问题是，现在委托投资的债主全逼上门了，我走投无路啊，所以才……才求到您这儿来了，想请您救个急，临时给我融资一千二百万，让我应付一下逼得急的债主！我以账上股票做……做抵押……”

这简直是痴人说梦，别说一千二百万，就是二百万他也不能借！伟业控股阵地上炮声隆隆，他和海天系的弹药还不够呢！于是便道：“小老弟啊，你真是为难我了，海天系现在也是满仓啊，年中还准备分一次红，哪有资金可融呢？再者说，我并不是海天系基金的经理，只是他们的投资管理顾问，也没这个权力啊！”

李成文急了，不管不顾地把底牌全露了出来，“汤教授，请您放心，我这不是长期融资，只是临时借用一下，时间最长不超过三个月！这两支股票我是和绿色田园许克明、崔小柔他们合伙坐的庄，他们已经答应通过钱惠人市长和文山市政府帮我融资四千万，或者搞到资金后，以现价接盘，你和海天系没任何风险，真的！”

汤老爷子大吃一惊：天哪，崔小柔和许克明也跟这野狗在两支股票上坐庄，身为市长的钱惠人竟答应为他们融资四千万？这都是怎么回事？是面前这条野狗疯了，还是钱惠人疯了？钱惠人这么干，是不是准备进大牢了？这太不可思议了！

李成文似乎看出了他的心思，进一步交底道：“教授，你别不信，事到如今，我干脆啥都告诉你吧：对崔小柔和绿色田园，我知道的太多了，钱惠人市长再难也会帮我搞钱的，只是他现在不在宁川了，搞这四千万要有个过程，但一定会搞！”

汤老爷子益发吃惊：这条野狗在讹诈，已经讹诈了钱惠人，只怕还要讹诈他！

果然，李成文继续说：“教授，咱们也联手坐过庄，就是绿色田园嘛，内部消息还是我告诉你们的，也不是那么合法啊，逼急了，我准备揭露一下坐庄黑幕！”

汤老爷子这才说话了，语调低沉，寒气逼人，“李成文，你真是条野狗，有个成语叫‘狗急跳墙’，说的就是你现在这种情况！你说的不错，坐庄是有黑幕，你可以揭，我不但不会阻止你，还会发表文章支持你，规范市场是我的一贯主张嘛！至于说到绿色田园，那位鲁之杰已经在调查了，估计和我、和海天系基金没关系！我们此前没得到任何内部消息，我不记得曾经见过你，况且，我不是基金决策人！”

李成文怔了一下，笑了，是那种阴谋家的笑，“汤老爷子，我们之间对敲拉抬绿色田园的成交记录可在电脑里没抹掉啊，这难道不是操纵股价、证券欺诈吗？”

汤老爷子正经道：“肯定是证券欺诈，这是我一贯反对、深恶痛绝的！如果这种情况属实，我会对方波他们提出严厉批评，建议他们内部整顿，重温证券法！”

李成文连连摇头，“恐怕不是整顿的问题吧？有人要对此负法律责任吧？”

汤老爷子承认道：“有这个可能，包括你这条疯狗，可能都会被列为市场禁入者，甚至去坐几年大牢！但这与我无关，我再重申一下，我只是投资顾问！”

李成文手一摊，“天哪，老汤，你怎么这么无耻啊？在大学教无耻学吗？”

汤老爷子淡然一笑，“小李，你不就是无耻学专家吗？如果我现在没退休，还在财经大学做经济系主任，可以考虑开门新课，经济无耻学，就请你当教授！”

李成文实在够无耻的，讹诈不成，又换了面孔，变出一副可怜相，“教授，我们不要这么意气用事好不好？你就当我是个无耻之徒，就当我是条疯狗，临时借我一点救命钱吧！我刚才说的全是激你的气话，你别当真，我也不愿坐大牢嘛！”

汤老爷子冷冷一笑，“所以，你就少给我来这一套！你说得对，我今天就把你当做一条疯狗，你说的钱市长什么的，我只当是疯话，既没听到，也不会和谁再说！你也要学聪明点，不能一边让人家帮忙，一边还咬着人家不放！”想了想，又说：“至于救命钱，我和海天系真没有，我的忠告是：请继续找崔小柔想办法！”

李成文挺没趣地走了，走之前似乎意识到了什么，挺不安地说：“教授，那您也要说到做到啊，千万别把我刚才说的情况透露出去，让我落个死无葬身之地！”

汤老爷子也恢复了常态，意味深长道：“很好，你这小老弟还算明白啊！”

李成文走了，惊涛拍岸的交锋成为过去，潜在的危机却仍然真实存在着。这条疯狗带来的危机必须解决，既然钱惠人和崔小柔答应帮他融资，就得尽快办！至于办了之后的结果是什么，钱惠人会不会因此倒台，那就不在他的考虑范围内了。

于是，汤老爷子叫来了方波，吩咐方波找个可以沟通绿色田园的渠道，把有关李成文发疯的警报及时发出去，钱惠人的名字没敢提，只提了崔小柔和许克明。

方波有些不解，怔怔地看着汤老爷子，“哎，这和我们有什么关系啊？”

汤老爷子说：“关系很大！李成文和绿色田园这颗炸弹一旦炸开，弹片很可能就会落到我们身上！婉转告诉崔小柔和许克明，要他们先想法给李成文解决一部分资金，争取时间，起码不能让他们在伟业控股要约收购的这一个月内闹出意外！”

方波这才应道：“那好，老爷子，我听你的，亲自去找崔小柔，今天就去！”

汤老爷子却阻止道：“不，你不能去，最好找个和海天系无关的人去，将来崔小柔、钱惠人真出事就与我们无涉了！我估计钱惠人迟早要出事，就算不在绿色田园和李成文身上出事，也会在其他问题上出事，省委调查组现在还在查着他呢！”

方波却又疑惑起来，“钱惠人出事？老爷子，事情当真会这么严重吗？”

汤老爷子道：“就是这么严重！钱惠人大权在握，屡闯红灯，违规操作早已成了习惯。那么多资金在他手上拆来拆去，所有监督形同虚设，不出问题才怪呢！”

第十五章

47

对崔小柔来说，一九八九年七月十四日的激情之夜是永生难忘的。那天是她二十五岁的生日，身家三千多万的公司老板要在深圳湾大酒店为她举行生日派对，而另一位来自家乡文山的年轻政府官员也要为她庆贺生日，她面临着人生的重要抉择。

这位官员就是此前来深、港追过债的宁川市政府副秘书长钱惠人，一个不可思议的谜一般的人物。此人有胆量、有气魄，敢和白原崴合作炒恒生期指，却又视金钱如粪土，把冒险赚来的近千万港币一分不少地打入了公账，甚至一块劳力士表也要上交。不少知情的朋友在她面前说，钱惠人太廉洁奉公了，劝她不要指望靠他来做生意发财。当时真是个发财的年代啊，十亿人民九亿商，一夜暴富的故事层出不穷，一部分人已经富了起来，一部分人正在富起来，淘金梦冲破了思想的牢笼，正弥漫在中国大地上，笑贫不笑娼成了公开的时尚。她自然不能免俗，也做起了这种暴富梦，从汉江财经大学毕业后，没去分配的文山经委报到，就一头扎到深圳。跳了几次槽后，她最终在一家汉江老板承包的国际贸易公司落了脚。这家公司也涉及到偿还宁川集资款的问题，老板便让她和钱惠人及追债组周旋，这样一来二去，她和钱惠人不知不觉双双陷入了情网。老板先还没意识到，待发现事情不妙，立马发动了密集的感情进攻，她二十五周岁那夜的生日派对便是老板最后的攻势了。老板要给她一个意外的惊喜：送她一辆宝马车和一套三居室的房子，将她包养起来。而恰在这一天，已结束追债工作的钱惠人偏偏专程从宁川飞了过来，为她庆祝生日。

钱惠人大老远飞到深圳，为她庆贺生日，她不能不见，不见一下说不过去。而老板的许诺又是如此美好，只要她如约赶往深圳湾大酒店，宝马车和房子就到手了，抉择是相当艰难的。那日下午上了出租车，已赶往机场接钱惠人了，她仍没放弃可能到手的车和房，还说要去深圳湾，只是临时碰上了急事，要晚一些去。

感情的倾斜，发生在见到钱惠人之后。得知钱惠人手上的工作很多，只能在深圳待一夜，她一时大受感动，这才利用上洗手间的机会，和老板通了个电话，告知了实情，让老板不要等了。老板要她好好想想：为一个穷酸小官僚，这么做是不是值得？还直言不讳地说，这个小官僚的廉洁奉公已经到了很荒唐的地步，跟这种人过一辈子，只怕永远开不上自己的车，住不上自己的房，劝她不要做傻瓜！

她当然不会做傻瓜，那当儿，她决定的只是一个庆贺二十五周岁生日的场合和共同庆贺的伙伴，既没有放弃对财富的追求，也没想就此决定自己的一生。她相信，只要她愿意，就算不参加这日老板的生日派对，车和房还是有机会争取的。

感情的进一步倾斜，发生在烛光摇曳的白宫大酒店豪华包间，发生在《何日君再来》的轻曼而伤感的歌声中，发生在她下注前的试探之后。是的，烛光和歌声浸淫了她意志，酒精点燃了她体内的热血，她决定下注了，押上的是自己的一生。

于是，在那个生日之夜，一切都合乎情理地发生了，她带着纯洁的身体和并不纯洁的心灵，投入了钱惠人的怀抱，决定了自己，也决定了钱惠人未来的命运。

后来的事实证明，她的选择是极为正确的，在关键时刻押对了宝，赢了个大满贯。钱惠人此后的仕途虽说磕磕碰碰，却也算得风调雨顺，由秘书长、副市长，一步步上来了，最终虽说没能如愿当上宁川市委书记，却也当了宁川市长。而当初那位要包养她的老板却栽了，一九九四年因为出口骗税被判了重刑，让她想想都后怕。

嫁给钱惠人后，崔小柔曾经一度收敛了自己发财的梦想，下决心像钱惠人一样，做个廉洁奉公的好人。可官场上的现实也太残酷了，逼着她不得不重拾旧梦。她怎么也想不到，自己清清白白的丈夫竟被人家盯上了，为公家赚了近一千万港币，没得到一句好话，反落了个处分；白原崴送的劳力士表早就主动上交了，却被于华北和省委调查组查来查去；海沧金融区早期搞土地零转让，是市委、市政府做的决定，钱惠人只是执行者，没在其中谋取任何私利，竟也被人家怀疑，被人家举报。苍天做证，一直到一九九八年和许克明一起秘密收购 ST 电机，钱惠人都是过得硬的，在经济上可以说无可指责。当然，她没这么过硬，私下里曾收过人家几次礼，钱惠人知道后都逼着她退了。比较重要的受礼有两次，一次是宏大房产公司老板为批地送来的三十万,一次是上市公司刘总送来的十万股原始股票。

她不想退，对钱惠人说："反正你再廉政也没人相信，不如就腐败一回了！"

钱惠人不干，说："小柔，你不要糊涂，真腐败了这一回，我的仕途前程没准就完了！你也知道，许多人盯着我，没事都找碴，我们何必自己往门上送呢？！"

她软磨硬缠说："礼是我收的，和你没啥关系，老钱，就这一次好不好？"

钱惠人没让步，"不行，你是我老婆，你收了钱我就说不清！"后来又意味深长地说："小柔，为这点钱栽进去真不值得啊，就算腐败，也不能这么愚蠢嘛！再说，现在是什么时候？赵安邦很快要提副省长了，我很可能接任市委书记啊！"

这话给崔小柔留下了深刻的印象，让她朦胧意识到，钱惠人下水是早晚的事。

然而，却没想到，钱惠人下水会这么快，下水的原因之一竟是没能如愿当上一把手！这是一九九七年十月间的事。这年十月，赵安邦离开宁川市委书记岗位，调到省里做了主管经济的副省长，市长退二线，宁川班子面临调整。这时，王汝成是市委副书记，钱惠人是常务副市长兼副书记，排名已在王汝成之前。据说，赵安邦是将钱惠人作为市委书记极力推荐的，省城共和道上的传言也说钱惠人马上要做市委书记了。不料，省委常委会一开，市委书记却变成了王汝成，钱惠人只是个市长。这让钱惠人很不服气，也很不舒服，却还不好发牢骚，闹情绪。上来的毕竟不是外人，而是老搭档王汝成，两人过去的关系一直不错。再说，王汝成资格原来就比他老，他调来当政府副秘书长时，人家王汝成就是副市长了，况且，赵安邦又代表省委出面做了不少工作，钱惠人也只好调整关系，重新摆正自己的位置了。

偏在这时，省委又搞了次全省范围的廉政工作大检查，经济发达的宁川再次成为检查的重点。有些别有用心的家伙又写匿名信举报钱惠人所谓的腐败问题，钱惠人恼火之余，决定腐败一回了，这才让她抓住许克明，大做ST电机的文章。

决定这么干时，钱惠人竟有些炫技的意思，挺自信地对崔小柔说："我一直不想腐败，他们非要查我，我就大大地腐败它一回，只怕他们也查不着，抓不住！"

崔小柔反倒有些怕了，"老钱，你现在是市长了，真这么干了，值不值得？"

钱惠人发泄说："市长咋了？市长不还是市委副书记吗？还得听王汝成的！"

一九九八年二月，钱惠人已出任宁川市长近四个月，按说应该把手上的财权移交给分管财政的副市长，可钱惠人却没移交，仍以工作需要的名义把持着大笔拆借资金的特权。钱惠人便利用这种特权从四个自己掌握的机动账户中调动了近三亿资金，指使她和许克明暗中合作，收购重组上市公司ST电机，使之变成了后来的绿色田园。同时，又指使他们借这次收购机会，在二级市场炒了一把，净赚了一千二百万，让他和他的家庭在两个月内奇迹般地一举完成了自身资本的原始积累。

这一仗打得真是太漂亮了，简直无懈可击：挪用的三亿资金两个月后一分不少地还了，前ST电机变成绿色田园，进入了他们的囊中，她这个市长夫人白手起家，转眼间不但赚了大钱，还成了一家上市公司的幕后董事长。这种惊人的奇迹只可能发生在这种经济转型期，发生在自己丈夫做市长的宁川市。权力经济产生的利润，真是任何生意都无可比拟的，它甚至远远超过贩毒的利润。贩毒需要成本，权力经济不需要任何成本；贩毒抓住要杀头，权力经济却未必导致杀头的结果。就拿对ST电机的重组操作来说吧，除了短时间挪用过机动账户上三个亿，一切都是合理合法的市场行为，就算将来查到头上也没啥了不起！钱惠人说了，他调动的三个亿并不是给哪个人的，是支持一家本地上市公司重组，最多是个违规。可违点规又算什么事啊？从白天明、赵安邦，到今天的王汝成、钱惠人，他们一届届宁川班子哪个不违规？赵安邦当市长时不就大胆挪用过高速公路的建设资金吗？！

48

许克明此生最佩服的一个人就是钱惠人。在一九九七年五月那个春风荡漾的晚上，当他把一张香港汇丰银行开出的八百万港币存单夹在礼品包里，悄悄摆放在宁川市委宿舍一区十号楼钱家客厅茶几上时，一种心照不宣的合作关系就确立了。

然而，当时他却不知道。哆嗦着手按响钱家小楼门铃时，他并不清楚等待他的会是什么？崔小柔只是他小学同学，小学毕业后和他从没有过交往，凭借这种关系走钱惠人的门路，难度可想而知。更要命的是，他希望钱惠人解决的几乎是个不能解决的问题：他以民营绿色田园公司的名义非法操作，在没有付款获得国有土地转让许可证的情况下，和城郊某村私签协议，一举圈地二百亩盖了六十八座小楼搞变相房产开发，正被国土局查处。国土局说得很明白，这是非法占地，协议无效，所有已建和在建小楼都要限期炸掉，如此一来，他集资投入的五千多万资金就打了水漂，他只能逃亡或者上吊。事实也是这样，走向钱家，进行最后一搏时，他已经想好了，如果崔小柔不认他这个小学同学，钱惠人回绝了他，他就准备逃往海外了。

八百万港币是他能掌握的最后财富，那是父亲去世后分给他的遗产，他完全可以用这笔钱安排自己的余生，但却没这么做。他不相信自己会这么完了，更不愿在东躲西藏中了却此生，这太不符合他的个性，他相信天无绝人之路，期待奇迹的发生，为奇迹的发生，他情愿孤注一掷。后来才知道，恰恰是这一点打动了钱惠人和崔小柔，他们对他的评价是：一个胆识过人的精英人物，临危不乱，人才难得！

这就是所谓的惺惺相惜了，他是精英人物，崔小柔和钱惠人就更是精英人物了。尤其是钱惠人，在他人生最灰暗的时刻用手上的权力挽救了他的前程，而且没把他主动送上门的八百万港币看在眼里。港币存单是夹在礼品包里的，见面汇报时，钱惠人和崔小柔都没发现。次日一早，崔小柔就找上了门，把存单退回了。

看到退回的存单，他产生了误会和错觉，以为钱惠人夫妇嫌钱少，以为啥都完了，一急之下，结结巴巴啥都说了：说自己现在实在是太难了，身陷危机之中，砸锅卖铁也只有这么多了。说是一旦在钱市长的帮助下过了这一关，啥都好说，甚至可以把起死回生的绿色田园公司过户到崔小柔名下，自己做副手跟崔小柔干。崔小柔却说他误会了，明确告诉他，这笔钱不能收，但老同学的困难却一定帮助解决。

结果真解决了。钱惠人一个批示，国土局的所有封杀令全成了废纸。钱惠人批得很有力度："用地上的违规必须纠正，但对绿色田园这类新兴民营企业，尤其是搞绿色环保项目的企业，不能一棍子打死，造成重大损失。请国土局和有关部门特事特办，督促该公司依法补办国有土地转让手续，妥善处理！"事情至此，灭顶大劫算是过去了，但接下来的麻烦依然不少，二百亩土地的转让金高达两千万，如果银行不给贷款，他只怕三五年内也付不出，为了搞贷款，他再次找到了钱惠人。

钱惠人见他就笑了，"小许啊，你是不是有点得寸进尺了？搞贷款也找我？"

许克明真诚地说："钱市长，这个公司是您和嫂子的，我不找您还能找谁？"

钱惠人脸一拉，正经道："胡说，你的公司就是你的公司，怎么变成我们的了？把我们当什么人了？！我做这个批示是为了保护扶植新兴民营企业，是公事公办，你没必要觉得欠我什么！"继而又说："资金的事，你自己多动动脑子，不行就让小柔帮你想办法，我出面帮你搞贷款是不可能的，我说不清，你也说不清！"

许克明一点就透，嗣后再不找钱惠人了，只找崔小柔。崔小柔没有推脱，显然是通过钱惠人的关系，三个月后给他搞来了两千五百万贷款。这笔款子是从城市信用社贷出来的，以没卖出去的违章小楼做抵押，他用这笔钱不但付清了二百亩土地的土地转让金，还落下了五百万流动资金，绿色田园公司就此走上了正轨。他感激之余，按当时的贷款中介行情，付给崔小柔二百五十万中介费，不料，又被谢绝了。

崔小柔说："你咋这么小家子气？我家老钱说了，就是要交你这个朋友！"

这一来，许克明真不踏实了，世上当真有这种完全不图回报的友谊吗？钱惠人和崔小柔一次次帮他，难道真是为了交朋友？他这个做生意的小朋友到底能给这对有权有势的夫妇带来啥好处？谜底很快就揭开了，他们夫妇竟还真是要和他交朋友，人家看重的根本不是他送上去的这种小钱，而是一家上市公司，一部属于他们的可以随时取钱且取之不尽的提款机！他们夫妇不愧是精英人物，计划十分周密，下手既准又狠，要借他的手，借他的绿色田园公司来掌控这部提款机。

这部提款机就是 ST 电机。一九九六年三月，伟业国际将其收购重组，重组之初白原崴曾发过狂言，说是要在一年内让 ST 电机进入绩优股行列。不料，白原崴这次却把牛皮吹破了，ST 电机除了当年年底每股实现三厘钱的微利外，仍是负债累累，一九九七年中报再报巨亏，又一次徘徊在退市边缘。白原崴被迫承认重组失败，准备从 ST 电机上脱身出局，要将公司控股权转让出去。

钱惠人这时找到了许克明，明确提出了收购 ST 电机股份的事，不过，口气神情不像处心积虑的谋划，倒像出于公心的忧国忧民，"小许啊，这个 ST 电机怎么办啊？白原崴和伟业国际都准备断臂出局了，你说，谁还有这个本事接盘啊？"

许克明当时并没想到钱惠人会让他接盘，便说："钱市长，这种垃圾上市公司让它退市也好，白原崴和伟业国际都觉得烫手了，我看恐怕没人敢轻易接盘的！”

钱惠人缓缓摇着头，“说说气话可以，哪能真让它退市呢？真让它退市，买了他们股票的股民怎么办啊？我们宁川市的脸面又往哪里摆啊？还是要救一救它嘛！”这才突然点题道：“哎，小许，你和绿色田园公司来重组一回好不好啊？”

许克明吓了一跳，“钱市长，你……你不是开玩笑吧？我哪有这个实力啊！”

钱惠人笑道：“你这个小许，咋这么不自信？！你怎么没这个实力啊？你是工商管理硕士，又是事业有成的民营企业家。我想了一下，你们绿色田园的优良资产可以重组到ST电机里去，不但能救活这家上市公司，你们也借壳上市了！当然，要做些必要包装，主营业务要调整，不能以房地产为主，要以绿色农业为主，做绿色环保和现代农业的新概念，我和市政府可以在政策上给予必要的支持！”

许克明这才明白了，眼睛一亮，“钱市长，我……我全听你的！”

钱惠人心照不宣道：“那你回去做两件事：一、把绿色田园的财务报表做得好看一些，主营业务就是绿色农业了，在媒体上多做些宣传，也给我和市政府送份材料过来；二、好好研究一下ST电机的状况，和伟业国际进行初步接触，看看白原崴出局的底线在哪里。切记，不要让白原崴骗了，烂账一定要让他全背走！”

许克明点头应着，又说：“可钱市长，这……这收购资金我可没有啊！”

钱惠人没当回事，笑笑说：“这我知道，我没准备让你来搞资金，这事让小柔想办法吧！小柔在深圳工作过，关系不少，借几个亿来用用是完全做得到的！”

一场以权力为杠杆的资本运作好戏就这样开场了，钱惠人任总导演，策划于密室；崔小柔在幕后执行，操纵着其中的每一个关键细节；许克明和绿色田园则在台前进行表演。表演时，他就知道，这场戏的成功是可以预期的，权力利润将无比丰厚！

事实正是如此。一九九八年二月，绿色田园公司以每股一元的价格从白原崴的伟业国际受让了全部八千万国有法人股，成为ST电机的控股股东。收购完成后，绿色田园公司的所有资产置换进了ST电机，公司正式更名为“绿色田园股份有限公司”。从受让八千万国有法人股，到二级市场炒作，他们两个月内调用的资金高达三个亿！这些资金名义上是崔小柔搞来的，但却没有一笔来自深圳，全来自宁川市政府下属的企事业单位，有一笔两千万的资金竟来自地税局退税项下。更有意思的是，当二级市场炒作面临危机时，钱惠人又及时在一个经济工作会议上发表了政府支持重组，将给予绿色环保企业和现代农业企业退税支持的政策性讲话。

这真像做梦啊，他这只曾经走上绝路，要自杀、要逃亡的没毛乌鸦，转眼间变成了长满金毛的凤凰，成了一个市值十几个亿的上市公司董事长，嗣后还在钱惠人的支持下进了市政协做了常委！想想真是幸运，他今生今世竟碰到了钱惠人、崔小柔这一对贵人！钱惠人、崔小柔在谋取自身利益最大化时，也最大限度地成全了他。

滴水之恩需以涌泉相报，钱惠人夫妇这涌泉之恩，他真是无法报答了，除非报之以生命！因此，从做董事长那天起，他就从没把绿色田园看成自己的公司，那是恩人的公司，尽管崔小柔只是公司董事，行政副总经理，尽管崔小柔名下的名义持股数只有几千股，但真正的当家人却是崔小柔。彼此的关系走到了这一步，崔小柔也不再客气了，几年来不断以各种名目从公司提款，累计高达八千多万，据说相当一部分资金已换成外汇流入海外，好像是加拿大。他这才有些怕，担心长期做假账会出事，希望和崔小柔建立一个按股权分利的游戏规则。崔小柔不太乐意，拖了好长时间没回话。他没办法，只得找到钱惠人，这才定下双方五五分成的规则。

崔小柔毕竟是女人，和钱惠人相比，头脑还是简单了点，而且身上有官太太一般都有的毛病，总以为自己了不起，四处颐指气使的，这一来，势必在工作上发生矛盾。每当矛盾发生时，钱惠人批评的大都是崔小柔。私下里，钱惠人也和他交代过，在大事上绝不能听崔小柔的。崔小柔一度曾想让钱惠人的秘书白小亮参与公司运作，他分析利害后果断否决了，崔小柔吵到钱惠人面前，钱惠人也没支持。

更要命的是，崔小柔不但死死把守着绿色田园这部提款机，还把钱惠人的口袋管得死死的，搞得这个市长身无分文。私生女盼盼的事出现后，钱惠人一时间非常狼狈，要补偿可怜的女儿，又不敢和崔小柔摊牌，只好自己悄悄解决，先是向白小亮借钱，后来又陆续向他要了几次钱，总共不下八十万。最终白小亮出事，钱惠人也被牵扯进去，把个已铁板钉钉的副省级搞掉了，还降格到文山去做了市长。

李成文的麻烦也是崔小柔惹下的，明知此人是条野狗疯狗，崔小柔仍是头脑发昏，执意与其结盟，事先竟还瞒着许克明。他是在崔小柔和李成文已就绿色田园的联手炒作达成协议后才知道的，想阻止都阻止不了了！更愚蠢的是，其后两人又伙在一起炒合金股份和大展实业，落得个双双高位套牢，资金链断裂，内讧骤起，把局面搞得简直糟透了。钱惠人私下里明确和他说过：李成文一旦把联手坐庄的内幕捅出去，火就要烧到他身上，许多问题都会暴露，他起码涉及两项罪名：一、伙同崔小柔挪用巨额公款牟取暴利；二、泄露政府经济机密。事实也是如此，这些年绿色田园每一次做股票都是得到了内部消息的，只要查查当时钱惠人代表政府发表的讲话和相关股票的成交记录就真相大白了，最后一次，他们干脆连赵安邦也牵扯进去了。

这也是没办法的事。在宁川财富峰会上和赵安邦见面，打着现代农业的幌子引赵安邦入套，不是钱惠人的意思，而是他三思之后的郑重建议。那当儿，他已预感到今天的危机了——有崔小柔这样的老婆，钱惠人迟早会有危机，把身为省长的赵安邦牵进去，就多了一层保护色。赵安邦应该会保护钱惠人，不管怎么说，钱惠人是他手下大将，钱惠人如果真被于华北一伙搞倒台，赵安邦也将脸上无光。

第十六章

49

早上一进办公室，裴一弘便打电话过来通报了个情况，说是国家部委一位退下来的老同志对伟业国际股权处理方案有些不同看法，认为奖励白原崴和管理层百分之二十股份没有政策依据，让白原崴以少数股权继续控股经营也不合适，批评汉江省带了个不太好的头。裴一弘很懂策略，话说得也挺含蓄，没明言那位退下来的老同志是谁，赵安邦却已猜到是早年从汉江调离的徐省长。前阵子，于华北到北京开会，去看望过徐省长，和徐说过伟业国际的事，引起了徐的注意。徐省长也曾打过电话给他，建议他决策慎重，他嘴上应着，实际上没当回事，该怎么办还是怎么办了。

裴一弘倒没有责怪他的意思，明确地说："安邦，你也别想得太多，我就是和你通个气，让你了解一些情况！开弓没有回头箭，合同既然签过了，就得执行嘛！"

赵安邦不无恼火地道："咱于副书记嘴也太快了，汉江的事，又是经济工作，他和那位老同志说啥！我不说他别有用心，起码是添乱吧？看人挑担不吃力嘛！”

裴一弘说：“这我也提醒过华北同志了，华北同志解释说，他也是无意中说起的，没想到这老同志的反应会这么强烈！当然喽，华北同志本身也有些看法。”

赵安邦抱怨道：“要我说，这才是问题的实质！老裴，情况你最清楚，于华北当初还想让马达去主持伟业国际呢，这不是笑话吗？我觉得咱们并没做错什么！”

裴一弘却说：“但是，安邦啊，大方向正确，并不等于说就不存在问题啊！有些问题还是要注意！最近社会上和机关里对伟业国际和白原崴有不少议论，那个伟业控股炒得热火朝天，成了证券市场的大热点，我看不是啥好事哩！以后跌下来怎么办啊？股市这个东西我不是太懂，你让鲁生他们研究一下，不要授人以柄啊！”

赵安邦知道裴一弘是好意，便也说了真心话，“老裴，你提醒得对，我也一直盯着白原崴呢！这位白总可真是只烫手的山芋，不行就捡回来，凉一凉再说吧！”

裴一弘有些不解，“哎，安邦，你什么意思？不准备继续执行股权合同了？”

赵安邦道：“合同当然要执行，不过，要加大监控力度，我和省国资委交代了，准备尽快向伟业国际派驻精通业务的专职监事人员，孙鲁生这个监事会主席也要马上到位！”想了想，又说：“另外，白原崴这么一折腾，我又有新想法了：看来不能给他们百分之五十一的绝对控股权啊，只能让他们在相对控股的情况下来经营！”

裴一弘略一沉思，不安地问：“如果这么做了，我们会不会违约呢？”

赵安邦道：“不会，白原崴他们目前的股权是百分之四十三，那百分之八还没完成转让！”

裴一弘明白了，“好，好，安邦，你这个想法我赞成！这百分之八的股权可以考虑处理给我省有关投资公司，或者能被我们影响的企业，白原崴闹出轨了，我们就联合这部分股权予以制约！这样一来，这个伟业国际既能发挥活力，又不会失控！”

赵安邦带着些许自嘲道：“是啊，这么做也可以堵堵某些同志的嘴嘛！”

放下电话，原本挺好的情绪低落下来，赵安邦心里既气于华北和徐省长，又气白原崴。白原崴真不是让人省心的家伙，不但在证券市场上兴风作浪搞名堂，只怕还要在文山搞名堂，他不能不警惕，这位白总真在文山捅出乱子，他又不得安生。

正想着文山，文山的麻烦就来了，省工行李行长到了，谈文山破产逃债的事。

李行长很不客气，在沙发上一坐下就滔滔不绝说：“赵省长，对省委、省政府整合经济、振兴文山的战略部署，我们各银行非常理解，而且全力支持！但是，文山的振兴绝不能建立在我们银行破产的基础上！总行对文山目前出现的一股企业破产逃债风非常忧虑，要求我们紧急向您和省政府汇报，采取措施予以制止！否则，我们将联合其他三大国有商业银行，采取一致行动，停止对文山的贷款业务！”

赵安邦心里一惊，不禁暗暗叫苦：如果真出现银行界结盟，停止对文山贷款的局面，那就被动了！他知道，石亚南、钱惠人这届班子上任后，整合力度很大，准备对一批负债累累、无可挽救的国有企业实行破产。文山方面专程派人到省里汇报过，省政府原则上同意了。根据以往的经验，这破产中肯定会有一些名堂，有些企业是破一半、留一半，也确有趁机逃债嫌疑。过去在宁川搞国企改革时，分管市长钱惠人就来过这一手，曾和有关债权银行闹得不可开交，他出面调解过。不过，当时宁川逃债规模较小，宁川的整体经济实力也比较强，银行方面还没这么强硬。

李行长仍在说："赵省长，我今天必须郑重汇报一下：迄到上月底为止，文山四十五家大中型国企已欠我们工行历年贷款二十九亿八千万，其中近二十亿已拖欠三年以上，至于拖欠其他兄弟银行多少资金，我们不清楚，估计也不是小数！破产逃债风一旦刮开，局面将不可收拾，文山各银行都将破产，行长们都得去跳楼！"

赵安邦自知理亏，虽说心里不悦，脸上却强做笑容，"李行长，你说的情况我还真不是太清楚！不过，你今天既然说了，我相信有一定的根据，我先表个态：如果文山这次真的借破产之名，行逃债之实，省政府一定会认真对待，坚决阻止！"

李行长满脸苦笑，"赵省长，你会不清楚？石亚南、钱惠人可都是你们省里派到文山的大将啊，哪个不是花果山上的精猴子？谁不在拼命维护花果山的利益！"

赵安邦故作轻松地开玩笑说："照你这么说，我还是花果山的猴王了？"

李行长眼皮一翻，"赵省长，但愿你别做这个猴王，咱们都要对国家负责！"

赵安邦笑道："李行长，你放心好了，汉江省绝不会变成花果山，我这个省长也不是什么猴王，谈起对国家的责任，我的责任也许比你还大一些！”略一停顿，又软中有硬道：“你说的情况我都知道了，省政府会采取措施的，你呢，也帮我们做做总行的工作，不要搞得这么剑拔弩张的，更不要搞什么银行联盟！我不太相信建行、中行、农行他们就一定会和你们结盟！文山目前欠点债不错，我省可是经济大省啊，你们四大国有银行当真会因为文山出现的问题就放弃整个汉江省？”

李行长这才软了下来，“赵省长，不是这个意思，我这也是狗急跳墙嘛！”

赵安邦半真不假说：“别跳，别跳，摔伤了不值得，我们认真对待就是！”

送走李行长，正要打电话给石亚南了解文山破产逃债的具体情况，秘书一处林处长突然敲门进来了。赵安邦注意到，小伙子行色匆促，脸色不是太对头，似乎出了什么意外的大事，便放下手上的电话问：“小林，你怎么了？出啥事了？”

林处长汇报说：“赵省长，咱……咱们老书记刘焕章同志突然去世了！”

赵安邦一下子怔住了，“什么？什么？这……这又是啥时的事啊？啊？”

林处长说：“就是一小时前的事，裴书记和于副书记已经赶到医院去了！”

赵安邦仍不太相信，痴呆呆地说：“这……这怎么可能呢？三天前我还见过焕老的，老人家精神挺好的，和我聊了那么多，还……还说想再去宁川看看呢！”

林处长道：“省委办公厅刘主任在电话里说，昨夜零点左右，老书记的情况突然逆转，陷入昏迷，上午清醒了一阵子，中午又昏迷过去，就再也没醒来……”

赵安邦手一挥，打断了林处长的话头，“别说了，走吧，马上去医院！”

林处长却仍跟在身后汇报：“刘主任在电话里说，裴书记、于书记他们马上就从医院回来了，要研究老书记的治丧问题，让您去……去裴书记那里！”

赵安邦已向门外走，“告诉刘主任，我去医院先向焕老告个别，再到省委！”

坐在自己的专车上一路赶往医院时，老省委书记刘焕章的音容笑貌，叠印着车窗外不断闪过的繁华街景，不时地浮现在眼前。赵安邦禁不住一阵酸楚难忍，尽管老书记的去世在意料之中，但他仍觉得有些突然，感情上一时还是接受不了。

老书记是一座山啊，是一座曾经支撑起汉江政治天空的奇峰巨碑啊！因为有了这么一位开明大度、充满政治智慧的成熟领导者，包括他和裴一弘在内的一大批开拓型干部才在这二十多年的风风雨雨中一个个脱颖而出，经济大省汉江才有了今天的大好局面。从某种意义上说，老书记实际上是他和汉江省一大批干部的政治靠山，不但是他和裴一弘的靠山，也是于华北的靠山。当然，于华北不会承认，在于华北看来，老书记是下政治棋的高手，让他于华北上来不过是种政治平衡术罢了。

其实这也没什么错，一个身居高位掌握全局的领导者，当然要讲政治艺术和领导艺术，必要时也得搞些政治平衡，这是中国的国情、政情和改革过程的复杂性决定的。赵安邦认为，这位前省委书记的聪明之处就在于，不论在何种复杂的背景情况下，都清楚地知道该把哪一颗棋子摆在哪个位置上，比如，对他和于华北的一次次安排使用，就很值得玩味。既往的事实充分证明，老书记是位严谨的现实主义政治家，这位政治家从没把改革开放之路想象得一帆风顺。也正因为如此，在老书记主政汉江省的漫长岁月里，省委才能运筹帷幄于风雨之中，决策于雷霆落下之前，才使得汉江省的改革步伐于进进退退、反反复复之中，始终保持着螺旋形上升。

现在，焕老走了，老人家所代表的那段蔚为壮观的历史也随之彻底结束了。

焕老会安心地走吗？估计不会。这位老人的时代结束了，而一个经济大省的改革实践和改革历史并没有结束，让焕老放心不下的事太多了！焕老最后一次和他谈话，还谈到了宁川，担心有些同志在腐败问题上付出代价。焕老的担心不是没根据的，党的确在为腐败不断地付出代价。对钱惠人，焕老就很不放心，看得出，老人家的心情很复杂，和他一样有着难言的苦衷。腐败当然要反，老人家也怕有人打着反腐败的旗号，让那些拼命做事的好干部流血流泪。现在，焕老在钱惠人的问题暴露之前走了，这也许是好事情。不管有多少疑惑，老人临终前看到的事实还是光明的：从裘少雄、邵泽兴，到他和邵泽兴，再到王汝成、钱惠人，这三届由他和前省委主持任命的宁川党政班子都没有栽在腐败问题上，对老人家应该是个安慰了……

正这么胡思乱想着，手机突然响了，来电话的竟是钱惠人！

钱惠人在电话里开口就问："赵省长，怎么……怎么听说焕老去世了？"

赵安邦尽量平静地道："是的，就是今天的事，我正往医院赶！"

钱惠人沉默片刻，叹息说："赵省长，我对焕老的感情你是知道的，我想马上来省城，向焕老告别，也顺便向你汇报一下文山的工作，不知你是不是有空？"

赵安邦想了想，不动声色地说："还是不要这么急吧？省委、省政府要举行遗体告别仪式的，估计就是这几天的事，你那时再来好不好啊？"他本能地觉得钱惠人想和他谈的不是工作，便问："惠人，你想汇报什么？是不是个人的什么事？"

钱惠人承认了，吞吞吐吐道："赵省长，我……我想和你谈谈盼盼的事！"

赵安邦心头的怒气一下子蹿了上来，"这事我知道，有什么好谈的？！"

钱惠人讷讷道："赵省长，我……我知道你肯定要骂我，我也想让你老领导好好骂一通，你……你一直不骂我，也不找我，我……我倒真……真是个心事！"

赵安邦意味深长说："钱胖子，我现在已经懒得骂你了，你就好自为之吧！"

钱惠人黯然道："赵省长，不行，我……我就辞职吧，这我早和汝成说了！"

赵安邦故意问："就为盼盼的事辞职吗？你这个同志是不是有点心虚啊？"

钱惠人嘴很硬，"赵省长，我没什么心虚的，真的！除了盼盼这事，于华北他们绝对做不出我啥文章了，我再次向你老领导保证：我在经济上是清白的，既没贪污也没受贿！我估计于华北或者裴书记很快就会和你通气，澄清我的问题！”

赵安邦心想，你钱胖子的问题可不是简单的贪污受贿啊，你骗得了于华北，却骗不了我！嘴上却不好说，只道：“那好，那好，那你不必来见我了，想辞职你就去辞，自己给省委打报告吧！”终于压不住火了，声音一下子提高了八度，“钱胖子，你干的事你自己知道，我看你还是等省委来撤你吧！”说罢，狠狠合上了手机。

这时，专车已驰到省人民医院大门口，缓缓停下了。

赵安邦勉强镇定着情绪，动作迟缓地走下了车……

50

刘焕章的遗体告别仪式在省城十里岗隆重举行，可容纳五百人的中央告别大厅被精心布置得一派肃穆庄严。大厅正面墙上悬挂着刘焕章披着黑纱的巨幅遗像，山一般的花圈花篮层层叠叠几乎码到了天花板上，遮住了除正门之外的三面墙壁。

于华北一进告别大厅的门就注意到，这位原中共中央委员、前任省委书记告别仪式的场景安排政治意味很浓，花圈花篮的摆放挺讲究。中央有关部门和省委、省政府、省人大、省政协等领导机构送的花圈花篮，依次摆在正面最外侧，赫然昭示着死者身份非同一般的显要。裴一弘、赵安邦以及他和许多省内党政要员敬献的花圈，则根据职务大小和惯常排名顺序分列两旁，有点主席台上排座次的意思。大厅正中的鲜花与松柏丛中，安放着死者的遗体，遗体身着西装，盖着鲜艳的党旗。不知是不是因为身上那面党旗的原因，死者脸色红润如生，不像死亡，倒像熟睡。

然而，事实上刘焕章是去世了，永远安息了，这位主政汉江十七年，在十七年中说一不二的封疆大吏，今天终于走完了自己七十二年的人生道路，静静地躺在这里接受他和同志们的鞠躬致敬了。看吧，各种尺幅、各种字体的挽联挽幛，触目可见，似乎表达了人们对这位封疆大吏的赞美、怀念、哀悼、惋惜和追思，可送花圈同志的真实心态是什么？挽联挽幛上彰表的意思有多少真情，又有多少假意？那只有天知道了！中国是古老的礼仪之邦啊，讲究礼仪啊，所以，追悼会上从来没有坏人，即使是十恶不赦的恶棍，在这种时候、这种场合也会变成天使。当然，这并不是说刘焕章就是什么恶棍，他绝没这个意思，他是在琢磨一种有趣的现象。

遗像上的刘焕章在看着他，不论站在哪个角度，于华北总能感觉到那灼人的目光确凿存在。根据遗像上的神态和显示的年龄判断，照这张像时，刘焕章应该还在省委书记任上，起码在省人大主任任上。所以，遗像上的目光一如死者生前，是他十分熟悉的，冷峻深邃，总让人们难以揣度。刘焕章就是这样，他和你谈话，注视着你的时候，抿起的嘴角有时还会带出一丝暖人的微笑，似乎很是平易近人，可你一不留神，他也许就会伴着这暖人的微笑，奉送给你一个用官话大话、语重心长的漂亮话包装起来的完满阴谋，一手把你卖了，还让你带着感激的心情为他数票子。

盖棺定论，现在可以下结论了，这位封疆大吏本质上是个看风使舵的圆滑政客，他今天之所以能幸运地身盖党旗躺在这里，绝不是因为能力大、水平高，而是因为会搞政治投机，善搞政治投机，在每个重要的历史关头都押对了宝。为了押宝，甚至不惜一次次牺牲别人的政治生命。比如对白天明、裘少雄、邵泽兴和陈同和这些同志。尤其让人无法容忍的是，这位政客牺牲别人时还那么振振有词：什么“允许犯错误，不允许不改革”，什么“马儿可以吃草，却不能吃青苗”，草和青苗分不清时怎么办？难道让人家饿死不成？同志们为你的政绩卖命，风头一变，你就挥泪斩马谡了！赵安邦给刘焕章送的挽联挺有意思，“此去泉台招旧部，旌旗十万斩阎罗”，也不想想，这是不是有些一厢情愿啊？白天明、陈同和这些旧部谁还会再跟此人干啊！就是他百年之后在地下再见到此人，也不会去做什么旧部的！

他也是刘焕章政治投机的受害者。凭他的资历和能力，仕途并不应该到此为止，他完全有可能在人生最后一站成为省长，可刘焕章拼命推荐赵安邦，表面上说是赵安邦年轻，骨子里只怕还是投机，刘焕章揣摩着赵安邦胆大妄为的作风和今天的形势合拍嘛，如果是另一种形势，刘焕章也许就会把宝押在他身上，选择他了。

好了，不想这些了，在这种时候、这种场合，纠缠这些历史旧账是没有意义的，就让这位封疆大吏躺在这里再一次赚取着人们的敬仰、感慨、叹息和眼泪吧，今日无疑是最后的热闹了，随着告别仪式的结束，刘焕章时代总算真正结束了。

这时，大厅中央的遗体旁突然响起了一阵突如其来的哭声，不是那种饮泣，是号啕大哭。谁会在这种政治礼仪性场合这么伤心？于华北有些惊奇，扭身一看才发现，是文山市市长钱惠人。钱惠人身边站着省作家协会党组书记田封义。田封义也在哭，不过哭得文雅，只是不时地用手帕擦拭眼泪而已，似乎还在劝说钱惠人。

有意思，这两位同志怎么这么伤心啊？是不是兔死狐悲啊？是不是都觉得自己没戏了？实际上，他们早就没戏了，就算刘焕章不死，他们也没戏了。田封义简直是昏了头，前些日子还跑到刘焕章面前诉苦告状，自以为能捞到什么稻草！在这件事上别说赵安邦生气，他心里的气更大，不是这老同志退而不休、多管闲事，他何至于今天还待在副省级位置上？田封义竟还希望刘焕章继续管他的破事，做梦吧！

还有钱惠人，也有趣得很哩！此人的政治前途虽说基本完结了，但还真不是什么腐败分子。马达和有关部门调查力度那么大，把所有举报线索几乎全认真查了一遍，不但没发现他贪污受贿的事实，反倒查出了一个廉政模范！看来，他可能是有些偏见，在裴一弘和赵安邦面前有些被动了，这必须进行自省总结哩。好在查出了钱惠人私生女的问题，还有严重丧失原则的问题，也不算白忙活了，多少还是可以交代的。正这么想着，田封义悄悄走了过来，和他打招呼道："于……于书记！"

于华北似乎刚发现田封义，主动和田封义握了手，"封义啊，你也来了？"

田封义点点头，一脸沉痛地说："我得来啊，老书记对我太……太关心了！"

于华北强压着心头的厌恶，亲切地拍打着田封义的手背，极和气地说："所以，封义啊，你要对得起老书记啊，要继承老书记的遗志，把省作协的工作做好！"

田封义似乎还想说什么，于华北却又向钱惠人招起了手，"哎，老钱！"

钱惠人怔了一下，擦着眼泪走了过来，“于书记，您又有什么指示啊？”

于华北敏感地发现了钱惠人言语神态中隐含的敌意，却装作没看出来，拉过钱惠人的手，颇为亲切地说：“我哪来这么多指示啊？和你随便扯几句！老钱，你知道不知道啊？焕老临终这段时间，不止一次在我面前谈起你，对你很关心哩！”

钱惠人凝望着刘焕章的巨幅遗像，眼里又聚满泪水，“我让焕老死不瞑目啊！”

于华北口气真诚地说：“你知道就好，老钱，有些事情你要多多理解啊，社会上对你有些反映，组织上就要调查一下嘛，查查清楚也是对你负责嘛！你这位同志可不要想偏了，不要以为谁想和你过不去！说真的，我和纪委同志是为你好啊！”

钱惠人点了点头，“我理解，尤其是你老领导的这份好意，我就更理解了！”

于华北道：“看看，老钱，你好像又误会了吧？你在经济上比较谨慎，这一点搞清楚了，可在私生活上，在某些重大原则问题上，你并不是无可指责的嘛！尤其在你女儿盼盼的问题上，你这个同志责任很大，性质也很严重，让我痛心啊！”

钱惠人沉默片刻，“于书记，这我承认，我准备接受省委的任何处分，包括撤职！但对其他问题的调查，您和省委是不是也该给我一个实事求是的结论了？”

于华北想了想，“忙过这阵子，我和省纪委会和你认真谈一次的，该给你的结论，一定实事求是交给你。我再重申一遍：我和省委绝不是要和你过不去，是职责所在，无法回避，你一定不要想得那么多！”缓和了一下口气，又说：“就是盼盼的问题，我和同志们也会实事求是的，既会考虑到特殊的历史因素，也会考虑到你的难处，哦，对了，马达同志就很同情你嘛，在我面前为你做了不少解释哩！”

正说着马达，马达远远过来了，“哎，于书记，钱市长，你们来得早嘛！”

于华北指点着马达，笑道：“看看，看看，说曹操曹操就到了！”又对钱惠人和田封义说：“好吧，钱市长、田书记，你们和马厅长谈吧，我得先到贵宾室慰问一下焕章同志的亲属！”说罢，和马达草草握了握手，向大厅北侧的贵宾室走去。

钱惠人、田封义和马达谈了没有，谈的什么，于华北不得而知，也没再去多想。因为他知道，在这种政治社交场合，任何谈话都只能是蜻蜓点水。不过，也正因为中国政治中有这种特殊的社交场合，老死不相往来的对手们才有了以死者的名义相聚一堂的机会，和彼此进行试探的可能。这有点像西方的假面舞会，真实面目在这种场合是看不到的，无非是以死者的名义“静默三分钟，各自想权经”罢了。

来向刘焕章告别的同志不少，告别大厅聚着许多人。于华北缓步向贵宾室走时，不断有人和他打招呼、握手、汇报。因而，他也就不得不一次次停下脚步，一一应酬。所有这些应酬大都与刘焕章无关，甚至有个别老同志今天跑到这里来，就是为了找他们这些活着的领导解决自己的问题，在贵宾室门口，他就碰到了一位。

是位年事已高的女同志，姓甚名谁，在哪个部门工作全记不起了，可那位女同志却记得他，口口声声叫着“于书记”，谈起了她的什么副厅级待遇问题，说是她的处分早就撤销了，退休的副厅级待遇却没有恢复。于华北怎么也想不起这位女同志的故事，既不知她因何受的处分，何时受的处分，又不知为什么组织部门没给她恢复待遇。便苦笑着说：“老大姐啊，你的事，我们换个场合再谈好不好啊？”

那位老大姐不干，赫然叫道：“换个场合我哪里找你们这些大领导去？！”

于华北脸上仍挂着和气的笑，“可我总不能在这里给你开办公会吧？”

老大姐声音更高了，“于书记，处分我时，你是省委秘书长，我的事你最清楚！现在你又分管组织和纪检工作，我就得找你！”说罢，从上衣口袋里掏出一份申诉材料，哆嗦着手递了过来，“于书记，你给我批一下吧，我求你了！”

于华北接过材料扫了一眼，试图发现一些回忆线索，结果却没发现。材料第一页全是报纸上搬来的套话，他便也不费心了，急中生智，一把拉过正在忙活的省委办公厅副主任，将材料转递过去，“王主任，这位老大姐的事请你处理一下！”

王主任迷迷糊糊接过材料，还没明白过来是怎么回事，那位老大姐又缠上了王主任，拉着王主任，向王主任诉说起来。借着这机会，于华北急速走进了贵宾室。

贵宾室已人满为患，裴一弘和赵安邦不知啥时已从贵宾室后门进来了，正在安慰刘焕章的夫人。刘家的三个儿子、两个女儿，和两个儿媳、两个女婿全到了。小儿媳没来，据说是犯事后逃了，公安部门的通缉令也许马上就要下发。

然而，裴一弘却在和刘焕章的夫人说：“……大姐，你放心，焕老不在了，我们还在嘛，能办的事情我们都会尽力去办，有些事你就不要多想了，要节哀啊！”

赵安邦也说：“是啊，大姐，毕竟有我们嘛，焕老在与不在都是一样的！”

于华北觉得这哼哈二将话里有话，似乎已和刘焕章的夫人达成了什么秘密协议。会是什么协议呢？十有八九是刘家儿女们的一堆烂事！刘家小儿媳不说了，受贿问题已立了案，只怕小儿子和小女儿也不会干净了，这些年举报一直不断啊！

这时，刘焕章的夫人看见了他，带着哭腔说：“华北书记，也谢谢你啊！”

于华北不知道要谢他什么，忙上前两步，拉住老夫人的手说：“大姐，这都是应该的，没有焕老，就没有我们汉江省改革开放的今天，也没有我们这些同志的今天啊！”又一一和刘家的儿女们握手，逐一安慰说：“要节哀顺变，节哀顺变！”

接下来，他又和裴一弘、赵安邦他们说了几句闲话，告别仪式就正式开始了。

是一场隆重的告别，用裴一弘的话说，他们今天聚集在这里，是代表汉江省六千万干部群众向一位功勋卓著的改革主帅进行历史性的告别。身为省委书记的裴一弘亲自主持仪式，发表了重要讲话。省长赵安邦满含泪水，于数度哽咽之后，读完了悼词。整个告别仪式没用哀乐，而是使用了《国际歌》的旋律。这是裴一弘的建议。裴一弘说，刘焕章在医院咽气前，曾让医护人员一遍又一遍放《国际歌》。

在《国际歌》的熟悉旋律中向刘焕章默哀时，于华北又走了神，不禁想起了多年以前参加过的另一场追悼会，那是前任宁川市委书记白天明的追悼会。据他所知，刘焕章那天因为要开省委常委会，研究宁川班子，原来没打算去参加，只让省委办公厅以自己的名义给白天明送了个花圈。后来，因为在省委常委会上和徐省长吵了起来，才临时赶过去的。当时，小平同志南方谈话已经发表，政治风头已变，善打政治牌的刘焕章就利用白天明的死做起了政治和权谋文章，竟然在白天明的灵堂前统一了省委班子的认识，把他这个省委工作组组长兼宁川市委代书记调到文山做了市委书记，又把赵安邦和邵泽兴这两个先后在宁川闯祸下台的干部派回了宁川，并力排众议，让赵安邦而不是更具资历和人望的邵泽兴做了市委书记，宁川就这样又一次遗憾地和他擦肩而过了。

51

刘焕章遗体告别仪式结束后，石亚南根据事先的约定，随赵安邦一起去了省政府。进门刚落座，水还没喝上一口，省国资委孙鲁生也到了，看来也是约好的。

赵安邦还没有从悲痛的气氛中醒来，先说起了老书记刘焕章和当年宁川班子的旧事，感叹道：“焕老了不起啊，一九九二年春把省委常委会开到了天明同志的灵堂前。焕老说，去看看天明吧，也许这位同志会让我们头脑清醒！天明的丧事是我帮着操持的，当时我在场，我亲眼见到焕章同志泪水盈眶，带着全体省委常委深深对着天明的遗像三鞠躬！那一瞬间，我和老钱、裘少雄、邵泽兴全都痛哭失声啊！”

石亚南感慨说：“是的，那时宁川也真是多灾多难啊，每届班子的寿命都没超过四年任期！赵省长，要我说，你还算幸运，没倒在宁川，反倒从宁川起来了！”

赵安邦沉思着，不无自嘲地道：“起来了，就像毛泽东同志说的，掩埋了同志的尸体，擦干身上的血迹，又继续前进了！但是，回过头总结一下，问题也不少啊！这阵子我一直在想：白原崴这类人和他们的资本积累有个原罪问题，我们这些改革者和我们摸着石头过河的改革是不是也有个原罪问题呢？恐怕也有吧？！”

石亚南吓了一跳，脱口道：“赵省长，您……您想到哪去了？自我否定啊！”

孙鲁生也说：“赵省长，你不能这么想问题啊，有些人怕是算不得改革者！”

石亚南不明个中玄机，试探问：“孙主任，你……你这话是什么意思？”

孙鲁生看了看赵安邦，没说下去，只道：“嘿，我也是随便一说罢了！”

赵安邦也没就这个话题再说什么，“好了，大家都很忙，咱们言归正传吧，说白原崴和伟业控股！这和你们两位女将都有关系啊。我不知道这件事是怎么发生的：白原崴怎么突然从文山钢铁公司受让了这么多国有股，竟触发了要约收购！内中有啥文章啊？你们文山市委、市政府又起了什么作用？钱胖子插手了没有？”

石亚南解释道：“赵省长，这事我清楚：没钱市长啥事，是我和市国资局的同志打了个招呼，市委、市政府其他领导谁都没插手！

白原崴主动找到我，我觉得是好事，国有股减持不但是文山，也是国家和省里的既定政策，又是以净资产值转让，我没有理由不支持！况且，我们文山情况也比较特殊，历史包袱重，从银行贷款很困难，又急需资金补充社会保障上的欠债，对困难群体应保尽保，所以……”

赵安邦挥了挥手，不客气地打断了石亚南的话头，“银行的事我知道，省工行李行长已经找到我门上来了，情况比你说的还严重，搞不好四大国有银行驻文山的分支机构都会停止对你们的贷款！银行对你们破产逃债的做法很不满意啊！”

石亚南叫屈道：“怎么是破产逃债呢？赵省长，有些情况你可能不太清楚，我们绝没有破产逃债的意图！国家有破产法嘛，破产法对债务处理有明文规定！”

赵安邦不想让石亚南扰乱自己的思路，又把话头拉了回来，“银行的事回头再说，先说白原崴！石书记，关于文山钢铁的国有股转让，你并没做错，我今天也不是批评你，而是了解情况，同时，也给你和文山的同志们提个醒！石亚南，我问你：你知道白原崴在搞什么把戏吗？你当真相信白原崴会让伟业控股退市吗？”

石亚南不无惊讶，“退市？白原崴怎么会让伟业控股退市呢？他又不傻！”

赵安邦点题道：“他当然不傻，他这又是炒作！”看了孙鲁生一眼，“鲁生同志，你向我们石书记通报一下，说说这二十多天来伟业控股的市场变化情况吧！”

孙鲁生说了起来：“要约收购消息出来之后，伟业控股股价连续暴涨，从六元左右起步，大涨小回，持续放量走高，昨日收盘已达到了十一元六角三分！”

石亚南一副困惑不解的样子，“哎，这不是好事吗？总比前段时间连续下跌好吧？这说明股民有信心，看好伟业控股，看好我们文山钢铁公司的前景嘛！哦，赵省长，顺便汇报一下：白原崴对文山钢铁也很有信心，和我交了个底，还让我保密呢：下一步准备筹资二十至三十亿，收购我们第二轧钢厂，对技改加大投入！”

赵安邦和孙鲁生对视了一下，“看看，情况清楚了吧，人家的文章不小嘛！”

孙鲁生摇头苦笑，“真没办法，咱白总从来都是拿市场上的钱做自己的事！”

赵安邦脸一拉，“怎么没办法？他白原崴这二十至三十亿的收购资金怎么筹啊？我分析很可能是发行可转债嘛！鲁生同志啊，你找个合适的机会把这个可能性向社会公布一下，看他这支股票还往哪里涨！今年市道疲弱不堪，股民对这种变相扩容很反感，只要事先知道有发转债的可能性，我看就不会这么跟风去炒了！”

孙鲁生眼睛一亮，“哎，赵省长，这倒真是个好办法，当头给他一盆冷水！”

石亚南怔了一下，马上叫了起来：“哎，哎，赵省长，孙主任，你……你们这么干，不……不是存心坑我和文山吗？！白原崴和伟业控股就算发转债也是为了做大做强我们文山的钢铁产业啊！再说，你们省里也……也不能这样干预市场嘛！”

赵安邦说：“石亚南，你说错了，这不是干预市场，是让信息透明，让已对伟业控股和准备对伟业控股投资的股民享有应有的知情权，体现市场的公平公道！”

石亚南辩解道："可……可发转债并不是事实嘛，只是你赵省长的推测啊！"

赵安邦略一沉思，似乎放弃了，"那好，石书记，那我们就再看看，先把这盆冷水给他留着！"又冲着孙鲁生开玩笑说："鲁生，你看到了吧？资本具有趋利性，我们地方诸侯也有趋利性啊，谁把银子铺到她地面上，她就拼命为谁说话！"

石亚南便也开玩笑说："那是，我不这么做，谁还敢把银子往文山铺啊！"

孙鲁生却道："但也不能过分，也得有个底线，不能为了地方利益就支持怂恿某些强势集团对市场和社会进行掠夺，这种掠夺既不能持久，也会受到报复！"

赵安邦赞许道："这话说得对，政府要有原则底线，强势集团则要有公共责任感，否则，资本的原罪无法洗刷，还会滋生新的罪恶，最终必然害人害己。"想了想，又说："我们要逐步建立正确的企业公民价值体系，这个过程各级政府要参与，不能袖手旁观，更不能起反作用。我们的法规政策不但要保护企业公民，也要制约企业公民，要体现对整个国家和社会的责任，而不是一城一地的局部利益！"

石亚南心想，说起来容易，只怕目前哪个地方的书记、市长也做不到！嘴上却言不由衷地说："是的，是的，赵省长，你和孙主任又给我上了生动的一课啊！"

赵安邦可没那么好骗的，当即批评道："石亚南，你别给我说好听的了，你的毛病我最清楚，就是地方保护主义嘛！在平州任职，你眼里只有平州，到文山做了市委书记，眼里又只有文山了，白原崴抢来的钱你没准都敢用！今天我和你先打个招呼：对白原崴和他的团队，省政府要采取些制约措施，伟业国际百分之八的国有股份不打算减持转让给白原崴了，专职监事也将于下周进驻，敦促他们依法经营！”

孙鲁生解释说：“这么做，也还是为了白原崴和伟业国际好，裴书记那里有话的，政府手上的权力要制约，资本的权力也要予以制约，尤其是像伟业国际这种成长历史比较复杂、资本色彩比较特殊的混合经济体，就更要进行必要的制约！”

赵安邦把话挑明了，“白原崴没有绝对控股权，就不敢这么一意孤行了，必要时，我们将联合其他法人股权，在集团董事会和股东大会上否决他的掠夺行径！”

石亚南心里一惊，不无担心地道：“这不也是制约我们吗？你们该不会否决伟业国际在文山的重点投资计划吧？白原崴可是说了，要把战略重点转移到文山！”

赵安邦毫不客气，“如果超出了底线，当然要否决！所以，你和文山的同志就看着办吧，别怪我事先没打招呼！我这不是行政干预，也是按市场规律办事！”这才说起了破产逃债的事，“亚南同志，第一批破产企业，要从严掌握，不要搞半开半破那一套，那一套不灵了，银行不是傻瓜，没那么好骗，大家都要负责任！”

石亚南装起了糊涂，“半开半破？会有这种事吗？我回去问问钱市长吧！”

赵安邦手一挥，“你不用问钱惠人了，昨天李行长已经把材料送到省政府来了，情况是很确凿的，钱胖子搞这一手轻车熟路，在宁川就给我惹过不少麻烦！”

石亚南不敢狡辩了，叹气道：“赵省长，那……那你也得给我留条活路啊！”

赵安邦道：“怎么会没活路啊？你们没活路，北方这部新经济发动机还如何启动？和你们交个底：省政府有几个思路，一、和银行协商，在对那些转移固定资产、半开半破的企业转制的同时，搞债转股，让银行看到希望！二、省政府准备尽快与国家开发银行合作，以打捆申贷的形式，进行国债项目融资，由国家开发银行定期提供贷款，对我省北部基础设施和文山老工业基地改造提供金融支持！三、省里准备拿出一部分资金，对必须破产的大型国有企业进行一定程度的破产补偿！”

石亚南这才乐了，“那你咋不早说？我还以为你要对我们斩尽杀绝呢！好，赵省长，既然您和省政府动真格的了，我……我们就跟您和省政府奋勇前进了！”

这番谈话结束之后，赵安邦让孙鲁生先走了，却又把石亚南留了下来。

石亚南知道赵安邦要和她谈文山下一步的工作，对年轻干部轮岗外派，赵安邦和裴一弘都很关心，尤其是赵安邦，已在省政府的一次会上公开表示了支持态度。

果不其然，赵安邦问起了此事，“怎么样，亚南同志，你们首批轮下来的那些年轻干部是不是都顺利送出去了？去向如何？有没有太大的阻力啊？说说看！”

石亚南道：“正准备走呢，已经定了，明天上午要搞个隆重的送行仪式，我和老钱及常委都参加！组织人事部门统计了一下，九百多人去向在省内，主要集中在宁川、平州和省城，三百多人去深圳、广州，二百多人去上海、北京，还有十五人去海外！阻力不能说没有，但也不算太大，反正就两年时间，干部身份又没取消！”

赵安邦略一沉思，“根据这个去向看，一大半都留在了我们省内，我看不是太理想啊！下一批再搞呢，工作要再深入一点，争取省外、海外的人数多一点！”

石亚南笑道：“这毕竟刚刚开始嘛，能有这个成果就不错了，尤其还有十五个去海外的，已经让我和老钱喜出望外了！赵省长，你当领导的也别鞭打快牛嘛！”

赵安邦也笑了，“倒也是，亚南同志，你们这次改革力度不小！一弘同志私下里和我说，这个石亚南看来是用对了，简直是个铁娘子嘛，文山肯定有好戏了！”

石亚南忙道：“啥好戏，不过是敲响了开场锣鼓罢了！这还是你赵省长一再鼓动我敲的嘛，我想不敲也不行！再说，敲这开场锣鼓也不是我一人，是班子里的同志们联手同台齐奏！哦，钱惠人就不错，对我很支持，我们现在的配合很默契！”

不料，赵安邦怔了一下，却道：“亚南同志，配合默契当然好，不过，今天我得和你交个底：我现在对钱惠人不是太放心，怕他会出问题，你这个当班长的一定要注意，不能让他像过去在宁川时那样再违规乱来！”

石亚南没意识到问题的严重性，以为还是破产逃债的事，便道：“谁乱来了？赵省长，我就向您坦白吧：老钱主持搞的破产计划我知道，有些主意是我出的！”

赵安邦满脸忧郁，“这我已经猜到了，我要说的不仅是这件事，是说一个重大原则！今天见面我就说了，我们这些改革者和摸着石头过河的改革，是不是有个原罪问题？我看有这个问题，我有，老钱也有，许多同志都有，这么多年来，我们只要结果不管过程，许多人违规操作成了习惯，这怎么得了啊？不出问题倒怪了！”

石亚南心里不服气，“赵省长，这恐怕是个悖论吧？如果我们大家都循规蹈矩，不越雷池半步，哪有现在的大好局面啊？！认真说起来，这场改革就是在摸着石头过河的一次次违规操作中前进的。在此之前，大包干，大上乡镇企业，私营企业遍地开花不都是违规吗？有的甚至还违法！赵省长，要我说，这都是探索嘛！”

赵安邦缓缓地说：“是的，这的确是探索，是历史发展进程中必须的探索，总体说探索没错，没有这种探索就没有今天的局面！但今天的情况毕竟不同了，市场经济的基础已经形成，法律法规不断健全，已经不是当初无法可依的草莽时代了！”

石亚南大着胆子问：“赵省长，你……你是不是官当大了，就不敢担风险了？”

赵安邦摇了摇头，“这和担不担风险无关，亚南同志，我现在和你谈的是：必须改变以往违规操作的工作习惯和这种思维方式，尤其是钱惠人！以后一切都要给我按规矩来，绝不能再任由他或者哪个人把大笔资金在手上随便拆来拆去！”

石亚南不无疑惑地道：“赵省长，老钱在文山没拆借过什么资金啊！真的！”

赵安邦“哼”了一声，“那就好，我今天就是提个醒，你们都留点神就是！”

从赵安邦办公室出来，在返回文山的路上，石亚南才发现情况有些不对头：今天她和钱惠人一起来省城参加刘焕章的遗体告别仪式，身为钱惠人老领导的赵安邦没有召见钱惠人，却召见了她，而且说了这么多，这是怎么回事？难道钱惠人真有什么了不得的大问题吗？不对啊，她得到的信息完全不是这么回事呀！在灵堂外她见到了马达，马达亲口和她说过，他们调查组查了几个月，查出了一个廉政模范……

第十七章

52

白原崴做梦也没想到，当证券市场捷报频传，伟业控股的股价成功突破十二元成交密集区，向十五元历史高位挺进时，孙鲁生会从背后突然给他来上一枪！孙鲁生干的真叫绝，以鲁之杰的名义，在《汉江商报》上发表了一篇分析伟业控股的文章，别有用心地预测说，根据伟业控股做强做大主业的规划和钢铁行业的前景判断，要约收购炒作结束后，伟业控股很可能大规模发行可转债。还将发债额透出来了，大约在二十亿至三十亿之间，这正是他计划收购文山二轧厂的预算资金量。

这简直是背叛，是自毁自杀啊！白原崴急了眼，看了报纸马上打电话找到赵安邦，气冲冲地抱怨道："赵省长，不管怎么说，孙鲁生都是我们伟业国际集团的监事会主席，是我们这条船上的掌舵人之一啊，她这么干是何居心？我很难理解！"

赵安邦接到电话时并不吃惊，挺和气地说："白总，你先不要叫嘛！这篇文章我也看到了，看得还很仔细。我认为这只是孙鲁生个人的分析！如果伟业控股没有大规模发转债的设想，你们完全可以不理会，还可以发澄清声明嘛！”

澄清声明他没敢发，怕发了以后麻烦更大。但泄密的事要搞清：究竟是谁把发转债的信息透出去了？他不相信孙鲁生会有这么好的脑袋，会凭自己的分析得出他即将发转债的结论。内部人员不会在这种事上大意，于是，便想到了石亚南。一问石亚南才知道，发转债竟是赵安邦的推测判断，这个省长早想到他前面去了！这就是说，孙鲁生的这篇署名文章是大有来头的，是在赵安邦的怂恿支持下发表的！

石亚南也交了底，“白总，我实话告诉你吧，赵省长对你们这种掠夺式的经营很反感，明说了，要对你们进行必要制约，还把我和文山市委批评了一通哩！”

白原崴叫苦不迭，“那你说我现在怎么办？怎么办？姐姐你真想坑死我吗？”

石亚南在电话里说：“天理良心，我可没坑你啊，发转债的事我在赵省长面前只字未提，只说到筹资二十至三十亿！再说，我哪知道赵省长会这么想问题啊！白总，你也别太急了，反正要约收购期也只有五天了，事情应该坏不到哪去吧？”

他也希望事情别坏到哪去，但事实上却糟糕透了：在转债利空影响下，嗣后两天伟业控股连续放量跌停，由十三元跌至十元五角。第三天上午开市后，又是一个跌停，股价已低至九元四角五分，跌停价上的卖盘高达四千万股。然而，值得欣慰的是，除了公告后公开冻结的八百多万股外，他们暗中控制的所有仓位都已基本清仓，最后三百多万股，也在第二个跌停价上卖光了，总的来说这一仗算是打赢了。

第三天整个交易时间伟业控股均未能打开跌停板，拖累当日股市大盘再创新低，下探一千四百点二五点。钢铁板块趁势回调，钢铁和制造业指数下滑三十五点零三点。白原崴估计，包括汤老爷子海天系在内的一些庄家已经套牢，账面损失很可能十分惨重。当然，这也不好怪他，汤老爷子不听劝阻，非要往十五元以上做嘛！况且，发转债的消息并不是他故意透露出去的，他也是此事的受害者哩！

股市收市之后，汤老爷子笑呵呵来了个电话，说是晚上请他吃饭，谈点事。

他知道这顿饭不好吃，可又不能不去，不去更说不清，便去了，一见汤老爷子就大发牢骚，道是被孙鲁生坑死了，“……老爷子，你说这叫什么事？我在前方拼命流血，那位孙主任却在背后打黑枪，还他妈的是我们伟业集团监事会主席呢！”

汤老爷子笑道：“你流了什么血啊？是股民的血吧？不说了，喝酒，喝酒！”

于是，喝酒。是高度的五粮液，二人一口一杯，喝得很豪爽。此景难得一见。

酒过三巡，汤老爷子说起了正题，“原崴啊，事情不管怎么发生的，反正发生了，我就得认真对待了！我和孩儿们原以为伟业控股能做到十五元以上，结果，孙鲁生的利空文章一出，股票大跌，我们手上的两千万流通股全被高位套牢了！”

白原崴关切地问：“套在什么价位？按今天的收市价，市值损失是多少呢？”

汤老爷子淡然道：“套在十一元左右，加上手续费，损失四千多万，如果按要约收购价卖给你们，损失就更大了，约为九千七百多万吧，情况比较严重哩！”

白原崴吓了一跳，“老爷子，您还当真准备把这两千万流通股卖给我们？”

汤老爷子摆了摆手，“哎，当然不能，这种巨大的损失海天系承受不起啊！所以，我今天就找你老弟商量了，看看能不能不发那二十至三十亿的可转债啊？我们继续把股票做上去嘛，一起努力，这个，啊，争取一个你我双赢的好结果嘛！”

白原崴苦苦一笑，“我的老爷子啊，我啥时候说过要发二十亿的可转债了？伟业控股是上市的股份公司，未经董事会研究、股东大会批准，不可能有这种事嘛！”

汤老爷子一副欣慰的样子，“那好，那就好啊！原崴，你们马上发个澄清声明行不行啊？明确告诉股民，一年之内你们伟业控股根本没有发行可转债的计划！”

白原崴想了想，“老爷子，这个声明我还真不敢发，尤其不敢说一年内都没这种计划！您知道的，今年上市公司的主要筹资途径就是发行可转债啊！再说，钢铁的前景如此看好，伟业控股要做大做强钢铁主业也是自然的。不瞒您老说，我和文山方面已经接触过几次了，准备收购文山二轧厂，收购资金可不是个小数目啊！”

汤老爷子呷了口酒，“是啊，估计收购资金量在二十亿以上，所以，孙鲁生的文章不是没有根据的，市场相信孙鲁生的分析也是可以理解的，对不对，原崴？”

白原崴抱怨道：“可她不该在要约收购期内谈这种事，连我们自己也被套住了，搞得很被动呢！”和汤老爷子碰了碰杯，又说：“当然，从长远观点看也没什么，吃进二轧厂之后，伟业控股每股的税后利润就会超过八角，真正的绩优股啊！”

直到这时，汤老爷子仍是不动声色，“原崴，你可真是我的好学生，我此生能培养出你这个杰出的资本运作人才，实在是我最大的成功！青出于蓝而胜于蓝，你就是这种情况嘛！现在看来我要回过头向你学习喽！来，原崴，我敬你一杯！”

白原崴忙站了起来，“老爷子，您……您可别折我的寿啊！我敬您，敬您！”

汤老爷子将杯中酒一饮而尽，这才笑眯眯地抛出了撒手锏，“原崴啊，这么看来我得成全你啊，得让你们完成对伟业控股的要约收购嘛！你们既然这么看好钢铁前景，又能保证它如此绩优，我觉得还是让它退市，由你们自己好好经营才是！不过你别误会，我卖给你的不是海天系套住的流通股，而是受让的两千五百万国有法人股，我的受让价正好是你们的要约收购价，一分钱不赚，完全是为了成全你！”

白原崴一下子怔住了，呆呆地看着汤老爷子，一口菜含在嘴里，竟忘了咀嚼。

怎么会有这种事？海天系从谁手上受让了两千五百万国有法人股？事先咋一点风声都没有？由此看来，汤老爷子早就防到他前面了，此番是有备而来的！

汤老爷子仍在笑，笑得让人心惊肉跳，“原崴啊，你说说看，像我这样对你关心备至的人还有几个？离要约收购期还有两天，得抓紧啊，我明天就让手下孩儿找你办手续吧！加上我支持你的这两千五百万国有股，你们退市的梦想就实现了！”

白原崴只觉得天旋地转，以为自己是在一场不真实的梦中：老师就是老师，跳来跳去，竟他妈的没跳出这个阴险老师的手心！事情很清楚：他要么把这堆钢铁抱回家自己玩，要么就想办法，让汤老爷子的海天系把一肚子的钢铁安全吐出来！

汤老爷子看出了他的狼狈，“哎，原崴，你怎么回事啊？身体不舒服吗？”

白原崴这才勉强镇定下来，开玩笑道：“哦，不是，不是，老爷子，是您老的无私奉献感动了我啊！不过，是不是非要这样无私奉献呢？您老人家可想好了！”

汤老爷子反问道：“一年内是不是能不发可转债呢？原崴啊，你也要想好嘛！”

白原崴极是诚恳地说：“老爷子，我争取吧，但不敢说一年内不搞筹资！”

汤老爷子呵呵笑道：“那好吧，我也想好了，明天到你们公司办手续！”说罢，吩咐买单，临走时，又拍着白原崴的肩膀，煞有介事地说：“原崴，我理解你，伟业控股退市其实也是好事，这么好的绩优企业，确实没必要让全社会共同分享！世界五百强里就有不少企业根本不考虑上市，你在股市上又带了个好头啊！”

这老狐狸，真他妈的吃人不吐骨头！如果明天老狐狸真带人赶到伟业大厦办了手续，把这两千五百万国有法人股按要约价过户给他，伟业控股真要退市了，这只主力旗舰就要返航靠岸了，他在国内最大也是最有效的一个资本运作平台就将消失！情况相当严重，从现在起，到后天要约收购期满，未来四十八小时将充满变数，不是他掐死这只老狐狸，就是这只老狐狸掐死他，他们双方都走上了不归路。

那还有什么可说的？他只有行动了，不惜一切代价，险中求存，出奇制胜。

离开酒楼，白原崴当即吩咐司机连夜去文山：现在的希望在文山，文山方面若能鼎力相助，以某种借口中止这次要约收购，他和伟业控股就得救了。这个可能还是存在的，伟业控股当真退市，可转债就没法再发了，收购二轧厂的计划就将落空，对文山方面也是很不利的。当然，操作时不能让姓汤的老狐狸看出破绽……

53

钱惠人没想到白原崴会深夜赶到文山见他，更没想到白原崴会急吼吼地要文山方面收回两千五百万国有法人股。联想到伟业控股这阵子要约收购的炒作，和即将临近的要约截止期，钱惠人的判断是：这个资本运作高手恐怕碰到大麻烦了。

果不其然，白原崴的麻烦真不小，那位汤教授竟要将受让的两千五百万股按要约价卖给他，伟业控股搞不好就会弄假成真，成为中国股市上第一个退市的公司。

于是，这日夜里，两个精通资本市场的明白人进行了一场开诚布公的对话。

白原崴说："钱市长，您是人所共知的钱上市，懂股市，是这方面的行家，在您面前，我实话实说：我们现在面临着一场严重的危机，可以说是狂澜既倒啊！"

钱惠人点头道："是的，的确是一场严重危机，但这是你们的危机，狂澜也是你们的狂澜，这我必须纠正！我和文山市政府对此深感忧虑，不过，爱莫能助！”

白原崴笑了，“钱市长，我也得提醒您一下：伟业控股的主营业务可是钢铁啊，而且是文山的钢铁，当真摘牌退市，肯定会影响文山钢铁公司未来的发展！”

钱惠人不动声色，“不错，这一点我和你一样清楚，所以，才深感忧虑嘛！”

白原崴额头上冒出了一层细密的汗珠，“钱市长，如果您和文山市政府真的忧虑，就该在关键时刻援之以手，找借口收……收回两千五百万国有股，或……或者以此次股权转让造成国有资产流失的理由，设法对要约收购来个紧急叫停……”

钱惠人没容白原崴细说就摆起了手，“这都是不可能的，是违法欺诈！”

白原崴像挨了一枪，怔怔地看着他，苦笑着，一时不敢作声了。

钱惠人又说了下去，话里有话，也有气，“白总，不是我批评你，在这件事上，你做过了头！请你回忆一下：你们策划搞要约收购时，我是什么态度？我是不是警告过你：不要这么干，搞不好会有退市的风险？你不听嘛，仗着有石亚南书记的支持，非干不可嘛！我想划点股份给社保基金，你还觉得我是和你作对呢！”

白原崴连连点头，“是的，是的，钱市长，我……我当时真是太大意了！”

钱惠人“哼”了一声，“白原崴啊，你不是大意，是目中无人啊！你这位同志耳目多，头脑活啊，看我到文山连市委书记都不是，省里于华北、马达他们又在查我所谓的问题，你就躲得远远的，我的话就成了耳旁风，连参考价值都没有了！”

白原崴一副委屈的样子，“钱市长，这您可真说错了！我从没觉得您在经济上有问题！我在马达和省委调查组的同志面前明确说过：在宁川，在我和您交往的十几年里，您连酒都没喝过我一口！”略一停顿，又说：“哦，对了，还有，当年在香港炒恒生期指，你赚的近一千万港币也全让我入了公账，我写了证明材料的！”

钱惠人口气缓和下来，“这我也知道，在调查组面前，你还是实事求是的！”

白原崴似乎松了口气，“所以，钱市长，你别误会，我当时找石亚南书记，也有个想法，就是少给你添乱！你看看，当年炒恒指的事，让你至今不利索啊！”

钱惠人一声长叹，“是啊，是啊，你既然知道，今天就不该再来找我嘛！”

白原崴抹了抹头上的汗，“钱市长，那你说我该找谁？找石亚南书记？不瞒你说，这一路来文山时，我已经打了个电话给她，是她让我直接找你的。她说你是有名的‘钱上市’，这方面主意比她多！我想也是，这才又记起了你当初的提醒，觉得现在落实您的指示，把那两千五百万国有法人股划给社保基金还真不错……”

钱惠人道：“没这个可能了！石亚南就没向你传达赵省长的指示吗？她没传达，我来传达，原话是这样的：今天的情况和过去不同了，市场经济的基础已经形成，法律法规不断健全，早就不是无法可依的草莽时代了，绝不能再违规乱来！”

白原崴真急眼了，“钱市长，那您就眼看着我们伟业控股被姓汤的老狐狸敲诈吗？就看着文山的钢铁企业由此失去向社会筹资的平台？您就一点不着急吗？”

钱惠人道：“我着什么急啊？违规做假我犯错误，搞不好又该让人家查了！”

白原崴几乎要哭了，一把拉住钱惠人的手，“钱市长，您怎么变成这样了？当年你敢分地卖地，敢和我一起炒恒生期指，一个纸条、一个电话就敢把亿万资金调出国门！我这一生中佩服的人没几个，可您是其中之一！走到哪里我都说，没有您和白天明、赵省长这帮敢闯能拼的改革派干部，就没有我们改革开放的今天啊！”

钱惠人激动了，“可是，结果呢？是让人家查，我钱惠人落了一身不是！”

白原崴也激动了，“那又算得了什么？我们已经创造了历史，还将继续创造历史！所以，钱市长，对赵省长的招呼，我劝你别太当回事，人家地位变了，角度变了，说点场面上的官话很正常！据石书记说，赵省长还要制约我和伟业国际呢！”

钱惠人嘴上没说，心里却想：这位赵安邦省长可不是嘴上说说啊，其实已经动真格的了，搞不好他和崔小柔都得栽在这个老领导手上！白原崴和伟业控股面临危机，他和崔小柔也面临着危机，而且，是更严重的危机，定时炸弹随时可能爆炸。

李成文这条野狗被债主逼得差不多成了疯狗，于东躲西藏的逃匿中不时地给崔小柔、许克明打电话，前几天竟把电话打到他办公室来了！话说得很清楚：如果本周内还不能帮他融资四千万，他就到有关部门自首举报。在这种要命的情况下，他准备冒险动用一笔预算外资金，不料，刚和财政局有关同志打了个招呼，还没来得及动手，石亚南就知道了，就明确阻止了。石亚南的消息怎么来得这么及时？怎么这么敏感？肯定是赵安邦做了交代！赵安邦不是于华北，对他知根知底，厉害啊！

不过，石亚南的阻止行动倒也提醒了他：在这种摇摇欲坠的时刻，最需要的是冷静沉着，绝不能用新的更大的错误去掩饰此前的错误。于是，紧张而有条不紊的撤退开始了，崔小柔订了机票，做好了随时出走加拿大的准备。许克明坚持最后阻击，正在设法转移资产，并将于李成文这颗定时炸弹炸响之前亡命天涯。这两个关键人物在国内一旦蒸发，李成文的自首举报就失去了意义，起码对他是查无实据。

然而，却没想到白原崴偏在这时主动找到门上来了，给他送来了一个机会！

经过见面后的这番开诚布公的交谈，钱惠人得出了敏锐的判断：他完全可以和白原崴做一场阳光下的交易，在救助白原崴和伟业控股的同时，解决自己面临的危机。于是，沉默良久，终于发出了明确的信息，“白总啊，实话告诉你吧，我和文山市政府也不愿看着伟业控股退市，该承担的风险，我还是要担的！如果我们都循规蹈矩，不担风险，那就什么事也做不成了，我们的改革说穿了全是违规操作！”

白原崴的眼睛一下子亮了，“就是，就是，钱市长，这么说，您同意了？”

钱惠人点着头，却调转话题说起了绿色田园，“你白总违规操作来找我，绿色田园许克明也想让我为他们违规融资哩！我不在宁川工作了嘛，就回绝了他们。他们想得倒好，要请你和伟业国际帮个忙，我本来想和你说，又觉得不太妥当……”

白原崴忙道："不就是融点资吗？有啥不妥的？钱市长，具体是怎么个事？"

钱惠人平淡地道："也不是啥大事，绿色田园不是在文山刘集镇搞了个大豆基地吗？欠了几千万土地租金，想以公司股权做抵押，融资四千万，期限三个月！"

白原崴毕竟是白原崴，马上警觉起来，口气也变了，"钱市长，绿色田园的情况你知道不知道啊？他们有业绩造假嫌疑，孙鲁生一直在那里盯着呢，还找我了解过有关情况，他们的股权抵押可是靠不住啊！再说，四千万也不是个小数目！"

钱惠人道："是啊，可怎么办呢？刘集镇的大豆基地是我牵的线，那时我还不是文山市市长呢！我要帮伟业控股，也要帮绿色田园嘛，不能看着他们违约受罚啊！"

白原崴想了想，问："钱市长，你给我交个底：这件事我是不是必须办？"

钱惠人笑道："原崴啊，伟业控股的事是不是必须办？手心手背都是肉嘛！"

白原崴明白了，当即说起了细节，"那么，钱市长，这个融资合同我什么时候去和许克明签？你知道的，四千万资金的调动恐怕要有个过程，起码一周时间！"

钱惠人摇了摇头，"一周来不及了，按合同规定，这笔款子必须在两天内，也就是本周五之前打入刘集镇的账上，否则绿色田园将面临着九百万的罚款。原崴，你想想办法吧，给他们来个特事特办，别让他们再找到我面前来，我够烦的了！"

白原崴迟疑了一下，答应了，"好吧，这件事我尽快安排，明天就办吧！”

钱惠人这才又说起了伟业控股，“绿色田园是小事一桩，不过是临时融点资嘛！你们伟业控股可是大事啊，不像你想象得那么简单！要约收购已经启动了，我就算和你们倒签这两千五百万股的回购合同也没法律效力，反倒可能惹火烧身！”

白原崴急切不安地怂恿道：“钱市长，这您别怕，您文山毕竟是一级政府，只要操作得当，就会有法律效力！您知道的，我们中国目前的证券市场也在摸着石头过河，法律、法规上的漏洞多得是，我们就假设它是一个漏洞，试着钻钻看嘛！”

钱惠人连连摆手，“不行，不行，这里没啥漏洞！要约收购启动时，你们的持股情况向全社会公布过了，这种明显冒险犯法的事绝不能干，要想别的办法！”

白原崴道：“钱市长，那您看，我们两个聪明人能否给它制造一个漏洞呢？”

钱惠人略一沉思，“这个漏洞你不是已经制造出来了吗？在国有资产流失上做文章，这是最能说服上面的漏洞！我们转让股份时是以每股净资产值定的价吧？”

白原崴心领神会，“对，对，钱市长，每股转让价三元六角，定价偏低啊！”

钱惠人话里有话说：“我看也是低了一些，它为什么不是三元九角甚至四元呢？很可能有资产漏项嘛！如果真是如此，此次股权转让就造成了国有资产的流失，我们之间的转受让合同就必须中止执行，你们的要约收购也就不成立了！”

白原崴试探着问：“钱市长，您……您们该不会当……当真追加收购价吧？”

钱惠人笑道：“当然不会，但要把戏做得逼真，滴水不漏！我们在伟业控股的国有法人股转让上公开多收你几千万，在别的方面再给你补偿嘛！比如，可以把 ST 山河以零收购的形式转让给你，顺便也把 ST 山河重组问题解决了！”

白原崴乐了，呵呵笑道：“这可太好了！钱市长，这才叫真正的双赢哩！”

钱惠人却又说：“这事恐怕还要和石亚南书记打个招呼！违规责任算我的，但要经她认可啊，起码让她知道，免得以后我又说不清！现在做点好事不容易啊！”

白原崴很理解，“对，对，钱市长，让石书记知道一下，你责任也就轻了！”

钱惠人却正色道：“我这不是怕承担违规责任，是怕人家说我和你不清不楚！”说罢，起身走到里面卧室，拨通了石亚南房间的电话，和石亚南商量起来。

已经是夜里十二点了，这位女书记仍没休息，听了情况就说：“老钱，你说得对，我们绝不能看着伟业控股真的摘牌退市了！你们既然想出了办法，那就这么办吧！”

钱惠人却故意说：“亚南，你是一把手啊，有些事得想清楚了：这么弄虚作假，翻手云覆手雨的，一旦上面追查，就会有麻烦。当然，我不怕，只怕到时让你在赵省长面前说不清！赵省长不能违规的最新指示可是你亲自在会上传达过的！”

石亚南道：“对，对，我在会上传达了，但传达归传达，具体问题还要具体对待嘛，该怎么干还得怎么干嘛！现在的文山市委书记是我，市长是你，文山搞不上去，省里要拿咱俩是问的！对了，那个破产试点方案还得抓紧执行，我估计赵省长和省政府近期有可能下文紧急叫停，咱们得和省里抢时间啊，能破的就快破掉！”

钱惠人沉默片刻，“亚南，你这个女强人当真想让文山的银行行长都跳楼？”

石亚南道：“谁想跳楼就让他去跳，吓唬谁呀？半开半破这种事又不是从我们文山起的头！再说，现在又没见到省政府的叫停文件，咱们凭什么不快走几步！”

钱惠人呵呵笑了，“我也是这么想的，亚南书记，你放心好了，这事我具体落实，你就装不知道吧！你是啥都不知道，既不知道破产逃债还在继续搞，也不知道白原崴今天夜里来找过我，我是市长嘛，这种违规操作的账全算到我头上好了！”

石亚南显然受了感动，“老钱，别这么说，我是班长嘛，该顶雷的时候我第一个站起来顶，是我的责任我都不会推！你现在够难的了，经不起这么多事了！”

钱惠人心里一酸，声音哽咽了，“亚南书记，有你这句话，我啥都不说了！”

问题就这么解决了，情况比想象的还要好，他打电话给市国资局王局长时，石亚南已先打了个电话给王局长，他的电话一过去，王局长便顺从地说：“你们领导怎么指示我就怎么办！”于是，次日一早，一系列特事特办的违规操作便开始了。

白原崴赶回宁川时，也再次向钱惠人保证：绿色田园的四千万融资，他一定会尽快办，回去就安排资金。钱惠人便给崔小柔打了个电话，告知了这夜发生的一切，要她和许克明想办法通知野狗李成文：四千万融资一定会在两三日内到账。

崔小柔乐了，“老钱，这么说，我们不要办假离婚了？我也不必去加拿大避风头了？那可太好了，等白原崴收购重组文山上市公司时，我们再好好干一把……”

钱惠人厉声喝止道：“小柔，这种好梦你最好不要做！我们的假离婚手续还得办，今天就办！你该怎么出国还怎么出国！别以为真没事了，这只是炸弹的延迟爆炸而已！四千万落到李成文手上会是啥结果还不知道呢，说不定会血本无归！”

崔小柔又紧张了，“那……那不把白原崴坑死了？他能饶了你？不追啊？”

钱惠人冷冷道：“追谁呀，一切都有合法手续，我不过是又违了一次规！”

54

这日上午，伟业控股因连续三个跌停板而停牌，下午复牌后继续下跌，又一度打到跌停板上。收市前半小时，买盘进来了，终以九元八角收盘，上涨了百分之三左右。成交量不大。汤老爷子认为，这是典型的技术性超跌反弹，不具备操作意义。

股市收市后，汤老爷子在基金经理方波的陪同下，赶往伟业大厦见了白原崴。

白原崴和手下的相关经理、秘书人员已在装饰豪华的贵宾室品茶等候。两千五百万国有法人股的要约收购协议已顺序摆放在铺着红丝绒布的会议桌上，一共四份，十分醒目。白原崴抽着名贵的哈瓦那雪茄，站在会议桌前和手下的经理、秘书谈笑风生，贵宾室的空气里弥漫着一种既不真实又令人生疑的欢快气氛。

见他和方波进来，白原崴脸上的笑容益发灿烂，迎上前去，热情洋溢地说：“汤老爷子，你们可来了，我今天啥事没干，就在这里候您了！既然手上的国有法人股都不要了，今天是不是借反弹出了点货啊？我注意了一下，尾市成交量不小哩！”

汤老爷子益发生疑：白原崴搞什么名堂？难道这条来自北方的狼会在一天一夜之间摆脱了他精心设下的绞套？好像不太可能！于是，便也笑道：“原崴啊，我倒是想出点货，可根据盘面情况判断，好像你们在托盘，就没急于出，准备再看看！”

白原崴十分亲切地拉着汤老爷子在对面沙发上坐下，“倒也是啊！老爷子，那您和海天系是不是改变主意了？这两千五百万国有法人股也不想卖给我们了？”

方波这时似乎看出了问题，抢上来道：“是的，是的，我们真得再想想呢！”

汤老爷子白了方波一眼，“想什么啊？白总这么看好文山钢铁，不愿让社会分享公司的高速增长成果，我们就该成全他们，让他们创造一个主动退市的范例！”

白原崴笑道：“老爷子，在这种关键时候，您老可千万不能意气用事啊！我个人的意见，这个合同今天最好不要签，签了对你、对我都不是太有利！主要还是对你不利！坦率地说，我并没有让伟业控股退市的想法，这一点您老其实是清楚的！”

汤老爷子判断这是欺诈，认定白原崴这条狼是在和他较量心理，于是便也笑道：“原崴啊，你到底说了实话！你说得不错，伟业控股一旦退市，对我们的确没任何好处，我们手上的流通股如果不在明天十八时之前按要约价卖给你们，也要随之退市。但是，你呢？你将就此失去一个国内最大的，也是最有效的融资平台！”

白原崴莫测高深地微笑着，“老爷子啊，你当真认定我会按您老人家的意思把这堆钢铁抱回家自己玩啊？不可能嘛，我当然知道这个融资平台意味着什么！再说，我又是您老的学生，您应该了解我，倘若没留退路，我敢这么铤而走险吗？”

汤老爷子这才警觉了，“哦，这就是说，你竟然在铁桶里钻出条缝来了？”

白原崴一脸的正经严肃，“不是，不是，不过是个意外而已！您是我的老师，我不能瞒您，尤其是在这种敏感时刻，我必须把话说清楚，以免日后发生误会！是这样的：文山有关部门核查国有股转让合同时，发现了文山钢铁资产漏项，据说问题相当严重，造成了近六千万国有资产的流失，今天上午已正式提出中止合同，并已将这一情况紧急上报国家有关部门！下午二时三十五分，北京有关部门的电传就过来了，明天伟业控股要停牌，要约收购将在纠正了这一资产低估的错误之后再行启动！不过，加价六千万，我们也就不一定再收购了！所以，我今天就算按要约买了您老的这两千五百万股，仍没能完成最后收购啊，看来咱们大家都白忙活了！”

汤老爷子以为自己听错了，“什么？什么？竟……竟然有这种荒唐的事？！”

白原崴说：“就是这么荒唐啊，中国股市的荒唐事还少吗？这么一来，我得多付文山政府六千万啊，真气死我了！你说我现在怎么办？是不是和他们打官司？”

汤老爷子拉下了脸，阴阴地说："漂亮，白原崴，你这小把戏干得太漂亮了！什么叫官商勾结，我算是知道了！我看故事应该是这样的：你发现了伟业控股的退市危机，就找到了文山，在石亚南、钱惠人这些地方保护主义领导的支持下，搞了鬼，进行了一场违规违法的内部交易！不过我告诉你：证券监管部门未必会认可你们的说法，市场原则不能受到这种明目张胆的破坏和践踏，否则就没规矩了！"

白原崴击节赞道："老爷子，您说得太好了！好的市场经济就应该是法治经济，我也希望证券监管部门责令文山方面信守原股份转让合同！但是，人家提出的巨额国有资产流失是个大问题，国资部门要叫停嘛！我估计会有一番艰难激烈的争执，您老德高望重，如果您能力挽狂澜，用充分的事实证据证明文山方面搞鬼，帮我们争回这六千万的权益，我们伟业控股所有股东将向您老致以深深的谢意！"

和这种资本流氓还有什么可说的？汤老爷子看了方波一眼，起身就走。

白原崴忙上前劝阻，"老爷子，怎么走了？我还准备请您畅饮一番呢！"

汤老爷子冷冷道："大家都很忙，还是两便吧！"走到门口，又说了句："白原崴，你要为今天的这条硬钻出的缝付出代价的，也许还包括石亚南和钱惠人！"

白原崴怔了一下，似乎想说什么，却终于没说，眼看着他气呼呼地走了。

最后一线和解的机会就这么消失了。事后，汤老爷子想，如果白原崴当时把他和方波拦下来；如果白原崴能退让一步，调动部分资金托托盘，让海天系手上的股票平手出局，他都不会对昔日学生白原崴和素无冤仇的钱惠人这么痛下狠手。

狠手是当晚下的，第一个目标就是钱惠人。钱惠人不干净，野狗李成文手上把攥着这位市长和其夫人崔小柔涉嫌犯罪的证据。根据现在的情况判断，钱惠人敢冒天下之大不韪和白原崴如此勾结，应该有交换条件，没准就是为李成文融资。那么，李成文这颗炸弹就该引爆了。是方波引爆的。方波当晚找到李成文家，通过李成文的老婆，向李成文发出了别有用心的警告，要李成文注意人身安全。李成文的老婆不太理解，无意中透露说，钱惠人已通过白原崴帮绿色田园融资四千万，明天这笔资金一到账，李成文的麻烦就解决了。方波马上暗示说，这也许是有人要引蛇出洞。结果，方波还没回到公司，李成文的电话先来了，说是从广州打来的。

李成文在电话里紧张地问："汤教授，这都是怎么是回事？谁要干掉我？"

汤老爷子却装起了糊涂，"咋问我啊？谁要干掉你我怎么会知道呢！"

李成文语气急促，"老爷子，你肯定知道，我先谢谢您的关照！实话告诉您吧，对崔小柔和许克明的诚意我一直很怀疑！快一个月了，一分钱没帮我搞到，现在突然说有钱了，而且是四千万，您老说我敢相信吗？我也小心提防着他们呢！"

汤老爷子叹息道："你小伙子聪明啊！和你交个底吧，白原崴现在日子也不好过，伟业控股搞不好要退市！我和方波今天找他签股份转让协议，他连三千万定金都付不出来！你好好想想吧，他当真会有四千万给你？我劝你暂时不要回来！”

李成文这才说了实话，“老爷子，我……我已经回来了，现在就在宁川……”

汤老爷子“哦”了一声，意味深长道：“那你就要小心了，如果能拿到这笔钱当然好，拿不到，也要留好退路啊，起码别闹个跳楼自杀、发生车祸什么的！”

李成文沉默了好半天才说：“老爷子，那您能不能让方波马上到我这里来一趟？我现在在宁川郊外一个度假村，手头有些重要材料想交给您老，以防万一！”

汤老爷子心里很清楚这是什么材料，但却明确拒绝了，“成文，我今天提醒你，是出于朋友的好意，可我并不想往这种是非里搅，材料你该交给谁交给谁！”

李成文问：“那我是不是该交给省国资委孙鲁生？孙鲁生一直很感兴趣！”

汤老爷子掩饰着内心的欢快，故意郁郁地说：“你自己决定吧，多保重就是！”

放下电话，往省城共和道四号于华北家打电话时，汤老爷子仍绝口不提钱惠人，先汇报了白原崴和文山市政府为了共同利益相互勾结、违规违法、搞内部交易的情况，继而以经济学家的权威口吻，对伟业国际的股权分配方案提出了质疑。

于华北很吃惊，“汤教授，您怎么也质疑起伟业国际的股权方案了？如果我没记错的话，您此前好像是极力支持这个方案的吧？我记得你还主动找我谈过的！”

汤老爷子道：“于书记，现在看来我错了，白原崴和文山方面官商勾结的事实教育了我，让我明白了一个道理：当市场经济还不是完善的法治经济时，权力和资本的勾结就不可避免！针对这种情况，我们就要有强有力的制约措施，对权力必须制约，对资本也必须制约！尤其是白原崴掌握的这种掠夺性投机资本！这种资本一旦失去制约控制，必将成为冲击市场的滔天祸水，最终会毁掉我们的市场经济！”

于华北来了兴趣，“汤教授啊，这么多年过去了，你这个博导又给我这个老博士生上起课来了？好，好，说得好啊，这也是我当初最担心的！在安邦同志面前我不好说，但在一弘书记面前我不止一次提醒过，还是没引起一弘同志的警惕啊！”

汤老爷子心里明白自己带过的这个博士领导是怎么回事：完全是花公款买文凭，连博士论文都是在他的帮助下由秘书写的，嘴上却吹捧说：“于书记，今天我必须承认，你看问题敏锐超前，有预见性啊！你不是从单纯的经济角度看，而是从经济和政治的双重角度来看，既有广度、高度，又有深度，博士真没白读啊！”

于华北在电话里呵呵笑了起来，“汤教授，你咋这么多度啊？快把我说成六十度烧酒了！说正题，面对这种情况，你说应该怎么办？对伟业国际和白原崴手上掌握的掠夺性资本，该怎么制约？对文山市这种不计后果的地方保护主义又该怎么查处？哦，顺便说一下：对石亚南、钱惠人这个新班子，最近各方面的批评不少！”

汤老爷子义正词严道：“于书记，我的意见很明确：凯撒的归凯撒，人民的归人民，市场的归市场！必须着手纠正股权分配上的偏差，对白原崴等人的股权奖励没有政策根据，应予收回；省国资委要真正担负起对伟业国际国有资产的责任，既要实现保值增值，又不能使其变为违规投机的灰色资本，这就要求国有资产责任人不能缺位；第三点，伟业国际绝不能让白原崴以少数股权继续操纵，危害市场！”

于华北未置可否，“汤教授，那关于文山方面，你就不想说点什么了？”

汤老爷子对此比较谨慎，“石亚南、钱惠人他们究竟和白原崴联手搞了什么鬼，要深入调查，目前我不好多说，但是，我相信这其中有文章！于书记，你可能比我还清楚：石亚南搞地方保护是有传统的，钱惠人违规操作也是有传统的，为了文山的地方利益，他们什么事都可能干出来，这也是咱地方经济特有的一景吧！”

于华北没再多说什么，只道：“那好，教授，你把今天说的这些写个材料吧，尽快送到我这儿来，也可以直接向一弘书记做个汇报，具体时间我可以安排！”

汤老爷子迟疑片刻，“于书记，裴书记那里就算了吧，材料我今天就写！”

于华北也没勉强，“那好，教授，感谢您对我省经济工作的关心、关注啊！”

很好，汤老爷子放下电话时想，白原崴和钱惠人的麻烦怕是都要来了。如果判断不错的话，他已击中了蛇的七寸。当然，他和海天系付出的代价也极为惨重……

第十八章

55

于华北没想到汤老爷子的材料来得这么快，早上刚上班，一个叫方波的小伙子就把材料送到办公室来了。材料很翔实，除了昨天电话里谈的内容外，还对伟业国际的发展历史进行了回顾分析，这位教授指出：汉江省和文山市两级政府对伟业国际集团的纵容，破坏了市场的公平公正，政府的权威和信誉已面临着严峻考验。

汤老爷子厉害啊，这个材料倘若早一点送到他面前，也许伟业国际的老总就是马达了。现在看来，他当初并没错，如果派马达去了伟业国际，田封义不离开文山，伟业控股要约收购的炒作就搞不起来，伟业国际和文山都不会有这么多麻烦。

正想着马达，省监察厅那边的电话就来了，竟是马达打来的，说是准备过来汇报一些情况，是关于文山的。于华北略一迟疑，同意了，要马达抓紧时间过来谈。

等候马达时，于华北把有关钱惠人的调查材料又看了看，边看边想：尽管在调查钱惠人的问题上被动了，但却不好怪马达的。马达为人正派，原则性强，对事不对人，该查的全查了。又想，这老兄要是能像他似的有个经济学博士的牌子就好了，他在赵安邦和裴一弘面前也能帮着做些工作的，这样的好同志他真想用起来。

然而，马达却没这种想法了，赶来汇报时，省监察厅副厅长的位置摆得很正，落座就说："于书记，你看这事闹的，宁川那边的事刚结束，调查结论还没和钱惠人同志见面，文山那边反映问题的信又来了，不少都是署名的，还牵涉到了石亚南！"

于华北多少知道些情况，便问："老马，是不是文山国企破产方案引发的？"

马达道："是的，市重型机械厂、物资集团、日用化工公司、二商集团等八个处级市属国有企业搞半开半破，继续开门那一半企业工资等照拿，破的那一半就结账离岗回家，能不产生矛盾吗？听说银行也不答应，已经找到赵省长那儿去了！"

于华北笑道："这我都听说了，好像有些企业职工还跑到省里群访了，是不是？"挥了挥手，"不过，这事已经过去了，据我所知，安邦同志已代表省政府明确表态了，这种半开半破的所谓改革不能搞，为此还要发个紧急叫停的文件！"

马达继续汇报说："还有国有资产流失问题：文山市国资局将手上持有的国有法人股以低于净资产的价格转让给了白原崴，造成了近四千万国有资产的流失！文山钢铁公司十二名干部联名举报，怀疑这里面有什么名堂，矛头直指市政府！"

于华北大吃一惊，"什么？什么？竟然真有这种事？近四千万资产流失了？"

马达误会了，以为此事引起了于华北的重视，眼睛一下子亮了，

“是的，于书记，举报者全是内部知情人，还都是业务管理干部，绝不会在这事上胡说一气！”

于华北这才苦笑道：“这事我也知道，人家文山市政府和国资局已经主动纠正了，纠正过来的数额不止四千万呢，是六千万，而且紧急上报了国家有关部门！”

马达怔住了，“他们是不是听到了什么风声？知道自己被下面举报了？”

于华北摇摇头，“这事一言难尽，涉及到白原崴和文山方面的资本运作，我搞不太清，你马副厅长估计就更搞不清楚了！”就着这个话题说了起来，“马达同志啊，现在以经济建设为中心，我们可都要学点经济啊，我四十八岁还跟汤必成教授读了个经济学博士，你呢？起码也读个经济学硕士吧？一定要与时俱进啊！”

马达麻木得很，笑道：“于书记，我都五十三了，又干监察，还学啥呀！”

于华北道：“五十三到六十，还有七年好干嘛，这七年没准还会有变化嘛！”

马达突然意识到了什么，“于书记，省委总不会再让我到文山当市长吧？”

于华北说得滴水不漏，“让你干什么，是省委考虑的事，加强自身学习，是你要考虑的事！”又说起了正题，“老马，这两件事你和省监察厅都不要管了，尤其是你，对文山的事少插手、少表态，以免引起石亚南、钱惠人和文山市同志的误会！”

马达走后，于华北主动给汤老爷子打了个电话，把马达反映的情况通报了一下，明确对汤老爷子说：“教授啊，文山钢铁公司国有资产的流失可不是白原崴和文山故意制造的借口啊，人家文山钢铁公司的同志十天前就向省监察厅反映了！”

汤老爷子沉默了好半天才说：“于书记，这么说，我……我还判断错了？”

于华北道：“看来是错了，教授，您应该想到白原崴和钱惠人是什么人嘛！”

汤老爷子叹息道：“我还应该想到，他们之间的转受让肯定会造成国有资产流失！白原崴不是吃亏的人，文山市财政又那么紧张，急于搞国有股减持……”

于华北关切地嘱咐说：“所以，没有根据的事，以后就不要再说了，这对您不是太好！况且，您现在又做着海天基金的高级投资顾问，也涉及利益关系嘛！”

汤老爷子解释道：“于书记，我也就是个投资顾问罢了！再说，海天基金不是私募基金，是公众基金，就算涉及经济利益，也是社会公众的经济利益！我仍认为，白原崴和他的联手庄家在伟业控股要约收购的操作上存在欺诈和操纵行为！”

于华北郁郁地说：“如果真有这种行为，你们就向证券监管部门反映吧！”

放下电话没一会儿，秘书进来了，说是省作家协会党组书记田封义来了，要汇报工作，问他见不见？他心道，自己又不分管宣传口，听他汇报什么？可转而一想，此人毕竟是老部下，况且又已找到了门上，自己不应付一下也不好，便见了。

田封义的所谓“汇报”纯属无稽之谈，省作家协会的工作只字不提，倒是对文山新班子发表了不少议论，尤其是对石亚南这个市委书记，攻得蛮凶，“……老领导，您可能不知道吧？文山的同志们对石亚南意见大了！石亚南上任才四个多月啊，您和历届班子留下的好传统、好作风都丢得差不多了，当地干部也让她排挤得差不多了！不少老同志跑到省城找我诉苦，有些同志都痛哭流涕哩！年轻同志气也不顺，轮岗搞下来一千八百名科股级干部，竟让人家到外地去打工谋生，还说是改革……”

于华北当即打断了田封义的话头，“封义啊，你家是组织部啊？他们找你说啥？真对文山新班子和石亚南同志有什么意见，请他们去找省委、找组织部门反映！甚至可以直接找一弘同志反映，你少跟着瞎掺和，这不好，有违组织原则！”

田封义说：“就是，就是，这话我也和他们说了！我说，我现在是省作家协会党组书记，又不是文山市委书记，和我说没用啊，他们就是不听！当然，我心也软了点，我和他们毕竟是多年共事的老同志，也理解他们现在的这种心情……”

于华北笑眯眯地再次阻止道：“好了，好了，封义，我们不说文山了，说说你们省作家协会吧，在其位就要谋其政嘛！怎么听说你们那个叫齐奋斗的作家写了篇报告文学，把钱惠人同志私生女的事捅出去了？你给我说说这事吧，怎么搞的嘛！”

田封义说了起来，“老领导，这篇报告文学还没发出来，我在省作协党组会上打了招呼，作协刊物肯定不会发！也向宣传部汇报了，让他们给省内报刊打招呼，这个招呼打没打就不知道了！我没兼宣传部副部长，不能以宣传部的名义说话啊！”

于华北马上悟到，田封义仍在梦想以省作协党组书记的身份兼省委宣传部副部长，却装作没听出来，一脸欣慰地说：“这就好，钱惠人私生女的问题，省委要处理，但不能搞得满城风雨！你这个作家的头儿一定要当好，要把握住先进文化的前进方向！”

田封义苦笑起来，“老领导，谁认我这个头儿啊？省作家协会说起来是个厅级衙门，实际上连个科级乡镇都不如，作家们在社会上的名气又这么大，我真难啊！”

于华北笑着纠正道：“封义啊，你怎么把一个作家自愿结合的群众团体当成衙门了？思路有问题嘛！当然，这里面也有个适应问题，要学会适应……”

田封义抢了上来，“老领导，看来我可能适应不了！我做了二十多年地方领导和经济工作，还是想在这方面发光发热！哦，顺便汇报一下：国家煤电公司一位熟悉领导前几天找到了我，想调我到他们那里做点实际工作，安排副总，司局级……”

于华北想都没想，便道：“哎，这是好事啊，封义，我建议你认真考虑！”

田封义却道：“哪能啊，老领导！我是咱汉江省培养的干部，从老书记刘焕章同志到裴书记和您，都在我身上倾注了大量心血，我甩手走了，这内心有愧嘛！”

这简直是无耻，对这样的无耻之徒，于华北实在是无话可说了，“那好，那好，封义同志，那就不要胡思乱想了，把根扎在省作家协会，好好发光发热吧！对不起，我今天事不少，马上还要和一弘同志研究工作，我们是不是就到这里啊？”

田封义这才很不情愿地站了起来，“老领导，您忙吧，有空我再来汇报！”

于华北一阵恶心，“哎，封义啊，你还是尽量少向我汇报，我不分管宣传口的工作嘛，你老向我汇报，其他领导同志怎么想啊？一定要注意这个问题啊！”

田封义连连应着，退出了门，在门口又说了一句：“老领导，您多保重！”

于华北满面笑容，极是和气，“封义，你也要多保重，要注意身体啊！”

送走田封义，重坐到办公桌前，在汤老爷子的那份材料上做批示时，于华北不无讥讽地想：他这个老部下跑官的功夫看来见长啊，啥都没明说，却又把啥都说透了。先是攻石亚南，试探有无可能取石亚南而代之；谈省作协工作，又透出了兼任省委宣传部副部长的企图；最终以调离相威胁，估计是想调到省内某个同级的国营企业集团去。此人会不会是想去伟业国际啊？真是痴人说梦！就算不计较此人关键时刻的摇摆背叛，他也不能再重用这样既无原则又无人格的废物！在这一点上，他必须学学赵安邦和裴一弘，瞧瞧人家这些年用的干部，哪个不是敢打能冲的主儿！

56

裴一弘在沙发前踱着步，对于华北说：“……老于，汤教授的这个材料我看了，你老兄批的意见我也仔细考虑了！你说得不错，对伟业国际，我们恐怕要重新审视！在此之前，安邦同志和我谈了，要加大监控力度，还做了些具体部署，省国资委已于前几天向伟业国际所属企业派驻了五名精通业务的专职监事人员，孙鲁生这个监事会主席马上也要到位了！哦，还有一点也定了：不能给白原崴百分之五十一的绝对控股权，白原崴目前的股权是百分之四十三，没完成转让的股权不准备转让给他了！已决定转让给省投资公司，白原崴闹出轨了，我们就联合这部分股权予以制约！”

于华北赞许道：“好，好，这是个挺不错的思路，我们就是不能让伟业国际失控嘛！”想了想，又试探说：“根据安邦同志的这个思路，你看我们是不是可以考虑再进一步呢？接受汤教授的建议，对伟业国际重新清产核资，收回奖励给白原崴他们的那百分之二十股权，加大国有股权的份额，实现我们对该公司的绝对控股！”

裴一弘思索道：“这恐怕不是太合适吧？我们的奖励方案是双方签了字的，哪能说推翻就推翻啊？别说白原崴他们要跳起来，安邦和省政府那边也通不过嘛！”

于华北点了点头，平和地说：“倒也是！不过，一弘啊，关于股权奖励，本来就有不同意见嘛！咱们北京那位老省长的态度你知道，至今抓着不放！徐省长说了，奖励一些期权可以，股权不能奖励，既无政策规定也无先例！再说，伟业国际本来就是个资产迷宫，旗下那么多公司，股权关系这么复杂，我们当真全搞清楚了？国有资产会不会流失？流失了多少？汤教授既提出来了，我们就得正视啊！”

裴一弘道：“老于，这事安邦是和我交过底的，今天我也向你交个底：汤教授说的这种流失可能存在，否则，白原崴不会在奖励百分之二十的股权分配方案上签字嘛！人家最初提出的方案要拿百分之五十一的股权呢！后来降到百分之三十五，百分之三十，百分之二十！省国资委呢，就做了些让步，在无法清算的部分资产上没太较真，双方都算了个大账！”

于华北不好再说了，“老裴，既然如此，就当我没说好了！其实，对经济工作，我也不该这么多嘴，传到安邦同志那里没准又要产生误会，还以为我手伸得太长呢！可汤教授告到我这里来了，我一推二六五也不合适，总得向你们反馈嘛！”

裴一弘笑道：“这就对了嘛，一个班子的同志，该提醒的就要提醒，我看安邦同志不会误会的！况且，安邦和省国资委对白原崴他们也保持着一份警惕呢！”

于华北一副欣慰的样子，“那就好，那就好，安邦能警惕就好！现在社会有些议论哩，说白原崴的后台就是赵安邦，还有些人怀疑安邦同志和白原崴的关系不清不楚！我估计白原崴他们也会打着安邦同志的旗号胡说八道，一直有些担心哩！”

这种议论确实存在，最近好像还越传越凶了，裴一弘也在不同场合听说过，于是便道：“所以，我准备抽空和安邦谈谈，该做的工作要继续做，但和白原崴这种人要保持一定的距离，别不小心被人家装进去！我知道的，这个白原崴鬼着呢！”

于华北感叹道：“是鬼啊，你看这次把伟业控股炒的，简直是天昏地暗，许多基金和股民全被套住了，连汤教授这种懂市场的经济学家都吃了他的大亏！证券监管部门拿他也没办法：搞要约收购，他手头就有法定的持股额；危机爆发，他从文山受让的国有股就出现了资产流失！还真是流失了，马达同志今天专门过来汇报过！”略一思索，又感慨说：“一弘同志，你说如果我们当初把马达派到伟业国际去，哪怕做个集团党委书记，不也能起到一定的作用吗？起码是哨兵的作用嘛！”

裴一弘一怔，半开玩笑半认真地道：“哎，老于，你老兄想翻案了是不是？”

于华北连忙摆手说：“哪里啊，一弘同志，我这也是随便一说罢了！”

裴一弘却严肃起来，“该翻的案就翻嘛！你说的有些道理，我会认真考虑的，就是为了保护安邦同志，我们也得派个马达之类的正派同志去做党委书记嘛！”

于华北叹息说：“不过，现在马达倒未必愿意去喽，那意思还想回文山呢！”

裴一弘道：“这不是他愿意不愿意的问题，组织做了决定，他就得服从！先不说这事了，就算把马达派到伟业国际，也得做通安邦的工作，征得他和省政府的同意！说说文山班子吧！老于，怎么听说最近有不少同志找你和组织部门告状啊？”

于华北道：“一弘同志，这事我正要说：石亚南、钱惠人这届班子上任后，改革力度比较大，也比较激进，引起一些矛盾在预料之中！尤其是干部人事制度的改革，涉及到许多同志的个人利益，反应也就最大！有些同志发牢骚说，过去文山只有工人下岗失业，现在好了，搞得连在职干部也下岗失业了，一下就是几千人！”

裴一弘讥讽说：“是啊，改革改到他们头上来了，他们就叫了！怎么？工人下岗失业就正常，他们下岗失业就不正常？凭什么？况且这也不是失业嘛，不过是轮岗！超编这么严重，不轮岗怎么办？都待在办公室喝茶看报，指导老百姓改革？”

于华北赞同道：“就是，我在这一期的《组织通讯》上做了个批示，充分肯定了文山市委干部人事制度的改革尝试！不过，我私下里也和石亚南同志、还和文山市委组织部打了个招呼，讲了两点：

一、改革要循序渐进，不能以牺牲干部队伍的稳定为代价；二、要有一定的章法，要符合党和国家干部人事制度的相关规定！”

裴一弘心道，这就是你的充分肯定？有你这两条指示，只怕石亚南他们就得败下阵来！于是，故意将军说：“老于，你是老组织了，我看这个章法你就帮着拿一下吧！就以省委组织部的名义出台一个文件嘛，给文山轮岗试点一个政策依据！”

于华北一怔，苦笑道：“一弘，我给他们政策依据，谁给我政策依据啊？”

裴一弘笑得甜蜜，“怎么没依据啊？中央一次次精简机构，压缩编制的文件不都是依据吗？好好执行嘛！不过，这恐怕更激进吧？仅文山一个市就得裁下来上万名干部！所以，安邦同志听到文山改革试点的汇报后很高兴，第一个表态支持！充分肯定了这种轮岗措施，私下还评价说，文山搞分批轮岗已经够温柔的了！”

于华北感到烫手了，“既然安邦认为温柔，那就让石亚南他们先试下去吧！”

裴一弘有些不高兴了，“老于，我看还是要出台一个文件，该担的责任，我们要担嘛，免得有人说三道四，看人挑担不吃力！你主持搞，我和安邦做参谋吧！”

于华北只得应了，“那好，我尽快和组织部门研究！”最后，又说起了钱惠人的事，“一弘，对钱惠人同志的调查情况，我得正式汇报一下：经过我们省委调查组三个多月的认真调查，钱惠人在经济上还真没什么问题！现在看来，我最初的判断是错误的，这个账我得认了。这个调查材料，请你看一下，如果没意见，我准备出面和钱惠人同志谈一次，老钱现在对我的情绪已经比较大了，不能再拖了！”

裴一弘接过材料根本没看，随手丢在桌上，“老于啊，老钱当真没问题？”

于华北一脸的狐疑不解，“怎么，一弘同志，你还认为老钱有问题吗？”

裴一弘话到嘴边却没说，只道：“和老钱你先不要谈，有些问题还要查！”

于华北脸上的狐疑变成了吃惊，“这么说，钱惠人在经济上真有问题？”

裴一弘看着于华北，一时间真不知该说啥才好，心想，你老于这个经济学博士也不知道是怎么读的！带着这么深的个人成见，组织了这么庞大的班子，宁川、省城、文山查了钱惠人三四个月，竟然就没查出此人任何问题，简直是无能之极！

于华北现出了些许狼狈，却也存有一丝侥幸，“一弘，你是不是搞错了？我犯过的错误你和同志们千万别再犯了！不管是谁，不管他对钱惠人成见多深，都不能在这种事上乱怀疑啊！否则，不但是钱惠人，只怕安邦同志也不会答应的！”

裴一弘这才交底道：“老于，你放心好了，错不了！钱惠人可能存在严重的经济问题，严重到什么程度现在还不敢说，安邦同志还在让孙鲁生和王汝成查着！”

于华北像挨了一枪，一下子僵住了，“什么？安邦同志在查钱惠人？他查？”

裴一弘点点头，平淡地道：“一直在查嘛，只是还没掌握比较充分的证据！”

于华北哭也似的笑了笑，讷讷说："这……这该不是挥泪斩马谡吧？"

裴一弘强掩着心头的蔑视，"也许吧，可安邦讲原则啊，该斩还是斩了嘛！"

于华北难得说了句心里话，"那是因为我们一直在查，他想不斩也不行了！"

裴一弘实在忍不住了，"老于，你这话好像说出格了吧？让我和同志们怎么想啊？你作为主管副书记，差点让一个严重的经济腐败分子从你眼皮底下溜掉！安邦同志发现了线索，帮你们查了一下，倒又落下了不是！老于啊，我得提醒你一下了：如今是市场经济时代，在经济上没两把刷子，只怕连案子都没法办啊！"

于华北脸挂了下来，阴阴地说："一弘同志，别忘了，我可是经济学博士！"

裴一弘这才意识到自己没给于华北面子，缓和了一下口气说："好了，这事到此为止，不谈了！老于啊，我们还是考虑一下将来文山市市长人选吧，这个事得考虑了！安邦同志的意见是充分民主，省内公开选拔，我赞成，你老兄的意见呢？！"

于华北不谈自己的意见，仍纠缠着钱惠人的问题，"一弘同志，钱惠人的问题正式立案审查了吗？你和安邦同志，还有省委就敢断定老钱一定是腐败分子吗？如果是这样，那在此之前我这个主管副书记怎么会一无所知呢？我希望听到解释！"

裴一弘压抑着心头的恼怒，严肃地道："华北同志，那我就回答你：如你所知，钱惠人的确没有正式立案审查，为什么呢？原因很简单，没有充分的立案证据嘛！也正因为如此，我和安邦同志才没正式向你通报！这个解释你能接受吗？”

于华北阴着脸道：“这个解释我接受！不过，一弘同志，我仍觉得赵安邦做得过分了！如果不是别有用心，他应该及时和我通气，不至于把我搞得这么被动！”

裴一弘一声长叹，“老于啊，请你给安邦同志一点理解好不好？你们历史上产生过一些工作矛盾，你在我面前也承认过，对钱惠人成见很深！那么，请设身处地地替安邦同志想一下：在没有掌握充分证据的情况下，他敢把曾和自己共过命运的老部下交给你来查吗？安邦同志不是圣人嘛，是个有血有肉、有感情的人！他既要讲党性，讲原则，又要对自己的下属同志负责，这有什么错？哪来的什么别有用心呢？”略一停顿，又说，口气和缓，话却不无刻薄，“如果安邦也反问你两句：你这个主管书记的经济学博士是怎么读的？怎么把钱惠人查成了廉政模范？你又该怎么回答呢？所以，老于啊，你不但不要生安邦的气，还得好好感谢安邦才是啊！”

于华北无话可说了，郁郁地说：“那么，钱惠人的材料什么时候移交纪委？”

裴一弘淡然道：“快了吧，估计也就是这几天的事了，恐怕要先上常委会！”

于华北告辞走后，裴一弘越想越气，忍不住和赵安邦通了个电话，婉转地通报了和于华北的谈话情况，提醒说：“安邦啊，老于面子上下不来，有些情绪，你可要注意了，钱惠人的材料一旦落实，要马上和老于通报，让他在常委会上主谈！”

赵安邦何等聪明，一听就明白了，爽快地道：“放心吧，老裴，我省反腐倡廉的成绩全是咱华北同志的，我既不会去抢，也不会出他的洋相，一定把他想要的面子给足！我现在倒有另一个担心哩，就怕这位于副书记夸我对钱惠人大义灭亲！”

裴一弘心想，于华北若是真别有用心这么干，赵安邦就要被抹上白鼻梁了：关键时刻你不保护自己的部下，以后谁还替你卖命？！于是，劝慰说：“安邦，这你也放心，我想不会的，老于已比较被动了，现在要保面子啊，不至于这么做的！”

赵安邦说：“那就好，你大班长最好再和他打个招呼，别陷我于不义！”接着，发起了牢骚，“老裴，你倒说说看，像我们于副书记这样平庸无能的干部到底是咋上来的啊？我们的用人机制是不是有问题？还经济学博士呢，我看连入门的水平都没有！他师从的那个汤教授我知道，学问稀松得很，只会搞证券投机！”

裴一弘打哈哈道：“行了，安邦，世上平庸之辈不是一个两个，咱们也都有平庸的时候！老于总的来说还不错嘛，毕竟盯了钱惠人这么多年，也算盯对了！”

赵安邦没好气地说：“对什么？那是瞎猫碰上了死耗子！哦，纠正一下，钱惠人现在还不敢说就是死耗子！此人我很了解，搞经济是把好手，搞腐败的手段水平也高着呢，只怕够老于这瞎猫对付的，搞不好这耗子还会一溜烟跑了！”

裴一弘心里一惊，“不至于吧？安邦，你可别和钱惠人透露什么啊！”

赵安邦叹息道：“放心吧，老裴，在大是大非面前我不会这么糊涂！就算没有这位于副书记盯着，我也不会向钱胖子通风报信的，这阵子我一直在回避他！”

57

放下电话，赵安邦心里好一阵郁闷：在二十多年漫长岁月中和自己共过命运的老部下钱惠人就这么完了，在自己手上完了！王汝成和宁川有关方面的调查结果表明，早在绿色田园许克明收购重组ST电机时，钱惠人就从自己掌握的四个政府机动账户挪用了近三亿资金，通过自己老婆崔小柔参与炒作，其后渐渐控制了这家上市公司。这个结果和孙鲁生掌握的情况是吻合的。孙鲁生判断，崔小柔很可能早已是绿色田园的幕后董事长了，她参与炒作的不少本地股票恐怕都是事先得到内幕消息的。根据这些股票当年的成交记录分析，身为宁川市长的钱惠人有明显的泄密嫌疑。他们内外勾结，在证券市场上兴风作浪，套牢了那些把养命钱拿到股市上的老百姓，自己发了大财，这种新的腐败形式实在令人震惊！事实证明，钱惠人涉嫌挪用公款罪、泄露国家机密罪和操纵市场罪！就算后两条罪名还要进一步调查落实，但挪用巨额公款这一条已经铁板钉钉了！昨天晚上，王汝成专程赶来汇报过。

看来他该脱身了，就把有关材料和相关线索交给于华北，让他们好好查吧！

他当即打了个电话给王汝成，叹息说："汝成啊，一弘书记已经把老钱的情况向华北同志通报了，刚才专门给我来了个电话，说是华北同志很重视，催材料了！"

王汝成的口气颇为不满，"华北同志催什么催，有本事让他自己去搞嘛！"

赵安邦尽量平静地说：“别意气用事，材料你尽快送过去吧，向华北同志直接汇报！一弘同志在电话里说了，老钱的事要上常委会，华北同志要重点主谈哩！”

王汝成问：“安邦省长，这么说，我们必须把钱胖子抛出去了？这么急？”

赵安邦不悦地道：“怎么这么说话啊？什么抛不抛的？依法办事嘛！”

王汝成解释说：“安邦省长，我不是这个意思，钱胖子真犯了法，谁也保不了！我是想，咱们是不是不要这么急？挪用公款落实了，其他事并没落实嘛！孙鲁生告诉我，那个打电话给她的庄家后来没消息了，说老钱泄露经济机密、操纵股价啥的，还都是分析推测嘛！再说，大家毕竟同事一场，我们也再做做工作，劝他走投案自首的道路嘛！这工作你不好做可以由我来做，我相信钱胖子会理解的！”

赵安邦想想也是，“那好，反正事已至此，就再等两天吧，我来和老钱谈！”

王汝成却劝阻道：“安邦，你可想好，究竟是你谈有利，还是我谈有利？你们长期以来形成的这种特殊关系，双方该怎么面对啊？再说，于华北那边你怎么交代呢？人家该不会说你通风报信吧？老领导，我看你最好还是继续回避，我来谈！”

赵安邦一声深深的叹息，“算了，不回避了，该面对的事实就必须面对，哪怕它再残酷！这样吧，谈话前，我先向一弘同志通报一下，不会授人以柄的！”

和王汝成的这番通话，又给赵安邦带来了新的郁闷：王汝成说得不错，这个话并不好谈，老对手于华北没查出的问题，他倒查出来了，钱惠人会怎么想？还不伤透心了？！说到底，他是被那位平庸无能的于副书记害了，如果这位于副书记有点水平，就不至于抓不住钱惠人的狐狸尾巴，也就不会让他陷入这种两难的境地！由于华北，又想到了去世的老书记刘焕章，觉得老书记和前省委从一开始就用错了人！当然，老书记也许是故意这么用的，用于华北是为了在政治上搞平衡……

正这么胡思乱想着，秘书一处林处长敲门进来了，悄声请示说："赵省长，伟业国际白总已按您的要求，从宁川紧急赶过来了，您看是不是现在就见呢？"

赵安邦这才想起，自己约好和白原崴谈话的，便道："请白总过来吧！"

片刻，白原崴进来了，进门就说："赵省长，你不找我，我也得找你了！"

赵安邦指指沙发，让白原崴坐下，自己也在对面坐下了，讥讽说："你找我干什么？是不是还要拉着我、拉着省政府和你一起坐庄，炒你们的伟业控股啊？"

白原崴笑道："赵省长，看你说的！这不是炒，是资本运作！我不触动要约收购，股价就做不上去，未来二十至三十亿的可转债就不好发！现在情况不错，要约收购的操作结束了，伟业控股的股价已稳定在九元左右，可以考虑发可转债了！"

赵安邦"哼"了一声，"还真发可转债啊？这么说，孙鲁生同志没分析错？"

白原崴道："赵省长，这事我正要说，不是孙鲁生背后打黑枪，我也不会碰到这么多麻烦！你都不知道，我差点被海天基金的汤老爷子装进去了！我怎么也没想到，省国资委会把两千五百万国有股转让给汤老爷子控股的一家文化公司……”

赵安邦摆了摆手，“白总，我今天找你，就要和你说这事：我和孙鲁生，还有省国资委的同志们认真研究了一下，做了个内部决定：伟业国际还没完成转让的那百分之八的国有股份不能再转让给你们了，也就是说，不能给你们绝对控股权了！”

白原崴怔住了，“赵省长，你这是和我商量呢，还是向我宣布决定？”

赵安邦明确道：“是向你宣布决定！而且，相关合同我看了一下，这样做，好像并没有违反我们签订的一揽子协议！你没使用这部分股份转让的优先权嘛！”

白原崴有些急眼了，“可我和孙鲁生有过口头协议的，这个月就付定金！”

赵安邦道：“可惜晚了，省投资公司已于昨日将三千万定金划过来了！”

白原崴讷讷道：“这……这就是说，你们改变主意了？又要把我拿下来了？”

赵安邦道：“这个想法倒没有，董事长你照当，不过，你这董事长的决策权恐怕要受到限制了，你们不是控股股东，就不能像过去那样兴风作浪了，是不是？”

白原崴叫了起来，“赵省长，我真不明白你是怎么想的！伟业国际是个股份制企业集团啊，你们国有股权重这么大，就算是兴风作浪，我也不全为了自己！因为我的资本运作，国有资产保值增值了，国家得到了丰厚的回报，这是不是事实？我真搞不懂了，你们这么想方设法限制我，捆我的手脚，到底要得到啥好处呢？”

赵安邦平和地道：“白总，你不要叫！国有资产当然要保值增值，当然希望得到丰厚回报，这没错！但这要有个原则底线，就是按牌理出牌，讲规则！要在公平公道的前提下进行市场运作，不能凭借自身的强势，对市场和社会进行掠夺嘛！”

白原崴颇为不满，“掠夺从何谈起？赵省长，应该说是博弈！狭路相逢智者胜！就说这次伟业控股的运作吧，挤在狭路上的可不是一个海天基金和汤老爷子啊，我和我的团队是在和全国各地的许多基金以及股民博弈，赢得很不容易啊！”

赵安邦讥讽说：“白总，那我和汉江省政府是不是该给你发个大奖章啊？！”

白原崴毫不客气，“赵省长，你真发，我不会拒绝，起码我不该挨批！”

赵安邦手一摆，“这个奖章我不会发！白总，我告诉你，请你记住：我是汉江省的省长，过去不是，今后也不会是你们的联手庄家！政府要维护的是法治经济的健全市场！不是哪个强势集团的利益，我不管这个强势集团国有资本占多大比例！”

白原崴连连摇头，“赵省长，你这想法很好，甚至令我感动，可事实上做不到！原因很简单，你政府在市场上的角色定位含混不清！政府既是市场游戏规则的制定者，是裁判员，同时又是国有资产的出资人和管理人，以巨额国家资本参与游戏，哪会有真正的公道和公平呢？我们看看事实吧：这些年来这么多国有控股的垃圾公司都是怎么上市的？有多少没经过做假包装？这么多年圈走了多少钱？坑骗了多少股民？不客气地说，中国股市从诞生那天起就没多少公道可言！一直到今天，许多地方政府还在借公司上市变相为国企解困筹资圈钱，包括我省的文山和宁川！流通问题就像山一样压在市场和全国股民头上，造成的隐患和灾难显而易见！”

赵安邦冷静地反驳说：“这是事实，但是，白总，你也不要忘了，从计划经济转向市场经济没有直通车，没有成熟的经验，今天我们面临的许多问题，是在一步步走向市场经济的探索过程中形成的！正因为如此，我们才要正视修正这些错误，而不是相反，利用和扩大这些错误牟取暴利，这既不能持久，也会受到报复！”

白原崴无动于衷，讥笑道：“那好啊，赵省长，那我们就从文山做起吧！石亚南和钱惠人正策划破产改制，准备大量逃债，文山四大国有商业银行的行长们都快急疯了，你们省政府快下文阻止啊！还有文山山河股份等四家上市公司，全军覆没，都ST了，也不能再糊弄下去，如果负责任，讲诚信，就让它全摘牌退市吧！”

赵安邦脸一拉，“白原崴，你别将我的军！实话告诉你：文山破产改制的方案已经被我否决了，省政府四十五号文马上要发下去了！至于文山四家已被ST的上市公司摘牌与否，那不是我和汉江省政府说了算的，我们还要着眼于重组！”

白原崴笑了，“怎么重组？只有风险，没有丰厚的回报谁会来陪你玩？赵省长，咱们谁也别理想主义了，有些事情就得睁只眼闭只眼！坦率地说，目前市场的参与者几乎都在违规，从地方政府到国有企业，从证券商到上市公司，还有公众基金和各种私募基金，如果认真查一下，都会有程度不同、性质不同的问题，真的！”

赵安邦盯着白原崴问：“这么说，你这次操作伟业控股也有问题喽？”

白原崴搓着手，一脸的真诚，“赵省长，这让我咋说呢？这么说吧，我是想违规，可事实上却没违规：文山转让给我的国有股确实存在净资产低估的问题嘛！”

赵安邦讥问道：“你是事先故意留下这个漏洞，还是临时抱佛脚啊？”

白原崴承认说：“赵省长，是临时抱佛脚！主意还是钱市长帮着出的！”

赵安邦想了想，不动声色地问：“那么，钱市长就没提出点交换条件？”

白原崴反问道：“钱市长为什么要提条件？文山的利益不就是他的条件吗？”

赵安邦想想也是，便没再问下去，又教训说：“白总，你这次算幸运，又侥幸钻了一次空子！不过，该说的话我还是要说：这种冒险的空子以后最好不要钻！今天不是过去了，法律法规在一步步建立健全，市场监管力度也越来越大，你少给我违规！万一你们违规搞砸了，伟业国际这么多的国有资产就没法保值增值了！”

白原崴反应敏捷，立即指出，“赵省长，看看，看看，你这角色认知又含混不清了吧？！你现在这口气就不是代表省政府的裁判员了，转眼间又成了运动员！”

赵安邦底气不足了，“不说这个了，这个问题以后一步步解决吧！”拿起一份材料放到白原崴面前，“英特尔公司的这个材料，你给我带回去看看，最好在高管层组织一次讨论，领教一下什么叫先进的企业文化，怎么建立自己的企业文化！”

白原崴拿起材料翻了翻，不以为然地说：“赵省长，我们有自己的企业文化嘛，就是想象力和创造性，也就是我的那句话：没有办不到的，只有想不到的！”

赵安邦不悦地道：“我看有些东西你们根本没想到，有必要学学英特尔的清白理念！人家英特尔在我们这儿投资建厂，不仅关心厂区的环保和污染处理，关心当地农民是否支持他们的项目，甚至请专业机构在项目开工前采集水样、土样、大气和噪声数据，用以和项目完成后进行对比！他们说，这么做是为了保证日后有证据证明英特尔是干净的，他们在创造物质财富时力求清白，不允许利润里有血泪！”

白原崴这才重视了，“哦，竟有这种事？赵省长，这是令人尊敬的企业！”

赵安邦感慨道：“你们伟业国际也要争取做这种令人尊敬的企业，要有正确的企业价值观和企业道德，否则以后很难做大做强，甚至会栽大跟斗！白原崴，你一定要清楚，你面前可钻的空子已经越来越少了，想到做不到的事会越来越多！”

白原崴承认了，“是的，赵省长，您今天说这么多都是为我好，我回去后会好好思索总结的！不过，关于集团控股权问题，我们是不是还有商量的余地呢？”

赵安邦摇了摇头，“恐怕没有了，白总，该说的都说了，你就好自为之吧！”

白原崴沉默片刻，“那么，我这个董事长会不会被你们手上的控股权选掉？”

赵安邦心想，怎么没可能？完全有可能！包括此前的股权奖励方案，没准都有人力图推翻，据说汤教授已经找到于华北面前了，于是，便意味深长地说：“目前没这个可能，以后是不是有这个可能我不知道！不过，你也不必怕，道不同不相与谋，必要时，你可以带着你的旗舰离开这个集团嘛，你心里恐怕也是这样想的！”

白原崴叹了口气，“不说了，赵省长，我知道你也难，让我再想想吧！”

是的，他也难，为了这个伟业国际，他已经冒着风险，把该做的全做了，可结果却难以预料。白原崴是资本市场上的老江湖，日后真出了事，他脱不了干系。进一步加强控制，利用国有控股权赶走这个董事长也不妥当，国有资产将失去增值效率，甚至可能酿发又一场危机，引起市场再度震荡。最好的结果是维持现状，但这可能吗？在钱惠人问题上失了分的于华北，会不会在伟业国际上发难做文章？如果于华北想做这种文章，必然会有借口，白原崴这只蛋上有不少缝啊，缝还很大！

由白原崴又想到了钱惠人：钱惠人这只蛋上的缝隙更大，蛋黄都露出来了！可他又该怎么谈呢？传统道德和党性原则之间是否有中间道路可走？他将如何在坚持原则的基础上，有情有义地说服这个老部下主动自首交代自己的问题呢？难啊！

就在这时，桌上的电话响了，竟是孙鲁生，竟是汇报一桩血案——

钱惠人、崔小柔腐败案的重要知情人李成文在巴黎酒店遇刺，生命垂危！

第十九章

58

杀人血案是在孙鲁生眼前发生的，事后回忆起来，孙鲁生觉得像一场噩梦。

下午四点多钟，孙鲁生在去省政府的路上，突然接到那个消失已久的庄家打来的电话。此人这回不隐瞒了，电话一通，就通报姓名说，他叫李成文，是和崔小柔、许克明一起坐庄炒股票的庄家，要立即将一份有关坐庄内幕的材料交给她。

孙鲁生十分意外，忙问李成文在哪见面？李成文说，就在巴黎酒店大堂。

巴黎酒店在省城南端的正义道，当时，孙鲁生的车就在附近的中山路上，因此，她掉头赶到巴黎酒店时，李成文还在路上。在大堂迎门沙发上坐下来，她又和李成文通了个电话，李成文说，路上有点堵车，他大约要二十分钟后赶到，还交代说，他今天穿了件米色风衣，戴着墨镜，背着一个黑色旅行包，很好辨认。

这期间，有两个电话打到了孙鲁生手机上。一个是王汝成从宁川打来的，说是他刚和安邦省长通过气，安邦省长准备和钱惠人谈谈，争取让钱惠人走坦白自首的道路，提醒她在赵安邦这个至关重要的谈话结束前一定不要自作主张。她心不在焉地连连应着，要王汝成放心，说是没有赵省长的明确指示，她啥都不会说，也不会有任何动作。第二个电话是于华北打来的，询问伟业国际清产接收的有关情况，还提到了财经大学汤必成教授的一份什么材料。其时，李成文应该快到了，她眼睁睁地盯着人来人往的门厅和旋转门，嘴上麻木地应付着，也不知道都说了些啥。

于华北不高兴了，“鲁生同志啊，你怎么回事啊？是不是在听我说啊？”

孙鲁生这才警醒了，忙道：“于书记，您指示，您指示，我认真听着呢！”

于华北拖着长腔说：“你们一定要认真，绝不能以任何借口制造国有资产的流失！对国有资产的保值增值，你省国资委有责任、有义务，纪检监察部门也要监督检查！汤教授的这份材料请你们好好看一看，你这个副主任要尽快写个书面汇报！”

孙鲁生应道：“好，好，于书记，材料您批转过来我马上看，马上处理！”

就说到这里，血案发生了，发生在旋转门内。她亲眼看到一个穿米色风衣、戴墨镜的中年人被身后赶到的另一位高大年轻人捅了一刀。穿风衣的中年人挨了刀并没倒下，随着旋转门走了几步，最终被旋转门旋进了大堂，一头栽倒在地上。那位行凶的年轻人则被旋出了门外，上了一部未熄火的白色桑塔纳，一溜烟逃了。门外立着的门童不知是胆怯，还是麻木，直到桑塔纳开走了，才拿起报话机呼唤保安。

这时，于华北还在电话里说着：“……鲁生同志，我和你交个底，下一步，纪检监察部门准备对我省国有资产现状进行一次专项调研，重点是已完成改制的企业，看看这些企业在改制过程中是否存在国有资产流失问题，包括伟业国际……”

孙鲁生应付不下去了，一边往旋转门前跑，一边急促地说：“于书记，对不起，我这里出了人命案，回头再向您请示吧！”说罢，合上手机扑到李成文面前。

李成文这时还没咽气，屈身躺在地上，一手紧握着满是鲜血的匕首刀柄，一手抓着只旅行包，昂起的头挣扎着四处寻觅。看到她第一个扑过来，李成文似乎啥都明白了，把旅行包向她面前一推，“你是鲁之杰吧？给……给你，都在这里了！”

孙鲁生当即想到凶手和绿色田园的关系，急切不安地问：“这……这都是怎么回事？啊？谁……谁知道你要和我见面？凶手是谁，你……你心里有没有数？”

李成文口气急促，“我不……不知道，他……他们都……都想杀我……”

没容孙鲁生再问下去，酒店领班和酒店保安过来了。领班指挥着保安，将李成文七手八脚抬上了车，紧急送往医院。她灵机一动，也出门上了车，追往医院。

在追踪去医院的路上，孙鲁生打了个电话给赵安邦，简单汇报了血案情况。

赵安邦也想到了绿色田园可能搞杀人灭口，指向明确地问：“鲁生同志，凶手和崔小柔、许克明他们会不会有关系？会不会是……

是钱惠人暗中指使的？”

孙鲁生道：“目前很难判断，李成文只和我说了一句，那话含意不明！”

赵安邦“哦”了一声，又问：“凶手怎么就逃了呢？车牌号有人记下了吗？”

孙鲁生道：“门童记下了，是省城的牌照，已经向公安机关报过案了！”

赵安邦说：“好，好，我马上给省公安厅打电话，请他们挂牌侦办，尽快把情况搞清楚！你还是去医院吧，请医院全力抢救，别让李成文死在手术台上，千万！”

孙鲁生应着，又提醒道：“赵省长，我怀疑绿色田园的许克明和崔小柔有买凶杀人的嫌疑，对这两个人恐怕要控制起来，万一让他们溜掉，麻烦就太大了！”

赵安邦心里有数，“你说得对，我马上通知王汝成，把这两个人监视起来！”

然而，没想到的是，崔小柔和许克明竟已双双逃了！崔小柔昨天就去了加拿大，许克明也于今日一早由宁川飞往香港，且于血案发生后登上一架法航班机去了法兰克福。宁川有关方面紧急调查的结果证明，一切都是经过精心策划的。在此之前，许克明和其关联公司拥有的绿色田园六百多万流通股已分头质押给了三家证券公司，一千三百万法人股抵给了伟业国际做最后的融资。更蹊跷的是，伟业国际刚刚打进账的四千万融资款也被麻利卷走。许克明做得真算绝了，收到此款当日即和一家熟悉的合资公司私下里换了汇，通过这家公司将四百多万欧元打到了境外。

赵安邦极为震惊，案发后就没敢离开办公室一步，不断和宁川王汝成、省公安厅及医院通话，了解最新情况，他再三指示，要救活李成文，让李成文说话！

遗憾的是，李成文却没能再开口说话，一句话也没再说过。李成文上车后没几分钟就昏迷了，在嗣后四个多小时的抢救中再没醒过来，最终还是死在了手术台上。验尸结果证明，凶手捅下的这一刀又准又狠，伤及了李成文的心脏和肝脏。

孙鲁生从医院赶往省政府向赵安邦当面汇报时，赵安邦仍不太相信，“……抢救了四个多小时啊，李成文就没有片刻的清醒吗？鲁生，你问过在场医生没有？”

孙鲁生说：“我问过了，一一问了，公安局的同志也问了，确实没有！”

赵安邦思索道：“这就是说，崔小柔和许克明真搅进这个血案中去了？”

孙鲁生判断说：“估计是这样，甚至……甚至钱惠人也搅进去了！”

赵安邦先是下意识地点头，后来，又摇起了头，“也不对啊，如果许克明、崔小柔杀人灭口，就不必逃了嘛！灭了口，安全了，他们还逃什么？再说，钱惠人的表现很正常，据石亚南同志说，这一天他们都在开常委会，根本没离开过市委！”

这就奇怪了，除了他们两个直接关系人，难道还有谁非要杀掉李成文不可吗？

结论很快就出来了。据公安部门汇报，白色桑塔纳是辆出租黑车。车主没想到租车人会如此行凶，事发后向公安机关报了案，提供了凶手的逃匿线索。当夜十二时，凶手在省城城乡结合部一家私人小旅馆落网。凶手交代说，他是在讨债未果的情况下才被迫杀人的。他和委托他的老板有正式协议：帮老板讨回两千万投资理财款，即能分得三百万提成；若讨不回钱，就将李成文做掉，做掉的报酬是一百万。

省公安厅刘厅长在电话里说："……赵省长，这个凶手还挺委屈哩，一再强调，他其实也不愿这么干！他是在赚不到那三百万的情况下，才被迫赚这一百万的！"

赵安邦问："这么说，这个血案和绿色田园的崔小柔、许克明都没关系？"

刘厅长说："看来没关系，起码现在没发现什么直接关系！凶手说了，他追踪李成文已经二十多天了，是从广州、深圳一路追过来的！李成文同意还债，说是有人帮他融资，而事实上却在说谎，凶手终于失去了耐心，就在巴黎酒店动了手！"

赵安邦长长舒了口气，"那好，刘厅长，有新情况及时汇报吧！"

李成文的血案既然和崔小柔、许克明无关，自然也就和钱惠人没关系了。

然而，放下电话，赵安邦脸色仍然很难看，"血案和老钱无关，但绿色田园的严重问题，崔小柔、许克明的外逃和钱惠人有关！这个钱市长，我看是疯掉了！"

孙鲁生说："赵省长，既然如此，我是不是带着材料直接向华北同志汇报？"

赵安邦想了好半天，最终还是摇起了头，"再给老钱一个机会吧！"说罢，拨通了裴一弘家的电话，将绿色田园的问题和崔小柔、许克明的情况说了一下，郑重提出，要在明天上午和钱惠人最后谈一次话，劝钱惠人主动交代自己的问题。

裴一弘那边不知说了些啥，说了很长时间，赵安邦一言不发，最后道："老裴，我坚持谈，这种时候，请你给我一些理解，也请你相信我的党性和原则性！"

再次放下电话时，赵安邦眼圈红了，叹息说："老裴总算同意了！"

孙鲁生赔着小心问："赵省长，好像……好像裴书记不是太情愿吧？"

赵安邦点点头，"是啊，老裴也是好心啊，要在政治上保护我嘛！"

孙鲁生试探道："其实，赵省长，这话您真不该再谈了！您和钱惠人的关系人所共知，他老婆现在又逃了，在这种情况下您还非和他谈，不是授人以柄吗？"

赵安邦道："是啊，是啊，这我何尝不知道呢？可我不谈行吗？毕竟共事二十年，风里雨里一起走过来的！"手一挥，"好了，不说了，就这样吧！鲁生，你回去休息，李成文的这些举报材料全给我留下，我今夜不睡了，再好好看一看！"

孙鲁生本想再把于华北准备搞对国有资产流失调研的事说一说，提醒赵安邦注意此事的题外之意，可见赵安邦已看起了李成文的举报材料，遂悄悄告辞了。

不料，刚走到门口，却又被赵安邦叫住了，"哎，鲁生同志，你等等！我突然产生了个大疑问：伟业国际咋在这时打了四千万给绿色田园？白原崴何等精明，怎么会用四千万的一只大肉包子去打两条逃窜的狗呢？这是不是太荒唐了？！"

孙鲁生回转身，“赵省长，这我也想了，确实有些荒唐！从我们和白原崴打交道的经验看，咱们这位白老总从来就是不见兔子不撒鹰的，除非他有别的企图！”

赵安邦盯着她，鼓励道：“哦？那你说说看，白原崴会有什么企图？”

孙鲁生有些吃不准，“会不会是……是利用许克明和绿色田园抽逃资金呢？”

赵安邦摇头道：“这个可能性不是太大！”想了想，“我怀疑这是不是和钱惠人有某种关系？伟业控股的要约收购操作差点儿砸在海天基金和那位汤老爷子手上，是钱惠人和文山方面救了他，没准这笔款就是白原崴给钱惠人的救命回报！”

孙鲁生眼睛一亮，“这完全有可能，白、钱都是知进退、看大局的明白人！”

赵安邦越想越深，“不过，毕竟是四千万啊，白原崴如果事先知道许克明会卷走，还会爽快地给？这个资本高手会不会马失前蹄，让钱惠人和许克明套进去？”

孙鲁生迟疑道：“这怕不会吧？赵省长，不行，你就找白原崴问一问嘛！”

赵安邦说：“今天我已试着问过了，白原崴不承认和钱惠人搞过私下交易！”摆了摆手，“算了，不想了，等明天上午我和钱惠人谈后也许就能搞清楚了！”

离开时已经快凌晨两点了，整座省政府大楼全熄了灯，只有赵安邦办公室窗前的灯还亮着。孙鲁生上车前，回首看了看亮灯的窗口，心里禁不住一阵酸楚……

59

得知李成文在省城巴黎酒店和孙鲁生见面时被杀，许克明卷走伟业国际的融资款逃往欧洲，钱惠人惊呆了：多米诺骨牌怎么转眼间就稀里哗啦倒掉了？这是哪个环节出了问题？按说，一切都在他精心控制之中，他不该面对如此糟糕的局面。

最初，钱惠人并没想到背叛，更没想到背叛他的会是自己老婆崔小柔，和他最信得过的合作伙伴许克明！这令人难以置信的可怕事实是崔小柔在网上主动说的。

在网上进行这番对话时，夜幕已降临，灾难的气息变得十分浓烈，他置身的东湖宾馆601套房门口已出现了三三两两的便衣人员。住在同一楼层的石亚南还来过两次电话，试探他可能的动向。后来才知道，这一切竟是老领导赵安邦安排的，赵安邦指示石亚南和有关部门，如果此夜他有出逃迹象，即采取断然措施予以阻止。

他没逃，逃也逃不了，他现在要做的是弄清情况，拿出紧急应对方案。

于是，上网找到崔小柔之后，钱惠人马上将一连串问题提了出来："小柔，这一切都是怎么发生的？谁杀了李成文？你和许克明为什么不把融资款交给他？"

崔小柔回道："具体情况不详，事情发生时我已在境外，许克明来电话说，和李成文一直联系不上！李成文的死肯定与我们没关系，应该是债主逼债所至！"

钱惠人不相信，"是联系不上，还是没联系？许克明怎么把四千万搞走了？”

崔小柔回道：“是我的安排，这笔资金没理由放弃，资本市场的残酷你知道，尤其是我们已亡命天涯，就更需要重新创业的资本，尽管我并不愿这样做！”

钱惠人击打着键盘，“你就没考虑过我的处境吗？就没想想，我将如何面对？”

崔小柔回道：“你和我说过，这不过是又一次违规而已，况且我们有手续！”

钱惠人火透了，“放屁！我这市长还能干下去吗？你是不是想让我进监狱？”

崔小柔回道：“我以绿色田园名义从事的投资经营和你没关系！我认为凭你的过人精明，肯定进不了监狱，市长没准也能继续当下去！老钱，你要有信心！”

钱惠人对着键盘一阵猛击，“崔小柔，你疯了？我过去是宁川市市长，今天是文山市市长，你是我老婆！这种投资经营，在世界上任何国家都是不允许的！这是利用职权牟取暴利，是泄露国家机密，是不折不扣的证券犯罪，你知道不知道！”

崔小柔回道：“老钱，你怎么这么不冷静？自诬其罪吗？有一个事实你是不是忘了？我们已经办了离婚手续，我不再是你的老婆了，也许将是许克明的老婆！”

钱惠人看着电脑荧屏上急速跳出的中文字，像挨了一枪，眼前一黑，差点儿没晕过去！人世间最无耻的背叛就这么发生了，自己年轻漂亮的老婆竟和他最信任的合作伙伴私奔了！这两个狗男女真是既混账又无耻！他们靠他的权力发了财，五年中从绿色田园搞走了近两个亿，现在双双在境外安全着陆了，却不管他的死活！他五年来煞费苦心地策划算计，到头来落得个一场空，只收获了危险的政治绞索！

愤怒而悲伤的泪水模糊了他的双眼，面前的电脑荧屏像漫上了一层雾，变得一片迷蒙。揩去眼中的泪，钱惠人发现，崔小柔仍在网上进行着冷冰冰的表白，“老钱，你不要气，也不要骂，这种结果是必然的。我承认自己不是个好女人，但你也不是个好男人。让我们摊开说吧，从许克明那里知道你有个叫孙盼盼的私生女，知道你这几年不断瞒着我，通过许克明和白小亮悄悄给盼盼母女寄钱，我伤透了心！尤其是在白小亮出事，盼盼给你带来那么多麻烦之后，我就萌发了分手的念头。也在那时候，许克明成了我孤独之夜唯一可以倾诉的对象，一步步走进了我心中。我必须向你坦白，当你调离宁川到文山工作时，一切都合乎情理地发生了。所以，你为了自身的安全，提出搞假离婚，我就在心中一次次想：为什么不是真离婚呢？真离婚对你我都是最彻底的解脱！老钱，说心里话，嫁了你，是我人生的一个很大成功，我以青春的生命赌到了一个富足的今天；而娶了我则是你的一个错误，你的聪明被我利用了；你应该和盼盼的母亲团聚，像歌中唱的那样，擦干心中的血和泪痕，留住自己的根，你的根是孙盼盼母女，你应该去圆你们年轻时共有的梦。”

钱惠人心如止水，麻木地在键盘上敲击着，“小柔，难道一切都没法挽回了吗？就算是赌博，也不能做得这么绝吧？也该给我这个参赌的前夫留条退路吧？”

崔小柔回道：“是的，退路已留好，我和克明已商定，我们未来的海外公司将有你应得的股份，即便你拿不到，以后也可以让盼盼继承！不过，我和克明都不悲观，我们认为你能在有生之年拿到属于你的财富，事实证明，你是精英人物！”

钱惠人手随心动，情不自禁地打出了一段话：“但我没想到你们会无情无义到这种地步，因此也就没想到一句老话：螳螂捕蝉黄雀在后，在阴沟里翻了船！”

崔小柔回道：“No，船没翻，至少现在没翻，你还自由地在网上和我聊着天！如果你这样意气用事，对自己的前妻不讲起码的礼貌，惹急了我，我也许会给国内有关部门发封举报信，那你才会翻船哩！不过，我相信你不会逼我这么做！”

钱惠人气疯了，双手悬在键盘上，想砸下去，可哆嗦了半天，终于没敢动作。

崔小柔的信息又发了过来，“老钱，既然你这么委屈，那我也说些实话吧：我走这一步是迫不得已的，你聪明的算计让我害怕，非常害怕！作为你妻子，我看到了别人看不到的你的另一面：虚伪和阴险！你对谁都没感情，包括你挂在嘴上的老领导赵安邦和你亲生女儿孙盼盼！你很会作秀，在赵安邦面前装孙子，委屈得像窦娥；在女儿面前扮慈父，瞒着我经常寄点小钱；可事实上你都干了些什么？你差点连赵安邦都装了进去，你在亲生女儿被强暴时一言不发！这次危机一来，你又提出和我假离婚，是假离婚吗？绿色田园内幕一旦揭开，就是真离婚！承担罪责的就是我和许克明，你会说自己纯洁得像天使！这种事在你们这帮卑鄙的狗官中发生的还少吗！所以，我劝你冷静，对我和许克明要理解，我们的私奔是你的耻辱，可也是你的出路！我相信，凭你的智商完全可以再秀上一场，基于我对你的了解，这场政治秀，有两个人物是必不可少的，那就是你昔日女友孙萍萍和你女儿孙盼盼！”

钱惠人只得冷静下来，打下了一段心平气和的话，“崔小柔，赌气的话都别说了，说件很现实的事：既然你和许克明这么仁慈宽厚，愿意给我一部分股权，那么，就请你们在我的股份中拿出四千万汇回国内，还给伟业国际白原崴好不好？”

崔小柔回道：“有这个必要吗？融资合同并不是你签的字，与你无关！”

钱惠人极力坚持，“与我有关，伟业国际能把这笔资金融给你们，我起了关键作用，你们这么做，我就说不清，而且愧对白原崴！别人不知道，你应该知道，这么多年了，我和白原崴之间的交往从来都是讲信义的，他讲信义，我也讲信义！”

崔小柔不为所动，“老钱，用四千万资金维护你所谓的信义，代价是不是太大了点？再说，我们还有一千三百万法人股抵押给白原崴，他没吃多大的亏！”

钱惠人尽力劝说：“你和许克明都逃了，绿色田园成了壳，股票岂不要跌掉底？甚至可能连续十几个跌停板，白原崴手上的法人股更糟，只怕会一钱不值！”

崔小柔似乎很得意，“那是他操作失误！搞资本运作谁都有失误的时候！老钱，面对这个现实吧，作为你的前妻，我祝你好运，你的平安对我们也是福分！”

钱惠人知道再说下去也无济于事，怔怔地对着荧屏看了半天，终于下了网。

下了网，钱惠人想了想，给白原崴挂了一个电话，拨通就问：“白总，有个情况你知道不知道？绿色田园出事了！许克明和崔小柔一前一后都逃到境外去了！”

白原崴骂骂咧咧发起了牢骚，“钱市长，情况我刚知道！你说说这他妈叫什么事？我一辈子猎雁啊，到头来竟被两只小雁啄了眼！传出去岂不是天大的笑话？”

钱惠人心头怒气趁机发泄出来，“白总，这不是笑话，是诈骗，是犯罪，是崔小柔和许克明精心策划的！这对混账狗男女，从你们那里骗了钱双双私奔了！你们要马上报案，让公安部和国际刑警中国局发通缉令，全球通缉这两个犯罪分子！”

白原崴倒还平静，劝道：“钱市长，你别说了，也别骂了，这事和你无关，该怎么做，我心里有数！对崔小柔，你务必要看开点，这种女人根本不值得留恋！她虽然是你老婆，但你也不能为她的个人行为负责嘛，况且你也是受害者！”

钱惠人气糊涂了，没意识到白原崴的话外之音，仍在说：“白总，如果事先知道他们可能来这一手，会不顾死活携款私奔，我绝不会和你打这种招呼……”

白原崴急忙打断了他的话，加重语气再次提醒道：“钱市长，让我怎么说你才好呢？这件事与你没任何关系嘛，是我们伟业国际和绿色田园的正常资金往来！”

钱惠人这才骤然悟到：白原崴显然已在防着有关部门的监听！于是，便也改了口，不无凄楚地谈起了崔小柔，“原崴，我当年在深圳怎么认识崔小柔的，你最清楚，你说这是怎么回事？是我瞎了眼，还是她太善于伪装？事情咋变成这样了！”

白原崴叹息道：“钱市长，现在说啥都晚了！崔小柔也许是伪装，也许是经过刻意包装！你老兄眼神不好啊，选错了股，当初你就该让她去给人家做二奶！”

钱惠人心乱如麻，下意识中也不知又说了些什么，后来，郁郁地挂上了电话。

白原崴说得不错，他是选错了股，被一支经过刻意包装的垃圾股坑死了。崔小柔就像绿色田园一样，在此之前从没将自己垃圾的本质和真实的面目示人，致使他人生的投资血本无归！这一切肇始于一九八九年七月十四日的那个激情之夜，那天是崔小柔二十五岁的生日，也是盼盼的母亲孙萍萍的三十三岁生日。如果那时孙萍萍带着盼盼突然现身，一切该多好，也许他会选择这支叫孙萍萍的股票，也许不会这么机关算尽，借崔小柔的手去冒险，也许今天已顺利爬上了副省级的高位……

他情不自禁给远在深圳的孙萍萍拨了个电话，拨通之后又后悔了：他这是干什么？怎么半夜三更打这个电话？和孙萍萍怎么说？说什么？自己当真要像崔小柔说的那样再来场政治秀？再在这对可怜的母女伤口上撒把盐吗？迟疑着，正要挂上电话，听筒里已响起了孙萍萍熟悉的声音，“阿惠，是你吗？你怎么不说话呀！”

钱惠人的眼泪一下子流下来了，尽量平静地道：“萍萍，你怎么知道是我？”

孙萍萍沉默片刻说：“阿惠，我一直在等你的电话，你和崔小柔离婚了？”

钱惠人十分意外，惊问道：“萍萍，你……你怎么知道的？谁告诉你的？”

孙萍萍饮泣道：“是……是崔小柔告诉我的，还……还说希望我们能尽快回到你身边！我不知道你们之间发生了什么，她……她电话里没说，我也不好问！”

钱惠人提心吊胆问：“那么，萍萍，你……你和盼盼愿……愿意这么做吗？”

又是一阵饮泣过后，孙萍萍哽咽说：“我和盼盼明天就……就飞回去！我……我希望你能像当年对崔小柔那样，准备好一个婚礼等……等着我们娘俩……”

钱惠人既感动，又悲哀，“萍萍，你……你最好再想一想，别日后后悔！”

孙萍萍决绝地道：“阿惠，我早想好了，已经想了十七年了！盼盼应该有个属于自己的家了，以后再也不是让人瞧不起的私生女了！”说罢，挂上了电话。

这一夜，钱惠人彻夜未眠，苦心设想着即将面对的一切，大睁着眼睛到天亮。

天亮之后，电话铃惊心动魄地响了起来：赵安邦请他到省政府办公室谈话……

60

赵安邦看着坐在对面沙发上的钱惠人，沉默了好半天才说：“老钱，是不是和你进行这次谈话，我考虑了很久，一直想和你谈，又觉得不好谈，因此才拖到今天！为了能谈出点效果，我做了一些准备，昨夜还看了一夜材料，彻夜未眠啊！”

钱惠人似乎啥都有数，“这我都知道，所以，我也没主动找你，怕你为难！”

赵安邦点点头，“你知道就好，我确实很为难。我们之间的关系在汉江省不是秘密，有些同志又一直盯着，我既要对你的政治生命负责，又不能不谨慎啊！”

钱惠人道：“可事实证明，于华北、马达他们盯错了，根本没查出啥！”

赵安邦说：“是的，他们对你太不了解，搞错了调查方向！”按自己的思路说了下去，“从个人感情来说，我不希望你这个老部下、老朋友出问题；于公我就更不能看着你中箭落马。最初把你从副省级的候选名单上拿下来，调你去文山做市长，我就想不通，不但为你做了工作，也对裴书记、老于他们产生过抵触情绪！”

钱惠人感慨道：“老领导，这些话你今天就是不说，我也能想象得到！”

赵安邦继续说：“我为什么要这样做呢？可能有些感情因素，但总的来说是基于对你的信任和肯定！我是看着你从文山刘集镇一步步走到今天的，知道你的工作能力和水平，你对我们汉江省的改革开放是有过贡献的，对宁川的贡献就很大！”

钱惠人摆了摆手，“老领导，今天我也实话实说：我在宁川贡献不小，可造下的罪孽也很大，比如说，弄虚作假包装了这么多公司上市，为国企筹资，大量圈钱，今天股市的隐患和灾难，也有我一份历史责任！再比如说，破产逃债，也不地道！所以，当亚南同志传达你不准再违规操作的指示时，我们是坚决执行的！”

赵安邦勉强笑了笑，“老钱，你们当真执行了？白原崴和伟业控股的要约收购操作是怎么回事？怎么在关键时候突然冒出了文山钢铁的国有资产流失问题？你怎么在这种节骨眼上发现了？还有打到绿色田园的那四千万，又是怎么回事啊？”

钱惠人一脸诚恳，“赵省长，你既然这么认真，那可以找石亚南和白原崴了解，看我是不是真的又违了什么规！文山钢铁国有资产流失是事实，只是发现得晚了一些，至于打给绿色田园的四千万，是企业之间的业务来往，我不是太清楚！”

赵安邦这时已预感到这场谈话将十分艰难，可仍坚持谈了下去，“老钱，如果仅仅是违规操作，出发点是为了工作，那是犯错误；如果以违规操作做掩护，为了满足自己贪婪的私欲，利用手上的权力为自己牟取暴利，那可就是违法犯罪啊！”

钱惠人竟然无动于衷，连连点头说：“那是，那是，性质完全不同嘛！”

赵安邦一声叹息，把话挑明了，“那么我请问，你为什么这么贪婪呢？”

钱惠人一副吃惊的样子，“贪婪？赵省长，我……我不太明白你的意思！”

赵安邦灼人的目光紧盯着钱惠人，“老钱，你好好想想，想清楚了再回答！”

钱惠人从茶几上拿起茶杯，喝了几口水，喝罢，似乎想清楚了，“赵省长，关于贪婪的问题，这些年我也在思索，还和一些同志讨论过，贪婪好像是我们改革的动力之一！没有贪婪的梦想，大家都不想赚大钱，哪有今天改革的辉煌成果啊！”

赵安邦火了，“钱惠人，那我问你，你这个市长也有发财暴富的梦想吗？想发财，你还当共产党的市长干什么？！今天我总算想明白了，从八十年代在文山刘集镇分地，你老钱也许就想当地主了！看来你是走了一条不该走的路！如果从那时起，你就去发财，去赚大钱，今天就落不到这一步，也许会是另一个白原崴！”

钱惠人摇头苦笑，“赵省长，你怎么说得像真的似的？我不过想和你探讨一下贪婪在改革历史进程中的作用力与反作用力，你怎么就扯到我身上了？这岂不是太荒唐了吗？如果今天这场谈话是为了谈我的问题，我看好像可以就此打住了！”

赵安邦几乎有点不相信自己的耳朵，勃然大怒道：“钱惠人，你说什么？是不是还没睡醒？你当真以为我是请你喝茶聊天？你当真以为自己清白得像天使？明确告诉你吧，我不是于华北，你的问题我一清二楚，我这是给你最后一个机会！”

钱惠人道：“我有什么问题？你又给了我什么机会？能不能说明白一些？”

赵安邦极力压抑着自己的情绪，“如果你非要我说，那我就不客气了：一九九八年，你怎么挪用三亿资金为许克明和你老婆崔小柔收购绿色田园的？嗣后是谁实际控制着这家上市公司，不断从上市公司提款自肥？又是谁和某私募基金联手坐庄，利用政府的内幕消息操纵股价？事情败露后，崔小柔、许克明怎么逃得这么及时？临逃还把伟业国际四千万融资款卷走了！”越说越气，心中的怒火再次爆发了，“钱惠人，你干得真绝啊，为了给绿色田园炒作造势，连我你也敢套！可你聪明反被聪明误，搬起石头砸了自己的脚！你忘了我是谁！事已至此，我可以和你摊牌了：正是从你套我开始，我对你和你们操纵的那个绿色田园产生了怀疑！”

钱惠人也激动了，“赵省长，这全是误会，天大的误会！你被套住了，我也被套住了，而且套得更深！不错，一九九八年我是违规操作，从四个机动账户调动过三亿资金，可那是为了挽救一家已被ST的上市公司，不存在你所说的以权谋私问题！这种违规操作既不是由此开始，也不是由此结束的，长期以来，是得到你和天明书记支持鼓励的！如果我没记错的话，最早这么干的不是我，是你、是白天明同志！刚到宁川当市长时，你们就挪用过省交通厅的道路建设资金偿还集资款！”

赵安邦这时反倒冷静下来，警惕地打量着面前这位既熟悉又陌生的老部下，“钱惠人，你的意思是不是说，我和天明同志该对你今天的经济犯罪负责？”

钱惠人仍很激动，“哪来的经济犯罪？于华北同志的调查证明了我的清白！”

赵安邦满脸讥讽，“钱惠人，你真那么清白吗？挪用三亿公款的历史事实，我们先摆在一边，现在探讨一下另一个事实：对崔小柔和许克明操纵绿色田园，长期从事经济犯罪活动的严重情节，你又该怎么解释？你总不会说自己不知道吧？”

钱惠人似乎被击中了要害，怔了一下，承认说：“赵省长，在这件事上我有责任，我糊涂啊，从一开始就看错了人，被他们深深套住了，真是悔青了肠子！”

赵安邦意味深长道：“知道后悔就好，那就说说吧，你是怎么被套住的？”

钱惠人眼中浮着泪光，缓缓述说了起来，从当年到深圳追讨集资款结识崔小柔，说到婚后对崔小柔的廉政教育；从处理许克明非法占地，说到如何发现了绿色农业的发展之路，促成了ST电机向绿色田园的历史性转变；说着，说着，他又激动起来，“……赵省长，我做梦也想不到，我从此就被他们套住了！他们背着我在证券市场上兴风作浪，利用我无意中透露的只言片语，甚至利用你私人场合信口说出来的几句话大做文章！搞到今天崔小柔干脆和我离了婚，和许克明私奔了！”

赵安邦简直目瞪口呆，“什么？什么？现在你已经和崔小柔离婚了？”

钱惠人的表演堪称精彩，长叹一声，说：“是的，道不同不相与谋嘛！”

赵安邦极力镇定着，“这就是说，你在离婚前才发现崔小柔涉嫌犯罪？”

钱惠人摇摇头，“不是！老领导，说起来你可能都不信：我是在昨天许克明卷走伟业国际的四千万后才发现这里有问题！我和崔小柔离婚，是另外的原因，我无意中发现了她和许克明同居苟合！”停了一下，很伤感地说：“当然，这事上也不能全怪崔小柔，我调离宁川后，夫妻分居两地，给许克明带来了插足的机会！”

面对这种明目张胆的狡辩，赵安邦真不知该说啥才好，过了好半天才道：“钱惠人，你是不是在嘲弄我的智商啊？崔小柔和许克明操纵绿色田园从事经济犯罪活动长达五年，你这个号称‘钱上市’的市场经济行家竟然一无所知，竟然直到许克明和崔小柔双双逃离之后才发现，而且还和崔小柔离了婚！照你这个说法，你的愚蠢真是登峰造极了，真是赔了夫人又折兵，让我这个老领导都为你无地自容啊！”

钱惠人继续着自己的表演，抹着眼角的泪，默默拿出离婚证放在茶几上，“老领导，你别这么讥讽我，事实就是事实，离婚证我带来了，请你自己看！另外，对崔小柔和许克明，我建议有关部门尽快采取措施，通过国际刑警组织全球通缉！”

赵安邦目光在离婚证上扫了扫，“这么说，华北同志搞错了，我也搞错了？”

钱惠人憨憨一笑，“老领导，谁都有犯错误的时候，我理解，也不怪你们！”

谈话实在无法再进行下去了，赵安邦手一挥，“那好，老钱，你回去吧！”

钱惠人坐在沙发上没动，可怜巴巴地看着赵安邦，“老领导，只要你别抓住不放，事情就坏不到哪里去，我会和省委、省纪委说清楚的！他们只要经过调查了解就会发现，我和你说的这些全是事实，我现有的个人财产绝没超过合理范围！”

赵安邦嘲讽说：“那是，你的财产全被崔小柔卷走了嘛，你也是受害者！”

钱惠人几乎要哭了，“这你还怀疑吗？老领导，现在是什么情况？道德价值体系全面崩溃，人一个个变得全像狼，崔小柔和许克明就是两条狼，我被坑惨了！”

赵安邦说：“我是不是该向你表示慰问啊？”脸一拉，严正而愤怒地道：“钱惠人，你少给我来这一套，我的智商还没低到这个地步，我感到你在污辱我！”

钱惠人号啕大哭起来，哭得伤心，“那……那你……你们枪毙我好了……”

赵安邦厌恶地看着钱惠人，告诫说：“老钱，你不要哭，也不要闹！我劝你不要再自作聪明了，还是走坦白自首的道路，老实向组织交代问题吧！如果你认罪态度好，能主动协助有关部门追回流失到境外的巨额财产，法院会从宽处理……”

钱惠人不哭了，抬起泪脸，逼视着赵安邦，“你真以为我触犯了法律？还从宽处理？你是法官吗？这种事你说了不算，我说了也不算，还是让以后的法律和事实说话吧！”抹去脸上的泪，站了起来，“赵省长，我鞍前马后跟了你二十二年，为你打冲锋，为你堵枪眼，到头来竟落得这么一个下场，你难道就不觉得亏心吗！”

赵安邦拍案而起，“钱惠人，你居然还敢这么责问我？我看亏心的是你！你为我打冲锋，堵枪眼，我赵安邦又是为谁打冲锋，堵枪眼？改革开放二十五年，又有多少民族精英在为这个国家的富强、人民的幸福、民族的进步打冲锋，堵枪眼！别的地方不说，就说宁川，从裘少雄到白天明，到我和王汝成，三届班子接连倒在政治血泊中，白天明同志连命都送掉了，可我们谁也没有陷到腐败的泥潭里！倒是你，钱惠人，开创了宁川党政一把手腐败的纪录！给宁川改革历史抹了黑，给那些押上身家性命干事业的同志抹了黑，老书记刘焕章弥留之际还在为你担心！你对得起老书记和天明同志的在天之灵吗？对得起宁川五百万干部群众吗？”

钱惠人有些失神落魄，“是的，我都对不起，但我最对不起的是我自己！”

赵安邦感叹道：“你说出了我们之间的本质区别！告诉你一件事：就在上个月，天明同志的夫人池雪春大姐把自己住的房改房卖了，卖了多少钱呢？四十二万。和你家崔小柔伙同许克明卷走的那些钱没法比，零头都算不上。这四十二万池大姐全交给了法院，帮白小亮退赃。据我所知，交了这四十二万，赃仍没退清，池大姐就住在廉价出租屋里四处拾破烂，收破烂，继续为她儿子白小亮退赃！”

钱惠人苦笑着，连连摇头，“这何必呢，池大姐太倔了，太……太倔了……”

赵安邦叹气说：“是的，大姐确实不必这么做，听说这个情况，我落泪了，让王汝成亲自去阻止，可我们的好大姐不听！大姐说，她要对得起天明同志一世的清白，不能让人家说，白天明的儿子坑了国家，不能败坏了我们改革者的形象！惠人，看看池大姐，想想你自己，你难道还能这么执迷不悟吗？这对你真是最后的机会了！如果今天你就这样走出我办公室的门，后悔都来不及，请你再想一想！”

钱惠人站在那里思索片刻，“赵省长，谢谢你的好心提醒，我想，我必须走了！另外，我得最后说一句，如果还有来生的话，我乞求命运别让我再碰上你！”

这简直像一场噩梦！赵安邦觉得自己已是仁至义尽，也就没有再阻止。

不料，钱惠人走到门口却站住了，回转身说：“赵省长，也许我走出你办公室门就不那么自由了，所以，想最后求你一件事，办得到你就办，办不到就算了！”

赵安邦无力地挥挥手，“老钱，说，你说吧，看是什么事，我能不能办！”

钱惠人红着眼圈说：“孙萍萍和盼盼母女今天从深圳飞省城，飞机上午到！”

赵安邦明白了，“要去接机？好，如果你接不了，我派办公室主任去接！”

钱惠人苦涩地道："不但是接机，晚上还有一个婚礼酒宴，在巴黎酒店！"

赵安邦一怔，"钱惠人，你……你怎么就做得出来？在这种时候和萍萍结婚？难道这些年你对她们母女的伤害还不够吗？为人做事可以这……这么无耻吗？"

钱惠人话里有话道："不是我无耻，是生活太残酷！没有当年文山的分地事件，她们娘俩不会陷入这种境地！再说，这时候结婚也不是我提出来的，是萍萍提出来的，萍萍说了，不管我日后怎么样，她都得让盼盼有个堂堂正正的父亲！"

赵安邦心头一阵绞痛：他可以怀疑钱惠人另有所图，却不能怀疑孙萍萍母女的善良动机，况且，对她们今日的处境，他也是有一份历史责任的！于是说："老钱，我看这样吧，我请办公厅刘主任陪你一起去接萍萍和盼盼，接来后先到我家休息，晚上的这个婚宴我和刘艳都参加，如果可能的话，也请华北同志参加一下！"

钱惠人哭也似的笑了笑，"老领导，你还算有点良心！是的，这个迟到了许多年的婚礼你和艳姐是应该参加一下，不过，于华北就不必了吧？我不愿在这种时候看到他！"想了想，又说："当然了，如果你老领导怕我在婚宴上逃跑、自杀，或者担心自己将来有什么说不清，受连累，倒也不妨让于华北他们过来监视一下！"

赵安邦道："你怎么这样想问题？你既然反对，就算我没说吧！不过老钱，我也希望你能有点良心，希望萍萍和盼盼母女能得到她们应该得到的幸福，而不是一个圈套！今天我向你交个底：对孙萍萍和盼盼的未来，我会负责任的！"

钱惠人冷冷一笑，讥讽道："老领导，你真是既讲原则，又有情有义啊！”

61

在巴黎酒店见到孙萍萍和盼盼，赵安邦就想起了自己当年到刘集公社上任的情景。那是一九八三年春天，钱惠人开着部手扶拖拉机到县城来接他，孙萍萍跟着一起来了。路上，他看出了孙萍萍和钱惠人非同寻常的亲昵关系，就开玩笑问：“啥时能喝上你们的喜酒啊？”两人都说快了。没想到分地风波闹出了一场大悲剧，喜酒二十年以后的今天才喝上，而且，是在这么一种特殊背景下喝上的，这真令人伤感。

这个悲喜交加的夜晚，伤感的气氛却被极力掩饰着。酒店顶楼最豪华的宴会厅张灯结彩，迎门的屏风上装饰着金色的喜字。钱惠人和孙萍萍身佩大红胸花，双双侍立在屏风旁，含笑迎客。盼盼“叔叔、阿姨”地叫着，甜甜地笑着，门里门外忙着给他们这些来宾散发喜糖，脸上曾有过的那种和年龄不相称的忧郁彻底消失了。

盼盼显然不知道其中内情，当真以为从这个喜庆的日子开始，自己的噩梦就永远结束了，自己就会有一个朝夕相伴的父亲，和一个完整温馨的家了。赵安邦心里很不好受，从盼盼手上接过喜糖，当着钱惠人和孙萍萍的面，将盼盼拉到自己和夫人刘艳身边，亲昵地问：“盼盼啊，你愿不愿意做我和你刘阿姨的女儿啊？”

盼盼回头看了钱惠人一眼，笑道：“赵伯伯，我现在要做我爸爸的女儿了！”

赵安邦心被触痛了，眼里蒙上一层泪光，面前盼盼的模样变得有些模糊，“我是说做我们的干女儿嘛！盼盼，你将来到省城来上大学嘛，可以住在我家里！”

盼盼快乐地说：“赵伯伯，您别烦了，上大学的事我和我爸商量好了，以后就考宁川大学，可以住在自己家里。我爸和我说了，他现在在文山工作是暂时的！”

这时，钱惠人插了上来，不动声色说：“赵省长，艳姐，你们先进去坐吧！”

赵安邦迟疑了一下，“惠人，我说的话是认真的，我挺喜欢盼盼这孩子！”

钱惠人努力微笑着，“谢谢你，赵省长，不过，我对未来也还充满信心！”

到这种时候了，钱惠人竟还对自己的未来充满信心，这不是对他的轻蔑，也是讽刺。可心里再恼火，却也不好发作，赵安邦只得笑道：“好，你有信心就好！”

参加这场特殊婚宴的客人全是当年和钱惠人一起共过事的领导和同事。人数虽然不多，规格档次却够高的。除了他这个省长兼省委副书记及夫人，还有省委常委、宁川市委书记王汝成，曾两度出任宁川市长的老同志邵泽兴。让赵安邦没想到的是，尽管没谁邀请，于华北竟也在开席前主动赶来了，这让大家都感到很意外。于华北还带来了一份精美贺礼，是一幅裱好的汉画拓片“齐眉举案”图。

于华北让盼盼帮忙，当场打开了这幅图，面带笑容对钱惠人和孙萍萍说：“惠人，萍萍，你们真不容易啊，二十年相爱，有情人终成眷属，所以，尽管你们没请我，我还是来了，来给你们道贺！祝你们二位齐眉举案，相亲相爱，白头偕老！”

钱惠人有了些感动，“老领导，我不是不请您，是怕您忙案子，请不动啊！”

孙萍萍眼含泪水，声音哽咽，“谢谢，太谢谢您了，于……于县长！”

刘艳故意说：“哎，萍萍，县长是哪辈子的事了？人家现在是省委领导啊！”

于华北呵呵笑了，“哪辈子的事？这辈子的事嘛，我曾经就是他们的县长嘛，文山市古龙县县长！”指了指赵安邦，“还有安邦，不也做过古龙县副县长吗？！”

赵安邦笑道：“不错，不错，当时我和老于还在县委招待所同居过哩！”

钱惠人很会作秀，马上进行政治煽情，“于书记，还说呢，如果你不做这个县长，天明书记、赵省长和我都不会这么倒霉，我们当年可被你的原则性搞苦喽！”

赵安邦戏谑道：“要理解嘛，我们于县长必须在关键时刻把住正确方向！”

于华北手直摆，“行了，行了，合伙整我是不是？你们就别抓住我不放了！”

钱惠人仍在说：“其实，于书记，你当时要是装装糊涂，我们也就过去了！”

于华北认真道：“又异想天开了吧？你们过得去吗？也不想想，一个大乡分地，不是几个人分苹果分桃子，瞒得了谁啊？就算我不出面阻止，也会有其他同志阻止嘛！安邦，这个道理，我当时是不是和你说过？”又对钱惠人道：“不过，我可没想到会影响到你和萍萍的婚姻大事，把你们害得这么惨，这让我很痛心啊！”

赵安邦一听这话，就产生了不好的预感，觉得于华北今晚可能要做文章。

果然，开席后，于华北又满脸悲情地说了起来，是对钱惠人说的，“惠人，事过多年了，该说的我还得说，你这同志是自作自受，我真正对不起的是咱萍萍！”

孙萍萍含泪微笑着，“于书记，这……这也怪不得您，您当时并不知情嘛！”

于华北把脸转向赵安邦，“安邦啊，你是惠人的直接领导，做过刘集乡党委书记的，惠人和盼盼谈恋爱的事，你应该知情嘛，咋不找萍萍的父亲做做工作呢？”

赵安邦夸张地叹了口气，“老于，你忘了？我当时正被地委隔离审查呢！”

钱惠人说：“是的，是的，当时赵省长和我都被隔离了，刘艳姐还替我们跑过交通，传送过情报哩！如果不是刘艳姐把赵省长的话带给我，我还不认错呢！”

于华北呷着酒，“我都知道，你这个钱惠人，岂但是不认错？还死保赵省长和天明同志嘛！赵省长自己都认了账，你还在保！同和书记是要开除你的党籍的！”

这时，连刘艳都听出于华北话里有话了，刘艳看了钱惠人一眼，说：“就是嘛，惠人，你和安邦当时就该端正对组织的态度，互相揭发，让我们于书记把案子顺利办好嘛！你看看，事情过去那么多年了，还让我们于书记耿耿于怀哩！”

于华北用筷头指点着刘艳，笑道：“哎，我说刘艳，你搞错了吧？分地事件是我负责查处的吗？是地委书记陈同和牵头查处的嘛，我因为负有部分领导责任，也给地委写了检查哩！”又对赵安邦说：“你家夫人这张嘴可是越来越厉害了！”

赵安邦神情坦荡，边吃边说：“老于，你还和她较真？她就是常有理嘛！”

气氛既然如此有利，钱惠人便没放弃继续作秀的机会，拉着孙萍萍向桌上的客人们一一敬过酒后，又和于华北说起了当年，“于书记，对当年的分地，我至今仍有保留，政策不是一成不变的，小岗村的农民不就把政策突破了吗？如果我们怕这怕那，连这么一点探索的勇气都没有，还搞什么改革？赵省长，你说是不是？！”

赵安邦说：“但是，惠人啊，我们毕竟不是小岗村的农民，是负有领导责任的干部，也不能这样违规乱来，另搞一套嘛！我们这么干尽管主观愿望很好，其实是探索上的失误，这个失误在很长一段时间里我一直不愿承认，今天我得承认了！”

钱惠人和于华北都怔住了，估计这两个当事人都没想到他会这么表态。

于华北呵呵笑着，举起酒杯，“安邦，为你今天的认账，我敬你一杯！”

赵安邦将酒一饮而尽，却又说：“但这也是个悖论，我承认探索有过失误，可不是否定探索，没有探索就没有今天的大好局面嘛！”说罢，亲自倒满两杯酒，将其中的一杯递给钱惠人，另一杯递给孙萍萍，“惠人，萍萍，我敬你们一杯吧！”

钱惠人挽着孙萍萍，举着酒杯，故意问：“老领导，您就没有祝酒词吗？”

赵安邦想了想，“祝你们婚姻幸福，各自保重珍惜，恩恩爱爱，天长地久！”

钱惠人笑道：“老领导，您真有原则性，谢谢你的祝福了！”和孙萍萍一起将酒喝了，又说：“事到如今，我没啥可后悔的，一九八六年在文山我就想到会有今天了！老领导，不知你还记得吗？我那时就说过，我愿为改革的探索做出牺牲……”

一直没怎么说话的王汝成似乎觉察出了什么，终于忍不住出面阻止了，拉着坐在身边的老市长邵泽兴，笑着插了上来，“老钱，今天是喝你和孙萍萍的喜酒，过去的事都别说了，咱还是好好喝酒吧，来，来，我和咱们的老市长敬你们一杯！”

王汝成和老市长邵泽兴向钱惠人、孙萍萍敬酒时，赵安邦出门上了趟洗手间。

从洗手间出来，正看见于华北站在走廊上，用手机打电话。赵安邦估计于华北是在和办案同志安排隔离钱惠人的事。上午和钱惠人进行过那场无效的谈话后，他就将钱惠人的材料全移交给了于华北，于华北说了，婚宴结束后要将钱惠人带走。

果然，于华北走了过来，悄声说：“安邦，办案人员已在楼下等着了！”

赵安邦却装起了糊涂，“老于，你今天还真带人啊？就不能缓一缓？”

于华北一副公事公办的口气，“安邦，这恐怕不行，这场好戏该收场了！”

赵安邦一脸苦笑，“好戏？你我也是演戏啊？痛心啥的都是假话呀？”

于华北有些窘，“安邦，你什么意思嘛？这个安排我事先和你通过气的！”

赵安邦道：“今天毕竟是老钱和萍萍的新婚之夜，我已给他们定了个房间！”

于华北很意外，一下子怔住了，“安邦，你咋这么干？也不和我打个招呼！”

赵安邦郁郁地说：“你看看，我这不正在征求你的意见吗？老于，你决定吧！”

于华北想了想，“在这里开房的事，你是不是告诉钱惠人和孙萍萍了？”

赵安邦点点头，“是的，毕竟一起共事二十年，这三天房费我替他们出了！”

于华北苦笑不止，明显有些恼火，“什么？还三天？安邦同志啊，你的意思是让办案同志在这里等上三天？我是不是也得在这儿陪着？万一出了意外怎么办？”

赵安邦毫不客气，一脚将球踢了回去，“哎，老于，这你别问我呀，这是你们的事嘛，你分管书记拍板决定就是了，你现在就下令把钱惠人带走我也没意见，真的，我让刘艳把定好的房间退掉就是！”说罢，微微一笑，转身就往宴会厅走。

于华北却把赵安邦叫住了，“哎，哎，安邦，你等等！”

赵安邦站住了，回头道：“行了，老于，快回去吧，别破坏了大好气氛！”

于华北上前两步，“安邦，就按你的意思办吧，原则要坚持，感情也得讲！”

两人再回宴会厅时，宴会厅的气氛仍然很好，盼盼正在唱歌。是那首在春节晚会上唱遍中国大地的《常回家看看》。赵安邦想到，钱惠人以后怕是不能常回家看看了，心中一阵酸楚难忍。一曲唱罢，他为盼盼鼓掌时，禁不住潸然泪下……

第二十章

62

省委常委会召开的前一天，赵安邦轻车简从到宁川来了一趟。来得很突然，专车已进入宁川城区了，赵安邦的警卫秘书才把电话打过来。王汝成中断正开着的书记办公会，带着几个副书记下楼去迎，刚到门厅，便看见赵安邦从专车中走出来。

王汝成满脸带笑，抢上前去问：“安邦省长，你咋对我也搞起突然袭击了？”

赵安邦绷着脸，不冷不热地说：“什么突然袭击，我来看望一下池大姐！”又对三位副书记道：“你们该干什么干什么，我今天既不检查工作，也不听汇报！”

三位副书记看出了赵安邦情绪不佳，匆匆和赵安邦握握手，一一告辞走了。

赵安邦这才交代说：“汝成，给我搞几辆自行车来，我们骑自行车去！”

王汝成挺意外，“安邦省长，你不是开玩笑吧？一起骑自行车去看池大姐？这自行车你还会骑吗？再说也不安全啊，万一你被擦着碰着，我可没法交代了！”

赵安邦不悦地道：“那你说怎么办？池大姐出租屋门口能停下这么多豪华车吗？让附近老百姓看到是啥影响？汝成，不是我说你，你这工作是怎么做的嘛！”

王汝成苦起了脸，“安邦省长，池大姐的脾气你不是不知道，该做的工作我全做了！我亲自安排机关行政事务管理局张局长办的，给大姐在新落成的莲花小区分了套三居室的廉租公房，还在小区内帮她租了个一百多平方米的门面，让她守在家门口开个小型超市，这既不违反大政策，又照顾了她的生活，可她就不接受嘛！”

赵安邦说：“那就没办法了？就看着池大姐在农民的出租屋收废品？我们于心何安，于心何忍啊！百年之后在九泉之下见到天明书记又该怎么交代？好了，啥都别说了，骑自行车不行，我们就坐出租车去吧！汝成，你赶快给我安排一下！”

王汝成想了想，觉得坐出租车也不是太合适，遂建议道：“安邦省长，我看我们还是开车去吧，可以把车停得远一些嘛，这不至于太招摇，也比较安全！”

赵安邦同意了，“好，好，听你的，上车，你上我的车吧，我还有话说！”

上了赵安邦的车，一路往城乡结合部池雪春住的出租屋去时，赵安邦说起了钱惠人，“汝成，你想象得到吗？在于华北面前，钱胖子还是那个态度，醉死不认这壶酒钱哩，一口咬定我们对他是搞错了，到底还是把我们全架在火上了！”

王汝成道：“我知道，前几天省纪委的同志悄悄告诉我，于华北甚至反对马上对老钱立案审查，我真不知道明天的省委常委会开成啥结果，又该咋表态！”

赵安邦“哼”了一声，“结果我告诉你，只能是一个：天网恢恢疏而不漏！”

王汝成试探道：“安邦，你看能不能换个思路呢？钱胖子是不是正式立案审查，就让于华北去定吧，你我最好不要再介入了，这样既避嫌，又不做恶人！”

赵安邦分析说：“那于华北很可能会反对立案审查，这符合他目前的政治利益：其一，掩饰了他的无能，他主持的调查没查出钱惠人的问题，钱惠人就不该有问题；其二，在这种时候保护了这么一位政治对手，显示了他的气度和胸怀；其三，在传统道德上得了分，给我们抹了一鼻子灰，你我全成了落井下石的小人！”

王汝成道：“安邦，既然你啥都知道，又何必再坚持呢？于华北我看得比较清楚了，干正事很无能，耍手腕本事大得很哩，你看他在婚宴上的那些表演，整个是在坑你！不过，你也绝，竟然提前开了房，你若不开房，没准人家会开房！”又说：“他查钱惠人本来是为了套你，套我，套宁川的干部，我们提防了这一点，发现钱惠人的疑点后主动查了，结果倒好，还是没解套，又掉到另一个套中去了！”

赵安邦很苦恼，“这样只谋人不谋事，一个经济大省的工作还怎么干啊？！”

王汝成劝道：“老领导，别多想了，我们已经问心无愧了！再说，总还有老裴嘛，裴书记是班长，如果咱们班长同志认同于华北意见，责任就不是我们的了！”

赵安邦怔了好一会儿才说：“但愿老裴别在这种事上和稀泥，但愿吧！”

赶到池雪春的出租屋时，正见着池雪春在乱糟糟的小院门口忙活。一个民工模样的年轻人刚把一麻袋酒瓶放下拿出来，让池雪春过数。池雪春低着头蹲在水泥地上，一五一十地数酒瓶，根本没注意到他们这一行高官的到来，估计也没想到。

倒是那个卖酒瓶的小伙子认出了赵安邦，“哎，您……您不是赵省长吗？”

池雪春这才抬起头，愕然地看着赵安邦，“安邦，你……你们怎么来了？”

赵安邦眼里含着泪花，微笑着，“我怎么不能来？就是看看你这个好大姐！”

池雪春站了起来，一时间有些手足无措，“你看看，这里连坐的地方都没有！”又对王汝成抱怨道：“汝成，你也真是的，把安邦省长带到这儿干啥呀！”

王汝成打趣说：“池大姐，您说我有什么办法？赵省长又不归我领导！”

卖酒瓶的小伙子面对他们这帮省市高官不敢待下去了，把麻袋里的酒瓶掏空后起身要走，“池大妈，您和省市领导们谈吧，我先走了，酒瓶钱我改天来拿！”

池雪春却顾不上他们这些领导了，“哎，小王，你别走，钱我现在就给你，别忘记了！”说罢，又去认真地数酒瓶，继续做着自己的这份废品收购生意。

这期间，赵安邦和小伙子攀谈了一下，这才知道小伙子竟是一位来自文山自谋出路的副镇长！小伙子说，文山这次干部轮岗动了真格的，有严格规定，轮下来的这两年内必须打工，半年向原单位汇报一次情况，其中包括打工所在城市的改革开放情况，和自己的感想体会，谁要弄虚作假，或者赖在家里不出来，一律辞退！

小伙子发牢骚说："赵省长，我们文山市委干得太绝了，这种事从没有过！"

赵安邦道："现在不是有了吗？我看挺好，日后还要在全省推广！不能光让老百姓下岗，改革成本要大家分担，我们的干部，尤其是你们这些年轻干部也要开阔眼界，体察民情嘛！说说看，你小伙子是怎么找到这份工作的？都有啥体会啊？"

小伙子说："赵省长，不瞒您说，我找到这份工作太不容易了！开头我还没数，在劳务市场求职时，一直说自己是副镇长，结果倒好，没人愿用我！碰了几次壁，变聪明了，过去的光荣历史不敢提了，这才找到了一个建筑施工监理的活！"

赵安邦笑了，"知道不容易就好，两年后再回到自己的工作岗位，你小伙子头脑也许就不会发热了，搞计划、做决策时，就能想到基层老百姓的不容易了！"

这时，池雪春将一叠脏兮兮的零钱递给了那位小伙子，"小王，你数数！"

小伙子没数，把钱往口袋里一装，"大妈，我还信不过你嘛！"说罢，要走。

赵安邦却将小伙子拦住了，指着池雪春说："小伙子，你知道这位大妈是谁吗？她是以前宁川市委白天明书记的爱人，她能坦荡地在这里收酒瓶，你还有啥委屈的？就这么好好干，我建议你把今天和我说的体会，向石亚南同志做个汇报！”

小伙子连连应着，告辞走了，“好，好，赵省长，我一定按您的指示办！”

赵安邦待小伙子出了门才动情地说：“池大姐，您这个摊子我看也得收了！汝成安排得很好嘛，您怎么就是不听呢？一定要出汝成和我的洋相啊？这不好吧？”

池雪春爽朗地笑道：“安邦，看你说的！谁要出你和汝成的洋相啊？我是自愿的，真的！就算不替小亮这孽子退赃还钱，我也不想在机关宿舍院里待下去了，那里闷死人了！还是这里好，你看看，我收着废品，做点小生意，活得充实，精神上也有寄托！你们就忙你们的大事去吧，少替我老太太操心，好意我心领了！”

王汝成苦笑着劝说道：“大姐，我的好大姐，这影响毕竟不好嘛！万一哪个记者给您报道一下，我和安邦省长还怎么做人？天明书记可是我们的老领导了！”

赵安邦也恳切地说：“池大姐，这是有个影响问题嘛！天明书记对宁川改革是有重大贡献的，又去世了，您作为他的夫人，应该老有所养，应该分享今天宁川改革开放的成果！否则，我和汝成，包括新一代共产党人的良心就会受到谴责啊！”

池雪春不为所动，“安邦，你别说得这么严肃、这么沉重，你们的心情我能理解，不过，也希望你们给我一些理解！我是白天明的老婆，更是个普通老百姓，我要分享的应该是普通老百姓都能分享到的那一部分改革成果，而不是特殊照顾！都照顾，你们照顾得过来吗？你们要关注的不能只是我，应该是所有老百姓！”叹了口气，又动情地说：“走出机关宿舍大院后，我看到了许多贫困百姓的真实生活状况。安邦、汝成，咱们改革成就确实很大，但问题也不少啊，你们要重视啊！”

赵安邦默然了，“池大姐，那……那您就说说看吧，都发现了哪些问题？”

池雪春马上说了起来：失业下岗工人问题，离退休老人大病医疗保险问题，弱势群体的最低生活保障问题，最后，质疑地问：“安邦、汝成，咱们改革开放的目的是什么？天明活着的时候老和我说摸着石头过河，这摸着石头过河有没有目标？”

赵安邦想了想，回答说：“大姐，其实，河对岸的目标一直是明确的，就是共同富裕。我们提倡让一部分人先富起来，绝不是鼓励贫富两极分化，而是希望通过先富起来的那部分人，带动社会各阶层走共同富裕的道路。现在看来做得不是太好，共同富裕的改革诉求受到了缺乏约束的行政权力和资本权力的双重侵犯。因此，在利益全面调整过程中形成了两极分化，今天改革的难度也就越来越大了！”

池雪春说：“你们当领导的能意识到就好，就该在阻止两极分化、建立社会公正方面采取些有力措施！”又告诉赵安邦，知道钱惠人出事，宁川不少同志极为震惊，“安邦，你说说看，这么一位能力很强的干部怎么会走到这一步？你和天明是不是也有一定的责任呢？有些情况我清楚，你们当年尽乱来，不讲规矩嘛……”

王汝成知道这是赵安邦的心病所在，忙阻止道：“哎，大姐，老钱的事别说了，违规操作和经济犯罪是性质完全不同的两回事！我们可以保护当年那个违规操作的钱惠人，却不能保护现在这个以违规操作做掩护，大发横财的钱惠人啊！”

池雪春不依不饶，“汝成，我不是说保护，是说反思！你们这些当领导的恐怕都得反思一下，不能光看成绩，也得多看看问题啊，别让一片吹捧声搞昏了头！”

王汝成暗暗叫苦：这事闹得真够呛，竟送上门来让这位倔大姐教训了一通！

赵安邦态度倒好，看着池雪春，并无不悦，“池大姐，您批评得对！您说的问题我也一直在想。资本的原始积累有个原罪问题，我和天明这些大胆的探索者和先行者也有个原罪问题——探索时的空白和无序造成的原罪。比如您说的乱来，不讲规矩。这不但害了钱惠人这类同志，也让盼盼母女和您都付出了代价！如果小亮不跟钱惠人当这几年秘书，也许不会这么大胆！所以，池大姐，您就给我一个纠正错误的机会吧，今天就收摊，按汝成他们的安排搬到莲花小区去，好不好呢？”

池雪春摇头笑道：“安邦，不要再说了，小亮的事和你没关系，就这样吧！”

这时，一个中学教师模样的人来卖报纸，池雪春又乐呵呵地忙着收起了报纸。

王汝成和赵安邦这才带着随行人员告辞了，池雪春也没送，那份坦荡让人吃惊。

赵安邦也看了出来，上了车就感慨说：“汝成，我看池大姐是真心选择了这种生活方式！你注意了没有？我们俩在她眼里不比卖酒瓶和卖报纸的人更重要哩！池大姐把啥都看开了，活出境界了！”停了一下，又交代说：“不过，该关心的，你和同志们还要继续关心，毕竟岁月不饶人，小亮被判了七年刑，大姐身边没人！”

王汝成应道：“赵省长，这请你放心，我会暗中做些必要安排的！”

车过宁川新区，从高大的开拓纪念碑前驰过时，赵安邦脸上的笑容渐渐消失了，目光不离地久久注视着纪念碑。显然，这位前任市长、市委书记又想起了这座城市的悲壮往事，他参与创造的历史。王汝成拍了拍司机的后背，示意司机停车。

车停了，赵安邦却没下车，指着纪念碑自嘲地问：“汝成啊，这个碑该立吗？”

王汝成严肃地道：“为什么不该立？就是冲着去世的白天明书记也该立！”

赵安邦摇头说：“可我们这些人在不断犯错误啊，有些错误一直没得到很好的纠正，遗留到了今天，连这座城市的一位市长也垮掉了，刚才池大姐还在批评！”

王汝成激动起来，“这是事实，可我们毕竟创造了历史，创造了属于我们这个时代，也属于我们自己的历史！就算犯了一些错误，经历了一些挫折，甚至在某个局部领域失败了，总还给后人提供了不同的经验教训嘛！而像于华北这类同志却没创造出属于自己的历史，好的坏的都没创造，我真不知该怎么评价这类同志！”

赵安邦嘱咐司机开车，车启动后，才淡然评价说：“汝成，也不能说华北同志这类干部就没存在的价值，他们是赛场巡边员和裁判员，只要新的竞赛规则没出来，他们就按老规则吹哨叫停，对你黄牌警告，这也是一种职责，要给予理解！”

王汝成讥讽道：“算了吧，安邦，人家出示的可不仅仅是黄牌，搞不好就是红牌，会把我们一个个罚下场！这种事过去不少，以后也免不了，你就继续瞧吧！”

赵安邦缓缓地说：“该下就下嘛，过去又不是没下过，只要换上场的比我们强就成！这半年出了不少事，我想得也就比较多，有些后果也想到了。你说得不错，我们还将面临风险，也许还会有新的白天明倒下，新的钱惠人垮掉，你我也有可能真的被人家的红牌罚下场。但是，只要我们在场上跑着，就不能无所作为，就得对国家、民族，对我们的老百姓负责任！许多问题就得正视，就得解决！池大姐今天又提醒我们了，社会保障体系和道德价值体系，必须建立健全！一个繁荣伟大的时代绝不能朱门酒肉臭，路有冻死骨，也不能没有灵魂，没有信仰，没有道德！”

63

虽在共和道上比邻而居，裴一弘和赵安邦却很少相互走动，有事不是在办公室谈，就是在电话里谈，双方家人也没多少来往。这倒不涉及个人感情的亲疏，主要是出于影响上的考虑。一个省长，一个书记，都位高权重，行事就必须谨慎，就得多少忌讳一些东西，这是中国特有的国情和政情决定的，不以谁的意志为转移。

常委会召开前的那个晚上，裴一弘本想在电话里和赵安邦通通气，不料，刚说了没几句，赵安邦就把他的话头打断了，说：“老裴，咱们还是当面谈吧，不行就去你办公室！”裴一弘看看表，已经快十点了，便破例道：“算了，这么晚了，干脆到你家谈吧，我还真有不少话要和你说哩！”说罢，未等赵安邦回话，就挂了机。

披着初秋的月色走到共和道八号门前时，赵安邦已站在门口了，一见面就打趣说："老裴，你怎么也不注意影响了？到我这儿夜访，就不怕人家说闲话啊？"

裴一弘开玩笑道："说什么闲话呀？邻居之间嘛，就说我到你家借搓衣板！"

赵安邦将裴一弘迎进院门，"别，我家可没搓衣板，洗衣机都换了三代了！"

裴一弘指点着赵安邦直乐，"忘本了，安邦，你这家伙看来有点忘本了啊！"

赵安邦嚷道："我可没忘本！老裴，今天在宁川，我原还准备骑自行车去看望白天明的夫人池大姐呢！王汝成他们硬没让我骑，还怀疑我会不会骑自行车了！"

裴一弘听王汝成说起过池雪春的情况，思想上很受震撼，便建议说："安邦，你看对池大姐的事能不能宣传报道一下呢？用这件事教育教育我们的干部嘛！"

赵安邦大摇其头，"算了，算了，咱们最好别去打搅人家平静的生活了！"

裴一弘想想也是，又觉得报道了也许会让赵安邦和王汝成更难堪，便也没坚持。

进门坐下，又闲聊了几句，就谈起了工作。根据以往的经验，通气应该从立场一致的共同点开始。裴一弘便先说了说省委组织部关于公开选拔文山新市长的方案，说是选拔范围已圈定在南部发达地区和省直机关，目的就是保持省委对文山班子政策的连续性，"还是要用在南部发达地区成长起来的干部到文山搞杂交嘛！"

赵安邦赞同说："对，钱惠人垮了，并不等于说我们以往的用人决策错了！”

裴一弘道：“也许还真有人怀疑我们用错了人哩！安邦，有个情况你可能不知道吧？省作家协会党组书记田封义和省监察厅副厅长马达都来报名参加选拔了！”

赵安邦很意外，“哦？他们报名？他们全是从文山调离的啊，这才半年嘛！”

裴一弘笑道：“那你也不能阻止人家报啊，他们现在都是省直机关干部，一个副厅级，一个正厅级，省直机关这次又在选拔范围内，况且又是公开选拔！”

赵安邦讥讽说：“好，好，那就让他们公开参选吧，只要能选上！”又狐疑地问：“哎，老裴，你说，这两位的举动是不是有我们华北同志的支持啊？”

裴一弘不愿多谈，“内情不太清楚，组织部汇报时没说，应该不会吧？！”

赵安邦“哼”了一声，“不一定，对文山班子，华北同志怕是想翻案呢！”

裴一弘就着这个话题，不动声色地说了下去，“安邦，也别想得太多，田封义是不是得到了老于的支持我不知道，马达肯定不是这个情况！前阵子，老于向我提了个建议：派这个马达到伟业国际做党委书记，我想了一下，倒觉得可以考虑！”

赵安邦差点没跳起来，“什么？什么？你大班长咋也跟着闹起翻案了？！”

这反应在预料之中，裴一弘不温不火，呷了口茶，笑道：“安邦，你别这么瞪着我啊，先听我把话说完嘛！我问你：和白原崴打了这半年交道，滋味如何？好像不太好受吧？那百分之八股权不是你主动提出不再转让的吗？你也不想让他控股嘛！”

赵安邦用指尖击打着茶几，“这你知道，我担心白原崴胡来，给我们添乱！”

裴一弘说：“事实上他就是胡来嘛，社会上对他的议论传言不少，连你都扯了进去，汤教授那帮人也在叫，质疑我们和白原崴签订的股权奖励方案。在这种情况下，老于提出派马达到伟业国际，加强对国有资产的监督管理是可以理解的！”

赵安邦阴着脸问：“听孙鲁生说，这位老于同志还准备组织纪检监察部门对我省国有资产现状进行一次专项调研？重点是已完成改制的企业，包括伟业国际？”

裴一弘点头笑道：“有这事！老于专门向我汇报过，说是要看看包括伟业国际在内的这些企业在改制过程中是否存在国有资产流失问题，希望能拿到常委会上研究一下。我的意见很明确，暂不研究，做了些沟通工作。”意味深长地看着赵安邦，“宁川、平州、省城这些发达地区的国企改制启动较早，进展较快，改制基本完成了。文山和北部其他欠发达地区的改制工作刚有点眉目，不能搞得风声鹤唳嘛！”

赵安邦明白了，“于是，在伟业国际派党委书记的问题上，你就妥协了？”

裴一弘笑道：“也不是妥协，我是担心你赵省长与狼共舞，被狼咬上一口！”

赵安邦自嘲说：“老裴，我何止是与狼共舞啊？也许是前有狼后有虎哩！如果白原崴是条狼，我们这位华北同志也许就是虎，只怕已张着大嘴在候着我了……”

裴一弘一怔，做了个手势，“哎，安邦，给我打住，打住，这话出格了！”

赵安邦也意识到了自己的失言，郁郁地说：“我也是在你面前随便说说！”

裴一弘又劝，“老于派马达去伟业国际的建议也是好意，还是对你关心嘛，谁敢保证伟业国际和白原崴今后不出事？你敢保证？这些年出事的大款少了吗？”

赵安邦有些不耐烦，“这我当然不敢保证，我又不是白原崴的保姆！”

裴一弘道：“就是嘛，如果白原崴和伟业国际出了问题，把你牵涉进去怎么办？安邦，实话告诉你：我宁愿失去伟业国际这个企业集团，也不能失去一个能干的省长啊！我们派个哨兵过去，既可以起到监督作用，对你也是一种保护措施！”

赵安邦的脸色益发难看，“老裴，我明白你的意思，但对你的意见却不敢苟同！马达这种哨兵起不了啥作用！过去说过的理由不重复了，只说一点：世界五百强和国内省内那么多成功的企业有谁去监督了？我们为什么非要对伟业国际这么做？其实，我们要做的是规范政府和市场参与者的行为，倡建先进企业理念嘛！”

裴一弘仍努力做着自己的沟通和说服工作，“对，对，安邦，这也正是我想说的，市场必须规范，包括我们政府在内，都得按市场规则办事！那么，按市场经济规则，百分之八的国有股股权不再转让给白原崴，伟业国际的控股股东应该是我们省国资委吧？我们可以合理合法地派个董事长过去，为啥就不能派个党委书记呢？”

赵安邦道："是的，不但党委书记，我们还可以凭控股权派个董事长过去，但是，结果并不美妙：白原崴会带着伟业中国和伟业控股两条旗舰离去，这是我和省国资委极力想避免的！不管白原崴有多少毛病，以后会不会出事，一个基本事实我们必须承认，这个人是为国家和社会创造了巨额财富的！这么多年，他不仅是搞投机，从文山钢铁，到平州港，到省城IT产业，他收购创立的企业遍及省内外！"

裴一弘说："这个事实我没否认，所以，我才不同意收回奖励给白原崴的股权，对伟业国际重搞资产清查，更不支持查所谓国有资产流失问题！我和老于交换意见时说得很清楚：伟业国际不是传统意义上的国有企业，不能用对待传统国有企业的政策生搬硬套。再说，我们现在不是给他派个董事长，只是派个党委书记，如果马达不太合适，换一个也成，在这个问题上，你老弟就不要再固执了好不好？"

赵安邦沉吟片刻，"老裴，如果你坚持的话，派就派吧，人选再想想！你让马达做省监察厅厅长兼纪委副书记我都不反对，去伟业国际不合适！马达对资本市场不了解，也不具备现代企业理念，难以承担领导伟业国际重建企业道德的使命！"

裴一弘想想也是，"那好吧，安邦，这个党委书记人选你来认真考虑吧！"

赵安邦说："别考虑了，也公开选拔吧，选个既懂经济又有头脑的人上来！"

裴一弘眼睛一亮，"好，这主意好，最终考评时可以请白原崴一起参加嘛！"

就说到这里，客厅里的电话响了，深更半夜打电话过来的竟是白原崴！

白原崴不知在电话里和赵安邦说了些什么，赵安邦嗯嗯啊啊地应着，听着，后来才简单地说了几句，“白总，这个事情来得很突然，你让我想一下好不好？我明白你的意思，你真要打着新伟投资的旗号另立山头，汉江省政府和省国资委都阻止不了，不过，咱们双方最好都慎重一些，我们都面临着一个很重要的历史抉择！”

放下电话，赵安邦手一摊，“老裴，事情又起变化了，白原崴不愿放弃对伟业国际的绝对控股权，提出一个我们没想到的新建议：将他们新伟投资旗下的平州港项目整合重组后并入伟业国际，以取得对伟业国际的绝对控股权。如果我们坚持控股，不接受这种股权整合，他和他的团队将根据目前双方持股情况做一个产权置换方案，和我们进行充分协商后着手实施，友好分手！白原崴还在电话里透露说，宁川伟业国际大厦可以考虑置换给我们，他们新伟投资未来的总部将选址上海！”继而，又感叹说：“老裴，你可别说，白原崴这个整合方案符合市场游戏规则啊！平州港整合进来了，蛋糕做大了，咱们不给他绝对控股权恐怕真不行，除非分手！”

裴一弘问：“那这个控股权给不给？咱当真把这堆国有资产抱回家自己玩？”

赵安邦将球踢了过来，“你是大班长，高高在上坐船头啊，你说呢？！”

裴一弘心想，这真是个怪圈，搞来搞去，旧的平衡没实现，新的问题又冒出来了！当真和白原崴分手，把伟业国际再变成国有独资企业吗？这和国企改制的思路背道而驰，是他绝不愿看到的。让白原崴把新总部设在上海，更是对汉江的莫大讽刺，势必产生消极影响，几乎不可容忍。而且，总部一旦撤离，新伟集团的资金也会相继撤离，平州港的扩建进度，文山钢铁能否进一步做强做大，都得打个问号。

这些问题赵安邦显然也想到了，“老裴，权衡利弊，我觉得老九不能走啊！我们过去的思路可能有些问题：你想着给白原崴派党委书记，我想着从股权上制约他，实际上都不是好办法！最好的办法是建立健全相关的法律法规，堵住政策漏洞，加强和完善市场监管体系！白原崴在市场风雨中学会了做资本强人，我们也要学会做市场经济的政治强人，靠制度创新保障经济的健康运行，这才是正道啊！”

裴一弘这才打定了主意，“安邦，你这个意见我赞成，不过，先不要急着答复白原崴，老于那里我再通通气吧！另外，就算白原崴控股，党委书记也得派！”

赵安邦一下子火了，离开沙发，在客厅里踱着步，数落起来，“我说老裴，你能不能不要搞平衡了？汉江省的省长是我赵安邦，不是他于华北，经济工作不在他的分工范围！又和他通什么气？再说，他也不懂经济，你累不累？我早就累了！”

裴一弘苦笑道：“我何尝不累？想干好工作就得受这种累，这没办法嘛！”

赵安邦缓和了一下口气，“老裴，你是班长，作风民主，讲求班子的团结和协调统一，这我都能理解，我不理解的是你对华北同志的软弱！你说说看，迄今为止，我们到底做错了什么？这些事你拿到常委会上定嘛，我敢肯定我们是多数！”

裴一弘不愿争辩，手一摆，看着赵安邦，突然笑了起来，“哎，安邦啊，我问你一个问题：我们现在都住在共和道上，你知道不知道共和道的来历和含意啊？”

赵安邦想都没想，“咋突然问这个？这我还能不知道吗？共和道原来叫‘巡抚路’，民国肇始时改的名，同时改名的还有省委前面的民主道，这没错吧？！”

裴一弘点了点头，“没错，这两条路名都是旧民主主义革命给我们留下的遗产。民主是多数决定论，共和就是通过权力制衡保护少数，好像是这个意思吧？”

赵安邦知识面很宽泛，以肯定的语气说：“是的，老裴，就是这个意思！英文共和就是 republic，它来源于拉丁语的 respublica，主要讲上层权力的制衡，和自由的语义比较接近，关心的就是如何以权力制衡来保护少数派！”

裴一弘说起了正题，“那么，我们是不是也有个保护少数派的问题？在改革的历史实践中我们曾经都是少数派嘛！尤其是你和白天明，在相当一段时间里都是少数派。如果没有焕章同志和省委的保护，就不可能有汉江的今天和你我的今天！当然，多数和少数不是绝对的，在不断变化，如今我们在汉江省的领导集体里就成了多数，确实可以对老于搞多数决定论，但这不太好，会堵塞言路，形成专断啊！”

赵安邦怔住了，过了好半天才问：“老裴，你真是这样想的？这是心里话？”

裴一弘恳切地道：“安邦，这真是我的心里话！经过这么多年的风风雨雨，起起落落，正反两个方面的经验我们都有了，这些经验得之不易，我们要珍惜啊！”

赵安邦思索着，“你想得很深，提出了保护少数的现代政治理念，我赞成。可问题是：我们要保护什么样的少数？改革是一场革命，任何阶段都要有人在前面打冲锋，打冲锋的同志和后面的大部队相比是少数，对这种少数要保护。而于华北同志不是这么回事，这位同志从没做过这种打冲锋的少数，说穿了只是裁判员！”

裴一弘笑着反问道：“安邦，裁判员就不需要吗？就不该保护吗？有裁判员的眼睛盯着我们并不是什么坏事嘛！权力不受监督必然导致腐败，这对权力的掌握者也不是好事！这些年在我们面前倒下的干部还少吗？一个个家破人亡了！钱惠人和焕章书记的二儿子、平州市副市长刘培的问题明天又要上常委会，教训太深刻了！”

赵安邦有些吃惊，狐疑地看着他，“老裴，你说什么？刘培也出问题了？”

裴一弘点了点头，“这我也没想到，据老于昨天汇报，是焕章书记小儿媳唐婧案子带出来的。唐婧被捕后，交代了从刘培手上批地，合伙炒地皮的事！”叹了口气，又透露说：“焕章同志的夫人昨晚找到我家来了，又哭又骂，一口咬定于华北对焕章同志有成见，故意陷害刘培，要我为她做主！我好不容易才把她劝走了！”

赵安邦话里有话，“你不觉得有点意思吗？钱惠人问题这么严重，我们华北同志不主张立案审查，倒把老书记的二儿子刘培送到你面前来了，看你怎么表态！”

裴一弘淡然道：“我的态度很清楚，对钱惠人和刘培都要一查到底！”

赵安邦忧虑地问：“你就不怕人家骂你忘恩负义，爱惜政治羽毛吗？”

裴一弘想了想，“不瞒你说，当然有这种顾虑！我是焕老一手培养起来的干部，现在又当着省委书记，焕老尸骨未寒，我就动他儿子，肯定要被人骂嘛！在钱惠人的问题上，你也要挨骂的！可挨骂也没办法，有华北同志盯着，我们不公事公办行吗？！”略一停顿，又说：“安邦啊，于华北这类同志存在的意义就在这里嘛，他们的存在使我们的权力受到了限制，不敢为所欲为，也不能为所欲为啊！”

赵安邦摇了摇头，“这只是一方面，另一方面，他们也牵制我们干正事！”

裴一弘道：“有些牵制也正常，任何人干任何事都不可能不受到某种牵制，就是像你在宁川主持工作时说的，戴着镣铐跳舞，有形的和无形的镣铐。我们不但要跳，还要跳得出彩，要争取获得来自人民和历史的掌声，这是一门政治艺术啊！所以，对于华北这类裁判员，一定要有雅量，要看到他们的作用，碰到问题，发生了争执，先退一步也无妨！历史就是在退退进进的过程中完成螺旋形上升的嘛！”

赵安邦不服气，“老裴，你别偷换概念！我觉得，在同样的领导岗位上，有些人是领导者，有些人只是管家。什么叫领导者呢？就是有思想、有思路，敢于根据本地区本部门的客观实际大胆试、大胆闯的人，独树一帜的人，这些同志哪怕失败了，也给后来者提供了经验教训。管家只会照章办事，不愿也不敢越雷池半步，当然，这没风险，很安全，可一个国家、一个民族的进步是绝不能指望他们的！”

裴一弘说：“但是，安邦，这不等于不要党纪国法，长期以来有法不依违规操作的后果我们都清楚啊，你甚至说这是原罪！这种原罪也不能继续下去了嘛！”

赵安邦呵呵大笑起来，“老裴，难怪焕老一直对你这么赏识！我算服你了！”

不论是真服还是假服，这次和赵安邦的通气仍取得了良好的效果，这在他的意料之中。说心里话，在说服赵安邦的过程中，他其实也一直在努力说服自己……

64

赵安邦走出省委主楼电梯，迎面撞见了正准备去省委第一会议室开会的裴一弘。裴一弘叫了声“安邦”，向他招了招手，回转身又进了自己办公室。赵安邦揣摩裴一弘可能有话要说，便心照不宣地跟了进去，进门就问：“老裴，有事？”

裴一弘道：“安邦，昨晚回去后我想了想，天明同志的夫人池雪春的事，我们恐怕还得宣传哩！同时，也要进一步宣传我省二十五年来的改革实践，尤其是焕老和天明这些同志的历史贡献！让大家记住这段悲壮历史和改革者付出的血泪！”

赵安邦一点就透：宣传刘焕章和池雪春，既可以减少钱惠人、刘培腐败案带来的负面影响，又可以堵堵于华北这类人的嘴。于是，赞同说：“这样也好，忘记过去就意味着背叛，现在回顾一下历史倒还真有必要！”却也担心这种宣传会打扰池雪春平静的生活，又说：“对池雪春的宣传，最好先征求一下她本人的意见！”

裴一弘应道：“这当然，我准备抽空去看望一下池雪春，亲自做做工作！”说罢，亲昵地拍了拍赵安邦的肩头，“走吧，开会去，今天要研究的事还不少哩！”

赵安邦开玩笑道：“还研究啥？该研究的事不都在你分头通气时研究完了！”

裴一弘很严肃，“哎，两回事，通气归通气，研究归研究，集体决策嘛！”

赵安邦心里有数，看来新的平衡业已形成，原则将得到坚持，少数将得到保护，改革开放的成果将得到肯定。无论是钱惠人腐败案，还是伟业国际的问题，都不会影响班子的团结。可能会有争执，但不会有意外，一切已在研究前决定了。

会前的气氛却不太好。赵安邦和裴一弘走到第一会议室门口，还没进门，就听见王汝成和于华北在议论什么。见他们进来，王汝成又冲着他们嚷：“裴书记，安邦省长，我提个建议啊，建议你们两巨头批准，组织一次全省干部学历大检查，把那些滥竽充数的南郭先生揪出来！一个个不是博士就是硕士，其实都狗屁不通！”

赵安邦着实吓了一跳：王汝成想干什么？拿于华北开涮啊？于华北就是经济学博士嘛！这位同志当着于华北这么说，让于华北怎么想？还以为是他掇弄的呢！又觉得渴望团结的裴一弘也不会高兴，便没接茬，就近和宣传部的白部长握了握手。

裴一弘倒笑眯眯地把话接了过来，“汝成同志，怎么回事啊，你嚷嚷啥？”

王汝成正经道：“裴书记，我正和于书记说呢，都气死我了！省外经委最近下来个处长，和我们一起搞项目，据说是经济管理博士，我带着这宝贝和美国人谈判，结果出了大洋相！别说经济学了，此人连英语都不会说，只会 OK、No！”

裴一弘笑道：“不就是一个处长吗？让组织部门查一下就是，你打击面别这么宽啊，别把我们干部队伍中的博士、硕士都贬得一钱不值，你不也是硕士嘛！”

于华北严肃地说：“一弘同志啊，我觉得汝成提出的这个问题值得重视！现在是有股学历造假的风气，我们组织和纪检监察部门接到不少举报，准备查一查！”

赵安邦心想，最好由中央来查，就从你老于的博士查起，嘴上却啥也没说。

裴一弘挥挥手，“老于，这是你们的事，你们该怎么办怎么办吧！”说罢，和走到身边的白部长开起了玩笑，“老白，你老兄很有气魄啊，重奖作家和作品，连封义同志都成了著名作家，得了三万奖金，哎，你没吃封义同志的回扣吧？！”

白部长笑道：“我倒想吃回扣，人家田书记不给啊，拿了三万理直气壮！”

赵安邦觉得奇怪，“老白，你咋想起重奖田封义了？他也成著名作家了？”

裴一弘一副认真的样子，“安邦，这么大的新闻你都不知道？就是前几天的事，我们亲爱的白部长给以田封义打头的八位著名作家和八部著名作品发了奖！”

白部长挖苦道：“封义同志现在是省作家协会党组书记，又凭官衔增补了个中国作协主席团委员，能不著名吗？再说，人家还有著名作品哩，一首计划生育歌，得了一个全国性什么奖的，他们省作家协会党组研究报了上来，我能不奖人家吗！”

这时，省军区林司令员恰巧走进门，裴一弘马上拉着林司令员说："老白，那咱说好，下回如果发书法大奖的话，你得想着我和林司令员！我们官衔可都比封义同志大，肯定都是著名书法家吧？给我弄个一等奖，给林司令闹个二等奖吧！"

林司令员把军帽往桌上一放，"哎，老裴，凭啥我二等？我的字比你强！"

裴一弘说："别不服，我们这是援引省作家协会的例子，按官衔评的奖！"

赵安邦和会议室里的与会者们都哄堂大笑起来，白部长笑得前仰后合。

于华北也被逗笑了，笑罢，却和气地批评白部长说："老白，我看这事你有责任，没掌握好嘛！田封义寡廉鲜耻，可以自己给自己申请奖励，你们不要批嘛！"

白部长苦笑不已，"于书记，人家也是一级组织，现在又失落得很，我不批行吗？再说，我们的文件规定拿了全国奖的都重奖……嘿，权当是个笑话吧！"

于华北敲了敲桌子，"这笑话好笑吗？三万元可是文山十个下岗工人一年的生活费啊！用这三万元奖励为我省争得了荣誉的好作家应该，奖田封义算什么事！"

赵安邦接上来说："老白，华北同志批评得对，我们文化大省的建设措施要发挥积极作用，而不是相反。政策要定细一些，规定一下拿了什么全国奖才奖励！"

于华北补充说："再规定一条：在职党组领导不得奖励，避免以权谋私！"

白部长应道:“好，好，我回去就让文艺处研究，尽快拿出个方案吧！”

裴一弘仍是一副开玩笑的口气，“这么说，我和林司令是拿不上奖了？这可太遗憾了。不拿就不拿吧！好，我们开会！”打开笔记本，表情也严肃起来，“今天的议题大家都知道，专题研究文山市市长钱惠人、平州市副市长刘培腐败案的立案审查，和反腐倡廉方面的一些问题。先请分管副书记于华北同志做个重点汇报吧！”

于华北看着面前的材料，神定气闲地汇报起来。汇报刘培案时，几乎没有什么感情色彩。刘培尽管涉案金额较大，案情却相对简单，掌握的证据也比较充分，有立案审查的根据，加之会前又通报过了，于华北便没作为重点，不到半小时就汇报完了。接下来的一个多小时，汇报的全是钱惠人的问题。从当年炒恒生期指白原崴送给钱惠人的那块劳力士表，一直谈到今天他老婆崔小柔对绿色田园的操纵。

汇报到最后，于华北激动起来，赵安邦本能地预感到自己要被拉出来示众。

果然，于华北发起了感慨，“……同志们，我怎么也没想到，我和有关部门盯了十几年没抓住的一个狡猾对手，让安邦同志抓住了！安邦实在了不起，对钱惠人不包不护，讲党性，讲原则，该大义灭亲时就大义灭亲，真让我口服心服啊！”

赵安邦笑道:“哎，华北同志，你表扬错了吧？钱惠人算我哪门子亲人啊？”

于华北口气诚恳，“你们一起共事二十多年，不是亲人胜似亲人嘛！”看了看众人，又说:“在这里，我要和安邦交交心，也和同志们交个底:开始我有个担心，怕安邦出于对自己老部下的感情，有意无意地庇护。事实证明，我想错了，以小人之心度君子之腹了！君子坦荡荡，小人长戚戚，安邦是个坦荡荡的君子嘛！”

赵安邦暗中叫苦不迭，这不是把他架在火上烤吗？便也诚恳地道：“华北同志，今天我也得和你交交心：其实，我没这么高尚，也不是不想保护钱惠人，为钱惠人的事，我和一弘同志谈了不止一次。为什么？还是不放心你嘛，担心你纠缠历史上的一些是是非非，拿些捕风捉影的事做钱惠人的文章。可你没这么做，你有胸怀，有气度啊，当你以为搞错了的时候，还准备向钱惠人道歉呢，是不是？！”

裴一弘微笑着，接过了话头，“安邦、老于，事实证明你们都是过得硬的！”

于华北听出了弦外之音，冲着裴一弘摆了摆手，“老裴，过硬的是安邦，不是我嘛！我搞错了调查方向，循常规思路走，没想到钱惠人和他老婆崔小柔会利用绿色田园做文章，这个教训必须汲取！我昨天在省监察厅的会上说了，我们的纪检监察干部也要与时俱进，要学点经济，现在看来，不懂经济连案子都没法办哩！”

裴一弘赞许道：“老于，你这个意见很好，要组织落实！现在和我们打交道的差不多都是精英，包括腐败分子也是另类精英，不懂经济，没两下子还真不行！”

赵安邦又接上来说，看似替于华北开脱，实则另有所指，“不过，在钱惠人问题上也不能怪于华北同志！我看华北同志就不简单，有政治敏感，有警惕性，有高度的责任心！不是他紧追不放，硬追了这十几年，也不会有今天这个好结果嘛！”

王汝成会意地附和说：“是的，是的，没有咱于书记这种高度的警惕性，这种死缠蛮打的劲儿，钱惠人不会垮台，没准还升上副省级了呢，想想都让我后怕啊！”

裴一弘显然听出了某种不和谐的意味，笑着阻止道：“好了，你们别互相吹捧了，看看这个事怎么定吧！老于，你的话好像还没说完吧？继续说，拿个意见！”

于华北看了看裴一弘，又看了看与会者，“钱惠人大致就是这么个情况了，估计问题很严重，但现在是不是就正式立案审查呢？我还真有点吃不准哩！”

省政法委沈书记不满地说：“老于，这有啥吃不准的？别的不谈，光挪用三亿资金帮崔小柔和许克明收购炒作电机股份，就是大问题嘛，就能对他立案审查了！”

于华北有板有眼地道：“钱惠人一九九八年挪用三亿资金是事实，可以认定是违规，至于是不是涉嫌犯罪，要等抓住崔小柔和许克明后才能做结论。其实，这种违规的事在以往的宁川多得是，连安邦和白天明两个一把手都带头违过规嘛！”

赵安邦心里很火，却也没法回避，承认说：“是的，华北同志批评得对，对此我有责任，钱惠人问题出现后，我一直在反思。但是，在特定历史条件下的违规操作和以权谋私的经济犯罪是两回事！根据李成文死前交给孙鲁生的举报材料看，钱惠人不但涉嫌犯罪，犯罪的性质还很严重，必须立案审查！”想了想，又说：“我知道，我表这种态也许要挨骂，可我无可选择！声明一下，我绝不是要爱惜自己的羽毛，我是要爱惜我们这个执政党的声誉，党的声誉不能让这种人败坏下去了！”

于华北摇头笑道：“安邦，你是不是想多了？谁说你爱惜羽毛了？我们是在讨论问题嘛！崔小柔和许克明现在双双逃到了加拿大，我国和加拿大又没有引渡条约，就算发出了红色通缉令也不起作用，钱惠人和崔小柔又离了婚，难啊……”

裴一弘脸拉了下来，用指节重重地敲着桌子，大声说：“我看没啥难的！真让钱惠人逃出了法网，就是我们的耻辱！就这样定吧：对钱惠人和刘培都立案审查！”

于华北点头应了，又笑着解释道：“哎，同志们不要误会啊，我在这里只是介绍情况，并没有反对立案的意思，一弘同志既然拍了板，大家也没意见，我一定负责到底！不过，安邦、汝成，你们二位也得多协助，别等着将来看我的笑话啊！”

赵安邦没作声，王汝成却开了口，“哪能啊，于书记，这种事并不好笑！”

于华北脸上的笑容消失了，“是不好笑，我现在直想哭！通报一个情况：听说钱惠人出了事，许多干部群众都很痛心，有些同志就问我：这么一个有能力、有魄力的市长，怎么就落到了这一步？”语调骤然提高了八度，“同志们，我们有些思路恐怕要改改了，不能遇着红灯绕着走了，否则，今后还会闹出类似的大乱子！”

赵安邦预感到于华北要节外生枝，趁机甩牌。此人手上好像有牌可甩。

于华北甩牌的手法颇为娴熟，“有些话，我今天本来不想说，现在想想还是得说！不说不行啊！是白原崴和伟业国际的问题。在伟业国际股权处置上，我们是不是又遇到红灯绕着走了？对白原崴股份奖励的政策依据在哪里啊？是不是造成了国有资产的大量流失啊？一些经济学家已经把问题提出来了嘛，提得很尖锐啊！”

裴一弘既意外又吃惊，“老于，通气时不是说了吗？这次不讨论经济问题！”

赵安邦强压着心头的恼怒，“一弘同志，你就让老于说嘛，务务虚也好！”

裴一弘不悦地看了于华北一眼，“好，好，老于，你说，继续说吧！”

于华北觉出了气氛不对，大度地挥挥手，“算了，还是以后专题讨论吧！”

赵安邦却爆发了，勉强笑道：“别等以后了，华北同志既把问题提了出来，我就汇报一下吧！今天专题研究反腐，详细汇报不太可能，就简单点吧！”于是，从白原崴当年以京港开发公司一千万起家，说到此次接收后的股权处置。汇报到最后，他禁不住激动起来，“……同志们，面对伟业国际这个在改革历史中形成的特定事实，我们该怎么办？就不该在一定程度上承认人家的创造和贡献吗？对这么一个庞大的跨国企业集团，我们当真能使用国家权力予以剥夺吗？不瞒同志们说，在股权谈判僵持期间，有些同志甚至想过用一纸通缉令将白原崴吓阻在国门之外，我未予考虑！我告诉这些同志：不管怎么说，白原崴都是一个市场经济的创业者，一个为汉江和宁川创造了巨额财富的精英人物，我们不能把他变成一只剥光了的猪，更不能让他成为海外流亡的持不同政见者，否则，我们就是糊涂虫！同志们，这既是个经济问题，也是个政治问题啊，这就是政治经济学嘛！”

会场上一片肃静，裴一弘、王汝成、于华北和与会常委们都盯着赵安邦看。

赵安邦缓和了一下口气，继续说：“我评价白原崴是精英人物，并不是说白原崴和伟业国际就没问题，就很清白。坦率地说，白原崴原始资本的积累和今天的表现都有问题，有原罪，甚至有血泪！但这都不是我们推倒重来的理由！这段摸着石头过河的改革历史，是我们这代共产党人领导创造的历史，我们不能否定自己的历史！对白原崴和伟业国际，我们只能根据具体情况，用政治家的智慧，在尊重历史、尊重事实的前提下，在合理的范围内加以解决，这并不是遇到红灯绕着走嘛！”

于华北一副关切的样子，“安邦啊，你说的都有道理，但这种做法毕竟没有政策依据嘛，我和同志们就不能不替你担心嘛，白原崴以后会不会再闹出啥事啊？”

赵安邦淡然道：“这我不知道。不过，闹出事也不要怕嘛，依法处理就是！”

裴一弘这才表态说：“我看安邦同志没做错什么！安邦和我们省国资委是富有智慧的，以股权奖励的方法把伟业国际的产权难点解决了！这是一次成功的尝试，也是一次制度创新的实践！和同志们通报一个新情况：现在白原崴要将平州港组入伟业国际了，伟业国际的资产总量接近四百亿，比接收前做得更大了！”目光扫视着众人，又说：“安邦同志说得好，这段摸着石头过河的改革历史，是在我们这代共产党人领导下创造的历史，我们不能否定自己的历史！有腐败当然要反，但必须充分肯定改革开放的历史成就！这场已历时二十五年的改革开放，实际上是民族复兴的伟大革命！同志们都知道，为完成一九四九年的那场新民主主义革命，我们的前辈先烈在血泊中奋斗了二十八年，付出了一千多万人的代价。为找到今天这条富民强国民族复兴的改革之路，我们又在贫穷饥饿中摸索了二十九年，别说还有那么多人死于七斗八斗的政治运动！而完成改革开放这场革命，取得如此举世瞩目的伟大成就，我们又付了多少代价呢？应该说还是很小的嘛！白部长，这个宣传你要牵头抓一下！”

白部长会意地应道：“好的，裴书记，我会后就组织落实，做好这项工作！”

于华北极富政治嗅觉，顺势转了弯，笑呵呵地附和说：“一弘同志这个提议好，很好啊！我们就是要从正面宣传改革开放的成就，不能让人觉得我们的干部一个个都是钱惠人、刘培！我对咱们汉江的改革历史有个总结，概括起来就是这么几句话：思想大解放，敢为天下先，咬定青山不放松，前赴后继拼命干！真是拼命啊，白天明同志就在宁川搭上了性命嘛，至今回忆起来还令我痛心！在这里，我要说句公道话，我们老书记焕章同志和当时的省委对不起这位英年早逝的同志啊！”

赵安邦强压着心头的厌恶，笑道：“老于，你这话说得好啊，天明同志如果地下有知，也会很感动的！不过，据我所知，当时拿下白天明也怪不得焕章同志！”

裴一弘脸上又泛起了笑意，开始做会议总结，开口就说：“我们今天这个会开得不错啊！交换了思想，统一了认识，坚持了原则，维护了团结干事的大局……”

赵安邦心中苦笑：团结？这种团结在宁川时期就已撕裂了他和许多同志的心！

65

心在滴血，淅淅沥沥，隐痛不止，却又难与人言，无法述说。

快刀斩不了乱麻。历史和现实之间筋脉相连，撕扯不断。往事历历在目。

关于钱惠人的省委常委会开过没多久，一个周末的晚上，马达找到共和道八号门上来了。赵安邦看到马达，情不自禁想起了钱惠人，想起了一九八七年在省城大众浴池那场真理和真理的历史性相会。当年若不是钱惠人光着屁股冲到马达面前，及时抓住了马达的手，哪有文山电子工业园的红火，哪有他的第一次创业啊！

马达也说起了当年，"……赵省长，你知道的，我从一九八七年带着 3756 厂抗命进文山，就一直从事企业管理和经济工作，调到省监察厅后，总觉得使不上劲。这次省委公开选拔文山市市长，我就报名了，今天来，想请你帮着看看论文哩！"

赵安邦接过论文，随手放在桌上，问："老马，钱惠人专案组有你吗？"

马达点点头，"省纪委王副书记是组长，我只是成员，代表省监察厅协助。"

赵安邦一声叹息，"如果历史能重演，我绝不会让这个钱胖子再走仕途了！"

马达说："赵省长，一个人的人生道路都是自己选择的，你也别自责了！"又说起了自己竞选文山市市长的事，"赵省长，我是这样想的：我在文山跌倒，还得从文山爬起来！我觉得我还是有优势的：

我在文山干了这么多年常务副市长，对文山的情况比较熟悉，也知道症结在哪里，又有石亚南搭班子，我还是有信心的！”

赵安邦漠然道：“我没信心，老马呀，你毕竟五十三了，年龄偏大……”

马达说：“组织部定的年龄上限就是五十三，我的年龄还在规定之内！”

赵安邦道：“如果选拔过程超过三个月，你就五十四了，那就超龄了！”

马达说：“那你们别把上限定在五十三啊，田封义比我大一个月也报了！”

赵安邦应付道：“好，好，你们精神还是好的，愿意接受挑战也是进步嘛！”又问起了钱惠人，“老马，钱惠人现在态度怎么样？是不是开始交代问题了？”

马达摇了摇头，“没有，把事全推到崔小柔和许克明头上去了，痛哭流涕说他自己也是受害者！我和专案组的部分同志分析，崔小柔和许克明私奔可能是真的！”

赵安邦仍不相信，“这可能吗？钱胖子是多精明的一个人啊？再说，崔小柔和许克明的作案过程长达五年啊，钱惠人当真会一无所知？你们别再被他欺骗了！”

马达说：“这我们也分析了，钱惠人肯定知情，事实证明，绿色田园炒股票都有钱惠人消息的配合，如果都是巧合，那也太神了！但是，崔小柔背叛老钱也不是没可能，如今风气成啥了？再说，崔小柔不是孙萍萍，本身就不是啥好东西嘛！”

赵安邦敏感地问：“哦？你们是不是又找孙萍萍过来谈了？”

马达大大咧咧地说:“谈了,不是我们找她谈,是她找上门主动谈的!于书记很重视,还亲自接待了!孙萍萍为钱惠人叫屈哩,还骂了你!我对孙萍萍说,这能怪咱赵省长吗?是老钱自己不争气嘛,搞得赵省长也很被动,赵省长不可能保他嘛!”

赵安邦苦笑道:“这是意料之中的事,再说,孙萍萍也有理由骂我啊!”

马达没心没肺地说:“就是,想骂就让她骂呗,坚持原则,总免不了要挨骂的!我在文山把我小舅子办了,我小舅子也没少骂我,现在还在骂!”又说起了自己的事,“赵省长,我这论文,您说啥也得指点一下,未来十年把文山建成我省经济的新型发动机,是您首先提出来的,我这篇论文阐述的就是您的这个精神……”

赵安邦这才拿起论文翻了翻,边翻边说:“马达,你别捧我,振兴文山不是我个人的意思,是省委的战略决策。你别光找我,最好也请教一下裴书记和华北同志。尤其是华北同志,他可是经济学博士啊,比我和老裴都强,我们只是学士!”

马达吞吞吐吐地说:“裴书记、于书记那里,我……我也送了。于书记对……对我很关心,还给我介绍了个教授读硕士呢,就是省财经大学的汤必成教授!”

赵安邦讥讽道:“我知道,我知道,我省著名的经济学家,博士生导师,华北同志就是他的高足嘛!”看着马达笑了,“老马,这么说来,我以后得称你‘马老师’了?好,马老师,你就跟汤教授好好学习吧,学了啥高招,别忘了也教教我!”

马达觉出了味道不对,“赵省长,你别讽刺我嘛,别说你是学士,你就是没文凭,我也服你!就冲着你能把钱胖子这种隐藏很深的腐败分子挖出来，我就服！”

赵安邦脸一虎，故意问：“怎么？你就不服华北同志这个博士啊？啊？”

马达怔了一下，连连点头说：“哦，服，服，也……也服，也服！”

赵安邦“哼”了一声，“那是，官比你大的，你都服，官大水平高嘛！”

马达却正经起来，“赵省长，这你可说错了！我服于书记的原则性，不服他的水平！你看钱惠人这事闹的，调查方向一错再错，害得我们也跟着他出洋相！”

赵安邦道：“这事别说了，我真希望是我搞错了，真不愿看到这种结果啊！”

完全是因为昔日的感情，赵安邦最终还是答应帮马达看论文。答应的同时就想说，不管这篇论文写得多好，他也不会在最后拍板时投下自己这一票：一个接近五十四岁的文山老同志，再回文山当市长是很不合适的，不利于文山局面的开拓。然而，话到嘴边却没说，原则要讲，策略也要讲，在这一点上他得学学裴一弘。

马达却有了底气，似乎看到了重回文山的希望，告别时，再三向赵安邦表示说，自己起码比田封义强，只要能闯过公开选拔一关，肯定会在文山创造一个经济奇迹！还说，如果当年他也像钱惠人一样调到宁川，也许已经把奇迹创造出来了。

赵安邦不好多说，把马达送到院门外，握了几次手，好歹把这同志打发走了。

站在共和道八号门口，看着马达上车远去，赵安邦又想起了钱惠人：其实他真不该把钱惠人从文山调到宁川，甚至不该支持他分地！从一九八六年三月的那个傍晚，他带着两瓶泸州老窖，骑着自行车赶往钱家谈分地开始，一个错误就铸成了。

心头一酸，泪水模糊了赵安邦的双眼，夜幕下的共和道变得一片恍惚。

这时，身后响起了夫人刘艳的声音，“安邦，电话，省政府值班室的！”

赵安邦一怔，这才从沉思中醒来，缓缓转过身，步履沉重地回到了院内。

刘艳知道他的心思，一边扯着他的手，拉着他往客厅走，一边柔声劝慰道：“安邦，别再为钱胖子的事烦了，刘培这次不也进去了？人家裴书记也没像你！”

赵安邦叹息说：“两回事，刘培只是焕老的儿子，钱胖子是跟了我二十二年的老部下啊！”又交代说：“你抽空去看望一下孙萍萍和盼盼，她们又来省城了！”

刘艳想说什么，又没敢说，“好……好吧，我再去替你做做解释工作吧！”

进了客厅，接了省政府值班室的电话才知道，竟是个灾难性消息：今年第四号台风已在宁川沿海登陆，尽管事先做了防灾准备，仍造成了很大的损失。台风来势极为凶猛，中心风力高达十点八级，引发了强烈海啸。停在宁川海港里的泊船被抛上了岸，高压线也被刮断了，包括海沧金融区在内的整个牛山半岛新区供电中断……

赵安邦越听越担心，当即决定说：“通知一下金副省长，我们马上去宁川！”

等待金副省长和司机时，孙鲁生突然来了个电话，说是白原崴突然盯上了已被ST的绿色田园，准备拿崔小柔、许克明抵押给他的几乎一钱不值的一千三百万法人股做生产自救文章：以伟业国际的名义收购其他法人股，控股后将其重组为影视传媒公司，不但要买卫星频道，还要拍电视剧。孙鲁生郁郁地问，这种重组把戏，我们还能支持白总搞下去吗？她这个监事会主席是不是应该严加监管，设法阻止？

赵安邦一时不知该怎么回答才好：事情很清楚，白原崴又蠢蠢欲动了，为找补被崔小柔、许克明骗走的那四千万，轻车熟路地想到了重组。你不能不承认，白原崴这种人所代表的资本永远是最活跃的，也是最有效率的资本！市场游戏规则没有改变，你就不能阻止他继续进行这种资本游戏。于是，便对孙鲁生说："这种重组不是我们能干预的，就让他以新伟投资的名义搞去吧，搞出麻烦让他们自己兜着！"

放下电话没一会儿工夫，金副省长和司机到了，赵安邦上了车，连夜去宁川。

专车穿越夜幕，一路往宁川赶时，石亚南又把电话打到了他的手机上，说是碰到了大麻烦，文山四大国有银行今天突然停止了对文山所有企事业单位的贷款。

石亚南在电话里直叫，"赵省长，你说这让我怎么办啊？这帮钱贩子老嚷嚷要跳楼，结果一个没跳，现在倒逼我跳楼了，你们省政府就准备给我开追悼会吧！"

这是意料中的事，你这么大规模破产逃债，省政府下了紧急叫停文件都没起到多少实际作用，四大国有银行岂能听之任之？这个石亚南，胆子也太大了，在违规操作上，简直就是另一个钱惠人！

由此看来，改革过程中形成的原罪绝不仅仅存在于少数同志身上，目前在位的一批干部都有类似问题，其中包括不少优秀干部。

石亚南还在叫，“赵省长，这种时候您得给我们撑腰啊，可别真让我跳楼！”

赵安邦没好气地说：“石亚南，你别吓唬我！真想跳楼你就去跳，但我劝你先别急着跳，活要活个清白，死也得死个明白，先想想你们是怎么走到这一步的！我的一次次提醒你当耳旁风，下了个四十五号文件等于零，你这软腰谁撑得起来？！”

石亚南的声音变得可怜兮兮的，“赵省长，您……您当真不管我们死活了？”

作为省长，他岂能不管本省一座欠发达城市的死活？对石亚南和文山市的干部该批评要严肃批评，可问题还得解决，哪怕再被银行的行长们骂做花果山的猴王也罢。赵安邦这才不悦地道：“我现在正连夜赶往宁川，你们明天到宁川来谈吧！”

这种结果估计石亚南早就想到了，石亚南马上乐了，“太好了，赵省长！”

赵安邦说：“你也别高兴得太早，我只是听你们的汇报，并没答应你什么！”

合上手机，赵安邦想，过去的都没有过去，今天的一切都是历史的延续。历史是含泪带血呼啸前行的火车头，巨大的惯性作用力不是哪个人的善良愿望可以改变的，改变和创造历史需要不断注入的新的动力，当然，还要有与时俱进的新思维。

不容置疑，经过二十五年摸着石头过河的改革，这个国家已发生了令世界惊异的剧变。剧变后的中国面对着一个全新的有待创造的未来，也面对着许多问题和难题。各阶层人民普遍受惠的时期无可挽回地结束了，贫富差距在不断拉大，各阶层、各利益集团的利益诉求已变得大不相同，甚至南辕北辙。财富总量的自然增加，并不能自动消解日益尖锐复杂的社会矛盾，这些矛盾亟待按法律程序在市场化的条件下逐一解决。这个解决过程会伴随着风险，既需要执政者和社会各阶层、各利益集团，以及全体人民之间的相互宽容、相互理解，更需要一个民族的创造性智慧。二十五年改革开放的实践证明，这个雄踞东方的伟大民族是充满智慧的……

后记

作家出版社推出我的政治小说纪念版，收入了我一九九六年至二〇〇六年间创作的七部长篇政治小说，编辑省登宇兄嘱我梳理一下这些作品相关情况，特记之。

《人间正道》写于一九九六年，是我挂职徐州市人民政府副秘书长期间“中年变法”的开端之作。也是从这部作品开始，我介入了电视剧改编，小说家之外多了一个编剧身份。《人间正道》是我改编自己的第一部长篇小说同名电视连续剧。

小说一九九六年在《当代》杂志第六期全文发表，人民文学出版社出版。发表出版后，引起了一场对号入座风波，江苏几十名官员联名告我，有关方面要求我修改小说，我拒绝了。以后为了不找这种麻烦，我也不再到任何地方实地挂职了。本来江苏省人民政府已下文要我到省交通厅任职，但我最终没去上任。

同年，同名电视连续剧《人间正道》由中央电视台中国电视剧制作中心投资拍摄，一九九八年在中央电视台一套黄金时间播出。

导演潘小扬，主演鲍国安、廖京生、宋春丽、姜华等。

小说获中宣部“五个一工程”奖、国家图书奖提名奖。

电视连续剧获中宣部“五个一工程”奖、飞天奖一等奖、金鹰奖最佳电视剧奖。

这部小说由人民文学出版社、长江文艺出版社、江苏文艺出版社、中国言实出版社、作家出版社、新华先锋·北京联合出版公司等出版单位多次再版重印。

《中国制造》写于一九九八年。《人间正道》引发的那场对号入座风波让我开始思考当代中国政治体制和改革开放过程中的深层次矛盾。小说塑造了一个经济发达市新老两任市委书记的形象，以及他们交班过程中发生的一系列冲突，讲述了一座大城市崛起过程中的辉煌与阴影。腐败与反腐败第一次进入我的文学视野。

小说发表于《收获》杂志一九九九年第一、二期，一九九八年由作家出版社出版。

二〇〇〇年《中国制造》由我根据小说改编为电视剧《忠诚》，二〇〇一年在中央电视台一套黄金时间播出。

导演胡玫，主演张国立、焦晃、刘蓓等。

小说获中宣部“五个一工程”奖、国家图书奖、上海文学艺术大奖。

电视剧获中宣部“五个一工程”奖、飞天奖、金鹰奖优秀电视剧奖。

人民文学出版社、江苏文艺出版社、新华先锋·北京联合出版公司、群言出版社、时代文艺出版社、吉林出版集团公司、春风文艺出版社、作家出版社等出版单位嗣后多次再版重印。

二〇一六年《中国制造》法文版由法国 Gallimard 出版社出版。

二〇一八年《中国制造》阿拉伯文版由黎巴嫩阿拉伯科学出版社出版。

《至高利益》写于二〇〇〇年，是一部揭示政绩工程内幕的政治小说。小说主人公李东方面对上届班子留下的政绩危局，忍辱负重，为前两任领导擦屁股，自己却一次次陷入政治窘境与险境之中，这是一部真正意义上的反腐小说。

小说二〇〇〇年由作家出版社出版，二〇〇二年获国家图书奖。

二〇〇二年小说由我改编为同名电视剧，二〇〇四年在中央电视台一套黄金时间播出。

导演巴特尔，主演孙海英、程煜、张先衡等。

长江文艺出版社、江苏文艺出版社、新华先锋·北京联合出版公司、时代文艺出版社、春风文艺出版社、吉林出版集团公司、作家出版社等出版单位嗣后多次再版重印。

《绝对权力》写于二〇〇一年，是一部思索权力监督问题的政治小说。绝对权力必然导致绝对腐败，一场权力追逐的“三国演义”在这部小说中精彩上演。

小说全文发表于上海《小说界》二〇〇二年第一、二期，同年由作家出版社出版。

二〇〇三年小说由我改编为同名电视剧，二〇〇四年在湖南卫视黄金时段首播，嗣后在全国各卫视台反复轮播，创造了同时期最高收视纪录。

导演蒋绍华、成浩，主演唐国强、斯琴高娃、高明、施京明等。

江苏文艺出版社、新华先锋·北京联合出版公司、时代文艺出版社、春风文艺出版社、吉林出版集团公司、作家出版社等出版单位嗣后多次再版重印。

二〇〇二年《绝对权力》韩文版由韩国 KeeIsan 出版社出版。

《国家公诉》写于二〇〇二年，是一部有关灾难、腐败与法治的政治小说。

小说全文发表于《收获》二〇〇三年第一、二期，同年由作家出版社出版。

二〇〇三年由我改编为同名电视剧，并由我投资出品，同年在江苏、上海、浙江三家电视台首播，嗣后在全国多家卫视台上星反复播出，一直保持较高收视率。

这是我首次尝试自编、自投、自拍，完全自主操作一个项目。

导演蒋绍华，主演斯琴高娃、高明、吕凉、陈逸恒、郭凯敏等。

江苏文艺出版社、新华先锋·北京联合出版公司、时代文艺出版社、春风文艺出版社、吉林出版集团公司、作家出版社等出版单位嗣后多次再版重印。

《我主沉浮》写于二〇〇三年。一位中国省长的奋斗史，几多辛酸，几多血泪。一个经济大省和一群政治经济精英的沉浮故事，几多悲壮，几多诡异。一切都在演变，一切都无定数，不论功臣还是罪人，他们曾共同创造了历史，引领一个民族在不断探索中走到了今天。这是一部我自己比较偏爱的政治小说。

小说全文发表于《收获》二〇〇四年第二、三期，同年由作家出版社出版。

二〇〇四年由我改编为同名电视剧，并由我投资出品，同年在江苏、上海、浙江三家电视台首播，嗣后在全国二十多家卫视台上星反复播出。

这是我第二次自编、自投、自拍，自主操作一个项目。

导演蒋绍华，主演陈逸恒、吕凉、何麟、王静等。

江苏文艺出版社、新华先锋·北京联合出版公司、时代文艺出版社、春风文艺出版社、吉林出版集团公司、作家出版社等出版单位嗣后多次再版重印。

《我本英雄》写于二〇〇四年，是《我主沉浮》的第二部，本来还准备写第三部，但因形势变化，未能持续下去。这部政治小说讲述了一帮高官面对一场重大经济灾难时的自救与自省。小说探索了这个决策政治群体鲜为人知的决策内幕。

小说全文发表于上海《小说界》二〇〇五年第三、四期。同年由作家出版社出版。

二〇〇六年由我改编为同名电视剧，并由我投资出品，历经三年审查，于二〇〇九年在上海、江苏、浙江地面台播出，这是我影视作品中唯一一部未被许可上星播出的电视连续剧。

这是我第三次自编、自投、自拍，自主操作的项目。

导演蒋绍华，主演陈逸恒、尹铸胜、王静、何麟等。

江苏文艺出版社、新华先锋·北京联合出版公司、春风文艺出版社、作家出版社等出版单位嗣后多次再版重印。

这些作品是时代的记录，写作时我没想到它们会有这么长久的生命力，能够有幸一直存活在读者的阅读视野里。这也让我产生了困惑：这到底是作品的生命力使然，还是我们时代的政治生活缺少变化？嗣后这类题材受到限制，创作中止，直到二〇一六年我携《人民的名义》重新归来。不过，那已是另外一些故事了……

二〇二三年四月二十五日

图书在版编目（CIP）数据

我主沉浮：纪念版 / 周梅森著 .—北京：作家出版社，2023.6

ISBN 978-7-5212-2295-1

Ⅰ. ①我…　Ⅱ. ①周…　Ⅲ. ①长篇小说—中国—当代　Ⅳ. ① I247.5

中国国家版本馆 CIP 数据核字（2023）第 072573 号

我主沉浮：纪念版

作　　者： 周梅森
责任编辑： 省登宇　周李立
装帧设计： TT Studio
出版发行： 作家出版社有限公司
社　　址： 北京农展馆南里 10 号　　　**邮　　编：** 100125
电话传真： 86-10-65067186（发行中心及邮购部）
86-10-65004079（总编室）
E-mail:zuojia @ zuojia.net.cn
http://www.zuojiachubanshe.com
印　　刷： 北京盛通印刷股份有限公司
成品尺寸： 145 × 210
字　　数： 450 千
印　　张： 17.125
印　　数： 001—7000
版　　次： 2023 年 6 月第 1 版
印　　次： 2023 年 6 月第 1 次印刷
ISBN　978-7-5212-2295-1
定　　价： 68.00 元（精）
